周梅森

反腐小说经典系列

FOR THE GREATER GOOD

我本英雄

周梅森 / 著

江苏凤凰文艺出版社
JIANGSU PHOENIX LITERATURE AND
ART PUBLISHING, LTD

周梅森，一九五六年出生，江苏徐州人，当过矿工文学编辑，现任中国作家协会主席团委员、江苏省作家协会副主席、专业作家。出版有《周梅森文集》《周梅森政治小说读本》及《黑坟》《沉沦的土地》等中长篇小说七十三种；改编并参与制作长篇电视连续剧《人间正道》《中国制造》《绝对权力》《至高利益》《我主沉浮》《国家公诉》《我本英雄》《人民的名义》等十余种；多次获国家图书奖、五个一工程奖、全国优秀畅销书奖、中国电视飞天奖、金鹰奖；其代表作中篇小说《军歌》获第四届全国优秀中篇小说奖。

目录

第 一 章 ······ 001

第 二 章 ······ 023

第 三 章 ······ 047

第 四 章 ······ 065

第 五 章 ······ 087

第 六 章 ······ 097

第 七 章 ······ 121

第 八 章 ······ 139

第 九 章 ······ 165

第 十 章 ······ 185

第十一章 ······ 203

第十二章 ······ 221

第十三章 ······ 245

第十四章 ······ 263

第十五章……………………………………………………281

第十六章……………………………………………………299

第十七章……………………………………………………317

第十八章……………………………………………………339

第十九章……………………………………………………359

第二十章……………………………………………………379

第一章

一

二〇〇四年春节前两天,赵安邦患重感冒住进了医院。节前的紧张忙碌和西伯利亚冷空气到底把他这个经济大省的省长撂倒了。住院后高烧时断时续,把夫人和身边工作人员吓坏了,搞得谁也没心思过年。更糟的是,许多必须参加的活动全没参加,连年三十的团拜会和大年初一的党政军各界联欢活动都缺了席,不免要引起种种猜测。作为省内最醒目的政治明星之一,在这种传统节日一直不露面,肯定是件不太正常的事,甚至下面有些同志会怀疑他出了问题。自从老部下钱惠人出事后,社会上关于他的传闻就没断过。赶巧的是,中央有关部门一位领导年前过来搞调研,留在省城过春节,路透社的马路新闻想必会更加丰富了。

汉江省去年倒下了两位市长,文山市市长钱惠人和平州市副市长刘培。两个案子都进入了司法程序。刘培和他没啥关系,谁想联系也联系不上。钱惠人可就不同了,此人和他共事二十多年,突然腐败掉了,老百姓有些议论也正常。不管心里怎么不舒服,他都必须正视这种生态环境,都得承认这场感冒来得不是时候。

住院住到第五天,也就是大年初三上午,感觉好了些,赵安邦强打精神和省委书记裴一弘一起,参加了对省城环卫工人的慰问活动。好在这日气温回暖,主要活动又是在室内进行的,才没出什么洋相,电视新闻里的形象应该还过得去。

和环卫工人一起吃过饺子后,裴一弘试探说:"安邦,你还能坚持吗?能坚持的话,我们一起去看看中央有关部门的那位领导同志,陪他一起吃个饭吧!"

赵安邦打着喷嚏，摆手讨饶说："算了，算了，老裴，你陪吧，代表我了！"

裴一弘打趣道："我代表不了你啊！要我说，你还是去吧，这种时候不能生病啊，外面又有人在瞎传谣了，说你老兄已经被中央有关部门带到北京去了！"

赵安邦开玩笑说："那位领导同志不还在咱汉江省城过年吗？就算要把我带走正法，也得年后了吧？哎，老裴，你说我们是不是连生病的权利都没有了？"

裴一弘半真不假道："安邦，你别说，这也是没办法的事。身居高位，咱们就是不能轻易生病，就得像明星一样在必要的时间和必要的场合，出现在必要的电视新闻里，否则就是问题啊！还不能用生病做解释哩，你解释不清嘛，就算人家在医院亲眼看到了你，你仍然摆脱不了得政治病的怀疑！你说是不是？"

赵安邦强忍着一个喷嚏，"这倒也是，得这种政治病的人又不是没有！我有时想想也觉得挺有意思，一方面权力缺乏有效的监督；另一方面，这种不是监督的怀疑和猜测又无所不在，咱中国老百姓的政治敏感性真堪称世界一绝啊！"

裴一弘说："也怪不得老百姓，他们的敏感不是没来由的。从计划经济向市场经济转轨的特定国情，决定了目前我们的社会正处在一个腐败的高发期嘛！"

赵安邦叹息道："是啊，钱惠人和刘培就倒下了嘛……"却没再说下去。

裴一弘倒说了起来，"刘培不谈了！钱惠人可真够麻烦的，进入司法程序后还死缠着你不放哩，对腐败事实百般抵赖，净扯工作违规，说跟你老兄学的！"

赵安邦"哼"了一声，郁郁道："这我能不知道吗？钱惠人被双规后就一直这么说嘛！他是我的老部下，我过去的一些作风对他也是有影响，这我得承认！"

裴一弘觉出了赵安邦的不快，笑着打哈哈说："好了，好了，大过年的，不谈这种烦心事了！哎，安邦，你回医院歇着吧，我还得继续赶场当明星哩！"

和裴一弘告了别，昏头昏脑回医院时，钱惠人的面孔老在赵安邦眼前晃。

想起钱惠人，赵安邦心里就隐隐作痛：这位老部下曾经那么能干，从文山到宁川，是跟着他披肝沥胆一路冲杀出来的，为改革闯关付出过沉重代价。到宁川后更是功不可没，把宁川的GDP搞到了一千四百多亿。可也正是在宁川任职期间，钱惠人通过自己老婆崔小柔和一个叫许克明的家伙挪用三亿公款收购炒作上市公司绿色田园，把这家公司搞成了他们夫妇的私人提款机。省委决定立案审查前，赵安邦希望钱惠人主动交待问题。钱惠人倒好，什么账都不认，说自己从宁川四个机动账户调动三亿资金，是为了挽救一家被ST的本市上市公司。只是违规，不存在腐败问题，还口口声声说这种违规操作长期以来是得到他支持的。

这就让他陷入了被动。钱惠人的腐败是他最先发现的，原则立场决定了他不能包着护着，况且许多同志又在那里盯着。可坚持原则却没落个好结果，知情者骂他爱惜羽毛，对老部下不讲人情，不知情的干部群众却怀疑他包庇了钱惠人。

更让赵安邦恼火的是，违规操作和违法犯罪的概念也混淆不清了。主管纪检的省委副书记于华北抓着违规做了不少文章，明里暗里四处感叹，倒底违规操作后面掩饰着多少腐败啊！裘一弘今天好像也话里有话哩，起码是在抱怨：没有他和钱惠人早年的违规闯关，或许就不会有钱惠人的腐败，他真是有理说不清了。

专车到省人民医院后门缓缓停稳了，赵安邦仍坐在车里，沉着脸想心事。

警卫秘书下了车，拉开车门，悄声提醒说："赵省长，咱……咱们到了！"

赵安邦一怔，这才被警卫秘书搀扶着下了车。下车后，双腿软软的还没站稳呢，就见着一辆黑色奥迪在身边戛然停下了。省委副书记于华北乐呵呵地从车里钻了出来，拱手打招呼说："安邦，来得早不如来得巧啊，给你老兄拜年了！"

赵安邦心想，这真叫不是冤家不对头，才年初三，竟然在医院碰上了他！脸上却笑着，"老于，给你拜年，也给你拜年！"说罢，又问："哎，你也病了？"

于华北笑道："我病啥？身体好得很哩，今天年初三，专来给你拜年的！"

赵安邦这才想起来：几位退下来的老同志全在医院住着，于华北该不是给老同志拜年的吧？便说："别来这一套了，你是看望老同志的吧？去吧，去吧！"

于华北却说:"安邦,你等着,看过老同志,我就到你这儿来!我刚从文山回来,想和你聊聊文山。文山班子干得不错啊,我们北部地区的新发动机看来已经发动起来了!事实证明,我们公推公选的新市长方正刚有气魄,有能力啊!"

赵安邦应道:"好,好!"又开玩笑说,"老于,你对文山的高度评价和有关指示,我昨天已经在电视新闻里学习过了,好像没有必要给我单开小灶了吧?"

于华北笑道:"看你说的,我是向你和省政府汇报啊!"说罢,分手走了。

回到病房,赵安邦疲惫得很,又支撑不住了,倒在沙发上一动不想动。

医护人员拿来体温计一试,又发烧了,三十七度九,便又给他挂上了水。

医护人员走后,夫人刘艳说:"发着烧还看望环卫工人,不知你是咋想的!"

赵安邦喃喃地说:"咋想的?该当明星就得当嘛,和群众见见面,也辟辟谣!"

刘艳说:"为人不做亏心事,不怕半夜鬼叫门,谣言传得再凶也是谣言嘛!"

赵安邦道:"话是这么说,可问题是钱惠人确实腐败掉了,就得正视啊!"

刘艳拉上窗帘,"好了,好了,安邦,明星当过了,你先好好睡一觉吧!"

赵安邦有气无力地说:"睡啥,咱于副书记马上还要过来和我谈文山呢!"

刘艳真有些火了,"安邦,你不要命了?这种时候还和老于谈文山!"

赵安邦有些无奈,"老于要谈,不谈合适吗?别忘了,钱惠人虽说在宁川犯的事,却是倒在文山市长位子上的!现在的文山市长方正刚又是老于看好的!"

刘艳没好气,"我知道,我知道!方正刚当年还跟着老于的省委工作组一起到宁川查过你们呢!安邦,要我说,你当时就不该让这种人上来做什么市长!"

赵安邦道:"人家是公推公选上的,省委委员都投了票,是我一个人说了算的啊?"说罢,摆了摆手,"行了,刘艳,你别叨唠了,让我安静一会儿吧!"

刘艳出去了,病房里静静的,可赵安邦的心却没法静下来。文山的事也坏在钱惠人手上了,如果钱惠人不腐败掉,哪会有文山市长的公推公选?哪会有方正刚的今天!民主的结果未必就是好结果,当年德国法西斯就是民主送上台的嘛!

这么一想心里不由得一惊,哦,他这是想到哪去了?莫不是发烧烧糊涂了吧?怎么把人家方正刚出任市长和德国法西斯上台联系起来了?还有对党内民主的评价,都很不合时宜!要警惕啊,赵省长,不能在台下时要民主,上了台就反对民主啊!

于华北同志也有趣得很哩,这位主管组织兼管纪检工作的省委副书记,怎么突然对文山的经济工作表现出了这么大的兴趣?不错,文山是于华北的老根据地,他支持方正刚把文山搞上去在情理之中,但恐怕还有别的因素吧?最近北京有消息说,裴一弘要上调中央,于华北是不是已经准备接任省委书记,或者待他出任省委书记之后接任省长啊?如果这老兄真接任了省长,也不知是福是祸?

又想多了吧,赵省长?中央对一个经济大省的干部人事安排用得着你操心吗?就算裴一弘走后于华北做了省委书记,你也得摆正位置!所以还是就事论事吧,人家关心文山经济,对方正刚和文山工作的支持鼓励总是好事,再说,方正刚上任后这十个月干得还算不错,和市委书记石亚南一班人也合作得挺好……

胡思乱想着,赵安邦迷迷糊糊睡了过去,醒来时于华北已在床前坐着了。

二

于华北颇为不安地看着躺在病床上挂水的赵安邦,一脸真诚的歉意,"抱歉啊,安邦,我真不知你病得这么厉害!听刘艳说,你这几天一直高烧不断啊?"

赵安邦在秘书的帮助下,努力坐了起来,"听她瞎叨唠,不就是感冒嘛!"

于华北说:"那你今天还出去啊?刚才在门口见你,我就觉得不太对劲!"

赵安邦自嘲道:"有啥办法,重大传统节日,我总不能一直称病不和群众见面吧?我在电视里露露面,对安定团结有好处,起码证明还没被上面带走嘛!"

于华北心中有数,说:"安邦,你是不是想多了?钱惠人的案子和你有啥关系?不是你和宁川的同志最早发现了问题,这个案子也许我们还办不下来呢!在前阵子的纪检监察工作会上我可说了啊,拿下钱惠人,首功是你赵省长的!"

赵安邦苦笑起来,"哎,哎,老于,你就饶了我吧,这话可别再说了!"

于华北知道这位省长同志顾虑什么,"好,好,不说就不说!安邦,你也别多想这事了,先好好养病,有些事情,等你病好后再聊吧!"说罢,起身要走。

赵安邦却没让他走,"哎,老于,你别走啊,我不至于病成这样!你不是要和我说文山吗?那就说吧,方正刚他们又给你这省委领导同志灌啥迷魂汤了?"

于华北看了赵安邦一眼,不无关切地问:"安邦,你这身体吃得消吗?"

赵安邦说:"老于,我没这么娇贵,你老兄也别怕,我这感冒不传染!"

于华北重又在床前坐下了,"啥迷魂汤?他们谁敢给我灌迷魂汤?安邦,我可是亲眼看到了文山经济发动机启动的情形,气势真像当年宁川的大开发呀!"

赵安邦似笑非笑地说:"是吗?宁川搞大开发可是你老兄带人查处过的!"

于华北没介意,笑道:"此一时彼一时了!再说,那也不是我想查,是当时的省委要查嘛,姓社姓资吵得那么凶,省委顶不住嘛,把我和方正刚都架在火上了!哎,安邦,这么多年了,你还记着呢?"说着,给赵安邦披了披被角。

赵安邦讥讽说:"老于,当年架在火上的是你呀?是我,是白天明,你和方正刚这帮同志可是烧火的,差点没把我和白天明烧焦了!哎,你不还怂恿方正刚给我们上过社会主义计划经济的大课吗?什么数理经济学,坎托洛维奇……"

于华北像似突然想了起来,"对了,我咋听说你对小方做市长不满意啊?"

赵安邦道:"我有什么满意不满意的?公推公选的结果,就得认嘛!"停了一下,又说,"方正刚赶上了这趟加班车嘛,不是公推公选,只怕他也上不来!"

于华北心想:这倒是实话,如果还是省委常委会上定,你这省长同志就得反对!方正刚参加省委调查组,查处过你,你就对人家耿耿于怀。方正刚心里也挺有数,出任文山代市长后有些忐忑不安,一再要他老领导帮帮忙,做做赵安邦的工作。小伙子在他面前把话说白了:没有赵安邦的支持,他这文山市长没法干。

赵安邦倒也坦诚，沉默了一会儿，又说："老于，实话告诉你，我没投小方的票，我看好的那位经委副主任没能通过答辩，进入前两名，我就被迫弃权了！"

于华北不禁一怔：赵安邦真是官场另类，不给人家投票的事只有他敢公开说。不过，既然这位省长敢在他面前说，也证明了一种态度，看来过去的真没过去。便也不客气地说："民主投票选市长，你省长竟然弃权，这也算一绝了吧？"

赵安邦说："我不弃权怎么办？你们端上桌的就这俩桃核，我不吃还不行吗？"话一出口，又发现不对头，忙往回收，"哦，这比喻不恰当，我收回！"

于华北笑了，"安邦，这话你可收不回了，这说明你对小方是有成见嘛！"

赵安邦显然知道他指的是什么，"老于，你别误会，过去的都过去了，我是觉得方正刚不太适宜在块块上主持工作！这位同志你清楚嘛，在条条里待的时间比较长，头脑灵活，能吹会侃，可却不太务实，省级机关出了名的方克思嘛！"

于华北有些不悦，"安邦，你这阵子去没去过文山啊？文山工业新区那片厂房高炉可不是吹出来的！过去方正刚是没机会上到这种干实事的位置上来嘛！"

赵安邦辩驳道："咋就没给他干实事的机会？老于，一九九七年我们不是安排他到金川县当过县长吗？结果呢，下去还不到一年，整个县委班子联名告他！"

于华北本来不想在这种时候这种场合和赵安邦发生争论，可实在有些忍不住了，"哎，安邦，一九九七年你是不是也有些片面了？只听一面之词就做了个重要批示，搞得我们都不好说话了！你是不是也该改变一下对人家小方的印象了？"

赵安邦没接这茬，说起了文山工作，"文山工业新区的情况我都知道，他们市委书记石亚南没少向我汇报，看来他们是为文山经济启动找准了定位啊！"

于华北有了些兴奋，"这才是公道的评价嘛！安邦，石亚南、方正刚这个班子思路清晰啊！提出了工业强市、钢铁开路的大思路。过去我在文山搞过电子工业园，后两届班子又上过食品加工什么的，其实定位都不是太准。文山是我省传统的重工业城市，钢铁和煤炭是基础，就得在钢铁上大做文章，做大做强嘛！"

赵安邦却兴奋不起来，"文山这么大搞钢铁，会不会捅娄子呢？我这几天听说，新区的钢铁规模从二百多万吨一下子扩张到了七百万吨，有没有这事？"

于华北说："对，对，是有这事！正刚和亚南同志代表市里向我汇报过，我记着呢！"掏出笔记本看了看，"二百五十万吨的铁水，二百三十万吨的炼钢，二百万吨的轧钢，还有个二十万吨的冷轧硅钢片，规模七百万吨，气势磅礴呢！"

赵安邦咂了咂嘴，"这正是我担心的：老兄，上面可在吹宏观调控风啊！"

于华北没当回事，"哎，安邦，你是不是小心过分了？文山的钢铁开路和宏观调控有什么直接关系？把文山建成我省北部的新发动机，是你代表这届政府提出来的，对文山搞点特殊政策——法无禁止即自由，不也是你老兄建议的吗？"

赵安邦不知在想什么，"是的，是的，只是有些问题……"却没说下去。

于华北狐疑地问："安邦，你是不是发现了啥？文山到底哪里不对头了？"

赵安邦醒过神来，"我只是担心。石亚南这位女同志可是敢闯敢冒的主，方正刚又是靠民主上的台，也急于出政绩，他们会不会背着省里乱来啊？老于，有个情况你知道吗？去年文山国企大搞破产逃债，把四大国有银行全惹毛了！"

于华北说："安邦，那我告诉你，这是旧闻了，银行债务现在全解决了！"

赵安邦并不官僚，"这我知道，他们鬼得很，以省里拨下的三十二亿买下了四大国有银行的一百零五亿的债权！银监局的同志年前还给我送了个材料，说是金融创新！我怕的是解决了旧债，再烂了新债！现在上面的精神可是压缩信贷规模，减少固定资产投资，前不久中央还开了个会，总理当面和我打过招呼的！"

于华北有些吃不准了，"你的意思，宏观调控会影响文山这轮经济启动？"

赵安邦点点头，"总会有影响吧，看来文山经济发动机的启动不太是时候！"

就说到这里，赵安邦的秘书小林敲门进来了，说是某能源大省的省长来电话拜年，问赵安邦接不接？赵安邦说，哪能不接，我们汉江还指望他们的煤呢，快接过来！在保密电话里和那位省长扯了好半天，放下电话后，赵安邦又忧心忡忡地说，"老于，我省的能源缺口很大啊，宁川和南方几个市已经供电不足了！"

于华北这才意识到有些不对头：身为省长的赵安邦对文山以钢铁开路的经济启动似乎并不看好，他也许是在一个不恰当的时候对文山经济表现了不恰当的关心。可心里却也有些疑惑：除了宏观调控的背景，赵安邦是不是还有别的想法？

没容他想下去，赵安邦又说了起来，"文山过去的包袱也没那么好甩的，山河集团被伟业国际收购后，不少人闹起了上访，也不知这个年能过安生吧？"

于华北道："安邦，那我和你通下气：山河集团的情况还好，我节前代表省委、省政府慰问困难企业时，和方正刚下去过，干部职工的情绪比较稳定！"

赵安邦却说："逢年过节送点米面，送点温暖，解决不了根本问题啊！"

于华北道："是啊，是啊，说到底文山的问题还是要在发展中解决嘛！"

赵安邦说："但也不能太急功近利，更不能顶风硬上，尤其在这种时候！"

就谈了这么多，护士和刘艳进来给赵安邦送药，于华北起身告辞了，临走才想起来，"哦，对了，安邦，方正刚和文山的同志还让我给你带了些年货呢！"

赵安邦就着矿泉水吃着药，开玩笑道："好你个老于，带头搞腐败啊！"

于华北说："腐败啥？就是些土特产嘛，又是过年，我已让人送你家去了！"

从省人民医院出来，于华北想：这次探视谈话有那么点意思。这位靠违规闯关上台，几起几落的省长，竟也变得循规蹈矩了，还拿宏观调控说事，当真谨小慎微了？估计另有所图吧！据可靠消息说，裴一弘要调走，裴一弘走后，赵安邦很有可能出任省委书记，未来的赵书记可不愿在这种节骨眼上惹出啥麻烦事！

他当然也不愿惹麻烦。九年省委副书记当下来，他也该上正部级了，如果中央不空降一位省长，他就有这个机会。只是任职资历上有点欠缺：从文山市委书记的位置上来后，他一直在党委部门工作，没主持过政府和经济建设。不过，北京那边的同志倒还有另一种说法，说他也有可能接裴一弘做省委书记，果真如此的话，历史可就重演了，十年河东转河西，他又成了赵安邦的上级。八十年代中期在文山市，九十年代初在省委，他可都是赵安邦的领导，或直接或间接。

不论是将来任省长，还是接任省委书记，他都得在经济建设方面有所表现。文山正是他可以表现的舞台，方正刚上得也正是时候。于是，回家以后，于华北给方正刚打了个电话，把赵安邦的担心变成自己的担心，和小伙子说了说。

方正刚没当回事，沙哑着嗓门，在电话里连连道："于书记，你放心，放心好了，宏观调控也不是一刀切，再说我们新区的钢铁项目不是国家投资，全是民营项目，又是正式立项批过的，不会有啥问题，今天我还在省城等个批文呢！"

于华北有些奇怪，"小方，这才年初三，省发改委就上班了？谁给你批啊？"

方正刚快乐地大笑道："于书记，你不知道吗？发改委分管副主任古根生可是我们石亚南书记的老公，亚南书记发了话，古主任敢不给我们特事特办啊？！"

于华北恍然大悟，"我说嘛！"想了想，又说，"哎，小方，你既然已到了省城，是不是抽空去看看安邦省长啊？安邦病了，你去看看，顺便汇报一下嘛！"

方正刚不太情愿，说："算了吧，于书记，要汇报让石亚南去汇报吧！"

于华北说："你也得多汇报嘛，赵省长对你这民主上来的市长很关心啊！"

方正刚根本不信，"赵省长关心的是文山，不是我这个不讨喜的市长！就算要汇报，我也得到省政府去汇报，再说我这次事不少，于书记，还是免了吧！"

于华北知道方正刚的情绪，也不好再勉强，又说了些别的，把电话挂了。

放下电话后，于华北想想也是，文山新区的钢铁是亚洲钢铁联合公司旗下的民营项目，又不是省里或者文山市政府的投资，况且文山的情况也比较特殊，长期以来一直投资过冷，如今随着全省经济的高速增长偶然热一下有啥关系？应该没什么大问题。于是，心便安了下来，在家稍事休息后，就赶到省委值班去了。

三

节日期间的欢乐祥和并没有舒缓裴一弘的紧张神经。不论是在电视上发表热情洋溢的讲话，还是面带微笑慰问干部群众，参加各种节日活动，裴一弘总保持着一份警醒，随时准备应对各种可能的突发性事件。经验证明，越是重大节日越有可能出点什么意外，去年国庆节，文山煤矿就发生了一场透水事故，差点没让他和赵安邦落个处分。今年也出了点事：大年三十上午，他正主持四套班子团拜会，平州市一家烟花爆竹厂发生爆炸，三死五伤；年初二下午，宁川市一座刚投入使用的厂房房顶垮塌，幸亏厂里放假，只砸死两位值班人员。他听到汇报就发了火：安全大检查在节前反复强调过，还专门发了文，竟然还出了两起意外！

作为一个经济大省的省委书记，裴一弘对自己领导下的这八万平方公里土地，五千多万人口负有不可推卸的责任。老百姓辛苦了一年可以好好过个节，放松一下，他却不行，尤其是身为省长的赵安邦又住了院，他就更不敢掉以轻心了。

初四一早，刚进办公室，办公厅赵主任就来汇报了，"裴书记，昨天一天还算平静，根据各市报来的情况看，全省境内没发生涉及人员伤亡的重大事故！"

裴一弘"哼"了一声，"年三十一起，年初二一起，已经挺够意思了！"

赵主任赔着笑脸，"就是，就是！裴书记，平州丁小明书记和省市有关部门对您的批示高度重视，正对烟花厂事故进行调查哩，丁书记连节也没过好！"

裴一弘慢条斯理地说："他丁小明还敢过节啊？你打个电话给他，让他节后把事故报告和检查一起给我送过来！哦，还有宁川厂房垮塌也得好好查一查，看看这里面有没有腐败啊？刚投入使用的厂房怎么就垮了呢？是不是腐败房啊！"

赵主任应着，"好，好，华北同志也是这个意思，还做了批示！"接着，他继续汇报说，"昨天虽说没有人员伤亡事故，意外事件还是发生了两起：文山破产企业山河集团一位下岗工人跳楼自杀，过年期间发生了这种事，影响比……比较恶劣！"

裴一弘一怔,批评道:"不是比较恶劣,是很恶劣!文山是咋回事?石亚南、方正刚有没有去慰问困难企业的职工?怎么让一个下岗工人死在大年初三了?"

赵主任说:"慰问过的,华北同志当时在文山,也参加了,这只是个意外!"

裴一弘未置可否,"继续说,还有什么意外?不是说有两起意外事件吗?"

赵主任越发小心了,"哦,银山市金川区独岛乡因钢厂征地,当地农民和政府发生了冲突,把正在政府谈判签合同的亚洲钢铁联合公司老总吴亚洲扣了,事件规模比较大,超过千人,这是昨夜发生的事,值班秘书长今天早上刚知道!"

裴一弘有点奇怪,"亚洲钢铁联合公司不是文山的企业吗?吴亚洲不是石亚南和方正刚从宁川引进的大能人吗?银山独岛乡的农民扣这个吴亚洲干什么?"

赵主任解释说:"吴亚洲的大本营在文山不错,可在银山也有个项目,就是独岛乡的硅钢厂,是银山市好不容易才争取到的!当地政府为这个项目共计征地两千五百亩,补偿低了点,农民就不干了,年前就开始上访,现在闹起来了!"

裴一弘盯着赵主任,不悦地问:"事态目前是不是还在进行中啊?"

赵主任点了点头,"银山和文山的警察已出动了,应该能控制局面……"

裴一弘这才发作了,脸一拉,"你这个小赵,这么大的事,现在才说!还说什么挺平静!这叫平静啊?两市警察都出动了,安定团结的局面已经被破坏了!给我找一下银山的那个章桂春,还有文山的石亚南,请他们马上给我回电话!"

赵主任抹着额上的冷汗,连连应着,当场打起了电话,联系银山和文山。

不料,银山和文山还没联系上,赵安邦的电话先一步过来了,是从省人民医院病房打过来的,挺关切地问:"哎,老裴,过节这几天没发生啥大事情吧?"

裴一弘本打算把发生的情况说一下,转而一想,人家省长正病着呢,话到嘴边又咽了回去,尽量平和地道:"哦,没啥大事,安邦,你怎么样?还好吧?"

赵安邦说:"好什么,昨夜又烧了半夜,这回可把我折腾苦了!现在烧又退了,向你老兄表示节日的问候!我这一病不要紧,整个要你了,心里不安啊!"

裴一弘笑道:"别这么客气!你该不是怕我值不好这个班,查我的岗吧?"

赵安邦在电话里笑了,"我敢查你老兄的岗啊?你的岗得中央查!"玩笑开罢聊起了天,话题竟是文山,"老裴啊,老于昨天到医院看望老同志时,到我这儿说了说文山的情况,我有点躺不住了:老于为文山大唱赞歌哩,夸那里形势一片大好,这是事实,石亚南、方正刚干得是不错,不过,问题和麻烦也不少啊!"

裴一弘想:我的省长同志,这麻烦已经来了,如不妥善及时处理好,还不知会是啥情况呢!嘴上却打哈哈道:"哪里能没点问题和麻烦,文山欠发达嘛,问题和麻烦肯定不会少了,好在目前这个班子比较得力,我们还是要有信心啊!"

赵安邦说:"老裴,我现在不怕没信心,倒怕信心太足,欲速则不达!"

裴一弘颇为不解,"哎,安邦,你这话是什么意思?给我说说清楚!"

赵安邦说:"文山一下子上了七百多万吨钢铁,工业新区这么大规模启动,我觉得有点悬!吴亚洲和他那个亚钢联我比较了解,不可能有这个资金实力啊!他们一期就投入了一百多亿,上得这么快,这么猛,有点出乎我的意料!"

这时,赵主任举着另一部电话话筒,向裴一弘示意:他要的电话接通了。

裴一弘摆了摆手,继续和赵安邦聊,"哎,安邦,你知道不知道,亚钢联这些项目投资里,银行信贷占了多大比例?他们的自有和自筹资金又有多少呢?"

赵安邦说:"现在不是太清楚,我节后准备去趟文山,了解一下再说。根据亚钢联的这些项目判断,最终投资规模不会低于二百五十个亿,甚至要达到三百个亿,如果风云突变,国家收紧信贷,我担心会出问题,让文山陷入被动啊!"

裴一弘心里一紧,"安邦,那你和省政府可得及时采取措施啊,真搞到那一步,我们就没法对上对下交待了!"停了一下,又不无忧郁地说,"这也真是两难的事,文山是传统重工业城市,有煤矿,有铁矿,钢铁兴市本来也没啥错嘛!"

赵安邦说:"是啊,如果前几年文山找准定位,这么大上钢铁就好了!"

裴一弘心里想着银山、文山的事,没心思和赵安邦多聊,"安邦,问题你既然想到了,就研究解决吧,我还有点急事要处理,先打住!"说罢,挂了电话。

挂了赵安邦的电话,裴一弘从赵主任手上接过了另一部电话,是文山市委书记石亚南的,赵主任说,银山市委书记章桂春目前位置不详,那边还在找。

石亚南是自己的老部下,裴一弘没什么好客气的,开口就说:"亚南,你们这个文山真不让我和省委省心啊,给我说说看,你这个春节都是怎么过的?"

石亚南竟然麻木得很,"裴书记,怎么了?整个春节我一直在文山,连家都没敢回,一边值班,一边带着两个孤儿过节,关注弱势群体可是您提倡的!"

裴一弘颇不耐烦,"别表功了,这事我知道,省报报道了!不过也提醒你一下:不要光做表面文章,同属弱势群体的那个自杀工人是咋回事啊?你说!"

石亚南似乎明白了,"裴书记,你说这事啊!那我汇报一下:山河集团是资不抵债的破产企业,也是我们市里关注的重点,节前慰问补助的工作全做了!"

裴一弘恼火地说:"可那位工人同志还是在年初三从六楼上跳下来了!"

石亚南检讨说:"裴书记,我们有责任、有责任,得向您和省委检讨!"却又道,"据初步调查了解,导致那位工人跳楼的直接原因还是家庭矛盾的激化……"

裴一弘听不进去,"如果不是下岗贫困,家庭矛盾能这么激烈吗?接受这个教训,尽量把安抚工作做好,现在两极分化这么严重,你这个一把手要警醒!"

石亚南连连道:"好,好,裴书记,我……我今晚就落实您的这个指示!"

裴一弘这才说起了银山正在发生的风波,"独岛乡又是怎么回事?你们文山的亚钢联公司怎么办到银山地界上去了?那里的农民闹起来了,你知道吗?"

石亚南当即叫了起来,"裴书记,你老领导不问我还真不好说!这事我刚知道,是银山方面的蛮干失误造成的!吴亚洲的亚钢联没想向银山扩张,是银山市委、市政府硬挖过去的,把我和正刚气得要死!现在可好,矛盾总爆发了吧!"

裴一弘火了,"石亚南,听你这口气,还有点幸灾乐祸是不是?就算银山挖项目,那也是跟你们学的!你和方正刚从南部宁川、平州挖走了多少项目啊!"

石亚南不敢争辩了,喃喃道:"可他章桂春既没金刚钻就别揽瓷器活嘛!"

裴一弘想想也是,也没再批评,"怎么听说,你们文山的警察也出动了?"

石亚南带着情绪说:"吴亚洲在电话里报了案,我们总得出警解救嘛!"

裴一弘这才搞清楚,文山警方的出动,只是为了解救亚钢联老总吴亚洲,心里多少松了口气,看来独岛乡的事态还没严重到两市警察集体出动的地步。

和石亚南通话结束后,银山的电话过来了。是银山市委一位值班副秘书长的汇报电话,说市委书记章桂春已冒着暴风雪去了独岛乡,估计路上有屏蔽,手机不通。据这位值班副秘书长说,局势已得到了控制,吴亚洲没受到任何伤害。

裴一弘说:"那就好,转告现场的同志,不能激化矛盾,酿发流血事件!"

那位副秘书长连连应道:"是,是,裴书记,我们章书记也这样指示了!"

放下电话,裴一弘无意中将目光投向落地窗外,这才注意到:省城也下雪了,视线内的几株落叶松已银装半裹,地上湿漉漉的,有些地方积起了一层薄雪。

看着纷纷扬扬的雪花,裴一弘心想,这种关键时刻真不能出啥大事啊!

年前在北京开会时,中央领导就和他谈过话了,要他准备进京,他不能在调离这个经济大省的最后关头被这起意外发生的征地风波绊一跤。根据中央有关部门通报,最近全国各地发生了多起因拆迁征地诱发的恶性事件,引起了中央的高度重视,两个兄弟省区刚被通报批评过。退一步说,就算节后就走,最后一班岗他也得站好了,不能给汉江的干部群众留下话柄,更不能给接手的同志留下隐患。

这位接手的同志很可能是赵安邦。中央领导和有关部门征求意见时,他实事求是地谈了对赵安邦的看法:赵安邦在汉江二十六年,做过第一经济大市宁川市委书记,宁川在他任上奇迹般地崛起了。嗣后副省长、常务副省长干了数年,出任省长也快两年了,干得都不错。不管国际国内如何风云变幻,潮起潮落,汉江经济一直保持着快速增长的大好势头,赵安邦的政绩和贡献不可抹煞。不过,这位省长也有弱点:开拓进取有余,沉稳定性不足,历史上的违规记录不少,一手提起来的老部下钱惠人也在违规的掩护下腐败掉了。当然,赵安邦也在变,钱惠人出事后已比较注意这个问题了,今天电话里还主动提起中央的宏观调控政策。

中央比较关注的另一位同志是于华北。老于资历老,原则性强,这次可能会进一步，但出任省长的希望看来不大。老于长期分管组织人事，对政府主导的经济建设，尤其是现阶段的经济建设不是太熟悉。省委书记估计更不会考虑。省委书记也得懂经济嘛，而且要求更高，既要有把握全局的能力素质，又要有相当的协调水准和智慧。这么多年改革搞下来，各地区、各利益集团的冲突尖锐复杂，南部发达地区和北部欠发达地区一直矛盾不断，同属于欠发达地区的文山和银山为争项目也经常打得头破血流，只怕老于对付不了。何况老于因其资格比较老，也带来了年龄偏大的弱项。最有可能出现的情形是：赵安邦继任省委书记之后，中央空降一位省长过来，老于则有可能安排到省政协去做一把手……

刚想到这里，银山市委书记章桂春的电话挂过来了，开口就检讨，"裴书记，真对不起，我们工作没做好啊，年还没过完，就给您和省委添了乱子……"

裴一弘情绪已比较平静了，尽量和气地说："给我添点乱没啥，只要你们下面少出乱子！"忍不住批评起来，"桂春同志，你没金刚钻揽啥瓷器活啊？文山是传统重工业城市，要做大做强钢铁，你银山是沿海城市，要在滩涂开发上多做文章嘛，咋非抢这杯羹呢？"考虑到石亚南是自己的老部下，怕章桂春产生什么误会，又说，"我可不是护着文山啊，你们银山真能把抢来的项目做好也成！"

章桂春表白说："裴书记，这次独岛乡闹事和上不上钢铁没关系啊！这两千五百亩地本来就划入了工业开发用地范围，就算上别的项目农民还是要闹的！"

裴一弘道："既然知道，你们为什么不把工作做在前面呢？怎么就让农民同志在节日期间闹起来了呢？你还算清醒，亲自赶过去处理了，这就好！现在还在节日期间，不是平时，对这起突发性事件，你们要高度重视，谨慎处理……"

就说到这里，电话断了，裴一弘估计，章桂春还在路上，又碰上了屏蔽。

这时，落地窗外的雪越下越大了，目光所及之处，已是一片刺眼的惨白。

后来裴一弘才知道，那日文山、银山等北部地区雪下得更大，还刮起了六级大风。电话中断期间，章桂春的车竟在距独岛乡六公里处翻了车，差点送了命！

四

  暴风雪无情地肆虐。阵阵呼啸的寒风裹带着空中飘落下来的雪花，卷扬起地上的积雪，把面前的世界搅和得一片浑噩，几乎分不清哪里是天哪里是地。银山市委书记章桂春一行的警车、面包车从银山城出来没多远就碰上了难题：在全线封闭的省金高速公路上勉强开行了十五公里，下了南四出口桥，却看不见通往独岛乡的路了，漫天飞雪一把抹去了这条本来就不太显眼的二级乡镇公路。

  警车上的政保处长当时预感就不好，为了领导的安全，建议等等再走。

  章桂春担心独岛乡事态失控，心急火燎地说："等什么等？走，试着走！"

  政保处长不安地解释说："章书记，也不是要等多久，我的意思是，等有哪位熟悉这里路况的过路司机开车在前面帮着趟路就好了，这就比较安全……"

  章桂春认为这是一厢情愿：风雪这么大，又是大年初四，哪有什么司机会开车出门？他若不是因为独岛乡的突发性事件，也不会在这种时候硬往那里赶！于是便说："啥也别说了，这里的路况我熟，这条乡镇公路通车时我剪过彩的！"

  嗣后回忆起来，章桂春不得不承认，剪没剪过彩和熟悉不熟悉这条路的路况没有什么必然联系。独岛乡邻近文山的古龙县，和文山接壤，对银山来说就是偏远乡镇了。他在银山主持工作三年，难得去过几次，其中一次还是前年搞乡乡通工程时参加剪彩仪式。他这么一意孤行，出点事不奇怪，不出事反倒奇怪了。

  就这么冒险上了路。这条路虽说被积雪覆盖了，轮廓还是看得出的，路面高出地面一些，路两边还有农用排水沟，只要仔细判断，倒也不会偏离路面。

  刚上路时，大家都很小心。警车爬也似的碾过原始积雪，在前面开道，章桂春一行的面包车隔着百十米的距离，不即不离地跟着，一气推进了十几公里。

  过了高村，情况有了些乐观，风吹走了路面上的积雪，部分路段的路面裸露出来。章桂春大意了，就那点小警惕也抛到了脑后，亲自拿着报话机，一再要前面的警车加速。在他的命令下，警车的速度渐渐上去了，面包车的时速也达到了五六十公里。同车的一位副市长和秘书随从们都担心路滑出事,却也不敢说。

也正是在这时候,章桂春接到了市委值班室的电话,值班刘副秘书长说:"哎呀,章书记,可打通你的电话了,你快给省委裴书记回个电话吧!独岛乡的事裴书记不知咋的知道了,让办公厅赵主任打了几个电话找你,都快急死我了!"

章桂春不满地对刘秘书长说:"你咋就找不着我呢?我的手机一直开着!"

刘秘书长说:"那肯定是有屏蔽,你和其他同志的电话都不在服务区啊!"

这真是见了大头鬼,偏在省委书记找他的时候出了这种事!更可气的是,也不知哪个同志嘴这么快,他还没赶到独岛乡现场呢,就先把事情汇报上去了!便没好气地问:"老刘,谁这么积极主动啊?情况还没弄清楚呢,乱汇报个啥?!"

老刘说:"章书记,我了解了一下,又是文山在使坏啊!据说被农民围住的那位著名企业家吴亚洲向文山公安局报了警,文山就过来一个副局长和几台警车,大张旗鼓地搞什么解救行动,一到现场就向省里汇报了!估计是别有用心!"

这还用估计?肯定是别有用心!文山的同志干得真叫绝,汇报的理由还很充分哩,节日期间出了这种规模较大的突发事件必须向省里汇报,这是规定。这一汇报不要紧,他和银山就被动了:你银山出的乱子,银山不汇报,倒是兄弟市文山先汇报了,你银山如果不是想隐瞒情况,就是反应迟钝,失于职守!当然,当然,你可以解释:独岛乡是银山地区的边远乡镇,和文山倒近在咫尺。可人家先汇报了,话语权就掌握在人家手上了,搞不好就会扩大事态,误导省委领导!

章桂春并不官僚,独岛乡的情况他不是不知道,就是两个村的小砖厂引起了些矛盾嘛!上硅钢厂要在乡里征地两千五百亩,涉及到几个集体砖厂的拆迁,这些砖厂效益好不愿走,村干部就唆使村民闹事,还到市里群访过。他曾做过一个批示:"吴亚洲是省内乃至国内著名企业家,这个项目又是好不容易争取过来的,只准成功,不准失败,谁影响银山一阵子,我们就影响他一辈子!"

后来，他们金川区的书记、区长来市里汇报，说是问题大致解决了，谁知昨夜偏又闹上了！

昨天本来说好是草签合同的，人家吴亚洲节都没过，就带着人来了，和乡区政府主要领导谈了一天。晚上到独岛乡吃饭，因为气氛好，又是过年，大家都喝了不少酒，时间搞得比较晚，吴亚洲一行就在乡里宏发宾馆住下了。两个村的村民们不知从哪里得知了这个消息，就冲进了宾馆，要人家滚蛋。吴亚洲见过大世面，态度挺好，再三解释，要农民们有意见向政府有关部门反映。吴亚洲手下的人却没这种修养，先是和农民恶吵，后来双方就厮打起来，还打伤了几个人。

他是天亮后才知道情况的。本想马上赶到独岛乡去，可当时雪很大，同志们都担心路上行车困难，让他先等等。他就等了一阵子，看着窗外纷飞大雪在电话里遥控指挥，找区委书记吕同仁，又找区长向阳生。吕同仁还不错，天一亮就赶到现场去了，积极做农民的工作。区长向阳生却一直没影子，知情的同志说，向区长昨夜喝多了，又没在家睡，也不知睡到哪个情人小秘那去了，气得他直骂娘。八点过后，吕同仁来电话汇报，说是吴亚洲几个人被解救出来了，但事态有所扩大，两个村的农民全出来了，男女老少在风雪中静坐，还打出了反对征地的标语。

章桂春一听，不敢等下去了，尽管风雪越来越大，还是毅然上了路。上路时就不安地想，这事搞不好就会把银山的重大项目弄黄了，也担心文山会使坏。

现在清楚了，文山方面到底还是使上了坏，把他和银山推到火山口上了。因此，用手机往省委书记裴一弘办公室打电话时，他就做好了挨批的思想准备。

情况却比想象的好。省委书记裴一弘虽说批评了他和银山，口气还不错。而且明说了，他这位大老板和省委并不是护着文山，只要银山能把抢来的项目做好就成！他本想听完裴一弘的最高指示，借着这个话头好好向省委表个态，说一说银山的决心和信心，不料电话竟断了，再怎么也拨不通了，又是屏蔽在捣乱。

翻车事故就是在他不断拨电话时发生的。当时面包车的时速大约在六十公里左右，能见度和路况比刚出城时好得多。雪虽然还在下，但已小了许多。

可偏偏就翻了车！事后才知道，还是积雪惹的祸，积雪填满了路面上的一个坑，伪装成一片平坦，警车窄一下子过去了，面包车却倒了血霉，一只前轮栽到坑里，瞬时倾覆。

灾难来临时并没有事后想象的那么可怕。一切都是在很短暂的时间内发生的，谁都来不及恐惧。恐惧感的发生和存在大都是以时间为依托的。出乎意料的背后一枪不会事先给人带来恐惧，而死刑判决却会给人以恐惧感，有了等待死亡的时间，恐惧才得以产生和存在了。因而出事后章桂春从半倾的车里爬出时，并没啥恐惧感，甚至不知道左臂上节股骨已折断，还帮着把头上流血的政府办公室陈主任往车外拉。直到车里的同志都安全脱险了，章桂春才觉出左胳膊不太对劲了，身不由已地一屁股坐倒在雪地上。同志们一看不好，把他抬进了警车里。

进了警车，正被胳膊上的骨伤折腾着，省委电话又来了。开头还是省委办公厅的赵主任，继而，裴一弘的声音又响了起来，"桂春同志，你现在听得见吗？"

章桂春强忍着疼痛，"裴书记，我……我听得见，请您……您继续指示！"

裴一弘说："刚才我话还没说完，有个情况我要向你们通报一下，最近兄弟省区因为拆迁征地诱发了一些恶性事件，有自焚自杀，个别地方甚至酿成了流血冲突，影响恶劣！我省决不能出这种事！如果这次死了一个人，我唯你是问！"

章桂春吸着冷气，连连应道："是，是，我……我知道，我会负责任的！"

裴一弘似乎不太放心，"你能负责任就好，这种大冷天，还要注意防寒防冻，既不能冻坏我们的公安干警，也不能冻坏农民群众！你们放下思想包袱，慎重处理吧，有关情况及时向省委汇报，别把事情闹得不可收拾！"

章桂春又是一连串吸气，"好，好，好吧，裴……裴……裴书记……"

裴一弘这才听出了问题，"哎，桂春同志，你怎么回事啊？被我吓着了？"

章桂春这才说了实话，"裴……裴书记，我……我们刚才翻车出了车祸！"

裴一弘那边急了，"什么？车祸？伤人没有？桂春，你是不是受伤了啊？"

章桂春把情况说了说："还好，没死人，不过，车内有三个同志受了伤！"

裴一弘问:"你伤得怎么样?我听你的声音不太对头啊,给我说实话!"

章桂春只得说了实话,"我的左臂可能骨折了,不过,还……还能坚持!"

裴一弘道:"别坚持了,先就近去医院检查治疗,让其他同志去现场吧!"

章桂春说:"就近哪有医院啊,这里离独岛乡还六公里,我……我还是过去吧,到乡卫生所处理一下伤,再……再到现场去,裴书记,您……您别担心!"

裴一弘显然没有更好的主意,关切地叮嘱几句,结束了和他的这次通话。

后来的这六公里痛苦难熬,道路显得那么漫长,时间也显得那么漫长。

包括他在内,受伤的四个同志硬挤在一部窄小的普桑警车里继续赶路。一行其他九位同志只能步行前往独岛乡,或想别的办法解决困境了。章桂春想,别的办法几乎没有,若等着从市内调车过来,只怕这九位同志都得在这冰天雪地里冻成冰棍,他们唯一可行的出路只有一条:放下幻想,来一次六公里的雪野拉练……

第二章

五

尽管从天气预报里知道这场暴风雪要来，石亚南还是没想到，雪会下得这么大，仅仅一夜，文山城内的积雪已达四百多毫米，市内交通陷入一片混乱。好在值班副市长措施得当，紧急动员各单位上街扫雪，中午时分一切才恢复了正常。

这期间，裴一弘又来了个电话，询问文山雪灾情况，石亚南简要地汇报了一下，顺便问起了独岛乡的风波。裴一弘不悦地说，独岛乡近千号农民还在乡政府静坐呢，银山市委书记章桂春也在赶往现场的途中翻车受伤，摔断了左臂骨。

石亚南不禁一阵黯然：这个章桂春也真够倒霉的，为了和文山抢项目，蛮干硬上，年初四就让底下农民闹起来了，破坏了传统节日的喜庆祥和气氛，也破坏了全省安定团结的大好局面。估计省委、省政府领导不会轻饶了他，裴一弘已经在那里盯着了，只怕生病住院的赵安邦省长也要骂娘的，唉，可怜的章书记啊！

同志式的人道主义的感慨来得快，去得也快；感慨过后，石亚南迅即又恢复了竞争者的立场：其实该书记不应该获得来自她和文山的同情，章桂春和银山实在是自作自受！该争不该争的都争，见钢铁形势好了，非要突击上这个硅钢厂！还压低地价搞突击征地，能不砸吗！这叫啥呢？应该叫搬起石头砸自己的脚吧？

既然人家已经砸了脚，慰问一下还是必要的，美国新总统当选，我们国家还去电视贺呢，何况自己的同志，兄弟城市的一把手受了伤！受了伤的桂春同志可能会比较清醒了,也许能听她几句劝:就坡下驴,平息风波,别再自讨苦吃。

万没想到,章桂春同志竟是个宁死不屈的硬汉子,翻车受了伤,竟还是赶到独岛乡现场去了!她要通了电话,刚说了句:"章书记,听说你发生了点意外?"章桂春就怒吼说:"什么意外?我身体很好,前所未有的好,正在乡下吃饺子呢!"

这一来,石亚南也不客气了,"老章啊,你是吃饺子呢,还是在乡下喝西北风?我咋在电话里听到那么多农民喊口号?"其实没谁喊口号,她是诈章桂春。

章桂春却上当了,没好气地道:"对,对,我也不瞒你了:我是在处理独岛乡发生的一点小风波,女书记,你是不是又看到啥机会了?想落井下石啊?"

石亚南好言好语说:"桂春同志,不要这么气急败坏嘛!我知道你现在受了伤,又在现场,心情不好!不过,你真得注意身体!我怎么听说你左臂骨折了?"

章桂春口气这才好了些,"骨折已经处理了,还打了止痛针,没啥了不得!"

石亚南劝说道:"老章,还是别坚持了,赶快去医院吧,别留下啥后遗症!"

章桂春又急躁起来,"行了,行了,亚南,我这里谢谢了,咱先这么说吧!"

石亚南忙道:"你别急着挂电话啊!桂春,你今天听我一句劝好不好?该放弃就放弃吧,别再把吴亚洲往你们那里拉了,银山农民闹上访可是有传统的!"

章桂春火了,"石书记,我就知道你要说这种话!对不起,我要挂线了!"

石亚南急了,"喂,喂,章书记,你听我再说两句:独岛乡的硅钢项目,放弃不放弃是你们银山的事,与我和文山无关,不过,吴亚洲可是我们请到文山来的,在文山投资一百多个亿哩,吴亚洲先生的人身安全你们必须给我保证!"

章桂春讥讽说:"石书记,这一点用不着你来指示,吴亚洲的亚钢联也计划在我市投资六十五亿,我和银山市委、市政府会保证他的绝对安全!"

电话就这么挂断了,她好心好意想关心一下,竟落得热脸碰了冷屁股!这不知好歹、不要脸皮的章桂春,还保证吴亚洲的绝对安全呢,吴亚洲就陷在你银山!

便打了个电话给独岛乡现场的公安副局长王再山,了解吴亚洲的情况。

王再山汇报说:"石书记,吴总挺好的,本来都要跟我们回文山了,银山的章书记一到,又被章书记留下来了,人家愿留下,我也不好驳章书记的面子!"

石亚南一听就来火,"章桂春留吴亚洲干啥?这种情况下还能谈项目吗?"

王再山说:"不是,不是,章书记希望吴总帮助他们做做工作,和农民们说一说未来硅钢厂的什么光明前景,你听,你听,吴总和章书记正在广播呢!"

那边电话里时续时断地传出了一阵阵车载电台的广播声。不过,现场乱哄哄的,比较嘈杂,风雪声也很大,究竟是谁在说,又说了些啥,石亚南全听不清。

石亚南便道:"行了,行了,我不听了,让章书记和银山的同志该怎么处理怎么处理吧!王局,你马上到他们的广播车上去,给我把吴亚洲接回来吧!"

王再山有些犹豫,"石书记,这好吗?人家章书记可是带伤赶过来的……"

石亚南不好再说什么了,"那你注意保护好吴亚洲!"说罢,挂上了电话。

刚挂了电话,还没从通话状态中醒过神来,两个和她一起过春节的孤儿姐弟一起进来了,进门时一脸笑容,但见她脸色严肃,小脸上的笑容瞬间消失了。

石亚南却笑了起来,和气地问姐姐小婉,"小婉,你们要和阿姨说什么?"

小婉想说什么,却又没说,很懂事地道:"石阿姨,您工作吧,我们没事!"

弟弟小鹏吸吮了一下清鼻涕,"阿姨,我……我们要让你到院里看雪人哩!"

石亚南不想败了孩子的兴,做出一副高兴的样子说:"好啊,那就看看去!"

从小楼的办公室出来,看着堆在门前水泥地上的雪人,石亚南夸道:"真不错哩,比我小时候堆得好多了!哎,小婉、小鹏,你们堆雪人时想的是谁啊?"

小鹏脱口道:"我们想的是妈妈!姐姐说,堆个妈妈和我们一起过年!"

石亚南鼻子一酸,有一种要流泪的感觉:每逢佳节倍思亲啊!自己身为母亲,却没法说服十六岁的儿子到文山和她一起过个短暂的春节;而这两个失去了父母双亲的孤儿,一个十岁,一个十四岁,却在她面前这么深情地怀念着去世的母亲。

小婉注意到了她的情绪变化,"石阿姨,您咋了?想上海的大哥哥了吧?"

石亚南勉强笑了笑,叹息说,"想有什么用?想他也不来!"说着,从地上捧起一把雪,在雪人身上修补起来,"小婉、小鹏,还记得你们妈妈的模样吗?"

小鹏摇了摇小脑袋,"记不住了,我两岁时,妈妈就死了,姐姐说是生癌!"

小婉噙泪说:"我还记得妈妈的模样,印象最深的是她临咽气时的样子!"

石亚南意识到自己提起了一个不该提起的话题,遂掉转话头说起了别的。

小婉却不再多接话了,噙在眼中的泪落了下来,背着她,用衣袖抹去了。她也不好多问,怕问了小婉会更伤心,便和小鹏一起,点评着雪人,继续修补。

这是两个感动了文山的孤儿,也深深感动了作为市委书记和母亲的她。最早知道这两个孩子,是在文山电视台的名牌栏目《社会大写实》里。小鹏是遗腹子,在妈妈肚里时爸爸就车祸身亡了。为了生存,妈妈带着吃奶的小鹏和小婉改嫁给了山河集团一位下岗电工,一年之后自己又因癌症去世。继父真不错,下了岗,每月拿二百多元生活费,却四处打临时工,抚养这对苦命的孩子。去年春天,继父中风瘫痪,也没有能力抚养他们了,想把他们送往社会福利院。孩子们泪流满面,死活不干,非要和抚养过他们的这位继父相依为命,于是小小年纪就都当上了报童。

大写实里的记录令人震惊:每天凌晨四点,天还一片漆黑,整个文山还沉睡着,小婉就蹬着三轮车,带着睡眼惺忪的小鹏一趟趟到报社拿报纸了。拿到报纸后,小婉蹬车,小鹏推车,数着一条条街道的门牌,挨家挨户给人送报纸。天亮以后,人家的孩子睡醒后在家吃早餐时,两个孩子却在为继父喂饭擦洗。待得一切忙完,匆匆吃点隔夜汤饭赶去上学。更让石亚南动容的是,这两个孩子学习都很好,小婉在市六中上初一,成绩排在前十名;小鹏上小学三年级,也是年级里的尖子。相比之下,她觉得自己十六岁的儿子古大为真该惭愧:就因为父母不在身边,被爷爷、奶奶惯出了一身毛病,今年初中毕业竟连普通高中都没考上。

决定请小婉、小鹏到她身边过春节时,她几次打电话给远在上海的儿子,让他也到文山来,受受教育。这浑小子就是不来,让她难过了好几天。今天早上的电话里,不知内情的老领导裴一弘还批评她做表面文章,天理良心,她哪是做表面文章啊,她不但是市委书记,也还是位母亲啊,母性决定了她必须这样做!

雪人益发像模像样了,石亚南拍打着手上的雪,对小婉、小鹏说:"孩子们,面对雪人妈妈许个心愿吧,看看最想得到的是什么,我能不能帮你们实现!"

小鹏说:"石阿姨,我就一个心愿,明年你再请我和姐姐到你这儿过年!"

石亚南笑道:"好,这石阿姨办得到,不但春节,中秋节也请你们过来!"

小婉想了想,怯生生地说:"石……石阿姨,我……我能叫你一声妈妈吗?"

石亚南一怔,眼中的泪水夺眶而出,"小婉,你们想叫就……就叫吧……"

两个孩子带着哭腔喊起了"妈妈",一连喊了好几声,喊得她心都碎了。

就在这时,秘书刘丽匆匆从小楼里出来了,"石书记,有你一个电话!"

石亚南放开搂着的孩子,静了静心,问:"谁打来的?是银山那边吧?"

刘丽说:"不是,是正刚市长从你家打来的,好像和古主任谈得不太顺!"

石亚南一怔,迅即从母亲的角色中醒转过来,重又恢复了一个市委书记的敏感:这位古根生先生想干什么?电话里说好特事特办的事,怎么又和方正刚谈出不愉快了?哪里节外生枝了?遂和两个孩子打了声招呼,走进小楼去接电话。

回到小楼,接了方正刚的电话才知道,还真不能怪自家老古,节外生枝的事竟出在银山市!银山独岛乡连硅钢厂的用地都没征下来,竟也要省发改委特事特办,帮他们批硅钢项目!这让古根生很为难,光批文山的项目,银山会有意见。

方正刚在电话里直叫,"石书记,你说章桂春是不是故意的?和你家老古明说了,要办两市的项目就一起办,要不就一家都别办,否则,他找赵省长奏本!"

石亚南灵机一动,问:"哎,正刚,赵省长是不是还在医院住着啊?"

方正刚说:"是啊,于华北副书记还让我去看看他呢,我忙得要死就没去!"

石亚南道:"你马上去,去看赵省长,向他汇报一下独岛乡正在发生的事!"

方正刚当时还不知道独岛乡发生的风波,问:"独岛乡发生了啥事啊?"

石亚南耐着性子把独岛乡农民因征地闹事的情况细说了一遍,说罢,暗授机宜道:"正刚,你不要在赵省长面前否人家银山的项目,还得多表扬肯定章桂春同志,桂春同志令人感动啊,都翻车摔成重伤了,还坚持和农民同志对话哩!"

方正刚狐疑地问:"章桂春当真是重伤啊?你刚才不说只是左臂骨折吗?"

石亚南道:"正刚,你较啥真?赵省长在医院住着,啥都不知道,还不由你说！再说，现在事态还在发展中，传来的信息又乱又杂，哪会这么准确啊！"

方正刚会意道："好，看赵省长咋说吧，没准把老章树为硬骨头典型呢！"

六

知妻莫如夫，眼见着方正刚和老婆石亚南通电话，酝酿阴谋诡计，古根生不无讥讽地想，看来银山的章桂春这回要倒点霉了。同属北部欠发达地区，银山不是文山的对手，省里确定的北部新经济中心是文山，不是银山；同样做着市委书记，章桂春也不是自己老婆的对手；自己这个老婆不是好妻子、好母亲，却是个很会维护地方利益的"好干部"。在南部发达市平州做市长的时候，为了平州的利益和邻近的经济大市宁川明争暗斗，搞得省长赵安邦见了她就躲，何况现在又加上了个方正刚。方正刚是公推公选上来的，既有民主的底气，又有振兴文山经济的远大抱负，一上任就在文山市中心竖了块大牌子：一切为了文山经济，一切为了文山人民！还公开在大会上说，既要联系群众，也要联系领导，要学会往上跑！不但要跑省城，还要跑北京！不是跑官，是跑项目！你既然做着局长、主任、处长什么的，就得知道你省里主管领导家在哪里，就得常去跑！这话连石亚南都觉得过分了，曾在他面前抱怨过：这种事只能干不能说嘛，尤其是在公开场合。

据古根生所知，春节这几天，石亚南坐镇文山，带着两个小孤儿作秀，和治下的八百万人民欢度新春佳节，干着联系群众的场面事。方正刚却带着一帮头头脑脑和土特产在省城跑关系，联系领导和有关部门。不但是他们发改委这边，省国土资源厅、省环保局、各银行金融机构，以及省政府主管领导家，几乎全光顾了一遍。据方正刚叹息，一天赶几个场，比平时还累，往哪一坐就想睡下来！

此刻，方正刚精神倒好，抱着电话和石亚南大谈银山，"……石书记，你放心好了，我肯定是好医生，在赵省长面前一定给章书记上好眼药！不过，我姐夫这里，你是不是也下点命令啊？当真要把这一碗水端平啊？就不能来点倾斜？"

石亚南不知在电话里说了些啥，方正刚说，"好，好，那让我姐夫接电话！"

古根生接过电话，开口就是一番讽刺挖苦，"石书记，听说你这个年过得不错啊，亲民爱民，关怀弱势群体，省报上都登了，我这几天正认真学习哩！"

石亚南说："古副主任，你别冷嘲热讽的，我正想和你商量呢：咱们是不是把这两个孤儿领养下来？这两个孩子太不容易了，可以说感动了整个文山啊！"

古根生"哼"了一声，"这还用和我商量？我有老婆和没老婆也差不多，你看我们这个春节过的，你石大书记在文山，我在省城，孩子在上海，像个家吗！"

石亚南叫道，"哎，老古，这你别抱怨啊，节前我就让你和大为到文山一起过节，你要值班嘛，大为也不干，都气死我了，要我说大为真该来受受教育！"

古根生说："大为知道你要给他上课，才死活不愿去，连我说了也没用！"又发牢骚说，"就这样，你还把正刚派来了，天天打电话骚扰我，今天又缠上了！"

石亚南道："我和正刚这不也是没办法吗？在其位就要谋其政嘛，文山就是这么个情况，钢铁立市的思路是省里肯定的，现在时机又好，就得抓住机遇嘛！"

古根生说："别给我说这些官话，该解释的，我都给正刚解释了，我是省发改委副主任，不是你们文山市计委主任，要平衡两市关系，一碗水就得端平！"

石亚南火了，"好，古副主任，我不和你说了，我让赵省长来否了银山！"

毕竟是自己的老婆，古根生好意提醒道："哎，亚南，你们也别把事做得太绝啊，给人家留条退路，也给自己留条出路，你和方正刚得罪的人还少吗？宁川、平州和省城不少同志都在告你们的状，你们别再和银山闹得这么僵了……"

石亚南根本不愿听，没等他说完，就把电话挂了，让他好一阵怅然。

方正刚听出没戏，从客厅沙发上站起来，伸伸懒腰，打了个夸张的哈欠，"姐夫，我算服你了，连我姐姐的面子都不给，行，你狗东西以后肯定还能升！"

古根生道："我还往哪升？你和你那位书记姐姐净逼我帮你们作假违规，

以后不被省委撤职就谢天谢地了！方老代，我不说你心里也有数：你们工业新区亚钢联的那些项目都那么规范吗？资金、用地、报批程序哪个环节没点问题啊？"

方正刚打断古根生的话头，"银山问题更大，连项目用地都没报批呢，他们就霸王硬上弓，在独岛乡搞起征地拆迁了，你还要搞平衡呢，不和你说了！"

古根生说："我们不是还没批吗？方老代，我再和你说一遍：我现在不怕别的，就怕事情摆不平，下面的同志乱告状，真告到赵省长那里，倒霉的是我！"

方正刚一副不屑的样子，"就算告到赵省长那里又怎么样？这些年不都是这么做的吗？他老赵在宁川当市长、书记时违规的事干少了？当年被于华北书记查出的事实一大把！人家老赵下台不到半年，不又上来了？现在还当了省长哩！"

古根生有些怕了，"哎，哎，方老代，你这家伙别一口一个老赵的啊……"

方正刚"扑哧"一笑，"姐夫，那你也别一口一个方老代的，我现在不是代市长了！我那位市委书记姐姐没和你说过吗？节前我们文山就开过人代会了！"

古根生讥讽说："哦，这我还真不知道，石书记没传达，对不起了，方市长！"

方正刚拿起沙发上的大衣，往手上一搭，准备出门，"走了，真得走了！"

古根生看了看墙上的电子钟，"哟，都快十二点了，就在这儿吃点食吧！"

方正刚也不客气，怔了一下，马上站下了，说："倒也是啊，在哪吃都得吃嘛！哎，我说姐夫，你就简单点吧，随便弄点草料对付一下就行了！"

古根生说："你想复杂我也复杂不了，一人过节，除了下面条，就是啃面包！对你优待，就吃你送的文山土特产吧，狗肉、兔子，还有你们文山晕头大曲！"

方正刚忙摆手，"哎，酒就算了，吃点食我还得去赵省长那儿严肃汇报哩！"

吃饭时，古根生又发起了感慨，"……正刚，你说我和亚南这还叫家吗？结婚十七年，真正在一起过的小日子不到三年！亚南在省经委时，我在宁川计委；我进了省城，调到了省发改委，亚南就去了平州，去年又到了文山！儿子大为从小放在我父母家，和我们谁也没感情，连个普通高中都没考上，整个他妈瞎了！"

方正刚大口嚼着狗肉,吃着面条,没心没肺地说:"要不咱哥俩换换?我到省发改委做这个正厅级副主任,你到文山当市长,你们开个夫妻老婆店?"

古根生摇头苦笑道:"你胡说些啥呀,省委能这样安排吗?"

方正刚说:"就是,谁让你们副处正处,副厅正厅比着往上蹿的!"把碗里几口面条扒光,抹了抹嘴,问,"哎,老古,这阵子宁川、平州真有人告我们啊?"

古根生说:"你当我骗你呢?你和亚南真得小心点,不要积怨太深了!"

方正刚满不在乎,"积什么怨?向宁川、平州对口学习是裴书记、赵省长的指示,我们不过执行罢了!他们那里有些人才、项目跑到文山也是自愿的!"

古根生问:"正刚,你说过这种话没有:学南方,就是要抄近道,走捷径?"

方正刚道:"对,我是说了,就是要活学活用,急用先学嘛!"又乐了,"老古,你别说,你家石书记比我厉害!我主要负责项目和人才的策反工作,属于请进来;石书记呢,负责安置好,定了一条:凡来文山的能人都给个适当的职务!"

古根生说:"怪不得人家告你们乱发官帽子呢,都告到省委组织部去了!"

方正刚眼皮一翻,"咋这么说?无非是给能人一个创业干事的好环境嘛!"

说到这里,桌上的电话又响了,不是普通电话,是那部红色保密机。

古根生以为是省委、省政府哪个部门来的,忙起身接电话。不料,拿起话筒刚"喂"了一声,电话里就传出了石亚南的声音,"老古,方正刚还没走吧?"

古根生不悦地说:"石书记,你咋又找他?阴谋诡计还没策划完?他正和我一块吃面条呢,马上要走了!"说着,把话筒递给方正刚,"方老代,找你的!"

方正刚忙不迭地接过话筒,"石书记,你说,你说吧,我已经吃完了!"

不知石亚南在电话里都说了些什么,说了好半天,从方正刚应答时的反应来看,好像还是银山独岛乡的那点破事,最后从方正刚的话里证实了,果然是谈独岛乡:"……石书记,我知道,我知道,在赵省长面前我一定摆正位置!你就和我保持联系吧,独岛乡有了新情况,马上和我通报,我现在就去医院了!"

古根生故意问:"这么说,你还真要到赵省长那里给人家上眼药啊?"

方正刚披上大衣就往门外走,"看你问的!石书记有指示,我就得执行!"

古根生不安地说:"我劝你最好别执行,替你那位书记姐姐积点阴德吧!"

方正刚做出一脸的正经,"那咋成?不要党的领导了?我不摆正位置啊!"

古根生哭笑不得，"那你就行行好，少给人家银山和章书记挤点眼药膏！"

方正刚冲着他挥挥手，"好，好，古主任，你就别烦了，我尽量吧！我绝对是革命的人道主义者，一定本着治病救人的原则办！不过，章书记这次病得可不轻，我怕眼药上少了没疗效，对他消除病根不是太有利！"说罢，匆匆出了门。

古根生将方正刚送到门外，"还有，方老代，可别向赵省长谎报军情啊！"

方正刚站在门口雪地上回过头，"知道，知道，看你这啰唆劲！"又重申道，"哎，古副主任，我这代字可是正式取消了，你再喊我方老代，我可和你急！"

方正刚就这么风风火火走了，偌大的房间里一下子又变得冷冷清清。

古根生心情更坏了，把没吃完的面条碗推到一边，开了一瓶被他讥为晕头大曲的文山老窖，自斟自酌地喝了起来，边喝边想：这个家再这么下去真不行了！儿子大为说啥也不能再摆在上海父母家了，老婆在文山干市委书记，也真是没法管孩子，那就由他来吧！孩子毕竟才十六岁，目前抓一下还不算太晚。想法把孩子送到省城好一点的寄宿学校，强化学上它几年，也许还有上大学的希望……

正想着不争气的儿子，门铃突然响了，古根生开门一看，怔住了：儿子古大为竟然活生生地站在门口！一时间，古根生以为自己喝多了，出现在眼前的是幻觉。直到儿子走近了，怯怯地叫起了"爸爸"，他才承认了面前的惊人现实。

大为身后跟着银山市常务副市长宋朝体和一个年轻女同志。古根生马上明白了：这惊人的现实是他们一手制造的！银山的同志为硅钢项目干得真叫绝，大过年的，一个常务副市长亲自赶到上海帮他把古大为接过来了！也不知他们是怎么找到上海，又是怎么说动古大为跟他们来的，古大为可不是个听话的孩子！

宋副市长似乎看出了他的疑问，乐呵呵地说："古主任，我们知道您和石书记都很忙，顾不上大为，就让我们市教委小林同志帮你接来了！小林是上海人！"

那位姓林的女同志马上说："古主任，大为可是个好孩子啊，也想换个环境呢，只要你们同意，就让他到咱省城二中重读初三吧，我哥哥就在二中当校长！"说着，亲昵地揽着古大为的肩头问，"大为啊，告诉你爸爸，这样好不好啊？"

古大为吸溜了一下鼻子，说："爸，我想明白了，我得与时俱进，重新做人了！"

古根生心头一热，忙不迭地把儿子和宋市长，以及那位姓林的女同志请进门，又是泡茶，又是拿水果，嘴上还连连说着，"谢谢，谢谢，这真太麻烦你们了！"

然而，欣慰之余，古根生又不免忐忑：天下哪有免费的午餐，人家银山的同志这么够意思，他总不能把这点意思弄成不好意思吧？好不容易才顶住了文山石书记和那位方老代同志，银山方面又攻上来了，而且一下就攻到了他的痛处。

于是，古根生没容宋副市长开口，就先一步故作随意地说："老宋啊，你咋还有心思去上海帮我接孩子？你也许还不知道吧？你们独岛乡千把号农民为硅钢项目的用地闹起来了，就是昨夜发生的事，差点要了章桂春书记的命啊！"

宋副市长并不吃惊，满脸堆笑说："古主任啊，你太夸张了吧？这事我知道，章书记刚才还给我来了电话哩！哪来的千把号农民？就十几个人到乡政府上访嘛！章书记也不是特意赶过去的，本来就说好到独岛乡吃饺子，与民同乐嘛！"

古根生吃不准了：难道石亚南和方正刚吃豹子胆了？在这种事上也乱说？

宋副市长又恳切地说："章书记去独岛乡路上是出了点车祸，手上擦破了点皮，又不会染上破伤风，要得了什么命？哎，古主任，谁又在给我们使坏了？"

古根生不敢多说了，扮着笑脸道："哦，那就好，那就好，那我就放心了！"

宋副市长益发诚恳，"古主任，我们这个项目你就放心批吧，章书记可是给我下了死命令，明说了：项目批不下来，不准我回银山，要我在你这上班哩！"

古根生心里不由得叫起苦来：宋副市长送来的哪是儿子，分明是人质嘛！

七

尽管在古根生面前一口一个"老赵"的喊，可真来到赵安邦面前，方正刚却不敢张狂了，从头到脚换了副模样。进门献了花，问候过领导，就乖猫似的半个屁股坐在沙发上，接受领导的审视和检阅。沙发正对着病床，是张孤立的单人沙发，没地方放茶杯，秘书送了杯茶过来，方正刚就双手端着，喝也不是不喝也不是，像捧了个火炭。看赵安邦时，小眼睛里努力放射出无比忠诚的光芒。

赵安邦态度还好，"正刚同志啊，年还没过完，咋想起跑到省城看我了？"

方正刚扮着笑脸，"赵省长，听说您病了，我们文山的同志都很担心呢！"

赵安邦"哼"了一声，"担心啥？是不是担心我得了政治病，要下台了？"

方正刚心里一惊：这老赵，就是看他不顺眼！嘴上却道："哪能啊，赵省长！"

赵安邦显然不待见他，公推公选上来后，这位省长除了工作，几乎从没和他谈过任何无关的话题，这次不是因为要为文山争利益，给银山上眼药，打死他也不来看这位省长！他怕啥？他是靠民主公选上来的，只要工作上没大的失误，就算赵安邦再不满意，也拿他没办法！当然，他也不愿和赵安邦这么老僵着，据说省委书记裴一弘要上调北京了，赵安邦很可能就是未来的省委书记，能缓和的关系还是要缓和的，起码别让这位领导找到什么碴儿，人在屋檐下，不得不低头啊。

于是，方正刚便无话找话说："赵省长，咋听说咱裴书记要调北京了？"

赵安邦讥讽地一笑，"耳朵蛮长嘛，谁说的啊？哪位中央领导接见你了？"

方正刚有些窘迫，"中央领导会接见我啊？也……也就是大家私下传嘛！"

赵安邦看了他一眼，不咸不淡地说："我病了这几天，还传我因为钱惠人的案子被带到中央了呢！正刚同志啊，你们文山的干部是不是也在这样传啊？"

方正刚忙道："没，没有，文山的干部都知道，钱惠人是在宁川犯的事！"

赵安邦说："是啊，我有责任嘛，只要结果不管过程，带了个不好的头！"

方正刚心想：可不是嘛，不是你这个市委书记带头在宁川闯红灯，钱惠人也许不会腐败掉！嘴上却不敢接茬，生怕一句话不对，再引出省长同志的不悦。

欲把话题往银山那边引，又觉得气氛还太冷，不合适，说急了肯定没啥好效果。

沉默片刻，赵安邦先说起了文山的工作，"正刚同志，你们这届班子总的来说比较努力，老于昨天还夸你们呢！不过，你们也要注意，别一门心思只想着钢铁，钢铁立市是个长期目标，不能急，你们是不是有点急啊？新区的钢铁规模一下子搞到七百万吨，有这个实力吗？我提醒一下：目前的大环境不是太有利！"

方正刚应付说："是，是，赵省长！不过我们现在实力还行，一切正常！"

赵安邦想说什么，又没说，只道："但愿你们能一切正常吧！你们也不要把眼睛盯在GDP上，要在投资环境上多下点功夫，国企改造的步子也要加快些！"

方正刚连连点头，"就是，就是，改善投资环境我们现在比较注意哩！"

赵安邦这才笑了起来，"哦，我想起来了，你一上任就成立了个治软办嘛！"

方正刚也笑了，"这是简称，全称是'治理软环境办公室'，主要是治吏！"

赵安邦佯做正经，"开头我还误会了，以为是治男性阳痿的医疗机构呢！"

方正刚禁不住放肆了，"赵省长，您这误会也不算太大，还有些英明哩！文山不就是我省北部雄性城市吗？过去有些阳痿嘛，我们治一下，让它再雄起！"

赵安邦哈哈大笑，"方市长，你就好好吹吧，我就等着看你雄起了！"情绪明显好了起来，又开玩笑说，"听说你最近又吹出了不少名堂啊！比如，什么叫投资环境好？拍拍肩膀就能把事办了，就叫投资环境好！方市长，今天你来了，机会比较难得，我就虚心请教一下：你这同志拍肩膀的时候，讲不讲原则呢？"

方正刚赔着笑脸，一本正经地说："这只是个比喻嘛，哪能不讲原则啊！"

赵安邦点点头，"那就好！还要讲游戏规则，要按牌理出牌，你不按牌理出牌，以后就没人和你玩了！你们从宁川、平州挖走了多少项目啊？搞得他们嗷嗷乱叫！方正刚，我提醒你和石亚南一下啊，宁川王汝成书记可是省委常委！"

方正刚没当回事，笑道："常委怎么了？反正我和亚南书记也不想进步了！我和亚南书记认识一致，只要能按您和省委的要求，把文山搞上去于愿足矣！"

赵安邦看来挺愿意听这样的大话，"就是嘛，官当到多大才叫大啊？人生的价值是靠官位的大小体现的吗？正刚啊，你别看我现在做着省长，其实我最想干的还是宁川市委书记！看着一座现代化大都市在手上搞起来，真是有成就感啊！"

方正刚觉得时机比较成熟了，拿出了眼药膏，"赵省长，您这是肺腑之言啊，作为一个城市的领导者，要的就是这份成就感嘛！比如说我们和银山市……"

赵安邦摆了摆手，又说了下去，"把你们文山建成我省北部地区的新经济发动机，是我这届政府提出来的，给你们吃小灶，法无禁止即自由的特殊政策，也是我在常委会上建议的，所以，宁川、平州的同志来告状，我不但没理睬，还帮你们做了些工作。我告诉汝成他们：南部发达地区肚量就是要大一些嘛，有些项目转到文山并不是坏事，尤其是一些劳动密集型项目，到了文山优势会更大！"

方正刚又急于上眼药，"就是，就是，再说，项目、人才也要流动嘛！赵省长，您知道，吴亚洲是我们请到文山来的，章桂春书记非要他的亚钢联在银山上个硅钢项目，我们就很理解嘛，兄弟城市嘛，哪能连这么点肚量都没有呢！"

这话没取得赵安邦的信任，这位省长没那么好骗，怀疑地看了他一眼，"方市长，你和亚南同志真有这个肚量吗？我怎么听说你们一直和银山明争暗斗？"

方正刚再次拿出眼药膏，脸上现出一派非凡的恳切，"赵省长，矛盾是有一些，不过也谈不上斗，都是党和人民的事业，个人之间有啥可斗的？我和亚南书记主要还是为他们担心哩，怕他们不讲政策，蛮干乱来，我们跟着殃及池鱼！"

赵安邦挥了挥手，"行了，给我打住吧，银山市的事用不着你们多操心！"

方正刚连连点头，"是，是，各负其责嘛！"却又说，"不过，赵省长，吴亚洲的钢铁企业跨了两市，我们要是一点不操心怕也不成，你比如说……"

赵安邦不让他说下去，"正刚同志，你们别光看银山的毛病，也多看看人家的长处，桂春同志我知道，是个干实事的好同志嘛，银山这两年变化不小！"

方正刚说："是，是，我们得向桂春书记好好学习，学他的硬骨头精神！"

赵安邦笑着打趣说："人家桂春和银山的同志如果骨头不硬，只怕早被你和石亚南压垮了！好了，就这么说吧，正刚同志，你回去吧，别在我这儿泡了！"

这下子糟了，方正刚想，他精心准备好的眼药膏还没来得及挤出来呢！

却也不敢赖着不走，慢吞吞站起来，双手伸过去，和赵安邦握手，一边握手一边紧张地打主意，"赵省长，您得多注意休息，再烦心的事也先搁一边……"

赵安邦说："我有啥烦心的事？病了一场，没看文件没听汇报，难得清静！"

方正刚仍恋恋不舍地拉着赵安邦的手，"赵省长，那……那我就回去了？"

赵安邦甩开方正刚的手，"回吧，回吧，我也好多了，明天准备出院了！"

方正刚只得往门口走，走了两步，又回过头，"赵省长，还有个事哩！"

赵安邦站在那里，准备给谁拨电话，翻着电话本，头都没抬，"又什么事？"

方正刚说："赵省长，您是不是也劝劝章桂春啊，让他别这么拼命了？"

赵安邦不明白他的意思，随口道，"我劝啥？该拼就得拼嘛！"

方正刚再次走到赵安邦面前，一脸沉重地说："赵省长，这大冷天，也不能眼看着章书记拖着一条断腿，躺在担架上做闹事农民的工作啊，要是万一……"

赵安邦一下子怔住了，"方市长，你……你说什么？银山出啥事了？啊？"

方正刚做出一脸的惊讶，"赵省长，您……您还不知道啊？！"

赵安邦脸一拉，"说，桂春同志到底怎么了？银山农民闹什么啊？"

方正刚苦起了脸，"赵省长，您……您还是问省委值班室吧，他们知道！"

赵安邦脸色更难看了，指指沙发，"坐，坐下，你先把情况和我说说！"

方正刚这才遵命坐下，忠诚地看着赵安邦，"赵省长，您还真要我说啊？"

赵安邦点了点头，"说吧，实事求是地说，既不要夸大，也不要隐瞒！"不无嘲讽地看了他一眼，"怪不得你今天想起来看我呢，只怕是专为这事来的吧？"

方正刚这才得以把眼药膏全挤了出来，神情严峻地开始汇报，仿佛他就在现场。从吴亚洲在独岛乡被农民扣住，到农民包围乡政府，及至章桂春车祸受伤。

既然存心给对手上眼药，隐瞒不会，夸大却免不了。倒霉的章桂春从臂骨骨折变成断了腿，还虚构出了一副并不存在的担架。事态规模也做了合理想象，静坐农民从近千号变成了几千号。这种节日期间发生的意外事件之严重性和恶劣影响用不着他渲染，人家省长同志是政治家，自会做出英明判断，尤其是人家又面临着由省长向省委书记进步的要紧关头。在这种要紧关头咋能出这种乱子呢？必须制止嘛，他要做的是以表扬和肯定的形式促使这位省长同志灭掉银山的项目。

于是,方正刚越说越诚恳,说到最后,竟自我感动起来,连他自己都信以为真了,"……赵省长,章桂春书记真不简单,让我们佩服啊!这位同志既有政治敏感性,又有高度的责任心,不但冒着暴风雪及时往现场赶,翻车砸断了腿,还让人用担架抬着到农民群众中做工作,身上落满了雪!我们公安局去解救吴总的一位副局长都感动得落了泪!在电话里哽咽着和我说,老章真是硬骨头啊……"

赵安邦听不下去了,忙把秘书叫进来,虎着脸交待,"快去问问气象台,银山那边是不是还在下雪?还有,让省政府值班室马上给我汇报银山的情况!"

秘书走后,方正刚继续说,像英模事迹报告团成员做英模报告似的,"我们石亚南书记知道情况后,打了个电话给桂春同志,劝他快到医院去。桂春不听啊,说他守土有责,在任何时候,任何情况下,都决不能给省委、省政府添乱!"

赵安邦气哼哼的,"他这乱添得还小?我现在不但担心章桂春的伤,更担心那些农民同志啊,这么大冷天,又有暴风雪,万一冻死冻伤几个怎么办啊?!"

正说着,秘书又匆匆进来了,"赵省长,气象台说,银山和文山以及我省北部地区的暴风雪停了,不过气温普遍下降了十度,西伯利亚冷空气又南下了!"

这时,省政府值班室的电话也过来了,汇报了半天,不知汇报了些啥。

方正刚眼见着赵安邦绷着脸在那里听。听到最后,赵安邦厉声批评说:"……老陈,这种突发事件你们咋也不向我汇报呢?我当真病得要死了?别给我强调理由,也别提裴书记!老裴不让说是关心我,我理解!可你们也得理解我,我是省长,要对汉江省发生的一切负责任的!这不是什么小事,暴风雪的天气,零下十几度,搞不好会出人命的!"停了一下,又指示说,"把这几天的情况简报全给我送来,对,就是现在!另外,和银山市保持联系,事态的发展随时向我汇报!"

方正刚又有些怕了,赵安邦这么认真重视此事,自己的虚构搞不好就有露馅的可能,便赔着小心说:"赵省长,我也真是多嘴,原以为这事您知道呢!您现在还病着,也别管得这么细了,毕竟还有裴书记和那么多副省长、副书记……"

赵安邦又把火发到了他头上,"方正刚,你少给我来这一套,我问你:章桂春什么时候断了腿?不就是摔坏了一只胳膊吗?你看你夸张的,还上了担架!"

方正刚一怔,争辩道:"赵省长,我也是听说的,哪……哪能这么准确呢!"

赵安邦没好气,"那我告诉你准确的:摔断腿的是位秘书同志,不是章桂春!"

方正刚想,这真是万幸,章桂春的秘书还真摔断了腿,否则,他这欺骗领导的罪名就坐实了,现在则只是技术性问题,便说,"那总是有人摔断了腿嘛!"

赵安邦没再纠缠腿上的细节,挺不客气地把西洋镜揭穿了,"别狡辩了,你和石亚南那点心思我还看不透?无非是要趁机给银山上点眼药嘛!正刚同志,我告诉你,你也转告石亚南:别自作聪明,更别想借我和省政府的手来帮你们否定银山的项目,吴亚洲只要愿意在银山投资,我和省政府一视同仁,照样支持!你刚才说得不错,章桂春这种轻伤不下火线的硬骨头精神你们倒是可以学一学!"

方正刚懊悔不迭,觉得聪明反被聪明误了,在自己的嘴上打了一下,"你这臭嘴,就是把不住门!又不是你文山的事,你瞎关心啥,让咱省长误会了吧?"

赵安邦讽刺说:"行了,行了,正刚同志,别和我演戏了,你今天也算立了一功,让我知道了银山独岛乡的事!"又说,"你们也别把吴亚洲和亚钢联当成文山的资源!不客气地说,这位企业家和他的企业还是我在宁川扶持起来的!"

方正刚连连道:"我知道,我知道,吴亚洲是在宁川起家的,常提起您……"

这时,省委书记裴一弘的电话又打了过来。方正刚很识相,见赵安邦接起了裴一弘的电话,没再继续说下去,向赵安邦招了招手,悄然退出病房,走了。

出门一上车,方正刚立即给石亚南打了个电话,把这次汇报的情况简单说了说,判断道:"石书记,也许我们有点弄巧成拙,这次汇报效果看来不太好啊!"

石亚南说:"还有更糟的呢,你从我家刚走,银山副市长老宋就到了,把我家古大为从上海接来了,把老古感动得不行,我都不知和老古说啥才好了!"

方正刚一怔,"哎,我的姐姐,你可是文山的市委书记,别跟着瞎感动啊!"

石亚南说:"是啊,是啊! 正刚,我告诉你这个情况,不是准备感动,是提醒你注意:人家这种好招数你们也虚心学着点,得对症下药啊! 光有跑的热情不行,还得有技巧! 好了,发改委的事你别管了,我对付,你去会会伟业国际白原崴那帮奸商吧,他们又来电话了,想在咱们钢铁立市的新格局里分杯羹呢!"

方正刚不悦地说:"伟业国际和白原崴又想分什么羹? 他们控股文山钢铁还不够吗? 石书记,不是我又抱怨:你们当初根本不该把这么多国有股转让给他!"

石亚南说:"正刚,你别叫,这不是钱惠人当市长时做的决策吗? 人家现在既然有这个积极性,我们的项目规模又这么大,让伟业这种国际性公司入些股有啥不好? 向你通报个情况:银山已经放风了,欢迎他们参加硅钢项目的投资!"

方正刚本能地警觉了,"又来了! 那咱们先行动:我代表文山宴请他们!"

石亚南却说:"别,别,正刚,替咱文山省点吧! 这是白总主动找咱们,刚才电话里和我说了,他也在省城,今晚要在国际酒店请客,要你务必光临!"

方正刚说:"好,好,只要他小子来电话请我,我一定去,你放心好了!"

石亚南却不放心,"正刚,注意态度啊,别把对人家的不满挂在脸上! 真能让白原崴和伟业国际集团在咱工业新区填进去几十个亿,我们的风险就小多了!"

和石亚南通话结束没多久,白原崴的电话就来了,口气诚恳,热情洋溢。方正刚打定主意先回家一趟,看看老婆孩子,便信口开河作态说,省委于华北副书记约好要和他谈点工作,只怕得晚点过去。白原崴表示说,再晚他们也等。

因为意外冒出的这个宴会,和老婆孩子安生吃顿晚饭的计划又泡汤了。

二〇〇四年这个春节,方正刚过得真叫疲于奔命,从年初一到年初四,没片刻的轻闲。新官上任本来就得烧三把火,何况他是靠党内民主上台的市长,就更得把火烧好了。其实他烧的也就是一把火,借这把火大炼钢铁,这就带来了跑项目、跑资金的紧张忙碌。银山市又冷不丁插上了一脚,更给这份紧张忙碌平添了几分火药味,这四天里,他和同志们在省城净和章桂春手下的喽罗打遭遇战!

八

啥叫如临深渊、如履薄冰，章桂春在二〇〇四年大年初四那天的独岛乡算是深切体会到了。乡政府门前闹点事，在平时没啥了不起，根本用不着他这个市委书记亲自到场。可事情偏偏发生在春节期间，就变得有些敏感了。加上文山方面又别有用心地插了一脚，率先向省委领导做了汇报，小风波就变成了大事件。

省委相当重视。裴一弘和省委值班室不断来电话询问情况，在医院住院的省长赵安邦不知咋的也知道了，刚才还把电话打到了现场，口气严厉地警告他："如果处理不当，冻死冻伤一个人，省委、省政府饶不了你！"还提醒说，"西伯利亚冷空气又南下了，银山地区的气温将下降十度，你这个市委书记心里要有点数！"

章桂春放下电话，不禁一阵苦笑：他咋会没数呢？真没数的话，他今天决不会冒着暴风雪赶过来，更不会在因车祸受伤的情况下，吊着膀子和农民对话。应该说，他还是比较称职的，从一早接到警报到此时此刻，把该做的工作全做了，还拉着投资商吴亚洲对农民广播了一通，能说的也全说了，农民群众就是不听，他有什么办法呢？他代表的是银山市委、市政府，不能轻易让步退却嘛！如果他让步退却了，一级政府的权威就丧失了，好不容易挖来的项目也有泡汤的危险。银山方面如果不压低地价，对吴亚洲的亚钢联进行这种全力支持，人家会来投资吗？可不暂时让步，农民们就不会离去，金川区乃至银山市社会政治局面的稳定就有被破坏的危险，万一再冻死冻伤几个人，他和银山市委就难辞其咎了。

空气中弥漫着危险的气息，这种危险随着时间的推移在逐步增大。从早上到现刻儿，七个多小时过去了，乡政府门前的农民群众非但没有离去，反而越聚越多。章桂春吊着受伤的胳膊，站在乡政府大楼四楼上，居高临下看着聚在雪地上人头攒动的男女老少，心里沮丧极了，也恼火透了，有一阵子真想动点硬的。

吴亚洲那当儿还没走，他和同志们意识到的危险，吴亚洲也意识到了。

吴亚洲先打了退堂鼓，赔着小心说："章书记，我没想到会闹到这一步，而且会在春节期间闹，惊动了省委、省政府，您看，这个项目是不是先摆一摆？"

章桂春虽说不悦，却不好对吴亚洲发作，便道："吴总，开弓哪还有回头的箭？什么摆一摆？遇到矛盾就解决嘛！我对你和你们亚钢联的所有优惠承诺全算数！知道吗？就在今天，我们常务副市长老宋还带着人在省城帮你们跑项目呢！"

吴亚洲连连道："我知道，我知道，宋市长刚才还来过电话！"指着楼下的农民群众，却又说，"不过，章书记，这些农民的眼睛真厉害，让我害怕啊！我咋觉得我就像电影《燎原》里的那个资本家，被愤怒的工人包围了？"还提到了文山，"我们在文山上了七百万吨钢，征地六千多亩，像这种事从来没发生过！"

章桂春这才发作了，指点着金川区委书记吕同仁和区长向阳生说："你们听听，听听！让我怎么回答人家吴总啊？吴总的担心不是没道理嘛，两千五百亩地都不能顺利征下来，良好的投资环境从何谈起？今天这笔账我给你们记着呢！"

吕同仁和向阳生相互看了看，各自擦拭着头上的冷汗，谁都没敢辩解。

吴亚洲看来是真动摇了，和他握手告别时又说："章书记，其实，这个项目咋过来的，您心里最清楚！我和亚钢联在文山投资规模这么大，已经有些力不从心了，这里的农民同志又是这么个态度，我真怕给你们闯祸添乱啊！"

章桂春拍了拍吴亚洲的手背，"不要再说了，吴总！就算闯了祸也和你无关，这里的风波咋处理是我们的事，你就等着节后来正式签合同吧，我也过来！"

吴亚洲忐忑不安地走了，走得倒挺平静，没再引发骚动。章桂春站在楼上会议室注意到，因为有他的到场，楼下僵持中的群众没为难这位大投资商，主动让开一条道，目送着文山的几部警车和吴亚洲的宝马车缓缓驰出了乡政府大门。

然而，包围乡政府的农民们仍没有散开离去的迹象。此前的喧嚣已随着几场无效对话的结束步入了令人压抑的沉寂。这是一种可怕的沉寂，中国农民身上固有的倔强和坚忍，在这种一拼到底的沉寂中展示得一览无余。天寒地冻没有消减他们抗争的勇气，按向阳生的想法，指望他们在冻得受不了的时候自行散去怕是很不现实。可能发生的情况是：必将有人倒下来，现在气温可是零下十几度啊。

向阳生却说："不怕，章书记，就……就算冻伤几个，也是他们自找的！"

章桂春一听就火了，"你们不怕我怕！裴书记和赵省长都盯着我呢！"

吕同仁这才说："章书记，是不能这样僵下去了，你看能不能做点让步？"

章桂春思索着，颇为不安地问："小吕书记，那你说说看，就算让步，又能怎么让呢？当真答应农民的要求，放弃这两千五百亩地，不上这个大项目了？"

吕同仁试探说："章书记，我的意思能否在征地补偿上做些退让呢？起……起码达到文山那边征地的补偿标准嘛，甚至可以略微高过他们的标准……"

章桂春有些不耐烦，"文山是文山，银山是银山，这不是啥过硬的理由！"

吕同仁苦苦一笑，"是，是，章书记！可……可事情不能老这么僵着吧？总要解决吧？我……我今天就把想到的都说说，给您和市委决策提供个参考吧！"

区长向阳生有些怕了，阻止道："哎，吕书记，咱们还是听章书记的吧！"

吕同仁没睬向阳生，"章书记，独岛乡有些情况你也许不太清楚：这次征地涉及到的两个行政村都刚换过届，这新一届村委会还都挺能干的哩……"

章桂春"哼"了一声，"是很能干啊，都鼓动村民们包围乡政府了！"

吕同仁没被吓住，"章书记，我得向您汇报清楚：这次闹事与村干部还真没关系，村干部一直帮我们做工作！问题出在征地补偿和三个砖厂上！这些砖厂过去包给了村干部的亲属子弟，去年才收回来，村民们好不容易分了点钱，现在又断了财路，人家当然不干嘛！另外，我们地价定得也实在是太低了，和文山那边相比，一亩地少了三千多块，现在种地效益那么好，农业税、特产税全没了，种粮还有补贴，外出打工的农民们都在倒流回乡，征地环境也不是太有利啊！"

章桂春这才警觉了：看来这位区委书记不糊涂，从某种程度上说，比他头脑要清醒，已经注意到了最新农业政策带来的一系列变化。汉江省已宣布从今年起取消农业税和特产税，农民种粮能赚到钱了，对土地就不会轻易放弃了。这一点他和同志们应该想到，却偏偏没有想到。文山估计是想到了，所以提高了地价。

吕同仁继续说:"章书记,不知您注意了吗?从去年十月开始,粮食局部紧张的兆头就出现了,先是省城,继而是文山和银山,粮价一路上涨。根据国家统计局刚公布的数据,去年粮产量只相当于一九九一年的水平,而我国人口已增加了一亿多,粮价能不上涨吗?许多农民和我说,现在的形势让他们喜出望外啊!"

章桂春听明白了,"小吕书记,你别说了,提高征地补偿可以考虑,但不能在这种逼宫的情况下考虑,而且,我们和吴亚洲也还要有个协商的过程!"

吕同仁意味深长地道:"章书记,只怕和吴亚洲很难协商吧?如果没有低地价的优势,他为啥一定要把五六十个亿投入到我们这里来?"

向阳生也插了上来,"就是,您知道的,吴总精着呢,无利不起早啊!"

章桂春默然了,过了好一会儿,才问:"怎么?你们是不是也要逼宫了?"

向阳生不敢声辩了,赔着笑脸,打起了哈哈,"哪能啊,章书记!"

吕同仁却说:"章书记,有个话我一直想说,强扭的瓜不……不会甜……"

章桂春火了:"我的脾气你们应该知道,一口吐沫砸一个坑!就算提高征地补贴,吴亚洲不愿出这笔钱,这个项目也得上,市里给些补贴就是!我还就不信搞不过文山的那个方正刚了!别忘了,方正刚当年可是和我一起搭过班子的!"

向阳生是他的老部下,知道内情,马上讨好说:"那是!章书记,当年方正刚还是你赶出金川的哩!不是这次公推公选,到咱银山来做副市长都不可能!"

章桂春挥挥手,没好气地道:"行了,不谈方正刚了,说眼前的事:看看该咋收场啊?再过两小时天就黑了,总不能让农民群众就这么在外面过夜吧?"

向阳生咧了咧嘴,哭也似的笑道:"章书记,总不能请他们到楼里过夜吧?"

这倒提醒了章桂春,章桂春的眉头一下子舒展了,"哎,为什么不能请他们到楼里过夜啊?吕书记,向区长,你们现在就广播一下,请他们就到楼里来!楼里有暖气,有话慢慢说嘛!今天解决不了,明天后天解决,反正是放假,不影响办公,更重要的是,这么一来就不会冻坏人了,我们对上对下都能做出交待！"

吕同仁和公安局的同志也都认为这主意挺好，事情就这么仓促决定了。

然而，让章桂春没想到的是，广播过后，农民群众却仍在雪地上站着，没谁敢踏进乡政府大楼一步。让村委会的同志问了问才知道，农民群众竟然认为这是他和政府设下的一个圈套，担心进了大楼，会被扣上个啥罪名，让公安局抓走。

实在没办法，章桂春只得托着摔坏的胳膊，亲自出面向农民群众广播，说是天寒地冻的，夜间气温还要进一步下降，言辞恳切地请农民兄弟到楼里过夜。农民们这才涌进了乡政府大楼，转眼间把政府大楼变成了乡下的车马大店。

这时，赵安邦又来了一个电话，章桂春把请农民进楼避寒的决定说了说。

赵安邦当即予以肯定，说："好，好，桂春同志，你们这个决定很好，是负责任的态度！不要怕丢面子，丢点面子比冻死人，闹出更大的乱子要好得多！"又指示说，"还要进一步缓和矛盾，想办法供应饮水和食品，一定要注意卫生！"

这真是太荒唐了！供应了饮水、食品，农民群众还不在这里安营扎寨了？却也不敢和人家省长同志争辩，只得硬着头皮应道："那我……我们尽量安排吧！"

赵安邦又问起了他的伤，"哎，桂春，你现在身体怎么样？还撑得住吗？不行就进医院吧，让其他同志处理，你只要掌握着大局，在医院指挥就行了！"

章桂春本来已想回城，可听赵安邦这么一说，反倒不愿走了，"赵省长，我没事，胳膊已经在金川区医院上了夹板！再说，这种时候我真不敢离开啊！"

赵安邦说："那你自己掌握，别倒在独岛乡了！另外，你们也考虑一下，现在矛盾这么尖锐，这两千五百亩地是不是缓征呢？先做通农民的工作再说吧！"

章桂春马上叫了起来，"赵省长，有个情况我得反映一下：这次独岛乡农民之所以闹起来，和文山有很大的关系！文山不按牌理出牌，抬高了征地价格！"

赵安邦反问道："文山为啥要抬高地价？现在农业是什么形势啊？农民种地积极性这么高，地价不提行吗？桂春，你少抱怨，我看你不是麻木就是迟钝！"

章桂春没敢再说下去，放下电话就想，看来这一次和文山的竞争，他和银山是有些被动了。本想以低地价的优势吸引投资，现在看来是自找了一场麻烦，农民们不干，搞不好还会吓跑吴亚洲，文山的石亚南和方正刚只怕又要得意了！

好在他也留了后手，在拉住吴亚洲和亚钢联的同时，也向省内最大的一家跨国投资公司伟业国际伸出了橄榄枝。伟业国际实力雄厚，资产规模高达四百多个亿，旗下公司遍布海内外，在此轮钢铁启动前，已捷足先登，控股了文山的文山钢铁公司。更有意思的是，伟业国际老总白原崴和方正刚尿不到一个壶里去，银山将其拉过来的希望不是没有，这阵子，常务副市长老宋一直在暗中做工作。

正这么想着，手机响了，新华社驻汉江记者站的王站长竟要来这里采访！

章桂春压抑不住想发火，可开口却是一连串哈哈，"你凑啥热闹啊？我们这个硅钢项目还不知啥时开工呢，你就是想为我们做宣传也没必要这么积极嘛！"

王站长说："不是，不是，章书记，我听文山方市长说您被车撞断了腿，躺在担架上还坚持工作，是不是？好像你们独岛乡农民正在你那儿闹上访吧？"

章桂春心头的怒火再也压不住了，"方正刚这是造谣放屁！王站长，我告诉你，我腿没断，我牢牢站立在银山的大地上，让那位方市长哭泣绝望去吧！"

王站长说："章书记，咱们谁跟谁？要不我过来一趟，帮你老哥辟辟谣？"

章桂春心想，这种场面岂能让这位王大记者看到？便说："这样吧，等节后你再来，我给你们记者站留了几箱五粮液，还有些土特产，你最好开个车来！"

王站长直乐，"你这么一说我心里有数了，哥哥你该不是要收买我吧？"

章桂春没心思和王站长逗，"行了，就这么说吧，我现在正陪省委领导！"

第三章

九

大年初四雪后的傍晚,伟业国际集团董事长兼总裁白原崴心情不错。

站在省城国际酒店顶楼总统套房的巨大落地窗前,看着白雪覆盖下的省城景色,白原崴对身旁年轻漂亮的办公室女主任林小雅感叹说:"看看,多好的雪城景致啊,南方城市已经多少年没见到过这么好的雪景了!满目银装素裹,一派洁白,一场大雪让世界一下子变得那么纯洁,那么美好,那么令人留恋!"

林小雅看了白原崴一眼,嫣然一笑,"白总,今天您的心情好像不错嘛!"

白原崴从窗前回转身,"是啊,是啊,小雅,你难道不觉得心旷神怡吗?"

林小雅迟疑了一下,挂在嘴角上的笑意消失了,生动的大眼睛里浮出一种颇富美感的忧郁,一时间显得那么楚楚动人,"说实话,我真找不到这种感觉!"

白原崴笑问:"为什么?如果不是要等方市长,我还真想下去踏踏雪哩!"

林小雅一声叹息,"白总,你不觉得雪色下的这种纯洁美好很虚伪吗?世界还是那个世界,太阳一出来,冰雪就会消溶,血泪和罪恶都将暴露在阳光下!"

这话太煞风景了!白原崴脸一沉,定定地看着林小雅,"小雅,你怎么了?"

林小雅摇头道:"没怎么,当你大发感慨时,我不知咋的突然就想起了山河集团昨天跳楼自杀的那位下岗工人!据文山那边的人说,这位下岗工人才四十二岁,就因为喝了一瓶四五元钱的劣质酒,和老婆吵了嘴,便从六楼跳了下来!"

这事白原崴倒真不知道,"哦,有这种事?昨天不才年初三吗?就跳楼?"

林小雅点点头,"所以我就想,当那位失业工人跳下来以后,鲜血肯定会把地上的雪染成一片艳红,我们对这个企业的收购竟然造成了这样的血泪悲剧！"

　　白原崴的好心情被破坏了，不得不正视这起死亡事件。林小雅就是林小雅，漂泊欧美长达十年的经历，使她满脑子民主人权、社会公正思想。许多在他和国人眼里司空见惯的事，在她眼里却像塌了天。看来这个漂亮的女硕士对伟业国际和目前的国情还要有个适应过程。林小雅海归入盟伟业的时间毕竟才三个月啊。

　　于是，白原崴语气温和地开导起来，"小雅，我承认，这是个悲剧，但不能说就是我们集团收购造成的嘛！没有我们的收购，那个山河集团还是得破产！"

　　林小雅争辩说："可事情本来不该这样，国外破产企业也不少，但都没有这么残酷！所以，有时我就想不明白，中国的改革在普世价值观上有什么意义？"

　　白原崴道："怎么会没有意义呢？很有意义嘛！二十六年搞下来，国家民族富强崛起了，老百姓普遍生活水平提高了，全世界都承认！当然，也出现了些问题，不可避免。历史在呼啸前进的过程中总要付出一些代价的，这样或那样的代价，这是不以谁的善良愿望为转移的，有什么办法呢！"不愿再谈下去了，吩咐说，"小雅，这样吧，你通知文山那边，给这位去世的工人家庭发些补助！"

　　林小雅点了点头，当即请示，"那么，补助标准怎么掌握？"

　　白原崴说："三五万吧，记住：是补助，不是赔偿，我们没有赔偿义务！"

　　林小雅便取了最大值，"那就五万吧！"又不合时宜地议论起来，"白总，我们是不是也太过分了？那位工人为一瓶四五元钱的劣质酒跳了楼，这个春节，我们在酒店这套总统套房里大宴宾客，夜夜狂欢，四五天花了将近三十万啊！"

　　白原崴真不高兴了，脸一拉，"两回事！我们这是工作需要，你不要把它扯到一起！"略一停顿，又缓和口气说，"小雅，你光看我大摆宴席，就不知道我们钢铁产品的出厂价格又上涨了不少？这几天两千多万的额外利润又进账了！"

　　林小雅不理他这茬，继续着自己的思路，"报上说，文山市委书记石亚南今年请了两个孤儿一起过节，我想，我们是不是也能为弱势群体做点什么呢？"

　　白原崴灵机一动，"可以啊！小雅，我们拿点钱出来好了，两百万吧，在文山慈善基金会里搞一个扶困救助项目，你具体张罗，让党委田书记牵头好了！"

林小雅脸上又现出了可爱的笑容,"白总,这就对了嘛,我们作为一个大型企业集团,就要有个美好的企业形象,决不能给社会一种为富不仁的印象!"

白原崴笑了起来,"那当然,我们既然已经全面控股了文山钢铁,决定把今后几年的战略重点摆在文山,就要做文山最大的慈善家,建立企业形象!哦,小雅,今天就是个机会,他们的市长方正刚马上要过来,这个慈善家就由你来当,你在我和陈总谈正事前,先向方市长宣布一下吧,为正式会谈敲个开场锣鼓!"

林小雅聪明过人,听出了他的意思,"白总,你俗不俗啊?好好的慈善事业转眼就被你变成了公关手段!让方市长怎么想?人家本来就对咱伟业有看法!"

白原崴想想也是:这位方正刚市长可不是前两任市长田封义和钱惠人,而且对钱惠人此前代表文山市政府和伟业国际集团签下的两个股权合同都有保留。伟业对山河集团的收购,方正刚认为是在一定程度上造成了国有资产的流失;伟业对国有大型企业文山钢铁的股权受让,方正刚的公开评价是:这是战略决策上的失误,既没看到钢铁产品的上行趋势,也和文山未来钢铁立市的定位相悖。正因为如此,方正刚才说动石亚南,在原文山民营工业园的基础上启动了城南工业新区,拉着原本做电力设备的宁川著名民营企业家吴亚洲为主担纲,一举上了四大钢铁项目:二百五十万吨的铁水,二百三十万吨的炼钢,二百万吨的轧钢,二十万吨的冷轧硅钢片,还配套上了一个热电厂和一个焦化厂,统称六大项目,总规模已大大超过了伟业旗下的文山钢铁公司。

陈明丽和伟业国际高管层,包括做过文山市长的集团党委书记田封义,对此全都不屑一顾,认为这是新形势下的大跃进。唯有他不这么看。他看到的是风险和机遇的并存,在他看来机遇似乎还更大一些。而且,有些风险并不是坏事,正因为有风险,他和伟业国际才有抢滩获取机遇的可能,当真没有风险,他和伟业国际就注定要被方正刚排斥在这场政府主导的钢铁新格局之外。因此,在年前的董事会上,他提出,把上市公司伟业控股即将发行的二十亿可转债改变用途,部分投入到工业新区的项目中,在文山钢铁立市的新格局里打一下根桩,分上一杯羹,伸进一只手。为了伸进这只手,今天就要和那位年轻的文山市长好好握手了。

正这么想着，集团执行总裁陈明丽走进门来，"原崴，方市长还没到啊？"

白原崴看了看手腕上的劳力士表，"才五点多嘛，方正刚说了，要晚点过来！"

陈明丽在沙发上坐了下来，"早知如此，我就不急着赶过来了！"看了林小雅一眼，又问，"林主任，晚上的宴会都安排好了吗？这可是集团的重要活动！"

林小雅变得拘谨起来，位置也摆正了，再不敢像刚才那么放肆，面带微笑，恭恭敬敬地对陈明丽说："陈总，我已经安排好了，正向白总汇报呢！是按昨晚接待哈维克集团总裁标准安排的，宴会用酒是路易十三！"说罢，告辞了，"陈总，白总，你们谈吧，我到餐饮部看看，请他们经理再检查一下！"

白原崴也没再留，"林主任，和方市长保持联系，过会儿到大堂接一下！"

林小雅点头应着，款款向门口走了几步，又想起了什么，回转身说："哦，白总，陈总，银山常务副市长宋朝体来了个电话，想在明天约您二位吃顿饭！"

陈明丽看了白原崴一眼，"原崴，银山那边，我们是不是也插上一脚啊？"

白原崴摇了摇头，"银山不是文山，搞钢铁纯属跟风，我不是太看好！"

林小雅反应灵敏，"白总，那我就回绝宋市长，就说您这几天有安排了！"

白原崴想了想，却道："不，告诉宋市长，我请他吧，时间另约！"

林小雅点头应着，出去了。白原崴看着她美丽的背影，目光停留了片刻。

陈明丽敏感地发现了他的眼神不太对头，"哎，哎，原崴，你看啥呢？"

白原崴醒过神来，又回到了工作话题上，"哦，明丽，我在想啊，银山可以成为我们手上的一张牌，用来声东击西打文山，所以宋市长还是得见一见！"

陈明丽说："是，见一见也好！还是先说文山吧，原崴，你估计方正刚市长对我们参加炼钢会是啥态度？他答应过来，该不是要扯山河集团的旧账吧？"

白原崴"哼"了一声，"山河集团还有什么谈头呢，已经过去了嘛！和石亚南通电话时，我含蓄地说了，希望以我们集团的优势，参加工业新区大建设！石亚南态度很好，要我们今天和方正刚放开谈，我感觉他们也需要我们的介入！"

陈明丽又有些狐疑了，"那么，原崴，是不是他们预感到了什么危机啊？"

白原崴想了想，"我认为他们一直有危机，包括那个吴亚洲！吴亚洲的亚钢联我们还不清楚吗？有多大的实力啊？搞这么多钢字号公司要的还是银行嘛！"

陈明丽说："原崴，既然你也知道有危机，那为啥还非要伸出这只手呢？"

白原崴道："危机也好，风险也好，说到底它是文山政府的！明丽，有个事实你要看清楚，这场大炼钢铁运动是文山政府主导的，吴亚洲只是个棋子！"

陈明丽感叹说："可这只棋子这次赚了大便宜啊，一切都由政府代办了！"

白原崴说："是啊，我们何曾碰到过这样好的机遇？吴亚洲的自有资金有多少？估计不会超过十个亿，却启动了一百六十多亿的买卖，省内各大银行几个月才能发下这么多贷款！早知如此，这个棋子该由我们来做！可惜啊，我们太小瞧他们了！现在赢家通吃是不可能了，我们就得想法伸进一只手，将来好推开一扇门！"

陈明丽开玩笑道："那你就不怕将来人家关门的时候，被挤断了手啊？"

白原崴笑了起来，"我准备付出的最大损失只是一截手指！我想好了，从即将发行的二十亿可转债里拿出三五个亿，最多不超过五个亿，其余的资金就按亚钢联的模式办，在文山政府的主导下，向全省乃至全国各银行搞授信贷款嘛！"

陈明丽说："这思路是不错！"却又有些担心，"可转债节后发得了吗？"

白原崴道："怎么发不了？我知道，汤老爷子的海天基金也许要闹点事！"

陈明丽说："原崴，海天基金的汤老爷子春节可没闲着啊，一直在联络我们的对手，想在节后的股东大会上否定转债发行方案！哎，汤老爷子今天好像也在这家酒店请客呢！刚才上楼时，我在电梯门口碰上他了，还和他打了个招呼！"

白原崴一下子警觉起来，"哦？这老狐狸身边是不是有啥重要人物啊？"

陈明丽摇了摇头，"好像没有，就那几个熟悉的小厮，许是自家聚会吧！"

偏在这时，林小雅匆匆进来了，迟疑着汇报说："白总，陈总，情况不太对头啊，方正刚市长不知怎么被海天基金的汤教授请去了，就在二楼富贵厅！"

白原崴怔住了，冲着陈明丽直叫，"还说没重要人物，看看，人家把文山市长都请过去了！我说方正刚怎么要晚些过来呢，原来是上了这老狐狸的贼船啊！"

十

省财经大学教授汤必成老爷子亲昵地拉着方正刚在主宾位上坐下，说："正刚市长，老夫我上了白原崴的当，你们文山市政府也上了他的大当啊！主席当年咋说的哩？'我失骄杨君失柳，杨柳轻飏直上重霄九！'上了重霄九，咱们就都凉快喽，你们文山钢铁公司这么好一个大型国有企业落到了白原崴和伟业国际手上，我呢，不但被这条恶狼的资本运作手段套住了，还得买他的狗屁转债哩！"

方正刚呵呵直笑，"汤教授，您真幽默，大过年的，还是说点高兴的事吧！"

汤必成一副倚老卖老的架势，"好，好啊，说点高兴的，祝贺你小朋友取消代字！正刚，不瞒你说，答辩时，我给了你一个最高分，代表专家组向于华北副书记和省委汇报时，我又对你做了高度评价：你钢铁立市的概念很有新意嘛！"

方正刚开玩笑说："教授，我的那位竞争对手马达，听说你也给了高分？"

汤必成手一摆，"胡说，我只给他打了个及格，党校老刘也才打了中等！"举起酒杯，"正刚市长，不管怎么说，你今天总算坐到这里了，这就好！来，今天是初四，还在春节期间，老夫我和在座的孩儿们敬你一杯，三巡过后再说话！"

方正刚只得拿起杯，将杯中酒喝了，喝罢便声明，"教授，别三巡了，咱说清楚，我坐一坐就得走啊，你刚才说的那条恶狼还在楼上总统套房等着我呢！"

汤必成不高兴了，"怎么，正刚市长，老夫我对你三请九邀，好不容易今天在酒店门口逮着了你，你竟连三巡酒都不愿喝？非这么急着上去与狼共舞吗？"

方正刚心里叫苦不迭，知道一下子怕是难以脱身了！面前这位汤必成教授不是凡人，是省内著名的经济学家，学生弟子遍及各地市，连省委副书记于华北都是他带过的博士生，现在手头还控制着一家几十亿规模的海天基金，决不能轻易得罪。你得罪了他，几乎等于得罪了经济学界，起码是得罪了汉江省的经济学界。于是，扮着笑脸打哈哈说："教授，所以在门口一见到您，我不就先过来了吗！"

教授老爷子仍是不悦，"还说呢！这几天我和孩儿们给你打了多少电话啊？请动你了吗？还净给我打马虎眼，一会儿说你不在省城，一会儿又说喝醉了！我看你是存心躲我！你不躲白原崴这恶狼，还主动深入狼穴；却躲我，为何来哉？"

为何来哉？方正刚心道，还不是怕被你老爷子缠上，破坏安定团结的大好局面嘛！白原崴如果真是头恶狼，教授您可就是条狡猾的老狐狸啊，都不是啥善良动物！你们去年为伟业控股要约着收购文山钢铁闹出的那一幕谁不知道？嘴上却道："教授，您真误会了，我本来就准备请您老小聚一下，谁知今天先碰上了！"

汤老爷子脸上这才又浮现出和蔼的笑意，"这还差不多！碰上就是缘分，正刚市长，你的心意我领了，你忙我也忙，咱们今天就算聚到了，你也不必再安排了！今天老夫我也不多留你，三巡九杯酒，喝完了，你走人，好不好啊？"

方正刚忙道："好，好，教授，那我就从您这儿开始，先敬您老一杯！"

汤老爷子却把他拦下了，"哎，哎，正刚市长，你不要这么猴急，老夫我得和你谈点正经事哩！刚才我说给你打了个最高分，知道我还给谁打了高分吗？"

方正刚才不想知道呢，脸上却表示出适当的兴趣，"哦，谁这么幸运啊？"

汤老爷子眯起眼睛，不无得意地看着宴会厅的天花板，"你猜猜看嘛！"

方正刚腹诽道，这酸楚的教授，就让你做了一次评委，看把你得意的，好像省委组织部长似的！也只得敷衍一下，"肯定是马达嘛，于书记也器重他！"

汤老爷子不看天花板了，很认真地说，"正刚，开始我就和你说了嘛，我只给了及格！"这才说出了谜底，"是田封义嘛，他的答辩机敏啊，和你不相上下！"

方正刚自嘲说："哪里，哪里，我不如田书记，田书记本来就是老市长！"

汤老爷子益发像组织部长了，"好，你这小朋友知道谦虚嘛，这很好！对田封义的安排，省委有过失误！我就当面批评过华北同志，你们怎么把一个市长弄到省作家协会去当党组书记了？换了个钱惠人上来，什么东西？腐败分子嘛！"

方正刚知道，汤老爷子被这个腐败分子坑惨了，钱惠人在关键时刻拉了白原崴一把，把老爷子和海天基金全套住了。可这是过去的事了，于他无关，他没必要自找麻烦，便没接茬，只道，"来，来，教授，您老别光顾说话，干一杯吧！"

汤老爷子将酒干了，继续说："田封义还算争气，公推公选上来了，到底又搞起了经济工作，到伟业国际集团做了党委书记，这个安排就比较合适了嘛！"

方正刚有点忍不住了，"教授，您真是伯乐啊，最好到省委组织部当部长！"

汤老爷子脸皮较厚，呵呵笑了起来，"哎，正刚，你怎么也说这话呀？华北同志就这么和我说过！我对华北同志说，我老了，进不了后备干部名单了！"

方正刚笑道："哪里，教授，要我说，您正年轻呢，心态也就二三十岁！"

就这么漫无边际地胡说了一通，酒下去了两巡，脱身的曙光近在眼前。更可喜的是，因着漫无边际的胡说，就没谈什么正经事，方正刚不免暗自庆幸。

更可庆幸的是，伟业国际的林小雅又来电话催了，方正刚乐得趁机脱身，接罢电话，起身道，"教授，今天就到这里吧，我最后再敬您老和大家一杯酒！"

汤老爷子却不答应了，"慢！正刚市长，这三巡没完，我正事还没说呢！"

方正刚只得再次坐下，"好，好，教授，您老请说，要不，就改个时间？"

汤老爷子道："也不是什么大事，就现在说吧！有个情况你也许知道，也许不知道：伟业国际旗下的伟业控股要发二十亿可转债，我们海天基金不能答应！"

方正刚故意装糊涂，"那你和白原崴去谈嘛，哦，对了，现在还有田封义！"

汤老爷子说："白原崴根本谈不通，田封义我找过，也很让我失望！田封义是省委派去监督控制这个集团的，现在倒好，监督作用没起到，反倒被白原崴控制了！当然，这也难怪，白原崴、陈明丽给这位田书记发了上百万的年薪嘛！"

方正刚故意看了看手表，应付说："教授，这种事我也帮不了你啥忙啊！"

汤老爷子说："正刚市长，你能帮忙，别的不说，文山政府手上还有8%的国有股权，可以和我们手上的股权联合起来，在股东大会上否决转债发行议案！"

方正刚心想，否决了这个发行议案，对我们文山有什么好处？白原崴的伟业国际把文山钢铁规模做大，GDP和税源是文山市政府的！于是，好言好语劝说道："教授啊，您老听我一句劝好不好？甭这么意气用事嘛，目光还是要放长远一些！伟业控股发这二十亿转债还是为了做大文山钢铁，和我们钢铁立市的构想一致！对伟业控股也有好处嘛，您老和海天基金手上的股票升值潜力很大啊……"

汤老爷子手一挥，打断了他的话头，"正刚市长，股市上的事也许你不是太清楚，实话告诉你：这二十亿转债只要发了，我和海天系手上的股票不但没什么升值潜力，反倒要跌下去！对这种不顾死活的大规模圈钱，股民们反感透了！"

方正刚并不争辩，频频点头，"好，好，教授，如果您和股民们真是那么反感，就在股东大会上否决它嘛，我和文山市政府决不会以任何理由进行干涉！"

汤老爷子却道："正刚，我倒是希望你能干涉一下：帮我们做做文山国资局的工作，让他们用手上8%的股权参与我们的否决行动！"声音压低了，"实不相瞒，这阵子我和孩儿们正联络各方反对派，准备在股东大会上搞个大动作哩！"

方正刚这才警觉了，问："教授，你估计否决这个议案的可能性大不大？"

汤老爷子说："根据目前情况分析还是有希望的，如果文山国资局入盟参加否决，希望就更大一些了！白原崴和伟业国际这些年走过了头，积怨太深啊！"

方正刚心里有数了，笑着应付道："好，好，教授，那就祝你们成功了！"

汤老爷子说："正刚市长，你最好能出面给市国资局打个招呼，具体工作我和孩儿们去做！我认为你不是石亚南，没那么糊涂！白原崴控股文山钢铁，和你们钢铁立市是两回事嘛！你当真以为他圈来的这二十亿会投在文山？未必啊，我的市长大人！上市公司圈钱成功后改变用途是经常的事，谁也阻止不了的！"

方正刚心想，这倒是！如果白原崴不能把这二十亿投入到文山，他就应该支持一下汤老爷子，以文山的国有股权投一次反对票！文山市政府当初就上了白原崴的当，这次得让白原崴上"重霄九"上凉快去！于是便道："你们按游戏规则办吧，国资局那边我可以打个招呼，但有没有作用有多大的作用，就不知道了！"

汤老爷子乐了，"呼"地站了起来，"好，正刚，我要的就是你这句话！"说罢，举起酒杯，"来，来，老夫我敬你一杯，事实又一次证明，我没看错人！"

方正刚却又狡黠地笑道："哎，哎，教授，我并没向您老承诺什么啊！"

汤老爷子举着的酒杯僵在了半空中，"正刚，你这话是什么意思？"

方正刚道："教授啊，您老别忘了我竖在文山街头的那两块牌子啊：一切为了文山经济，一切为了文山人民！"说罢，将杯中酒一饮而尽，"好，告辞了！"

汤老爷子恍然大悟，"哦，这么说，你真没答应我啥？我们全白说了？"

方正刚一脸的庄严，"也没白说，教授，该打的招呼我会打的！您老今天的这个建议，我会让国资局的同志站在我们文山利益的基点上慎重研究一下！"看了看手表，最后又说了句，"实在对不起，我真得走了！"

<h2 style="text-align:center">十一</h2>

陈明丽在林小雅的引领下，热情而不失风度地将方正刚迎进了总统套房。也不知这位市长在楼下汤老爷子那里喝了多少酒，见面握手时，陈明丽就闻到了一股浓烈的酒气。这时是七点多钟，总统套房的落地窗外已是一片辉煌的灯火了。

在这种时候，白原崴总是充满激情，虽滴酒未沾，却兴奋得难以自持，和方正刚先来了个夸张的拥抱，继而便居高临下指着窗外的灯火说："方市长，今天也许是个历史性的日子啊，关于文山的一个伟大故事将在这片夜空下开始了！"

方正刚情绪很好，"白总，这个故事其实已经开始了！就是从你们伟业国际控股文山钢铁开始的嘛！不瞒你们说，我这次能公推公选上来当市长，你们可是给了我不少启示！我钢铁立市的构想，最初就来源于你们做强钢铁的思路啊！"

陈明丽没想到方正刚会这么坦率，"照这么说，您该谢谢我们才是哩！"

方正刚在桌前坐下来，"是啊，所以今天我就来参加这次历史性会晤了！"

白原崴鼓起了掌，"好，方市长，只要你和文山市政府给我们一个支点，我们伟业国际就会还文山一片辉煌，今天我们就来个青梅煮酒论英雄好不好？"

方正刚看了看桌上的昂贵洋酒，呵呵笑道："哎，白总，咱商量一下：我们今天只论英雄不煮酒了，行不行呢？在楼下我让汤老爷子他们灌了十几杯了！"

白原崴不同意，"这种时候岂能无酒？"指着洋酒介绍说，"这种酒叫路易十三，是人头马中最名贵的一种，窖藏一般都在五十年以上，产量一直很少！"

方正刚意味深长地说："产量虽少，可大都跑到中国来了，中国有市场啊！"

陈明丽笑道："是的，是的，改革开放这么多年，中国人民富起来了嘛！"

方正刚摇起了头，"陈总，你这话片面了，是一小部分人富起来了，中国绝大多数老百姓还没富到见识路易十三的程度！这种酒我知道，瓶盖是纯金的，酒瓶是水晶的，价值不菲啊！而文山一位下岗工人为几块钱的一瓶酒就跳了楼！"

白原崴忙接了上来，"哦，方市长，你不说我还忘了呢！"看了对面的林小雅一眼，"林主任啊，你先代我和陈总把我们集团的一个决定宣布一下吧！"

林小雅带着迷人的笑容，把集团捐资两百万设立扶贫救助基金的事说了。

方正刚很意外，笑着连连称赞道："好，好啊，白总、陈总，你们给了我一个意外的惊喜啊，我在这里代表文山弱势群体，也代表石亚南书记谢谢你们了，哦，拿酒来！不要这种路易十三，洋酒我对付不了，还是喝咱的国产白酒吧！"

林小雅拿来了事先备好的五粮液和茅台，让方正刚挑。方正刚没再客气，挑了五粮液，反客为主，先敬了大家三杯酒，连不太喝酒的陈明丽也被迫喝了。

宴会在一片热烈友好的气氛中开始了。这时的迹象表明，双方都有合作的诚意，那两百万捐款已为他们伟业国际的诚意涂上了重重的一笔。代表伟业国际敬酒时，陈明丽挺乐观地想，他们把伟业控股即将发行的二十亿可转债部分投入到工业新区的项目中，在文山钢铁立市的新格局里打下一根桩，分上一杯羹,是有可能的,她可没想到这一历史性时刻会被白原崴和方正刚双方弄得那么糟糕!

事后想想倒也不奇怪,白原崴不是知足的人,能分上一杯羹时,这老兄就要谋求端人家的锅了,骨子里想取吴亚洲而代之。方正刚也是有备而来,那两百万的感动,尚不足以动摇他的决心。"五粮"煮酒论英雄时,气氛已不那么和谐了。

是白原崴先挑起的话头,"方市长,《三国演义》里,曹操对刘备说,天下英雄唯使君与操耳!以你看,在今日文山钢铁立市的大格局里,英雄者谁人呢?"

方正刚呷着酒,像似故意要气白原崴,"还能有谁呢?当然是吴亚洲嘛!"

白原崴大摇其头,"吴亚洲怕是算不上英雄吧?他和我们伟业国际怎么比?"

方正刚笑了笑,"白总,我提醒你:刘备寄居曹操帐下时,连一席之地还没有啊,可曹操就把刘备当作了大英雄,事实证明:曹操有眼力,没看错刘备!"

白原崴也笑了起来,"这倒是,时势造英雄嘛!方市长,我既没怀疑你的眼力,也没有瞧不起吴亚洲的意思!不过,吴亚洲是不是小马拉大车啊?他有多少资金?就敢做一百六十多亿的大买卖?这气泡泡吹得也太大了点吧?你说呢?"

方正刚眼皮一翻,"哎,白总,谁告诉你吴亚洲是小马拉大车啊?你这情报是从哪来的?亚钢联的资金状况连我都不知道,你咋就知道了?还小马呢!"

白原崴摇头笑道:"方市长,你这就不够意思了吧?如果连吴亚洲和亚钢联的资金状况都不清楚,你就敢支持他做这盘大买卖了?实不相瞒,我和伟业这阵子研究过吴亚洲和他的亚钢联,他们自有自筹资金总量绝不会超过十五个亿!"

方正刚没再争辩,"好,就算这样,就算吴亚洲这马小了点,工业新区这车大了点也不怕,有政府的支持,银行抢着放贷,目前还真没啥资金缺口哩!"

陈明丽笑着插了上来,"方市长,照您这么说,我们伟业国际就没机会了?"

方正刚说:"哎,怎么会没机会呢?你们不是还要发转债,吃进二轧厂吗?"

陈明丽道:"其实我们对工业新区更感兴趣,转债就可以投资新区项目!"

白原崴却笑着说："陈总啊,转债投向哪能这么轻易改变呢?再说,人家新区又不缺资金!"转而对方正刚道,"方市长,我出于好心给你提个醒,即使文山的这番时势能造就吴亚洲这么个英雄,我劝你们也慎重些,车毕竟太大了啊!"

方正刚思索着,"白总,良心话,我得感谢你的提醒!如果你们这二十亿转债真像陈总说的,能改变投向,投资工业新区,我个人并不反对。不过,只怕你们这二十亿转债麻烦也不少吧?据我所知,它很有可能在股东大会上被否决!"

白原崴怔了一下,突然大笑起来,"方市长,你咋会有这么奇怪的想法呢?没把握,我们敢开股东大会吗?你不说我也知道,不就是汤老爷子和海天基金反对吗?也许还有些流通股的中小股东反对,可那有啥意义呢?一场闹剧而已!"

方正刚意味深长地道:"白总啊,如果国资局手上的文山钢铁那8%的国有股也投反对票呢?是不是多少有点意义?是否有可能把汤老爷子的闹剧变成正剧?"

白原崴很诚恳地摇着头,"不可能,就算加上文山国有股,反对票仍然占不到百分之二十!不过,我不太相信你们的国有股会反对,这对你文山不利嘛!"

方正刚当即承认了,"所以,汤老爷子请我入盟反对,我一口谢绝了!"

白原崴乐了,"好,好,方市长,来,让我们为你的明智和理智干一杯!"

方正刚将酒喝了,"不过,白总,如果你们圈了钱后不投在文山,对我们同样不利啊!所以我有个希望:希望你们不要把圈到的这二十亿改变用途,或者吃进文山二轧厂,或者投资新区,白总,你今天能在这里给我和文山一个承诺吗?"

白原崴快乐地笑道:"方市长,如果我们在吃进二轧的同时投资新区呢?"

方正刚不动声色地笑了笑,"好,好哇,白总,说说你们的具体设想吧!"

白原崴却没说具体设想,开始煽情造势,一副热情洋溢的样子,称呼也变得亲昵起来,不再是方市长了,"正刚,你想啊,工业新区有我们这匹识途老马加盟,拉起来是不是就省力多了?我们这个资产规模四百多亿的国际集团进驻新区，谁还敢怀疑文山钢铁立市的决心和前景？所以我说，三国时天下英雄曹刘，今日文山英雄非你我莫属嘛，我们的结合必然会创造一个改变文山历史的奇迹！"

方正刚笑问："白总，你期望的这种结合，是不是资本和权力的结合呢？"

白原崴并不回避，"正刚，你可以这样理解，吴亚洲的资本不是已经和权力结合了吗？没有你们市委、市政府的支持，他这小马能拉动这辆大车吗？我和伟业国际今天在这里并不向你们多要求什么，只希望取得亚钢联的同等待遇！"

方正刚呷着酒，思索着，"我好像听明白了，就是说，你们伟业国际并不准备把多少真金白银投到文山来，而是希望利用政府的优惠政策和银行贷款，继续把泡泡吹大？"缓缓摇起了头，"白总，如果是这样，我可能会让你失望了！"

这时，方正刚的手机突然响了起来。方正刚看看手机号码，怔了一下，走到另外一个房间关门接起了电话，接了好半天，不知和谁通话，说了些啥。重回桌前坐下时，方正刚的脸色变得不太好看了，陈明丽估计这个电话没说啥好事。

白原崴却没注意到方正刚的脸色变化，接着刚才的话头继续说了起来，话语中带着嘲弄的意味，"方市长，刚才你的意思是不是说，你已经承认工业新区的泡泡吹得太大了？嘿，一开始你老弟还死不认账呢，愣说没什么资金缺口！"

方正刚郁郁道："我刚才说的是目前，以后的情况并没说！实话告诉你，国家宏观调控的风越吹越紧了，我担心下一步的贷款融资局面！我今天之所以愿意到这里和你们见面，就是希望你们能拿出些真金白银，来一次双赢的合作！"

白原崴缓缓点头道："方市长，你不糊涂，到底说了实话！如果这个泡泡真吹炸了，只怕你也得辞职下台啊！有个事实我得提醒你一下：现在的省长可是安邦同志，你当年在金川和章桂春搭班子当县长时的遭遇就有可能再来一回啊！"

这话显然触到了方正刚的痛处。据陈明丽所知，因为九十年代初方正刚追随于华北参加查处过时任宁川市长的赵安邦，赵安邦曾不止一次地报复过方正刚。

方正刚被激火了，加上在楼下楼上喝了不少酒，多少有些失态，酒杯重重地往桌上一放，骂骂咧咧道："白总，这你别吓唬我！我他妈的这次就算再犯到他老赵手上也不怕！老子不是他提的，是省委委员投票上来的，无所求就无所畏！"

白原崴手一摊，极是恳切地说："怎么会无所求呢？我和陈总作为资本的代表，永远在追求可能实现的最大利润；作为你老弟，一位市长，肯定要追求应有的政绩，追求权力的最大化！你可以不承认，但事实就是如此！如果不想把文山的GDP搞上去，你和石亚南书记犯得着在新区，为吴亚洲的亚钢联这么忙活吗？"

方正刚仍在气头上，"白总，你说得不错！为官一任，就得造福一方，封建官吏尚且知道的道理，我方正刚何尝不知道呢？我当然要利用手上的权力把文山的GDP搞上去，这是职责所在，使命所在！至于追求权力的最大化，进一步往上爬做大官做高官，对不起，我真没怎么想过，起码老赵在位时不做这个梦！"

宴会桌上气氛因此变坏了，陈明丽和林小雅忙站起来，分别向方正刚敬酒。

方正刚把敬的酒一一喝了，又对白原崴说："白总，当年你伟业国际在宁川发迹的情况我知道，我在省委工作组查过你们嘛！当然，主要是查赵安邦、钱惠人他们，涉及到你！你们伟业大厦的黄金宝地就是零转让拿到手的，对不对？"

陈明丽插了上来，赔着笑脸道："哎，方市长，我们能零转让拿到地，是因为宁川当时刚刚开发嘛，谁也没想到海沧这小渔村会变成汉江省的曼哈顿！"

方正刚说："我知道，当时不理解，现在理解了！所以，你们也要理解吴亚洲！就像当年你们在宁川抓住了机遇一样，吴亚洲这次在文山抓住了机遇！他是我和亚南书记从宁川请来的，在谁也不相信城南工业新区能成气候时，他拍板决定投资十个亿！而你们当时在干什么？你们在观望！那么，吴亚洲在工业新区启动时能享受的优惠，你们今天是享受不到了，尤其在这种宏观调控的情况下！"

白原崴一声叹息，"方市长，我理解，既然如此，我和伟业国际可以再看一看,也许用不着多久就能看明白!我们发行转债的这二十亿仍然给你们留着!"

方正刚听出了白原崴话中隐含的挑衅,"怎么,白总,你要看我下台吗?"

白原崴微笑着,连连摆手,"不,不,方市长,我绝对没有这种不友好的想法!我是在想啊,伟业国际在不久的将来是否有可能用这二十亿吃进亚钢联一百六十多亿的大买卖呢?资本除了具有追求利润的属性,也要有点想象力嘛!"

方正刚冷冷一笑,"白总,你和你这资本的想象力是不是也太丰富了?我认为这是痴人说梦!"说罢,起身告辞,"对不起,我想,这场鸿门宴该结束了!"

白原崴仍在笑,"方市长,不能这么说吧?哪有在鸿门宴上捐款两百万的?"

方正刚站住了,"哦,对了,你不提我还忘了:这两百万捐助还算数吗?"

白原崴呵呵笑道:"咋会不算数呢?方市长,君子一言,驷马难追嘛!"

方正刚不无夸张地向白原崴鞠了一躬,"那我再次代表文山地区受捐助的弱势群体向您和伟业国际集团致以深深的谢意和敬意!"说罢,回转身疾步走了。

陈明丽看着方正刚离去的背影,突然产生了困惑:这还是当年追随于华北查处宁川的那个年轻人吗?今天的白原崴是不是犯下了一个历史性错误?就算不参与工业新区的大买卖,也没必要搞得这么僵嘛,伟业控股毕竟还在文山地盘上!

这么一想,陈明丽没再迟疑,埋怨地看了白原崴一眼,快步追出了门,在电梯口追上了方正刚,陪方正刚一起上了电梯。方正刚注意到了她的礼貌周到,情绪缓和了一些,在电梯里,带着自嘲打趣说:"陈总,如果今天和你谈也许不会是这个样子!同样的话从你嘴里说出来,刺耳程度可能会有所降减,是不是?"

陈明丽笑道:"那好啊,正刚市长,哪天有空的话,我请你喝咖啡吧!"

方正刚手一摆,说:"别,陈总,我请你吧,应该先生请女士嘛!"叹了口气,又道,"也替我劝劝你们那位白总,不要总是这么自信,头脑最好能清醒些!"

陈明丽点了点头,"你是不是也能听我一句劝?别一口一个'老赵'的!"

方正刚眼皮一翻,"老赵怎么了?我喊错了吗?赵安邦难道不姓赵?"

陈明丽苦笑说:"咱全省地市级干部中敢喊'老赵'的怕只有你一个!"

方正刚说了实话,"当着老赵的面我也不敢这么喊,背地里他听不见!"

陈明丽"格格"笑了起来,"哎,你就不怕传到赵省长耳朵里去吗?"

方正刚也笑了,"传到他耳朵里又怎么样?我不认账就是,他总不能当政治事件追吧?只要我别在他面前脱口而出就成,现在我比较谨慎,像乖猫似的!"

陈明丽嗔道:"你还猫啊?猫是人家赵省长吧,你也就是个乖老鼠!"

这时,电梯到了底楼,方正刚大步跨出电梯,"好了,陈总,别送了!"

陈明丽却坚持送到大堂外,和方正刚的司机一起,照应着方正刚上了车。上车后,方正刚又伸头说,"哦,陈总,顺便说一句,你今天这身打扮真漂亮!"

这很普通的一句赞扬,却给了陈明丽一种异样的感觉:这个做了市长的男人心还这么细,竟会注意到她的打扮。又想,也许今天真该由她来和这个男人谈,即使谈不通也不会谈崩掉,这个男人说得对,白原崴太刚愎自用了,还有些霸道。

第四章

十二

看了省银监局的金融情况简报，赵安邦着实吓了一大跳：文山去年七月至十二月的新增工业贷款竟奇迹般达到了九十二亿，同比增长了182%。其中对亚钢联旗下的钢铁项目贷款就高达三十三亿，占了文山全市工业贷款的三分之一还多。根据既往的经验推测，文山钢铁立市的这七百多万吨钢铁十有八九是用银行贷款和融资堆起来的，方正刚、石亚南和文山班子的头脑可能已经有些发烧了。

更让赵安邦不安的是，文山的摊子已铺得这么大了，吴亚洲和他的亚钢联竟又要在银山上个大型硅钢厂。据章桂春和银山方面汇报，又是五六十亿投资。银山建厂的资金又从哪里来？不还是贷款融资嘛！如果央行认真执行国家宏观调控政策，国有商业银行收紧银根，多米诺骨牌就有可能垮下来，后果不堪设想。

银山这个硅钢厂和文山工业新区的那么多项目都是怎么立的项？地又是怎么征的？只怕问题不少。银山独岛乡农民群众已经为硅钢厂的两千五百亩地闹起来了，文山征地六千多亩，难道会这么平静吗？就没有农民群访闹事吗？让秘书问了问信访局才知道，文山地区的农民早就闹上了，年前就为征地的事群访不断。

二○○四年大年初四晚上，作为经济大省省长的赵安邦已在病房里敏感地嗅到了不祥的气息。当时他最担心的两点是：其一，银山、文山两市失去土地的农民越级群访，将问题捅到北京去，惊动中央；而一旦惊动中央，就会带来第二个问题，也是更可怕的问题：省内各银行金融机构势必在央行和国家有关部委的指令压力下,严格执行国家各项宏观调控政策,收缩信贷规模,甚至冻结信贷。

这一来,赵安邦再也不敢在医院住下去了,草草吃了晚饭,便出院回了共和道八号家里。到家以后,先给省银监局刘局长通了个电话,进一步核实了金融简报里记述的数据和相关情况,继而便约省发改委主管副主任古根生过来谈话。

等古根生时,赵安邦又给方正刚打了个电话,接通后,就没好气地问:"方市长,你现在在哪里啊?是不是还泡在省城跑项目?请客送礼,搞腐败啊?"

方正刚似乎很委屈,"赵省长,看您说的,我搞啥腐败?从您那出来我就回家了,亚南书记对我挺关怀,让我在省城家里陪陪老婆孩子,给了我两天假!"

赵安邦不太相信,却也不好再问,"那好,方市长,请你回答两个问题:一、亚钢联在文山上的这七百万吨钢,到底有多少自有资金?二、已动用的银行信贷有多少?还准备再贷多少?如果无法继续使用银行信贷,还要投入多少资金?"

方正刚竟然还敢开玩笑,"赵省长,你这哪是两个问题,是四个问题嘛!"

赵安邦火了,"别管是几个问题了,请你给我回答清楚,实事求是说!"

方正刚老实了,"好、好,赵省长,你别发火嘛,你还病着,这对你身体不利!根据我和市政府掌握的情况,吴亚洲和亚钢联投资文山工业新区的钢铁项目共需资金一百六十五亿,目前已投入七十九亿左右,其中亚钢联自有和自筹资金一百三十二亿,使用省内各银行贷款三十三亿,这期金融情况简报上写着呢!"

看来方正刚倒也有些底气,并没刻意回避近期新增的这三十三亿贷款。

赵安邦口气缓和了些,"我知道,金融简报我看到了,所以有些担心!正刚同志,亚钢联从哪儿筹来的这一百三十二亿?内情你是不是清楚?据我所知吴亚洲没这个资金实力!还有,二期续建资金又从哪来啊?是不是想继续使用信贷?"

方正刚抱怨起来,"赵省长,我不知道谁又吹文山的臭风了?不过该解释的我解释:有些情况您可能不太清楚,亚钢联一家没这个实力,但吴亚洲引进了不少海外资金嘛,新区这些项目全是中外合资!至于以后我们也不担心,既可以使用信贷，也可以继续引进外资，现在各银行都抢着向我们放贷呢，包括外省！"

赵安邦想了想，说："如果是这样，你们就不要把宝押在银行信贷上，要继续做好做实引进利用外资的工作，包括内资。比如白原崴的伟业国际集团，本身就控股文山钢铁，在海外融资能力也很强，可以考虑把他们吸引过来一起做！"

方正刚连连应着，"好，好，赵省长，您这建议十分宝贵，太宝贵了，我们一定认真考虑！"又说，"我知道您担心什么，所以，赵省长，您恐怕还得给银山章书记泼点冷水！银山征地农民就闹事了，还拉着吴亚洲去上硅钢厂，以后麻烦不会少！我下午在医院就汇报过的，万一他城门失火，就殃及了我们池鱼……"

赵安邦打断了方正刚的话头，"银山征地搞得农民群众闹起来了，你们文山就这么平静吗？也有不少群众上访、群访吧？你当我和省政府不知道是不是？"

方正刚无赖得很，绝口不认账，"赵省长，那您肯定弄错了，如果真有农民群众到省城闹上访，那也是银山的人，肯定和文山无关，我们工作做得很细！"

赵安邦又火了，"方正刚，你竟敢说这种大话？好，你等着吧，我会找你的！"说罢，摔下了电话，气呼呼地对夫人刘艳叫道，"这个方正刚，以为我这么好骗！我刚才还让小林找信访局了解过，文山的农民早闹上了，年前就群访不断！"

刘艳劝道："算了，算了，安邦，别为这些工作上的事生气了！方正刚是什么人你又不是不知道！文山的事你以后干脆找石亚南说，少听他瞎吹乱侃！"

赵安邦忧心忡忡道："你以为石亚南就会和我说真话了？在保护文山地方利益这点上，他们整个班子是一致的！看来，我是该对文山来一次突然袭击了！"

话刚落音，桌上的电话响了起来，拿起来一听，是银山市委书记章桂春。赵安邦的心又悬了起来：独岛乡的事态还没结束，也不知章桂春能给他省点心吗？

章桂春倒挺快乐，开口就说："哎呀，赵省长，您咋出院了？病好了吗？"

赵安邦郁郁道："行了，桂春，你别替我烦了，你们那边情况怎么样？"

章桂春说:"哦,赵省长,我正要向您汇报呢!情况比较好,估计没什么大问题了!目前,农民群众的情绪已经比较稳定了,在我们反复说服动员下,选出了五个代表准备就征地补偿和区政府充分交换意见,我和金川区的同志们也研究了一下,拟按文山的征地补偿标准补齐差额,不过,现在还没和农民代表谈!"

赵安邦道:"如果没谈,就暂时别谈了!桂春同志,你们再想想,这个硅钢项目是不是一定要上?或者说一定要在这种时候上?我的意思最好先缓一缓!"

章桂春急了,"赵省长,您放心,这场意外风波应该说已解决了,我保证在一周内全部解决好,决不会有什么后遗症!您批评得对,不要怕丢面子,我和银山现在只注重实际,准备丢点面子,农民群众合理的经济要求该满足就满足!"

赵安邦说:"桂春,我担心的不仅是农民群众,也担心亚钢联的实力啊!"

章桂春毫不退让,"这您也别担心,就算吴亚洲和亚钢联被困在文山,我们也有后备投资者,就是伟业国际嘛!赵省长,您知道的,伟业国际实力雄厚,资产规模四百多亿,旗下公司遍布海内外,我们常务副市长老宋正要和他们谈!"

赵安邦真不知该说什么好,沉默半天才道:"桂春,这样吧,一切都不要急于定,我这两天就去趟文山,也到你们银山看看:钢铁咋就热成了这种样子!"

章桂春连连道:"好,好,赵省长,那我就在银山等您了,好好向您汇报!"

赵安邦又关切地问:"到目前为止,没冻死、冻伤人吧?不要隐瞒情况!"

章桂春道:"没有,真没有,下午四点农民群众都进了乡政府大楼,我们还供应了一顿晚饭,热乎乎的白菜汤、大馒头管个够!正因为这样,独岛乡的农民才相信了政府解决问题的诚意!不过,赵省长,我……我们还是要向您检讨啊!"

赵安邦说:"是要好好检讨,但也要总结经验!关乎群众切身利益的事情都不是小事情,都不能靠激化矛盾的方法来解决!"这当儿门铃响了,赵安邦估计是古根生来了,准备结束通话,"好了,桂春,先这么说,你这个市委书记能在节日期间带伤赶到现场,耐心地和农民群众对话,做工作,还是要肯定的!"

章桂春却抱着电话不放,"哎,赵省长,您能不能明确一下:啥时过来?"

这时,刘艳已引着古根生走进了客厅,赵安邦冲着古根生招了招手,最后对着电话说了句,"我说去就会去的,你们都给我小心就是!"说罢,挂了电话。

古根生适时地迎了上来,"赵省长,我还说到医院看您呢,您倒先出院了!"

赵安邦拉着古根生在沙发上坐下,苦笑说:"本来我也没想这么急着出院,硬是让文山、银山的大炼钢铁运动给逼出来了,嘿,三座大山压过来两座啊!"

古根生笑道:"赵省长,我也被他们逼得够呛啊,都想往医院里躲了!"

赵安邦挥了挥手,"那就说说吧,文山、银山这些钢铁都是怎么立的项?"

古根生说:"文山项目涉及到省里批的,去年已经按有关规定批过了,还有个热电厂项目暂时没批,银山的硅钢项目也没批,他们两边吵得都很厉害!"

赵安邦觉得奇怪,"文山工业新区的钢铁从最初的二百多万吨搞到七百万吨,一期投资一百三十多个亿啊,都按规定报批了吗?他们是不是又违规乱来了?"

古根生略一思索,汇报说:"赵省长,起码我没发现乱来。亚钢联为这些项目设立了十二个中外合资公司,每个公司注册资金都没超过三千万美元,文山有权批,用不着报到省里。而且根据规定,注册资本金为总投资额的三分之一。"

赵安邦听明白了,"这就是说,吴亚洲这十二个中外合资公司注册资金约三十亿人民币,总投入规模可以达到一百个亿?和目前在建规模没太大的出入?"

古根生点点头,"是的!至于他们的二期规划和续建项目是另一回事!"

赵安邦想了想,疑惑地问:"这十二家中外合资公司的注册资本金到位了吗?"

古根生笑了笑,"赵省长,这您得去问文山市,问我家亚南和方正刚了!"

赵安邦又问:"这么多土地是怎么批下来的?古主任,你知道不知道?"

古根生摇头道:"这得问国土资源厅陈厅长或者文山国土局,我哪知道啊!"

赵安邦指点着古根生,佯作不悦道:"好你个古根生,推得倒干净!石亚南是你老婆,回来时就不和你谈点工作上的事,就不吹点枕边风啊?我不信!"

古根生夸张地叫了起来,"哎哟,赵省长,您还说呢,我还算有老婆啊?!"

赵安邦想想也是,因为工作关系,人家这么多年来一直分居两地,便又说:"好,你不愿说的事我不勉强,但有个招呼我要打在前面,把公私给我分开,对文山必须公事公办,不能因为石亚南做着文山市委书记,就对文山网开一面!"

古根生忙道:"赵省长,您这指示太及时了,最好也和亚南说说,亚南做得可绝了,文山的事自己不出面,老把方正刚往我这派,连过节都不让我安生!"

赵安邦不加掩饰地说:"对这位方正刚市长,你要小心点,别被他套了!"

古根生连连点头,"是,是,赵省长,我小心着呢,包括对她石亚南!"

后来,古根生又说起了发改委的工作,赵安邦有一搭没一搭地听着,心里想着的仍是文山那堆烧得烫手的钢铁。待得古根生走后,马上给国土资源厅陈厅长打了个电话。陈厅长正在外地过节,对文山用地的情况不清楚,就让主管副厅长回了个电话。据这位副厅长说,文山这六千多亩地是按单个项目审批的,不存在违规和越权情况。倒是银山那两千五百亩地目前只批了六百亩,其余尚未审批。

这一来,赵安邦又有些吃不准了:如果各方向他汇报的情况都是真实的,文山工业新区就不应该有多大的问题。项目审批和用地没有大的违规行为,在建资金又到了位,就算进一步紧缩,也是二期项目缓一步上马罢了!可他对文山却就是不敢放心!尤其是对方正刚这个嘴里没多少真话的牛皮烘烘自以为是的市长!

正想着方正刚,于华北的电话就过来了,竟是力挺方正刚和文山。

于华北先问起了他的病情,"安邦,你咋就出院了?好了?不发烧了?"

赵安邦打哈哈道:"好了,好了,老于,你咋就这么挂记我啊?"

于华北笑道:"是啊,挂记你,也挂记文山啊!安邦,文山的事,我刚才电话里又和正刚聊了聊,小伙子和伟业国际今晚进行了一场谈判,结果不太好!"

赵安邦马上说:"老于,你看看,这位方市长又没和我说实话吧?我今晚打电话时就问他,是不是还在跑项目搞腐败?他骗我说他在家里陪老婆孩子哩!"

于华北说:"安邦,你是不是也太凶了,吓得人家不敢说话了?把伟业国际吸引进工业新区是你的最高指示嘛,小伙子积极落实了,你老兄还不满意啊?"

赵安邦心想,还不知是谁的最高指示呢!把伟业国际吸引进工业新区是他今晚才说的,方正刚却已和伟业国际谈上了,连结果都出来了!嘴上却啥也没说。

于华北又说:"正刚说了,就算白原崴和伟业国际不入盟,文山这盘炉火也会烧得通红,你就放心好了,别对文山工业新区疑神疑鬼的,弄得我也睡不踏实觉!对文山咱们就得多鼓励嘛,方正刚现在委屈得很呢,在电话里直发牢骚!"

赵安邦不想多说啥,"哼"了一声,"他还敢发牢骚?你让他找我发吧!"

于华北啥都知道,"安邦,你是不是搞错了?把银山闹出的风波也怪到文山去了?正刚在电话里向我郑重保证了,文山征地还真没发生过群访闹事哩!"

赵安邦本来想说,那省信访局敢凭空捏造啊?却没说,只道:"好,那好啊,老于,如果真错怪了方市长,我向他道歉就是!"说罢,不悦地挂上了电话。

于华北一再站出来为方正刚说话,实在有些意味深长,估计不会是随心所欲的盲动。这老兄看来已经在为出任省长或省委书记做准备了。这真是讽刺得很哩,十二年前,他于副书记带着方正刚这位"方克思"在宁川大问姓社姓资时,是何等理直气壮啊,今天却这么力挺方正刚和文山,不惜看着他们用一百五六十亿码起吴亚洲这么一个钢铁巨人!于华北和方正刚是思想立场发生了转变,还是在新形势下搞起了政治和经济的双重投机?如果是不顾后果的投机,潜在的危险可就太大了!文山的这番经济启动就可能播下龙种,收获跳蚤,甚至收获灾难!

走出医院第一夜,赵安邦就失眠了,文山时下令他困惑不解的钢铁迷局,和历史上的许多是是非非一时间全搅在了一起,像一团乱麻,剪不断,理还乱……

十三

方正刚两口子昨晚说好要来拜年，于华北初五上午便没出门。本来倒想去看看财经大学教授汤老爷子，因为方正刚两口子要来，临时取消了。吃过早饭，于华北便和老伴一起伺弄起了暖房的花草，浮生偷得半日闲，心情还是挺不错的。

这种时候，老伴总免不了要叨唠几句，也不管他愿不愿听，"……老于，你知道吗？过年这几天，对门五号院里可热闹了，各市不少小号车全停在门口，焕老的夫人一直在迎来送往！"于华北端着水壶，细心浇着花，没接老伴的茬。

这事秘书无意中说起过，况且他就在共和道四号住着，和老省委书记刘焕章家门对门，啥看不到？这情形说明，人家老书记确实有人缘，这十几年的省委书记不是白当的。尽管老书记去年患癌症去世了，小儿子刘培的腐败问题也进入了法律程序，估计要判十年以上，但老书记提拔的干部们仍没忘了饮水思源。

老伴又说："老裴两口子和安邦的老婆刘艳昨天也过去了，我亲眼看到的！"

于华北一怔，这才责问老伴道："那你咋不过去看看？我忙你也忙吗？"

老伴苦起了脸，"焕老尸骨未寒，你就把刘培办进去了，让我和人家说啥？"

于华北正经作色道："咋这样想呢？刘培是我办的吗？立案是常委会上决定的，安邦的老部下钱惠人不也办进去了吗？这是职责所在，我们有啥办法！"

老伴抱怨说："还说呢，纪委这摊子本来不归你管，你揽这个权干啥？净得罪人！哎，老于，我咋听说文山古龙的县委秦书记又出事了？节后要派调查组？"

于华北看了老伴一眼，嘲讽道："这种事能等到节后吗？给他个春节的好机会，还不又收个百儿八十万？调查组节前就派下去了，够这位县委书记受的！"

老伴说："我看也够你受的！你过去是文山市委书记，现在是省委副书记，古龙的案子你管这么具体干啥啊？等哪天你下台了，只怕没谁会登咱家这门！"

于华北的好心情被破坏了：老伴说得不错，这种情况在不久的将来也许真会变成现实。共和道不简单，高官云集啊，在任上时人心向背看不出来，下台后就能看出来了：有些领导，比如焕老，退下来后仍门庭若市，逢年过节比在台上时还热闹；而另一些老同志却没人答理了，前任省纪委书记老石就是这种情况。

好在纪委刘书记节前已从中央党校回来了，他兼管的这摊子也能放手了，包括古龙班子腐败案。这个腐败案是方正刚和石亚南最早发现的，情节之恶劣让他极为震惊：古龙县委书记秦文超涉嫌卖官，连身边副县长的钱都敢收。那位副县长想进县委常委班子，两次给秦文超送了四万元，其后，又跑到方正刚和石亚南那儿送礼跑官，被方正刚、石亚南抓了典型，秦文超的受贿问题也就跟着暴露了。

老伴又挺不满地说起了方正刚，"这个小方也不像话，过去都是年初二，最晚年初三过来给你老领导拜年，今年到文山当市长了，就拖到了年初五……"

于华北打断了老伴的话头，"哎，这你可别怪小方啊，过去小伙子是省级机关的甩手闲人，现在是我省北部重镇的封疆大吏，岂可同日而语？再说他们眼下正热火朝天搞工业新区，要跑的关系单位和衙门多着呢，今天能过来就不错了！"

老伴不说方正刚了，又信口扯到了共和道扫雪的事上，"咱机关事务管理局我看也是个衙门，雪下得这么大，也没想到安排人扫扫雪，差点把我滑倒！我就给张局长打了个电话，张局长嘴上答应得好好的，却直到现在不见动静……"

于华北又不高兴了，"哎，你能不能少管闲事？整个共和道就显着你了？"

就说到这里，门铃响了，老伴开门一看，是方正刚夫妇到了。

方正刚见面就乐呵呵地道歉，"于书记，张阿姨，本来早该来看你们，可今年这个春节为文山的一堆项目忙得不得了，弄到今天才来，你们没见怪吧？"

于华北开玩笑说："我没见怪，你张阿姨见怪了，刚才还念叨你们呢！"

老伴忙道："是啊，我正和老于说呢，我初二就包好饺子等你来吃了！"

方正刚的妻子程小惠拍手笑道："张阿姨，那可太好了，我们今天就在你们家吃个团圆饭吧！你们可不知道，我们这个春节过得那叫惨啊！正刚从文山回省城四天，连一顿饭都没在家吃过，一直在外面搞腐败啊，喝坏了党风喝坏了胃！"

于华北笑着接了上来，"还喝得老婆背靠背，小惠，和正刚背靠背了吧？"

程小惠怪嗔说："于书记，看你！省委领导也和我们开玩笑，您得批评他！"

于华北和气地看了方正刚一眼，"批评啥？我得表扬，好好表扬！文山有方正刚这样不要命的好市长，经济崛起就大有希望了！另外，正刚这小伙子身上还有正气，反腐倡廉工作做得也不错，不护短，一刀捅破了古龙县的腐败毒瘤！"

方正刚忙摆手，"哎，于书记，这案子可是您和省里在抓，我们只是配合！"

于华北肯定道："你们配合得不错！"说罢，挥了挥手，对程小惠说，"好了，小惠，和你张阿姨包饺子去吧，我和正刚杀上几盘，顺便谈点工作上的事！"

老伴拉着程小惠包饺子去了，于华北在客厅的茶几摆上棋盘，和方正刚下起了象棋，边下边说，"正刚，秦文超看来是腐败掉了，你推荐主持工作的那个王林会不会也陷进去啊？调查组的同志向我汇报说，此案涉及面可是比较大啊！"

方正刚道："这我想过，应该不会！王林是我大学同班同学，很正派的一个同志，到古龙县当县长不过一年多。他本来不想做县委代书记，是我和亚南书记硬推上去的！哎，怎么了，于书记，调查组是不是查出了王林什么问题？"

于华北摇了摇头，"这倒没有，我是随便说说，你既然对王林这么了解，市委又做了决定，我就不管这么宽了！不过我还要给你提个醒：大事别糊涂，你头上的代字刚去掉，市长的位置还不是那么牢固，既要甩开膀子干事，又要稳妥！"

方正刚心里有数，"是，老赵这么个态度，我市长还不知干到哪一天呢！"

于华北心想，这倒是，赵安邦对方正刚不是一般的有成见，看来是有很深的成见，文山工作一旦出了问题，石亚南也许能脱身，方正刚就在劫难逃了。这种事不是没发生过，七年前在银山的金川县就发生过一回。班子里闹矛盾，明明是时为县委书记的章桂春及其同伙排挤县长方正刚，可赵安邦一个重要批示，却把无辜的方正刚拿下了马。他虽为方正刚说过话，却也不好坚持。裴一弘搞政治平衡，要维护副省长省委常委赵安邦的权威，他也只好牺牲这小伙子了，现在想想还让他心痛不已。

方正刚也想起了这事，"于书记，你知道的，一九九七年那次下去，我本想把家安在银山，好好在金川县扎根做贡献呢，结果怎么样？十个月就让老赵拿下了马！"说着，将卧槽马跳出来，"上马！哎，于书记，昨晚和老赵谈得怎么样？"

于华北没理会方正刚跳出来的马，将车拉过楚河汉界，平和地说："谈得还好吧，该提醒的我向安邦提醒了，这种时候就得为你们保驾护航嘛！安邦明确表示了，如果群访的事真搞错了，他向你们道歉！不过，我倒也听得出来，他对你们文山还是有不少顾虑！正刚，你也和我说实话，你小伙子脚下有没有根啊？"

方正刚一副调侃的口气，"有啊，于书记，我的根就是您老领导啊，但愿这回您坚定点，一看情况不对了，先抢在老赵前面来个重要批示，保住我这个公推公选的倒霉市长！没准那时候您就是省委书记了，只要批了，老赵就没办法！"

于华北哭笑不得，"正刚，这种大头梦你最好少做，我说的根指啥你清楚！"又说，"也别一口一个老赵的！老赵是你喊的？没大没小的，难怪人家烦你！"

方正刚一脸的正经，"哎，哎，于书记，党内称同志不称官衔，这是规定！"

于华北道："那你咋不喊我老于啊？给我注意点影响！"又交待说，"也少扯什么省委书记不省委书记的，就算一弘同志调走了，省委书记未必会是我！"

方正刚说："于书记，那您起码也会进一步做省长，如果您做了省长……"

于华北可不愿和面前这位口无遮拦的年轻部下谈这种事，笑呵呵地打断方正刚的话头，"哎，哎，正刚，下棋，下棋，你看看你的棋，恐怕没几步了！"

方正刚的心思不在棋上，"好，好，我认输！"又抱怨起来，"于书记，不是我有情绪，你说这叫啥事？赵安邦咋就是看我不顺眼呢？独岛乡上千农民群众在节日期间包围乡政府，动静闹得这么大，老赵不批章桂春却批我！幸亏独岛乡早就划归银山市了，如果像区划调整前那样归文山，老赵只怕更要狠狠收拾我!"

于华北劝解道:"也别这么想,那也未必!文山市委书记是石亚南,安邦要算账,也得先和石亚南同志算!哦,对了,和亚南的团结协调搞得怎么样?"

方正刚说:"很好,起码到目前为止很好,班子团结,我也能摆正位置!"

于华北说:"一定要摆正位置,过去的教训要汲取,不能在同一条沟坎上摔倒两次!还有个和银山关系的问题,同属北部欠发达地区,你们的良性竞争我和省委不反对,恶性竞争就不好了,可能影响整个北部地区甚至全省工作大局!"

方正刚苦笑起来,"于书记,这可不以文山的意志为转移啊!章桂春是什么人?盘踞银山二十多年的地头蛇,目空一切啊,既不服石亚南,更不服我,处处和我们文山对着干!我真担心他们这次盲目乱上钢铁,搅乱了文山的棋局!"

于华北心里有数,方正刚和章桂春是老对手了,只要有机会,总会给章桂春上点眼药,便不在意地说:"没这么严重吧?正刚,你别想得这么多,也别指望我帮你去压银山,手心手背都是肉,你们文山搞好了我和省委祝贺,他们银山搞上去了,我和省委照样要祝贺!章桂春这次还不错嘛,有政治敏感性,独岛乡风波一起,就冒着风雪赶去了,事件的处理及时果断,安邦和老裴都比较满意!"

方正刚显然还不知道这一情况,"于书记,这么说,独岛乡的农民撤了?"

于华北点了点头,"撤了,昨夜撤的,据说没冻死冻伤一个人,不过我不太相信!冻死人可能不会,冻伤几个不是没可能,估计他们又是报喜不报忧吧!"

方正刚说:"哎,那老赵咋光听银山的电话汇报?咋就不下去查一查?"

于华北道:"要查的,不但是银山,也可能到你们文山去!年前不是因为有病,他老兄就下去了!哦,正刚,你们小心了,安邦有可能搞个突然袭击啊!"

方正刚嘴一咧,"让他袭击好了,如果他真查出了啥,我们认倒霉就是!"

于华北警觉了,"哎,正刚,你好像有些心虚嘛,年前让我看到的那片大好形势,还有你们的汇报,是不是有水分?我现在可是四处替你们做广告啊!"

方正刚忙道:"于书记,您放心,绝对没有!"笑了笑,又说,"咱们订个君子协议好不好?如果我们乱来,你该怎么处理怎么处理,如果老赵故意找碴儿整我们,你老领导也得说话,别再像七年前在银山那样,又顾全大局把我牺牲了!"

于华北心头一热,"那就一言为定!正刚,我明确告诉你:七年前那一幕再也不会发生了!"说这话时,于华北想,也许到那时他已是省长或省委书记了。

不论作为省长还是省委书记,都要在经济工作上有所表现。宁川的崛起不但成就了赵安邦,也为汉江省乃至中国政坛贡献了六位省部级干部,今天的文山很像当年的宁川,气势磅礴的启动已经开始了,这可是政治和经济的双重机遇啊。

于是,于华北颇动感情地说:"正刚,你知道的,我在文山前后工作了十八年啊,做市长、市委书记的时间就长达十一年,却一直没把文山搞上去……"

方正刚忙插了上来,"于书记,这您也不必自责,那时是什么情况?现在是什么情况?当时省委的经济工作重心在南方,哪顾得上文山这种北部地区?"

于华北道:"话是这么说,但我不能原谅自己啊,总觉得欠了文山老百姓一笔债!重整煤炭、钢铁这种重工业,我们当时也想过,却没法实现。底子薄,没有钱啊,重工业是资本密集型工业,没钱就没法办,再加上专家学者们又说钢铁是什么夕阳工业,议来议去也就放弃了!正刚,你和文山的同志们圆了我的一个梦啊!"喝了口茶,又说:"另外,还要注意均衡发展,要进一步搞好国有企业的改制,上届班子搞了个国有资产甩卖的方案,我不太看好,你们有什么新思路?"

方正刚马上汇报,"于书记,这事我还没来得及向您汇报:已经甩卖的就算了,包括山河集团向伟业国际的零转让,没启动的企业已经让我叫停了!我和亚南以及班子里的同志研究过几次,准备搞ESOP,就是企业员工持股试点。波兰的经验证明,这种过渡形式能最大限度地减少改制震荡,也能体现公平原则!"

于华北赞同说:"好啊,既能减少震荡,又能体现公平原则,就大胆试,就算不成功也没关系!安邦和宁川的同志们就是这么走过来的,要学习,要总结!"

方正刚抱怨起来,"于书记,赵安邦不是当年宁川市长了,是省长,只许州官放火,不许百姓点灯,我们文山还没走到当年宁川那一步呢,他就不停地敲打我们了！他和钱惠人、白天明那时是怎么干的？不但违规，甚至还违法哩！"

于华北不愿助长方正刚的不满情绪，"哎，正刚，你咋又来了？安邦他们的大方向没错，宁川起来了嘛，真不服气，你们在文山也创造一个经济奇迹嘛！"

方正刚激动了，"于书记，我们现在正在创造奇迹，两年后，文山也许将成为中国最具实力和活力的钢铁城，GDP过千亿，财政收入将达到一百亿以上！"

于华北似乎已看到了这一经济奇迹的实现，连连点头说："好，好，那就好啊！这次的机遇决不能轻易丧失！你让亚南同志也找机会多向老裴汇报汇报！"

方正刚自信得很，"于书记，重要的不是汇报，是拿出真实的政绩成果！"

于华北本来想说，幼稚！话到嘴边却忍住了，"那好，正刚，我就等着看你们的政绩成果了！宁川搞上去了，老书记刘焕章同志曾在省委扩大会上向安邦他们鞠躬致敬，将来文山搞上去了，我也代表省委向你，向亚南同志鞠躬致敬！"

这日中午，因着方正刚和文山的缘故，于华北心情不错，破例喝了几杯白酒。

十四

裴一弘很讲究通气，但凡涉及到常委间的分工调整，重大干部人事安排，总要先向班子里的同志征求意见。这既是一种沟通磨合的过程，也是一个彼此理解的过程，更是一个落实民主的过程。有些会上不好说的话，通气时同志们就能放开说了，民主决策就落到了实处，他这个班长最终拍板时也就少了些盲目性。

这种通气也要讲究程序，一般是先赵后于，然后才是其他副书记、常委。因此，和于华北通气之前，照例要和赵安邦先通个气，尽管在他看来这次和赵安邦的通气并不是那么重要，老刘从中央党校学习回来了，纪检监察这一摊子事物归原主，于华北再兼管点别的，和赵安邦关系不是太大。但程序就是程序，你忽略了这个程序，也许就会种下矛盾的种子，没准哪天就会开朵小花结个恶果。

裴一弘没想到赵安邦会突然出院。初七一早，裴一弘赶到宾馆送走了中央有关部门的那位领导同志，准备到医院去看望一下赵安邦，顺便通气把事说了。不料让办公厅联系了一下才知道，人家省长同志两天前就出院回到了共和道八号官邸。

裴一弘当时就在共和道十号家里，便和赵安邦直接通了个电话，说他过去聊聊。赵安邦却说，别，别，还是我过来吧。是他要找赵安邦通气，怎么也不能让人家往这边跑，不尊重人嘛！结果他没过去，赵安邦也没过来，像往常一样，两人在省委他的办公室见了面。这也是心照不宣的事，虽在共和道门挨门住着，隔墙做着邻居，但他们不是普通老百姓，都要顾及政治影响，彼此之间很少串门。

先一步到了办公室，把饮水机打开，正泡着茶，赵安邦便到了，进门就高声嚷嚷，"哎，老裴，你不找我，我也想找你了，和你班长同志打个招呼啊，明天我就准备去银山、文山了，给章桂春、方正刚、石亚南他们来个突然袭击！"

裴一弘泡着茶，开玩笑说："算了吧，安邦！你这次病得不轻，刚刚出了院，就别想着袭击人家了，小心再让北方的暴风雪撂倒，你就先老实歇一歇吧！"

赵安邦笑道："我还敢歇啊？这阵子累你们了，怎么也得将功赎罪嘛！"

裴一弘不开玩笑了，"随你的便吧！有些事和你扯扯！咱们班子的分工又得调整了：老刘节前就从中央党校回来了，纪检这摊子用不着老于再兼管了嘛！"

赵安邦不在意地说："这还通啥气啊？老刘既然回来了，自然要归位！"

裴一弘道："问题是老于，老于一直协助我分管组织人事，纪检这摊子还给老刘，身上担子就轻了不少，我考虑是不是把农业这一块再交给老于呢？"

赵安邦不无暧昧地笑了，"老裴，咱们华北同志也许对工业更感兴趣吧？"

裴一弘心里有数，和颜悦色道："安邦，我明白你的意思，这阵子老于对文山的钢铁启动很关注，是不是？这也正常嘛！老于是从文山上来的，对文山有感情,新市长方正刚又是他很看重的一位干部,他对文山当然会多些关心嘛!"

赵安邦显然言不由衷,"是,是啊,干脆让老于全面主持工业经济好了!"

裴一弘察觉了什么,"哎,安邦,你好像话里有话嘛,啥意思?直说吧!"

赵安邦犹豫了一下,"老裴,那我就和你交交心吧,本来我是不想说的!"

裴一弘挥了挥手,"说嘛,一个班子的同志,就是要畅所欲言嘛!"

赵安邦想了想,说了起来,"老裴,也许是我多虑了,说出来供你参考吧!我现在对老于可是有些担心啊!老于一向以稳健著称,不说思想保守吧,起码不那么解放吧?今天却这么力挺方正刚和文山,你说正常吗?"

裴一弘心想,是有些可疑啊,除了对文山的那份历史感情,只怕这位于副书记也有自己的私心哩!嘴上却笑道:"老于,包括正刚同志也在与时俱进嘛!安邦,你别说啊,方正刚钢铁立市的答辩还就不错,你当时不也高度评价吗?"

赵安邦说:"是,我是高度评价过,但也别忘了另一点,公推公选这一票我并没投给方正刚!我觉得这位年轻人品质上有些问题,与时俱进过了头!"停了一下,又说,"当然,我的看法无关紧要,方正刚思路对头,我现在仍然充分肯定,从文山这个重工业城市的长远发展战略来看,钢铁立市没错,但这要有个过程,不能操之过急,更不能不顾宏观调控的背景大干快上!所以,我就想,老于和方正刚是思想立场发生了根本转变,还是在新形势下搞起了政治和经济的双重投机呢?文山的这番经济启动别搞得播下龙种,收获跳蚤,甚至收获灾难啊!"

裴一弘心里一惊,注意地看着赵安邦,"安邦同志,你咋会这样想呢?"

赵安邦没回答他的疑问,按照自己的思路说了下去,显然是经过一番认真思索的,"老裴,根据我目前掌握的情况,去年不但是我省,全国都发生了粮食减产和投资膨胀双碰头。这种情况在一九八八年至一九八九年,一九九三年至一九九四年出现过,由此引发了两轮力度很大的宏观经济调整,这次会是啥情况很难预料!"

裴一弘狐疑道:"你的意思是不是说,国家会进一步加大宏观调控力度?"

赵安邦咂着嘴,"这还真不好说,包括我省在内的不少省份认为,我国经济增长处在一个上升期,钢铁等行业的快速增长有市场需求支撑,出现一些重复建设也会自动调整。国家有关部委的观点正相反，认为投资膨胀已初现恶兆，经济运行中的矛盾已比较突出，煤电油运都紧张，拉动了基础产品价格上涨，钢铁涨势尤为明显，如不采取措施，势必传导到终端产品，已到了非调控不可的程度！"

裴一弘叹了口气，"说穿了，这实际上是地方和中央政策的博弈！随着利益主体的多元化，地方的投资冲动无法遏止嘛，比如说文山，钢铁价格疯长，你不让石亚南、方正刚上钢铁行吗？银行看好未来的钢铁市场，当然积极贷款！"略一停顿，判断说，"不过,过去的经验证明,这种博弈的结果输家必然是地方！"

赵安邦说："是啊，这正是我忧虑的，在全国一盘棋上，文山算什么？宁川要上个大型电解铝项目，全部利用外资，三亿美元啊，汝成他们到北京有关部委做工作，人家就把他们顶回来了，明确说了，别说三亿美元就是十亿也放弃！"

裴一弘不满道："他们这话说得也太轻松了吧？就不知道下面的难处！"

赵安邦苦笑说："老裴，现在最难的怕是咱们，上压下挤，左右为难啊！出了问题上面要找我们算账，不保护地方经济呢，下面的各路诸侯又要骂娘！"

裴一弘的心沉了下来，可脸面上却保持着应有的平静，"安邦，先不说这么多了，反正文山钢铁已经上马了，想停也停不下来，也只能走一步看一步了！"

赵安邦说："所以，你最好能提醒一下老于，让他别给文山火上浇油了！"

裴一弘应道："好，好，我约了老于下午过来谈，招呼一定打到！不过，安邦，你下去也把文山、银山的情况搞搞清楚，得准备应付可能发生的变化啊！"

赵安邦应着，不无欣慰地说："老裴，你也有这么个认识，我就放心了！"

不曾想，于华北却没这种认识，过来通气时，寒暄了没几句，就热情洋溢夸起了文山烧得烫手的钢铁，说自己当年的一个梦想，由石亚南和方正刚实现了。

裴一弘不好马上就泼冷水，"是啊，是啊，安邦对文山的评价也很高嘛！"

于华北却道："不对吧，老裴？我咋觉得安邦有点反常啊，自从方正刚公推公选做了文山市长，安邦的态度就起了变化，不但是我，许多同志也察觉了！"

裴一弘笑道："哎，老于，你说的许多同志都是谁啊？我就没这个察觉！据我所知，安邦对方正刚答辩评价很高，上午还和我说呢，钢铁立市思路对头！"

于华北讥讽道:"那是,用小方的思路,换个宁川干部做文山市长就好了!"

裴一弘责备说:"老于,你看你,想到哪去了?安邦同志至于这么狭隘吗!"

于华北正经起来,也严肃起来,"但愿安邦别这么狭隘!可事实上安邦对方正刚有成见,很不公道嘛!一九九二年宁川整顿以后,我把方正刚留在宁川做了市委副秘书长,安邦一杀回来,就把他贬到了经济研究室!一九九七年省委把方正刚派到银山市的金川县,就是今天的金川区,主持政府工作,小伙子真想大显身手,好好干一番事业啊,可只当了十个月的代县长又被安邦一个重要批示免了职……"

裴一弘道:"哎,打住,打住!老于,小方从金川县回来不到半年就提了副厅啊!如果我没记错的话,好像是省政策研究室副主任,还是你提名建议的!有了这个副厅,小方才有竞选今天这个文山市长的资格嘛,这算啥不公道啊?!"

于华北苦笑起来,"是,是,老裴,这也是事实!可当时谁知道会搞这种干部人事制度的改革啊?我们只能说方正刚赶上了一个好机遇,靠才干上来了!"

裴一弘点头道:"这我不否认,我和你和安邦一样,对方正刚的才干高度评价!但安邦对文山经济工作的担心也不是没有道理!根据现在的客观形势,我们对文山的同志们恐怕要适当泼点冷水了,别让他们碰了宏观调控的高压线啊!"

于华北没当回事,不屑地笑了笑,"有意思,我们这位另类省长也怕高压线了?他当年是咋干的?别人不知道,我们还不知道吗?高压线碰得多了!不但一次次违规,甚至还违法呢!他和钱惠人、白天明在古龙分地不就违了法吗?"摇了摇头,"怪不得正刚同志发牢骚呢,说安邦是只许州官放火,不许百姓点灯!"

裴一弘有苦说不出,却又不能不说,"老于,这你可提醒方正刚啊,不许点的灯就是不能点!"觉得有点过分,缓了一下口气,又说,"老于,钱惠人案子出来后,安邦不是一直在检讨违规问题吗?甚至说过,这是改革过程中的原罪!"

于华北仍没被说服,笑了笑:"好了,这种话不谈了。哎,找我有啥事?"

裴一弘这才说起了正事,"纪委书记老刘回来了,常委分工要调整一下了!"

于华北明白得很,"好,好啊,老裴,我巴不得早把这摊子交了呢!兼管了这大半年的纪检工作,办了钱惠人和刘培两个大案子,又得罪了不少人啊!"

裴一弘和气地说:"光你老于同志得罪人啊?我和安邦还不照样得罪人?钱惠人的狐狸尾巴是安邦最先抓住的,焕老尸骨未寒,我就拍板把刘培立了案!实话告诉你吧:昨天我们两口子去给焕老夫人拜年时,这老嫂子还一再埋怨呢!"

于华北道:"是啊,是啊,我老伴今天还说呢,哪天我要下了台,只怕就没人会上我们家的门喽!"摆了摆手,"随它去吧,我们做到问心无愧就行了!"

裴一弘突然想了起来,"哎,老于,文山古龙县的那个卖官案进展如何?"

于华北道:"哦,调查组还在查,春节都没休息,除县委书记秦文超外,已涉及到人大主任、政协主席,两个副县长,一位副书记,六个乡镇长。昨天马达在电话里汇报说,涉案干部和涉案范围还有扩大的趋势,情况可能比较严重!"

裴一弘并不吃惊,"这也是意料中的事,搞不好古龙县四套班子全烂掉了!这个秦文超当了八年县委书记,还不知卖掉多少乌纱帽呢,实在太可恶了!"

于华北说,"让老刘去彻查吧,我和正刚他们交待了,继续全面配合!"

裴一弘又回到通气要说的话题上,"老于,纪检这一摊还给了老刘,你也不能轻松了,还得加点担子啊,——你和张副省长一起,把农业管起来好不好?"

于华北想了想,像似很随意地问:"老裴,这是不是安邦同志的建议?"

裴一弘笑道:"又想啥了?不,是我的建议,现在征求一下你的意见!"

于华北沉思片刻,答应说:"好,好吧,说实话,我也想多做点经济工作!"

裴一弘没谈经济工作,却谈起了农业,"农业是基础啊,目前机遇不错。我省的农业税、特产税从今年开始免征了,粮价又在上涨,农民群众种粮的积极性很高!张副省长前几天还和我说,这也许是我省农业大发展的一个好机会哩!"

于华北抑郁道:"这也得辩证地看,对宁川、平州这种南部发达地区可能是个机会,对文山、银山这种欠发达地区,未必是什么机会!尤其是对乡村基层来说,负面影响也不小,农业税免了,农业税附加就收不到了嘛!文山基层的同志向我反映，说是他们一半以上的基层村镇的财政都得破产，连工资都发不上！"

裴一弘心里有数，"这个情况张副省长也和我说了，老于，你尽快和老张碰一碰，拿个解决方案出来，必须让农村基层干部吃上饭嘛，否则又要乱摊派了！"

于华北点头应着，"好，好！"又说，"根本出路还是把经济搞上去，比如文山，既是重工业基地，又是我省的粮棉主产区，两手都要抓，两手都得硬嘛！"

裴一弘知道于华北想说什么，旁敲侧击道："老于，这话不错！不过，这次国家宏观调控我估计最终会认真执行的！文山钢铁已经这么热了，潜在风险不小啊，真把局面搞得被动了，我也许能一走了之，你和安邦可能就比较麻烦了！"

于华北很敏感，看了他一眼，问："老裴，这么说，你真要离开汉江了？"

裴一弘未置可否，"看中央咋定吧，不过，我还真舍不得离开你们呢！"

于华北是明白人，这才说："老裴，你放心好了，在文山的问题上，我以你的态度为准，对方正刚和文山的同志，该提醒的我一定提醒，肯定不能让他们关键时候给省里添乱！不过，地方积极性也要保护，再说他们摊子已经铺开了嘛！"

裴一弘不无忧郁地道："是啊，是啊，生出的孩子也不能再塞回娘胎里去嘛！"又心照不宣地说，"所以，老于，请你多理解安邦，对文山的表态一定要慎重！"

于华北想说什么，却又没说，笑着摇摇头，"好，那就彼此相互理解吧！"

和赵安邦、于华北的通气谈话就这么分别结束了，结束得都那么平静。

然而，裴一弘却不敢掉以轻心，总觉得这平静的表象下已酝酿着一场令人不安的风暴，也许是一场经济和政治的双重风暴。作为一个深刻了解中国改革历史和现状的政治家，他已敏感地嗅到了某种不祥的气息：在国家宏观调控步步紧逼的情况下，文山钢铁上得一片火热，赵安邦和于华北矛盾再起，文山下属一个大县的四套班子又连根烂掉了，他这个省委书记在船头上坐着可就没那么自在了。

古龙腐败案影响恶劣，这是不必说的，不过，估计不会触及到目前的文山市级领导班子。石亚南和方正刚先后到任没多久，案子又是他们主动揭出来的，他们不可能卷进去，说到底不过是个局部腐败案，对全省政治经济不会产生多大的影响。文山的问题在那堆钢铁上，那堆钢铁也许正酝酿着某种灾难。但灾难到底会在啥时候发生？发生后又将造成怎样的局面？现在采取措施是否还来得及？却都还不知道。但有一点很清楚，就算他调离汉江，这灾难的后果他仍是要承担的，坐在汉江这条大船船头上的毕竟是他啊！对目前的复杂形势，他必须靠自己既往的经验智慧，综合同志们的分析，去判断把握，一旦失误，他和赵安邦、于华北，以及地方上的石亚南、方正刚就有可能被将来的历史无情地删除……

第五章

十五

历史在呼啸前行的过程中总在不断删除落伍者和失败者,删除发生时决不会事先发出警告。中国现当代历史上诸多领袖级的人物都被后来历史的演变毫不留情地删除了,今天,那些曾显赫一时的人物和他们制造的显赫时代一起成了茶余饭后的笑谈,所谓往事如烟者是也。汉江二十六年改革开放的历史也是如此,不少风云人物也在各个不同的历史时期被删除了,赵安邦就有两次差点被删除掉。

据裴一弘所知,对赵安邦的第一次删除发生在一九八六年。当时他是省委办公厅秘书一处处长,是省委书记刘焕章的秘书;赵安邦则是文山古龙县主管农业的副县长,两人一个在条条,一个在块块,悄然冒出了汉江省的政治地平线,尽管当时谁也没有料到十六年后他们会成为中国一个经济大省的党政一把手。于华北当时也冒了出来,而且还是赵安邦的领导,在古龙县任县委书记兼代县长。在裴一弘的记忆中,如果不是发生了后来的那场分地风波,赵安邦就要接县长了。

年轻的赵安邦太不谨慎,竟在地委副书记白天明的支持怂恿下,和时任乡党委书记的钱惠人在古龙县刘集乡搞分地试点,主观上是想打消农民对联产承包责任制的顾虑,为未来农业的稳定发展找一条出路,客观上却是违规,并且是在于华北带队外出考察学习时偷偷搞的。于华北有头脑,知道生产资料集体所有制必须坚持,得知情况后立即叫停,并向地委书记陈同和作了汇报。陈同和极为震惊,决意删除赵安邦:开除党籍,撤消党内外一切职务!文山的这个汇报材料,裴一弘亲眼看到过,当时的感觉就是:这位叫赵安邦的副县长这下子完了。不料，刘焕章却保了一下，做了重要批示，一方面充分肯定陈同和、于华北和文山地委的原则立场，一方面要求文山地委按照党的干部政策"惩前毖后，治病救人"。因为删除权在刘焕章手上，删除才中止了，赵安邦和白天明、钱惠人各自带着处分离开了文山和古龙，嗣后又被刘焕章调到宁川，摆到了另一个打冲锋的位置上。

被刘焕章高度评价过的陈同和倒被不经意地删除了，也是在刘焕章手上删除的。文山地改市时，省委就让陈同和任了闲职，退下来休息了。这事让于华北耿耿于怀，至今提起来仍唏嘘不已，说焕老开了个不好的头。焕老却不这么看，老人在晚年的回忆录里写道："我最早注意到赵安邦、白天明、钱惠人这批闯关的同志，就是因为一九八六年文山分地。这些同志都犯了错误，甚至是很严重的错误，但改革就是探索，探索就允许失误，否则，以后谁还敢为改革做探索啊！"

这是老人的一贯思想。在裴一弘的记忆中，老人曾经不止和他，和手下各级领导干部都说过："我们处在一个剧烈变化的大时代，一个为国家富强、民族复兴打冲锋的位置上，就不能怕犯错误，怕撤职罢官，怕这怕那，什么也干不了！当然，也不能轻易被删除，真被删除了，未来的历史走向就将由别人来决定了！"

焕老是决定历史的人，起码是决定汉江改革历史的人。这位政治家的气魄胆略和政治智慧非常人可比，就是做了省委书记，裴一弘仍对老人敬畏有加。老人在那些摸着石头过河的年代，运筹帷幄于风雨之中，顽强地支撑起了一片热土。

一九八九年初，宁川发生了一场由集资引起的风波，涉及金额八个亿，中央有关部门迅速介入，刘焕章和省委被迫将负有领导责任的市委书记裴少雄和市长邵泽兴拿下马。其时，裴一弘刚刚出任平州市长，也准备搞点集资，见这阵势慌神了，找到刘焕章家里发牢骚说，"宁川的集资不是叫自费改革吗？上面没资金支持，没政策倾斜，宁川的同志这才想到了银行贷一点，民间凑一点。民间凑一点曾作为改革探索的好经验，得到过您和省委的肯定啊！"刘焕章叹息说，"可宁川闹出了麻烦，中央有关部门要查，哪个顶得住啊？教训大家都汲取吧,类似的集资全要停下来,包括你们平州!"裴一弘不服,争辩说,"您和省委为什么就不能顶一顶呢?"刘焕章脸一沉,"顶什么?要顾全大局,要有牺牲精神!"又说,"裘少雄、邵泽兴倒下了,再派一批敢死队上去嘛。省委已经决定了,由白天明任宁川市委书记,赵安邦任代市长,我代表省委送他们去上任!宁川的自费改革没有错,自费改革的路还要走下去,不能因噎废食。对裘少雄、邵泽兴的组织处理是必要的,可这并不意味着我和省委变得谨小慎微了!只关心头上的乌纱帽,不愿探索也不敢探索的同志,省委要请你让路;在探索中如果出了问题,省委日后还要处理!"裴一弘说,"您和省委是又要马儿跑,又要马儿不吃草!"刘焕章不悦地说,"你这话说得不对,马可以吃草,但不能吃地里的青苗,违规就要受罚!"

当时,省内许多干部对裘少雄、邵泽兴都很同情,认为刘焕章和省委太不讲理,翻手云覆手雨,没保护干部。裴一弘先也这样看,后来却渐渐想通了:刘焕章是一个经济大省的省委书记,不能以妇人之仁影响宁川乃至整个汉江未来的改革大局。刘焕章和当时的省委虽说对不起裘少雄、邵泽兴,却对得起历史。事实证明,白天明、赵安邦这个班子是前仆后继的班子,尽管他们也在其后又一场政治风雨中倒下了,白天明甚至献出了生命,但他们拼命杀开了一条血路,让宁川走进了历史性的黎明,给宁川带来了十几年的超常规发展。今天,一个崭新的大宁川奇迹般地跃出了东方地平线,构成了汉江省最亮丽的一道改革风景线。

宁川下属六市县的私营经济也不动声色地搞上去了,三年迈了三大步,支撑起了宁川经济的半壁江山。这得力于整个班子的开明思维和大胆的"迷糊",在反和平演变的调门越唱越高、四处风声鹤唳的气氛下,宁川市委以"不作为"的表象为私营经济的成长创造了宽松环境。赵安邦、白天明和下属六市县的头头达成了一个默契:有的事只做不说,有些事只说不做,搞得民营工商业一片火爆,包括吴亚洲的亚钢联在内的不少著名民营企业,都是九十年代初从宁川起步的。

这就引起了一场"姓社姓资"的争论。北京权威人士郑老视察后说,宁川的改革姓资不姓社,除了一面国旗,已经嗅不到多少社会主义的气味了!刘焕章又一次面对着既折磨灵魂又令人揪心的抉择：白天明、赵安邦被糟糕的政治形势围困了，他和汉江省委是不是该狠下心让这个正在创造奇迹的班子倒台，把他们撤下来？撤下来后又该怎么办？是否再派一批敢死队上去？据裴一弘所知，刘焕章和省委曾考虑过将他和省经委的一位副主任派上去。然而，当时形势真是看不清啊！苏联解体，东欧社会主义阵营土崩瓦解，代表着两种不同抉择方向的政治社会力量在公然对峙，僵化保守的政治势力占着上风。反复权衡利弊得失之后，刘焕章没敢贸然行事，决定先派收容队上去。于是根据那位郑老的指示，主持召开了专题研究宁川问题的省委常委会，将赵安邦和白天明双双免职调离宁川，另行安排工作；派于华北为省委工作组组长，到宁川搞整顿，同时兼任市委代书记临时主持宁川工作。在许多人看来，赵安邦这回是真完了，他和白天明的宁川班子犯了方向路线性错误，连刘焕章和省委都没能保住他们，删除已成定局。

　　在那种政治气候下，赵安邦和白天明也认为自己的使命结束了。撤职回到省城后，裴少雄和邵泽兴为他们接风洗尘，两届倒台班子的四个主要成员，在同气相求、英雄相惜的气氛中，喝了四瓶白酒，一个个于壮怀激烈中潸然泪下。据赵安邦事后回忆，白天明当时就毫不忌讳地说，焕老瞎了眼，于华北搞不好宁川！

　　其实，刘焕章的眼没瞎，更没想过把未来的大宁川交给一个只会照本宣科的管家婆。裴一弘当时就看出来了，于华北既是作为收容队派上去的，就决定了他不可能出任未来的宁川市委书记，刘焕章这么做只是为了应付时局。果然，小平同志南巡讲话一发表，刘焕章和省委又让赵安邦带着"还乡团"杀回来了，一时间惊涛拍岸，卷起千堆雪。赵安邦也真是大胆，在刘焕章和两个省委常委在场的情况下，向新班子的同志发表讲话说："……就在这个会议室里曾经倒下过两届宁川班子：一届是少雄同志和泽兴市长的班子，一届是我和白天明的班子，白天明癌症去世了，郁闷而亡，死不瞑目啊！今天我们这个班子又上来了，在前两届班子的基础上起步了，历史把一座东方大都市的发展责任交到了我们手上，我们干不好就天理不容！就对不起郁闷而亡的白天明同志！对不起前两个班子已经付出的政治血泪！"据说刘焕章竟为赵安邦的这番暗含幽怨的激情讲话鼓了掌。

这就是焕老,一个深深了解中国政治特色善于审时度势的政治家。这位政治家在不同历史阶段、不同情况下都有对立面,却从来没有私敌。正因为如此,汉江省才有了赵安邦这类不死鸟,和于华北这种稳健的制衡力量。这两种不同类型的干部像牌一样在老人手上轮换打,每张牌打出来时都会有人不理解,而手上的牌全打出来后,你才会惊奇地发现,他治下的这个经济大省又完成了一次从低谷到高峰的螺旋型上升。焕老说过,不要相信直线运动,历史发展从来不走直线!

十六

方正刚总也想不明白,赵安邦咋对他有这么深的成见?除了一九九一年秋随省委工作组到宁川搞了场现在看来是错误的整顿,他真没做过啥对不起赵安邦的事。在四个多月的整顿中,他除了整理材料,只奉命在几个范围不同的场合作了几场学术报告。报告也不是他要作的,是于华北和工作组领导安排的。他是经济系研究生,一直研究苏联坎托洛维奇的数理经济学,于华北就鼓动他给那些大干资本主义的宁川干部洗脑,纠正某些同志对社会主义计划经济的错误认识。他头脑一热,有点不知轻重,便大肆报告起来,大谈马钢宪法和鞍钢宪法的区别,为计划经济学正名。其中有一次赵安邦也去听了听,据说没听完就挂着脸走了。

马钢宪法实际上不是什么宪法,而是苏联马格尼托尔斯克钢铁公司总结出的一套管理体制,其核心内容是专家治厂、科学化管理、强调经济核算与计划的平衡。鞍钢宪法当然也不是宪法,而是鞍山钢铁公司以政治运动和大轰大嗡搞生产的一种中国模式。虽然二者同属计划经济范畴,但前者体现的是理性而科学的计划原则,各种经济指标都是以最优化模式计算出来的。据方正刚读研时掌握的资料,最早使用电子计算机处理生产函数的并不是西方国家,而是苏联。一九七七年苏联在联盟一级就有三千多个经济指标来自电子计算机的最优化计算。以坎托洛维奇为代表的一批数理经济学家应运而生,不但构成了苏联经济学的主流派别,还获得了世界性声誉,瑞典皇家学院就将诺贝尔经济学奖授予了坎托洛维奇博士。而中国的鞍钢宪法体现的则是长官意志和命令原则,主观随意性很大,毛泽东突发奇想,要超英赶美,钢铁元帅就升了帐,结果只能导致灾难。因此,方正刚斩钉截铁地断言,中国式命令经济的失败决不是社会主义计划经济的失败!

不可否认,那时的他是计划经济的支持者,是少年马列派,正因为如此才得到了于华北的欣赏。于华北总和他开玩笑,称他为方克思。在宁川整顿期间,他实际上成了于华北的秘书。可他当时太年轻,对于华北的器重不知珍惜,在显示知识才华的同时,弱点毛病也暴露了不少。他们几个小伙子总爱凑在一起打扑克牌,一打打到半夜,早上就起不来了,为此没少挨过于华北的骂,还被于华北没收过几副牌。不过于华北骂归骂用归用,还是破格将他提为了市委副秘书长。当时宁川还没升格,副秘书长不过是副处级,可权力影响却是正处级也没法比的。

一九九一年秋的宁川整顿真是他的一个好机遇。如果没有后来小平同志的南巡讲话,于华北头上的代字就取消了,他就有可能从宁川起飞,由市委副秘书长而秘书长,一步步上来,没准今天已是宁川市长或者市委书记了。不料,邓小平偏偏南巡了,已被整垮的赵安邦和那个大干资本主义的班子又奇迹般复活了,他的霉运也就注定了。当然,现在述说这个事实并不是要否定小平同志的南巡,更不是要否定宁川的超常规发展,不论对赵安邦有多少不满,方正刚都不能无视一个东方大都市的历史性崛起,对赵安邦个人的道德判断不能代替客观的历史判断。

可从另一方面说,历史判断也不能替代道德判断。方正刚认为,从个人道德上来说,赵安邦可真不咋的,没有容人之量,做得真叫绝,简直就是还乡团。带着新班子杀回宁川没多久,赵安邦就代表新市委找他谈话,马上进行反攻倒算。

许多年过去了,那次谈话的情景方正刚还记忆犹新。那是一个天色阴暗的下午,在市委老楼赵安邦的办公室。谈话期间不时地有人进来出去请示工作,赵安邦就带着讥讽向这些同志介绍,"认识一下:方正刚,大名鼎鼎的方克思,专门研究计划经济的理论家!"最可恶的是当时的副市长钱惠人,钱惠人是赵安邦的铁杆部下,当场痛打落水狗,拍着他的肩头说,"方克思,你真可惜了,要是早被戈尔巴乔夫发现,请你去做顾问,也许苏联都不会解体!遗憾呀,宁川只怕也没有你的实践空间了,你最好还是追随于华北书记到文山实践你的高明理论吧!"

钱惠人说这话时,于华北已调往文山任市委书记,他也曾动过离开宁川的念头,继续去追随老领导于华北。于华北也同意了,说如果没法在宁川站住脚,就调过来吧!可赵安邦那日的态度和钱惠人的话却深深刺激了他,他心一横偏就不走了!当时就想,铁打的营盘流水的官,日后还不知谁走呢!好歹老子也是副处级了,你赵安邦和这帮还乡团就是看着再不顺眼,也没法把我这副处级拿掉。

赵安邦把话挑明了,"方克思,你这副处级我和宁川市委拿不掉,不过副秘书长不能让你干下去了,数理经济学在这里肯定没市场,你想想还能干点啥?"

方正刚挺傲慢,"赵书记,看您问的,我啥不能干?给我个市长也照干!"

赵安邦冷冷一笑,"狂妄!一天到晚坎托洛维奇,数理经济学,你当真以为计划经济救得了社会主义吗?你说得不错,改革开放前,中国是没有真正的计划经济,只有长官意志和命令经济!命令经济的问题你指出来了,我不持异议。但另一个问题你小伙子想过没有?放弃命令经济走向市场,只要遵循市场规律,过渡就比较容易实现;而数理经济学因其严密系统的科学性,根本无法实现这种过渡,只要计划一中断,整个系统就会崩溃,苏联马上就要经历这个崩溃过程!我们的经济改革在放弃了命令经济之后,已经不容置疑地走上良性发展的轨道!"

方正刚有些吃惊,"赵书记,这么说,您……您也研究过数理经济学了?"

赵安邦手一挥,颇为不屑地说:"我研究过的东西多了,今天不在这里和你讨论!你小伙子还很年轻,知识面比较宽,也有一定的才华,我希望你也能多做些研究!比如,计划经济是不是一定就是社会主义?市场经济是不是就一定是资本主义？我们的改革开放是如何走到今天这一步的？这些年来创造了什么，失去了什么？也可以做些实际研究，比如，西方发达国家新城区开发上都有哪些成功范例？当今世界新城市建设有多少可供我们选择的模式？为我们宁川的跨世纪建设多少做点贡献！当然你一定要继续研究坎托洛维奇和数理经济学也随你！"

方正刚听明白了，问："赵书记，您的意思，让我去市委政策研究室？"

赵安邦摇了摇头，说："发挥你的专长，去经委经济研究室做副主任吧！"

这还有啥好说的？他和于华北走得这么近，于华北又这么器重他，赵安邦能让他发挥专长就不错了！于是，方正刚便去市经委下属的经济研究室做了个副处级的挂名副主任，一做就是四年。这期间，他开始深入研究东欧和前苏联的经济转轨。赵安邦谈话时对苏联计划经济系统崩溃的预言竟得到了验证，其他类似的东欧国家也发生了相同的崩溃，而崩溃后市场经济的重建却远远落后于中国的经济改革进程。他的立场观点因此发生了动摇和转变，嗣后结合中国国情和宁川稳步走向市场经济的改革实践写了几篇颇有分量的论文，有一篇还上了《人民日报》。可赵安邦和宁川市委的大小官僚们就是没谁看得见，市经委主任换了两任，经济研究室主任换了三个，哪次和他都没关系，他在政治上一直被冷冻着。

这四年是宁川高速发展的好时期。市场经济在摘掉了姓资的帽子之后焕发出了巨大的活力，来自全国和全世界六十多个国家和地区的资金涌到了宁川这片热土上。仅一九九五年签订落实的项目利用外资即达三百五十多亿，一九九六年更创下了五百二十二亿的空前纪录。平心而论，赵安邦和他的班子干得不错，宁川的发展速度不但远远把他研究的东欧国家抛在了后面，也把中国大多数发达地区抛在了后面，宁川作为汉江第一经济大市就此奠定了坚实的基础。不管对老领导于华北的个人感情有多深，面对宁川奇迹，方正刚都不得不承认：刘焕章和当时的省委用对了人，如果真让于华北在宁川主持工作，也许就没有宁川的今天了。

恰在这时，他的机会也来了，省委书记刘焕章从一篇论东欧政治经济体制变迁的论文中认识了他，建议调他到省委政策研究室来。省委有关部门负责同志马上找他谈话，告诉他，准备让他任政策研究室一处处长，搞宏观政策研究。不曾想，赵安邦却指示宁川组织人事部门拖着不办，他一气之下，闯到了赵安邦办公室讨说法——这是四年前那次谈话后的唯一一次谈话，火药味仍然很浓郁。

赵安邦还是四年前的老样子，一脸不加掩饰的讥讽，"方克思，你现在不是要搞宏观政策研究，而是要搞点微观研究，深入了解中国的国情政情，像主席说的，解剖一下麻雀！我的意见，你最好不要到省委大机关去，而是下基层！"

方正刚恼火道："赵书记，如果这是你的个人建议，对不起，我不考虑！"

赵安邦不咸不淡地说："哎，为啥就不能考虑呢？你小伙子担心什么啊？"

方正刚直言不讳，"赵书记，我担心解剖麻雀的结果是被麻雀琢瞎了眼！"

赵安邦坚持说："我劝你还是考虑一下，到宁川哪个县做副县长或副书记！"

方正刚根本没兴趣，"赵书记，我希望你放我一马，别再搞我的报复了！"

赵安邦笑了，"报复？你是谁？方克思啊！于华北同志那么器重你，焕章书记又看上了你，我敢轻易报复啊？小伙子，我真是为你好，你回去再想想吧！"

方正刚却不愿再想了，"赵书记，我早想好了，四年前我就该离开宁川！"

赵安邦有些无奈，这才吐了口，"好，好，既然如此，我放你走就是！"

方正刚立即抱拳，来了个颇为夸张的大揖，"谢谢，谢谢赵书记开恩！"

不料，赵安邦脸一拉，"迟早有一天，我还会让你下去，这话你记住好了！"

方正刚以为，这只是赵安邦随便说说，没想到两年后赵安邦真这么干了。一九九六年，赵安邦以宁川市委书记的身份兼任了副省长，一九九七年五月进了省委常委班子，当年省委调整北部地区部分县市班子，赵安邦提名建议，让他去了银山市金川县任代县长兼县委副书记，和县委书记章桂春搭班子。

这就掉进了一个陷阱里，解剖麻雀被麻雀琢瞎眼的事情发生了。块块上是非多、矛盾多，加上又是和章桂春这种说一不二的地头蛇打交道，不出点麻烦才怪呢！仅仅十个月零三天，他刚把金川的家底摸清楚，还没来得及试一试身手，就带着一身枪眼刀伤中箭落马了。章桂春和三个常委联名向赵安邦告状，说他上任后就没进过县长办公室，光在下面乡镇抖威风、吹牛皮，连开个常委会都找不到他，严重影响了金川的经济建设。赵安邦立即在汇报材料上批示，"什么叫空谈家，看看方正刚就知道了，这位同志我看改也难，建议撤职另行安排！"幸亏老领导于华北站出来说了些公道话，他才得以重新回到省委机关舔伤口，并在半年之后，由身兼组织部长的于华北提名建议，做了副厅级的政策研究室副主任。

然而，是金子总会发光，六年过后他到底还是公推公选上来了，因其有了副厅级的身份，竟越过了块块上副市长、副书记的阶梯，上来就是代市长。这真是祸兮福所伏，人算不如天算了。金川的挫折倒成了他仕途上的一个转折点，这是他也没想到的。赵安邦虽说不满也没办法，党内民主制衡了赵安邦手上的权力。

遗憾的是，老对头章桂春也升上来了，而且是银山市委书记。银山和文山都是欠发达地区，都急于把经济搞上去，招商引资的竞争这么激烈，明里暗里的矛盾不少。他和石亚南逮住机会总要给章桂春和银山上点眼药，人家也少不了给他们上眼药，闹不好过去的历史就会重演。想到这些，方正刚总有些不祥的预感。

好在这一回不是孤军作战，他身后不但有老领导于华北的坚定支持，身边还站着市委女书记石亚南。石亚南是裴一弘欣赏的干部，炼钢劲头比他还高，班子也很团结，有这种总体背景，他就有了和赵安邦以及有关部门周旋的空间……

第六章

十七

来自省城的信息和迹象表明,赵安邦很有可能对文山和银山来一次突然袭击,可让石亚南没想到的是,突然袭击会来得这么快,春节长假还没结束,赵安邦便行动了,初八一早就轻车简从杀将过来,事先没通知文山市委,但石亚南还是知道了。省政府办公厅一位熟悉的同志悄悄打了个电话来,说赵省长要动一动了,到银山、文山搞调研。还透露说,此行像似微服私访,既没带警车,也没用省长专车,而是临时调用了省外办的一部旅游中巴,车牌号为汉A—23219。

接到这个报信电话时,方正刚就在身边,正向她通报春节期间在省城的活动情况,几次发牢骚说到赵安邦对这七百万吨钢的质疑。因此,得知那辆汉A—23219号旅游中巴驶出省城,正一路北进,方正刚马上判断说:"我们省长大人这次北巡既不会是雪中送炭,也不会是锦上添花,十有八九是来找咱麻烦的!"

石亚南认同方正刚的判断,说:"好在这个电话来得比较及时,我们该准备的就准备起来,用事实来回答赵省长的质疑吧!"又安抚说,"正刚,你也不要太担心了,我是市委书记,文山班子的班长,该顶的雷我第一个顶就是了!"

方正刚皱着眉头,"石书记,你说老赵是不是真抓住了咱们啥把柄?他咋就一口咬定年前到省城群访的农民是咱文山的呢?是不是真有人去省城闹过?"

石亚南看了方正刚一眼,"不会吧?反正我没听说,赵省长是不是搞错了?"

方正刚叹了口气,"在老赵面前我也没认账。不过,是不是有这种事也真难说啊!咱们蒙省里,下面不蒙咱们啊?工业新区征了这么多地,有几个不听招呼的跑到省城去上访也在情理之中啊!真要被赵省长坐实了,我们又得挨批了！"

石亚南想想也是，"正刚，你既想到了，就让新区的同志赶快查一下吧！另外，也和吴亚洲打个招呼，让他们心里也有点数，别口无遮拦的，啥都乱说！"

方正刚点头应着，"好，好，我回头就去新区，布置检查落实！"又说，"石书记，既然我们已经知道老赵过来了，那是不是就到文山界前接一下呢？"

石亚南手一摆，"傻！接什么接？人家赵省长和省政府又没通知我们，领导要搞突然袭击，咱就得让领导的袭击获得成功！咱们该干啥干啥！我马上陪两个孩子去参观博物馆，下午的金融银行界座谈会正常开，你主持，我讲话！"

方正刚笑了，"行、行，石书记，你可真会蒙领导，我得好好向你学习！"

石亚南也笑了起来，"也不算蒙，我们主观愿望还是好的，体谅领导嘛，让领导少为我们担心！正刚，你想啊，汉江这么多地市，哪个地市没点问题？多多少少总有些问题吧？都让领导们看到了怎么得了？领导们的心不要操碎了！"

方正刚哈哈大笑，"你这歪理敢在赵省长、裴书记他们面前说吗？"

石亚南半真不假道："咋不敢说？真被赵省长抓住小辫子，我就这么说！"

方正刚收敛了笑容，"那么如果下面县市也这么干，让咱们也少操心呢？"

石亚南脸一拉，"他们谁敢？除非他头上的乌纱帽不想戴了！哦，对了，正刚，有个事我正要说，你知道吗？古龙县的那个秦文超不但是腐败卖官啊，还是个牛皮大王哩！这几年的GDP和人均收入都是吹出来的，包括你那位同学王县长，也跟着一起吹！你给我警告一下王林啊，以后再敢这么吹，我饶不了他！"

方正刚却替自己的县长同学解释起来，"这也不能全怪王林嘛，古龙的一把手是秦文超，秦文超要吹，王林敢不配合吗？古龙县是被发现了，没发现的只怕还多着呢！"又说起了正事，"哎，石书记，你家古副主任会不会也在赵省长的突袭车上？如果这次是调查两市的征地和钢铁项目情况，没准就会有你家老古！"

石亚南眼睛一亮，"哎，你还真提醒我了呢，我现在就给老古打电话！"

第一个电话拨到了省城家里，电话通了，响了半天就是没人接。石亚南正要放下电话,那边儿子古大为却懒怠地"喂"了一声。石亚南这才想了起来,古大为已经被银山的同志们从上海接回家了,于是便问:"哎,大为,你爸呢?"

古大为没好气地说:"不在家,会小秘去了!妈,你打他的手机吧!"

这样的儿子,真是天下难找!石亚南火了,"你咋知道你爸会小秘去了?"

古大为振振有词,"我亲眼看见的,是个靓女,把我爸从床上叫走的!"

石亚南根本不信,"古大为,你少给妈胡说八道啊,你爸还没这个胆子!"

古大为不叫妈了,有模有样地叫起了石书记,俨然她的下级,"石书记,你知道刘备是怎么失的荆州吗?就因为大意啊!古主任的作风你还不知道?当面说好话,背后下毒手!你都不知道昨天他是怎么收拾我的,一个字,那叫惨!"

石亚南忽然明白了:古大为的情绪不是没来由的,肯定是被古根生好好修理了一下,这坏小子就报复他爹了!便威胁说:"古大为,我告诉你:我这边的电话可是有录音的,如果这个电话录音放给古主任听一听,我估计你会更惨!"

方正刚听到这里,禁不住笑了起来,插上来说:"你这儿子真是活宝!"

石亚南做了个噤声的手势,继续教训儿子,口气严厉,"古大为,我可和你说清楚,你别试图挑拨我和古主任的关系,在对付你这一点上,我们的意见完全一致!你给我好好待在家里复习功课吧,就是你说的,与时俱进,重新做人!"

古大为恼了,大肆声讨起来,"石书记,你要这么说,我今天就回上海!奶奶刚给我来了个电话,都在电话里哭了!还要我重新做人呢,你们不该重新做人啊?你和古主任给过我温暖吗?给过吗?你们就想当官,根本不管我的死活!"

石亚南心被刺痛了,可当着方正刚的面又不好多说什么,只道:"大为,你不要叫!你现在不小了,都十六了,是大人了,给我们一些理解好不好?上海你不要去,如果真不愿和你爸在一起待着,就到文山来吧,妈……妈也想你了!"

古大为不干,"我才不去文山呢,爸说了,你比他还忙,我哪能去拖你的后腿,影响你升官?"这才说了实话,"我爸一大早就去文山了,你等着他吧!"

古根生真的到文山来了!估计是随赵安邦一起过来的,而且有保密要求,否则,老公会事先打个电话。再说现在儿子又在家里,他也不会扔下儿子不管。

方正刚同意她的分析,抱怨说:"你家这个老古啊,也太不够意思了!就算有保密要求,也得给自己老婆通个气嘛!"又说,"石书记,你家大为一个人待在家里,你就放心啊?要不,派个车把这浑小子接过来吧,你们一家就团聚了!"

石亚南手一摆,"算了,老古心比我细,他敢把大为扔在家里,肯定啥都安排好了,咱们还是准备应付赵省长的突然袭击吧!"说着,拨起了古根生的手机。

片刻,手机通了,石亚南问:"老古,你现在在忙些啥?在什么位置?"

古根生公然撒谎说:"看你问的,能在什么位置?在家陪公子读书呗!"

石亚南哑然失笑,"好,好,那你关了手机,马上用家里的电话回给我!"

古根生瞒不下去了,"有事就说,我在外面陪一位外地朋友喝早茶呢!"

石亚南问:"哎,什么朋友啊?男朋友还是女朋友?不是会小秘吧?"

古根生没好气,"这你别管了,反正是工作,就算是女朋友也不涉及爱情!"

石亚南笑道:"行了,老古,别给我绕了!我知道你确实是在工作!你没在外面喝早茶,是在车上,一台旅游中巴,车牌号是汉A—23219,对不对?"

古根生那边半晌没作声,其后声音低了八度,"哎,你咋啥都知道?"

石亚南自嘲道:"废话,我如果连领导的位置在哪里都不知道,还怎么紧跟领导啊!"又很体谅地说,"你的难处我知道,也许赵省长就在你身边,我不为难你,你悄悄听着就是,不要你多说什么,只要个简短的回答,是或者不是!"

古根生的声音依然很小,"好,好,你说,你快说吧!"

石亚南问:"你们突然袭击的第一目标是文山吗?"

古根生悄声回答说:"不,准备先去银山,银山农民不是刚闹过嘛!"

石亚南又问:"赵省长带上了你,是不是暗查文山的钢铁项目?"

古根生简短道:"是,你和正刚小心了就是,这位领导的作风你知道!"

石亚南最后问:"赵省长是不是已经抓住了我们啥把柄?实话实说!"

古根生声音更低了,"可能要查两起征地引发的群访,好了,就这样吧!"

也只能这样了,古根生同志能说到这个程度已经相当够意思了。

放下电话,石亚南对方正刚说:"情况已清楚了,赵省长这次下来还真有线索,看来咱们也许让下面蒙了,工业新区的征地拆迁起码有两起赴省群访!"

方正刚苦笑起来,"好,好嘛,我又吹炸了,就伸出脑袋让赵省长弹吧!"

石亚南却道:"还是想法争取主动吧,好在他们先去银山,补救还来得及!"

方正刚起身就走,"那好,我马上去新区,先找到这两起群访线索再说吧!"又不悦地抱怨道,"真他妈的荒唐,我们没掌握的线索,赵省长倒先掌握了!"

石亚南又交待,"哎,正刚,这话可别在外面乱说!我们咋没掌握呢?已经掌握了嘛,而且还处理好了!记住,找到线索当机立断处理,别和我商量了!"

方正刚在门口回过头,"好,好,石书记,你也和你家老古保持联系啊!"

这种事还用得着方正刚提醒?这种时候,她当然要和古根生保持联系。可奇怪的是,方正刚走后,古根生的手机竟关机了,这混账老公,就知道爱惜羽毛。

好在基本情况大致摸清楚了,赵安邦既然要先去银山,那么起码两天之内到不了文山,有这两天时间做准备,表皮上的问题应该能遮掩过去。又想,银山和章桂春也许真要倒霉了。他们那个硅钢项目十有八九上不了,征地两千五百亩省里没权力批,他们是学着文山,拆零报给省国土资源厅批的,现在只批下了六百亩,搞不好就得露馅。文山却不怕,动作比较快,六千多亩地全拆零批过了。

于是,在面临突然袭击的情况下,石亚南阵脚没乱,仍不慌不忙地按原计划带着两个和她一起过节的孤儿到市博物馆参观去了。由两个懂事的孤儿,又想到了儿子古大为。参观之前,再次给省城家里打了个电话,对儿子的生活起居交待了一番,且带着渺茫的希望问儿子,是不是到文山团聚一下?儿子的回答很简洁,"NO!我已经习惯了没有父母的生活!"放下电话后,石亚南禁不住一阵心酸。

十八

古根生再没想到赵安邦会没收他的手机。这事发生得很突然,和老婆石亚南的通话结束没多久,坐在前排座位上的赵安邦不知咋的想起了他,回转头,四处看了看,向他招手说:"大古,过来,过来,坐到这里来,我和你交待点事!"

这时,他们这辆汉A—23219旅游中巴正以每小时八十多公里的速度沿省金高速一路向北急驶,恍惚已出了省城地界。古根生应召走向赵安邦时,感觉有点不太好,担心赵安邦已发现了自己向石亚南通风报信。可紧张地想了想,又觉得不太可能,他接石亚南这个电话时车上没谁注意,况且他又坐在最后一排。

古根生便坦然,坐到赵安邦身边后,笑着问:"赵省长,您又有啥指示?"

赵安邦也在笑,"我哪来这么多指示,和你聊聊天!大古,保密要求没忘吧?"

古根生心里一惊,这哪是聊天啊?审问嫌疑犯吧?却笑得益发自如了,"赵省长,看您说的,您亲自规定的纪律,我们敢忘吗?没忘,没忘,真的!"

赵安邦收敛了笑容,目视着道路前方,"那就好!不要向石亚南、方正刚他们通风报信,突然袭击就是突然袭击,我这次就是要看一看下面的真实情况,谁吹炸了,我就让谁报牛皮税!"说到这里,赵安邦的视线从车窗外收了回来,看着古根生,似乎很随意地问,"哎,大古,你刚才好像接了谁一个电话吧?"

天哪,赵安邦竟注意到了这个电话的存在!古根生没敢否认,"是,是,赵省长,是接了个电话!嘿,我儿子古大为打来的,这坏小子,都气死我了!"

赵安邦看着古根生,半开玩笑半认真地问:"是你儿子打来的,还是你老婆打来的?大古,你说老实话,你家那位石书记是不是在搞我们的侦察啊?"

古根生苦笑不已,像似很委屈,"赵省长,真是我儿子打来的啊,问我他中午吃什么!哎,你说气人不气人?十六岁的人了,他连个挂面都不会下,还要我在电话里现教!我都想好了,到了文山就对他妈说,这宝贝儿子我是不管了!"

赵安邦不听他叨唠,手一伸,"好了,好了,别说了,把你的手机给我!"

古根生以为赵安邦要查看他手机上的来电显示，当即把手机掏了出来，"好，好，赵省长，你看嘛，如果我真和石亚南通过电话，来电显示上应该有！"说这话时心里颇为得意：幸亏他心细，通话一结束，就把这个已接电话号码抹去了。

不料，赵安邦接过手机根本没看，顺手交给了秘书小林，交待说："古主任的手机你先保存一下，从文山回来前不要还给他，他这位同志有泄密的嫌疑！"

古根生叫了起来，"赵省长，我还有那么多事呢，万一有急事要处理……"

赵安邦道："你们孙主任就在车上嘛，找不到你，让他们找孙主任好了！"

手机就这样被赵安邦突然没收了，而且让车里的同志都知道了他有泄密的嫌疑！同志们便拿他和石亚南开起了玩笑，问他是忠于赵省长和组织呢，还是忠于自己老婆？国土资源厅陈厅长替他回答说，当然是忠于老婆啦，不忠于老婆，石书记就不让古主任上床，现在咱们古主任一颗忠诚的心只怕已经飞到文山了！

赵安邦也跟着开起了玩笑，"哎，那好啊！同志们，我看这样吧，我们今天不去银山了，先去文山吧！照顾一下咱们古主任，让他和石书记早点团聚嘛！"

古根生忙道："哎，别，别，赵省长，我们老夫老妻了，还是工作第一！"

赵安邦笑眯眯的，弄不清是什么意图，"能照顾的还是要照顾啊，你们连春节都没见上面，应该早点团聚，我的原则是，既要搞好工作，也要兼顾生活！"

省政府办公厅肖主任认真了，请示道："赵省长，这么说，计划改变了？"

赵安邦点点头，"改变了，在前面齐家店上省文线，直接到文山工业新区！"

古根生这才发现，人家省长同志真是大大的狡猾，谈笑风生之间，就没收了文山的侦察成果。由此看来，赵安邦不仅怀疑他泄密，甚至已认定他泄了密。

真是着急啊，赵安邦手上掌握着文山征地引发群访的线索，工业新区的六大项目又有那么多违规，让赵安邦逮个正着还得了？不说影响石亚南的政绩，也没法向石亚南和方正刚交待啊！他刚才在电话里还说先去银山，石亚南和方正刚会以为他骗他们呢！起码也得找机会透个风过去，让他们挨批受罚也落个明白！

机会终于来了。在齐家店生活区停车上厕所时，古根生见赵安邦没有下车方便的意思，便磨蹭着下了车，在厕所门口堵住了最后一个方便出来的国土厅陈厅长，手一伸，急切地道："哎，陈厅长，帮个忙，把你的手机借给我用一下！"

陈厅长眼皮一翻，"怎么？古主任，你这家伙还真给石书记通风报信啊？"

古根生一把夺过手机，"该报的信就得报，你不怕查到你国土厅头上啊？"

陈厅长心里有病，一下子老实了，一边替他望着风，一边说："你快打！"

古根生便打了，却没找到石亚南。办公室没人接，手机一直是忙音。

陈厅长也跟着急了，"哎，老古，你咋这么蠢啊？让市委值班室转达嘛！"

古根生没好气，"这种泄密的事能让值班室转吗？别叫了，我打方正刚！"

真是见了大头鬼了，这要命的关键时刻，方正刚的手机竟然不在服务区！

这时，汽车喇叭响了起来，一声声催他们上车。古根生不敢再拖了，把手机还给陈厅长，垂头丧气地跟着陈厅长上了车。上车后就想，这或许是命吧？也许命中注定了石亚南有此一劫，他老古这回真是很对得起文山干部群众了……

赵安邦却存心要对不起文山干部群众，随着中巴车轮向文山的急速滚动，脸色渐渐挂了下来，一直到车进入文山工业新区，脸上都没一丝笑意。车里的气氛变得沉闷起来，连最爱开玩笑的陈厅长也不敢造次了，一车人都看着窗外的美好景致装聋作哑。其时，中巴车已进入了文山新区，目光所及之处的景致真是很不错，打桩机冒着烟四处轰鸣，一座座高炉、一片片厂房已经建起来了。可赵安邦和车上的同志都麻木得很，对这一幕幕大好的建设场景竟视若不见。古根生觉得有必要提醒一下领导和同志们注意自己老婆和文山同志的火热政绩，遂试探着感慨说："看来文山的工业新区搞得真不错啊，一派热火朝天的动人景象嘛，啊？"

没谁接茬。赵安邦不睬他，装没听见，其他同志就更没必要听见了。同志们心里都清楚，领导同志此行是下来查问题的，歌功颂德不太符合领导的意图。

古根生仍不识相，又鼓足勇气，和赵安邦搭讪说："赵省长，要我说，就算文山工业新区建设过程中有些问题，成绩也是主要的！文山速度就值得肯定！"

赵安邦仍是不睬，一边注意地看着前方道路，一边对肖主任指示说："先不要去他们的办公区，在前面路口左拐弯，直接去大王庄，看看那些拆迁户！"

104

肖主任心里有数,"赵省长,您的意思,先去看看告状的李顺之他们?"

赵安邦点了点头,脸色益发难看了,"方正刚和文山的同志气壮如牛啊,醉死不认这壶酒钱!大炼钢铁炼昏了头,不顾一切了,拆了人家这么多房子,一分钱补偿不给!还硬逼着人家用补偿款入股,这是什么股啊?简直是强盗股嘛!"

直到这时,古根生才弄清楚赵安邦手上的具体线索是什么,心里不禁暗暗叫苦:文山征地拆迁中竟然发生了这种事,石亚南和方正刚恐怕难逃其咎了!又想,这种事石亚南和方正刚绝对干得出来,他们为了工业新区的速度,为了把文山的GDP尽快搞上去,已顾不了那么多了,不但在文山违规乱来,也逼着他乱来。

赵安邦又说:"如果李顺之老人群访时反映的是事实,一定要严肃处理!"

这时,陈厅长赔着笑脸插了上来,"赵省长,处理归处理,不过,对这种小事您也别太认真了!我实话实说啊,现在哪里征地拆迁都免不了有这种事……"

赵安邦没等陈厅长说完就火了,口气严厉,"小事?还免不了?老陈,你说的可真轻松啊!对你也许是小事,对老百姓就是塌天的大事!人家的房子被我们拆了,地被我们征了,住哪里?吃什么啊?让老百姓钻地洞,喝风道沫吗?!"

陈厅长显然没想到赵安邦会对他发这么大的火,喃喃着,不敢做声了。

赵安邦仍是不依不饶,"老陈,你国土厅那点事别以为我不知道!文山、银山的地都是怎么批下来的?根据国家规定,省一级最大批地权限是六百亩,对不对?文山工业新区和银山独岛乡的地,全是拆零批的吧?我大概没猜错吧?"

陈厅长苦着脸,"赵省长,您在宁川做过市委书记,是……是过来人……"

赵安邦嘲弄说:"老陈,你想说啥我明白!是,我在宁川时,也派钱惠人找你这么批过地,当时你还是副厅长,把宁川开发区一块地分三次给我们批了!"

陈厅长胆子大了起来,"赵省长,你别说得这么直白,大家心照不宣嘛!就像您过去说的,条条和块块上的同志得彼此理解,要把上面的政策用足用活!我省经济要发展,文山要起飞,项目用地该批还得批啊,王副省长也打过招呼!"

赵安邦口气多少缓和了些,"所以,我们就更得慎重,更不能肆意侵犯老百姓的利益!你们头脑也清醒点,想想看,如果这种群访闹到北京去了,文山工业新区能利索得了吗?这些钢铁项目还能不能继续上?不知会捅多大的娄子呢!"

古根生心想,这话不错,这些农民真跑到北京闹群访,暴露出的就不仅是国土厅拆零批地的问题了,起码还涉及他们发改委拆零批项目的问题,现在可是在宏观调控期间,被上面抓住把柄麻烦就太大了!由此而悟到,赵安邦这次突然袭击虽说是查问题,找麻烦,主观上还是想帮文山堵漏洞。俗话说得好,小洞不补大洞吃苦,让老婆和方正刚这次吃点苦头也许大有好处,良药苦口利于病嘛!

然而,这药却也太苦了,老婆的倒霉相他没看到,方正刚的狼狈他却看到了。

方正刚也叫活该,早不来晚不来,偏偏在赵安邦一行找到那位赴省告状的老头李顺之,并听了李顺之一通近乎控诉的哭诉之后,带着秘书和新区管委会主任龙达飞匆匆赶到了,这就撞到了赵安邦的枪口上,想躲都躲不掉了。

赵安邦沉着脸,一把拉过方正刚,向李顺之老人介绍:"老人家,认识一下,这就是你们文山的方市长,你把刚才和我说过的情况,再和他说一遍吧!"

老人看着方正刚,又抹起了泪,再次控诉起来,"方市长,我……我可真没法活了!我们家十二间大瓦房是去年才盖的,全是新房啊,你们说拆就拆了,一分钱也没给!我们一家人现在是天当房,地当床,差……差不多成野人了!"

方正刚一副吃惊的样子,"怎么会一分钱不给呢?市里有拆迁政策,新区也有具体规定,如果是新房,每平方米起码也有八百元以上的补偿费啊……"

赵安邦冷冷插了上来,"是有补偿,十二间房赔了十八万,全自愿入股了!"

老人马上叫了起来,"我不自愿啊,是村主任和上面硬逼着入的股!村主任说了,上面有指标的,我们村摊了一千多万,不入不行!"说罢,"扑通"一声跪下了,双手哆嗦着,抱住了方正刚的腿,"方市长,您行行好,开开恩,让村上把这十八万全还……还给我吧,我老了,都七十二了,没……没几年活头了!"

方正刚被搞蒙了,忙把老人往起拉,"哎,老人家,您快起来,起来说!"

老人不起，仍死死抱着方正刚的腿，"方市长，您……您给我一条活路吧！"

古根生看不下去了，上前连拉带拽，好不容易才把老人的手和方正刚的腿分开。一时间，方正刚狼狈极了，笔挺的裤子和光洁的皮鞋上全沾上了眼泪鼻涕。

大家都预感到雷霆要来，赵安邦是另类省长，眼里容不得沙子，有时候不讲究工作方法，既然当场揪住了小辫子，势必好好收拾方正刚和这些文山干部。

不料，赵安邦倒还克制，指着面前用塑料编织布搭起的简陋窝棚，对方正刚和文山干部说："你们不要光盯着那些高炉、厂房看，也常到这里看一看！看看李顺之老人和这些毁房失地的农民同志是怎么生活的！想想看，他们为钢铁项目付出了什么代价？你们这些决策者于心何忍？于心何安？还能不能睡着觉？！"

方正刚抹着头上的冷汗，连连点头，"赵省长，您批评得对，批评得对！"

赵安邦问："类似李顺之老人的遭遇还有多少？你方市长知道不知道？"

方正刚支吾道："还有十几户吧？我们年前大检查时发现的！这个责任不在我们市里，是下面违规乱来，我们正准备处理！亚南书记今天还指示说……"

赵安邦这才火了，"不要说了！方市长，你不是说文山新区的征地拆迁没发生过一起群访吗？原来年前就发现了？为什么不及时处理？还在和我绕呢！"

方正刚苦着脸，"赵省长，我……我赶过来，就……就是要处理这事嘛！"

赵安邦根本不信，"我不过来，只怕你也不会及时赶过来吧？你是不是听到了什么风声，才急忙往这赶啊？你不是要处理吗？好啊，现在就现场办公吧！"

方正刚只得现场办公了，想了想，对身边的新区管委会主任龙达飞交待说："龙主任，你安排一下：马上通知礁山办事处的同志和大王庄村委会，让他们主任、书记，还有出纳会计，带着合同和支票过来，凡不是自愿入股的，都当场退款！另外，再通知一下市委值班室和亚南书记，就说赵省长来检查工作了！"

赵安邦立即阻止，"不要通知石亚南了，让她该忙啥忙啥，我会找她的！"

方正刚说："石书记也没啥大事，正陪两个过节的孤儿在博物馆参观呢！"

古根生为了缓和气氛，故意叫了起来，"赵省长，你看看，我这老婆做得绝不绝？自己的亲儿子不管不问，倒挺热心地做起福利院阿姨了，还老说忙哩！"

赵安邦的脸色好看了些,"这也是工作,也是一种忙嘛,我看得表扬!"意味深长地看了方正刚一眼,又说,"我们现在有些年轻干部缺的就是这种精神啊,对老百姓感情很淡漠,甚至没有感情,心里除了自己的那点政绩就没有别的了!"

古根生冲着赵安邦眉头直皱,心里却挺高兴的:老婆就算是作秀,这秀也作得很及时。她治下的文山既有对老百姓没感情的坏事,也有关爱老百姓的好人好事嘛,而且还是她这个市委书记身体力行做的,应该能多少挽回些坏影响……

十九

石亚南没想到陪小婉、小鹏到市博物馆参观,竟意外地避免了一场重大事故的发生。事后回忆起来,石亚南仍冷汗直冒,后怕不已:如果那天上午她被赵安邦的突然袭击搞昏了头,改变原计划,不带两个孩子去参观,也许真得出大事。

为了让文山八百万市民过个祥和而充实的春节,市里搞了规定,长假期间包括新建的市博物馆在内的十六家景点全免费开放。初八是长假的最后一天,来博物馆参观的人出奇的多。石亚南和秘书刘丽带着小婉、小鹏刚进了大门,就觉得情况有些不对头,大厅里人挤人、人挨人,别说参观了,连向前挪动都困难。

石亚南担心挤着孩子,一手拉着小婉,一手拉着小鹏,对刘丽说:"你快打电话给他们馆长,让他们守住大门,别往里面放人了,这么多人能看到啥!"

刘丽当时还没想到可能出现的危险情况,被人流挤着,费力掏出手机时,还开玩笑说:"哎,石书记,这是不是搞特殊化啊?咱一进来,就不让放人了?"

石亚南没心思开玩笑,"你看看现在的人流量,挤死挤伤人咋办!"

刘丽这才拨起了手机,要通了馆长办公室,把石亚南的指示传达下去了。

可这时关门也晚了。据事后统计,这日上午十时左右是全天人流高峰,至少有三万多人在这个时间段涌进了博物馆。更要命的是,这座博物馆是刚刚落成的新建筑,馆内各展厅之间的高低台阶观众不熟悉,人这么多,又看不清脚下,万一有人在台阶上倒下来,就会让许多人倒下来,就可能引发重大伤亡事故。

小婉也有些害怕,拽了拽石亚南的手说:"石妈妈,咱出去吧,别挤着!"

石亚南说:"好,好,那就出去吧,今天人太多了,我们改天再来看吧!"

小鹏不干,说:"石妈妈,明天长假就结束了,又要收费了,二十块呢!"

石亚南安抚说:"小鹏,你放心,这二十块的门票钱石妈妈会给你出的!"

可这种时候想出去也难了。石亚南试了一下,根本没有挤出去的可能。而且发现逆着人流方向挤危险更大,只得顺着劲把孩子往靠近左侧的墙前拉。好不容易拉着两个孩子挨到了墙边,刘丽却不知被人流挤到哪去了。危险随时可能发生,不但是身边这两个孩子,还有馆内这么多群众。石亚南又热又惊,冒出了一身汗,死死拉住小婉和小鹏,叫了起来,"哎,让一让,让一让,别挤着孩子!"

没人理睬她的喊叫,这里既不是市委办公室,也不是大会主席台。人流仍按着自身的惯性向第一展厅方向涌动,她和两个孩子只好身不由己跟着向前挪。这时,小鹏的鞋被踩掉了,孩子不知道危险,叫了声,"我的鞋!"想蹲下找鞋,石亚南及时发现了,一时间也不知哪来的劲,连拉带拽,一下子把小鹏抱了起来。

小鹏带着哭腔喊:"石妈妈,我……我的鞋,是……是你才买的新鞋……"

石亚南说:"不要了,以后再买吧!"又对身边的小婉说,"跟着我后面走!"

也算万幸,又挪了没几步,到了一个洗手间门口,石亚南把两个孩子全推进了洗手间,先给了他们一个安全的所在。而后叫住了两个从洗手间出来的军人和一个警察,要求他们找些人,守住第一展厅的入口,只准出人,不准进人。

警察和军人都在报纸电视上见过她,知道她是本市的市委书记,马上执行了她的这个紧急命令,顺着墙边快速挤到了第一展厅入口处,又临时找了几个年轻人,七八个人手挽手组成了一条人链,断然截开了涌向入口处的汹涌人流。

109

入口处的人流被截住，大厅里面益发拥挤了。石亚南被挤在洗手间门外不远处，几乎站不住脚。更要命的是，正用着的手机也挤到了地上，当场踩坏了。当时，她正和馆长通话，要他们立即广播：长假过后，市博物馆将继续免费开放一周。好在这个重要内容传达出去了，几分钟过后，广播声一遍又一遍响了起来。

大门口和第一展厅门口守住之后，混乱局面渐渐得到了控制，石亚南这才重回洗手间找到小婉和小鹏。这当儿馆长和刘丽也一起过来了，馆长一把握着她的手说："石书记，幸亏您来了，及时发现了情况，否则不知要出多大乱子呢！"

石亚南心有余悸道："你知道就好！今天真要出了重大伤亡事故，我这市委书记就别干了，你呢，就准备上法庭吧！要好好总结这个教训，找一找原因！"

馆长连连点头，"是，是，石书记，我们真没经验啊，会好好找原因的！"

小婉大胆插上来说："还不是因为穷吗？谁都想省这二十块门票钱呗！"

石亚南一怔，看了看小婉，对馆长说："这孩子说得有道理，如果放在平州或者宁川这种经济发达地区，就不会有这么多人为省这二十块钱来玩命！"却又批评说，"孩子都能想到的事，你们这些大人怎么就想不到呢？我们文山不是今天才穷的，才突然欠发达的，这种情况事先应该估计到，你们还是有责任嘛！"

馆长又是一连声地检讨。看得出馆长是出自真心，她这次真是救了他了。

嗣后，馆长陪同石亚南和两个孩子进行了参观，还亲自做起了讲解员。

从第三展厅出来，正要往第四展厅走，新区管委会常副主任突然到了，气喘吁吁地拦住石亚南说："石书记，可找到您了！方市长让我向您汇报点情况！"

石亚南没想到赵安邦会突然改变袭击方向，不在意地问："又啥情况？"

常副主任看了看面前的馆长和两个孩子，一副很着急却欲言又止的样子。

石亚南明白了，对馆长说："你带着孩子继续参观吧，我和小常说点事！"

馆长和孩子走后，常副主任才说："石书记，方市长可让赵省长训惨了！"

石亚南一怔,"什么?你说什么?赵省长到文山来了?就是现在吗?"

常副主任苦着脸,"就是现在啊!大王庄村的李顺之把赵省长招来的!还带来了一帮随从,国土厅陈厅长和你家古主任也来了!"急急忙忙把在大王庄现场看到的听到的说了一遍,最后道,"方市长正被赵省长逼着,处理入股的事呢!"

石亚南不悦地说:"新区农民入股的事,我不是做过批示吗?说得很清楚,到亚钢联入股一定要自愿,大王庄咋还乱来呢?小常,你说的是大王庄吗?"

常副主任说:"就是大王庄,李顺之年前就带着几个人跑到省里群访去了!"

刘丽提醒说,"石书记,搞拆迁时,那个李顺之还在新区拦过你的车哩!"

石亚南也想了起来,"对,对,是去年九月的事嘛,这老人家真能闹,差点让我上了当!这事方市长不是太清楚,我知道的,走,我们去给方市长解围!"

常副主任乐了,"石书记,这可就太好了,方市长还说要你先躲躲风头呢!"

石亚南快步向门外走着,"躲什么躲?赵省长搞错了,这不关我们的事!"走到门外车里,马上给方正刚打了个电话,"正刚,情况我知道了,赵省长在你身边吧?你不要多说,听着就是:李顺之的事是他们家庭内部矛盾,与我们拆迁入股没啥关系!他家的拆迁费全被他儿子媳妇领走了!我找他儿子谈过话,据他儿子说,这老头子爱赌博,已经输掉上万块了,所以才没让老人领这笔拆迁费!"

方正刚在电话里苦笑不已,"可这老头就敢胡闹,眼泪鼻涕抹了我一身!"

石亚南说:"这可能不怪李顺之,怪他儿子!我谈话时就告诉过他儿子:既然你们把钱领走了,就得和老人说清楚,不要让老人找政府闹!看来他还是没说清楚,还在骗老人,我马上安排一下,让他儿子到现场向赵省长当面解释吧!"

方正刚压着嗓门说:"好,好,这太好了,看这位省长同志咋收场吧!"

石亚南马上提醒,"哎,正刚,别意气用事啊,越是无辜越是要有风度!你就让赵省长训,让他去惭愧,我还准备让他参加下午的金融银行座谈会呢!"

方正刚明白了,"让赵省长给我们做一次免费广告?好,那我就牺牲一回了！"又抱怨说，"你家老古干得真叫绝，不给我们通风报信倒也罢了，还骗我们！"

石亚南气哼哼的，"正刚，你放心，我会让这个无耻骗子好好难受的！"

正说着无耻骗子，无耻骗子的电话就过来了，打到了秘书刘丽的手机上。

刘丽一边和古根生周旋，一边向石亚南做鬼脸，"古主任的，接不接？"

石亚南一把夺过手机，"古主任，你组织观念可真强啊，佩服！佩服！"

古根生脸皮厚得很，竟还敢开玩笑，"那是，那是，我这组织观念是老婆长期培养的嘛，这又到了文山，更得向你书记多汇报了，多汇报，少犯错误嘛！"

石亚南讽刺说："老古，你太恭维我了吧？你的组织是我吗？是赵省长！你对赵省长忠心耿耿这很好，不过也没必要骗我嘛，我不会和你竞争发改委主任！"

古根生像似极端委屈，"亚南，你真误会了，我骗谁也不会骗你啊！你都不知道发生了什么情况，你那个电话让赵省长发现了，我的手机都让他没收了！"

石亚南才不信呢，"老古，你就编故事吧，好好编！没准哪天省委会派你到作家协会去做书记，专门和作家们一起编故事，搞创作！"

古根生继续编故事，"亚南，信不信由你！就是在手机被没收的情况下，我还冒险在齐家店服务区给你和方正刚打过电话，是借的国土厅陈厅长的手机，不信你去找陈厅长证实一下！当时你的电话是忙音，方正刚的电话不在服务区！"

石亚南立即责问："为什么不打刘丽的手机？她的手机号码你也知道！"

古根生辩解说："这不是忘了吗？亚南你想啊，当时情况那么紧急……"

石亚南认定古根生编漏了嘴，没好气地道："别狡辩了，说吧，有啥事？"

古根生这才说："哦，给你一个忠告：现在别过来，继续作你的秀，让方正刚他们先顶雷吧！赵省长对你关心老百姓的具体行动评价较高哩，我认为……"

石亚南打断古根生的话头，"古主任，谢谢你的忠告了！"说罢，关了手机，对刘丽交待说，"你打个电话给博物馆王馆长，让他中午替我招待一下小婉、小鹏！另外，和值班室说一下，立即对免费开放景点进行一次安全隐患大检查！"

刘丽点头应着，马上打起手机，一一传达安排，安排完后，又想起了一件事，

"哎，石书记，中午怎么说呢？让赵省长他们在哪里用餐？吃点啥？"

石亚南想都没想，"还能吃啥？吃饺子吧，农家饺子，就在新区安排！"

刘丽婉转地道："石书记，是不是简单了点？现在还在春节长假期间，再说和赵省长一起来的还有陈厅长、古主任他们，都是咱们的老关系啊……"

石亚南手一摆，"古主任你别提，他该喝西北风！刘丽，你这样好了，就是吃饺子，给陈厅长他们弄些五粮液，悄悄放到他们车上去，让他们带回去喝！"

这时，石亚南的车已出了主城区，驶上了通往城南工业新区的世纪大道。

二十

眼睛一眨老母鸡变鸭，随着石亚南的到来，事情发生了戏剧性变化：李顺之上访告状的内容竟是无中生有，他儿子媳妇早把拆迁款领走，买了债券。赵安邦先还不太相信，怕石亚南做手脚，可老人的儿子把五个月前银行签发的债券凭证拿了出来，让他无话可说了。大王庄村主任也向他和方正刚不断地解释，说他们强让谁入股，也不敢强让这老人家入股啊，李顺之前年就为村提留的事到区里市里上访过，搞得村委会很被动哩！李顺之老人傻了眼，指着儿子媳妇又哭又骂。

石亚南当着他的面，批评起了老人的儿子，"小李，去年你父亲拦车告状以后，我找你咋说的？是不是让你把事实真相告诉你父亲？你倒好，怕老人向你要钱就是不说，看着老人这么闹，到底惊动了赵省长！你知道赵省长多忙吗？！"

那位小李几乎要哭了，"石书记，我……我们哪想到会惊动赵省长呢？我以为老头儿闹不出个结果，也……也就算了！他们去省城群访，我真不知道啊！"

方正刚也来火了，"还说呢，我们文山政府和工业新区的声誉全让你们败坏完了！赵省长刚才还批评我们不管老百姓死活呢，事实上是你不管老人死活！"

石亚南拦了上来,"好了,好了,方市长,事情搞清楚了,让他们走吧!"

一家三口很惭愧地走了,临走之前,老人对方正刚道歉说:"方市长,真对不起您,我这也是误会了,再说,村上又有强迫入股的事,我就犯了糊涂!"

方正刚没好气地说:"行了,行了,老人家,反正该挨的骂我也挨过了!"

赵安邦看得出,方正刚有情绪。可设身处地想想,也觉得情有可原。老人的事毕竟是场误会,自己又批得这么凶,有点情绪很正常。不过,强迫入股的事并不是没有,十二户人家就当场退了款嘛,自己对方正刚的批评也不能说全错了。

石亚南很会说话,中午带着大家在新区管委会吃饺子时,挺恳切地说:"大家都不要觉得委屈,我看赵省长的批评没错,李顺之的事虽说是误会,可强迫入股的事还是有的嘛!如果没这种情况,李顺之也不会相信儿子媳妇的谎话了!"

赵安邦边吃边说:"就是嘛,老人为什么会相信啊?我为什么就会相信?"

石亚南反省道:"赵省长,这实际上是一种政府的信誉危机!为什么会产生这种危机呢?责任还在我们身上!"又对桌上的方正刚和文山干部说,"我们的政策也好,规定也好,如果不能落到实处,还不都是空话?就说强迫入股的事吧,除了大王庄,别的村还有没有?要借赵省长这次带来的东风,好好检查一下!"

赵安邦暗自苦笑:自己想说的话,都让石亚南说了,这女书记讲政治啊,甚至提高到了政府信誉危机的高度,他还有啥可说?便说了些题外话,"我们处理这种关乎群众利益的事情,心里一定要有数,头脑要清醒,不要泛政治化。老百姓心里没这么多政治,只有自己的利益,你损害了他的利益,他就要上访,要找政府讨个说法。政府呢,作为另一个利益主体,就得以平常心对待,在法制轨道上解决!别动不动就想到政府的形象影响上,是什么问题就解决什么问题嘛!"

方正刚显然不太服气,将正在嘴里嚼着的一口饺子咽了下去,插上来说:"不过,赵省长,李顺之老人这次确实是影响了我们文山的形象嘛!真像你说的,在法制轨道上解决的话,我和文山市政府完全可以到法院起诉他!"

赵安邦看了方正刚一眼，"是啊，你和文山市政府是可以去告他，可人家也能告你和你们政府部门啊，大王庄那十二户农民同志就能告你们！现在的现实情况是，我们不少政府部门有法不依，违法行政，问题不少！"用筷头指点着桌上的同志，"你们不要搞错了，不要以为法律光是用来管治老百姓的，法律主要是治吏，就是治你们这些官！老百姓手上没权，闯了红灯吃罚款，杀了人偿命；你们手上有权，你们的权力必须受到法律的有效制约，就是说必须依法行政！"

方正刚仍不服气，还想说什么，"赵省长，您说得对，可就这件事来说……"

石亚南阻止道："正刚，你和一个农民老汉较啥劲？听赵省长指示嘛！我们丢点面子就丢点面子，章桂春书记多要面子啊，这回不也向征地农民让步了吗？"

赵安邦揣摩石亚南是想拿银山独岛乡说事，便把纸捅破了，"亚南同志，我知道你想说啥！不错，节日期间银山不太平静，独岛乡农民闹起来了，我和裴书记没什么好客气的，严厉批评了桂春同志。但对这个突发性事件的处理，桂春和银山的同志倒是值得肯定的。该让的步你政府就得让嘛，这种经济利益上的让步不是政治原则上的妥协，不过是商业谈判上的进退而已，不必看得这么重！"

石亚南连连点头，"赵省长，您说得太好了，给我们上了一课啊！"又对方正刚说，"领导的这个指示精神，我们一定要好好领会，有些观念恐怕要变一变了！"

方正刚也点起了头，很深沉的样子，"是，是，赵省长把一些问题的实质点透了！在中国目前这种特定国情条件下，政府实际上也是利益主体，没法回避的！"

赵安邦笑道："行了，别捧我了，你们二位别在背后骂我就谢天谢地了！"

石亚南笑眯眯地说："哪能啊，赵省长！您刚从医院出来，长假没结束就到我们文山来视察，我和正刚市长，还有文山的干部群众真是从心眼里高兴啊！这说明省委、省政府启动北部地区经济发动机不是一句空话嘛！哦，对了，赵省长，我们下午有个金融银行界座谈会哩，不知您能否出席一下？做些指示呢？"

赵安邦心里一动：这倒是个了解文山贷款情况的好机会，便说："我正想和那些银行行长、经理们见面聊一聊呢，既然你们有这么个座谈会，我也不另安排了！不过，指示就不必了吧？我既没那么多指示，也指示不了那些银行行长们！"

石亚南开玩笑说："赵省长，您还说呢，去年这帮银行行长差点没逼我跳楼！你倒好，不帮我，也要我跳！我当时真跳下去，就没有工业新区这盘大买卖了！"

赵安邦笑道："亚南同志，我当时让你跳楼了吗？没有吧？我劝你别急着跳，活要活个清白，死也得死个明白，哎，亚南同志，你们这次不会再套银行吧？"

石亚南乐呵呵地道："赵省长，您咋对我和文山这么不放心啊？您上次批评过后，我和同志们认真地总结了经验教训，不但以打包的形式收购了过去的债权债务，也在清债过程中和各银行重建了彼此相互信任、全面合作的双赢关系！"

赵安邦提醒说："贷款是银行和企业之间的事，你们市委和政府少插手！"

石亚南道："是，是，这是个原则嘛，信贷总有一定的风险，这个风险必须由银行把握。银行愿意把这么多钱贷给文山的企业，肯定不是我插手的结果！"

方正刚颇为自得，"赵省长，这您真不必担心，这帮行长比猴都精，看不到赢利前景，谁插手也没用，他们敢把三十多个亿贷给新区企业，自有道理！现在一般来说不是我们逼他们放贷，是他们主动争取多贷，中行最积极！"

下午到金融银行座谈会上一看一听，还真是这么回事哩！文山各大银行行长们全来了，中行刘行长果然最积极，发言的调门也最高。根据赵安邦来文山前掌握的情况，刘行长麾下的中行文山支行已独家贷给亚钢联集团十四个亿。会前见到吴亚洲，问起吴亚洲，吴亚洲也承认了。说是中行年前几天又给他们开出了一亿五千万元的承兑汇票，贷款额已是十五亿五千万了，是气魄最大的一家。

刘行长说话气魄也大，还有理有据。从去年的债务打包说起，大夸文山市委、市政府解决历史债务问题的勇气和智慧。继而说起了目前的工业新区建设,市区政府对工业新区这么重视,钢铁市场又这么好,中行没有理由不放款支持。

方正刚为刘行长的话热烈鼓掌,即席发言说:"这就对了嘛,刘行长和中行带了个很好的头!我们银行的资金就是要集中投向市场竞争力强、发展前景好的拳头企业,比如吴亚洲的亚钢联,就是要加大对文山的金融支持力度嘛!"

石亚南也兴奋地说:"赵省长今天也在这里,省里的政策同志们都知道,就是要把文山当作我省北部地区的经济发动机!发动机要发动,没油哪成,你们还要多加油,争取实现金融机构和文山地方经济的双赢!赵省长,您说是不是?"

赵安邦正和身边的吴亚洲说话,不在意地道:"是啊,好买卖都是双赢的嘛!"

石亚南更来劲了,"双赢就是双起飞,文山经济要起飞,金融企业的效益也要起飞!今天这个会既是座谈会,也是表彰会,本来正刚市长的意思,表彰会长假过后再开,隆重地开。我和正刚市长临时商量了一下,不搞这个形式了,今天赵省长来文山视察,我们就请赵省长给大家发奖吧,我想,这应该更为隆重!"

说罢,石亚南带头鼓掌。与会的同志们全鼓起了掌,目光都转到赵安邦身上。

赵安邦这才发现,自己好像被石亚南和文山同志的甜蜜圈套套住了。他发了这个奖,就等于认同文山市委、市政府的决策,支持鼓励文山各银行机构继续向这盘烧得过热的钢铁提供金融支持;不发这个奖又不行,石亚南已经宣布过了。

方正刚继续宣布,"文山市人民政府决定,对文山市中行、农行、建行、市商业银行等四家金融目标考核优胜单位予以表彰!下面请赵省长为中行授奖!"

赵安邦只得站起来,硬着头皮接过了礼仪小姐捧过来的奖杯和奖状,和刘行长握手,发奖,发奖时本来想问刘行长,是不是也被石亚南套住了?话到嘴边却没好说,只例行公事地用套话敷衍道:"感谢你们对文山和汉江经济的支持啊!"

刘行长十分激动,"这是应该做的,也感谢文山给了我们一次机会!赵省长,请您放心,汉江北部这台经济发动机不会缺油的,中行就是最好的加油站!"

农行李行长接过奖杯、奖状有些惭愧,握着赵安邦的手说:"赵省长,这个奖我们受之有愧啊!比起中行来,我们反应有些迟缓了,信贷额度也保守了些!"

赵安邦很真诚地说:"保守一些也正常,银行要考虑贷款的安全性嘛!"

李行长却表忠心说:"但是,赵省长,我们研究了,今年一定加大贷款力度!"

奖发过之后,石亚南乐呵呵地说:"下面,我们欢迎赵省长做重要指示!"

赵安邦心想,我还指示什么？一不小心就让你们蒙了,不明不白地给你们当了回托,再指示鼓励各国有银行继续放贷吗？贷出麻烦算谁的？可作为省长,他又不能不管本省一座欠发达城市的经济起飞,对石亚南突然搞的这一手生气归生气,话却又不得不说,还得不动声色地说,起码得让在座的银行行长们对已放出的一笔笔巨额贷款放心。他当省长的先泄了气,带头大喊一声"狼来了",第一块多米诺骨牌就得倒下。既然被逼上了花果山,这个猴王再违心也得先做着了。

想到了猴王,话便脱口而出了,心里不悦,脸面上却带着笑,"和你们说个笑话:省工行的李行长曾经骂我是花果山的猴王,说我只维护花果山的利益!我当时对李行长说,汉江不会变成花果山,我这个省长呢,也会不做什么猴王!"

与会者都笑了,石亚南笑得勉强,显然在担心着什么,"赵省长真幽默!"

赵安邦看了石亚南一眼,"还不是你和文山制造的幽默啊？中国特色的黑色幽默!"扫视着与会的行长们,继续说了下去,"我和李行长说啊,我们都要对国家负责任!后来的事实证明,这个责任省政府负了,破产逃债紧急叫停,省里拨了三十六亿用于收购文山国有企业的债权!你们各位财神爷别只感谢文山啊,没有省里拨下的这笔专项资金,文山这个打包收购历史债权的设想就不成立嘛!"

石亚南忙道:"是,是,赵省长说得是,这得力于赵省长和省政府的支持!"

赵安邦又说:"文山今天这个局面来之不易,对这个局面,大家一定要多珍惜,要各负其责,银行有银行的责任,政府有政府的责任,大家都要负责任!"

石亚南似乎听出了名堂,急忙插话,"赵省长的指示很及时啊,银行的责任就是以金融支持强有力地保障文山发动机不缺油,政府的责任就是保证它起飞!"

赵安邦有了一种被绑架的感觉,这种被下面干部绑架的事时有发生,真是让你有苦说不出!赵安邦便不说了,手一挥,"好了,我就简单说这么几句吧!"

散会后,赵安邦把石亚南叫住了,沉着脸交待道:"亚南同志,我可和你说清楚啊,这个会议消息和我这次到文山的情况都不得见报,否则,我唯你是问!"

石亚南装糊涂,带着一脸无辜问:"赵省长,怎么了,搞得这么严重?"

赵安邦的脸拉了下来,"还不严重啊,把我弄到这个会上给你们当托了!"

石亚南看了他一眼,苦笑道:"赵省长,您……您看您,这是想到哪去了?"

方正刚也赔着笑脸说,"就是,就是,赵省长,我也不太明白您的意思!"

赵安邦真想把自己被绑架的感觉说出来,可想想又觉得不妥,只道:"大家都是明白人,我也不多说了,就提醒你们一点:国企历史债务已经解决过了,你们别再盯着省里的钱袋子,我决不做花果山的猴王,你们也别往花果山跑了!"

石亚南似乎明白了,笑道:"赵省长,原来您担心这个啊?请您放心,打包处理的那些国企债务是历史遗留问题,有些贷款本来就是政策性亏损,与我们无关。我们现在按市场经济规律办事,就算贷款真还不上也不会找您和省政府!"

方正刚马上接了上来,"不但不会找您和省政府,也找不到我们市政府!对各银行的信贷,我们只是政策方向的引导,既不出头,也不为企业做担保!赵省长,您今天亲眼看到的嘛,文山各银行金融机构贷款的积极性都很高哩!"

这倒是事实,从去年四大国有银行联手施压,停止对文山的贷款,到今天踊跃放贷,银行肯定有银行的理由。看来国家宏观调控政策还没影响到目前金融企业的信贷方向,这对文山的经济启动是比较有利的,也许自己的担心只是担心。

因着这份担心,该说的话,赵安邦还是说了,"正刚,亚南,你们也别只盯着银行,思路也放开阔一些,就不能想法让白原崴的伟业国际集团入个伙?这话我和方正刚说过的:人家控股你们文山钢铁,有资本运作能力,马上还要发二十亿的可转债,是个挺好的合作对象嘛!正刚,你是怎么谈的?咋就谈崩了呢?"

方正刚苦笑道:"赵省长,白原崴是什么人您还没数吗?他那二十亿转债根本没打算投到我们新区来啊,也是想耍银行,那与其他要,不如我们来耍了!"

石亚南也说:"赵省长,白原崴和伟业国际想要的东西,我们给不了啊!"

赵安邦心里有数了,自嘲道:"这么说我还一厢情愿了?好,算我没说!"

石亚南试探着问:"赵省长,您既然过来了,是不是到工业新区视察一下?"

赵安邦说:"你们该忙啥忙啥吧,想看什么我自己去看,我有的是时间!"

方正刚挺敏感,"赵省长,那您计划待几天呢?也让我们心里有个数!"

赵安邦说:"你们最好别有数,你们有数了,我的突然袭击就搞不成了!"

石亚南开玩笑道:"赵省长,你已经和我们文山干部群众见了面,突然袭击已经搞不成了嘛,我看这几天就让正刚市长陪着吧,也向您做个详细汇报嘛!"

方正刚忙说:"赵省长,去哪里您安排,总得给我们一些汇报机会吧?"

赵安邦手一摆,"该听汇报时,我会找你们的。"说罢,大步流星出了门。

第七章

二十一

把上市公司伟业控股的股东大会定在初九开,是白原崴精心设计安排的。

这次股东大会要表决二十亿可转债发行议案,海天基金和中小流通股东意见一直很大,汤老爷子扬言要到会发难,制造负面新闻,白原崴必须认真对待。现在市场上的负面新闻够多的了,自己不能再把屁股搞得臭烘烘的。白原崴便授意董事会于股市休市前一天登了个开会公告——估计公告很少有人看得到,许多股民提前回家过年了。看到的一般也不会赶在股市休市期间专门跑到宁川来开这个差旅费自理的股东大会。春节长假是八天,股市休市可是十五天。这个安排还是比较周密的,既符合召开股东大会的有关规定,又能较好地控制到会人数。

虽说是应付公事走过场,白原崴还是不敢掉以轻心,集团高层和伟业控股的董事会成员提前一天,在初八就结束长假上了班。早上一进办公室,白原崴就让林小雅把陈明丽和伟业控股董事会的人召集过来开了个小会,提醒说:"现在股市低迷,包括海天基金在内的大小流通股东都被套牢了,不少上市公司的股东大会开出了麻烦,我们一定要小心,尽量低调,最好能和汤老爷子化敌为友!"

陈明丽认为不可能,说:"这个梦咱最好别做,汤老爷子和海天基金的人一定会到会上闹的!大家都知道,老狐狸甚至还想策反方市长和文山国资局呢!"

伟业控股的刘总也说:"是的,据我所知,海天基金还活动到了我们文山钢铁厂工人宿舍,四处征集持股职工的授权,我们的同志发现后把他们赶走了!"

白原崴心里有数：看来这位汤老爷子和海天基金是准备闹点新闻了！遂自嘲道："这么说，这汤老爷子还真不是省油灯啊，我们想到没想到的他都想到了！"

　　陈明丽说："就让他们闹吧，看能闹出啥结果！凭我们的绝对控股地位，转债议案通过肯定没问题，咱就认认真真走一次过场，让他们输得无话可说嘛！"

　　白原崴想想也是，便没再说什么，安排了一下明天下午股东大会的议程，又交待了一些工作上的事，就让大家走了。陈明丽坤包一拎也要走，白原崴却把她留下了，说："明丽，你留一下，田封义书记马上过来，咱们还得商量点事！"

　　陈明丽重又在大沙发上坐下了，待大家都走了，连办公室漂亮女主任林小雅也出去了，才不无讥讽地问："原崴，咱们这位田书记是啥时从欧洲回来的啊？"

　　白原崴收拾着桌上的文件材料，不在意地说："好像是初五吧？哦，他回国后给我打过一个电话，在电话里说了，还要好好向我通报欧洲考察的情况呢！"

　　陈明丽明显有情绪，"通报什么？你不提考察我还不生气哩！原崴，我来说说他的好事吧！哎，我们这位田书记到底算咋回事啊？还有没有礼义廉耻?！"

　　白原崴有些奇怪，"怎么了，明丽？老田还不错嘛，这年都是在欧洲过的！"

　　陈明丽"哼"了一声，"那是，乐不思蜀了嘛！据咱们欧洲办事处说，田书记这次全面考察了欧洲红灯区，就在年三十还去了一趟阿姆斯特丹！咱商务代表乔治·贝娄贝按你的指示，全程陪同伺候这位书记大人，可真大开了眼界！"

　　白原崴明白是咋回事了，心想，这老小子可真会玩，还让贝娄贝引路，是有点过分了，影响不是太好嘛！他去这种场合都是独往独来。可这话不好在陈明丽面前说，便笑着敷衍道，"好，好，开开眼界也好嘛，阿姆斯特丹可是欧洲的色情之都，橱窗女郎世界著名，只要田书记多保重，别给我们进口些性病来就成！"

　　陈明丽真火了，"原崴，你还开玩笑，这丢不丢人啊？他在国外代表谁？"

　　白原崴说："他能代表谁？他就代表他自己！他这个党委书记又不是我请来的，是省委、省政府安排的，还是和方正刚这批人一起公推公选上来的哩！你说我有什么办法？咱们集团国有股的权重这么大，我们能拒绝吗？拒绝得了吗！"

陈明丽直摇头，"公推公选，竟把这种人推上来了，我咋都想不明白！人家方正刚上来当市长很正常，田封义上来就不正常，搞不好又是于华北帮了忙！"

白原崴一怔，"明丽，这话不要乱说啊，你怎么知道于华北帮了忙？据我所知，田封义现在和他这位老领导的关系并不好，如果关系好，于华北能把他从文山市长的位子上拿下来，安排到省作家协会当书记吗？"缓和了一下口气，又说，"明丽，你还想不明白？我早想明白了！主持这次干部选拔的都是大学教授，田封义做市长当作协书记时一直做着兼职教授，教授们能不给他高分吗？还有，田封义会当官啊，不论在哪里主持工作都擅长加凳子、添桌子。在省作家协会只干了半年，处级官帽子就发下去二十多顶，人际关系好啊。参加票决的省委委员哪知他的这个底细？见他答辩得了高分，群众反映又挺好，能不投他的票吗！"

陈明丽无言以对了，"那照这么说，公推公选也并不是啥完美的好办法！"

白原崴觉得这位聪明的搭档对干部体制的认识挺幼稚，开导道："明丽，我告诉你，十全十美的干部任用制度不可能存在！公推公选确有许多不足，不过总比一言堂定干部进步了吧？像老田这种情况毕竟很少，更多的情况是：最优秀的上不来，木秀于林风必摧之；最恶劣的也上不来，劣迹斑斑众必弃之；上来的一般都是中间层次的人才，所以我很担心将来干部队伍的平庸化！"又道，"哦，据说老田原倒没想竞争咱集团的这个党委书记，还想参加文山市长的竞争呢！"

陈明丽发泄说："他真回去做文山市长就好了，我们伟业国际就清静了！"

白原崴并不乐观，"那也清静不了，还会有别的党委书记来，没准更糟！田封义只是逛逛红灯区，还没狂赌呢！若是来个赌徒，给咱输个千儿八百万呢？"

陈明丽一声苦笑，"这倒也是！不过，现在田封义毕竟代表咱们伟业国际的形象，你该提醒的还是得提醒！贝娄贝还说了个情况：老田从阿姆斯特丹嫖妓回来，还组织他们学习国内文件呢！贝娄贝故意问我，这是不是咱们中国特色？"

白原崴真没想到，田封义居然这么道貌岸然！嘴上却说："让长期在国外工作的同志们学一学国内文件也没啥不好嘛！不过，像贝娄贝这种外籍职员就不要搞了！明丽，这事我会记着，哪天有空就和他谈谈，让他注意内外有别吧！"

陈明丽建议说："他不是马上来碰头吗？你今天就和他谈吧，别过后忘了！"

白原崴觉得不妥，可又不得不照顾陈明丽的情绪，便在田封义过来后，把海外学习文件的事说了说。嫖妓的事就不好明说了，只含蓄地要田书记注意劳逸结合，不要把自己搞得太苦太累。田封义却正经得很，说是都是应该的！还笑着开玩笑说，苦不苦想想同志们在家多辛苦，累不累想想你们这些创业的老前辈！

陈明丽被逗笑了，说："田书记，你别把我喊老了，我创业不错可却不老！"

田封义马上奉承，"陈总，你当然不老，你不但是总裁，还是我们集团的团花嘛！"说罢，又严肃起来，对白原崴说，"白总，你提醒得好，是要注意内外有别！不过我的意见，这种学习得坚持下去！我们欧洲办事处的几个同志长期在海外工作，资本主义的香风臭气肯定会动摇他们的世界观，必须经常给他们敲警钟啊！这次比较深入地考察了一下欧洲，耳闻目睹之后，我的感想真是不少哩！"

白原崴本想开个玩笑：你老兄考察得只怕也太深入了，为人家欧洲的色情事业做出了巨大贡献吧？却没好说出口，田封义书记的神态和口气太严肃了。

田封义仍很严肃，"通过这次考察，我是深深懂得资本主义的厉害喽！"

陈明丽忍不住插了上来，"田书记，这话我不信！它再厉害能厉害得过咱中国特色吗？喝不喝先倒上，洗不洗先泡上，跳不跳先搂上，干不干先套上……"

白原崴忙阻止，"哎，哎，陈总，这种不文明的顺口溜你也能说出口！"

陈明丽笑道："白总，看你这话说的，人家干得出来，我咋说不出口啊！"

田封义并不惭愧，连连点头，"就是，就是，现在国内风气也不是太好！倒上就得喝，泡上就得洗，套上还能不干？这顺口溜一针见血！"又说起了自己的工作，"白总、陈总，组织海外员工学习的事，我准备给省委打个报告，总结一下经验，如果省委哪个领导批上几句，对我们集团就比较有利了！"

白原崴说:"好,田书记,你职责范围的事就全权处理吧!另外,还有几件事也得马上办起来!我们集团准备捐资两百万给文山市慈善基金会,在基金会下面搞个扶贫济困项目,我和陈总的意思,你得出面牵个头。明天伟业控股的股东大会,我的意见是你最好也抽空参加一下,熟悉一下股份公司的运作程序嘛!"

田封义点头道:"没问题,没问题!白总,陈总,参加股东大会对我来说是个学习机会嘛,你们不说我也要到会的!给文山捐款的事就更不用说了,钱既是给文山的,我这个文山老市长出面最合适,公私两利啊!不瞒你们说,在省作家协会当书记时,我还向文山要过一些赞助呢,这么一来也算还上他们的情了!"

白原崴又安排说:"田书记,你是集团党委书记,政治思想工作的专家,还有个事,我得和你商量一下,你能不能帮我做一做到会股东的思想工作呢?"

田封义态度极好,"这还用问?完全可以啊,这是我职责范围内的事嘛!"

陈明丽不同意,摆了摆手说:"算了,算了,白总,汤老爷子和到会的那些股东是什么主?哪个不是银山钱海里滚过来的,谁会信田书记的这种片儿汤!"

田封义见自己的工作变成了片儿汤,很是不悦,"陈总,咋这么说呢?照你的意思,我老田这个党委书记是多余的?省委根本不必把我派过来?是不是?"

陈明丽自觉失言,赔着笑脸解释,"不是,不是,田书记,你别误会!"

田封义在气头上,口气格外的大,有点借题发挥的意思,"我误会啥?我没误会!陈总,我知道你们不太欢迎我过来,甚至认为集团用八十八万年薪养了一个废物!但是很遗憾,我老田公推公选上来了,省委就是把我派过来了……"

白原崴见势头不对,忙出面阻止,勉强笑着,"好了,好了,田书记,别为陈总一句话较真嘛,她也是无心的!你看你,连我和整个集团全都扯上了!"

田封义仍在说:"今天我得把话说清楚:我拿的这份年薪是国家的,国家股在集团占有相当比例!到了集团,我没日没夜地工作,也是做出了大贡献的!"

陈明丽气坏了,"田书记,你还没完了?那你说说看,你都贡献了些啥?!"

白原崴担心陈明丽冲动之下提起阿姆斯特丹的嫖妓,拉下脸道:"你们都不要说了！新年上班头一天，就争吵不休，啥影响啊？今天这事主要怪陈总，说话不注意嘛，从思想上就不重视田书记的工作，不重视企业文化建设！我实事求是说，田书记来不来情况就是不一样！不过，老田，你想得是不是也太复杂了？"

田封义不再理睬陈明丽了，"白总，你说吧，要做什么工作？我还就不信做不了！别管是片儿汤，还是面条汤，只要汤汤水水灌下去，就不可能没效果！"

白原崴重又把笑容挂到脸上，缓和口气说："好，好，田书记，你这话说得好，我一直强调，这世上没有做不到的，只有想不到的！是这么个情况：海天基金和汤老爷子对我们这次发行可转债不太理解，可能要带人在会上搞些动作！"

田封义说："我以为多大的事呢！汤老爷子和海天基金不理解，我们就多做工作，让他们看到发行转债后伟业控股的光明前途嘛！"又说，"这位老爷子还是不错的嘛，论文答辩时，给我打的分挺高，我还准备读他的经济学博士哩！"

白原崴乐了，"好啊，田书记，你真要做了老爷子的博士生，咱们可就是同门弟子了！哦，对了，我们省委于华北前几年也跟着老爷子读了个经济学博士！"

田封义又恢复了常态说，"白总，你不提同门弟子啥的，我还不好说呢，老爷子毕竟是你大学老师，你们把关系搞得这么僵，也实在有点那个了！"

白原崴心想，你懂个屁，商场如战场，在巨大的经济利益面前，狐狸和狼的关系永远不可能搞好！嘴上却说："是啊，田书记，希望你帮助做些工作嘛！"

田封义道："我尽力而为吧，就算不能缓和你们的关系，起码别让他和他手下的人在股东大会上闹起来！哦，回头我就和老爷子联系，和他深入谈谈吧！"

白原崴说："好，好，那你就抓紧，能把老狐狸谈下来，就是一大贡献！"

田封义先做起了他的工作，笑着劝道："白总，你别开口就是老狐狸，对自己的老师一定要尊重嘛！你不尊重他，他也不可能尊重你，就难免意气用事！"

白原崴应付说："这倒也是啊，田书记，你的善意提醒我一定会注意！"

又啰嗦了一通，田封义走了，走之前，高姿态地和陈明丽打了个招呼，"陈总，还生气啊？再气这集团团花就当不成喽！工作上的事，都不要计较了！"

田封义走后，白原崴往沙发上一倒，对陈明丽感叹说："简直是个活宝！林小雅一脑子济世情怀，要知道咱党委书记的真实面孔，也不知会作何感想？"

陈明丽带着怨愤说："能有啥感想？进一步认识中国特色呗！这种人只可能出在咱们中国，放到哪里都是灾难，在我们这里就是我们的灾难！原崴，我把话撂在这里：他要能做通汤老爷子和海天基金的工作，你把我的眼珠抠下来！"

白原崴笑道："未必，老田有一句话我很欣赏：别管是片儿汤，还是面条汤，只要汤汤水水灌下去，就不可能没点效果！明丽，你对老田一定要多尊重啊！"

陈明丽心里明白着哩，嘴上却骂："可我就是看不惯这种无耻动物！"

白原崴呵呵笑道："监察厅的那位马达同志不无耻，一身正气两袖清风，他也想过来的，可咱伺候得了吗？明丽，你听说了没有？就在今年春节期间，这位马副厅长还带着个省委调查组在文山办案呢，把古龙县四套班子都折腾垮了！"

陈明丽没好气地说："这我听说了，古龙干部现在背后都称他马王爷！"

白原崴说："是啊，幸亏这位马王爷没被公推公选选上来！他真上来了，我们只怕啥也干不了！田封义贪也好，嫖也好，说白了都不是啥坏事，他既有小辫子抓在我们手上，我们就不怕他不配合！我们要做的就是：把他可能制造的灾难控制在最低限度，同时变废为宝，充分利用他的社会关系和肚子里的汤汤水水！"

二十二

田封义从文山市长的位置上下来后，曾在省作家协会做了大半年有职无权的党组书记，深刻体验过职务含权量丧失后的难受滋味。因此省委一搞公推公选，田封义便报了名，接受组织的选拔。开始是想竞争文山市长职位的，这个职位的含权量高。转而一想，自己是从文山市长位置上下来的，利用这次机会杀回去的可能性微乎其微：公开答辩时对文山欠发达的事实就没法自圆其说。他在文山干了八年副市长、市长，对文山的现状不能说没一点责任吧？强调客观？指责一起搭班子的市委书记无能？这不合适嘛！再说省委委员投票时也没太大的把握。

这么一来，只得退而求其次，选报了伟业国际集团的党委书记。虽然这个职务的含权量并不比作家协会党组书记高多少，考虑到名人效应的辐射系数，甚至比作家协会党组书记的含权量还略低一些，但伟业国际毕竟是一个资产规模高达四百多亿的跨国企业，发财致富的希望要比作家协会大多了。说出来只怕没人相信，在作家协会这种所谓的正厅级单位主持工作大半年，提拔了那么多的正处副处，被提的同志别说给他送钱，连送烟送酒都没几个，他想不廉政都不行。他既争不到含权量较高的职位，就得争取含钱量较高的职位了。其实说穿了，追求含权量不也是为了方便给自己多弄点钱嘛，老话说得好啊，当官不发财，请我都不来。只要能发财，就算不是含权量较高的职位也无所谓了，总是有得有失嘛。

真是很发财哩，田封义做梦都没想到，集团董事会竟给他定了八十八万的年薪。白原崴真不错，既有肚量，又有眼色哩，不像那个小肚鸡肠的执行总裁陈明丽。八十八万是啥概念？是一个死缓或者无期徒刑啊。文山财政局一个副局长贪污受贿八十万就判了死缓，当然这是九十年代的事，判得重了些。去年省城一位副秘书长受贿八十九万，只判了个无期。他呢？一年赚八十八万没任何风险！

更有意思的是，摇身一变成了企业家，可以天马行空，独自周游世界了，再不用受什么组织纪律约束。在文山做市长率团考察时，他去过阿姆斯特丹，可却兴趣索然，明知阿姆斯特丹是欧洲的色情之都，橱窗女郎世界著名，却不敢多做留连，就率着同志们在红灯区走了一圈，还做了许多言不由衷的口头批判。这次到欧洲考察就不同了，一个人没带，到巴黎的伟业集团驻欧洲办事处，才把商务代表贝娄贝叫上带路。玩得那可真叫过瘾，黑人、白人、东方人，都奋不顾身地试了试。东方人和中国女人差不多，白人中看不中用，黑人姑娘最是有趣，皮肤细腻得像平滑的缎子。本来还想试一试阿拉伯女人，贝娄贝不干了，说是巴黎有事，要回去，这就造成了小小的遗憾：不知道阿拉伯姑娘感觉如何？因此也对贝娄贝产生了点看法：这位法国同志太不识相了，这要是在国内，领导不尽兴，下面随员谁敢乱放屁？贝娄贝还真敢放屁，回巴黎的路上竟然问他这么做是不是违了法？他觉得这话问得怪，理直气壮地说，在我们国内违法，在阿姆斯特丹就不违法，而且是对荷兰旅游产业的支持，我们出国后要遵守的就是所在国的法律。

当然，在其位也要谋其政，不能饱食终日无所用心。海外办事处的工作该检查要检查，该安排的要安排。你心里可以不服，不听还不行，你必须明白，集团又多了个领导！别以为老子不管业务，就可以不当回事，管政治和管业务一样重要，尤其是对那些国内派过来的党员同志来说。还好，含辛茹苦主持了几天的政治学习，总算初步建立了在海外办事处的权威。也有个别人暗中捣乱，也许还向白原崴、陈明丽打了小报告。否则，陈明丽今天咋会这么个态度？连干不干先套上都出来了？他当时心想，该套上就得套上，哪天干你，老子也得先套上！谁知你除了白总，还养了几个小白脸？小骚货对方正刚好像就有意思哩，在董事会上几次夸过方正刚，说什么方正刚文山市长干得好，钢铁立市的思路好！哎，你啥意思啊？是对人家情有独钟，还是旁敲侧击指责我这个前任市长啊？今天他真是忍无可忍了，原来这小骚货这么蔑视他，把他负责的重要工作看成了片儿汤！

就是为了证明他的工作不是片儿汤，也得把汤老爷子和海天基金拿下来。

从白原崴办公室出来后，田封义马上打了个电话给省城的汤老爷子，说是他这就从宁川过去，请老教授吃个饭。老教授倒也爽快，愣都没打便同意了，还说要请他。田封义当时的感觉挺不错，认为说服老教授顾全大局还是有希望的。

驱车往省城赶时，又意外地接到了白原崴一个电话。白原崴说，思想工作固然重要，可市场经济情况下也不能空口说白话，既和老爷子谈了，就得做点实质性让步。白原崴要田封义根据谈的情况，适时地向老爷子提出个新建议：用此次发行转债的钱买进他们海天基金三五千万的基金份额，让他们也得点好处。田封义一听就乐了，觉得白原崴真是明白人，也真支持他的工作，更觉得胜券在握了。

赶到省城已是中午十二点多了,老教授正在一家酒店的豪华包房等他,见面就拉着他的手说:"田书记,你来得好,来得及时啊,我也正想和你谈谈呢!春节前就想找你的,你却不在国内,哎,怎么听说你跑到欧洲旅游去了?"

田封义道:"是,我是去了趟欧洲,不过,不是旅游,是检查工作!"

汤老爷子点了点头,"是要好好检查,田书记,你是省委派去监督控制伟业国际集团的,一定要起到很好的监督作用,不能被白原崴耍了!哦,喝点啥?"

田封义道:"我随便,如果您老不反对的话,我们就喝点红酒吧!"突然想了起来,"哎,教授,我还带了两瓶法国干红过来,咱们今天就喝法国干红吧!"

喝着昂贵的法国干红,汤老爷子倒先做起了他的工作,语调倒也平和,"田书记,我不知你今天找我想说啥?也不知是谁让你来的?但你既然来了,老夫我该说的话就得说,君子坦荡荡嘛!何况你又是我比较欣赏的一位懂经济、讲政治的好干部,我上次就和你说过,论文答辩时,我和专家教授就给过你高分嘛!"

田封义笑道:"我知道,都知道,教授,您有话尽管说,我洗耳恭听!"

汤老爷子直奔主题,"伟业控股发行二十亿可转债的议案,我们海天基金不答应,准备在明天的股东大会上代表中小股东进行最后一次悲壮的抗争!"

田封义呷着酒,"教授啊,您和海天基金的抗争能改变既定的结果吗?"

汤老爷子"哼"了一声,"也许改变不了什么,但我们要发出抗争的声音!"

田封义放下酒杯,"这又何必呢?您老别这么意气用事嘛,目光还是要放长远一些!伟业控股发这二十亿转债不是为了搞投机嘛,从长远看,对伟业控股的成长是大有好处的,您老和海天基金手上的股票升值潜力很大啊……"

汤老爷子手一挥,毫不客气地打断了田封义的话头,"什么升值潜力?哪来的升值潜力?对这种不顾死活的大规模圈钱运动,中小股民们早就反感透了!"

田封义笑眯眯地看着汤老爷子,意味深长地道:"不过,教授,你们海天系可不是中小股东啊,你就没想过这里面是不是会有你们的一份利益呢?啊?"

汤老爷子很敏感,"哎,哎,田书记,你这话是什么意思啊?说清楚!"

田封义故意不说，只是含蓄地道："现在毕竟不是过去了，我在伟业国际任职了嘛！"把酒杯端了起来，"来，教授，先敬您老一杯，感谢您老对我的一贯支持和关照！尤其是论文答辩时的支持，没有这种支持，我也到不了伟业国际！"

汤老爷子把敬的酒喝了，"田书记，这么说，你今天是来报恩的了？"

田封义自负且矜持地笑了笑，"也谈不上报恩，还是履行集团党委书记的领导和监督职责吧，当然，也在可能的情况下为您老和海天基金争取了点利益！"

汤老爷子似乎有数了，"就是说，二十亿转债里真有我们海天基金的利益？"

田封义这才正经作色道："教授，看您问的，当然有你们利益嘛！我向白原崴提了个建议：从转债发行资金里拿出三千万至五千万购买你们的基金份额！"

汤老爷子略一沉思，"那么，你这个建议，白原崴、陈明丽他们同意了？"

田封义道："总算同意了，所以我才赶来见你了嘛！"又编起了故事，"费了好大的劲才说服他们啊，从年前说到年后，在欧洲期间，我还给他们打过几个电话！那个陈明丽不顾大局，让我发了几次大脾气！我明确告诉陈明丽，任何工作都要以稳定为前提，地方工作是这样，企业的融资发债工作也是这样嘛！"

汤老爷子脸上浮出了和气的笑意，"田书记，如此说来，你在伟业国际说话还是有些分量的？好，我也敬你一杯，你喝完我再说话吧！"说罢，端起了酒杯。

田封义不知汤老爷子还有什么话好说？二十亿转债里有了海天基金的一份利益，而且又是他"争取"来的，他灌下去的这壶汤汤水水有些浓度，总不至于没点作用吧。便坦然地把敬的酒喝了，喝罢又说，"教授，白原崴和陈明丽的意思，让我从三千万和你谈起，我直来直去，把五千万的底一下子就交给你了！"

汤老爷子并不领情，把玩着酒杯，沉吟片刻，缓缓开了口，"田书记，就算是五千万也还是少了些啊！你既然能帮我们争取到五千万的份额，为什么不能再多争取一点呢？你们要发的转债可是二十亿啊，就不能给我们三至五个亿吗？"

田封义几乎有些不相信自己的耳朵，不无吃惊地看着汤老爷子，"教授，你说什么？三五个亿？"禁不住苦笑起来，"老爷子，您老当这是一次分赃啊？"

汤老爷子呵呵笑道："可不就是分赃吗？你以为是啥！"笑容收敛了，"田书记，你不必为难，也别这么吃惊地看着我，我知道，你当不了白原崴那小把戏的家，你现在打个电话给他，告诉他：分赃我和海天系不反对，但必须分得公平！"

一时间，田封义真不知该怎么办才好了！这老爷子真他妈的是老狐狸，一壶浓汤灌下去，非但没能满足他，反倒吊起了他的胃口，老狐狸竟然想吃肉了！

却也不能不打电话。老狐狸说得不错，三五个亿的家他当不了。于是，便到门外打了个电话给白原崴，把老狐狸想吃肉的强烈愿望在电话里做了个通报，问白原崴咋办？白原崴火透了，说，老家伙疯了，我们的回答只一个字"NO"！

一个"NO"字出口，汤老爷子立即起身离席，"好，田书记，那我们就明天股东大会上见吧！我们海天基金这次就是要代表广大中小股东的利益和你们较一较真！就算你们真拿出三五个亿来买我们的基金份额，我们也不会再考虑了！"

这个结果是田封义万没想到的，他的思想工作和白原崴授意的内幕交易竟遭到了双重失败！更让田封义想不到的是，汤老狐狸卑劣无耻，还把这场席间谈话悄悄录了音，并且做了技术处理，让这一内幕骤然暴露在了光天化日之下……

二十三

一走进股东大会会场，陈明丽就感觉到事情有些不对头：到会的除了汤老爷子和海天基金的孩儿们，全国各地股东代表竟来了一百多人。许多财经、证券报刊的记者也到了场，估计是海天基金请来的，甚至差旅费都是汤老爷子出的，会场里充斥着明显的敌意和令人不安的诡秘。与会者三五成群交头接耳，不知在议论些啥。她和白原崴、田封义走到汤老爷子面前，和汤老爷子握手时，汤老爷子就皮笑肉不笑地说了,这次股东大会也许会在中国证券史上记录下来。

白原崴心里有数,料定一场风波免不了,也没和汤老爷子多啰嗦,到董事席上坐下后,马上宣布开会。伟业控股的二十亿可转债议案报上登过,股东们都知道,没必要再多说,但白原崴还是做了些说明,一再强调这是为了公司长远发展考虑。田封义一点数没有,还以为这是开市长办公会呢,不知轻重地插上来说了一番。汤老爷子手下的女经理方波挺不客气,冲到董事席前责问白原崴:这位姓田的是不是伟业控股的董事或股东?如果不是,就请他闭嘴。气得田封义拍起了桌子。方波存心来闹事,桌子拍得更凶,会场上顿时充满了火药味。汤老爷子被迫起身干预,厉声喝止了方波,又安慰了田封义几句,会议才得以继续进行。

直到这时,陈明丽都不知道田封义会这么蠢,会让一个要命的把柄落在汤老爷子手上。当然,也没想到汤老爷子会这么无耻,对这种私人谈话进行录音。

议案正式表决前,汤老爷子从前排座位上站了起来,走到董事席前,提出要放一段音乐。主持会议的陈明丽虽没想到这是经过技术处理的谈话录音,却出于警惕,本能地提出反对,笑着阻止说:"汤教授,咱们今天是开股东大会,表决公司可转债发行议案,又不是开晚会、音乐会,您老的音乐就别放了吧?"

汤老爷子也在笑,"陈总,气氛这么紧张,还是听段音乐放松一下吧!"

陈明丽把征询的目光投向白原崴,白原崴手一挥,"教授说得对,没必要搞得这么剑拔弩张的,放就放吧!"又问汤老爷子,"一定是段有趣的音乐吧?"

汤老爷子不动声色,"是啊,很有趣啊,昨天和你们田书记一起欣赏的!"说罢,招招手,方波马上提着录音机走过来,对着董事席上的主话筒放了起来。

这时,陈明丽注意到,坐在白原崴旁边的田封义有些坐立不安了,紧张地俯在白原崴耳旁说起了什么。白原崴仰脸听着,脸上几乎看不到任何表情变化。

录音放完,全场哗然,叫喊声、咒骂声、擂椅子、跺脚声此起彼伏响了起来。

汤老爷子在一派喧嚣声中,拿起话筒,慷慨激昂地说了起来,"各位股东,新闻媒体的朋友们,出于良知和正义,出于对市场准则的尊重,我和海天基金不得不公布这一见不得人的可耻的内幕交易！这个内幕交易的存在说明，白原崴先生和伟业控股的市场诚信非常令人怀疑，包括白先生刚才描述的二十亿转债发行后的公司前景！请大家设想一下，如果我们海天基金没有挺身而出的道德勇气，真正的受害者会是谁？是在座的伟业控股的中小股东！中国股市先天不足的结构性缺陷致使中小股东在二级市场上一次次被套，一次次被割肉，一次次被腰斩，我们用血泪支撑起了中国证券市场，却还要接受这种黑心欺诈，是可忍而孰不可忍！"

会场上益发混乱，咒骂叫喊声再次响起，前排几个女股东当场哭了起来。

田封义急眼了，抢过白原崴面前的话筒大叫起来，"大家千万不要上当！这段录音是经过剪辑的，我提出拿三五千万购买海天基金份额，只是个人建议，不代表公司，而汤教授却代表海天基金向我们公司开价三五个亿啊！伟业控股如果真拿出三五个亿买了海天基金的份额，海天基金肯定就不会是这个态度了……"

股东席上一片愤怒的嘘声，"滚，姓田的滚出去，我们要听汤教授说！"

汤老爷子指着田封义，大义凛然道："田先生，我向你开价三五个亿？这是事实吗？这是诬陷！"又对着股东代表和记者们说，"请大家想一想，如果想做这种交易，我会找这位田先生谈吗？我也许会找白原崴先生，陈明丽小姐……"

白原崴这才从董事席的座位上站了起来，一边向汤老爷子面前走，一边夸张地鼓着掌，"好，好，汤教授，您老说得好，很好啊！愤怒并没使您老丧失基本理智，你很清楚谁是伟业控股和伟业国际集团的董事长，谁在代表控股股东伟业国际集团说话！所以对您老今天提供的这段美妙音乐，我的结论是：这种背叛中小股东近乎分赃的可耻交易并不存在！即使在您老的录音里，田封义书记也是为了缓和我们之间的紧张关系，自作聪明提了一个个人建议，难道不是吗?！"

汤老爷子手一摆，"不，我认为这是你和高层授意的，是一种法人承诺！"

白原崴苦笑不已，"教授，您的固执真让我无奈，是不是再放一遍录音？"

汤老爷子把目光投向股东席，"各位股东，你们说呢？要不要再放一遍？"

股东席上的叫喊声马上响了起来，"放，放！汤教授，把录音再放一遍！"

录音又放了一遍,这一次大家听清楚了:田封义说得很明白,他费了好大的劲才说服了白原崴和陈明丽,为汤老爷子和海天基金争取到了五千万的利益。

汤老爷子冷笑着,目光炯炯盯着白原崴,"白总,你和陈总起码被田书记说服了吧?也许你开始不情愿,可最终你被说服了,把田书记派过来做说客了!"

白原崴微笑道:"教授,如果这个假定是事实,那么另一个假定可能也会成立了,就是你向田封义提出的那三至五个亿!不过,重申一下,我并不相信!"

田封义一头大汗,几乎要哭了,"教授,你不要纠缠白总了,实话实说,在和你说这番话之前,买基金的事我从没向白总和陈总提起过,是我办了蠢事!"

白原崴话里有话,"田书记,你是蠢啊,没想到堂堂经济学教授、海天基金顾问会用这种手段对付你吧?你不是要跟教授读博士吗?就从这一手学起吧!"

汤老爷子很谦虚,摆手道:"不对了,白总,还是要从你们的圈钱欺诈学起啊!别管证券市场如何洪水滔天,如何低迷不振,也甭管中小股民们怎么血流成河,该圈的钱照圈!你伟业国际是控股大股东嘛,可以在市场上合法抢劫嘛!"

白原崴摇了摇头,"教授啊,你是不是太偏激了?这是合法融资嘛!纵观全球证券市场,融资都是其主要功能之一。作为投机炒作者,您老和海天基金似乎缺少一种正确的投资理念!"他将面孔转向股东席,"各位股东,在这里我代表伟业控股董事会再次向你们和全国投资者承诺:二十亿可转债我们将全部投入到文山钢铁主营业务,明年一定会给投资者一个满意的回报,希望大家理解支持!"说罢,和气地对汤老爷子道,"教授,我们是不是进行下一个议程,开始投票?"

汤老爷子仍不愿罢休,"不,白总,在正式投票之前,我还有些话要说!"

陈明丽再也忍不住了,"汤教授,你今天说得还不够多吗?抓紧投票吧!"

田封义也爆发了,阴阴地看着汤老爷子,"对,投票,白总,你代表伟业国际把手上的六亿五千多万股赞成票投下去,这次股东会就可以胜利结束了!"

汤老爷子"哼"了一声,"没这么简单吧?只记赞成票,不统计反对票吗?"

白原崴呵呵笑道:"对,教授说得对,反对票当然要统计,哪怕只有一票!"

汤老爷子怒道:"何止一票?起码四千二百多万张反对票嘛,这次股东大会看来不会这么快结束,大家恐怕都得加夜班,一个民主的纪录将在这里诞生了!"

后来的事实证明,汤老爷子没说错,海天基金和一百多名中小股东手上的反对票竟投了漫长的九小时零二十五分钟,创造了上市公司股权表决上的一个时间纪录。事后各证券报刊发表的报道文章耸人听闻:"中小股东股权觉醒:九小时二十五分创造中国证券历史新纪录!""明知必败的悲壮抗争:中小股东股市维权揭开序幕!""惊心动魄:九小时反对阻止,九秒钟赞成通过,股权分置,一股独大,再现中国股市特有景观!""发出最后的吼声:流通股分类表决势在必行!"

还有些文章是美化吹捧汤老爷子和海天基金的,说汤老爷子是什么"中小股东的代言人,证券市场的高尚良心"。伟业国际集团却被抹上了白鼻梁,企业形象大受损伤,成了霸王强上弓的圈钱典型,网上骂声一片。不论事先如何小心防范,最坏的结果还是出现了,不过,当时他们还是把能做的姿态全做足了。

海天基金的代表和到会股东用漫长的唱票表现其悲壮抗争时,除了不是董事的田封义外,白原崴、陈明丽和所有董事没一个离场。本来陈明丽、白原崴有个事先约定的商务活动,和银山常务副市长宋朝体谈银山的硅钢项目,陈明丽提议他们先走一步。白原崴没同意,说是在这种气氛下更要尊重股东,做好姿态。

会议开到晚上七点,宋市长来电话催了,问股东大会要开到什么时候?陈明丽看了看股东席,发现没投票的中小股东还有大约二三十个,可也不知这二三十人的反对票会投到啥时?这些中小股东事先和海天基金串通好了,都学着汤老爷子和海天基金"孩儿们"的榜样,于投票前大肆发言,对上市公司的圈钱行为和控股股东进行控诉,有的人一讲就是十几分钟,时间上很难控制。陈明丽征求了一下白原崴的意见,白原崴说,让宋市长不要等了,就说我们今天碰到了特殊情况,可能会搞得很晚。宋朝体那边却说,再晚他也等着,要和他们不见不散。

嗣后，股东们继续表演"悲壮"，表决席上的反对声持续不断，三千股五千股，三百股五百股，最少的股权仅一百股，一直反对到当晚九点三十五分才结束。

白原崴最后一个代表控股股东伟业国际集团进行了投票：六亿五千三百六十二万股赞成！汤老爷子和海天基金精心组织的九个多小时的反对和抗争，在九秒钟内被控股股东的一张赞成票杀败了，可转债的发行毫无悬念地获得了通过。

散场时，汤老爷子从白原崴面前走过，问："白原崴，你们不觉得亏心吗？"

白原崴坦然道："只要把企业搞上去，给股东丰厚的回报，我们就不亏心！"

汤老爷子驻足站住了，"你这个伟业控股给过股东回报吗？更别说丰厚回报了！我替你们算了一下账，上市六年以来你们发行、增发、配股加上这次的可转债，总计圈走了六十多亿，分给流通股东的股利是多少？区区一千五百万元！"

陈明丽插了上来，"可你老别忘了一个事实，我们入主伟业控股不过两年，在我们手上除了搞过一次配股和这次可转债，历史上的账不能算到我们头上！"

汤老爷子道："陈总，你不必解释，我今天不是和谁算账，而是讲中国股市的一种危机！"又对白原崴说，"当然，白总，我得承认，这一次你们赢了！"

白原崴和气地笑了笑，"是吗？教授，我想，也许是你和海天基金赢了！"

陈明丽有些不解，出门上车一起赶去会见宋市长时，问白原崴，"原崴，你咋说老狐狸赢了？他赢了什么？他们再反对，发行可转债的议案还是通过了！"

白原崴看着窗外的街景说，"他们为啥明知不可为而为之？今天这个股东大会实际上成全了海天基金，一不小心让老狐狸成了维护中小股东利益的代表！"

陈明丽多少明白了些，"这倒是，这么一折腾，他们在道义上得了不少分！"

白原崴说："道义上得分将带来经济上的利益，没准日后他们的基金规模会扩大许多！我事先想到了这一层，一直想避免，不料，还是给老狐狸当了托！"

陈明丽马上想起了银山的硅钢项目和那位宋市长，"宋市长该不会也让我们当托吧？原崴，钢铁是不是有些过热了？这几天省城和北京又有不少说法呢！"

白原崴没当回事，"早几年国家有关部门还说电力过热呢，说准了吗？根本不对！现在四处闹电荒，我们集团不少企业都受了影响，尤其是宁川的企业！"

陈明丽道："不过，据说赵安邦省长昨天一早去了文山，要查工业新区哩！"

白原崴一怔，"哦，会有这种事吗？你快打个电话给方正刚，摸一摸情况！"

陈明丽便打了个电话给方正刚，主动提起了钢铁过热的说法。方正刚哈哈大笑说，热什么热？赵省长这两天正在我们工业新区视察呢，对新区的工作高度评价，还给积极贷款的银行行长们授了奖！这就把她搞糊涂了：如此说来，钢铁过热的说法并不成立，起码在汉江不成立？白原崴判断说，肯定不成立，前年石亚南在平州违规上电厂时，省里也装模作样查过，结果怎么样，上了也就上了！

第八章

二十四

亚洲钢铁联合公司老总吴亚洲引着赵安邦在新区项目工地参观时,赔着一份谨慎和小心。方正刚事先打过招呼,说领导这次来不是授勋,是查问题,要他别给市里惹麻烦。他岂敢惹麻烦?惹了麻烦对谁都没好处。市里要以钢铁开道,把文山的GDP尽快搞上去,创造一番大好政绩。他和亚钢联也要抓住这个难得的大好机遇,实现资本利润的最大化。大家既然上了同一条船,就得同舟共济,别说现在情况不错,就算有些问题,也得遮掩过去,不能给赵安邦留下不好的印象。

然而,因为过去和赵安邦熟悉,吴亚洲也没把事情看得太严重。这首先是基于自信,这盘钢铁买卖不是谁吹出来的,是他和亚钢联用真金实银码出来的,七百万吨钢正以惊人的速度红红火火上着,赵安邦只要没偏见,必会予以肯定。于华北年前来了一趟,目睹了新区大建设的壮观景象,就充分肯定,还当众敬了他和同志们三杯酒哩!赵安邦会不会有偏见呢?当然不会。他是赵安邦一手扶植起来的,八十年代在文山就得到过身为县长的赵安邦的支持,九十年代初到宁川发展,赵安邦又把他树为创业典型,此番到文山投资,也是赵安邦最先出面动员的。

于是,陪同参观时,吴亚洲很真诚地说:"赵省长,我可早就盼望您来视察了!昨天一听说您来了,把我激动得啊,都不知怎么好了!说起来我还得感谢您呢,是您给我指了条道啊,我要不听您的招呼,哪会有今天这个大好局面呢!"

这时,头戴安全帽的赵安邦正站在炼钢公司刚立起的二号高炉前,和集团总工程师秦楚之说着什么,听得这话,回头说:"不过,吴总,你们今天这个局面我真是没想到!当时我是劝你把一个电缆厂建在文山嘛,不曾想你却在文山炼起了钢铁,在短短一年时间里搞了这么大一个规模,有些出乎我的意料之外了!"

吴亚洲笑道:"这不是要适应产业结构的变化吗?文山要打造中国的钢铁新城,钢铁市场又这么好,我们改变投资方向也正常嘛!现在政府这么支持,我就得以实际行动支持文山政府,赵省长,你知道我的为人,就得士为知己者死嘛!"

赵安邦不无讥讽地看了他一眼,"吴总,你算什么士啊?你是企业家,是资本的代表,何来的士为知己者死一说?要我看,你小伙子是资本为利润而死!"

吴亚洲笑了,说:"赵省长,您真风趣!不过,为利润可以,死就不行了!"

赵安邦指点着热火朝天的大工地,"是啊,是啊,你真死了,银行这么多贷款就瞎了!哎,你们方市长、石书记到底怎么样?你咋和他们穿一条裤子了?"

吴亚洲说:"赵省长,我不和您开玩笑啊!石书记、方市长真都不错,可以说为文山起飞和新区建设操碎了心啊!那劲头就像您当年在宁川搞大开发!石书记、方市长经常和我们说,就是要以您主持建设大宁川的精神建设新文山!"

赵安邦道:"石亚南、方正刚很会拍马屁嘛,不过,我怀疑这马屁里面有文章!你们原来不是二百多万吨的规模吗?咋就一下子扩张到了七百万吨啊?"

吴亚洲来劲了,踌躇满志地说:"赵省长,还不是时势造英雄嘛!钢铁产品的市场前景好,投资来源多,又有政府产业政策的大力支持,我想不上都不行!说真的,把文山这盘买卖搞得这么大,我也没想到,做梦似的就成钢铁大王了!"

赵安邦口气中带上了忧郁,"吴总啊,如果你这是做梦就有些危险喽!"

吴亚洲没当回事,"我只是个比喻嘛,这形势发展太快了!就规模而言,我们六大项目已超过了伟业国际旗下的文山钢铁公司,这还不算银山的硅钢厂呢!"

赵安邦也想起了银山的硅钢厂,"哎,吴总,你知道不知道,为银山硅钢厂项目用地,独岛乡的农民群众已经闹起来了?让我和裴书记连春节都没过好!"

吴亚洲暗自后悔:他咋想起提这个?这不是给自己找麻烦吗?却也不好回避了,笑着解释说:"赵省长,这我能不知道?我还让当地农民扣了一晚上呢!这些农民也真是的,目光短浅,为了点蝇头小利就不顾一个地区的发展大局!"

赵安邦不高兴了,"蝇头小利?吴总,你口气越来越大了嘛!你亚钢联要发展,银山农村和农民群众要不要发展啊?不能一味牺牲农村、牺牲广大农民利益搞发展嘛!我劝你头脑冷静些,认真考虑一下:银山硅钢厂是不是一定要上?"

吴亚洲忙道:"赵省长,其实这个项目并不是我们一定要上的,是银山章桂春书记推着我们上的,还给了我们不少优惠政策,工业用地也比较便宜……"

赵安邦手一挥,"这个便宜你最好别去赚!银山我这次也要去的,有些话会当面和桂春说清楚!对了,据方正刚吹嘘,你亚钢联不以文山钢铁为对手了?"

吴亚洲豪情又上来了,"文山钢铁过气了,属于上个世纪!我们瞄着的是宝钢和首钢!我在文山企业家座谈会上说了,争取五年内挤进世界钢铁十强!"

赵安邦并不激动,问身边的总工程师秦楚之,"秦总,你是钢铁专家,在冶金学院做过教授的,你觉得吴总和亚钢联的这个目标能在五年之内实现吗?"

秦楚之扶了扶鼻梁上的眼镜,沉吟片刻说:"赵省长,我是冶金专家,不是市场专家,这个说不好!不过,吴总既然有这个信心,敢这么宣布,想必有一定的根据!就目前的钢铁市场和亚钢联的发展速度而言,这个可能性还是有的!"

吴亚洲对秦楚之的回答不太满意,抢上来说:"赵省长,过去我们有个判断说,钢铁是夕阳产业,现在看来并不对,起码对中国来说不对!中国是制造业大国,全世界的大工厂,钢铁产品需求量在五到十年内不但不会萎缩,还会大幅增长。所以,只要国家政策得力,地方政府大力扶持,亚钢联就可以创造奇迹!"

赵安邦当时没多说什么,从炼钢项目工地上出来,上了面包车才道:"吴总啊,你的分析有一定道理。不过,钢铁可是资金密集型产业啊,你小伙子倒给我说说看，以后银行还要投入多少资金才能支持你亚钢联的这种扩张速度呢？"

吴亚洲没正面回答，"赵省长，你相信吗？我的名字在银行就值几十个亿！"

赵安邦一怔，"哎，什么意思？凭你吴亚洲这三个字就能贷款几十亿吗？"

吴亚洲发现自己又有些得意忘形了，忙往回收，"不，不是，赵省长，我们向银行贷款很正规，都有抵押，有担保，最不济也有在建项目作担保……"

赵安邦"哼"了一声，"我看你吴亚洲的名字也不会这么飞速升值！"略一沉思，又问，"吴总，你们这些项目的合资资金是不是全到位了？据说你们亚钢联为新区这六大核心钢铁项目设立了十几个中外合资公司，每个公司注册资金还都在三千万美元之内，是不是？我们是老朋友了，你小伙子可要和我说实话啊！"

这个实话可真难说。赵安邦虽是老朋友，更是省长，这次又是查问题，他岂能说实话？说了实话对自己不利，也对新区领导不利。其实这十几家合资公司的注册资金都有水分，三亿五千多万美元只到了一千多万，可新区领导不让说，既不让和市里说，也不让给省里说，吴亚洲便没说，一脸恳切地道："注册的三亿五千六百九十万美元已全到位了，市政府和新区对外资的投入管理都很严哩！"

赵安邦又问："每个公司的注册资金怎么都在三千万美元之内，这么巧？"

吴亚洲这倒没瞒，这么干的也不是文山一家，想瞒也瞒不住，便说："赵省长，这也是情理之中的事，三千万美元之内市里有权批，就用不着麻烦省里了！"

赵安邦看了吴亚洲一眼，"这六千多亩项目用地呢？又是怎么批的？"

吴亚洲笑道："赵省长，这就别问这么具体了吧？领导管大事，管方向嘛！反正我们土地手续全拿到了，现在合理合法！"又故意说起了银山，"银山的二千五百亩地有些麻烦，只批下来六百亩，可章桂春书记思想挺解放的，和我交底说好了：地要用多少只管用，先用起来再说，手续后补，他和银山市政府负责！"

赵安邦马上火了，"胡闹！国家有关部门目前正在查处非法占地，章桂春还敢出这种歪招？这话你不要听！"又说，"文山的摊子铺开了，收拢困难，银山的摊子还没铺，就不能再铺了！小吴总，我今天明确告诉你：银山的硅钢项目省里不会批的，你不要上章桂春的当！国家要搞调控，汉江省也有个调控问题！"

吴亚洲这才算弄明白了：银山的项目没戏了，再大的便宜也赚不到了，硬着头皮上马只能自讨苦吃，便恭顺地说道："赵省长，这我知道，也能理解！"

赵安邦说："能理解就好！全省电煤和电力都紧张，宁川、省城要限电，你焦化厂的规模要缩小，热电厂也要重新考虑！汉江没这么多煤给你发电炼焦！你们不要指望文山矿务局，省政府办公会已经决定了，从下个月一号开始，文山煤全部由省政府统一调配，没有主管的王副省长签字，你们一两煤也买不到！"

吴亚洲大感意外，一下子怔住了，结结巴巴道："赵省长，我……我还想请你看焦化厂呢，都……都全面开工了，咋缩小规模？我……我和文山矿务局也有长期供煤合同的，你……你们省政府突然搞这种计划经济，我可没法活了！"

赵安邦不温不火地说："你们要活，宁川、省城和那些南方发达城市就不要活了？手心手背都是肉，我总不能饿死南方，来保北方吧？尤其是你们这种盲目上马的能源大肚子汉！省里现在要力保电煤供给，必要时还要请国务院有关部门进行协调，从一些产煤大省调煤入汉，你们的煤就想办法自找渠道解决吧！"

吴亚洲几乎要哭了，"赵省长，我的渠道就在文山矿务局啊，外省煤就是联系到了，也调不到这么多车皮！逼急了我就起诉矿务局，我们有长期预购合同！"

赵安邦满不在乎，"那你们起诉好了，文山矿务局就算服输认罚，也不敢把煤给你们！"拍了拍吴亚洲的肩头，"好了，今天就看到这里，该喂肚子去了！"

吴亚洲哭丧着脸，"我啥都吃不下了，赵省长，咱是不是再去看看焦化厂？"

赵安邦笑着说："看什么焦化厂？小吴总啊，你吃不下，我吃得下啊，走！"

这时，已是晚上七点钟了，再去看焦化厂也有些晚了，吴亚洲没再坚持，也不敢坚持，心里忐忑着，强做着一副笑脸，引领着赵安邦一行到亚钢联贵宾餐厅去吃晚饭。晚饭是他事先精心准备的,很丰盛,还上了几瓶五粮液和茅台酒。

开吃前,吴亚洲溜到门外,悄悄打了个电话给石亚南,问她和方正刚是不是过来陪?石亚南说,没这个必要,嘱咐他和亚钢联的同志把领导们陪好陪倒。他当即叫了起来,还陪倒呢,赵省长先把我一枪撂倒了!石亚南问是咋回事?他便把工业用煤的事说了说。石亚南安慰道,吴总,你别怕,还有我和市里呢,文山矿务局虽说是省属企业,可总在咱地界上!吴亚洲低落的情绪这才有所回升……

二十五

毕竟是下来检查工作,汇报还是要听的。不过石亚南建议由四套班子领导成员集体汇报,赵安邦却没同意。这么多人的大汇报,他不可能一言不发,总得有个态度,免不了又要做一番"重要指示"。他是省长,官大嘴大,下面的同志就会利用他的嘴来讲自己的话。他的批评提醒不会公开见报,即使见了报也变成了"希望"之类的东西。而他应景的场面话,则有可能做出美丽的大文章而大登特登。什么"赵安邦省长充分肯定文山速度和工业新区的显著成绩啦",什么"代表省委、省政府勉励文山干部群众尽快把钢铁搞上去啦",这就违背他的本意了。

两天后的一个下午,赵安邦在市委招待所听取了石亚南和方正刚的汇报。

石亚南一进门就抱怨,"其实还是大汇报好,能让领导全面了解情况嘛!"

方正刚也说:"就是,赵省长,我们昨晚都通知了,大家都想听您指示哩!"

赵安邦自嘲道:"方市长,我就是怕做什么指示,才不听大汇报的!过去的教训不说,我起码得接受前天金融银行界座谈会的教训吧?别再让你们蒙了!行了,大汇报免了,就你们两位来个小汇报吧!抓紧时间,下午我还要去银山!"

石亚南打开笔记本电脑,"好,赵省长,那我就汇报了,正刚市长补充!"

赵安邦又说："亚南、正刚同志，这是关起门的内部汇报，你们想的不要太复杂，都坦率些，有啥说啥！想为你们推出的工业新区唱一唱赞歌也可以嘛！"

石亚南摆了摆手，"为工业新区唱啥赞歌？这些项目正常上着，您首长视察过了，吴亚洲和管委会的同志们又向您汇报了，我们就不多说了。我和正刚还是全面汇报一下工作吧，主要谈三个方面的问题：农业、国企改制和弱势群体！"

这倒是赵安邦没想到的，他原以为这哼哈二将要为工业新区大唱赞歌呢！

石亚南先说起了农业问题，时不时地看着笔记本电脑，报出了一连串具体数字。看得出，这位女书记不官僚，对文山农业情况很熟悉，汇报是实事求是的。

汇报到后来，石亚南总结说："……我市农业喜中有忧，取消农业税、特产税，调动了粮农的积极性，粮食增产、农民增收没问题。可由于农业税取消，农业附加收不到了，乡镇财政就紧张起来。文山是欠发达地区，主要靠农业税附加维持，现在断了财源，43%的乡镇财政即将破产，65%的村级政权面临瘫痪！"

方正刚补充说："这个问题如果处理不好，就会影响农村地区的安定。我们总批评下面乱收费，可在这种现实条件下，不乱收费又怎么办？有些乡镇又在乱收费了，现在老百姓维权意识也强了，不答应啊，争啊，吵啊，闹上访，最近这方面的上访又上升了！年前华北同志来调研时，我们就向华北同志反映过！"

赵安邦心里有数，这不是文山一个地区的问题，整个北部地区都存在类似问题，便说："你们的汇报找对了人，华北同志兼管农业了，据我所知，他正要和张副省长以及有关部门的同志研究这个问题，我回去后也会敦促一下！我个人认为，不能在农民身上打主意，可以以省市县三级财政为主，多渠道来解决！"

石亚南苦笑道："赵省长，希望省里能多体谅地方，文山市县两级财政情况都够呛！顺便说一句：你们省里有些该给的钱也没给足！我市牛首矿区享受县级待遇，义务教育经费应由省里转移支付，省里就是不给，要一次打一次报告！"

赵安邦也记得这事，"牛首矿区的报告我就批过嘛，去年批了两千多万吧？"

方正刚插了上来,"赵省长,实际上应该是一亿两千多万!"说罢,及时拿出了几个文件材料,"我们希望能按省里的有关规定,一劳永逸彻底予以解决!"

赵安邦拿起文件材料,冲着石亚南笑道:"亚南,你顺便说了一句,正刚就顺便把材料准备好了!好,好,你们配合得不错!"又严肃起来,"不过,牛首矿区有特殊情况,文山矿务局在那里,企业办教育嘛,今年煤炭形势这么好,就没有全额拨款,马上教育这一块要从企业脱出来了,省里该给的钱一定会给足!"

石亚南又汇报起了国企改革,"国企这一块也在攻坚。事实证明,破产逃债不是好办法,损人不利己,不是您和省里及时叫停,现在是啥情况就难说了。和银行闹僵了,我们工业新区也拿不到这么多贷款!搞管理层收购也不理想,既会造成国有资产流失,工人也不理解,抵触情绪大,几个试点企业全出了乱子。正刚到任后有个新思路,搞ESOP,就是企业员工持股,我们目前正在搞试点!"

赵安邦眼睛一亮,看着方正刚,"ESOP?是不是雇员股权方案'Empployee Stock Owner Shlp Plan'的缩写?哎,正刚啊,你咋想起来的?"

方正刚乐了,"赵省长,您该知道啊!我一直在研究前苏联和东欧经济,还是您到宁川做市委书记时派我去研究的呢!波兰向市场经济过渡的经验证明,这种过渡形式能最大限度地减少改制引发的震荡,也能最大限度体现公平原则!"

赵安邦似乎又回到了往昔,对方正刚的称呼变了,"方克思,你说得不错,但ESOP有公平没效率啊!一个企业人人持股,人人都成了老板,也就没有了老板,没有了对企业负责的人,这样的企业搞得好吗?你想怎么解决效率问题?"

方正刚想都没想地说:"解决效率问题要有一个过程。波兰和捷克已完成了这个过程。员工的股权不是一成不变的,会转让流通,最终会在市场化的条件下集中到真正的企业家手上!这个过程可能比较长,ESOP企业可能会在一段时间里没有效率,但因为体现了公平原则,减少了震荡,局部付出些代价也是值得的!"

石亚南道："赵省长，这个问题我们反复研究过，最后的认识比较统一：首先，试行ESOP的企业本来就没有效率，也就谈不上效率损失；其次，按现在时髦的改革模式，搞甩卖兼并，势必造成大量工人下岗失业，而这正是我和正刚以及班子里的多数同志最不愿看到的！赵省长，你知道现在文山真正的失业率是多少吗？早超过警戒线了！上面几届班子都不说实话，一直在蒙骗省委、省政府！"

方正刚又说："赵省长，西方发达国家现在也在考虑福利性就业问题了！"

赵安邦受到了触动，对石亚南和方正刚生出了些许敬意：这两个同志比较难得，头脑不糊涂啊！知道公平法则的重要性，有社会稳定这根弦！于是说："好，亚南，正刚，你们说得有道理！这个ESOP就大胆地试吧，现在缺的不是效率，而是公正！就算不成功也没关系，起码是一种福利性就业，要注意及时总结经验！"

方正刚却也没放弃效率，"赵省长，效率我们其实也很重视，不过，文山的效率不能指望那些包袱沉重的老国企，而要靠工业新区为代表的新企业！我在全市党政干部大会上说过，向新企业要效率，向ESOP的老国企要公平和稳定！"

赵安邦连连点头，赞叹道："思路对头！来文山之前我还担心呢，怕你们满脑袋都是新区的那堆钢铁，现在看来不是这么个情况，我也放心了！"又和方正刚半开玩笑半认真地说，"方克思，没想到啊，你倒给了我一个意外的惊喜！"

方正刚有点放肆了，讥讽说："赵省长，这还不是您长期拾掇的结果嘛！"

石亚南又插了上来，"我们给了你意外惊喜，你别给我们一个意外悲伤啊！"

赵安邦开玩笑道："亚南同志，我让你悲伤了吗？我就怕你孤独一人在这里过年，心里会悲伤，才把你家老古也抓过来了，而且临时改变计划先到的文山！"

石亚南怪嗔说："行了，赵省长，我这是汇报工作，不和你开玩笑！"又说起了正题，"你首长别坑我们好吗？文山矿务局的煤怎么突然由省里调配了？这算什么事？不还是过去的计划命令经济吗？连过去签过的预购合同都不算数了？"

赵安邦明白了，"哦，你说这个啊！亚南同志，你别听吴亚洲瞎叫，我这是故意敲他，让他心里有宏观调控这根弦！签过的预购合同当然算数，不过增量就得自己想办法了！省里能源紧张，就算将来调外省煤入汉，也不可能给你们！"

石亚南舒了口气，"好，那就好！昨晚听吴亚洲这么一说，连我和正刚也跟着紧张起来了，新区这么大一个摊子，既不能断了资金，也不能断了能源嘛！"

赵安邦提醒说："但是，资金和能源以后会不会断啊？你们可要警惕啊！"

方正刚道："目前看来不会，项目资金不存在大问题，能源有些缺口，但问题也不是太大，我们市煤炭局将力保新区电煤和焦煤，乡镇小煤矿也能利用！"

石亚南叹了口气，"赵省长，你就是不提醒，我们也会警惕！在文山这种欠发达的大市主持工作，我和正刚如履薄冰，方方面面都不敢掉以轻心啊！"

方正刚说："就是，前天不是亚南书记赶巧去了博物馆，就得出场大乱子！"

赵安邦看了石亚南一眼，"哦，亚南同志，怎么回事啊？出什么乱子了？"

石亚南便把前天发生的情况说了说，最后道："……我让下面找原因，小孤儿就和我说，能有啥原因？还不是因为穷吗，大家都想省这二十块门票钱呗！"

赵安邦叹息道："这孩子说得对，这种事在南部发达地区可能就不会发生！"

石亚南又说："在文山，贫穷不是个概念，是活生生的血泪啊！赵省长，有些情况您可能不知道：初三上午，山河集团一个下岗工人从楼上跳下来了，惊动了省委裴书记！前天夜里又出了一条人命，我今天过来汇报时看了报才知道：编织厂一位四十二岁的失业女工，靠卖淫养活一家老小，结果为了三十元嫖资，和嫖客发生了争执，被嫖客活活掐死了！今天的《文山晨报》上登了一大篇！"

赵安邦很震惊，过了好半天，才郁郁地说："贫穷还在制造罪恶啊！亚南，在这一点上你这同志做得真不错，能想到请两个孤儿和你一起过节，好，很好！"

石亚南苦笑着摇摇头，"这也是个姿态，无非是提醒一下同志们，多关心弱势群体，自己也求得个良心安稳。不管咋说，是我在主持文山工作，文山现实存在的这种血泪，我不能装作看不见，不能麻木不仁，现在不少同志麻木不仁啊！"

赵安邦思索着，喃喃地说："是啊，是啊，这种同志我知道，为数还不少！除了关心自己头上那顶乌纱帽，根本不管老百姓的死活，良心早让狗吃了！"

方正刚激动起来，"赵省长，还有更混账的呢！像古龙县的贪官污吏，对上买官，对下卖官，送礼送到我和亚南同志头上来了！除了一个县长王林，四套班子几乎全陷了进去，我们怎么对老百姓解释？还敢说绝大多数干部都是好的？"

赵安邦脸色难看，"起码在古龙县不能再这么说了！我们若这么说，老百姓就要骂我们虚伪无耻，古龙这个政权已经彻底烂掉了，不是人民政权了！年前在研究古龙问题的省委常委会上，我说过一个观点：别提什么党性了，咱们就让某些党员干部讲点做人的道德良心行不行？作为党员，是不是要对得起这个党？作为干部、国家公务员，是不是要对得起国家？不客气地说，他们谁都对不起！"

方正刚说："赵省长，我就闹不明白了，他们这样下去就不怕亡党亡国吗？"

赵安邦道："我也在想这个问题，现在想得比较清楚了：这些人心里恐怕根本就没有党和国家啊，这不是他们的党和国家嘛，亡不亡和他们有啥关系？！"

石亚南发起了感慨，"赵省长，你说起道德良心，让我想起了刚抓的一个典型，就是工业新区的事，搞拆迁征地时，拆迁办的同志偶然发现的：新区五福村有一户普通农民，两口子省吃俭用帮文山城里一个濒临绝境的贫困家庭培养了一个大学生！从初中时就开始了，每年资助五六千元，如今已八年了，而他们自己并不富裕！拆迁时，我到他家看过，除了几间老屋，几乎没啥值钱的东西！"

方正刚接上来说："赵省长，我们专门派人了解过，这两个农民都不是党员，连团都没入过，可他们扶贫济困的道德精神，我们多少党员做得到呢？"

赵安邦道："这就是危机啊！这么下去，我们党的先进性从何谈起？又凭什么代表人民的根本利益？代表得了吗？"略一沉思，指示说，"亚南，正刚，这个典型要好好宣传！另外，你们安排一下，把这对农民夫妇请来，我要见见！"

方正刚马上让秘书安排接人。中午吃饭时这对可敬的农民夫妇到了，男的叫胡大军,女的叫庄玉玲。一起吃饭时,赵安邦动情地向胡大军和庄玉玲夫妇敬了酒,敬酒时说:"谢谢你们了,你们不仅仅是帮助了文山城里的一户贫困家庭和一个大学生,也教育了我们的社会,你们的良知和道德精神照亮了一片天空!"

胡大军和庄玉玲夫妇纯朴得很,既没想这么多,也不会说什么话,喝了他敬的酒,连菜也没吃,拘谨地看着他笑,让赵安邦想起了自己仍在乡下的父兄。

赵安邦指着在座的方正刚和石亚南,又问:"你家拆迁时,他们没乱来吧?"

胡大军憨憨地笑着,摇着头说:"没,没有,五间屋给我们折了三万五哩!"

庄玉玲跟着说:"就是,村里卖地还分了两万三哩,我们全交给村上入股了!"

赵安邦故意问:"就这么相信他们啊?他们要是把你们的入股钱弄赔了呢?"

胡大军说:"不会,市里区里都号召,钢厂又建着,我们天天看着呢!村上说了,厂建好了,四十岁以下的还能进厂做活,每月起码八百块,我们就等着了!"

石亚南拍胸脯说:"赵省长,这您放心,真让他们两口子赔了,我来赔!"

赵安邦笑道:"好,大军、玉玲同志,快向石书记敬酒,她给你们托底了!"

胡大军遵命敬了酒,可却替石亚南开脱说:"就算赔了,也不能赖书记!我们都知道的,入股又不是存银行,厂子赚钱咱们跟着分红,真赔了也得认啊!"

赵安邦赞叹说:"多好的老百姓啊,正刚、亚南同志,你们责任重大啊!"

石亚南道:"是的,赵省长!所以我和正刚拼命也要尽快把文山的经济搞上去,把目前的失业率降下来!今年有个计划,新区可开工项目和市内新办企业争取新增十至十二万个就业岗位,其中包括安排胡大军这批失去了土地的农民!"

方正刚也说:"说到底,治穷的根本还是要靠发展,发展才是硬道理嘛!"

赵安邦没再说什么,给胡大军两口子夹着菜,和他们聊起了家常,谈笑风生地说起了自己的父兄,和自己二十多年前在古龙县刘集镇当镇党委书记时的一些旧事。胡大军夫妇的紧张和拘谨这才渐渐放松了,聊到后来竟有些恋恋不舍了。

和这对普通农民夫妇吃过这顿中饭，临上车去银山时，赵安邦突然想起了那两个孤儿，掏出随身带来的五百元钱，要石亚南转给孩子们，石亚南却不收。

赵安邦不高兴了，说："亚南同志，你要求个良心安稳，我也要求个良心安稳嘛！这点钱起不了什么作用，可就是你说的，是个姿态，说明我还不麻木！"

石亚南不好再说什么了，只好收下，"赵省长，那我就代表孩子俩谢你了！"

对文山的突然袭击就这么结束了。情况比他想象的要好得多，甚至有点出乎意料。尤其没想到的是，当年那个方克思竟变得这么踏实能干。于华北心里有啥想法不去管他，但这老兄对文山的判断评价还是正确的。工业新区的项目审批和用地上可能有违规现象，但这并不是从文山开始的，也不会在文山结束，还是个常抓不懈的问题。他好像过于敏感，反应过度了。看来这个班子是个好班子，比较全面，也有立场，讲正气，不是一门心思搞政绩，只盯着GDP。站在他们的角度考虑一下也是，文山欠发达，这么穷，下岗失业这么严重，不做大钢铁怎么办？十至十二万的新增就业岗位从哪里来？你不能既让马儿跑，又让马儿不吃草嘛！你不让马儿多吃点草，马儿就跑不动了，文山这部发动机就别启动了。

可不知咋的，他还是为工业新区这么一个大摊子忐忑不安，又考虑到夫妻团聚的因素，便在和方正刚、石亚南告别之后，临时决定把古根生留了下来。古根生很意外，不想留，说是愿追随领导，继续向银山前进。赵安邦说，你就别前进了，卧底吧！在文山多住几天，做点深入调查，对新区项目整体情况及风险再做个评估。把实际进度，投入多少资金，还需要投入多少资金，全都搞搞清楚。

二十六

石亚南当晚见到古根生时，大吃了一惊，"古副主任，我是不是见鬼了？你咋又回来了？哎，该不是赵省长杀我们的回马枪了？别滑头，给我说实话！"

古根生大大咧咧道："石书记，你们是不是心里有鬼啊？这么怕回马枪？"

石亚南急了，"老古，我可不和你开玩笑啊，快说，赵省长在什么位置？"

古根生嘴一咧，"还能在什么位置？应该在银山城里，要不就在独岛乡！"

石亚南仍是犯疑惑，"这么说他们下午真走了？哎，那你是怎么回事？"

古根生说："我属于卧底性质，按赵省长的密令，要在贵市潜伏一阵子！"一把搂过石亚南，"老婆，放明白点吧，我的嘴一张一合就可能决定你的命运！"

石亚南一把推开老公，"古副主任，这里是文山，你也注意点影响！"

古根生又搂了上来，"什么影响不影响？你是市委书记，也是我老婆嘛！"

一时间，石亚南身体有些发软，影响不考虑了，任由老公亲热着，嘴上却讥讽说："老古，你行啊，转眼成赵省长的心腹了，看来我还得好好贿赂你喽？"

古根生笑了起来，"明白人！你起码得把我的嘴堵上！说吧，晚上吃啥？你也真做得出来，不给我们接风，不给我们送行，三天竟让我们吃了四顿饺子！"

石亚南及时想起了古根生的假情报，再次将老公推开，气道："饺子也不是给你吃的，古副主任，就你这种只忠于赵省长的恶劣表现，只配在这儿喝风！"

古根生赔着生动的笑脸，"哎，老婆，你问没问过国土资源厅陈厅长啊？"

石亚南"哼"了一声，"不用问，多年夫妻了，你的滑头我还不知道？！"

古根生认真了，"好，好，石亚南，我现在就给你拨电话，你问陈厅长！"说着，当真拨起了电话，要通了陈厅长，"老陈，我惨了，我家亚南硬说我参加突然袭击不给她通气，是对她的不忠，你证明一下，前天在齐家店我是不是用你手机报过信？好，好，老陈，我让她接电话。"说罢，将电话递给了石亚南。

石亚南接过电话，笑着问："怎么样啊，陈厅长，你们顺利到银山了吧？"

陈厅长说："到了，到了，从金川区进的银山，已突袭过金川了，章桂春书记也到了，正安排我们吃饭呢！亚南，你别把老古整得太惨呀，要理解老古！"

石亚南嘲弄道："是，我理解，老古得讲原则，守纪律嘛，我正表扬他呢！"

陈厅长拖着长腔说："这个表扬嘛，倒也不必喽！再讲原则，也得讲点夫妻感情嘛！在齐家店一起上卫生间时，我提醒老古给你通个气，便于你们接待领导嘛，老古就是不干啊！是我好心给你和正刚同志拨了电话，可惜电话都没拨通！"

石亚南听得这话，反倒认定了古根生的说法，却故意问："原来电话是你拨的啊？老陈，你实事求是说，我家老古当时都嘀咕了些啥？是不是想使坏啊？"

古根生发现不对，要夺电话，石亚南笑着拦住了，"人家正反映情况呢！"

陈厅长继续反映情况，"亚南啊，你家老古是不是属猴的？几乎就是望天猴！两眼向上啊，心里除了赵省长就没别人了！你咋想起嫁给他的？嫁给我多好！"

石亚南笑道："老陈，闭住你的臭嘴吧，你的攻击诬陷证明了我家老古的清白！行了，不和你逗了，你继续跟着赵省长做望天猴吧，有情况别忘了透透！"

陈厅长马上透了个情况，"亚南，真得给你们文山透个情况呢！估计银山硅钢厂上不了，赵省长在去银山的路上就和我交待了，项目用地不能再批了！"

石亚南道："这我已经知道了，赵省长在文山就和吴亚洲说过的！不过，老陈，我和文山还是要感谢你，感谢你和国土资源厅对我们文山的大力支持啊！"

陈厅长忙说："亚南，这话你可别再说了，尤其不能在赵省长和章桂春面前说，否则就是害我！你家老古知道的，赵省长已经严厉批评过我和国土厅了！"

石亚南道："知道，我又不傻！老陈，有空常到文山走走，我和文山人民都欢迎你！"说罢，放下了电话，往沙发上一倒，"哈哈，银山的项目彻底黄了！"

古根生在一旁叫了起来，"哎，哎，别说银山了，说我，你怎么给我平反？"

石亚南手一挥，"平什么反？人家老陈说到最后也没证实你给我报过信！好了，好了，该堵堵你这个潜伏特工的嘴了，走，咱们去台湾大酒店撮一顿！"

古根生怔了一下，"这就不必了吧？就吃火锅吧，你们招待所的火锅不错！"

石亚南这才说了实话，"古副主任，你当真以为我请你撮啊？是招待外地投资商！这些投资商年前就走了，没来得及慰问，今晚慰问一下，正刚主持，请你参加，你呢，也准备一下，代表省发改委做个即席讲话吧，给大家鼓鼓劲嘛！"

古根生一副哭笑不得的样子，"我说老婆，你能不能把公私分开一点，就咱们俩在这儿吃个清静饭呢？也把古大为的事说说嘛，这孩子不能这样下去了！"

石亚南道："大为的事回来再说，晚宴后也没别的安排了，走吧，走吧！"

古根生只得垂头丧气往门外走,边走边说:"石亚南,我和你说清楚,你别套我,我留在这里是奉赵省长的指示调查项目情况,没有给你们捧场的义务!"

石亚南笑得甜蜜,"古副主任,那你看着办,人家赵省长还替我们发奖呢!"

到了台湾大酒店,见了方正刚,石亚南把老古同志奉命潜伏的情况说了说。

方正刚乐了,一把拉住古根生的手,死劲握着,夸张地摇着,"欢迎,欢迎,古主任,你来潜伏可太好了!石书记得避嫌,就我奉陪你了,保证陪好陪倒!"

石亚南佯作正经道:"要陪好,但不能陪倒,老古还要帮我们做工作呢!"

古根生自嘲说:"是啊,今晚这顿饭也不是白吃的,得支出必要的吹捧嘛!"

后来的事实证明,老古真是个好同志,尽管一肚子情绪,即席发言时,鼓劲的话还是说了不少。吴亚洲带头拼命鼓掌,还引着亚钢联的秦楚之等人给老古同志敬了不少酒。老古同志喝得壮志凌云,豪情豪气全上来了,说你们石书记现在是文山的女儿,我就是文山的女婿,只要有利于文山的发展,发改委全力支持。

宴会气氛热烈,却也很紧凑,按事先的安排,一个半小时后圆满结束。

这时才九点多钟,石亚南见时间比较早,就把方正刚叫住了,交待了些工作上的事。古根生有些不耐烦,又不好多说什么,就在门口不断地看表,后来,终于忍不住了,走进门来说,"二位,革命工作干不完,咱们能不能张弛有度啊?"

石亚南也觉得有些过意不去了,匆匆结束了未了的话题,最后说:"好,正刚,就这么说吧,这个书记市长联席会尽快开起来,能源协调会你们开,我就不参加了!"说罢,要走,可走了没两步,又想起了什么,"哎,差点忘了个重要的事:正刚,赵省长这次来文山,咱们还是得报道啊,要借东风,鼓干劲嘛!"

方正刚迟疑道:"石书记,你觉得这合适吗?你忘了?赵省长当着咱们两人的面明确说过,他这次到文山来的情况不得见报,若是见了报,唯你是问!"

石亚南教训说:"正刚,你咋这么死板呢?是新闻为啥不报?别担心,到时我来对付就是!咱们这样啊,也不要急,等赵省长离开银山后再报吧!"

古根生没好气地插了上来,"石书记,我看你这又是想套赵省长!"

石亚南不高兴了,"哎,哎,古主任,摆正位置啊,文山的事你少插嘴!"

方正刚还在犹豫,"我还是有些担心,石书记,万一赵省长发了火……"

石亚南手一挥,"别说了,让赵省长唯我是问好了!正刚,你辛苦一下,让新闻办公室准备通稿,日报、晨报和晚报同时发,稿子写好后我要亲自审的!"

回到市委招待所住处,古根生不满地说:"亚南,你这是何苦来呢?这次赵省长下来,能有这个结果就很不错了,你能不能省点事?少给自己找麻烦?"

石亚南苦笑道:"我省点事,不找麻烦,文山的工作就会有麻烦!有些情况你不清楚,今天我和正刚汇报时,赵省长态度很好,对我们充分肯定!"挥了挥手,"好了,不谈工作了,工作永远谈不完,咱们来谈谈那位古大为先生吧!老古,你既然要在文山潜伏一阵子,大为就得接过来了,我准备明天派车去接!"

古根生说:"算了,还是我让发改委的同志送过来吧,既然要搞新区的项目调查,也得有几个人手,我今天下午已经安排人过来了,顺便把大为带过来!"

石亚南有些意外,"哎,老古,你这同志还玩真的了?还安排人手过来!"

古根生说:"你以为是假的?你也摆正位置吧,对我们发改委的事少插嘴!"

石亚南妩媚一笑,拍了拍老公的肩膀,"老古同志,你简直是个老古板!也不想想,赵省长为啥偏把你留下来?是照顾我们夫妻团聚嘛,你还当真了!"

古根生道:"那是你的理解!赵省长把我留在文山可没说是休假,让我对文山的钢铁项目及风险做个科学评估,把情况搞搞清楚!好了,咱们说古大为!"

也只好说大为了,老古同志现在有气,不能净来硬的邪的,根据以往的经验,拾缀此公得软硬兼施,有时就得文火慢炖,炖得好,就不怕这块牛蹄筋烧不烂。于是,石亚南的角色便由市委书记转变成了母亲,"老古,大为这孩子看来得重点治理了!和两个孤儿一起过节时,我突然冒出个想法:你看我们是不是能狠下心来,让这孩子和小婉、小鹏一起生活一阵子,体察一下民间苦难呢?"

古根生眼睛一亮,"哎,好主意!这小混球儿,被爷爷、奶奶宠得不成个样子了,是得对他进行一些苦难教育!就让他和两个孤儿去卖送几天报纸,体验一下生活!"想了想,又说,"不过时间不能长了,我离开文山时得带他回去补课!"

石亚南心里有数，问："哎，是不是银山宋副市长他们安排的省二中？"

古根生说："是，我前天见过他们校长了，说定了，旁听补习，学籍不转！"

石亚南略一沉思，以商量的口气道："老古，我的意见最好别这样安排！你想啊，既是旁听生，人家也不好多管他，他又是个不能自我控制的主，一天到晚只知道上网，搞不好又白搭一年！咱是不是花点钱，放在文山哪个县中学呢？"

古根生说："这当然好，只是这一来，你的事不就多了吗？顾得过来吗？大为只怕也不会同意，他和我说过的，这些县以下农村中学都是高考集中营！"

石亚南道："就是要把他送进集中营嘛，它不是集中营我还不放心呢！"

在孩子问题上，两人有着共同语言，古根生没再多想，"也好，亚南，那就这么说吧，这混球儿是自作自受！不过怕以后也够你烦的，你得有个思想准备！"

石亚南叹息说："该烦就得烦，过去我是没尽到责任嘛！再说，把孩子弄到文山，你也不欠银山的情了！"又说起了银山，"银山的项目用地批不到，硅钢厂别想上了，吴亚洲和亚钢联就减轻了一份压力，我们呢，也少了一份风险……"

古根生根本不愿听，"哎，你咋又扯到工作上了？"做了个手势，"打住！"

石亚南这才意识到，自己一不小心又想到工作上去了，遂收住话头，到卫生间给古根生放水洗澡。老古同志这才变得比较满意了，重又找到了男子汉大丈夫的良好感觉，舒服地泡在浴缸里哼着小曲，人模狗样地支使她送这拿那……

二十七

银山市委书记章桂春是在赵安邦一行抵达金川区以后才接到报警电话的。

当时，章桂春正在市立二院瞧治左臂上的骨伤，拍完了片子，几个骨科专家正谈着意见，电话就过来了。打电话的是金川区长向阳生，据向阳生汇报，他在区政府院里碰上了赵安邦。先以为认错了人，后见着省国土资源厅陈厅长从洗手间出来，才恍然大悟：银山市和金川区可能遭遇了一场来自省上的突然袭击！

向阳生说："……章书记，这很像突然袭击！赵省长和随员都没带自己的车，也没用警车，坐的是一部中巴，车牌号是汉A—23219，还有旅游字样哩！"

章桂春既意外，也有些纳闷，"既是突然袭击，他们咋去了你们区政府？"

向阳生说："是上厕所！章书记，你知道的，从文山过来，一路没厕所！"

章桂春又问："老向，赵省长他们从区政府出来后去了哪里？你知道吗？"

向阳生说："还能去哪里？十有八九是独岛乡！我想跟过去问，又没敢！"

章桂春批评道："你这是失职！赵省长都进了你区政府了，你们也没想办法把他们留住！你要留住了他们，不也能给我和市委争取点时间吗？真是愚蠢！"

向阳生忙检讨："是，是，章书记，您批评得对！那您看现在咋办呢？"

章桂春说："还能咋办？我马上过去！老向，你这样啊，立即通知独岛乡政府，让他们紧急行动，找一批靠得住的党员干部弄成村民的样子去和赵省长对话！既然是突然袭击，我们没准备，那些闹上访的专业户也没准备！另外，决不能让赵省长他们在乡上吃饭，吃出问题来我们担不起责任，你们区里安排晚饭吧！"

向阳生道："是，是，章书记，我也是这样想的！如果不在乡里用餐，肯定得在我们区上吃了，赶到市里就太晚了！不过，这接待标准怎么掌握呢？"

章桂春不悦地说："猪脑子！这还用问？就是你发明的那四菜一汤嘛！"

向阳生吞吞吐吐说："章书记，弄四菜一汤可能有点困难！春节刚过完，上等大鲍鱼和好鱼翅没多少了，光招待赵省长还凑合，可一下子这么多人……"

章桂春火了，骂道："向阳生，你就给我造吧，使劲造！你们他妈的花天酒地时，鲍鱼、鱼翅全都来，接待省里领导就没有了，小心我一个个撤了你们！"

向阳生被吓着了，"章书记，您……您别急，我……我现在派人进城买……"

章桂春怒道："还来得及吗？算了，算了，我让香港酒店马上送过去吧！"

向阳生又想了起来，"对了，我们区委吕书记今天就在市里，可以让他办！"

章桂春想都没想就否决了，"这种事少和吕书记说，别吓着他！"又吩咐，

157

"还有,无论如何不能让赵省长去你们医院,冻伤的那几个让赵省长看到就不好了!"

向阳生说:"估计赵省长不会来医院,他咋知道独岛乡群访冻伤了村民呢?"

章桂春没再多说:"反正你给我小心了就是,捅出娄子,我可饶不了你!"

这番通话结束后,章桂春也没心思瞧伤了,带着秘书直接从市立二院往金川区赶,一时间心里极是忐忑。不管咋说,事情都有些怪,赵安邦说来就来了,而且是从文山过来的,咋回事?是为硅钢项目来的,还是为初四群访冻伤人来的?省里是不是要抓银山一个坏典型?越想越不安,在车上又打了个电话给向阳生,要他派人去趟区医院,把已截去了左脚的一个冻伤村民秘密转移到市里来住院。

赵安邦当时担心的真不错哩!那么冷的天,怎么可能不冻伤几个人?幸亏他当时在场,及时把农民群众请进了乡政府楼里,否则就不是冻伤几个和一个人失去脚板的问题了,还不知要冻伤多少,多少双脚板要截去,甚至可能冻死人!向阳生还指望把农民群众全冻跑呢,简直是个猪脑子,比区委书记吕同仁差远了。

吕同仁头脑清醒,工作能力也比较强,不过却不是知根知底的自家人,很难让人放心,他甚至怀疑吕同仁向上打小报告。这不是没可能,小伙子是省里派下来的干部,又和他一手提起来的心腹干将向阳生弄不到一块去,难免在哪个领导面前说些不三不四的话。这么一想,便及时地打了个电话给吕同仁,要吕同仁和市委、和他保持一致,少胡说八道。吕同仁不知道赵安邦已到了金川,更没想到要赶过来参加接待,挺不解地问,是不是老向又反映啥了?章桂春没多说,只道,你们金川班子一定要团结,不团结对谁都没好处。把吕同仁弄了个云里雾里。

一路拉着警笛紧赶慢赶,到了金川区委天已黑透了,章桂春看了一下表,是六点二十分,赵安邦一行还没从独岛乡回来。向阳生见他到了,乐呵呵地过来汇报说,据独岛乡传过来的信息,一切都还不错,赵安邦见到的基本上都是安排下去的自己人,伤员也送走了,不但那个截去了脚板的,几个冻伤住院的也一起藏到市里去了。又说,香港大酒店的鲍鱼、鱼翅送得及时,晚餐也大致安排好了。

章桂春仍不放心,沉着脸问:"在这儿用餐的事,和赵省长他们说了吗?"

向阳生道:"说了,说了,赵省长想在乡食堂吃,让白乡长巧妙地回掉了!"

章桂春交待说:"还是不要大意,接待无小事,尤其是接待省里的领导!既要廉政,又得让领导吃得舒服!赵省长可是见过大世面的,你别给我露了馅!"

向阳生笑了,"章书记,您不放心就亲自下厨检查好了!我检查过了,绝对廉政,就四菜一汤嘛!那些大鲍鱼都整了容,没鲍鱼样了,改名深海扇贝,鱼翅弄成了海味粉丝。素菜两道,一道牛肝菌,一道小青菜,还有个海鲜浓汤!"

章桂春心里有数,向阳生干正事不行,搞这种名堂很拿手,便也没再多说。

向阳生却又说了起来,"章书记,趁赵省长他们还没来,我简单向您汇报几句!我和吕同仁书记实在没法合作共事了,狗东西四处乱表态充好人哩,这一个多月批到政府要钱的条子就有十五张,帮助这个照顾那个,也不想想钱从哪来!"

章桂春不想听,"行了,给我省点事吧!小吕既批了,一定有他的道理!"

向阳生说:"有啥道理?章书记,我就举一个例:冻伤手术截脚的那主,吕书记也批示给钱,一批就是五千!哎,你说这叫啥事?他跑到乡政府门口群访闹事,做手术政府还给补贴,这不是鼓励他以后多来闹吗!我一听就火了……"

章桂春先火了,手一挥,"不要说了,小吕做得对!评价低点是关心群众疾苦,评价高点是有政治头脑!你这猪脑子也不想想,这事闹到省里怎么得了?"

就说到这里,秘书敲门匆匆进来了,说是赵省长他们的车马上就到了。

章桂春不和向阳生啰嗦了,起身向门外走,刚走到门口,就见到一台中巴停了下来。他快步走到车门前,赵安邦正好走下来,一见面就握着他的手说:"桂春,不错,不错,独岛乡风波处理得好啊,群众比较满意,这个经验要总结!"

章桂春笑道:"赵省长,看您说的,这不是应该的嘛!我在昨天的常委会上说了,处理突发性事件的经验要总结,教训更要汲取,群众毕竟闹起来了嘛!"

赵安邦情绪挺好,"桂春,你们能认识到这一点就好!还有,你这同志表现很不错啊,轻伤不下火线嘛!"又关切地问,"哎,伤怎么样了?没啥大碍吧?"

章桂春笑道："赵省长，今天下午正瞧伤哩，又被您的突然袭击搞砸了！"

赵安邦说："那咋不好好瞧伤？往这里跑啥？你不过来我也会找你嘛！你们硅钢厂的事，我得好好和你扯扯！哦，先不说了，带我们喂肚子吧！简单点！"

章桂春道："赵省长，您就是想复杂，我们也复杂不了，金川是个穷区，您和同志们又是突然袭击，区里也没法准备，就汤汤水水对付着吃点热乎的吧！"说罢，和赵安邦的随员们一一热情握了手，引着大家直接去了区政府大食堂。

这期间，国土厅陈厅长凑了上来，悄声说："章书记，趁赵省长还没给你谈，我先给你透个底：你们独岛乡的那两千五百亩地麻烦大了，赵省长不让批了！"

章桂春一怔，"为啥？咱不是说好的吗？分五次批！文山也这么干的嘛！"

陈厅长说："文山干得早，动作快，现在不行了，上面正在整顿开发区！"

章桂春心里一下子凉透了，"这……这么说，银山的硅钢项目上不了了？"

陈厅长说："我只管项目用地，你们只要不用地，把项目建到天上也成！"

章桂春可没心思和陈厅长开玩笑，到区政府食堂一坐下，马上把话头挑了起来，对赵安邦说："哎，赵省长，你不能偏心眼啊，文山市七百多万吨的钢都能上，我们银山一个五十几亿的硅钢就不能上了？还在项目用地审批上卡我们！"

赵安邦说："不要这么攀比嘛，文山是文山，银山是银山！项目用地上的审批也不能理解为卡，是按规定办事嘛！桂春同志，你们真不服气，可以把这两千五百亩地报到北京部里去批！"指了指坐在饭桌对过的发改委孙主任，"老孙，他章桂春真有本事到北京把项目用地批下来，你们就给它立项好了，我不反对！"

章桂春苦笑不已，"赵省长，这……这不是坑我们吗？北京能给批吗？"

孙主任说："所以嘛，你们还是先等等，现在不是大干快上的时候啊！地不能违规拆批了，项目也不能违规分拆立项，国家有关部门都连下几道金牌了！"

赵安邦又说起了文山，"文山的钢铁上到这种规模，已经很让我和省里担心了，你一不注意，它把孩子生下来了，总不能再塞回娘肚子里去吧？银山情况不同，硅钢项目只是纸面上的事，就得计划生育！桂春同志，你们多点理解吧！"

章桂春发起了牢骚，"赵省长，这么说，超生滥生的反倒可以占便宜了？"

赵安邦和气地说："也不能这么说，文山是传统重工业城市，又被省里确定为北部地区辐射形中心城市，有必要快走几步！违规要批评，我已经批评了，不过，石亚南和你过去那个搭档方克思干得不错，这次给了我一个意外的惊喜！"

章桂春自知再说下去已没意义，不提硅钢项目了，吃起了面前的鲍鱼。

这时，赵安邦、陈厅长他们已把各自的鲍鱼吃完了，靓汤鱼翅及时地送了上来，赵安邦吃了几口就赞扬说："不错，不错，哎，介绍一下这两道特色菜！"

章桂春把向阳生推了出来，"向区长，你向赵省长和领导们介绍一下吧！"

向阳生做出一副拘谨的样子站了起来，挺憨厚地笑着说："赵省长，还……还介绍啥？都慢……慢待您和各位领导了！领导们来得太突然，我们也没准备！章书记说，有啥吃啥，还规定了四菜一汤哩，说赵省长和各位领导有廉政要求！"

赵安邦笑道："就是要廉政嘛！向区长，别解释了，给我们介绍介绍吧！"

向阳生装疯卖傻的本事真叫一流，"赵省长，这其实都不是啥好东西哩！头先上的是人工养殖的深海扇贝，我们地方特产，因为养殖技术要求比较高，一时还不能大面积普及。后一道菜，就是你们现在吃的这道菜，是海味粉丝，和一般粉丝有点不同，淀粉中加了不少海产原料哩！"

赵安邦赞叹道："好，深海扇贝都有点鲍鱼的味道了！向区长，章书记，你们要好好抓一下，把养殖技术普及开来，作为一个拳头海产品打到全国去嘛！"

向阳生煞有介事地道："是，正准备这么做呢，区科技站准备开班推广了！"

孙主任津津有味地吃着"海味粉丝"，颇有兴趣地问："哎，向区长，你能不能透露一下，这种海味粉丝里都加了哪些海产品，味道口感咋就这么好啊？"

向阳生益发显得憨厚朴实，搓着手，笑道："孙主任，这是商业机密，我真不知道，就是知道也不敢告诉您！我告诉了您，我们金川的海味粉丝还咋发展？"

赵安邦乐了，"哎，桂春同志，你们这位向区长别看憨厚，还挺有心眼呢！"

章桂春道："那是，连我也套不出他们的小秘密，所以我骂他憨脸刁嘛！"

陈厅长说："这海味粉丝口感味道是不错，不过有个缺点，——向区长，我提个建议，你别生气啊，你这粉丝短了些，要是根根都能长过二尺就带劲了！"

章桂春心中窃笑，二尺长的鱼翅上哪买去！嘴上却很严肃，"老向，陈厅长的这个意见很好哩，你们要研究，要攻关，要讲究形味双佳，走精品路线！"

赵安邦借着这话题，又谈起了工作，"桂春啊，这才是你们要走的路线之一嘛！我和你说了多少次了，你们银山不同于文山，要因地制宜做大海的文章，做滩涂开发的文章！比如这深海扇贝和海味粉丝，就可以好好抓，好好开发嘛！"

章桂春哭笑不得，连连点头称是，向阳生也装模作样地做起了记录。

这顿饭吃得很好，赵安邦和孙主任、陈厅长走时很满意，一个个拉着向阳生的手，再三嘱咐勉励，要向阳生和金川区的同志们好好开发海产品。这就有点弄巧成拙了，一顿价值几万元的"廉政"晚餐，换来的竟是这么一个荒唐结果！

向阳生也糊涂了，竟然问："章书记，你看这咋办？是不是真搞点开发？"

章桂春恨不得给这猪脑子一个大耳光，"开发个屁！还是想想硅钢厂吧！"

向阳生一怔，"章书记，省里连地都不批了，咱到哪建厂？在天上建啊？"

章桂春又骂，"蠢货，就在独岛乡按原计划建，造成既定事实，把孩子生下来再说！"想了想，又交待，"赵省长今天这个态度要保密，不能和任何人说，尤其不能和吕同仁说！这个项目不是小吕一手抓的吗？让他继续抓！还有，以后不要老向我和市里汇报了，开工时也别请我们来剪彩，就闷着头悄悄整吧！"

向阳生明白了，"好，章书记，咱就权当没有这回事，该咋干咋干！"又说，"项目用地还是小事，咱占就占了，手续以后想法补上，关键还是资金！赵省长去了文山，我揣摩吴亚洲已经知道了赵省长的态度，所以，我就有些担心……"

章桂春道："你担心得对，不能再指望吴亚洲和亚钢联了，吴亚洲昨晚来了个电话，打退堂鼓了，我还纳闷呢，现在才明白是咋回事！不过不怕，我们和白原崴的伟业国际集团合作好了，宋市长昨天已经和白总签了个投资意向协议！"

向阳生立即吹捧，"章书记，您太有远见了，都把这一切想到前面去了！"

章桂春却没给向阳生好声色，不无粗鲁地骂道："那是！我要指望你这种猪脑子，只怕吃屁都赶不上热的！行了，先这么说！赵省长他们的车走远了！"说罢，匆匆上了自己的一号车，对司机命令道，"快点，追上赵省长他们的车！"

披着夜色，一路往银山城里赶时，章桂春想，该争的还得争，把伟业国际拉过来，争的余地就很大。伟业国际旗下的文山钢铁是在国家部委挂了号的，正常的规模扩张应该能得到国家有关部委的支持。退一步说，就算合法合规的途径走不通，私下硬上也出不了啥大麻烦，文山的例子摆在那里，生下的孩子谁也不能掐死。文山能给省里一个惊喜，银山为什么不能给省里再来一个惊喜？根据以往的经验判断，这个硅钢项目真干成了，赵安邦和省委领导心里都会高兴的……

第九章

二十八

刚到文山时,方正刚气宇轩昂,踌躇满志,自我感觉良好:天降大任于斯人也,舍我其谁?以为自己是上帝。上任没几天就对赵安邦和裴一弘表态说,要在任期内彻底解决市属国企问题。赵安邦却要他不要轻易提口号,不要把话说得太满。裴一弘也说,解决困难国企是个复杂的系统工程,要实事求是稳步推进。

他也曾对老大难的群访问题开过几次协调会,要求下属各部门的同志走下去,主动解决问题,变上访为下访。自己还亲自下去过,既处理过眼前发生的三农问题,也处理过几桩历史遗留旧案。结果市政府门前上访群众不是减少了,而是增多了,还都指名道姓要见他这个市长。机关不良舆论便出来了,说他想当青天大老爷,树形象,一直反映到于华北面前。于华北又提醒他,让他不要太书生气,不要试图在一个早上解决所有问题,把世界变个样,搞得他不知说啥才好。

工业新区上得也不利索,明明是件有利于地方发展的大好事,各方面的议论还是那么多,甚至有人怀疑他和吴亚洲有啥不明不白的关系。吴亚洲带着他的亚钢联一到文山,社会上就传言四起了,说吴亚洲是他的啥亲戚,所以才得到了政府这么多优惠。好不容易把新区的摊子铺开,把亚钢联六大项目扶上了马,偏偏又碰上了国家的宏观调控,弄得赵安邦和省里有关部门也跟着紧张兮兮的。

更可恶的是,前几任班子加了那么多桌子,添了那么多凳子,把干事的位子全占满了,平庸无能之辈下不去,能干事的干部也上不来,让他和石亚南毫无办法。他和石亚南被逼无奈，不得不继续搞起了加桌子、添凳子的官场游戏。

随着与现实的不断冲撞磨合，豪气渐渐消弭了，方正刚从浪漫的空中回到了现实的地上，也明白了一个道理：谁都不能包打天下，哪怕本事再大，哪怕是你治下的天下。其实，文山也不算他治下的天下，他这市长只是市委副书记，真正的一把手是石亚南。好在石亚南也想干事，对他比较理解，二人挺和睦，一些工作上的争执和别有用心的议论，才没在多大程度上影响他和石亚南的合作共事。

石亚南不止一次和他交心说过，文山是个拥有八百多万人口的欠发达市，既有个经济快速起飞、综合实力的可持续发展问题，又有个社会政治局面的稳定问题，做任何决策都要以此为前提，方正刚深以为然。正是出于这种考虑，他才在大上工业新区的同时，想到了在部分市属困难国企搞ESOP试点。尽管他心里明白，人人持股就没有了对企业负责的人，ESOP虽说有了公平，很可能会失去效率，可这种改制形式能最大限度地减少企业和社会震荡，也只能先试着看了。

在石亚南的支持下，经市委、市政府研究，ESOP的试点方案出台了，市冶金粉沫厂等六家市属国企进入第一批试点。其中五家企业进展顺利，员工们以过去的劳动积累折算成股权，又分别集资几十万到几百万，完成了改制，从企业员工变成了持股股东，除个别人自愿结算离职，无一人下岗，让方正刚颇感欣慰。

然而，市投资公司下属的正大租赁公司却出了麻烦，清产核资清出了一堆陈年烂账，而且与前任市长田封义有直接关系：田封义在任时，批条陆续借走公司三百六十三万资金未能偿还，导致公司净资产为负数，无法实行ESOP。公司八十多名员工很愤怒，联名写了一封信给市政府，要求市政府出面找田封义讨债。

方正刚看到这封信是在春节前，看后就觉得很麻烦：此事涉及前任市长，又是两三年前发生的，这时候闹出来人家不会认为是改制，还以为他搞名堂呢！便做了个批示，没提田封义，只要求正大租赁公司主管单位负责向当年的借债单位讨债。今天想起来一问才知道，他这个批示等于放屁，借债单位是个皮包公司,夹皮包的那主叫王德合,据说已经"破产"了,现在是要钱没有,要命一条。方正刚一听就火了,对秘书说,"那个王德合有命也行啊,先控制起来再说!"秘书有些担心,透露说,"这个王德合和田封义关系很不一般,动他就等于动田封义。"

动田封义动作就比较大了,方正刚只好找到石亚南办公室,先向石亚南通报情况。由正大租赁公司的ESOP无法实施,挺自然地扯出了田封义的批条。尽管估计到这里面可能存在腐败情节,方正刚只字未提,想让石亚南自己做判断。

石亚南沉稳得很,也有些滑头,不做这种判断,甚至没接正大租赁公司这个话题,听罢情况,只宏观地表了个态,"正刚,从第一批ESOP试点来看,总的还不错啊,赵省长又充分肯定,我个人的意见可以考虑进一步扩大试点范围!"

方正刚说:"这我不反对,不过,进一步扩大试点范围,类似正大租赁公司的问题估计还会暴露,ESOP的透明度要求,使我们没法回避某些历史烂账啊!"

石亚南只得正视了,苦笑说:"是啊,一种企业模式和一段历史结束了,得彻底清清账了,作为持股企业的主人们当然要知道家底情况嘛!正刚,你和政府要有个思想准备:政府因素造成的历史窟窿,财政恐怕要拿些钱出来弥补啊!"

方正刚隐忍着心中的不满,"田封义批条借出去的这三百多万咋算?因为田封义当时是市长,租赁公司的员工们就认为这是政府因素,可我们能认吗?"

石亚南和气地说:"我们当然得认啊,这笔钱毕竟是田市长批走的,不是政府因素是啥?咱们不认下来,这ESOP也没法搞嘛,员工们不会善罢甘休的!"

方正刚不愿绕了,脸一拉,发泄道:"石书记,那我也把话说到明处:这三百多万市财政可以先设法补上,但这笔债权债务我会一追到底的,看看这里面是不是有腐败问题!古龙班子不是腐败掉了吗?他田封义市长就会这么干净了?"

石亚南怔了一下,责怪说:"正刚,你看你,联想太多了吧?古龙班子的腐败和田封义有啥关系?追债就是追债,少节外生枝!田封义在批条借款时有没有腐败行为我们都不知道,在没有事实根据的情况下,你不能这么乱喊乱叫嘛！"

方正刚自知失言，没再争执下去，只道："好，好，石书记，你的批评我接受了，但这笔债还是可以追的，是不是？那我就让有关部门去收拾王德合了！"

石亚南笑了笑，意味深长地道："你想怎么追？那个王德合又咋收拾？别个人英雄主义了，你是市长，不是正大公司董事长，让正大公司的员工去追嘛！"

方正刚故意问："哎，石书记，你是不是让我耍滑头？遇到矛盾绕着走？"

石亚南说："不要消极理解，这种事情你本来就不该冲到第一线！你出头干预，就扩大了矛盾面，简单的问题就复杂化了！你就让正大公司的员工们依法办事嘛，该报案报案，该起诉起诉！如果法院认为该找田封义，那是法院的事！"

方正刚心里不得不服：这位女书记不愧是裴一弘一手提起来的干部，既讲原则，又讲策略，便点头笑道："如果是这个思路，那最好先和田封义通个气！"

石亚南说："这就对了，你把联名告状信转给田封义吧，看他有啥说法！"

也真是巧了，那天就说到这里，方正刚的手机响了，竟是田封义从宁川打过来的，竟是和文山政府方面商量伟业国际集团二百万慈善捐款的捐赠仪式！

田封义在电话里说："……方市长，我们的意思，最好在文山搞个简单而隆重的捐赠仪式，希望你和石书记代表文山市委、市政府参加！当然，如果你们能请到赵省长或裴书记参加就更好了，仪式可以改在省城举行，便于领导出席！"

方正刚答应说："好，省里领导我们尽量联系！"还开了句玩笑，"不过，田书记，花二百万就想请两位省委大领导帮你们做广告，是不是也有些过分了？"

田封义在电话里哈哈大笑，"啥过分不过分的？方市长，我是在商言商嘛！"

方正刚几乎是脱口而出，"你不提在商言商我还想不起来呢！田书记，有个事得问你一下：哎，你当年批条借给王德合的那三百六十多万都是咋回事啊？"

田封义已想不起这种陈年旧账了，"方市长，你别讹我啊，有这种事吗？"

方正刚便把事情来由和联名信的内容说了说，还提到了ESOP的清产核资。

田封义一下子火了，"方正刚，你想坑我是不是？是的，是的，这笔钱我也许批过！我当了八年正副市长，批的钱他妈多了去了，是不是都得我负责？亏的钱算我的，赚的钱算不算我的啊？还搞什么ESOP，还透明度，你哄鬼去吧！"

方正刚尽量压着火，和气地道："老田，我们不搞ESOP咋办啊？你老兄做过八年文山市长，应该知道真正的失业率是多少嘛，早就超过警戒线了吧？"

田封义讥讽说："那是，我和上届班子要干好了，你和石亚南赶上得来吗？"

方正刚仍是好言好语，"老田，别这么意气用事嘛！我没别的意思，就是好心和你打个招呼，你就看着办吧！正大公司的八十多名员工已经闹起来了，不是我和市政府能压住的，我想啊，还是稳妥收回这笔债务，息事宁人比较有利！"

田封义态度这才有所好转，"方市长，你的好心我有数，我看这样吧，这笔钱我以伟业国际的捐款名义给你们，这次捐二百万，下次再捐个二百万好了！"

方正刚十分惊异，"老田，这不太合适吧？我总不能用你们的捐款还债啊！"

田封义大大咧咧道："走个形式嘛，锅里碗里都是肉，反正是我的肉！"

方正刚本来想说，伟业国际集团的慈善捐款咋就成了你的肉？却隐忍着没说，只道："田书记，我建议你还是催催王德合，让他想办法尽快还款吧！"

田封义说："好，好，我会催的，狗东西真坑死我了，你今天不说，我还以为这笔钱早还上了呢！"又说，"我才不信王德合会破产呢，他的家底我清楚！"

方正刚舒了口气，"田书记，那就请你多做做工作吧，别闹得满城风雨！"

通话结束后，石亚南批评说："正刚，我看你就是沉不住气！人家来电话谈捐赠，你就先谈捐赠嘛，急着和他说这个干啥？也不想想，万一捐款飞了呢？"

方正刚道："伟业国际的当家人是白原崴，白原崴当面答应我的捐款还能往哪飞？"又说，"这个田封义，真他妈够混蛋的，这么一笔款子竟记不住了！我们真细查一下，还不知会有多少窟窿呢，老百姓的血汗钱在他眼里屁都不是！"

石亚南却不愿说这事了，"行了，田封义能有这个态度也算不错了！"沉默片刻，又说，"你刚才提起了古龙县的腐败案，有些情况我得和你通报一下了！"

方正刚没当回事，"还通报啥？省委调查组的马达和市纪委老孙昨天和我说了，秦文超和其他几个副书记、常委、副县长差不多都牵涉进去了，是不是？"

石亚南点点头,"情况挺严重的,古龙县委班子九个人,已进去了六个!"

方正刚说:"好,好,古龙县委可以在大牢里开常委会了,一大奇观啊!"

石亚南没接这话茬,轻轻来了一句,"你那个同学王林估计也陷进去了!"

方正刚一下子呆住了,怔怔地看着石亚南,"什么?什么?你说什么?王林也不利索了?这怎么可能?他是很正派的一个人嘛,做古龙县长才一年多啊!"

石亚南说:"是啊,连我也不太相信,王林和秦文超不是一回事,口碑还挺好的,没想到一年多竟然也受贿十八万,官帽子卖了好几顶,这几天就要宣布双规了!正刚,你小心些,也注意些影响,可别再四处替这位老同学打包票了!"

方正刚惊出了一身冷汗,"石书记,我知道,我知道,谢谢你的提醒!"

石亚南又说:"你过来之前,华北书记来了个电话,要我和纪委老孙明天到省里开会,研究古龙问题,还让我慎重考虑一下,下一步古龙的工作该咋办。"

方正刚叹了口气,"还能咋办?咱们听省里安排就是!"又想了起来,"哎,华北书记怎么还管纪检呢?不是说纪委刘书记回来了,他不管这一摊了吗?"

石亚南道:"这计划没有变化快,华北书记还没来得及和刘书记办交接,中央就把刘书记调走了,据说是咱们邻省的代省长,你注意看报上的消息好了!"

方正刚没去注意报上的消息,当晚一个电话打到了于华北家里,直接找老领导了解情况。老领导说,按自己的愿望,更想多做点经济工作,哪怕是农业,可中央把刘书记突然调走了,新的纪委书记又没派过来,也只能勉为其难了。接下来就不客气了,对他进行了一通严肃批评,怪他为王林乱打包票,影响了古龙腐败案的查处,说是个别负责同志甚至怀疑他有掩护老同学王林过关的嫌疑。

这个别负责同志是谁?老领导没说,但肯定不会是石亚南。推荐王林主持古龙县工作是石亚南点头同意的,今天石亚南又及时地和他打了招呼通了气。他猜测,这个别人十有八九是马达。马达也是于华北提起来的,公推公选时还和他竞争过文山市长。这厮六亲不认,做着省纪委委员,省监察厅副厅长,现在又是省委调查组组长,恐怕也只有他敢和老领导这么说。怪不得石亚南让他小心呢，真沾上古龙烂泥坑里的污泥，他在文山啥也别想干了，这个王林，实在太坑人了！

万没想到，就在这天晚上王林突然找上了门，搞了方正刚一个措手不及。

二十九

王林一进门，就从方正刚不无惊异的眼神中发现，自己成了不受欢迎的人。

方正刚虽说仍像往常一样，给他让座，泡茶，开些无伤大雅的玩笑，可他却分明感到是一种应付。这位曾亲密无间的老同学、新市长可能已经知道了他的事，现在对他避犹不及。深深的悲哀袭上心头，一时间，他真想好好哭一场。

王林便把话说破了，"正刚，也许……也许我今天不该再到你这儿来了！"

方正刚不接茬，"哎，王林，喝茶，喝茶！这茶不错，华北书记送我的！"

王林又说："我本不想来，可想来想去，还是来了，有些话得和你说说哩！"

方正刚没法躲了，放下茶杯，叹息道："你来都来了，还解释啥？想说啥你就说吧，我听着就是！不过，我个人的意见，有些话你最好和省委调查组说！"

王林过来时虽已想到过方正刚可能会有的种种态度，却仍没想到方正刚会做得这么绝，开口就是省委调查组。心里一阵颤抖，嘴上的称呼马上变了，"方市长，你……你放心，今晚和你谈过后，我……我就到省委调查组交待！"停了一下，又说，"可作为一个过去的老同学，我……我希望你能先听听我的说法！"

方正刚还想躲避，根本不看他，吹着茶杯水面上的浮茶，不动声色地说："王林啊，你知道的，我是市长，不是纪委书记！再说，你们古龙县的案子也不是我们市里办的，是省里直接办的，而且还是重点，我这个老同学怕是帮不上你什么忙啊！我看，你还是直接找一找调查组的马达同志比较好，也比较主动……"

王林眼圈红了，"方市长，您就不能给我点机会，让我最后说点心里话吗？"

方正刚的脸这才拉了下来，冷冷看了他好半天，茶杯往茶几上一蹾，"你还有啥好说的？和我谈案情没必要，谈文山和古龙县的工作，谈理想抱负啥的，是不是太讽刺了?!"越说火气越大,面孔都扭曲了,"王林,你太让我失望了!你们县委书记秦文超出事后,是我提名让你主持工作的!你倒好,明明自己屁股上有屎,早就陷到了腐败的泥坑里去了,却不和我说实话,把我也搞得这么被动!"

王林几乎要哭了,"方市长,这能怪我吗?我不愿干啊,是你非要我干!"

方正刚大怒,"我当时怎么知道你也会陷进去呢?大学四年,我们一个宿舍上下铺睡着,一起忧国忧民,我自认为对你很了解,就像你了解我一样!"镇定了一下情绪,又说,"我是怎么上来的,你很清楚:当年在宁川,后来在省委机关,在银山的金川县,我碰到的麻烦,受的那些委屈,都和你说过!去年参加公推公选,竞争文山市长,你还帮着出了不少主意,连论文都是你帮我打印的!"

王林眼里聚满了泪水,"正刚,你还能记着这些就好!你到文山上任后,就在你这房间里,咱们也多次彻夜长谈啊,青梅煮酒论英雄,喝得一醉方休!"

方正刚一声深长的叹息,"是啊,是啊!所以,王林,今天你就别怪我绝情绝义了!党性原则这些话可以先不谈,作为老同学,我得和你交交心:我不是想做这个官,是想干点事,我不能失去这个好不容易才争取到的干事的大舞台!"

王林点点头,点头时,眼中的泪水落了下来,"我明白,市里的工业新区正在上着,ESOP的试点正搞着,赵省长对你又不是太放心,你的麻烦事一大堆!"

方正刚苦笑道:"何止赵省长啊,只怕华北书记也对我不放心了!今晚还在电话里训了我一通,批评我为你乱打包票!放下电话我就想起来了,春节期间到华北书记家拜年时,华北书记就点过我了,问起过你的情况,我大包大揽嘛!"

王林抹去了脸上的泪,"正刚,我对不起你,让你受累了!不过,我今天也得把话说清楚:我并不是存心要害你,实在是身不由己啊!不知你还记得吗?你到文山一上任,我就向你提过,不干古龙县长了,给你当市长助理。你怕石亚南书记和同志们议论,要避嫌,没敢这么做,心里恐怕还想,我这是向你要官!其实那时我就挺害怕,古龙官场的风气太坏啊,我担心的就是今天这个结果!"

方正刚摇了摇头,"这不是理由,就算这样,你也可以出污泥而不染嘛!你们那个姓刘的副县长为了进县委常委班子,不是把礼送到我和亚南头上了吗?我们就顶住了嘛!不但顶住了,还查了一下,顺藤摸瓜,捉住了秦文超的黑手!"

王林真不知该说啥才好,心想:这位老同学还是那么书生气!文山是什么情况?古龙是什么情况?再说,你方正刚是市长,石亚南是市委书记,你们是文山党政最高领导,当然可以这么拒腐蚀永不沾!我只是一个县长,又在那么一种腐败的小环境中,哪能这么容易就顶住了?于是,便说:"正刚,你说的都对,我走到今天这一步,自己当然有责任,既不能推也推不了!不过,你应该知道,我本质上不是一个贪官,和秦文超完全不是一回事啊!我和你一样,也想为老百姓多干点大事好事!我向你发誓:我们过去说过的那些忧国忧民的话全都是真的!"

方正刚又喝起了茶,时不时地看他一眼,眼神中透着明显的怀疑和不信任。

王林无奈地叹了口气,继续说:"我的情况你都知道,是前年中秋的前几天从文山经委下到古龙任职的,你还帮了忙,在华北书记面前为我做了些工作!"

方正刚冷冷道:"现在看来,这个工作我根本不该做,我是看错人了啊!"

王林激动了,"不,正刚,你没看错人!我今天可以把一切都告诉你:我到古龙上任时正过中秋节,下面各乡镇和县属各部门干部就借着过节和接风的双重由头给我送礼送钱了!有明送的,有暗送的,五花八门,什么情况都有。明送的我拒绝了,暗送的没办法,三千五千的藏在烟酒点心盒里,放下就走,不收也收了。后来我点了点,就这样也有五万多块!加上被我拒绝的,一个中秋节送到我门上的礼金竟高达十五六万!我吓坏了,第二天就找县委书记秦文超,把情况说了说,五万多元礼金也交到了秦文超那里!不信你们可以去问秦文超!"

方正刚认真了,"这不挺好吗?就这么坚持下去,哪会有今天这一出!"

王林喝了口水,继续说:"可你知道秦文超咋和我说的吗?秦文超说,这是正常的人情来往嘛,王县长,你瞎紧张什么?古龙民风纯朴,待人厚道,你不收下来,就是瞧不起人家,以后还怎么开展工作?!我坚持要把这些不该拿的钱交掉，秦文超就不高兴了，说，如果你一定要交，那就直接交到市里去好了！我哪敢往市里交啊？我一个新到任的县长一个中秋节就能收上来十五六万，秦文超当了八年县委书记，每年那么多节又该收多少呢？还有其他十几位县领导，又该收了多少？我真把这层纸捅破了，就是自绝于古龙官场，自绝于这个班子啊！"

方正刚道："王林，你当时真把钱交到市里，也许古龙腐败案早就暴露了！"

王林不无痛苦地说："没那么简单！当时的市委书记是刘壮夫，市长是田封义，他们对秦文超器重得很，这么做的后果，不是他们倒台，只能是我滚蛋！"

方正刚突然问："哎，田封义怎么样？你们班子里有没有谁向他送过礼？"

王林说："就是送过我也不可能知道！据我所知，田封义和秦文超关系非同一般，有一阵子还想让秦文超做副市长呢，不过，据说刘壮夫没同意向上报！"

方正刚也没再问，挥了挥手，"好，王林，你继续说吧！"

王林继续说了下去，"后来我才知道，古龙官场风气败坏，根源就在秦文超！此人说一不二，横行霸道，就没有不敢收的钱！年节不用说了，他和他家人过生日、生病住院，全大肆收钱！下面乡镇各单位给他送，连班子里的人也给他送！"

方正刚敲了敲茶几，问："哎，王林，那你呢？你是不是也给他送了？"

王林略一迟疑，承认了，"也送过！倒不是图啥，还是为了合作共事！"

方正刚讥讽道："好，好嘛，顶不住就同流合污了，还什么合作共事呢！"

王林摇头叹气说："整个风气如此，你说我能独善其身吗？当然，这种送法还能拿人情来往做解释。有些情况就无法解释了，那真就是变相买官卖官。一把手管干部嘛，秦文超就一次次利用干部调整的机会收钱！说来令人难以置信：我到古龙一年零八个月，秦文超就在全县范围内四次大规模调整乡镇班子！最后一次还和石书记有关，石书记在这搞轮岗试点，不想轮下来的就得给他送钱！"

方正刚心里有数，"这个情况我知道：要想富动干部嘛，想升官的，想调岗的，想保位子的，全都得送！人家好像也往你那里送过吧？你也不那么干净吧？"

王林点了点头，"是，我收了司法局局长阿伍，和下面两个乡镇长的钱，共计六万五千元，可也是捏着鼻子收的！阿伍想当公安局长，两个乡镇干部也想进一步，早把秦文超喂足了，我这个县长不同意，秦文超就暗示他们把我摆平。他们就一次次往我这儿跑，找着各种借口送钱。这三人素质和口碑实在太差，还都是不好惹的当地干部，我不赞成提他们，当然也不敢收他们的钱。他们就换了个套路，和我套近乎，三天两头拉我去喝酒、洗澡。能推时我都推了，有时实在推不了，也就去了！社会上不是有个顺口溜吗？喝不喝先倒上，洗不洗先泡上……"

方正刚似乎明白了，"这么一来，你王林就泡上了，泡妞时被抓个正着？"

王林哭也似的笑了笑，"正刚，天理良心，我还真没嫖娼！你知道我的，就是喝得再多，也不会闹出这种乱子，就是按摩，而且本来说好是男的。结果进来一个女的，我就和正在嫖娼的阿伍一起，被城关派出所的人抓了个现行，后来才知道，这是阿伍故意设下的圈套！但这一来，我跳到黄河也说不清了，阿伍自己也被抓了现行嘛，他已承认的事，我能不承认吗？再说，城关派出所的同志也客气得很啊，抓了我们的现行说是误会，请我们继续喝酒！喝酒时，阿伍就说，现在最靠得住的哥们就是三个'一起'：一起下过乡，一起扛过枪，一起嫖过娼！"

方正刚默默听着，时不时地看他一眼，也不知是不是相信他的述说？

王林又硬着头皮说了下去，"后来就……就怪我自己了，心想，反正说不清了，不如潇洒走一回，也……也就被他们牵着鼻子走了，钱也收了，娼也嫖了！"

方正刚道："这么说，他们三人如愿以偿了？姓伍的真当上了公安局长？"

王林吞吞吐吐地说："是，是的，我……我还在常委会上替他们说过话……"

方正刚拍案而起，"简直是混账！这种东西竟然就当上了公安局长！怪不得你们古龙县小姐这么多呢，有这样的公安局长，能不黄水泛滥吗？就这样，我让你主持工作时，你还敢接？王林，你给我说清楚：你当时到底是怎么想的！"

王林说："良心话，我并不想接，你头一次找我时我推辞过。我当时甚至担心自己的问题马上也会暴露。可伍局长硬让我接,说这样比较有利,不但对我自己有利,也对他们有利。我想来想去,觉得不能连累你,最初并没答应……"

方正刚根本不信,"可一周之后,你还是答应了,还向我表态配合办案!"

王林呜呜哭了起来,"正刚,我……我不答应不行啊,阿伍扬言要干掉我!"

方正刚极为震惊,"竟然有这种事?这个公安局长好像还没被双规吧?"

王林摇了摇头,"没有,就我所知道的情况,不少有行贿受贿行为的人还没露头,真一查到底,只怕古龙县上上下下没几个干净干部!所以,我今天才来找你了,私下向你提个建议!古龙的腐败问题,根子在秦文超和我们县委班子,你按党纪国法处理我们就是,有一般问题的干部,最好别再深究了!否则,不但是县里的四套班子啊,下面各部门、各乡镇的班子全要瘫痪,就没人干工作了!"

方正刚手一摆,"王林,这种建议你别提,有没有人干工作不是你该操心的事!你现在要做的是,把今天和我说的这一切,和调查组马达同志说清楚,最好今晚就去!我马上也要到亚南书记那里去,和她通报一下你说的这些情况!"

王林抹着泪,缓缓站了起来,"好吧,正刚,我……我听你的,争取主动!"

方正刚默默把他送到楼下,又说:"我倒有个建议,提出来供你参考:把你在古龙失足的经过写下来,让同志们领教一下,什么叫腐败环境?想一想,该怎么治理这种腐败环境?你和古龙县的教训可是太深刻了,覆巢之下无完卵啊!"

王林应了,"正刚,我写,以后也有时间写了,你保重吧,千万别倒下!"

方正刚意味深长地说:"王林,有你的教训摆在这里,我一定会警惕的!"

王林想说,宦海水深莫测,政坛风云多变,绊倒你的不仅仅只一个腐败问题啊,你过去的坎坷仕途已经说明了不少问题!嘴上却没说,只道:"但愿吧,正刚!但愿我重获自由那天,能……能看到文山变成一个你梦想中的钢铁新城!"

说罢,王林心头一阵酸楚难忍,禁不住泪如雨下……

三十

随着县长王林问题的暴露，又一批干部落马了。古龙买官卖官案涉案人员高达四百多，县乡两级政权基本垮台。这种情况在汉江省的历史上还从未有过，在全国只怕也少见，于华北想，此案搞不好要惊动中央。裴一弘也是这么想的，在前天的书记办公会上明确说，别看古龙只是个县，涉案干部级别不高，但性质太恶劣，是一窝儿连根烂，中央有关部门不会轻易放过的，我们必须高度重视。

谁来高度重视呢？自然是他于华北了。老刘说走就走了，纪检一摊子还是他的，古龙这块火炭又落到了他怀里。这或许是命，命中注定他就得干这种吃力不讨好的工作。不过倒也有一丝安慰：老刘从省委副书记、纪委书记的岗位上出任了邻省代省长，他在裴一弘进京后出任汉江代省长也就不无可能了，这是一个比较积极的信号。而且，老刘的意外调离也说明，江汉省班子的调整应该快了。

在这种节骨眼上，古龙案决不能闹得满城风雨。高度重视，认真查处是一回事，控制事态的发展和消极影响是另一回事。因此，今天会议一开始，于华北再次重申了办案纪律，要求办案人员和文山市有关方面都不要乱说话，在省委对案子做出正式决定前不能走风漏气，不能给媒体制造炒作的机会，影响正常办案。

于华北说："现在我们有些同志啊，就是对这种腐败新闻感兴趣哩，你案子还在那办着，什么情况都还不清楚呢，报上网上就炒成一片了，影响很不好！"

省委调查组组长马达不知是无心还是有意，插话说："于书记，古龙的情况其实已经比较清楚了，干部队伍全军覆没，政权基本烂掉了，不属于人民了！"

于华北有些恼火，看了马达一眼，故意说："老马，我正要问你呢：网上怎么突然炒起来了，越炒越凶！不但说古龙县政府不是人民政府了，连文山也被抹个大花脸，还捕风捉影扯到了方正刚和文山几个市级领导身上！怎么回事啊？"

马达有些意外，怔了一下，挺委屈地叫了起来，"哎，于书记，这您咋问我啊？我能不知道办案纪律吗？就算网上炒了，也不是我和办案同志透露的！北京和外省市一些记者来古龙县采访，我连见都没见！不信你可以问石亚南书记！"

石亚南手一摆，"别问我，于书记问的是你，这颗特大卫星是你放的嘛！"

于华北又想了起来，马达向他汇报时也说到过什么特大卫星，估计不只在他面前说，肯定也在石亚南和其他同志面前说过，"对了，还有特大卫星！马达同志，你说话注意点！你们调查组的工作成绩，省委充分肯定，但少说什么特大卫星！腐败卫星还是少放点好！这种卫星时不时的上天，我们的红旗就要落地了！"

会议室的气氛一下子变得压抑起来，与会者面面相觑，谁也不敢乱说话了。

于华北缓和口气，又语重心长地说了起来，"同志们，古龙案涉及的干部那么多，让人痛心啊！从积极方面说，是体现了省委的反腐决心，是反腐倡廉的一个成绩；从消极方面说，就是一场灾难，影响恶劣不说，还会干扰文山的工作！文山现在是啥情况啊？以钢铁为基础的新经济发动机正在启动，形势很好嘛！"

石亚南接话道："于书记和赵省长都过来视察了，给了我们很多鼓励哩！"

于华北冲着石亚南点了点头，又说了下去，"所以，古龙的腐败要反，坚决反，但不能捕风捉影，胡乱联系，不能影响到文山的经济和社会局面的稳定！"

马达再次解释，"于书记，这也不是谁胡乱联系，涉案人员那么多，老百姓和社会上的想法说法也就比较多，有些说法也不是没有一点根据。比如说，王林就是方正刚市长推荐上来主持工作的嘛，我当时就反对过，方正刚就是不听！"

于华北没接这话茬，半开玩笑半认真地道："对，对，老马，现在社会上说法是不少，我在文山就听到一种说法嘛，说你马达是马王爷，长了三只眼哩！"

马达笑了，石亚南和与会者们也笑了，会议室的气氛多少有了些轻松。

于华北向马达挥了挥手，"好了，老马，你们先把情况正式汇报一下吧！"

马达和省委调查组另外三个同志看着各自面前的卷宗材料，分四个专题，开始汇报，汇报进行了两个多小时，连中午饭都没吃。于华北虽说此前已听过马达和调查组有关同志的几次汇报,这日再听一遍,仍有一种惊心动魄的感觉。

汇报到最后,马达说:"……古龙官场风气糜烂到这种程度,买官卖官成了时尚,权力成了可以交易的商品,实在是触目惊心!说特大卫星不合适,说它是颗特大炸弹,我想一点也不过分!所幸的是,我们今天把这颗大炸弹挖出来了!"

石亚南接上来说:"老马,说是颗特大炸弹也不是多准确,要我看,它是个地雷阵嘛!引爆了秦文超这颗地雷,带响了其他地雷,把整个古龙县都炸翻了!"

于华北颇赞同石亚南的说法,"亚南同志这个比喻挺形象,也比较准确!是政治地雷的大爆炸嘛,有些人活该炸死,那是罪有应得,有些人让人惋惜啊!"

文山纪委书记老孙不知是摸准了领导意图,还是深思熟虑后形成了意见,就着他的惋惜率先发言,"所以,我们对涉案人员一定要客观分析。根据目前的情况看,原县委书记秦文超、原县委组织部长吴玉成、原常务副县长、县委常委林喜贵,既是古龙案的主要犯罪嫌疑人,又彻底烂掉了。而县长王林,和他们还不完全是一回事,过去是个不错的同志,属于在腐败环境影响下的被动落水。腐败成了气候嘛,你想不腐败也难,不腐败就不能容于这个腐败的小环境了嘛!"

于华北感慨道:"是啊,是啊,王林这个同志的的落水很能说明问题啊!"

石亚南也把问题提了出来,"类似的干部一大批,咋处理倒真是个难题!"

马达没当回事,"也没啥难的,按党纪国法办嘛!王林在双规之前主动交待问题,可以算自首,就算是在方正刚提醒下交待的,我也不反对定自首。但有个话我还是得说:方正刚同志和王林关系很不一般,在古龙腐败案暴露之后,仍坚持推荐王林主持工作很不合适,客观上也影响了案件的查处!我不敢说咱这位市长有啥私心,他起码是看错了人,没有原则立场!这必须引起省委的充分注意!"

气氛马上不对了,石亚南怔了怔,和文山纪委书记老孙交换了一下眼色,强作笑脸,对马达道:"老马,你咋揪着人家正刚不放了?这个情况我不是和你解释过吗？让王林临时主持工作是我同意的，在市委常委会上研究过，还征求了市纪委的意见，不还是为工作考虑嘛！真要追究责任，那就由我来承担好了！"

马达和石亚南较起了真，"亚南书记，我不是和谁过不去，更不是要追究哪个人的责任，是说一个观点：任何事都要有人为它负责！对古龙腐败案，我们现在能讲出一大堆理由，什么人是会变的啊，块块上的一把手权力太大啊，等等。但这有多少说服力呢？我们上面各级组织部门为啥就没注意到这种变化？一年年都是怎么考察的班子？秦文超这些人手上的权力为啥会长期不受监督？我看还是不认真嘛，这些年来对古龙的举报又不是没有！年年都有，谁认真查了？"

于华北恼火透顶：这个马达，已经把责任追到他和省委头上来了，他也就敢！遂敲了敲桌子道："哎，哎，老马，你是不是扯得太远了？就事论事，不要借题发挥！另外，我也要纠正你一个说法：对古龙的举报怎么没人查？省里、市里都查过！这次不是正刚、亚南同志和文山纪委先发现了线索，你查得下去吗?！"

石亚南也拉下了脸，"马达，你说得不错，任何事都要有人为它负责！古龙问题暴露得太晚了，我和方正刚这届班子有责任，那么，请问，你们前任班子有没有责任呢？有多大的责任啊？如果我没记错的话，你这个前任文山常务副市长就是上届班子常委之一！对古龙班子你们又是怎么考察的？简直是岂有此理！"

于华北阻止道，"好了，亚南同志，你也不要说了，我已经批评老马了嘛！"

石亚南意犹未尽，"于书记，我再说两句！马达同志，我也不敢揣度你有没有私心，可你对正刚同志这种揪着不放的劲，有点让我怀疑，怀疑你的动机！"

马达立即责问："哎，什么动机，亚南同志，请你说清楚，我不太明白！"

于华北心想，还不明白？我都听明白了！别忘了，你这个同志可是文山的老常务副市长，公推公选时又和方正刚竞争过文山市长的！嘴上却说："这些题外话都不要说了，有意见你们会下交流，下面说正题：研究一下古龙案子，这么多涉案的干部怎么办？下一步古龙的工作又怎么办？我们今天要拿出个初步意见到省委常委会上研究决定!"看了看石亚南,"亚南同志,你是不是先谈谈啊?"

石亚南心里还窝着火哩,连忙摆手说,"于书记,我还是别谈了,省委咋决定我们咋执行就是,免得某些同志又怀疑我和文山方面要包庇哪个腐败分子!"

于华北提醒道:"哎,亚南同志,你可是文山市委书记啊,该说还得说!"

石亚南想了想,"那我就说点实际的吧!现在涉案人员这么多,几乎是洪洞县里无好人了!该抓的要抓,该撤的要撤,这都是应该的。但是,对那些有一般问题的干部是不是也能搞点特殊政策呢?比如,是不是可以定个时间期限,规定一下,在什么日子之前,在多大数额以下,暂不追究?毕竟涉及面太大呀!"

文山纪委孙书记也应和说:"是的,于书记,恐怕要搞点特殊政策!我和石书记说过:具体问题得具体对待。再说这些有一般问题的干部,本身也是腐败环境的受害者,也要挽救嘛!我个人的意见是,对秦文超等原县委班子的领导从严惩处,对犯有一般性错误的同志,只要按规定把问题说清楚,就先解脱出来!"

马达表示反对,反对得毫不含糊,"文山两位领导的意见,我不敢苟同!不要说什么涉及面多大,涉案人员多,环境的受害者啥的,这都不是理由!包括王林!王林和一些涉案人员主动自首交待问题,将来可以由法院去从宽,我们必须按党纪国法办事,涉及多少处理多少!连这点决心都没有,这腐败就别反了!"

于华北心里虽然比较赞同石亚南和孙书记的意见,却也没法反驳马达的意见。况且,马达的意见也不是孤立的,有省纪委和监察厅几个同志的支持,他就更没法明确表态了。于是两天之后,于华北把这两种意见都拿到省委常委会上。

于华北在常委会上说:"……这两种意见,都有一定的道理,不过,若是考虑把消极影响限制在一定的范围内,还是石亚南和文山的意见更妥当一些!"

裴一弘心里和他一样有数,显然也不想在这种时候把风声进一步闹大,可话说得却很含蓄，有比较明显的倾向，但又不是决断，完全符合这位一把手的一贯风格，"消极影响还是要控制嘛，石亚南同志和文山的意见值得我们重视啊！"

赵安邦却装作没看出裴一弘的倾向，笑眯眯地看着众常委，话里有话地问："哎，同志们，咱们中国共产党有特殊党纪吗？国家有法外之法吗？好像没有吧？"

裴一弘明白得很，指点着赵安邦笑道："安邦，你别绕我们，有话直说！"

赵安邦脸上的笑容收敛了，"一个小小古龙县竟然搞到了这种地步！我的意见，有问题的腐败干部一个不能放过，该立案的立案，该撤职的撤职，该抓的坚决抓，如果法律规定该杀的，还要坚决杀掉！既然事实证明这个县级政权不属于人民了，我们就必须代表人民坚决予以铲除，否则就是中共汉江省委的失职！"

于华北觉得赵安邦有些误会了，解释说："安邦，或许是我没说清楚，或许是你没听清楚：文山市委建议暂不追究的是有些一般问题的干部，不是指那些严重触犯了法律的干部！这也是针对古龙目前干部队伍现状的策略性选择嘛！"

赵安邦不耐烦地说："老于，我已经听清楚了，并没有误会你的意思……"

于华北忙道："哎，哎，这不是我的意思啊，是亚南和文山同志的意见！"

赵安邦点着头，"我知道，我知道，还不是一回事嘛！我们现在是在讨论问题，我并没有指责你或者亚南同志的意思！你们无非是怕古龙的工作瘫痪嘛！我看不要怕，可以从文山其他县市干部中抽些人上去嘛！也不要怕消极影响，有问题的干部不处理，消极影响会更大，会给人们留下法不治众的坏印象，这不好！"

宁川市委书记王汝成婉转地说："安邦省长，你也别这么绝对，法不治众的情况不是没有嘛！兄弟省区也发生过类似的大面积腐败案，都搞了些特殊规定！"

赵安邦火了，"什么特殊规定？要我说就是枉法！如果真的法不治众，那我建议先修改法律！不过在法律没有修改之前，我们还得依法办事，这没啥好说的！"

由于赵安邦的坚决反对，裴一弘的态度发生了颇为微妙的转变，转变得还很圆润，此前的倾向性不留痕迹地抹去了，你可以理解为一种讨论时的民主作风。

裴一弘拍板说："安邦说得对，既然事实证明古龙这个县级政权已经不属于人民了，我们就必须代表人民坚决予以铲除！兄弟省区怎么做我们管不了，但我们必须依法办事，文山市委的这个意见不能考虑！古龙案要一查到底，但也不能影响文山和古龙的正常工作！"当场向组织部章部长交代，"老章，你们组织部门考虑一下，征求一下文山的意见，必要时从南方各市调一批干部到古龙去！"

这个结果有些出乎于华北的意料，可仔细想想，裴一弘的滑头和赵安邦的另类，也只能导致这样的结果了。裴一弘可以理解，在这种事上不能不滑，他在某种程度上不也耍了滑头吗？在会上含糊其辞，只说是石亚南和文山的意见。赵安邦就不可理喻了，好像天外来客。这位省长同志就没想到：刘书记已先一步上去了，裴一弘也是说走就走的事，汉江班子调整在即，自己能这么不讲策略吗？

当晚，于华北郁郁不乐地和方正刚通了个电话，谈了谈常委会上的情况，提醒道："正刚，古龙腐败案是省里在办，你们积极配合就行了。有问题的干部要通通拿下来，至于派什么人到古龙，你少说话，让亚南同志拍板拿主导意见！"

方正刚心里有数，"我知道，别再弄出个王林事件，让马达他们抓辫子！"

于华北说："你知道就好，你是市长，得抓好重点，就是经济建设工作！思想不能淹没在事务中，重点不能淹没在一般中，文山目前的工作重点在工业新区嘛！你小伙子不要官僚，最好经常下去看看，多了解一些工业新区的建设情况！"

方正刚道："省发改委的老古奉老赵的命令，一直潜伏在文山了解着哩！"

于华北说："老古是老古，你是你，你这个市长也要深入了解，看看亚钢联的项目会不会出问题？不瞒你说，摊子铺得这么大，我心里也不是太踏实啊！"

方正刚态度很好，连连应着，"好，好，于书记，我按您的指示办就是了！"

放下电话，于华北不安地想，一个古龙腐败案已经闹得沸沸扬扬，不好收场了，文山可不能再出啥新麻烦了，尤其是工业新区亚钢联的这七百万吨钢……

第十章

三十一

尽管办公室的报架上摆放着汉江省下属各地级市的市委机关报,赵安邦却几乎从来不看。这些报纸都是一个模子倒出来的,除了新华社的电讯稿,就是那些地方诸侯的所谓"重要活动"报道,了无新意,让他倒胃口不说,有时还让他生气。不过,也不绝对,对某段时期和某些有特殊情况的城市,他倒也会有意无意地关注一下,把他们的报纸找来翻一翻,比如,他前几天考察过的文山和银山。

银山还不错,章桂春还是听招呼的,报上没有发表他的任何消息和言论。

文山的表现却让赵安邦吃了一惊:这个石亚南也太不像话了,不但发了他去文山的消息和讲话,还做了一篇大文章!三天前的《文山日报》在头版搞了一个通栏,标题是:"抓住机遇,打造我省北部地区新的经济发动机。"还有个醒目的副标题:"赵安邦省长在我市考察并作重要指示。"文中配发了三幅很大的新闻照片,一幅是他在文山金融企业座谈会上给行长们发奖,一幅是他头戴安全帽和吴亚洲等人一起视察工业新区工地,还有一幅是石亚南、方正刚向他汇报工作。

赵安邦浏览了一下文章,马上打了个电话给石亚南,开口就没好气,"石书记,你和方市长是怎么回事啊?我当面和你们说过,我这次在文山的活动不要报道,不要报道,你们还是报道了!还在你们的破报纸上搞了这么一大版!"

石亚南竟还敢开玩笑,"赵省长,您别发这么大火嘛!您领导不让见报是您领导伟大的谦虚,可我们不能因为您领导谦虚,就贪污您的重要指示精神嘛!"

赵安邦益发恼火,"石书记,你少给我来这一套!我既不伟大也不谦虚!"

石亚南这才认真了,"赵省长,那我可能理解错了!我以为您当时不让我们报道,是因为还要到银山考察调研,是为了对章桂春书记他们保密呢!所以,我们才拖了两天,在您离开银山之后报道的!这是我安排的,和方正刚无关!"

赵安邦哭笑不得,"石亚南,你到底是理解上的误差,还是故意套我啊?"

石亚南却问:"赵省长,是不是报道不实啊?我们打着你的旗号乱说话了?"

赵安邦想了想,倒也没感到哪里有失实之处,嘴上却继续批评道:"你们这篇报道是很不合适的,违背了我这次下去的本意!搞不好就会给文山干部群众一个误导,以为我和省政府在给你们的钢铁火上浇油!石亚南同志,我再和你说一遍:文山的钢铁已经够热的了,要降温!银山的项目这次就让我彻底给灭了!"

石亚南连连说:"这我知道,我知道,不过,文山和银山不是一回事嘛!"

赵安邦口气多少缓和了一些,"我没说你们是一回事!但章桂春和银山的同志比你们要老实,桂春同志虽说也发了些牢骚,可很听招呼,没敢这么骗我!"

石亚南却说:"赵省长,未必吧?我咋听说你们一顿饭就吃掉了几万块?"

赵安邦觉得这很荒唐,"石亚南,这些胡说八道的事你都是从哪听来的?几万块一顿的饭,别说我和省里的同志不会去吃,只怕章桂春他们也不敢做!"

石亚南说:"赵省长,我看你还是小心,据我所知,章桂春老奸巨猾……"

赵安邦根本不愿听,粗暴地打断了石亚南的话头,"好了,继续说你和文山的事!亚南同志,你出啥馊主意啊?古龙县有问题的干部怎么能不追究呢?我告诉你,在昨天的省委常委会上,我第一个反对,老裴,老于也觉得不妥当!"

石亚南说:"我这也只是个建议嘛,不妥当就当我没提!赵省长,我们一定按您和省委的要求去做,继续配合调查组,对所有涉案干部一查到底!"话头一转,又说,"不过,马达也有些过分了,抓住王林问题,做方正刚的文章哩!"

这些情况赵安邦听说了,"我知道,你还和马达同志吵起来了,是不是?"

石亚南说:"赵省长,你说马达会不会有私心?故意和方正刚过不去啊?"

赵安邦道:"你和正刚同志不要这么敏感嘛,我不知道马达有啥私心!王林毕竟是方正刚的大学同学,又是你们一手推上去的,马达指出这个事实,批评几句有什么不可以?钱惠人出问题后,我就主动在省委常委会上作了自我批评!"

石亚南说:"咱也别忘了另一个事实啊,马达曾经是方正刚的竞争对手!"

赵安邦想,这倒也是,马达比较正派,不会故意和方正刚作对,但揪住方正刚的失误做点文章也不是没可能,谁都不是圣人嘛。不过这话却没说,怕石亚南和方正刚再钻空子,只道:"我看马达没这么狭隘!咱们继续说正事,亚南,你们不是马上要向古龙调派干部吗?我有个建议:不要再按原建制派了,因人设事的部门和岗位通通撤掉,或者并掉!这么一来,你们的调干压力就轻多了!"

石亚南说:"赵省长,我正要向你汇报呢!昨晚章部长给我来了个电话,说是可以考虑从兄弟市调一批干部去古龙,我没同意,我说了,文山不缺干部!你今天这么一点拨,我心里更有数了:借这个机会撤岗裁员,把坏事变成好事!"

赵安邦很欣慰,"好,好,我就知道你不糊涂!"又问起了古根生,"哎,亚南同志,你家古主任是怎么回事啊?一直没向我汇报,是不是被你拉下水了?"

石亚南笑了起来,"怎么可能呢?赵省长,古主任对您可是忠心耿耿啊!"

赵安邦也笑了,"忠心啥?就算有点小小的忠心,到了文山也被你没收了!"

石亚南叫道:"哎,哎,赵省长,既然如此,那你还派老古长期潜伏啊!"

赵安邦无意中说了实话,"嘿,你这个石亚南,是真糊涂还是装糊涂?不好好感谢我,还瞎抱怨,我这不是出于好意,想趁机照顾你们夫妻团聚一下嘛!"

石亚南又笑又叫:"赵省长,那我告诉你:你的好意全被你的走狗古根生歪曲了!这家伙像真的似的,牵着狗架着鹰在我们这里四处乱窜,孩子从省城接过来他也不管,我昨天还和他吵了一架!求你还是快把这个潜伏特务撤回去吧!"

赵安邦哈哈大笑,"亚南,要这么说,你家古主任我还就暂时不撤了呢!"

石亚南说:"那求你行行好,把你领导的好意和老古说说,让他安静几天!"

赵安邦和气地应着,"好,好!"接着,又严肃地说,"开玩笑归开玩笑,不过,亚南同志，我今天还是要提醒你：别一门心思光想着咋对付我和省里，你和正刚同志也得警惕下面！对可能影响全局的重点工作，一定要做到心中有数！"

石亚南连连道："是的，是的，赵省长！但有个话我还是得和你说：对银山那位章桂春书记，你最好还是小心些！据我们得到的消息，他老兄对付你们领导的本事比我和方正刚高明多了！你们这次在银山根本就没看到多少真东西啊！"

赵安邦这才有些警觉了，"亚南同志，你能不能把知道的情况说一说？"

石亚南却支吾起来，"具体情况我……我也说不清楚，反正你领导多……多警惕吧！哦，对了，正刚市长和章桂春共过事的，你也可以听听正刚的说法！"

赵安邦有些不高兴了，"你不清楚还和我说啥？又给人家银山上眼药了？你别拿方正刚做幌子，方正刚当年和章桂春在金川发生过矛盾，他的话我不听！"

石亚南这才道："赵省长，独岛乡群众上访可是冻伤了人啊，听说有位农民同志一只脚都截去了！硅钢项目好像也没停，他们……他们还在四处拉投资！"

对石亚南反映的情况，赵安邦不敢全信：文山和银山竞争激烈，互上眼药的事过去发生过不少，搞不好又是一剂挺及时的眼药。可又不能一点不信，现在下面对付上面的本事大得很，连总理都敢骗，何况他了，有些事情也很难令行禁止。

于是，和石亚南通话结束后，赵安邦想了想，又和章桂春通了个电话。

章桂春听罢他的责问就火了，在电话里很激动地叫了起来，"赵省长，这都是哪来的事啊？金川区的独岛乡您几天前亲自去过，还是突然袭击，连我事先都不知道！上访农民您也都见了，真有谁冻伤了，能瞒得了您？谁这么造谣啊？"

赵安邦没说是谁，"桂春同志，这你不要问了，我就是了解一下情况！"

章桂春道："我估计谣言来自文山，这也太不像话了，正常竞争可以，这么乱说就不好了嘛！不仅影响我们银山的形象，也变相指责你赵省长官僚嘛！"

赵安邦自嘲说："我当然不愿官僚，可也不敢吹牛说就不会被下面蒙骗！"

章桂春生气道："好，好，赵省长，那我们就对这些谣言说法一追到底好了！"

赵安邦却不愿追，追到石亚南那儿，势必进一步影响文山和银山的关系，于是又说："桂春同志，你不要这么激动，谁告诉你谣言来自文山啊？没这些事就算了，你不要想得太多！我再强调一下啊，你们的硅钢项目绝对不要再上了！"

章桂春发牢骚道："赵省长，您想我们上得了吗？地不批，项目不批，吴亚洲和亚钢联也不愿来投资了，我们是欲哭无泪啊！就这样，竟然有人还在那里乱造谣，乱传谣！有些谣言都离奇了，还说我们接待你省领导花了多少多少万！"

赵安邦也想了起来，"这个说法我也听到了，桂春，哎，这是咋回事啊？"

章桂春说："赵省长，你是被接待者，我们咋接待的，你不清楚吗？哪顿饭不是四菜一汤？什么地方违反了省里规定的接待标准？喝的酒也是银山大曲！我倒听说石亚南和方正刚很会做人啊，在文山还请你们喝五粮液、茅台酒呢！"

赵安邦纠正道："桂春，你听到的这个说法也不准确，文山市委、市政府接待从没上过五浪液、茅台酒，只有到新区项目工地那天，小吴总硬上了好酒！"

章桂春说："总还是有人上了好酒吧？说我们的这些事却连影都没有……"

这时，中央某经济部门的一个电话进来了，赵安邦没和章桂春再说下去，匆匆结束了这次通话。嗣后因为事情太多，忙忙碌碌，也没想起再找过章桂春。

后来才知道，石亚南向他反映的竟都是事实！这个章桂春不但老奸巨猾，还胆大包天，在他一再反对的情况下，硅钢项目照上不误！欺骗他的手段也颇为高明，把冻伤的群众从金川区紧急撤离，全藏到了银山城里！就连一顿饭吃掉几万元也是真实的，金川区的这帮人真他妈有能耐，把鲍鱼、鱼翅化装成扇贝、粉丝！

石亚南和方正刚虽说受了文山新区管委会的欺骗，可客观上也欺骗了他。亚钢联这七百万吨钢问题果然不少，古根生发现了其中一些问题，却没引起石亚南和方正刚应有的警惕和重视，他们非但没支持古根生查下去，反阻止了调查，还把古根生拉下了水。在他们指使古根生作出的汇报材料上，一切正常，所有问题只字不提。而省委有关部门后来的联合调查证明,新区管委会和吴亚洲从没向市里、省里说过什么实话,新区十几家合资公司的注册资金水分很大。应该到位的三亿五千多万美元只到了一千万左右,仅此一项就出现了近三十亿人民币的虚假投资,更别说还积欠了全国一百多家建设单位的十几亿带资款……

三十二

　　古根生承认自己是政治动物,私下时常分析他和石亚南的仕途前景。一开始他的势头不错,从副科起步,正科、副处、正处提得很顺溜。他在宁川计委做正处级副主任时,石亚南还只是省经委的一个小科长。他觉得石亚南在仕途上没多少奔头,要她调到宁川来,给自己做个好后勤。石亚南不干,说以后还不知谁给谁做好后勤哩!后来的发展有点出乎意料,他在正处位置上一待七年,石亚南从省级机关调到平州后,却在当时的市委书记裴一弘手上提起来了。现在,作为中年女干部和块块上的干部,又在文山这种欠发达大市做一把手,优势自然比他大多了。因此,支持老婆的工作,为老婆的工作成绩添砖加瓦,就成了一种心照不宣的义务和责任。文山钢铁风暴过后,古根生在总结教训时,把这些深藏在心里的话向赵安邦袒露了。承认自己关键时刻没对老婆讲原则,犯了严重错误。

　　其实,古根生最初还是想忠于职守的,"潜伏"期间已经查出了亚钢联在建项目的不少投资水分:为了搞这七百万吨钢,全国一百多家单位带资参建,带资规模之大令人吃惊。仅邻省耐火材料企业,吴亚洲就积欠了一个多亿,还有近三亿的设备款和和工程建设款也是乙方垫付的。这四个亿按说都该列入应付款项下,可资金账上全变成了投资款。吴亚洲还不当回事,一会儿解释说,有些建设单位以后肯定要入股的,一会儿又解释说,是会计人员搞错了。市长方正刚和管委会的同志也跟着帮腔,说带资建设是普遍现象,现在哪个项目乙方不带资？

石亚南当时正为古龙腐败案烦着心，晚上也不得安生，天天开会到半夜，回来后还电话不断。他好不容易插空和她谈了谈，她也没意识到问题的严重性，没等他把事说完，就抱怨说："老古，你看我忙的，就一点都不同情我？如果只是带资，你就别较真了好不好？乙方愿带资来干，还不是看好我们的项目嘛！"

古根生偏要较真，"亚南，这事你和正刚得重视啊！谁看好你们的项目与我无关，不行我就向省里汇报了，得彻底查一查，我估计带资还不止这四个亿！"

虽然估计不止四个亿，可古根生和石亚南谁也没想到带资会高达十几亿。

石亚南当时就撂下了脸，"怎么，老古，你故意坚决地和我捣乱是不是？你不想想，这么小题大做查带资，会产生啥影响？带资单位还以为出啥事了呢！没准会群起讨债，吴亚洲和亚钢联的资金链就会产生问题，新区项目就要烂尾！"

古根生想想也是，真出现了这种情况，身为文山市委书记的老婆就难辞其咎了，如果进一步深追下去，他们发改委和国土资源厅也得承担违规责任。于是便问："石大书记，那你说咋办吧？我们孙主任说，赵省长还要看汇报材料呢！"

石亚南有些不耐烦了，"这和我说啥？你把材料搞一下嘛，就说一切正常！"

古根生说："还一切正常？带资的那四个亿就不正常，恐怕得实话实说！"

石亚南火了，"古根生，我可警告你：不要在赵省长面前制造紧张气氛！"

古根生更火，"石亚南，这是谁制造紧张气氛吗？问题是不是事实存在？"

石亚南一怔，又软了下来，好言好语道："老古，你不要叫嘛！这个事实我否认了吗？我和正刚也在让市有关部门自查嘛！可我们自查自纠是一回事，你汇报上去是另一回事！你不是不知道，碰上了宏观调控的大背景，赵安邦和于华北都怕这堆烧得火红的钢铁燎着他们的官帽子，你还去吓他们啊？不讲政治嘛！"

古根生讥讽说："你讲政治，在《文山日报》上给安邦省长来了一大版，结果怎么样？挨训了吧？我早就和你说过，赵省长不好蒙，交待过的事不会忘！"

石亚南连连点头,"是,是,不好蒙,这次教训还是比较深刻的!不过,老古,你既然知道我拼着挨训也这么干,你还忍心给我找麻烦啊?我不指望你给我帮什么忙,你也不能在这种关键时刻给我添乱啊!带资的问题我比你清楚,我在平州当市长时,不少重大工程项目都是乙方带资过来干的,从没出过问题!当然,你今天提醒一下也好,我会重视的,新区那里,我抽空再了解一下吧!"

古根生说:"亚南,你真得和吴亚洲好好谈谈,把亚钢联的家底摸清楚!"

石亚南恳切地说道:"老古,你放心,你只管放心,这事我一定尽快安排!"

古根生这才松了口,"石书记,我认你狠,那就按你们的意思办吧!"

石亚南乐了,大人物似的拍了拍他的肩膀,"看看,老古是个好同志嘛,只是有时会犯点小糊涂!"又得寸进尺道,"老古,你们这个汇报材料,是不是能先给我和正刚看看啊?有些你们不清楚的情况,我们也可以帮你们做些补充嘛!"

古根生却不愿谈了,"行了,石亚南,咱得说说你的宝贝儿子了!古大为油盐不进啊,来了八天,玩了八天,把文山风景看得也差不多了,想回上海了!"

石亚南很意外,也有些恼火,"回上海?他真以为我们是请他过来旅游度假的?哎,不是说好让浑小子体验一下生活,跟小婉、小鹏去卖几天报纸的吗?这阵子我实在太忙,没顾得上管他,老古啊,你这当爹的和他认真谈了没有?"

古根生苦笑道:"认真谈了,你宝贝儿子不干啊,振振有词地说,他的理想不是卖报纸,是当记者,还说了,如果让他去体验记者生活,他倒可以考虑!"

石亚南想了想,"哎,老古,我觉得这也可以答应他嘛!"

古根生不高兴了,"答应他?石亚南,你尽想着当慈母,我这恶父可就做不下去了!我想好了,得和他摊牌了,不是和他商量,卖报纸他去也得去,不去也得去!还有在这里县中补习的事,也一起说清楚,断了他回上海的好梦!"

石亚南却道:"还是一步步来吧!补习的事先别说,就让他去体验一下记者的生活嘛,不过,要给他出个题目:跟踪采访小婉、小鹏的卖报生涯!"

古根生突然明白了,"哦,你对付儿子有一手啊,这不还是跟着卖报纸嘛!"

石亚南很得意,"只要能达到教育的目的就成嘛,老古,学着点吧!"

……

经过这次比较深入的谈话，古根生同志的立场发生了根本性动摇，对赵安邦和省政府那点本来就靠不住的小小忠诚全被石亚南没收了，"潜伏"调查工作彻底放弃，连汇报材料都是文山新区的同志帮着写的。古根生当时有个想法：既然不能给老婆的工作添乱，制造紧张空气，倒不如干脆不查，查出点啥更难办。

　　这么一来，工作重点也随之转移了，对儿子古大为的治理整顿提上了议事日程，他分工主抓，日理万机的书记老婆从中协助。老婆同志一再恳切表示，她这次一定协助好，再忙也不能忘了教育，和古大为的正式谈话她一定抽空参加。

　　市委书记果然亲自参加了谈话，可古大为仍不买账，小混蛋比较难对付。

　　古大为对他们两位领导同志提出的采访内容毫无兴趣，听罢他们的要求就说："哎，我为啥一定要跟踪采访那两个小孩？那两个小孩知道啥？浪费我的才华嘛！石书记，古主任，我可以采访你们，请你们谈谈对孩子的教育问题！"

　　古根生听出了小混蛋的话外之音，脸一拉，"这你就别采访了，我们的教育比较失败，主要责任在你妈，我负有部分责任，所以我们对你得采取措施了！"

　　石亚南也说："大为，别要小聪明了，我看这种跟踪采访对你还是比较有意义的，是我们教育失败后的一种补救措施，就想让你知道一下民间的疾苦！"

　　古大为眼皮一翻，"这就是说，我还非去采访不可了？是不是？"

　　古根生说："对，跟踪采访三天，写三篇采访纪实交给我审查！"

　　古大为想了想，突然问："古主任，那我得弄清楚：我的好处在哪里？"

　　古根生说："这还用问？你的好处大了去了，受到了教育，提高了认识！"

　　古大为看看石亚南，又看看古根生，"不过，我还得咨询一下：除了这种虚的好处，就没啥实际的好处吗？比如采访费、红包啥的？我上海震东哥在报社当记者，出去采访都有红包，春节前我跟着他去玩了一次，也白拿了二百哩！"

　　古根生桌子一拍，"你他妈真够混账的！还指望小婉、小鹏给你发红包吗？"

　　古大为根本不怕，"我没说让他们发红包，但你们就不发吗？我白忙啊！"

　　石亚南打起了圆场，"好，红包就由妈来发，一天五十，总可以了吧？"

　　古大为嘴一咧，"可以啥？起码一天一百，三天三百，先预付一半吧！"

石亚南真是可爱的慈母，竟然就同意了小混蛋一天一百元的开价，当真预付了一百五十元的红包定金，气得古根生不知说啥才好。古大为一离去，古根生马上冲着石亚南发火，"还说爷爷奶奶宠他呢，你当妈不宠他？这事我不管了！"

石亚南说："老古，你哪能不管？他这三百元红包不是这么好拿的！明天早上四点半，你就把他给我从床上揪起来，我让小婉、小鹏在报社门口等着他！"

次日早上四点半，古根生当真把古大为的被子掀了，小混蛋赖在床上死活不想起，说是情愿退还定金。古根生不答应，硬把他折腾起来，看着他上了通往《文山日报》社的三十五路公共汽车。这时天色还一片漆黑，早班车上空无一人。

这么一折腾，古根生也睡不成了，便沿着三十五路线跑步锻炼身体，跑了整六站。到报社门口六点钟不到，天仍没亮，报纸批发点却是一片热闹，不少报贩正忙着把批来的报纸往三轮车上搬。古根生擦着汗，踱着步，逐一看过去，没在报贩中见到古大为和小婉、小鹏的影子，心想，也许他们已经批过报纸走了。

往回跑时，意外地碰上了他们，是在大观桥上碰到的，那情形不是亲眼所见简直难以置信：小婉一头大汗，吃力地踏三轮车，小鹏在身后推车，高高胖胖的古大为却坐在车上进行着所谓的"采访"！古根生正要冲过去，把古大为从车上揪下来，古大为自己却先下了车，还帮着推起了车，古根生这才没有过去干预。

当天下午，古大为的第一篇采访稿出笼了，对早上的送报过程中发生的事做了一番描述，虽说错别字不少，语句倒还通顺。古根生看了稿子才知道，古大为虽说曾坐在车上进行过"采访"，也帮着踏过车。因为不熟练，车撞到了路边的电线杆上，把车撞坏了，硬赔了姐弟俩五十块钱的修车费，把一天的红包收入搭进去一半。这小子本质看来不错，挺有同情心的。在文章中，这位"记者"同志发出了感慨，"看看小婉、小鹏他们的艰难生活，我们难道还不该惭愧吗？"

看到这里时，古根生挺欣慰，心想，小混蛋也知道惭愧了！不料，接下来的文字又不对了，"试问今日之文山为何出现了这样的事情？市委书记石亚南同志应该承担什么责任？如果小婉、小鹏是你的孩子，你能看着他们这样下去吗？"

古根生把文章给石亚南看了，半开玩笑半认真地说："嘿，我们好像弄巧成拙了，搬起石头砸了自己的脚啊！石书记，儿子的这个责问你该怎么回答啊？"

石亚南笑道："你别讥讽我，就算砸了脚我也欣慰！这责问不是没道理，说明古大为已经受到了触动！"又说，"老古，我目前是受他责问的人，不好和他多说啥，你去和他说，就说正是因为要消除这种贫困现象，他妈这些年才顾不上管他！但我们把他送到了上海，各方面条件好得很嘛，去引导他好好惭愧吧！"

古根生便去引导古大为去好好惭愧，引导得还算不错。在第二篇文章里，小混蛋将自己过去的生活和小婉、小鹏的生活进行了一番对比，又发了一通夸张的感慨。石亚南很高兴，评价说，对儿子的教育也是工程，抓和不抓就是不一样！

儿子工程抓得挺好，对古大为的治理整顿成效显著，大局和工作却全抛到了脑后，就像过去一个戏里说的，"让巴掌山遮住了眼"，灾难也就因此注定了，害了他自己不说，实际上也害了石亚南。为此，古根生真是悔青了肠子……

三十三

白原崴在金川区委书记吕同仁和区长向阳生的陪同下，站在独岛乡的长淀湖边，看着那片长满庄稼的良田想，银山方面怎么想起在这里搞硅钢厂？开发高档别墅住宅区多好！长淀湖虽说有些轻微污染，却是活水，东连奎河西接汉江，距金川城区不到三公里，真搞了工业项目，这么好的环境就完了。怪不得省里卡着不批，赵安邦亲自干涉呢，违规不违规先不谈，环保审查这一关就过不了嘛!

　　毫无疑问,银山方面是想违规操作,二千五百亩项目用地只批了六百亩,立项还没影,就把他和林小雅骗来了。骗来后,市里的领导又不出面,只让区里接待,连一次次主动找他的那位宋朝体市长也躲了起来,说有啥急事去了北京。其实,他心里清楚得很,这是一种操作上的策略,项目搞成了是市里的成绩,受到追究就是下面乱来,这种欺上瞒下的手法也不是今天才有的。如此看来,这个诱人的项目确如陈明丽和田封义所言,风险不小,伟业国际只怕参预容易脱身难。

　　然而,他还是带着林小雅来了,来时没抱多大希望,只当是一次短暂的爱情休假。避开陈明丽无所不在的监视,和小雅一起单独待两天还是挺有意思的。现在看来,在如期收获爱情的同时,也许还会收获一块增值的土地,起码是已经批下来的这六百亩地,搞得好甚至有可能就是两千五百亩,一个房产项目就诞生了!

　　区委书记吕同仁和区长向阳生装疯卖傻,似乎根本不知道省里的态度,赵安邦和有关部门头头脑脑来银山考察叫停的事提都不提,仍和他大谈硅钢厂。信誓旦旦地向他和伟业国际保证,市里区里将全面支持,全力保障,在这个重点项目上不但会把政策用足,还会用活。白原崴便也装糊涂,没提出任何质疑,还适时表示了投资兴趣,说是二十亿可转债正在发行中,他和董事会也在考虑新投资项目。吕同仁和向阳生都劝他把这二十亿投到金川来,当天晚宴上,他便借着酒兴承诺说,不但可以把二十亿投进来,还可以先打一千万定金过来,以示诚意。

　　这承诺和诚意金川区肯定连夜向市里汇报了,市委书记章桂春一见伟业国际真要把银子扔过来了,不再故意躲着他了。这滑头从百忙之中抽出了身,半夜十一点打了个电话过来,先是一通道歉,继而提出,次日中午在香港大酒店宴请。

　　放下电话,白原崴哈哈大笑着,对林小雅道:"小雅,你看看,是不是有点意思啊?这位章书记,既他妈的想要政绩,又怕被政绩烫着手,比我还奸诈!"

　　林小雅说:"那你和伟业国际就不怕烫手啊?要我看,这就是火中取栗!"

白原崴道："当然是火中取栗，不过，取栗的那只手不是我们的手，是银山市的手！他们敢这么背着赵安邦和省里违规操作，就得为违规操作承担责任！"

林小雅说："他们可以承担责任，但实际承担损失的将是我们伟业国际啊！"

白原崴摇头笑道："这可不一定，小雅，投资这潭水很深，有些事你不懂！"

林小雅仍坚持说："白总，你最好听我一句劝，还是放弃吧！就是从环境保护的角度看，这个项目也够麻烦的，在这种风景挺好的地方搞钢铁，也不知他们是咋想的？搞个欧洲小镇之类的房产项目还差不多！"

白原崴乐了，"哎，哎，小雅，你说什么？搞个欧洲小镇？房产项目？"

林小雅不在意地说："是啊，总比搞什么钢铁厂要好，起码不污染环境！"

白原崴略一沉思，"那好，就这么定了，我们就在这里搞个欧洲小镇吧！"

林小雅怔住了，目不转睛地看着他，"哎，白总，你这不是开玩笑吧？"

白原崴严肃起来，"不是开玩笑！站在长淀湖边看地时我就这么想了，现在你也这么说，我的想法更坚定了！就搞个欧洲小镇式的房地产项目，项目名字可以叫莱茵河畔，或者北欧风情之类的，小雅，你好好琢磨一下，提点设想！"

林小雅仍是不解，"白总，既然你已经有这个想法了，为什么今天不和吕书记、向区长说？还在那里大谈钢铁呢！哎，明天是不是和章桂春书记先说说？"

白原崴忙摆手，"NO，NO！明天继续和章书记谈钢铁，这事提都别提！"

林小雅睁着迷惑的大眼睛问："为啥不提啊？你还怕他们不同意吗？"

白原崴道："他们当然会同意，这么一来，既没违规的风险，又照样引进了项目资金，他们高兴还来不及呢！但对我们来说有个技术性问题：工业用地和房地产用地不是一回事啊！工业用地两万一亩，房地产用地起码也要八万一亩，还得挂牌拍卖，为长淀湖边已批下来的六百亩地，我们就要多花三千六百万哩！"

林小雅明白了，笑道："白总，你又看到机会了？还想赚这笔土地差价呀？"

白原崴很正经，"有差价为啥不赚？小雅，你别说，将来把工业用地变更为房地产用地后炒出去也是一招，就算不能赚三千六百万，也能赚两千万以上！"

林小雅道："白总，这么说来，你从来就没相信过他们这个钢铁项目啊？"

白原崴这才说出了其中的秘密,"小雅,你想想,我会相信吗?吴亚洲都不上的当,我会去上吗?有关情况我已经知道了,也看出银山在骗我们,让我们把钱先扔进来再说!我呢,将计就计,一千万打过来,既是项目定金,也是那六百亩地的地款,将来硅钢厂上不了,六百亩工业用地就自然变成了房地产用地!"

林小雅又问:"那么,如果情况有变,这个钢铁项目能顺利上马呢?"

白原崴道:"这我也想过,顺利上马不是更好吗?我们扔进去三五个亿,然后向银行贷款嘛,也像吴亚洲的亚钢联那样,贷个几十亿!不过,这种可能性不是太大,赵安邦这个人我比较了解,厉害着呢,他不同意的事,银山干不成!"

林小雅说:"可改变土地用途,银山方面会不会让我们补地价啊?"

白原崴道:"一般不会,始作俑者是他们,地又落在了我们名下,他们很被动,不替我们摆平不行!这种事我们前年在平州碰到过,一块地从工业用地转为商业用地,最后又按我们的要求变成了房地产用地!所以,我们这次要主动受骗上当,说心里话,我现在不怕章桂春骗我,就怕他不敢骗我,向我说明真相!"

林小雅感叹起来,"这可真是中国特色,简直匪夷所思!怪不得有人说中国的市场经济是权力经济呢!只要有权力的庇护,连受骗上当都能产生利润啊!"

白原崴大笑说:"你总算明白了!因此,我们得继续和章书记谈钢铁啊,为他的政绩,为银山的GDP,当然,也为我们几乎没有任何风险的一笔利润!"

林小雅却笑不出来,"白总,你真是好可怕啊,都被中国特色修炼成精了!"

次日中午,宴会在银山香港大酒店如期举行,白原崴和林小雅赶到之前,章桂春已先一步到了,正和吕同仁、向阳生说着什么,章桂春的伤还没好,左臂仍用绷带吊着。白原崴此前听说过独岛乡征地风波,就觉得面前这位市委书记颇有几分悲壮。这份悲壮过去与他无关,今天与他有关系了,心里不免有些激动。

章桂春也挺激动,拉着他的手,笑眯眯地对吕同仁和向阳生说:"小吕、老向,我和宋市长可是帮你们金川区请来了个大财神啊,你们得给我伺候好了!"

吕同仁点头微笑着,"章书记,我们已经和白总说了,把政策用足用活!"

向阳生也说:"就是,章书记,我们定了,吕书记一把手挂帅,亲自伺候!"

白原崴笑道:"你们可千万别这么说,什么伺候不伺候,我们又不是老爷!"

章桂春呵呵笑着说:"怎么不是老爷啊?到银山投资的就是老爷,我,宋市长,还有他们,都得好好伺候着,伺候就是服务嘛,全方位无私服务!前天政协的同志找我,说有个广东投资商提出来,想在市政协挂个委员的名,我当时就答复了,成!人家在这投资八千多万,交了不少税,别说委员,就是挂个爹都成!"

白原崴、向阳生被逗笑了,吕同仁勉强笑了笑,只有林小雅无动于衷。

入席就座后,章桂春又说,表情已严肃起来,"白总,开玩笑归开玩笑,可这个玩笑代表了我的一种心情啊!同为我省北部欠发达地区,文山作为未来的经济辐射中心定位,有省里的政策支持,有项目和资金的倾斜,银山有啥?只有对投资商的一片真诚嘛,只能创造一个比文山更好的环境嘛!白总,有啥要求你们只管提,文山做得到的,我们一定做到,文山做不到的,我们也会想法做到!"

白原崴忙起身敬酒,"章书记,那就太谢谢您和市委了!就冲着您今天带伤来接待我们,我和伟业国际集团就认准银山了,而且还不问你要政协委员!"

章桂春把敬的酒喝了,半开玩笑半认真地说:"那是!白总,你当然看不上政协委员,不过可以考虑安排市政协副主席嘛,商会那位副主席也快到点了!"

白原崴不禁动了心:怪不得人家都说章桂春是银山的一方霸主,看来此人还真是有些霸气的,市政协副主席就敢在这样的场合轻易地许。他相信,如果他和伟业国际真把几个亿投到了银山,没准就成了副主席。那还有啥好说的?就算金川的项目搞砸了,也是有后路的,他现在不奋勇向前去上当受骗,更待何时?

于是,白原崴便切入了正题,"章书记,我知道您和市里对金川硅钢项目很重视,我们伟业国际集团也是高度重视的。我来之前董事会刚讨论过,准备改变二十亿可转债的投资方向,做金川的硅钢项目,伟业控股将是主要投资方了!"

章桂春边吃边说："好，好，伟业控股是上市公司嘛，可以在证券市场上融资，公司主业又是钢铁，业有所专，这很好！"就这么随便应了两句，便转移了话题，"我们银山是个好地方，山清水秀的，就是工业基础比较差，石亚南、方正刚他们老吵着说什么文山的老国企都是包袱，这种包袱我们想要还没有呢！"

林小雅插了一句，"既然银山山清水秀，可以在旅游开发上做些文章嘛！"

章桂春和气地道："旅游开发的文章一直在做。不过，光旅游也不成啊，得先吃饱肚子才能旅游嘛！文山要工业强市，我们银山就更要工业强市了！"

白原崴把话头接了过来，"就是，章书记，我想向你和市委汇报一下……"

章桂春却端起了酒杯，"来，白总，林主任，我代表市委、市政府，也代表银山五百二十万人民隆重敬你们，也敬伟业国际一杯，真诚地感谢你们了！"

白原崴和林小雅不敢怠慢，把这代表着五百二十万人民的酒隆重地喝了。

章桂春指点着吕同仁和向阳生，又说了起来，"我经常和他们说，一定要为来我们这里投资的海内外老板好好服务，为投资老板服务，就是为人民服务！"

白原崴笑道："章书记，说到底，我们这些投资商也是为人民服务嘛！"

章桂春手一摆，戏谑说，"不，不，白总，你们和我们不一样！我是为人民服务，你是为人民币服务，这你别不承认！我就喜欢直来直去：到银山投资如果没有可以预期的利润，我八抬大轿也请不来，是不是？真理都是光着腚的嘛！"

桌上的人全笑了，包括不太喜欢这种场合和气氛的林小雅也被逗笑了。

向阳生笑罢，画蛇添足解释说："章书记的意思说，真理都是赤裸裸的！"

章桂春看了向阳生一眼，"这还用你来解释？没点幽默感！"又说了下去，"但是，白总，我们在客观上达到的目的必将是一致的！你们投资赚了钱，我们收了税，也增加了就业岗位，为人民服务的目标就达到了！有些同志骂我哩，说我这是提倡官商勾结，我就说了，官商不勾结，哪来的投资，哪来的就业岗位！勾结可以，但不能谋私，不能把银子往自己家里扒搂，谁敢扒搂，我剁他的爪子！"

白原崴觉得机会难得，酝酿了一下情绪，又准备汇报，"好，好，章书记说得太好了，很生动啊！章书记，今天我们伟业国际就和你们市委、区委勾结一回了，一定把金川硅钢项目尽快搞上去！借这个机会，我先简单做个汇报……"

章桂春根本不愿听,笑道:"白总,别开口闭口就是汇报,哪来这么多汇报啊!咱们今天就是喝酒!项目上的事,你们和小吕、老向他们具体谈吧,我就不多干涉了!我干涉多了,他们下面就没法工作了!小吕,老向,你们敬酒啊!"

这位滑头书记是故意躲避,白原崴和林小雅虽说已想到了这一点,却都没想到章桂春会躲得这么彻底,连在这种场合的汇报都不愿听。其实他们是想好了自愿来上当受骗的,不可能让章桂春为难,但章桂春不清楚,这么做也能理解。

这么一来,汇报的事就不提了,合作双方大肆敬起了酒。你敬过来,我敬过去,喝得隆重热烈,三瓶精品五粮液不知不觉下去了。章桂春情绪很好,借着三分酒意,献歌一首:《永远是朋友》,唱得既深情又投入,"……结识新朋友,不忘老朋友,我们永远是朋友……"宴会在关乎"朋友"的歌唱声中圆满结束。

林小雅看不惯这一套,回到金川宾馆,门一关,就对他嚷,"白总,你觉得这位章桂春能做朋友吗?这种无聊政客在西方国家只怕早被老百姓赶下台了!"

白原崴道:"你说的是西方,这里是中国,更具体地说是银山。在银山,章桂春就是土皇帝,是大权在握的一把手。一把手掌握绝对真理啊,二把手只掌握相对真理,其他人没有真理,我们不和绝对真理做朋友,还和谁去做朋友啊?"

林小雅反驳说:"文山也是中国吧?我看文山的市长书记比他正派得多!"

白原崴想到文山就来火,"哼"了一声,轻蔑地说:"光正派有什么用啊?小雅,我告诉你,你要记住:我们是投资商,不是道德评论家!石亚南、方正刚的正派不能给我们带来利润,我们就要忘掉这种正派;章桂春不正派,却让我们有钱可赚,我们就要和他交朋友!"略一思索,决定说,"好了,不谈这个了,你马上分头打电话吧,通知伟业控股的陈总和我们集团的法律顾问,请他们今天都赶到银山来,和吕同仁、向阳生他们会商硅钢项目的投资计划!哦,还有,别忘了让我们的律师带上标准的土地转让合同书,我们得先把这六百亩地拿到手!"

林小雅耸了耸肩,讥讽说:"白总,这就是说,我们当真要上贼船了?"

白原崴真不高兴了,"什么贼船?哪来的贼船?小姐,适应中国国情吧!正因为有了这种国情,才会有一夜暴富的机会,才会有资本和权力的双重传奇!"

第十一章

三十四

二〇〇四年春节过后,投资过热带来的负面影响明显显现出来。钢材、有色金属和相关生产资料价格继续上涨,能源供应骤然趋紧。省政府被迫将文山矿务局的煤炭销售权收上来,指令其开足马力生产,仍无法保证省内各大电厂和用煤企业的基本生产需求,南方各市限电停电成了家常便饭。原已签订了煤炭供销合同的外省煤,因为运输原因无法进入汉江省。赵安邦亲自出面,找到铁道部领导同志,也没解决多少问题。这也怪不得人家铁老大,春运过后,各地积压的物资全涌上了铁路线,有些物资节前就压下来了,不运不行,铁路运能达到了饱和。

三月中旬,能源紧张情况进一步恶化。担负向南方各经济发达市供电的宁川电厂和平州电厂,电煤储存经常只能保持五至七天的发电量。电厂停机引发大面积停电事故随时有可能发生。为缓解能源危机,减少电力消耗,省政府专门发了一个32号文,要求全省各市进一步避峰限电,深入挖潜。三月下旬,省城和南方各市开始逐一关闭夜间景观灯,一座座繁华的大都市失去了夜间的辉煌灿烂。

这其实解决不了多少问题。赵安邦心里清楚,最困难的时刻还没到来。如果这种能源紧张形势不能在六月之前得到根本扭转,对经济发达的汉江省来说,这个夏季将是十分难过的。千家万户的空调机一开,各地电网只怕就吃不消了。当然,有利条件也是存在的,根据以往的经验判断,到那时候铁路运输就不会如此紧张了,外省煤炭会比较顺利地输入汉江,只是煤价涨成什么样就不知道了。

不料，还没等到炎热的夏季，四月就过不去了。四月一日，赵安邦在省城检查工作，看了几个项目，听了半天的汇报，晚上刚入睡就被一个电话吵醒了。来电话的是主管工业的王副省长，赵安邦当时的预感就不好，马上想到了能源。

果不其然，王副省长开口就说："赵省长，这下子麻烦大了！至今日下午五时，平州电厂的电煤储备只够维持三十二小时之用，宁川电厂的电煤储量也只能维持三天，而在这三天之内省内外已无任何煤源可供，真是十万火急啊！"

赵安邦有些恼火，"他们是干啥吃的？咋到现在才说？你说说看，我们能在三十二小时内变出煤来吗？这种情况又不是不知道，他们为啥不早作安排呢？"

王副省长说："这也怪不得他们，是情况发生了变化：电煤半道被截了！"

赵安邦益发恼火，"谁这么大的胆？老王，你亲自去，让他们把煤吐出来！"

王副省长说："能让他们吐出来就好了！是我们兄弟省截的，人家和我们一样，也把煤炭出省权收上来了，未经批准，一吨煤也不许运出去！我在电话里和他们主管副省长交涉了半天，没任何结果，所以，才半夜三更向你汇报嘛！"

赵安邦想想也是，兄弟省也不是能源大省，在这种情况下采取断然措施也在情理之中，于是指示道："老王，我们只能靠自己了！你连夜安排，以省政府的名义让文山矿务局特事特办，组织车队紧急向两大电厂运煤，出井口就运走！"

王副省长说："赵省长，这我已经安排了，保宁川应该没问题，保平州就难了！三十二小时内哪来得及组织这么庞大的运输车队？等把车队组织起来，把文山煤运到，平州电厂早停机了！现在唯一的办法是，截留途经我省的在运煤！"

赵安邦吓了一跳，"老王，你可真敢想！我们这么干，人家不告到中央去？"

王副省长说："所以，这事得你定，据我从铁路部门了解的情况，这三十二小时内，津浦线和陇海线共有二十列煤炭专列途经我省，其中五列经停平州！"

赵安邦有点动心了，"你说什么？有五列煤车经停平州？情况可靠吗？"

王副省长说："可靠！这也是唯一可以解决燃眉之急的办法，否则，平州电厂一旦停机,势必造成大面积停电,平州和周边地区的经济损失可就太大了!"

赵安邦迟疑着,又问:"那你知不知道,这些煤列的目的地都是哪里啊?"

王副省长不耐烦了,"问这么多干啥?要怕惹事,我就让下面悄悄干!"

赵安邦可不糊涂,"不行!老王,你先搞搞清楚,看看这些煤都是谁的!"

王副省长这才说:"赵省长,我早搞清楚了,全是发往上海和江苏的……"

赵安邦心里一紧,打断了王副省长的话头,"好了,你别说了!上海和江苏都是能源紧缺地区,也是经济发达地区,决不能搞先斩后奏!我和上海、江苏的同志联系一下再定吧!如果可能,就争取他们的支持,明天一早给你回话吧!"

王副省长叫了起来,"还明天一早?我今夜就守在电话旁等回话!"又说,"赵省长,我劝你不要找上海、江苏,肯定商量不通,真要找,你最好去找中央!"

这倒提醒了赵安邦,"好,老王,我就找中央!一弘同志正在北京开会,就请一弘同志向国务院领导紧急汇报吧,可在此之前,你们一定不能轻举妄动!"

王副省长连连应着,"好,好,不是十万火急,谁愿轻举妄动啊!"结束通话时,又强调说,"赵省长,你可别忘了,我们只有三十二小时,三十二小时啊!"

是的,只有三十二小时,火烧眉毛啊。但真为这种事去找国务院领导,也有些说不过去。好在裴一弘就在北京,不作为正式汇报,也许可以试一试。

裴一弘在电话里听罢他说的情况,沉默了好半天才说:"安邦,不是试一试,恐怕得连夜汇报。你想啊,如果不能在今夜明天将经停平州的煤列急令调入平州电厂专用线,我们就得采取措施了!否则许多企业就要出大问题,比如,钢铁厂的钢水、铁水就要凝结在炉膛里!你可想清楚了,是现在汇报还是采取措施?"

赵安邦觉得裴一弘的话里有话,估计是不想出面向国务院领导汇报,真汇报了,给领导添麻烦不说,也丢人,于是便道:"老裴,你说的这个问题我已经想到了,我的打算是:如果明天上午不能拿到国务院的指令,我们就采取措施!"

裴一弘挺不安地问:"明天上午再采取措施还来得及吗?影响面这么大!"

赵安邦说:"问题不会太大吧?必要时可以在电台、电视台发布停电紧急通知!不过,这一来肯定会产生很不好的社会影响,所以我还是想试一试!"说到这里,终于下定了决心,"老裴,这事你就别管了,我马上打电话给国办吧!"

裴一弘沉默了片刻,"算了,安邦,还是我来吧,我这就打电话找领导!"

这倒是赵安邦没想到的,"老裴,这好吗?我是省长,这个电话我打吧!"

裴一弘开了句玩笑,"行,你老弟还够意思!"又说,"不过,我现在就在北京,而且本来国务院领导同志也约我了去谈话的,还是我来吧!安邦,你们做两手准备吧,这些煤列若没急用估计有希望;如果人家也有急用那就没办法了!"

接下来是三个多小时的漫长等待,他在等待北京裴一弘的电话,王副省长在等他的电话。凌晨三点十五分,裴一弘的电话终于到了,问题不但解决了,而且比预想的还要好,国办连夜下达急令,五列经停平州的煤列全部就地调拨给平州电厂,其他经过汉江的煤列也优先保证宁川、平州两大电厂的电煤供应。

赵安邦大大松了一口气,对裴一弘说:"老裴,明天见到国务院领导同志务必代表咱们汉江省表示感谢,也代我先做个检讨吧,我这个省长没当好啊!"

裴一弘叹息道:"安邦,你别说,我们这次恐怕真要好好检讨啊!国务院领导同志在电话里就问我了,文山和银山的钢铁都是怎么回事?尤其是文山,怎么上到了七百万吨的规模!国务院领导先还以为是文山要煤呢,我解释了半天!"

赵安邦刚放下的心又拎了起来,"老裴,这么说,文山那堆钢铁有麻烦了?"

裴一弘道:"肯定有麻烦,具体情况还不清楚,看领导同志明天咋说吧!"

赵安邦觉得奇怪,"银山又怎么回事?银山的硅钢项目我亲自叫停了啊!"

裴一弘道:"你问我,我问谁呢?搞不好就让他们蒙了!安邦,你明天就找银山市委,找那个章桂春,问问他们想干啥?眼里还有没有省委、省政府!"

赵安邦仍不相信银山敢这么乱来,只道:"好,我了解清楚再说吧!"

裴一弘说:"我明天也找有关部委了解一下吧,看看这都是怎么回事!"

放下电话,赵安邦给王副省长回了个电话,把北京的回复简单说了说。

王副省长乐得大叫:"这可太好了,不但解决了平州电厂,还捞了外快!"

赵安邦却郁郁说:"老王,你别高兴得太早,只怕咱们的麻烦还在后面呢!"

究竟是什么麻烦,赵安邦没心思多说,挂断电话后,却再也难以成眠了。

裴一弘的话中已透露出了不祥的信息，搞不好汉江就要出问题！明天国务院领导和有关部委的同志要和裴一弘面谈，谈什么？没准就是文山、银山！这次宏观调控不是从今天开始的，过去的半年里中央一直在吹风、打招呼，其间还下达了几个很重要的文件。可包括汉江在内的一些省区却都没太在意，现在看来好像不对了，从能源的高度紧张即可看出宏观调控的必要性和紧迫性了。汉江省已经吃了苦头，两大电厂连发电的煤都没有了。你没有煤就去找中央，中央的宏观调控精神又不好好执行，无论如何是说不过去的，弄巧成拙，送上去挨板子嘛！

文山钢铁上到这种规模，连他和省里都吃惊，何况中央了。如果中央认真追究，只怕毛病不少，起码存在分拆批地、分拆立项情况。这种化整为零、逃避计划监管的问题，他和省里的同志能想象得到，国家部委的同志也能想象得到，都是特定国情下成长起来的干部嘛，谁不知道谁？不查则已，一查全都是问题。

还有银山。银山和文山还不是一回事。文山新区那些钢铁上得比较早，速度也比较快，是生米做成了熟饭，银山的项目还在纸面上，米还没下锅。如果银山真的在他一再阻止的情况下还上了硅钢厂，那就更不像话了，简直就是混账。

恼火之余，赵安邦想打个电话给章桂春，问问情况。可看了看表，才凌晨四点多，又觉得不是太合适，摸着保密电话，已准备拨号了，最终还是放下了。

在客厅里抽了一支烟，心情变得更坏。赵安邦便也不管那么多了，心想，我当省长的都睡不了了，你们底下胡闹的家伙还想睡安生觉啊？这才掐灭烟头，拨了章桂春家里的电话，连拨了三次，好不容易把这位章书记从好梦中折腾醒了。

章桂春不知是他，开口就骂："谁呀，他妈的也不看看是啥时候！"

赵安邦说："是我，赵安邦！章书记，实在对不起，打搅你的睡眠了！"

章桂春吓了一跳，"哟，是赵……赵省长啊！我……我不知道是您……"

赵安邦自嘲说："没关系，没关系，你当面骂骂，总比背后骂要好！"

章桂春道："赵省长，我骂谁也不敢骂您哪！您咋这时候给我来电话了？"

赵安邦说："睡不着啊，桂春，你是不是醒透了？醒透了我有话问你！"

章桂春忙道:"醒透了,醒透了! 赵省长,您说,是不是银山出啥事了?"

赵安邦"哼"了一声,"你说呢? 你们怎么回事? 硅钢项目又上马了?"

章桂春说:"没有啊,您两个月前亲自到银山叫停的,谁还敢上啊!"

赵安邦严肃地道:"好,桂春,没上最好! 如果背着我和省里偷偷上了,你和银山市委必须考虑后果! 我不是吓唬你们啊,中央这次盯上银山、文山了!"

章桂春不太相信,"中央咋会注意到我们呢? 赵省长,是怎么个事啊?"

赵安邦忧心忡忡道:"你没数吗,还问我? 反正你们给我小心了就是!"

章桂春这才说:"赵省长,那这样吧,我一早就赶到金川区去,亲眼看看那里的情况! 如果区里的同志敢背着我们市里乱来的话,我和市委饶不了他们!"

赵安邦道:"那好,你就下去查查吧,查的结果立即向我和省政府汇报!"

当天上午,赵安邦正在办公室等裴一弘的电话,章桂春的电话先到了,说是金川区委书记吕同仁和区长向阳生胆子实在太大,还真背着省里、市里和伟业国际集团合作,继续上了硅钢项目,已在批下来的六百亩地上搞起了八通一平。

赵安邦气得差点摔了电话,"章桂春,我建议你马上开常委会,就研究一件事:怎么处理金川区的吕同仁和向阳生! 对这种不听招呼,不顾大局,不讲纪律的同志必须严肃处理,该撤就撤! 这种人不撤,我和老裴早晚得让中央撤了!"

章桂春赔着小心试探说:"赵省长,这件事的性质虽说比较恶劣,可毕竟还没造成严重后果,只是动了那六百亩地,况且这地是省里批过的,所以……"

赵安邦打断了章桂春的话头,"所以什么? 章桂春,你不要讨价还价! 这个会你可以不开,这两个人你们可以不撤,但我可以建议中共汉江省委撤了你!"

章桂春口气马上变了,"赵……赵省长,我们坚决执行您……您的指示!"

赵安邦冷冷道:"也不是啥指示,只是我的一个建议,很重要的建议!"

就在这时,裴一弘的电话进来了,是打到红色保密机上的。赵安邦没来得及和章桂春最后打一声招呼,便放下手上的话筒,匆忙抓起了保密机的话筒……

三十五

　　裴一弘是在中南海的重要谈话结束之后，回到住处才给赵安邦打的电话。

　　本来不想打，下午的飞机就回去了，可知道赵安邦着急，裴一弘想想还是打了，也没隐瞒，开口就说："安邦，文山这回捅娄子了，一下子冒出来七百万吨钢，把国家有关部委吓了一跳，国务院领导同志批评了我们，口气挺严厉的！"

　　赵安邦心里有数，"预料之中啊，节前我就说，这钢铁上得不是时候嘛！"

　　裴一弘一声叹息，"是啊，我向国务院领导和有关部委的同志解释了：我们还是执行了宏观调控政策的，发现文山投资过热也下去查了，还是你带的队。中央某部委的一位负责同志当场将了我的军啊，拿出一张《文山日报》，问我是咋回事？我一看也愣了，报上你仁兄玉照三幅，光彩夺目，我差点没晕过去！"

　　赵安邦有些吃惊，"老裴，这些京官会注意到我们小小的《文山日报》？"

　　裴一弘道："你别低估了这些京官的水平和能量，在这事上他们不官僚！"

　　赵安邦说："老裴，你不知道，为这篇报道，我已严肃批评过石亚南了！"

　　裴一弘"哼"了一声，"我也饶不了她，这个账我会和石亚南好好算的！"

　　赵安邦说："账不管咋算，文山的摊子已经铺开了，咱还得实事求是啊！"

　　裴一弘心想，怎么实事求是啊？中央明确问起了文山钢铁新区的这七百万吨钢，一定要汉江省说清楚，都是谁批准的？是不是违了规？他不赶快落实调查行吗?！这话却没说，怕几句话说不清。又说起了银山，"还有银山，银山的同志还在为硅钢项目在北京四处活动，请客送礼，有关部委的同志非常恼火啊！"

　　赵安邦马上说："老裴，我更恼火！银山不仅是活动啊，我了解了一下，金川区已经背着省里、市里在为项目做八通一平了，起码已把六百亩良田毁了！我刚才向章桂春建议，金川区的书记、区长都撤下来，就算杀鸡儆猴也得杀了！"

　　裴一弘一听，也气了，"这胆子也太大了！安邦，你这个建议很好，这种干部一定要撤，再不撤，还谈得上什么令行禁止？我们中共汉江省委还有权威可言吗？我的意见，这次不但要杀鸡儆猴，必要时就杀它一两个不听话的坏猴子!"

赵安邦说:"好,好,如果这件事和章桂春有关系,就严肃处理章桂春!"

裴一弘却不愿多说了,"安邦,先说这么多吧!我马上回去了,下午两点的飞机,六点之前肯定到家,有些话见面再说好了!你让郑秘书长通知一下,连夜召开省委常委会,传达落实中央领导的指示精神,常委全要参加,不许请假!"

赵安邦应着,"好,好,我马上安排!"却又说,"不过,老裴,有个情况你可能不是太清楚,老于昨天去了文山,听古龙腐败大案的汇报,估计回不来!"

裴一弘也没多想,"好,那就把华北同志算个例外吧!"说罢,放下了电话。

放下电话后,想想又觉得不对:于华北虽说不分管经济,虽说古龙的反腐败工作也很重要,但这么要紧的常委会还是不宜缺席的。于是,又通过省委值班室找到于华北,和于华北通了个电话,通电话时就想,这其实也算事先通气了。

于华北却误会了,一听他在北京,马上问:"这么说,要给你开欢送会了?"

裴一弘一时没悟过来,"开什么欢送会?老于,你们巴望着赶我下台啊?"

于华北笑道:"你在汉江下了台,再到北京上台嘛,北京的台子更高了!"

裴一弘这才悟过来,苦笑说:"老于,别给我扯这个了,我今天在北京可是挨批啊!刚才和安邦通了下气,现在也和你通一通气,晚上准备开个常委会!"

于华北又误会了,"怎么?老裴,是不是古龙腐败案被中央抓了典型?"

裴一弘说:"不是古龙腐败案,是文山那堆钢铁啊!"把情况简单说了说。

于华北听后,在电话里半天没做声,听筒里死也似的好一阵沉寂。

裴一弘以为保密线路出了问题,提高声音问:"哎,哎,老于,你听得见吗?"

于华北"哦"了一声,闷闷说:"我听着呢,这……这太出乎我意料了!"

裴一弘叹息道:"也出乎了我的意料啊,昨夜找国务院告急要煤时,我就觉得哪里有些不对头,可没想到事情会严重到这种地步!"又说,"老于,看来还是安邦比较敏感啊,春节住院期间就想到了给文山降温,只可惜没能降下来!"

于华北说:"是啊,是啊!可既然这样了,我们得认真对待啊!我个人的意见,对中央领导的指示一定要不折不扣贯彻执行,从态度到行动都不能含糊!"

裴一弘道："好，老于，这也是我的意思，所以，你赶回来开常委会吧！把这些话在会上好好说一说！不瞒你说，我有些担心安邦啊，咱们这位省长……"

于华北没等他说完便道："哎，老裴，这个常委会我只怕出席不了！你看是不是能请个假呢？下午有个大汇报，几个大组的办案同志好不容易才凑齐的！"

裴一弘心里不悦，可却仍耐着性子说："我知道，我知道，谁手头都有一大摊子事！我本来今晚也有外事活动，看来也去不了了！老于，你还是回来吧！"

于华北似乎很为难，"老裴，宏观调控是大事，反腐倡廉也是大事啊！古龙腐败案涉及面这么大，影响又这么恶劣，我不敢掉以轻心啊！再说，我又不分管经济工作，连农业都不分管了，就是到会也就是这个态度，坚决贯彻执行嘛！"

裴一弘难得这么强硬，"老于，你说的都对，但我还是希望你回来！如果你今晚实在赶不回来，这个常委会就改在明天开吧！"说罢，断然挂上了电话。

事情很清楚，于华北是想躲开这个常委会。这个常委会既不研究干部人事问题，又不研究反腐倡廉，似乎和他无关。可真与他无关吗？裴一弘恼火地想，不但有关，关系还不小！春节前后赵安邦敏感地发现了问题，给文山那堆钢铁泼水降温时，这位于副书记却在那里火上浇油，还在他面前抱怨过赵安邦。现在看到来了大麻烦，又退避三舍。当然，这位同志的态度不错，听招呼，讲原则。正因为如此，这种原则才必须让他到常委会上去讲，大家一起在会上说服赵安邦。

从汉江驻京办事处一路赶往首都国际机场时，裴一弘就已预感到赵安邦不是那么容易说服的。赵安邦是省长，要对省内各地区的经济发展负责。尤其是对文山这种欠发达地区，免不了侧重经济角度看问题，估计会力挺一番。可中国经济能离开政治吗？在政治经济学里政治可是摆在前面的，不论是赵安邦这个省长还是他这个省委书记，都必须讲政治。有个重要情况他没在电话里和赵安邦说：中央这回动真格的了，已抓了长江三角洲地区某省的典型，对该省违规上马的一个八百四十万吨的钢铁项目紧急叫停了。由国家发改委、国土资源部、银监会等九个部门组成的中央调查组即将开赴该省展开调查。赵安邦已想到了对属下的银山市杀鸡儆猴,估计还没想到中央也会对省里杀鸡儆猴。裴一弘想,闹不好,中央这次甚至可能直接杀猴,儆示天下。对这轮宏观调控,各省都要向中央表态的。

正忧心忡忡地这么胡思乱想着,摆在秘书身上的手机突然响了起来。

秘书打开手机一听,忙把手机递给了裴一弘,"裴书记,是于副书记!"

裴一弘像似啥也没发生过,接过手机,故意问:"老于,怎么又是你啊?"

于华北说:"不是我还能是谁!老裴,我已经上车了,正往省城赶呢!"

裴一弘有了一丝安慰,"好,老于,如果时间来得及,咱们共进晚餐吧!"

于华北开玩笑说:"哦,还来好事了呀?老裴,是你请我,还是我请你?"

裴一弘明确道:"当然是我请你了,也请安邦,晚餐以后一起去开会!"

于华北明白了,"是工作晚餐吧?好,好,很有必要!"又说,"老裴,你也别误会了,我没想过遇到麻烦绕着走!刚才也说了,就算今天请假不到会,也有态度嘛!主要是古龙腐败案太棘手,有些情况手机里也不好说……"

裴一弘道:"不好说就别说了,手机不安全,你们该怎么办就怎么办吧!"

于华北又说,"老裴,文山钢铁的事已经出了,你也别太急,急也没用!"

裴一弘道:"是啊,是啊!老于,咱们都动脑子好好想想吧,看看怎么才能在不给文山造成重大经济损失的情况下,落实好国务院领导同志的具体指示。"

于华北啥都清楚,"我看难啊,损失是肯定的了,安邦心里只怕最清楚!"

裴一弘道:"所以,要一起来做安邦的工作嘛!老于,我先和你交个底,文山这堆钢铁是绕不过去的,我们不处理,中央也要处理,没有回旋的余地!对这次宏观调控,各省市都要内部表态,我已经代表我省表过态了,坚决执行!"

于华北说:"我明白,老裴,你放心吧,我和你保持一致就是!"又说,"对安邦,你也别太担心了,在这种情况下,他就是再不情愿,也会认赔出局的!"

裴一弘却没这么乐观,和于华北结束了通话就想,涉及到汉江北部一个经济欠发达地区的工业启动,和一百六十多亿投资,赵安邦怕不会轻易认赔出局,连他都心有不甘啊,从中南海出来,脑里两个观点不同的裴一弘就一直在吵架。

实事求是地说,文山和省里有关部门违规操作分拆批地,分拆立项,不是他和赵安邦授意的,可要说事前事后一点没察觉,也不是事实。赵安邦从文山

212

突然袭击回来就怀疑过项目分拆，当面和他提起过。他和赵安邦一样，也大意了，觉得就算有这种事，也是心照不宣的小把戏，地方建设中长期以来形成的陋规。当时还想，文山也有特殊情况，从这个重工业城市的长远战略发展来看，钢铁立市并没错，六大钢铁项目又上了马，而且使用的不是政府资金，是民营资本，上也就上了。这次如果不是被中央和国务院领导同志直接点了名，没准就过去了。现在看来是过不去了，文山的这七百万吨钢中央责令严查，局面变得很被动了。

真是多事之秋啊，该来的全来了，古龙腐败案还没完，又让这堆钢铁烫了手。

这场源自文山的经济灾难，也许还会演变为政治灾难。国务院领导同志和他谈话时语重心长，话说得也很重，还让他带话给赵安邦和汉江省的同志们，要有科学的发展观，要有可持续发展的全局观念。汉江方面如果能痛下决心，严格按中央精神处理好，也许还能在被动中争取主动；倘若动作迟缓，或心存侥幸，软磨硬抗，只怕中央很快就会派调查组到汉江来，演变成一场巨大的政治灾难不是没有可能的。除了认赔出局，汉江省几乎无可选择。现在的问题是赔多少？会不会让文山赔得伤筋动骨？也许身为省长的赵安邦还有啥高招？也许还能找到一条既符合中央宏观调控精神，又能最大限度减少损失的途径？文山的孩子已经生下来了，是不是有可能加大力度，严肃处理超生的母亲，保下无罪的孩子呢？

想到这里，裴一弘不由得一惊，哎，哎，他这是怎么了？地方保护主义的坏思想是不是又复辟了？还一心想着要说服赵安邦呢，自己本身就成问题嘛……

三十六

省委常委会预定当晚九点举行，六点多钟，三巨头在机关食堂聚齐了。

于华北和赵安邦差不多是前后脚走进门的，进来之前，裴一弘已先到了，正沉着脸和省委郑秘书长交待什么。见他们到了，裴一弘脸上才浮出些许笑意，打招呼说，"安邦，老于，我正和老郑说呢，让文山做个准备，明天过来汇报！"

赵安邦自嘲说："还汇报啥，已经是这么个情况了，我们谁心里没数呢！"

于华北也道："就是，老裴，现在不是要听石亚南、方正刚怎么说，得听上面怎么说！中央和国务院领导有指示，我们还有啥好说的，只能贯彻执行！"

裴一弘说："贯彻执行得落实到文山嘛，石亚南和方正刚的汇报，我们有必要听一下！"又对郑秘书长说，"你马上通知吧，让文山连夜准备汇报材料！"

郑秘书长应道："好，赵省长，于书记，你们和裴书记谈吧，我先走了！"

赵安邦却把郑秘书长叫住了，"老郑，也通知一下省发改委和国土资源厅等部门做汇报准备，文山这六大项目怎么搞到这么大规模，请他们给我说明白！省发改委别找别人，就找石亚南的老公，那个常务副主任古根生，他应该清楚！"

郑秘书长连连点头，"好，好，赵省长，我马上通知！"说罢，出门走了。

这时，赵安邦的态度挺好的，没有任何迹象证明他会和裴一弘发生争执。

于华北当时的感觉是，赵安邦似乎比裴一弘还认真，不但默认了裴一弘对文山经济工作的直接干预，还把省发改委和国土资源厅主动抛出来了。倒是裴一弘的做法有些反常，要文山同志过来汇报，竟没征求一下赵安邦的意见，就直接下了命令。由此可以得出三点结论，其一，在裴一弘眼里，文山这堆钢铁已不是单纯的经济问题了，而是政治问题；其二，事关对中央宏观调控的态度和他自身的前程，裴一弘不准备对任何人做妥协；其三，作为汉江省的一把手，裴一弘这回是真急了眼，已顾不得班子里哪个同志是否高兴了，哪怕这同志是一省之长。

赵安邦不糊涂，于华北看出的问题，只怕他也看出来了，在餐桌前一坐下，就话里有话对裴一弘说："老裴，你这顿饭，我估计不太好吃啊，有点像鸿门宴嘛！"

裴一弘故作轻松地道："怎么是鸿门宴呢？就是会前通通气嘛，我们边吃边谈吧！"说着，自己先吃了起来，"安邦，老于，不瞒你们说，被国务院领导这么一批评，我连中饭都没心思吃了，就在飞机上吃了几片面包，还真有点饿了！"

赵安邦看来对事情的严重性估计不足，"这么严重啊？领导都批了些啥？"

裴一弘苦笑道："批了些啥我也别具体说了，你们想去吧！可自省一下，我们也活该挨批，头脑缺少宏观调控这根弦，撞到枪口上了嘛，都正确对待吧！"

赵安邦却说："其实，缺少这根弦的也不光我们省啊，不少经济发达省都有类似的问题！老裴，我记得这事我们议论过嘛，这次宏观调控和以前那两轮宏观调控不尽相同，从一开始就有分歧。不少省区认为，我国经济正处在上升期，钢铁等行业的快速增长有市场需求支撑，而且市场也会不断进行自动调整。目前的市场比较成熟了，自动调整的功能已经大大加强，和过去不可同日而语了……"

裴一弘打断了赵安邦的话头，"打住，打住，安邦，这话别说了！你说的那些省区只怕近期都会向中央表态的。我就代表汉江表态了，令行禁止，按中央的精神办！"又把中央联合调查组紧急查处长三角地区某省八百四十万吨违规钢铁的事说了说，"安邦，老于，你们注意一下新闻好了，国家有关部委的同志和我说了，中央有明确指示，对该省的这一违规事件要坚决查处，并且公开曝光！"

于华北吓了一跳，"老裴，中央该不会也向我们汉江省派联合调查组吧？"

裴一弘道："这谁敢说啊？如果我们不接受教训，不立即采取果断措施，中央完全有可能直接查处！"又对赵安邦说了起来，"安邦，中央现在不调控也真不行了，投资膨胀带来的副作用已经比较严重了！国务院领导和有关部委掌握的数据证明，全国经济运行中的矛盾很突出，我们两大电厂连电煤都供不上了嘛！"

赵安邦口气变了，"老裴，我不是说不该调控，是回忆一下当时的背景！"

于华北觉得，现在回忆一下问题发生的背景还是很有必要的，在这种前提下谈文山钢铁，汉江就比较主动，就是认识问题了，于是便说："安邦回忆的这个背景很重要，就是认识上的误差嘛，不能说我们以前就拒不执行中央政策！"

裴一弘道："是啊，是啊，我们可以这样解释，事实上我也这么解释了。可另一个问题也不能视而不见，就是地方经济利益和中央政策的博弈。这一点国务院领导同志向我指出来了,我敢不承认啊?就敢说没这种博弈?多少总有一些吧?现在的问题就出在地方。去年中央企业固定资产投资增长了百分之十几,地方上增长多少?百分之六十多。春节期间安邦就对文山的钢铁规模担心了,我也有些担心,我和安邦说,过去的经验证明啊,这种博弈的输家很可能是地方!"

于华北心想,这种说法不是自找麻烦吗?又接了上来,"老裴,咱也别说得这么吓人!啥博弈啊?还和中央政策博弈!我坚持一个观点:就是认识问题!"

赵安邦却说:"老于,这是认识问题,不过,博弈心态也不能说就没有,如果没有这种心态,一切按规定来,也不会出现今天这种被动局面了,教训啊!"

于华北承认道:"是个教训,我当时也不清醒,还为他们加油鼓劲呢!"话头一转,"但他们是不是违了规,我可不知道,方正刚、石亚南从没和我说过!"

裴一弘说:"他们怎么会和你说这种事呢?安邦下去检查也被蒙了嘛,还在报上大肆宣传哩!文山,包括银山,都有自己的小算盘,也在和省里博弈。现在利益主体多元化了,又有个政绩问题,各地市都把GDP看得很重,投资冲动就无法遏止,千方百计逃避各级监管,形成了一种心照不宣的潜规则。所以,这次我们要彻底调查,严肃处理,否则就会造成进一步被动,也没法向中央交代!"

赵安邦嘴里咬着馒头,点头道:"对,老裴这个意见我赞成,该查的一定要查,该处理的要严肃处理,对银山金川区的书记、区长就可以先处理了再说!"

于华北心里有数:银山的摊子还没铺开,仅仅是动用了那六百亩地,再怎么严肃处理也不会造成多大的损失。比较麻烦的是文山,文山钢铁新区的七百万吨钢已上得热火朝天了,不是说声停就停得下来的,硬停下来,损失就太大了。

这时,裴一弘也说到了文山,"银山倒还不是重点,目前的重点是文山!"

赵安邦想了想,忧虑地说:"对文山,我们恐怕还要多少慎重一些啊!"

裴一弘看了赵安邦一眼,"安邦,你啥意思啊?想咋慎重?摊开来说!"

赵安邦不吃了,放下手上的筷子,"老裴,那你先说,想怎么查文山?"

裴一弘坦率地道:"按中央的要求,立即组织调查组,重点查,公开查!"

赵安邦一怔,看了看于华北,"哎,老于,你的意见呢?能公开查吗?"

于华北略一思索,"我不管经济,没啥好说的,尊重你和老裴的意见吧!"

赵安邦盯了上来,"老于,你别滑头,你可一直是文山钢铁的啦啦队啊!你老兄就不想想,真的公开查了,会造成什么局面呢?银行追贷,债主讨债,文山新区的六大项目就要出大问题!不是因为这个,我节前下去时就采取措施了!"

于华北这才说了心里话:"这倒也是,七百多万吨钢,一百六十多亿啊!"

赵安邦把脸孔转向了裴一弘,"老裴,怎么查处文山,我的想法和你有些不同。要坚决查,把一切查清楚,但不宜公开。这一百六十多个亿毕竟扔下去了!"

裴一弘话里有话,"是啊,孩子生下来了嘛!有些同志总想,孩子既然生下来了,就不能掐死,胆子就大了,没计划的孩子越生越多。正因为如此,中央这次才抓了兄弟省八百四十万吨钢的典型。我们不公开认真地查处,并把查处情况及时上报,中央也许会过来替我们查的!安邦,你觉得有必要再惊动中央吗?"

赵安邦怔了一下,无言以对了,无奈地叹气说:"谁想再惊动中央啊!"

裴一弘又吃了起来,"我也不是说要掐死生下的孩子,只是查一下出生证!"

赵安邦忧郁地看着裴一弘,"你话说得再婉转还是那么回事!我们大张旗鼓去查出生证,也就等于公开宣布文山这七百万吨钢铁没出生证嘛!起码出生证上有问题!估计就没人敢继续给孩子喂奶了,最终的结果也许是把孩子饿死啊!"

裴一弘说:"饿死孩子找他妈,他们敢生这个孩子,就得对孩子负责!"

赵安邦苦笑不已,"真把孩子饿死了,找谁也没用,咱能不能现实点?"

裴一弘有些不耐烦了,"安邦,我们还能怎么现实?你说,你说吧!"

赵安邦道:"老裴,我个人的意见,在这种时候不能搞得满城风雨,我们省委、省政府,主要是我这个省长向中央好好做检讨,主动承担责任,同时,对查实了的违规干部予以严肃的组织处理。在这个前提下,对在建项目重新报批!"

于华北试探说:"哎,老裴,我觉得安邦的建议也不是不可以考虑啊!"

裴一弘已经很不高兴了，用指节敲着桌面，"二位，二位，你们头脑怎么还不清醒啊？我再提醒你们一下：这七百万吨钢我们不公开彻查，中央要查的！"

赵安邦也沉下了脸，"所以，我们才要抓紧时间做工作，做检讨！老裴，老于，我再明确一下：我是汉江省省长，经济工作我主管，请求中央处分我吧！"

裴一弘连连叹气，"安邦，我们换位思索一下好不好？这是检讨一下就过得去的事吗？真这么过去了，不又让违规者讨便宜了吗？这种违规风以后还煞得住吗？在全国经济的一盘棋上，汉江省的一个文山算什么？不就是个小卒子嘛！"

赵安邦手一挥，"这个卒子可不小，八百多万人口，一百六十多个亿啊！"

裴一弘坚持说："对全局来说，站在中央的角度看，它就是小卒子！就像打仗一样，为了全局，该牺牲就得牺牲！"略一停顿，又说，"安邦，我已经看出来了，中央这次不惜牺牲个把小卒，也要换来一个政令畅通，令行禁止的局面！"

这话说到底了，于华北想，文山这次看来是在劫难逃，再争也没用了。

赵安邦还在争，恳切而固执，"老裴，有些工作我觉得还是可以做的，起码可以试一试。文山的情况比较特殊，本来就有钢铁立市的规划，这个规划在此轮宏观调控前就有了。我们先别想这么多好不好？试都没试，怎么知道不行呢？"

裴一弘说："安邦，估计不行啊！你说的这个背景我也向中央解释了，中央才没把我们当成典型，才要求我们自己去查，已经够客气的了！我这可不是怕担责任啊，——今天我把话摆在这里：不论将来出现啥后果，我首先承担责任，我是汉江省委书记。但是，安邦，老于，你们一定要理解我，支持我啊！"

于华北终于明确表了态，"老裴，就按你的意见办吧！安邦，你说呢？"

赵安邦沉默了好半天，闷闷地说："我该说的都说了，部分保留意见吧！"

裴一弘咧了咧嘴，哭也似的笑了笑，"可以！不过，安邦啊，在今晚的常委会上，我希望你能和我，和老于保持一致！保留的那部分意见呢，最好别说了！"

赵安邦叹了口气，"这还要交代吗？咱们就大张旗鼓查吧，查给中央看！"

于华北心想，当然要查给中央看了，你私底下悄悄查，中央看不到，岂不等于白查？这种话其实是没必要说透的，说透了谁脸上都不好看，尤其是对裴一弘。

裴一弘装作没听出来，又说："在可能的情况下，要尽量减少文山的损失！安邦，这个问题你既然想到了，就要提醒石亚南和方正刚及早采取补救措施！"

赵安邦发泄道："是，是，我是省长嘛，这都是我的事了，我尽量做吧！"

虽说这日裴一弘和赵安邦发生了争执，通气晚餐还是心平气和地结束了。

九点整，专题研究落实中央宏观调控精神的省委常委会如期举行，裴一弘传达了国务院领导的指示，建议立即组织联合调查组，对文山、银山的钢铁项目进行一次公开认真的调查，查明问题严肃处理。宁川市委书记王汝成把赵安邦担心的问题又一次提了出来，希望省委在这种时候尽量保护文山地方经济，免得将来各路地方诸侯骂娘。裴一弘当场批评说，王汝成，你现在坐在这里，是中共汉江省委常委，不是地方诸侯！你这个同志要有大局意识，要有执行中央政策的决心和意志，不要也不能当地方诸侯的代言人。于华北注意到，王汝成挨批之后，把求援的目光投向了赵安邦，赵安邦只当没看见，头一歪，和他说起了悄悄话。

赵安邦说："你看，老裴是不是急眼了？没点雅量嘛，不让人家说话了！"

于华北道："理解吧，不是到了这种地步，咱这位班长也不会这么专断！"

赵安邦说："你也滑头，三人通气时你立场坚定点，情况也许会好一些！"

于华北讥讽道："你很坚定，可老裴听得进去吗？算了，啥都别说了！"

这时，裴一弘已在论述科学的发展观了，从宁川、平州两大电厂的电煤紧张问题，说到国家和汉江经济运行中的几大突出矛盾，引述了一大串相关数据。最后得出的结论是，尽管文山有自身的特殊情况，尽管文山钢铁投资过热是认识问题，但从今天开始，这个认识必须转变了，转到中央的方针政策上来，做到令行禁止。对文山问题的查处只有一个精神，就是中央宏观调控的精神；将来对文山干部的处理也只有一个标准，就是是否违反了此次中央宏观调控的政策……

听到这里，于华北心里不由一惊：看来方正刚、石亚南要中箭落马了！

第十二章

三十七

四月三日，石亚南、方正刚奉命赶赴省城，向省委、省政府做专题汇报。

省委书记裴一弘，省长赵安邦和分管计划、经济、金融工作的三个副省长全来了，省发改委孙主任和古根生，还有国土资源厅、省环保局等部门的八九个厅局长也赶在他们到来之前及早到了，会议规格很高，省政府会议室里高官满座。

一走进会议室的门，石亚南的心就拎了起来：情况明显不对头。门内的气氛极其压抑，谁的脸上都没有笑意，根本不像开汇报会，倒像要给谁开追悼会。

事情来得很突然。省委、省政府的通知是昨晚七时左右下来的，要求连夜准备材料，就新区的项目进行全面汇报。石亚南和方正刚预感都不好，马上分头打探消息。古根生当时也接到了通知，只是不知内情，在电话里说，现在宏观调控的风声较紧，省委也许是接到了上面指示，例行公事吧。其他途径传过来的意思也大致不差。当然，也想到了搞一搞老领导裴一弘的侦察，只可惜裴一弘在开常委会，没能通上话。石亚南知道于华北已于当天下午从文山紧急赶回了省城，就想当然地以为常委会要研究的也许是古龙腐败案。直到夜里十一点多，方正刚和于华北通上电话后才终于知道，常委会研究的竟是文山钢铁的问题。据于华北吹风说，中央严肃批评了汉江，省里要落实中央指示，深入了解文山钢铁项目上的违规情况。于华北还在电话里批评了方正刚一通，责备文山不该在这种时候闯红灯。石亚南和方正刚一下子紧张起来，连夜找来吴亚洲和新区管委会的同志，听取项目的情况汇报。这些同志不知道问题的严重性，还在那里有板有眼地描述这一百六十亿制造出的一片辉煌呢，连项目公司虚假注册资金的事都绝口不谈。

还有一个预感也不是太好,就是于华北的态度。文山是于华北的老家,方正刚是于华北钟爱的干部,于华北一直对文山钢铁立市很支持,甚至在赵安邦再三提出警告之后,态度仍然很积极,现在口气突然变了,还怪文山闯了红灯。石亚南当时的估计是,于华北可能要推脱责任了,起码是不想再往文山这个火坑里跳了。方正刚却说她想多了,认为于华北不至于这么做,情况也不至于这么严重。

现在看来,情况比想象的还要严重,会场这个架势已经很能说明问题了。

果不其然,汇报进行得相当艰难。不但是文山一家汇报,省政府有关部门也在汇报,涉及到哪个部门哪个部门头头就汇报。分拆批地,分拆立项的违规情节几乎是当场暴露。有几个与会厅局长不识趣,暴露了还不认账,有的装糊涂,有的试图狡辩,找了不少借口,结果全挨了批,裴一弘批过,赵安邦批。两巨头一唱一和,要求各部门领导回去后立即自查,查清事实速将相关责任人上报省委。

最倒霉的还是她家老古。老古既是无法推脱的相关责任人,又在文山进行过不成功的潜伏,赵安邦便把老古揪出来当场予以示众,让老古付出了沉重代价。

赵安邦冷嘲热讽地说:"古根生,你这同志很有责任心啊,对文山项目很有感情啊,他们的项目怎么报你就怎么批!在文山潜伏得也很好啊,待了十二天,给我送上来一份两万多字的材料,一片歌舞升平,形势大好,真让我心旷神怡!"

裴一弘插话说:"人家和文山市委书记是什么关系,能和我们说实话吗?"

赵安邦气哼哼的,"是啊,看来我是过高地估计了这位同志的觉悟,以为他能把公事私事分开呢!我当时把他留在文山,一来想照顾他们夫妻团聚,二来也确实想把文山钢铁的情况搞搞清楚,结果呢,还是被他们夫妇俩合伙蒙了!"

古根生被批得一头热汗,石亚南看不下去了,解围说:"赵省长,裴书记,这也不能怪老古,主要是我和文山市委的责任,也是为了地方经济的发展嘛!"

裴一弘见她站了出来,又把矛头对准了她,"为了地方经济的发展就可以不顾一切了吗？"说着，从面前的文件堆里翻出一张《文山日报》，抓在手上扬了扬，"石亚南，这篇报道是怎么回事？谁让你报的？安邦同志不让报，你们为什么还要乱报？连北京国家部委的领导同志都看到了，在中南海当面将我的军！"

石亚南吃了一惊，这祸可闯大了！急欲解释，"裴书记，我……我们……"

裴一弘不愿听，把报纸往桌上一摔，难得发了回大脾气，"石亚南，你不要解释了！就这么不顾一切地造吧，蒙吧！我老裴出点洋相没关系，可你真把一个经济大省的省长，把我们安邦省长葬送在你文山，我和省委饶不了你们！"

气氛益发压抑，与会者都盯着她和裴一弘看，古根生看她的眼神甚为痛苦。

过了好半天，赵安邦才和气地说："老裴，这事已经过去了，我也批评过亚南同志了，亚南向我做过解释的，也许她和文山的同志当时误会了我的意思！"

石亚南再没想到，老领导大发雷霆时，赵安邦反倒替她说了话，心里一热，眼里顿时聚满了泪，声音也哽咽了，"赵省长，我……我们没想到这种后果啊！"

方正刚也说："是的，是的，早知会传到北京惹麻烦，我们就不报了……"

赵安邦没让方正刚说下去，息事宁人道："好了，正刚同志，这事不说了！"

裴一弘却余怒未消，"安邦，你心不要软，他们不是该蒙就蒙吗？我们该出手就得出手！从现在开始要建规矩，中央的方针大计和省委的政策指令，在汉江任何地区任何部门都必须得到不折不扣的贯彻执行！这个规矩就从文山立起！"

赵安邦点点头说："亚南、正刚同志啊，裴书记的这个指示很重要。有些规矩要立，有些被破坏了的规矩要恢复，以后一切都要按规矩来。文山钢铁现在问题不少，违规情况可能比较严重，所以裴书记才说，这个规矩要从文山立起。"

石亚南刚挨了批，本来不想再说什么，可迟疑了片刻，还是忍不住说了，"裴书记，赵省长，中央的方针大计我们当然要不折不扣地执行，可……可……"

这时，坐在侧面对过的古根生眉头紧皱，急切而痛苦地向她连连摆手。

石亚南有些怯了，没敢再说下去，"算了，不说了，有的事谁都说不清！"

赵安邦注意地看着她，"哎，亚南同志，什么事说不清？都是啥事啊？"

石亚南不再看对过的古根生，想了想，鼓足勇气说："当然是经济决策上的事！比如二〇〇〇年国家有关部委还说电力过热，电厂项目一个不批，现在呢？哪里的电都不够用，当初违规上了电厂的就没有缺电问题，比如咱们平州市！"

赵安邦笑了笑，"建了电厂就不缺电了？缺煤也不成啊！我们总不能烧脚丫子吧？有个事你不知道，为了平州电厂的发电用煤，老裴直接找到了国务院！"

裴一弘也想了起来，"对了，石亚南，你不提我还忘了，你这种违规操作可不是第一次啊！平州电厂就是你做常务副市长时抓的，省里还派人去查过！"

石亚南心想，查归查，手续不还是补办了？电厂不还是起来了！现在说钢铁过热了，过几年没准钢铁又紧张了！心一横，进一步争辩说："裴书记，我个人认为，国家部委的说法不一定成立，起码在文山不成立，没准就判断错了嘛！"

方正刚呼应道："就是！裴书记，赵省长，亚南同志说得有道理！我们下面决策会犯错误，上面决策就不犯错误了？谁敢保证这次宏观调控就全都是正确的？不一定吧？再说，各地有各地的情况，也不能一刀切嘛，尤其是对文山！"

裴一弘不悦地说："文山怎么了？是政策特区啊？你们头脑最好都清醒些！"

石亚南的头脑清醒了：裴一弘这次看来是急了眼，不准备和下面讲民主了。

赵安邦倒还有些民主的样子，对她和方正刚做工作说："你们的话也不是没有道理，比如说犯错误。谁也不敢保证上面不犯错误，我们的革命和建设中也的确犯了不少错误，不断地犯错误。当然，也在不断纠正错误。但这不能成为拒不执行中央宏观调控政策的借口，两回事嘛！我们这么大一个多民族国家，面对这么复杂的经济政治局面，如果政令不畅，岂不要天下大乱吗？是不是啊？"

裴一弘挥了挥手，"安邦，这个问题不必再和他们讨论了，今天咱们不是开研讨会！时间不早了，你就代表省委，把昨天省委常委会的决定传达一下吧！"

赵安邦传达起了省委常委会的决定，核心内容是，马上组织联合调查组，对文山钢铁进行一次公开的彻查。直到这时石亚南才明白，在她和方正刚走进这个会议室之前，工业新区七百万吨钢铁的命运已经被昨夜的省委常委会决定了。

石亚南心里凉透了，等赵安邦传达完毕，马上迫不及待地说：“赵省长，裴书记，有个问题不知省委想过没有：真这样公开彻查，哪家银行还敢继续给我们贷款？又有多少带资建设单位会上门讨债？不说将来的续建工程了，只怕在建工程也要烂尾，损失就……就太严重了，也许将是一场巨……巨大的灾难啊！”

方正刚也带着哭腔说：“裴书记，赵省长，文山是经济欠发达地区，能有今天这个局面不容易，承受不起这种经济损失啊！违反了宏观调控政策，省委可以处理我们，情节严重甚至可以撤我们的职，但不能牺牲一个地区的经济启动啊！”

裴一弘面色严峻，"亚南、正刚同志，你们说的这些问题，省委考虑过，可文山被中央点了名，不公开查处不行，没法向中央交代！所以，我和安邦今天才请你们过来，先和你们打这个招呼！至于将来的干部处理，那是另外一回事！"

这话已经说到底了，石亚南却仍不甘心，毕竟关系到亚钢联一百六十多亿的投资和文山未来经济的发展，又大胆叫了起来，"裴书记，赵省长，我们是要向中央交代，可也要向文山老百姓和亚钢联的投资商交代吧，不能光看上面吧？"

裴一弘脸一拉，"石亚南，你什么意思？是不是说我和安邦同志唯上啊？"

方正刚吓坏了，忙站了起来，说："哎，裴书记，亚南同志不是这个意思……"

裴一弘毫不客气，"正刚同志，你不要插嘴，我看她就是这个意思！她就不唯上嘛，她唯啥呢？唯的只有地方利益，到哪里主持工作都是地方保护主义那一套！当然，这类同志也不是只有石亚南一个，我省诸侯中还有不少，银山的章桂春可以算一个！今天我只说石亚南。为了地方利益，中央的话她可以不听，省里的招呼她也只是应付，过去在平州违规上电厂，现在又在文山违规上钢铁！"

方正刚又解释，"裴书记，文山钢铁的账不……不能只记在亚南同志头上！"

赵安邦插了一句，"当然不能只记在石亚南头上，你方正刚责任也不小！"

裴一弘又说了下去,"所以,亚南、正刚同志,现在咱们都得唯上了!作为我和安邦同志,我们中共汉江省委,必须不打折扣地执行中央方针政策!作为你们,一个地区的党政负责干部,就是要听省委的招呼,做到令行禁止!今天我也代表省里做个自我批评:省里这方面也不是没问题,当年处理平州违规上电厂,一个通报批评就完事了,让违规者赚了便宜,搞得你们胆子越来越大!"

赵安邦检讨说:"这个责任在我和省政府,心软手软,实际上对下面没好处!"

裴一弘警告道:"所以,就是从爱护干部出发,也不能这样下去了!在文山钢铁问题上,省委将来对干部的处理是肯定的,包括你们两位诸侯和在座的一些相关责任人!至于怎么处理,要看你们配合查处的态度,大家都好自为之吧!"

赵安邦又说:"给同志们通报一个新情况:银山市金川区在省里三令五申的情况下,仍然违规乱来,银山市委已进行了严肃处理,区长书记双双免职!"

会议开到这份上,已近乎一个政治葬礼了,任何反抗的企图全被镇压。接下来的形势变了,厅局长们纷纷表态,要雷厉风行地执行省委指示。古根生表态时再三检讨,几乎声泪俱下,石亚南估计,老公已在为头上的乌纱帽忧心忡忡了。

赵安邦毕竟是省长,考虑得比较全面,最后又说起了善后工作,"违规要严肃查处,但也要尽一切努力减少经济损失,和可能造成的大震荡!该做的工作要主动做,做到前面去,要有最坏的思想准备,要考虑到万一亚钢联资金链断裂怎么办?谁来接盘?现在就要注意物色潜在的接盘者,积极争取化被动为主动!"

石亚南却不知道该怎么化被动为主动?从政二十多年来,她还是第一次碰到这种严峻时刻。个人进退得失不谈,就算她和方正刚下台也没关系,可这个大摊子怎么收拾啊?吴亚洲的亚钢联真的崩了盘,谁还敢接盘?又有谁能接得了盘?

让石亚南没想到的是,会议结束后,赵安邦把她和方正刚都留了下来。

石亚南心里又浮出了一丝渺茫的希望:也许省里还会救一救?也许吧?

三十八

金川区委书记吕同仁从市委组织部谈话出来后，禁不住一阵头晕目眩。

一切都显得不太真实，恍然若梦。工作干得好好的，省里领导突然来了个电话，市里突然开了个常委会，他和区长向阳生就被免职了，罪名竟然是在硅钢项目上违规乱来。这个项目明明是市里支持干的，从当初向省里报批征地，到引进亚钢联和伟业国际过来投资，全是市委书记章桂春和常务副市长宋朝体一手抓的，现在都不承认了，一推二六五，把账算到了下面，算到了他和向阳生头上。

这么一来，组织部王部长便代表市委找他和向阳生谈话了，先传达了章桂春在市委常委会上的重要讲话精神，说是章书记对他们不听招呼，不讲纪律的做法极为愤怒，讲话时拍了几次桌子。接着，王部长宣布了市委的免职决定，宣布前还解释说，毕竟是工作失误，为了照顾他们的面子，就不在区里开党政干部大会了。免职决定宣布完后，王部长公事公办，照例征求他和向阳生的本人意见。

向阳生不相信章桂春会甩了他这个忠心耿耿的老部下，带着一脸的困惑一再追问，这个免职决定是不是章书记建议的？王部长懂得组织原则，不敢把章桂春卖出来，不温不火地打官腔说，这是常委会慎重研究后的决定，是组织决定。向阳生火了，冲着王部长叫，你蒙谁呀？常委会算个屁，章书记不点头啥决定也别想做出来！王部长这才含蓄地说，老向啊，你既然啥都清楚，还追着我问啥？！

吕同仁有一肚子委屈要说，却也啥都没说，只问，章书记这么急着处理我和向区长，是不是有点草率了？王部长圆滑地说，小吕，在你看来是草率，在市委看来就是雷厉风行嘛！赵省长、裴书记都来了电话，发了大脾气，让市里怎么办啊？让章书记怎么办啊？总不能让市里继续被动吧？总不能指望市里替你们两位担责任吧？还是端正态度，好好检讨总结吧，一定要正确对待组织的处理！

他怎么正确对待？这么欺上压下，不管下面的死活，简直是他妈的混账！

因为郁愤难平,谈话回来的路上,吕同仁拉着向阳生在查村附近的一家小酒店喝了次酒。一来想发泄一下情绪,二来也想摸摸向阳生的底,看看章桂春的这条看家好狗被主人狠心甩开之后的变化。这个变化好像已经发生了,从向阳生和王部长谈话时的态度就能看出来,此狗对主人很不满意,窝了一肚子火。

向阳生火还真不小,几杯酒下肚,马上开骂,"日他妈,这是阴谋,是坑人!小吕书记,我告诉你:这结果章桂春早想到了,早就想好拿我们当替罪羊了!"

吕同仁故意说:"老向,章书记搞阴谋坑人不至于吧?你言过其实了吧?"

向阳生冷冷一笑,"事到这一步,我也不瞒你了,该说的我就得说了,你知道情况后自己判断吧!"便骂骂咧咧将赵安邦一行对金川的突然袭击和明确叫停硅钢项目的过程说了一遍,连四菜一汤的细节都说了,"……四菜一汤是狗日的章桂春让我安排的,本来是想把赵安邦和省里的官僚伺候好了,趁机把项目整下来,不料反而弄巧成拙了,赵安邦和那帮官僚竟然让我们去好好搞水产开发!"

向阳生在区政府用高档鲍鱼、上等鱼翅制造四菜一汤"廉政餐"的事,吕同仁此前有所耳闻,不过并不相信,今天听向阳生一说才知道,竟是真实的。身为市委书记的章桂春不但早知道这个内情,还亲自安排这样接待赵安邦,还就让赵安邦一行上了当。这真是不听不知道,世界真奇妙!于是问,"老向,章书记让你安排的这顿廉政餐花了咱不少钱吧?"问这话时,他呷着酒,口气很随意。

向阳生也没当回事,"那是,得几万块钱,具体我也没问!"又说起了项目上的阴谋,"我说章桂春搞阴谋有根据。赵省长明确叫停,我以为项目完了,狗日的就骂我蠢货,要我按原计划上,造成既定事实,把孩子生下来再说。还特意交待,要对赵省长的态度保密,尤其不能和你说。让你继续抓,闷头悄悄整。我原以为他只是想坑你,就像当年坑方正刚一样,现在才明白,我也不在他眼里!"

吕同仁想了起来,"怪不得那次宴请白原崴,章书记绝口不谈这个项目!"

向阳生把话岔开了,"哎,我差点忘了,咱俩一下台,白原崴那边咋交待?"

吕同仁喝着酒,"先别管白原崴了,还是说章书记,老向,你话里的意思是,章书记对我早就不满意了？想让我下台？这次是故意拿硅钢项目套我？"

向阳生摆摆手，"倒也不能这么说！想把你赶走是肯定的，你既不是他知根知底的人，又是从省委机关下来的，他老人家不放心，怕你到上面打小报告。不过，要说拿项目套你也不尽然，这也得实话实说。狗日的私底下和我说过，该争的地方利益就得争，该要的GDP就得要，所以我也大意了，才上了他的当嘛！"

吕同仁"哼"了一声，"是啊，搞出政绩是他的，出了问题是我们的，还顺手除掉一个异己，咱们章书记账算得很精啊，他就不怕赵省长追到他头上吗？"

向阳生边吃边说："他好像不怕，和我说了，生下的孩子谁也不能掐死！还说了，文山能给赵安邦一个惊喜，咱们银山为啥不能给赵安邦再来一个惊喜？"

吕同仁觉得这真是黑色幽默，讥讽问："老向，现在赵安邦省长惊喜了吗？"

向阳生咧了咧嘴，哭也似的笑了笑，"这你还问我啊？不是赵安邦发火，咱能落到这地步吗？我是向你交底说情况嘛！当时狗日的真是这么想的，一再和我说，这个硅钢项目真干成了，赵安邦和省里不管嘴上说什么心里都会高兴的！"

吕同仁全听明白了，将面前的酒一饮而尽，把空酒杯往桌上狠狠一蹾，拨弄道："老向，这酒真没白喝啊，你把这一切全写下来，咱们联名向省委反映！"

向阳生吓了一跳，"小吕书记，你是不是喝多了？咱反映谁？向谁反映？"

吕同仁说："反映章桂春嘛，向全体省委常委反映，每个常委一封挂号信！"

向阳生沉思片刻，摇头道："这事不能干，损人不利己，你最好再想想！"

吕同仁叫了起来，"老向，利己不利己先不说，我问你，章桂春是不是混账？"

向阳生骂道："这还用说？当然混账，混账透顶，都没点人味了！我对他这么忠心耿耿，鞍前马后跟了他这么多年啊，他狗日的说牺牲我就牺牲我，眼皮都不眨一下，事先连个招呼都不打！他哪怕先来个电话呢，我心里也会好过些！"

吕同仁说："那你还顾忌啥？就算为组织上除害，咱们也得挺身而出了！"

向阳生苦笑道："你小伙子还是年轻啊！有些事情没看明白。章桂春混账不错，可咱们不能因为他的混账就鲁莽蛮干啊！官场上哪有这么多理可讲？该替领导扛着的时候你就得扛着嘛,领导心里会有数的,风头一过,还会照样用你!"

吕同仁心里骂道,狗就是狗,被主人踹到井里了,心里还惦记着那根肉骨头。

向阳生反做起了他的工作,"小吕,我劝你不要这么意气用事,咱们背后骂骂娘没关系,反正狗日的也听不见。打小报告的事真不能做,章桂春最忌讳的就是这个!你的小报告只要整不死他狗日的,他肯定把你往死里整,你信不信?"

吕同仁纠正说:"哎,老向,这可不是小报告,是正常向省委反映情况!"

向阳生连连摆手,"别反映了,要我说,这回对你没准也是次机会哩!章桂春的作风我知道,最爱考验人。我估计,这次处理之前不和我们打招呼,也许就是次考验,看咱俩是不是忠于他老人家?我们一定得沉住气,经住这次考验!"

吕同仁忍无可忍,终于拍案而起,"向阳生,你说的这是人话吗?咱不说党性原则了,你还有点做人的骨气吗?你是党员干部啊,不是谁家养的一条狗!"

向阳生马上翻了脸,"吕同仁,你别污辱我的人格,我对章书记有感情!"

吕同仁讥讽道:"一口一个狗日的骂,你还有感情呢!我看你和章桂春是一路货色,只对自己的一己私利和头上的乌纱帽有感情!我今天算看透你了!"

向阳生反唇相讥说:"吕同仁,你敢说你对乌纱帽没感情?我看你感情也深着呢,就因为章桂春摘了你的乌纱帽,你就狗急跳墙,恨不得一口咬死人家!"

吕同仁不愿解释,也不想多说了,独自又喝了两杯酒,喊来服务员结账。

一场酒喝得不欢而散。回去之后,吕同仁就想,向阳生不愿入盟参战,除了一己私利,也许还有其他原因。狗东西毕竟是章桂春的老部下,自身的问题也不少,像四菜一汤就是他的发明,查了他的主子章桂春,只怕他也不会利索了。又觉得自己有些莽撞了,在一条狗面前过早地暴露了攻击目标,可能会陷入被动。

正这么想着,向阳生的电话过来了,开口就问:"小吕书记,消气了吧?"

吕同仁灵机一动,态度也出奇地好,"生啥气啊,不就是争了几句嘛!"

向阳生呵呵笑道:"是,是,其实这事既不怪你,也不怪我,主要是酒闹的!你这个小气鬼,中午点的啥酒啊?我现在还头晕呢,也不知都胡说了些啥!"

吕同仁开玩笑说:"要吃你的四菜一汤,上五粮液就好了,可惜没机会了!"

向阳生正经起来,"小吕,这些事你千万别再说了,传到章书记耳朵里可不得了!我当时真是喝多了,又有些小情绪,你别和我较真啊,权当是酒话!"

吕同仁说:"老向,我明白你的意思,不会害你的,咱们就哪说哪了吧!"

向阳生又快乐起来,"好,好,小吕书记!有个话我也挑明:你想怎么着是你的事,我是既不知道,也不干涉,更不会和章书记说,咱们的嘴都严点吧!"

吕同仁仍小心防范着,"向区长,你也别这么想,我也不过是发发牢骚!"

向阳生放心了,"就是,就是!谁碰上这种冤枉事能没牢骚?都是在官场上混的人嘛,窦娥还喊冤呢,英雄人物上刑场还呼口号呢,就不让咱骂骂娘?"

向阳生既然不是盟友,吕同仁就不愿和向阳生多啰唆了,"向区长,你没别的事了吧?如果没事,我可就挂了!这他妈的还得端正态度,写检查总结呢!"

向阳生说:"好,好,那就这样吧!"又想了起来,"对了,小吕书记,你的检查写好后能给我参考一下吗?我正为这破事发愁呢,都不知该检查些啥!"

吕同仁道:"这不太好吧?咱得对组织忠诚老实嘛!"说罢,挂上了电话。

挂上电话后,吕同仁陷入了临战前的深思:向阳生这个电话透露出的信息是比较明确的,一方面惧怕章桂春的淫威,不愿入盟参战;另一方面似乎又并不反对他向省委领导反映情况,发起倒章运动。在硅钢项目这事上,向阳生也是受害者,万一他告准了章桂春,对向阳生是有好处的,这狗东西在他和章桂春两边都押了宝。基于这个分析,吕同仁判断向阳生不会向章桂春告密,起码现在不会。

那还等什么呢,该出手时就出手嘛,要为真理而斗争嘛!他必须抓住宝贵的战机,马上写信,向省委领导们汇报发生在金川区的真实情况,揭发银山霸主章桂春一手遮天、欺上瞒下的丑恶行径!他不怕向阳生将来不配合,只要上面重视了,下来查一查,章桂春就不会没问题,真相就会大白于天下!上面会不会重视呢？估计会重视。这个领导不重视，那个领导也许会重视，反正他给裴一弘、赵安邦、于华北以及省委常委们一人来封挂号信，总会有哪个领导重视的。于华北副书记就有可能予以重视，他手下爱将方正刚当年就是这么被章桂春挤走的。

于是，四月三日下午，前金川区委书记吕同仁同志将自己独自关在家里，以写检查的名义闭门谢客，热血沸腾地敲击着电脑键盘，开始为真理而斗争了……

三十九

汇报会一散，方正刚昏头昏脑随大家一起出了省政府多功能会议室。正往电梯口走着，石亚南追了过来，说，哎，哎，赵省长要我们留一留，你咋走了？方正刚一怔，这才想了起来，回转身又往会议室走，边走边嘀咕，操，都被领导们训蒙了！走到会议室门口才发现，开会的同志走完了，最大的俩领导——赵安邦和裴一弘却还在那里商量着啥。他和石亚南没敢再进去，挺识趣地在门外等着。

这时，方正刚无意中看了看表，发现时间已是一点多了，午饭都耽误了，便苦中作乐和石亚南说："都这时候了，你说，老赵咋着也得请咱们撮一顿吧？"

石亚南没好气地道："别惦记着撮了，省长真请吃饭，只怕就是断头饭了！"

方正刚心里一惊，警惕地向走廊四周和会议室里看了看，悄声说："哎，石书记，照你这么说，我恐怕得先准备后事了，老赵本来就看我不顺眼嘛！"

石亚南却又安慰道："正刚，也别这么想，赵省长态度就算不错了，倒是裴书记……"却没再说下去，心力交瘁的女书记一声叹息，中止了自己的评价。

方正刚知道石亚南想说啥，"裴书记简直像变了个人，该不会对你演一出挥泪斩马谡吧？！"略一停顿，又说，"当年于华北书记可是斩过我的，和领导走得太近，有时并不是好事，领导为了显示自己的公道正派，就会拿你先开刀！"

就说到这里，赵安邦和裴一弘一前一后出来了，看起来二人情绪倒还好。

赵安邦带着笑意招呼他和石亚南道："走吧，今天我准备请你们喝点酒！"

裴一弘也招呼说："我有外事活动，不能参加，安邦代表了！"和石亚南拉了拉手，又说，"亚南啊，我会上说的话可能重了些，可没一句是虚的！这一次中央动了真格的，省委也得动真格的了，像平州电厂这种事不会再有了，记住！"

石亚南点了点头，"裴书记，我在会上也不是故意顶撞您，真是着急啊！"

裴一弘说："也不要太急，急有什么用呢？开动脑筋，多想想办法吧！就算将来你和正刚离开文山，也不能给后面的同志留下个烂摊子嘛！"说罢，冲着大家挥了挥手，大步走了，走到电梯口，又回过头说了句，"哦，下次我请你们！"

方正刚心想，如果还有裴一弘的下次，那么，赵安邦的这次请客估计不会是断头饭，他和石亚南的乌纱帽还不会这么快被埋葬。根据官场游戏规则，下台滚蛋必须是在错误事实查明，做出组织结论之后。当然，也有例外，比如银山的区长书记，他们竟敢"顶风作案"，惹火了省委，又碰上章桂春这种不是东西的领导，也就难逃"特事特办"的霉运了。不过他不相信区里敢这么乱来，本想提醒赵安邦一下，话到嘴边又止住了：自己一屁股屎还不知咋擦呢，还替人家操心！

到省政府小餐厅一看，饭菜已准备好了，看得出餐厅是事先做了准备的。

赵安邦要了瓶酒，是宁川老窖，还亲自为他们倒酒，有点让人心惊肉跳。

石亚南捂着酒杯，死活不让倒，"赵省长，我不喝，没点喝酒的心情！"

赵安邦说："怎么能不喝呢？我可是难得请你们一次客啊！"又摇着酒瓶介绍说，"你们可能不知道，这种宁川老窖还是我在宁川主持工作时开发的呢！"

石亚南只得放开了酒杯，"赵省长，你让我喝，喝多了可别怪我发酒疯！"

赵安邦笑了，"别吓唬我，发酒疯你不会，借酒装疯有可能，我等着呢！"

方正刚豁出去了，双手接过赵安邦倒好的酒，自嘲说："赵省长，我今天还真得多喝点呢！一来吃您一顿不容易，也不知以后还有没有这种机会；二来也得借您的酒壮自己的胆，和您领导说点心里话！会上你们领导不让我们说话啊！"

赵安邦举起了杯,"别说了,先喝吧,该喝不喝也不对嘛!"将酒一饮而尽,吃了口菜,才说,"正刚,谁不让你们说话了?你们一唱一和,说得还少吗?"

石亚南酒杯一放,叫了起来,"哎,赵省长,是我们一唱一和,还是你和裴书记一唱一和?而且角色也颠倒了嘛,裴书记唱起了红脸,您倒唱起了白脸!"

赵安邦看了石亚南一眼,"还说呢!在这种场合,当着这么多同志的面说裴书记唯上,在我们汉江省怕也只有你敢,我看你这个市委书记是不想干了吧!"

石亚南认真了,"赵省长,如果省委有这个意思,我现在就可以辞职,让你和裴书记向上做出交待!可我的本意还想挺一挺,不是为了这顶破乌纱帽,是为了把善后工作做好,就是裴书记说的,哪怕离开文山,也不能留下个烂摊子!"

赵安邦严肃起来,"这就对了嘛!亚南同志,那我也坦诚地告诉你,裴书记和我,还有省委,没有让你或哪个同志辞职的意思,更没有牺牲哪几个同志向上交待之说!裴书记要我代表他,借这个吃饭的机会进一步做做你们的工作,让你们不要再犯糊涂!你们现在心里不服嘛,不但老裴看出来了,我也看出来了!"

方正刚插了上来,"赵省长,看您说的!我们服了,服了,还是喝酒吧!"

赵安邦根本不信,讥讽问:"正刚同志,你是被说服了,还是被压服了?"

方正刚尽量做出诚恳的样子,"当然是被说服了,真的,我们很受震动!"

石亚南手一挥,"正刚,你就说你自己,别说我!我是被压得不敢不服!"

方正刚吓了一跳,觉得石亚南今天有点不可思议,已经在会上得罪了老领导裴一弘,现在又要得罪赵安邦了。中国的事是你服不服的吗?谁的权大谁的嘴就大,你不服不行啊!这位一向沉稳的搭档是怎么了?像变了个人似的。如果不是装疯卖傻,那就只有一个可能:她是打定主意拼命了。不过倒也值得一拼哩,新区一百六十多亿扔到水里,他们班子的责任就太大了,将成为文山历史上的罪人。

不料,赵安邦倒没计较,"好,亚南同志,那我希望你说实话,说心里话!"指了指他,又说,"还有你,正刚同志,你也别演戏,想说啥就说啥,交交心!"

石亚南想都没想,马上说了起来,"赵省长,文山钢铁立市的总体规划是在宏观调控前确定的，是得到您和省委赞同认可的，这是不是基本事实？当然，嗣后碰上了调控，我们没有及时调整规划，而且为了新区项目的正常上马，确实也违了点规，在项目审批上搞了分拆，也许还有其他一些类似问题。但是，文山毕竟正在崛起啊。新区在建的这些钢铁项目，产出比大，关联度大，带动性大，是重中之重。只要你们省里能顶一顶，拖一拖，让我们咬牙挺过这一关，三年之后新区的投资贷款就可以全部收回，GDP将增加二百多个亿，日子就好过多了！"

赵安邦说："但是，汉江不只你一个文山啊，还要看全国全省一盘棋嘛！"

石亚南道："当然要看全国一盘棋，可这是不是也有个视觉问题？是从下往上看呢，还是从上往下看？我的位置决定了只能从下往上看。自从做了文山市委书记，我一直告诫自己，也和正刚交心谈过，必须尽快把欠发达的文山搞上去！"

方正刚的情绪不禁被石亚南调动起来了，也借着酒意说起了心里话，"赵省长，这也是我的想法。把文山作为我省北部的发动机，不是您和省里的规划定位吗？作为传统的能源和重工业城市，我们除了煤炭和钢铁还能搞啥？于华北副书记和我谈过，改革开放二十多年，文山的定位一直不太准确，这次才找准了。没想到，刚找准了定位，宏观调控就来了。可调控毕竟是暂时的，发展才是永恒的主题，尤其是一个八百多万人口的欠发达地区的长远发展。赵省长，您说呢？"

赵安邦显然受到了某种触动，叹息说："是啊，是啊！你们说的是事实，所以，文山的问题不能说全都是你们的责任，省里也有责任，我这个省长的责任就不小。平心而论，你们搞的那一套我心里不是没点数，我当年主持宁川工作时干过违规的事，老裴在平州做市委书记时好像也这么干过！我也好，老裴也好，对你们想把文山尽快搞上去的心情是能够理解的，这一点请你们不要误解……"

石亚南眼睛亮了，"赵省长，既然您和裴书记能理解，就得手下留情嘛！"

赵安邦却摇起了头，"但是，中国的事情是复杂的，是不以哪个人的意志为转移的，包括我和老裴的意志。你们也知道调控是暂时的嘛，就要顾全大局！"

方正刚说:"就算调控也应该是市场调控嘛!在市场经济条件下不能再用过去的行政手段调控了,尤其是对民营经济。资本是敏感的,当钢铁不能带来利润时,谁还会盲目大上钢铁项目啊?文山那些银行行长和吴亚洲他们不是傻瓜!"

赵安邦摆摆手,"正刚,别说了,还方克思呢!我问你:除了市场调控,就没有其他调控形式了吗?就是成熟市场经济的国家和地区也没这么绝对嘛!任何国家对经济都必须在宏观上有所把握,美国的格里斯潘承当的就是这种角色!"

方正刚争辩说:"不错,格里斯潘打个喷嚏华尔街就感冒,但人家格老先生决不会对华尔街上的任何一个具体公司和任何一个公司项目发表任何意见!"

赵安邦有些不耐烦了,"美国是美国,中国是中国!会上老裴不是向大家传达了吗?国务院领导说得很清楚了:一定要有科学的发展观,一定要控制投资规模和速度,不能造成资源浪费。这就有个总量控制问题嘛,你们就不要吵了!"

方正刚多少清醒了一些,迟疑了一下,"赵省长,我能最后再说几句吗?"

赵安邦又吃了起来,也不看他,"说吧,说吧,想说啥你方克思尽管说!"

方正刚想了想,还是说了,"赵省长,我是市长,只能站在市长的角度考虑问题,如果我站在中央和国务院领导的角度考虑问题,你肯定认为我有病!我想,如果每个市长都能把自己主持下的这个市搞好了,中央也就不用那么烦心了!"

石亚南也接了上来,"就是嘛,如果每个地方都搞上去了,全国全省不就搞上去了吗?全国全省的一盘棋也就活起来了!赵省长,你说是不是这个道理?"

赵安邦把民主的嘴脸收了起来,"好了,不要再争论了!你们可以保留自己的意见,但必须执行省委的决定,这是个原则!"说到这里,又交了个底,"知道散会后老裴和我谈啥吗?老裴说,现在已不是调查的问题了,应该下令让项目全停下来!今天这会一开,分拆违规问题浮出了水面,让你们立即停工也没错!"

石亚南吓了一大跳,"可正式的调查毕竟没开始啊?正式结论更没出来!"

赵安邦道:"是啊,这话我也和老裴说了,还是等正式调查结果出来之后再采取进一步措施吧!但你们心里要有数,违规是肯定的,新区项目叫停也是肯定的!你们要牢牢抓住这短暂的时间,也许十天八天,也许半个月一个月,先行准备善后,争取将来能最大限度地减少损失。根据目前情况看,吴亚洲和亚钢联的资金链会出问题,甚至会突然崩盘破产。你们务必及早准备对应措施,现在就要开始物色可能的接盘者。我提供个情况:银山的硅钢项目这回真下马了,连金川的区长和书记也被撤职了,白原崴和伟业国际集团有钢铁业务,有接盘的可能!"

方正刚一怔,"赵省长,你把白原崴当成救苦救难的菩萨了?当初情况好时他都不愿来,现在会过来接盘吗?就算来接盘,只怕也会让我们付出代价的!"

赵安邦敲敲桌子说:"该付的代价就得付了,这是没办法的事!在目前这种既紧急又特殊的情况下,除了白原崴的这个伟业国际集团,一时还真难找到合适的接盘人。实话告诉你们,这一次可不是我提的,是老裴提出来的。老裴说,伟业国际既然已经控股了文山钢铁,何不搞一次钢铁产业的大整合呢?既救了亚钢联的在建项目,也打造了一艘钢铁航母,我认为不但可行而且挺实际!"

这真有点一厢情愿了。如果这个设想当真执行,吴亚洲的亚钢联只怕要赔掉最后一条裤衩,文山市政府搞不好也得贴上老本。于是,方正刚试探问:"赵省长,您能不能再明确一下:这……这是您和裴书记的一个建议呢,还是决定?"

赵安邦略一沉思,"算是建议,不过,是个很重要的建议,希望你们重视!"

方正刚松了口气,如果仅仅是建议,哪怕是很重要的建议,他和文山也就未必一定这么做了。却没敢这么明说,把意味深长的目光投向了身边的石亚南。

石亚南也没明确表态,只道:"赵省长,您和裴书记的建议,我们一定会认真考虑。不过,事情好像还没到这一步。崩盘也好,资金链断裂也罢,都还只是我们未雨绸缪的分析判断。至少迄今为止,亚钢联的资金还没多少问题!"

赵安邦说:"现在没问题,以后肯定会有问题,问题还很大。吴亚洲的亚钢联可是小马拉大车啊，顺风下坡时一路飞驰，逆风上坡呢？再来场暴风雨呢？"

方正刚马上问："赵省长，听您这话的意思，暴风雨就要来了，是不是？"

赵安邦点了点头，"我没必要瞒你们，该说的都和你们说：王副省长牵头的省委联合调查组明天就要下文山。明天我们省委党报上还要发表有关宏观调控的评论员文章。省银监局今天下午要向省内各银行金融机构发出信贷风险警告。更重要的是，只要省委联合调查组查实违规情节，这七百万吨钢就必须停下来！"

方正刚心里不禁一阵阵发毛，这哪还是暴风雨，简直是一场让人猝不及防的大地震！怪不得赵安邦今天一定要请他和石亚南喝酒，是借酒给他们压惊吧？

四十

送走来自北京的两位贵客，组织部王部长就过来汇报了，说是上午的谈话还不错，吕同仁和向阳生虽说有些情绪，认为突然处理他们有些草率，倒还是能顾全大局的。章桂春这才想起了两个已被免职的倒霉部下，也觉得有些草率了：处理前应该做点政治思想工作嘛，尤其是对那个吕同仁，否则是有可能坏事的。

据北京的贵客透露，这次省里上报的副省级后备干部名单上有他，当然，还有文山的石亚南，但石亚南已不是对手了。省城那边传来的消息说，文山被北京盯上了，省委磨刀霍霍准备直接杀猴，石亚南和方正刚这两只违规坏猴搞不好就得杀一只。章桂春分析，方正刚被政治宰杀的可能性比较大，该厮是市长，后台又不太硬，不杀他杀谁？石亚南有裴一弘做靠山，又是市委书记，被政治宰杀的可能性基本上可以排除，但会冷藏几年，决不会在他前面升上去。想想真是后怕不已，幸亏他在金川的硅钢项目上留了一手，又及时宰了鸡，算是逃过了一劫。

这两只被宰的鸡素质真不错,向阳生不说了,是知根知底的老部下。吕同仁倒有点没想到,挨了宰竟然不喊不叫,颇解为鸡之道哩!这还有啥好说的?他必得亲自关心一下了,让两位好同志知道,这一刀并不是白挨的,领导需要时可以宰你,如果你经得起被宰的考验,领导也可以让你死后复生,就像凤凰涅槃。

于是,这日下班前,章桂春在办公室先给老部下向阳生打了个电话,安慰了一番,许了点小愿,继而问起了吕同仁的情况,"老向,小吕是不是有情绪啊?"

向阳生说:"章书记,您想呢?这事搁谁身上能没情绪?小吕算不错了,捏着鼻子认了,现在已经按您和市委的要求,在家写检查了,连我都很感动呢!"

章桂春半真不假道:"小吕书记是在写检查呢,还是写告状信啊?老向,你别忘了,这小伙子可是从省委大机关下来的,省城机关大院里的关系不少!"

向阳生说:"那就说不准了,反正我没发现他有啥不忠于您的迹象!哦,对了,章书记,我们回来的路上一起吃了顿午饭,吃饭时我也做了些工作,和他说了,要经受住这次考验,我还说了,只要你经得住考验,章书记不会忘了你的!"

章桂春夸道:"好,老向,这个工作做得好,很及时,不愧是老同志啊!"

向阳生趁机表起了忠心,"章书记,这都是应该的,我心里亮堂着呢,没有您章书记,哪有我老向?别说是暂时免职了,就是进大牢我也不能背叛您啊!"

章桂春有些腻味,"别夸张了,为这种工作上的事,谁也进不了大牢的!"

向阳生止住了,"是,是,章书记,我就是比喻嘛!"马上开始要官,"这次先下来也好,章书记,我是这样想的,不让您和市委为难,风头过去后,我最好能到市委为您老服务,市委秘书长不想,也不现实,能安排个副秘书长就成!"

章桂春心里益发腻味,这怎么可能?市委那帮副秘书长都年轻能干得很,再说,把这种低三下四的老同志摆在身边也有失身份,便打哈哈说:"这也不是不能考虑,但目前恐怕不行,查违规的风刮得正紧呢,文山班子搞不好要出大事!"

向阳生却以为他答应了,连连道谢说:"章书记,那就太谢谢您了,太谢谢您了!我这个人本事不大,水平不高,就一个好处,对党的事业无比忠诚……"

章桂春不愿再听了,"好,好,老向,咱先这么说吧,我晚上还有事!"

向阳生这才说:"哎,章书记,你最好也给吕同仁打个电话,别让小伙子真给省里来封告状信!你的担心有道理哩,吕同仁毕竟不像我,是您的老部下!"

章桂春有所警觉,马上问:"老向,你和我说实话啊,是不是听到啥了?"

向阳生急忙否认,"没,没,没有!章书记,这不是你的担心吗?再说,就算吕同仁这小子真要写告状信,也不会和我说啊,更不会满大街去吆喝嘛!"

章桂春想想也是,带着满肚子的狐疑,颇为不安地放下了电话。也没按向阳生的建议,给吕同仁打个安抚电话,觉得这个电话不能轻易打,得慎重一些。

慎重地往深处一想,才发现事情有些蹊跷,好像哪里不对头。吕同仁这只鸡咋想都不像好鸡嘛,不是自己喂熟的鸡怎么会成为认宰的好鸡呢?人家没有成为好鸡的义务,你也不能这么要求人家。况且宰杀之前都没喂把米啊,他这已经不仅仅是草率了,是做得太过分,闹不好要被鸡啄瞎眼的!而在这种仕途光明、前景可期的时候,哪能让这种事出现呢?桂春同志,必须立即行动,纠正这个错误!

纠正错误的行动当晚就开始了。章桂春连家都没回,便去了金川,对吕同仁进行人道主义的慰问和关心。喂鸡的米准备了一把,聊解该鸡的无米之炊吧!

吕同仁对他的到来十分吃惊,也受宠若惊。待得他把两瓶水井坊往桌上一放,提出喝几盅时,小伙子激动得满脸通红,手足无措,有了向好鸡发展的趋势。

吕同仁说:"章书记,我……我再也没想到,你今晚会……会过来看我!"

章桂春煞有介事道:"本来嘛,我要和你们亲自谈的,不巧的是临时有点急事,只好改为王部长谈了!听王部长说,谈得挺不错,你们都很顾全大局啊!"

吕同仁说:"这是应该的,作为党员干部哪能不顾全大局呢!不过,章书记,不瞒你说,有个意见我也向王部长提了,这么急着处理我们,也太草率了吧?"

章桂春深表赞同,"不仅是草率,根本就不应该这么处理嘛!这种工作违规的事过去多了,真正处理过几个啊?省里这次硬揪着不放,我们是撞到了枪口上嘛!"说罢,端起酒杯,"小吕啊,暂时委屈你了,我代表市委敬你一杯酒!"

吕同仁连忙站起来,把他敬的酒喝了,再坐下时已是一副很"我们"的样子了,"说心里话,章书记!我委屈,您不也委屈吗?金川上硅钢项目还不都是为了工作,为了地区经济发展吗?他们文山能干的事,我们为啥就不能干呢?"

章桂春用指节敲了敲桌子,"小吕,文山就不要提了,省委也要处理的,将来的处理情况可能会出乎意料!这次风来得猛啊,只怕要吹掉一批乌纱帽喽!"

吕同仁怔了一下,换了话题,"章书记,听王部长说,您在会上发了大脾气?"

章桂春摆了摆手,"这你别介意,我那是发给赵安邦、裴一弘这些洋鬼子们看的!这俩洋鬼子厉害呀,一人给我来了个电话,那脾气发得比我大多了,我和市委能不做个姿态吗?但姿态归姿态,你小伙子以后该怎么用还怎么用,而且要重用!你不是老向,还很年轻嘛,工作能力也比较强,在金川区主持工作这一段时间呢,表现还是挺不错的,尤其是这次能顾全大局,我和市委心里都有数!"

吕同仁看到了光明前景,眼睛发亮,嘴上却说:"章书记,可我和金川区的同志这次毕竟犯了错误,背着您和市委这么违规乱来,想想也真是很痛心啊!"

小伙子的表现令人感动,做好鸡的愿望看来十分强烈,他手上的米还没撒下去呢,只是做了个撒米的动作,小伙子就认宰了,在他没做任何暗示的情况下主动承认了错误,承担了责任。于是,章桂春便把撒米的动作往深处做了下去,"也不要怕犯错误,谁不犯错误啊?我们的改革是个探索的过程,也是一个不断犯错误和纠正错误的过程。关键要看你犯的是什么错误。你和老向这次错误性质很清楚,就是改革过程中的探索失误嘛,既不是贪污腐败,又不是政治品质问题!"

吕同仁激动起来,双手端起酒杯,"章书记,就冲着您和组织上的理解,我敬您老人家一杯!章书记,我喝干,您随意!请您老人家放心好了,我这次一定会像老向一样,经得起组织考验!"说罢,很豪气地将端在面前的酒一饮而尽。

章桂春也把敬的酒喝了,这才吃着面前的花生米、小菜,正式撒米喂鸡,"小吕,事实证明组织没看错人!相信你一定能经得起考验!你和老向现在只是暂时免职,新过来的区长书记都是代字号的,代多久呢?和你小伙子交底说,我也不知道。情况好，也许很快就能让你们复职工作，情况不好呢，就得另行安排了。说说吧，如果另行安排，希望干点啥？到我身边来，做个市委副秘书长好不好？"

吕同仁怔怔地看他，傻了似的，"章书记，我……我犯了错误，您还重用？"

章桂春意味深长地笑道："重用什么啊？是处分降级嘛，从正处级降为了副处级，市委副秘书长不兼部委局办的正职就是副处嘛，可责任倒是更重了哩！"

吕同仁心里应该有数，责任其实就是权力的代名词，他说的责任更重了，意味着权力更大了，这个位置不少人盯着呢！小伙子真懂事，又站起来敬酒，"章书记，我真不知该说啥好了！我啥也不说了，就是古人那句话，士为知己者死！"

章桂春这回没喝，只在唇边抿了抿，抿酒时心里就暗自发笑，还士为知己者死呢，是鸡为米而死吧?！嘴上却道，"我想了一下，这个位置对你小伙子比较合适。你做过块块上的一把手，到市委跟我锻炼两年，将来做市委秘书长进班子是有可能的！当然了，这是我的个人想法，还要拿到市委常委会上定，进班子得报到省委批。你小伙子心里有数就行了，不要违反组织原则，四处乱说啊！"

吕同仁连连点头应着，"是，是，章书记，原则我知道。"似乎不太放心他的承诺，又冷不丁来了句，"章书记，咱银山的事，还不都是您老人家说了算嘛！"

章桂春心里很得意，嘴上却是熟络的官话，"小吕书记，不好这么说啊！哪能我说了算呢？我是一言堂堂主啊？不要集体领导了？不要民主集中制了？现在我们银山有个现象很不好，大家都不愿负责任嘛，啥都要我拍板。这样下去怎么得了？哪天我病了，死了，调离了呢？这个问题我说了好几次，就是没人听！"

吕同仁吹捧说："那是您老有权威啊，咱银山离了您老人家还真不成哩！"

章桂春故作姿态地摆了摆手，"好了，好了，你小伙子别就吹捧了，幸亏我头脑比较清醒，这些年才没被你们这些同志捧晕了！"话头一转，又说起了正事，"小吕，你本人既然有换岗意愿，我看在金川复职的事就别考虑了，你和老向本来也有些工作矛盾，就市委副秘书长吧！级别上先降一降也有必要，别给外界造成一个印象，好像犯了错误反升了，现在老百姓对犯了错误异地升官很反感！"

吕同仁又是连连点头，"好，好！哎，章书记，那老向准备怎么安排呢？"

章桂春这才说："实话告诉你，老向也想到市委做副秘书长，我没考虑。这位同志年龄偏大，能力也一般，和我又比较熟悉，不宜这么安排的。我看不行就让他到市台办去吧，先干主持工作的副主任，以后有合适的机会再说吧！"

就说到这里，手机突然响了起来，章桂春以为是吕同仁的手机，没在意。

吕同仁却说："哎，哎，章书记，好像……好像是您老的电话！"

章桂春掏出手机一看，还真是他的，便接了起来，是伟业国际白原崴打来的。这奸商开口就叫，"章书记，可找着您了！金川硅钢项目突然叫停了，我和伟业国际怎么办？那六百亩地的地款我们可全都付清了，还搞了八通一平。"

章桂春装起了糊涂，"白总啊，你们的动作咋这么快啊？立项通过了吗？"

白原崴发起了牢骚，"立项通过了省里市里还会叫停吗？章书记，您就别和我逗了，我知道，吕书记和向区长也因为这事被你撤了，你们的动作更快嘛！"

章桂春叹息道："白总，你知道就好！现在这个情况，谁也没办法！你也不要这么着急，那六百亩地和地上的八通一平全是你们的，你们不会有大损失！"

白原崴说："倒也是！章书记，看来这块地就得改变用途了，您得支持啊！"

章桂春很敏感，"哎，白总，你们这块地的用途想咋个改变啊？说说看！"

白原崴吞吞吐吐说："我也没想好，更没在董事会研究，是我急中生智的一个不成熟的设想：硅钢既然不让上了，就搞点房地产吧，那里的风景还不错！"

章桂春呵呵笑了起来，"白总，你说实话，这条退路是不是早留好了啊？"

白原崴说："哪里呀，我们要知道项目会叫停，根本就不会买这块地了！"

章桂春想了想，"那好，白总，我和市里继续支持你们搞房地产！不过，房地产开发用地和工业用地不是一回事啊，几千万的土地差价你尽快交过来吧！"

白原崴马上叫了起来，"章书记，项目下马可不是我们的责任造成的！您这话要不是开玩笑，那我们也得较较真了，根据协议，项目报批应由区里负责！"

243

章桂春道:"是区里负责嘛,否则我和银山市委能撤小吕和老向的职吗?"
　　白原崴被他整晕了,过了好半晌才说:"章书记,不行我们干脆就退地吧!"
　　章桂春轻描淡写道:"退地也成啊,不过,这你就不要找我了,我这阵子很忙,你直接找金川区吧!"说罢,合上手机,对吕同仁骂道,"这奸商,还想借咱这地发财呢,也太异想天开了!我们不能用自己同志的牺牲成全他的财迷梦!"
　　吕同仁赔着小心说:"不过,章书记,伟业国际真要退地只怕也麻烦!您可能不知道,他们付的那一千二百万地款差不多全让我们借给各单位发工资了。"
　　章桂春根本不当回事,"那就拖着吧,人不死账不赖,做个新时代的杨白劳嘛!这位白总只怕也找不到主了,你和老向不在了,新班子不会认账的,算他们交学费好了!好在伟业国际是个大企业,实力雄厚,也不在乎交这点学费的!"
　　吕同仁咂了咂嘴,"这么一来,咱们再想拉伟业国际到银山投资可就难了!"
　　章桂春哈哈大笑,"不会难的,到什么山唱什么歌,到什么时候说什么话嘛!白原崴是我省有名的奸商,我们和他打交道就得多个心眼,甚至不妨试着做个奸官!好了,小吕,这你别操心了,先休息一阵子,好好读几本书充充电吧!"
　　这晚的喂鸡活动很成功,银山市委书记章桂春同志的心情很愉快。告别吕同仁,披着大好月光一路赶回城里时,章桂春想,小伙子素质既然这么好,他和组织上就得用心培养了,应该让他朝着凤凰的方向发展,让这只凤凰渐渐长满权力的羽毛。当然,也不能太轻信,对小伙子还要继续观察,甚至给他来点考验……

第十三章

四十一

白原崴怎么也没想到，身为市委书记的章桂春会这么混账。违规上硅钢的始作俑者是他们乙方，就是为了防止出问题后乙方要赖皮，他才授意伟业控股的甲方代表在协议上设了陷阱，白纸黑字写得清楚：项目报批由乙方负责。不曾想章桂春以暂时牺牲两个下属小干部的代价，就轻易地从陷阱里跳出来了。这真是强中更有强中手啊，奸商和奸官狭路相逢，吃亏的只能是奸商。细想想也正常，在银山这种章桂春一手遮天的特殊环境里，资本根本就不是权力的对手。傍牢了一手遮天的巨大权力自然可以获取最大限度的增值效益，反之则必然一败涂地。

林小雅算是看了一场完整的活报剧，对章桂春反有了些敬仰的意思，挺真诚地说："白总，这倒有点想不到，章书记会这么精明，又这么负责！当初听他唱'新朋友老朋友大家都是好朋友'时，我还以为他是个混日子的酒囊饭袋呢！"

白原崴苦笑不已，"时下的干部中酒囊饭袋是不少，可姓章的这老小子还真不是酒囊饭袋。否则我们受骗上当就应该有利润了。你还说我被中国特色修炼成精了，章桂春不也修炼成精了吗？比我修炼得还到家啊，搞得我一败涂地了！"

林小雅安慰说："哪有这么严重，更不至于一败涂地嘛，不就是少了一笔非正常利润吗？其实我们也不是不清楚，谁搞房地产开发都得交这笔差价款的！"

白原崴道："交差价款还开发个屁，那块地我不要了，让它晒太阳去吧！"

林小雅说："我们还有个选择：和金川区打官司，在诉讼中谋求合理赔偿！"

白原崴摆了摆手，"算了，算了，别天真了！这个官司没法打，这不是他们的原因，是上面宏观调控的原因！我们能把土地款顺利收回来就谢天谢地了！"

林小雅有些奇怪，"项目不上了，土地款当然要退嘛，还担心收不回来？"

白原崴道："我看够呛！向区长和吕书记全下台了，新上来的区长、书记就能轻易给这个钱了？经验告诉我，不可能轻易给的，谁也不会替前任擦屁股。除非我们在他们任上有更大的投资，把这笔土地款折算到新的投资项目中去。"

林小雅说："那就找章桂春书记嘛，金川区的新班子老班子都是他和市委安排的，他往哪里推啊？章桂春不是说了吗？为投资者服务就是为人民服务！"

白原崴道："我们现在不是投资者，变成了讨债鬼，就不属于人民了，起码不属于章桂春为之服务的人民。这位书记在电话里明确说了，这种事别找他！"

林小雅知道难了，"如果这样，倒不如再和他们谈谈，少补点差价吃地了！"

白原崴点了点头，"这也不是不可以考虑的，我们总不能落个鸡飞蛋打吧！"

不料，没等到他和伟业国际的人到银山再行商谈，几天之后，省国土资源厅的一位处长先找上了门，还送来一份文件。文件上说，那六百亩地的批文已取消了，土地要恢复原状，谁毁掉的地谁恢复。那天他不在家，接待这位处长的是陈明丽，他回来后才听陈明丽说起此事。据陈明丽说，那位处长口气强硬，没有通融的余地。白原崴想想也不奇怪，省政府各部门都在紧张落实省委精神，自查自纠各自的违规问题，省国土资源厅和省发改委是重灾区，赵安邦一直盯着呢。

陈明丽早就怀疑他和林小雅的关系了，岂能放过发泄的机会？报完了丧，马上借题发挥，讥讽挖苦说："白总，真是很遗憾啊！看来你和小林主任的欧洲小镇是没戏了，起码在银山市没戏！实在想搞的话，不妨再在宁川找块地皮吧！"

白原崴心里恼火，脸上却很平和，"明丽，看你说的，又想到哪去了？"

陈明丽不依不饶，"请你和小林主任放心，就算在宁川搞欧洲小镇，我也不会去，一定给你们充分的自由！你们也就不必舍近求远，非要到银山折腾了！"

白原崴只好解释，"明丽，你别误会，银山项目和林小雅没任何关系！"

陈明丽说："怎么没关系？小林主任忘不了她生活过的欧洲小镇啊，不止一次和我说过，那远山古堡，那桦树林，那湖边清闲的晚风，让人心旷神怡呢！"

白原崴只好改口，"是的，明丽，我承认，考虑这个项目时，我是受了林小雅的一些启发，但不是因为她才决定的，我不会这么草率，你就别抓住不放了！"

陈明丽"哼"了一声，"白总，现在不是我抓住不放，是省国土资源厅抓住不放！土地要恢复原状，是他们恢复，还是我们恢复？这块地可在我们名下！"

白原崴道："当然是他们恢复，过去在我们名下，现在不是被收回了吗！"

陈明丽很精明，马上想到了可能出现的后果，"白原崴，那我可提醒你：土地复垦还要花一笔钱的，咱们的土地款现在还在人家手上，搞不好人家就会从土地款里给咱扣！你最好马上行动，派人尽快追回咱的土地款！我个人的意见，你也别心疼了，就请你最信任，也最能干的小林主任辛苦一下，去银山讨债吧！"

这话说完，陈明丽没再多看他一眼，沉着脸，提起小包就往门口走。

白原崴一怔，冲着陈明丽的背影叫："哎，明丽，你等等，我还有话说！"

陈明丽头都没回，"算了吧，有话以后再说，我有个重要约会，没时间了！"

白原崴追上去问："什么重要约会？陈明丽，你这么急着去见谁啊？"

陈明丽这才回过头，淡淡地说："文山市长方正刚来了，要请我喝咖啡！"

白原崴立即敏感起来：在这种泰山压顶的时候，方正刚怎么突然跑到宁川来了？他来宁川干什么？是不是冲着伟业国际来的？如果是冲着伟业国际来的，怎么不直接找他这个董事长，而是请陈明丽喝咖啡呢？这位市长先生是不是想从陈明丽身上打开突破口，让伟业国际入驻文山钢铁新区，收拾吴亚洲和亚钢联铺下的烂摊子？白原崴真想拦下陈明丽问个清楚明白，却知道办不到。为银山的那个倒霉项目和林小雅，陈明丽正一肚皮气，他只能眼睁睁看着她示威似的走了。

陈明丽走后，白原崴想了想，把林小雅叫了上来，吩咐说："你通过文山那边了解一下：看看方正刚到宁川来干什么？现在住在哪里？搞清楚了告诉我！"

　　林小雅点点头，转身走了，走到门口，又站住了，回过头说："白总，我刚才在楼下大厅见到陈明丽，她好像很不高兴，我和她打招呼，她爱理不理的！"

　　白原崴便把陈明丽刚才发难的情况简单说了说，叹息道："……她现在逮着收拾我们的机会了，还说了，要你到银山找章桂春追讨土地款呢，赖上你了！"

　　林小雅略一沉思，"白总，看来这个地方我不能待了，不行我就离开吧！"

　　白原崴摇了摇头，"离开的话你不要说，必要时由我说，这样比较主动，也不会让陈明丽起疑！你可以一走了之，我呢，毕竟还得和陈明丽继续合作嘛！"

　　林小雅像似对他很理解，可却话里有话，"是的，能合作下去当然好，就算将来不合作，真的分手了，也得有个过程，而且最好能和和气气，是不是？"

　　白原崴根本没想过和陈明丽分手，"好了，小雅，你给我查方正刚去吧！"

　　没一会工夫，林小雅又上来了，汇报说："白总，方正刚查到了，住在我们市政府二招，就是宏达宾馆。昨天中午就到了，来干啥没人知道，估计与文山新区的项目有关。据咱们的人说，省委调查组到文山后，文山一片鸡飞狗跳！"

　　白原崴心里有数，感叹说："文山风声紧起来了，搞不好要出大乱子的。省银监局发了风险警告，全省各商业银行停止对文山新区钢铁企业的贷款，上门讨债也开始了。如果不能马上找到资金，亚钢联的不少在建项目只怕都要停工了！"

　　林小雅笑了笑，"所以，方正刚市长就找到我们了，还请陈明丽喝咖啡！"

　　白原崴一怔，有些奇怪地看着林小雅："哎，小雅，这事你怎么知道了？"

　　林小雅道："我听他们办公室人说的。看来并不是你安排的，对不对？"

　　白原崴可不愿在这时候看着两个女人斗起来，想都没想便说："小雅，你还真猜错了！这杯咖啡是我让她去喝的，总得摸一摸方正刚和文山的底牌嘛！"

　　林小雅当场戳穿了他的谎言，"白总，你真是奸商，和我也不说实话。如果是你安排的，陈明丽能不告诉你喝咖啡的宏达宾馆？还让我通过文山去查！"

　　白原崴没办法了，只得苦笑着把自己的担心说了，"小雅，我这不是为了省点事嘛，免得你又胡思乱想！刚才的情况我和你说了，陈明丽正在气头上哩！"

林小雅说:"她气不气与我没关系,但我想到的事就得和你说!白总,你不是不知道,陈明丽要喝的这杯咖啡很苦,对我们来说没准就是一剂毒药。她真被方正刚市长说动了心,让伟业国际搅和到文山去,那就不是银山这种小麻烦了!"

白原崴挥挥手,"小雅,你别把问题想得这么严重,伟业国际集团的董事长是我,不是她。再说现在不过是喝喝咖啡,双方相互试探一下,瞎担心什么!"

林小雅仍是不安,"白总,反正你警惕点就是,这个女人怕没那么简单!"

白原崴这才说了实话,"回头我就去宏达宾馆堵陈明丽,看看方正刚市长给她喝的咖啡里究竟下了什么毒药。"略一停顿,又适时地补充说,"小雅,你也放心,我答应你的事一定会做到的,但怎么做是我的事,你就别这么操心了!"

林小雅嗔道:"白总,看你,都想到哪去了?我可没陈明丽那种野心!"

白原崴说:"陈明丽也没野心嘛,她有野心,我们也不会合作到现在了!"

林小雅冷冷一笑,"未必!你们双方能合作到现在,是因为你太强势。你的强势在成全自己的同时,也成全了她,给她带来了不可想象的利益和财富。这种合作是狮子和兔子的合作,作为兔子,她当然要和你这个狮子好好合作了,哪怕心里再不满意也得合作啊,你不要因此就得出虚假的结论,以为这就是忠诚!"

白原崴心里不由得一动:这个林小雅真有洞察力,把问题的本质点透了。是的,没有他风风雨雨中的一路冲杀,哪有陈明丽的今天?陈明丽就算忠诚也是利益使然。于是,带着赞赏的口气说:"有些道理啊!小雅,没想到你还给我上了一课,让我从一个新角度理解了忠诚。不过,既然是狮子和兔子的合作,兔子的忠诚与否就不太重要了,她忠诚也好,不忠诚也罢,都不会对狮子构成威胁!"

林小雅嫣然一笑,"看来我得给你上第二课了:兔子是怎么吃掉狮子的。"

白原崴笑道:"哎,哎,这你就别说了,我已经知道了!从理论上说,再凶的兔子也不会吃掉狮子。只有当狮子老了死了,兔子才会跳上来啃咬狮子的老皮老骨头,你说的是不是这个?记住,我这头狮子还很健康,既没老,也没死!"

林小雅微笑着点了点头,"是的,你说的只是兔子吃掉狮子的一种情形。我要说的是另一种情形,你也应该想到:兔子会从你这只狮子背上,跳到另一只更强势的狮子背上,和那只狮子结盟,吃掉你这只貌似强势的狮子!但愿你的强势能永远吸引住这只陈姓兔子吧!"说罢,转身就走,只留着他站在那里发呆。

这话有些意味深长,不能简单理解为一个女人和另一个女人的醋意争斗。

在驱车赶往宏达宾馆的路上,白原崴就开始琢磨,和他一起白手起家、合作了十八年的陈明丽当真会跳到另一只更强势的狮子背上吗?在他和林小雅的暧昧关系被她深深怀疑的情况下,女人体内的雌性激素会不会促使陈明丽做出不明智的选择?那只更强势的狮子是不是已经出现在眼前了?方正刚和文山会是更强势的狮子吗?好像不是。如果伟业国际不马上接盘,给文山新区的这七百万吨钢及时输血,这个烂摊子没么好收拾的,方正刚就是不死也得脱层皮……

四十二

方正刚疲劳极了,也困倦极了,强打精神引着陈明丽在客厅沙发上刚坐下,眼前就出现了重影,一个陈明丽恍惚中变成了两个陈明丽,一时间甚至分辨不出哪个是真人哪个是幻像?陈明丽身后那幅原本色彩明快的油画也变得一片模糊。

陈明丽看出了他的不适,问:"方市长,你怎么回事?脸色咋这么难看?"

方正刚没隐瞒,也不想隐瞒,揉了揉红肿的眼睛说:"别提了!陪着省委联合调查组没日没夜熬了五天啊,还得抽空处理其他急事,一直没能睡个好觉!"

陈明丽有些坐不住了,"方市长,那你还不好好休息,还请我过来喝什么咖啡?要不,你今天先休息,我们改日再聚?或者明天吧,我明天没啥大事!"

方正刚忙说:"哎,别、别!陈总,明天你没大事,我有大事!得赶回文山参加通报会,听调查组训话,这可是态度问题。我的乌纱帽现在有些危险了,得有个好态度，争取将来省委宽大处理啊！"说罢，摇了摇脑袋，极力振作精神。

陈明丽被他逗笑了，"方市长，这都啥时候了，你竟然还有心思开玩笑！"

方正刚苦笑道："不开玩笑，真的！陈总，下次你再见到我时，没准我就不是市长了。趁我现在还是市长，咱们把这杯咖啡喝了吧！春节时就说要喝的，闹到现在也没喝成。"说着，打了个电话，让楼下大堂服务生送咖啡，还解释了一下，"陈总，本来是想请你到对面梦咖啡喝的，可一看那里太吵，没法说话，就临时改在宾馆了。这里也不错，咖啡豆是正宗进口的，不会比梦咖啡差多少！"

陈明丽半真不假地说："方市长，就是差我也不计较了！就冲着你在省委调查组大兵压境，钢铁新区六大项目面临停工的危机时刻，能驱车三百多公里，从文山跑到宁川请我喝咖啡，我就受宠若惊了！只怕你梦中情人也没这等待遇吧？"

方正刚苦中作乐道："真是知音啊，陈总，了解我的人也就是你了！对梦中情人我不会这样做，但对有可能救文山于水火之中的贵人，我就奋不顾身了！"

陈明丽心照不宣地笑了，"方市长，你是病急乱投医呢，还是飞蛾投火啊？"

方正刚道："有点病急乱投医，飞蛾投火倒不至于！我不是飞蛾，你也不是火。再说，烧死我对你和伟业国际有啥好处？陈总，咱们今天得好好谈谈了！"

陈明丽不开玩笑了，"现在谈是不是晚了？再说你也找错了对象。伟业国际的董事长是白原崴，你们曾有过一场青梅煮酒论英雄嘛，我当时恰巧也在场。"

方正刚有些尴尬，叹息道："是啊，是啊，有些话还真让这位白总说中了！"

陈明丽像似有备而来，估计白原崴面授了机宜，伴着笑脸，上来就是一刀，"这就是说，伟业国际有可能以二十亿吃进你们新区一百六十多亿的买卖了？"

方正刚未置可否，反问道："这么说，你们发行可转债的二十个亿还一直给我们留着？这笔从股民手上圈来的钱还一如既往地保持着挺丰富的想象力了？"

陈明丽摇摇头，"不是特意留的，按原计划吃进文山二轧厂嘛！不过，我认为，如果真能以二十亿吃下一盘一百六十亿的买卖，计划也不是不可变更的！"

方正刚摆摆手，"我仍然认为这种想象力过于丰富，比较接近于痴人说梦！"

陈明丽有些吃不准了，疑惑地看着他，"哎，方市长，你到底是啥意思？"

这时，服务生将煮好的咖啡及时送了上来，客厅里当即弥漫起咖啡的香味。

方正刚为了制造良好的谈判气氛，喝着咖啡，又和陈明丽开起了玩笑，"陈总，看来我有些失算啊！我把你看成贵人，没找白原崴，先找了你，你倒好，开口就灭我，一谈到生意，每一个毛孔都透着算计，我还不如直接找白原崴呢！"

陈明丽笑了，悠闲地品着咖啡说："方市长，这你也得理解，不论是我还是白原崴，或者伟业国际的哪个决策者，都不可能不算计的！"晃了晃手上的咖啡杯，"你方市长总不会指望以一杯咖啡的小代价就让我出卖伟业国际的利益吧？"

方正刚也笑了起来，"怎么会呢？我谋求的是一次双赢的合作，肯定不会让你出卖伟业国际的利益！不过也得实话实说，希望你帮我和文山做做白原崴的工作，促成这次合作！文山目前的局面很被动，我和石亚南要挽狂澜于既倒啊！"

陈明丽心里有数，"我知道，你们用政策时势造出的那位英雄麻烦大了，在银行停止贷款，带资单位追债的情况下，吴亚洲和亚钢联已经拉不动新区这辆大车了。如果没有应急资金及时跟进，六大项目和这匹小马就完了，对不对？"

方正刚点头承认了，"这是很严酷的现实。正因为如此，我才不得不违背自己的意愿，主动找到你们伟业国际。尽管找的是你这个执行总裁，尽管是以喝咖啡做幌子。其实，你我都清楚，这杯咖啡并不好喝，对我来说简直就像喝药！"

陈明丽沉思着，"方市长，今天你既然找到了我，我希望能开诚布公。现在局面究竟坏到了啥程度？就算我们加盟了，是不是就能把这盘绝棋救活呢？"

方正刚本不想说，可想了想，你既然谋求和人家合作，就得把底交给人家，况且也瞒不住，调查结果迟早要公布，甚至会很快公布，于是便说："情况比较严重，亚钢联这次祸闯大了。违规分拆项目不说，投资水分也很大，真实的资金情况别说省里不知道，我们市里也不知道，出乎我和石亚南的预料啊！"

陈明丽似乎不太相信，"方市长，你们市里是真不知道，还是故意装糊涂？"

方正刚恳切地说："真不知道！新区管委会和吴亚洲从没向市里、省里说过实话，亚钢联合资公司应该到位的三亿五千多万美元只到了一千万，虚假投资额近三十亿人民币，还积欠了全国一百多家建设单位近十亿带资款。这还是目前查明的，没查明的带资还有多少并不清楚，据吴亚洲估计，可能还有五亿左右。"

陈明丽摇头叹道："这气泡泡吹得也太大了，你们这当也上得太大了，新区管委会胆子怎么这么大，造假三十亿！吴亚洲的亚钢联到底有多少自有资金？"

方正刚说："这你们不是研究过吗？白原崴当时有个估计，说吴亚洲和亚钢联的自有资金不会超过十个亿，事实上只有八亿七千万，现在全都砸进去了！"

陈明丽责备道："方市长，你们真欠考虑啊，连吴亚洲的自有资金状况都不清楚，就敢支持他上这盘大买卖了？我记得白原崴给你提过醒，劝你们慎重。"

方正刚说："白原崴说这话时也有他的算计，而且已经晚了，当时这六大项目全上马了，再说，情况也挺好的，银行金融机构抢着放贷，我们就大意了！"

陈明丽这才回到双赢合作上，"方市长，那你说说看，下一步想怎么办吧？"

方正刚没说下一步怎么办，一边暗骂自己虚伪无耻，一边很动感情地说起了那次"鸿门宴"，似乎和白原崴谈得很好，是难得一遇的知音，"陈总，春节吃饭的时候，你们白总说的话还记得吗？他说钢铁新区有伟业国际这匹识途老马加盟，拉起来就省力多了。还和我纵论天下英雄，道是三国时天下英雄曹刘，今日文山英雄非我和他老兄莫属，我们的合作会创造一个改变文山历史的奇迹哩！"

陈明丽笑道："这话我当然记得，不过，我也记得你当时是怎么回答的，你说白原崴期望的这种合作是资本和权力的结合，而你让白原崴大为失望啊！"

方正刚并不回避，"陈总，这你别怪我，白原崴并不准备把多少真金白银投到文山来，而是希望利用政府的优惠政策和银行贷款，继续把泡泡吹大。今天的事实证明，我当时真答应了你们，摊子会铺得更大，损失也会更大，这可是你们的损失。你们在银山的金川区不是已经损失了吗？硅钢项目不是叫停了吗？"

陈明丽道："如果我没领会错的话，今天你仍然指望我们拿出真金白银？"

方正刚这才说起了熟记于心的方案,"是的,陈总,现在我来说个设想:你们发行可转债的那二十个亿不是要吃进我们文山的二轧吗?我看可以先融给吴亚洲的亚钢联救救急。你们不要怕,文山市国资局可以拿二轧厂产权做抵押!"

陈明丽有些不解,"你们国资局也可以把这二十个亿直接调给亚钢联嘛!"

方正刚道:"这不可能,尤其在目前情况下不可能。省银监局已经对省内各国有商业银行发出了安全警示。省里也下达了紧急通知,不允许省内任何财政资金和国有资金再进入文山钢铁新区和亚钢联,融资只能在企业之间进行。"

陈明丽略一沉思,问:"方市长,那我们伟业国际集团的利益在哪里呢?"

方正刚胸有成竹道:"你们的利益明摆着,一、可以获得一笔可观的融资利息,息口多少可以直接和亚钢联谈,即使按银行一年贷款利息计算,也不是个小数;二、二轧厂既然抵给了你们,项目还是你们的,不影响实际的收购计划。"

陈明丽是明白人,又问:"这是不是新的违规?石亚南书记知道这事吗?"

方正刚交底道:"石书记知道,这是我们私下慎重研究后决定的,不过,希望你保密,尤其不要扯上石亚南书记。我和石亚南想好了,就算是新的违规,我们也准备铤而走险了!不这么做,六大项目就得烂尾,摊子将无法收拾。我们算了一笔账,只要有三至五个亿,付掉一部分带资款,煞住眼前的讨债风头,再有十个亿流动资金,就能挺过去了。三年后这一百六十多亿投资全能安全收回。"

陈明丽显然是在为他担心,"你们就没有别的办法了?不违规的办法?"

方正刚坦率地道:"恐怕没有!市内企业融了两千多万,杯水车薪啊!宁川有家有实力的海外投资机构说是有兴趣,主动找到了我们,我和吴亚洲昨晚就急忙过来谈了,结果不理想,谈到今天上午也没谈成,吴亚洲灰头土脸回去了。"

陈明丽注意地看了他一眼,"哦,为什么?是不是他们的要价太高了?"

方正刚一声叹息,"不是要价太高,是太黑!这家投资公司明显是想火中取栗,提出的方案别说亚钢联,就是我也不能接受!他们提出,将七百万吨钢压缩为五百万吨左右,三个项目取消,取消项目上的损失由亚钢联承担。这一来,吴亚洲自有的八亿七千万全打了水漂不说,还倒欠了银行和带资单位近十个亿啊!"

陈明丽一点就透,"我明白了,人家把有价值的三个核心项目吃进,烂桃留给了吴亚洲的亚钢联!不过,这也不是没道理,人家没义务替亚钢联擦屁股!"

方正刚说:"人家没这个义务,我有这个义务啊,所以才请你喝咖啡嘛!"

陈明丽摇起了头,"方市长,其实你也没义务。你不是投资商,既没有保证亚钢联不赔本的义务,也没有保证六大项目投资全收回的义务。在这种极其被动的情况下,你真不能这么铤而走险去违规了!你不想想,万一抵押二轧厂融来的十几、二十亿再扔到水里,那就不是掉乌纱帽的事了,只怕你要进大牢的!"

方正刚激动了,手一挥,"如果我进大牢就能救活新区这七百万吨钢,我就豁出去了!陈总,你别替我操心,明确给个话吧,能不能考虑我的这个方案?"

陈明丽愣了好半天,才感叹说:"正刚市长,像你这种人真是少见!现在当官的谁不爱惜自己的乌纱帽?谁不在追求权力的最大化,想着拼命往上爬啊!"

方正刚自嘲道:"陈总,你别感慨,更别把我想得多么高尚,我爬不上去了嘛,就得做出牺牲,负点责任了!对吴亚洲和亚钢联负责,对文山的这次钢铁启动负责,也对文山的老百姓负责!亚钢联的项目中有不少老百姓的投资啊!"

陈明丽想了想,终于表了态,"正刚市长,你感动了我,真的!不管你自己怎么说,在我眼里你就是那么高尚!这种责任感和使命感并不是每个男子汉都具有的!就冲着这一点,我也得帮你渡过难关,我今晚回去就做白原崴的工作!"

方正刚多少松了口气,"好,好,这可太好了!陈总,那我就先谢谢你了!"

陈明丽妩媚一笑,"别忙谢,我这里有两个前提,其一,不能损害我们伟业国际的利益;其二,尽量不要再违规把你套进去;也许我们会有新的方案!"

方正刚说:"那就更好了!这个方案既不是唯一的,也不是不可商量的,如果你们有更好的方案可以谈,既可以和我们政府谈,也可以直接和亚钢联谈!"

直到这时,陈明丽才问:"正刚市长,你们谈过的那家投资公司是啥名号?"

方正刚脱口而出,"欧罗巴远东国际投资公司,总部好像在法兰克福!"

四十三

陈明丽走出宏达宾馆时,天已朦胧黑了。上了车,正要给白原崴打手机,却听得几声短促的喇叭声。抬头一看才发现,白原崴的车就在面前不远处停着。

手机还是打了,陈明丽开口就没好气,"你精神病啊?追到这里干啥?"

白原崴笑着打哈哈说:"可能真有点神经过敏了,我怕你跟方正刚私奔!"

陈明丽道:"还真让你说对了,方市长就在我车里,正准备开文山呢!"

白原崴笑了,"别逗了,跟我的车走,我们共进晚餐!"说罢,电话挂了。

陈明丽有些恼火:这个白原崴,怎么知道她一定会和他共进晚餐?也太自信了吧!却也不能不去,十八年过去了,她和这个搭档之间早已是心有灵犀。她喝下的这杯咖啡得请白原崴帮着判断滋味,白原崴肯定也想知道文山的想法。从白原崴的急切态度看,在保证伟业国际利益的前提下,她完全有可能帮方正刚和文山一把。便也不再计较了,吩咐司机跟定白原崴的车,一路上了海滨大道。

白原崴定下的晚餐地点在黄金海岸一家私人会所。这里的海鲜做得不错,四周风景也很美,她和白原崴过去常来,印象挺好。当然,那时还没有林小雅。

陈明丽的话题便从林小雅开始了,对酌时就说:"原崴,你真怕我和方正刚私奔吗?欲擒故纵吧?如果我和方正刚私奔了,不正好成全你和小林主任嘛!"

白原崴吃着喝着,"还记着这事呢?这咋可能呢?明丽,你真是多疑了!"

陈明丽根本不信,"我多疑?白原崴,你在银山市不惜一抛千金为了谁?"

白原崴和气且耐心地说:"能为了谁?还不是为了团体的利益嘛!如果不是碰到章桂春这混账王八蛋,光这块地的土地差价,我们就能赚上三千多万啊!"

陈明丽"哼"了一声,"别蒙我了,如果不是章桂春挡了道,林小雅构想的欧洲小镇就上马了,她就是银山这家房产公司老总了,我们还得投入几个亿!"

白原崴说:"对,可能要投入几个亿,但房子卖掉了就是十多个亿!"挥了挥手,"算了,这事不说了,你既然容不下林小雅,那就解聘,请她离开这里吧!"

陈明丽大为意外,"哎,原崴,我今天也是随便说说,你别意气用事啊!"

白原崴放下筷子,"我不是意气用事,除了你的原因,还有其他因素。林小雅不太适应中国国情啊,许多对我们来说司空见惯的事,在她眼里都是问题,搞不好会误事的。比如说,给高端客户安排小姐,给某些人送钱,能指望她吗?"

这倒是事实。和去年赶走的那位行政总裁兼办公室主任王秋也比,林小雅在这方面简直是失职。王秋也搞这一套真是行家,送钱送礼不动声色,安排高端客户的休闲活动驾轻就熟,手头甚至掌握着几个俄罗斯小姐。陈明丽当时有些看不下去,老在白原崴面前抱怨,现在却发现,这还真是王秋也的一个长处,此人如果没和汤老爷子一起搞背叛,真可以考虑请回来。于是便说:"原崴,你说的有道理!社会风气如此,我们就得适应,看来还真得用个王秋也这样的主任呢!"

白原崴说:"既然如此,那我就尽快和林小雅谈吧,她好像也有去意了!"

陈明丽心情好了起来,"原崴,你看着办吧,她既有去意,让她早走也好!"

白原崴这才问起了文山的事,"和方正刚咖啡喝得怎么样?有好戏吗?"

陈明丽乐了,和白原崴碰了碰杯,将杯中残酒一饮而尽,笑眯眯地说:"当然有好戏,这杯咖啡里大有乾坤啊!"把有关情况和方正刚的方案说了一下,说罢,先下了结论,"不过,原崴,方正刚的这个方案,我个人觉得不能考虑!"

白原崴呷着酒,不动声色地看着她问:"为什么?说说你的理由!"

陈明丽道:"明摆着,这个方案对双方都没好处嘛!对方正刚来说,很可能涉嫌新的违规,太危险了;对我们伟业国际来说,也缺乏想象力和操作空间!"

白原崴笑了笑,"明丽,你对方正刚还挺有感情嘛,先想到了他的危险!"

陈明丽也笑了,"原崴,你别说,方正刚市长今天还真把我感动了呢!"

白原崴不屑地道:"你最好少感动,生意场上动不得感情,你应该知道!"

陈明丽说:"这用不着你提醒,我是站在伟业国际角度兼顾这种感情的!"又说起了正题,"原崴,现在到了你当初说的以二十亿吃进这一百六十多亿买卖的时候了。欧罗巴远东国际投资公司已经先行了一步,把试探气球放出来了,不过没谈成,他们的接盘方案被方正刚和吴亚洲拒绝了,这不正是我们的机会吗?"

白原崴有些吃惊,"欧罗巴远东国际投资公司掺和了?都有接盘方案了?"

陈明丽点点头,"是的,欧罗巴远东国际投资公司的方案挺有意思:把文山钢铁新区的这七百万吨钢压缩为五百万吨,附属项目取消,损失由亚钢联承担!"

白原崴一点就透,"怪不得方正刚和吴亚洲不答应呢!对文山来说,三个项目还是烂了尾,有个收风问题。对吴亚洲来说,已投入的自有资金打了水漂!"

陈明丽说:"不光是打水漂的问题,吴亚洲还会倒欠近十个亿!所以我虽然嘴上没说,心里就想,我们可以在欧罗巴远东国际投资公司方案的基础上提个新方案。别这么黑,给吴亚洲的亚钢联象征性留点股份,起码别让吴亚洲倒欠十个亿。两个附属项目不放弃,但列入续建项目以后再建,这就能做到三方全赢。"

白原崴陷入了决策前的思索,站起来看着落地窗外的海上景色,久久不语。

陈明丽怕白原崴没听明白,又不无兴奋地说:"吴亚洲和亚钢联的股份可以划定在两个附属项目里,风险不在我们身上,我们力保的就是四个核心项目!"

白原崴从落地窗前回转身,"明丽,这看起来很诱人,但风险很大啊!文山六大项目省里正在中央压力下查,分拆违规已浮出了水面,名分没解决,姿身未明,有可能被强令叫停!真出现了这种情况,我们的投入不也打了水漂吗?!"

陈明丽争辩说:"这个问题我想了,可能性不是太大!查处违规违纪是一回事,尽量减少损失是另一回事!不论是中央还是省里,都不会看着文山钢铁新区赔进这一百六十多亿。民营企业的财富也是社会财富,中央和省里会保护的!"

白原崴缓缓摇着头,"可现在局势并不明朗,谁也没给我们这个承诺啊!"

陈明丽觉得白原崴有些陌生了,像变了个人,这个聪明过人的冒险家怎么一点冒险精神都没有了?便道:"原崴,这可是你的思路啊!没有承诺才是机会,我们才有可能获得最大的风险利益嘛!有了承诺,也没有这种风险利益了!"

白原崴仍是摇头,"这个思路没错,但具体情况要具体分析,要有承担风险的底线啊!主动到银山去上当受骗,我们承担的风险底线就是一千二百万地款暂时收不回来,而文山呢,风险无限啊,很可能成为我们创业以来最大的败笔!"

这话虽说不无道理,但陈明丽还是不服,"原崴,你说的这种无限风险确实存在,但不是不可防范的嘛!起码资金的投入是分期分批的,发现不对头,就停止损失好了!我们目前最大的优势就是刚发了这二十亿转债,资金雄厚!"

白原崴苦苦一笑,"明丽,你是不是真被方正刚勾去了魂,要不顾一切为文山殉葬了?我再问你一个问题:你当真了解文山这个黑洞吗?当真以为这二十个亿填进去就能救活这堆钢铁吗?这二十个亿可是股民的钱,我们要负责任的!"

陈明丽十分沮丧,重又退回到方正刚的方案上来,"那方正刚的方案能不能考虑呢?这比较安全,既不影响我们并购二轧厂,还能获得一笔融资利润!"

白原崴手一摆,声音提高了八度,"这更不能考虑,就算融资,我们也不能在这种时候融给文山!明丽,你头脑清醒些,别想着往文山的火坑里跳了!"

陈明丽不由得叫了起来,"我很清醒!倒是你,原崴,你是不是老了?没想象力,也没冒险精神了?那个名不见经传的欧罗巴远东国际都敢接的盘,我们就不敢接了?你真是太让我失望了!我希望你再想想,看我的话是不是有道理!"

白原崴这才说:"明丽,你不要叫,就让文山方面先和那个欧罗巴远东国际投资公司折腾着吧,我们现在最好的选择是按兵不动,等待文山最后的陷落!"

陈明丽似有所悟,"你的意思,是逼着亚钢联全面停工?制造可能的绝境?"

白原崴笑着纠正道:"这个绝境可不是我制造的啊,是吴亚洲的亚钢联和方正刚自己制造的。我只是不愿给它输血，算见死不救吧！话又说回来了，我们凭什么一定要救呢？方正刚春节吃饭时还英雄得很哩，不愿给自己留条退路嘛！"

陈明丽一怔，"你是不是太狭隘了？因为某种仇恨或成见故意收拾人家？"

白原崴回到桌前呷起了酒，"不，做决策时，我既没有仇恨，也没有成见！"

陈明丽说："仇恨也许谈不上，但你对方正刚的成见我知道。你也得理解人家嘛，方正刚今天还说呢，当时真让咱们把泡泡吹得更大，受损失的是咱们！"

白原崴不愿再谈了，"行了，明丽，我们就坐山观虎斗吧，来，吃龙虾！"

陈明丽吃着龙虾又说了起来，"我们是可以坐山观虎斗，等待最好的接盘时机，但会不会失去时机？万一欧罗巴远东国际或哪个接盘者和文山谈成了呢？"

白原崴手一挥，潇洒地说："那就算了，这世界上好的投资机会多得是！"

偏在这时，手机响了，竟是方正刚的电话。陈明丽本想避开白原崴，到门外接，又怕白原崴疑神疑鬼，便当着白原崴的面接了，"方市长，又想起我了？"

方正刚开玩笑道："那是，你一走我心里空落落的，连晚饭都没心思吃啊！"

陈明丽说："是吗？谁知你在哪花天酒地啊？现在是倒上了，还是泡上了？"

方正刚叫了起来，"陈总，你可冤死我了！我现在哪还有心思花天酒地？随便吃了点东西就开拔了，这不，已在回文山的路上了，距文山二百二十公里！"

陈明丽想想也是，便问："哎，那你咋又想起来打电话找我？有事吗？"

方正刚道："哦，给你通报个新情况：吴亚洲和亚钢联高管层希望你和白原崴能在这一两天到文山看看，实地考察一下，我和石书记也非常欢迎你们来！"

陈明丽马上问："方市长，你是不是把我们见面的情况都和吴亚洲说了？"

方正刚坦率道："说了，吴亚洲态度很好，有强烈的合作愿望。和我说，就算接受城下之盟，他也愿意接受你们的城下之盟，不会考虑欧罗巴远东国际！"

陈明丽却不知该怎么回答，看着白原崴，迟疑道："方市长，还是不要这么急吧？我还没见到那位白总呢，也不知他是什么意见，过两天我再回话吧！"

方正刚道:"陈总,不急不行啊,吴亚洲刚才在电话里说了,现在要债单位挤破门,耐火材料供应商都不供货了,铁水项目今天已经停工了,愁死人啊!"

陈明丽这才说:"那好吧,我尽快和白原崴商量吧,争取这两天过去!"

手机一合,白原崴马上不高兴了,"明丽,要去你去,我可不会去文山!"

陈明丽好言好语说:"先去看看,实地考察一下嘛,这也没什么坏处的!"

白原崴手一摆,"NO,现在吴亚洲的亚钢联还在阵地上,我们去看什么?帮他们鼓舞士气吗?暗示那些债主,债权还有希望?我们要去就是为他们收尸!"

陈明丽没法再说下去了,"是,是,就是你说的,等待文山的最后陷落!"

这个结果虽然事先没想到,却也在意料之中。白原崴就是白原崴,面对利益总是那么心狠手辣。如此一来,方正刚的期待要落空了。文山全面陷落只怕就在眼前。铁水项目今天已经停了工,也许三五天之后炼钢和轧钢等项目也要陆续停工。那位身为市长让她真心敬佩的男子汉可能将在最后这番悲壮的决斗之后,义无反顾地走上政治祭坛,或许还会以别的形式铤而走险,进行政治自杀。

陈明丽不禁有些黯然神伤,眼里不知不觉汪上了泪。背过白原崴揩去了,心里马上骂自己,陈明丽,你伤啥心?文山陷落后最大的得益者是谁?不是你们伟业国际集团吗?作为集团高管层里仅次于白原崴的第二大股东,占领陷城后,你名下的资产没准会有八位数甚至九位数的增加!你这眼泪真他妈的是鳄鱼的眼泪!因为心烦意乱,这晚便喝多了,最后也不知是怎么被白原崴送回的家……

第十四章

四十四

在嗣后的生命岁月里，石亚南将牢牢记住二〇〇四年的四月四日。不论对文山来说，还是对她和方正刚的仕途来说，这都是个历史性的日子。这一天同时发生了三件大事：省委党报在头版头条发表了题为《严格依法行政，维护宏观调控，保证政令畅通》的评论员文章；由王副省长带队，由省监察厅、省发改委、省工商局、省国土资源厅等八个强力部门组成的省委联合调查组一行八十八人抵达了文山；省银监局的安全警示发到了省内所有银行金融机构，要求向亚钢联提供了信贷的银行金融机构立即采取果断措施，坚决回避风险，避免造成新的损失。

惊心动魄的暴风骤雨和剧烈的大地震就这样开始了。她和方正刚这届班子苦心经营的七百万吨钢竟成了一颗巨型定时炸弹，随时有可能把他们和刚刚启动的新区经济一起炸翻。方正刚对此和她一样清楚，在落实中央和省委精神的市委常委扩大会上警告说，别以为这只是新区管委会和吴亚洲的事，这实际上是我们整个文山的事。不客气地说，我们政府和被查处的亚洲钢铁联合公司都坐到了已爆发的火山口上。如果不能挽狂澜于既倒，抓住省委联合调查组调查期间最后这点宝贵时间提前做好善后，损失将极为惨重，文山经济总体水平可能将倒退三至五年。新区管委会主任龙达飞发牢骚说，即使如此，这个责任也不在我们，都是上面闹的。这七百万吨钢本来热火朝天上着，银行金融机构抢着贷款，不存在任何问题。石亚南当时就火了，责问龙达飞：怎么不存在问题？根据省委目前掌握的情况，问题已经不少了，大家都不要有侥幸心理，这颗定时炸弹一定会炸的！

事实确是如此。十天之后,省委联合调查组第一阶段调查结束,查明的基本事实,让她和方正刚吓了一跳。新区管委会和亚钢联串通一气,虚构注册资金近三十亿。积欠全国一百二十一家带资建设单位和设备供应商十二亿。提供虚假财务报表,挪用流动资金贷款二十三亿用于固定资产投资。更可怕的是,据专家测算,亚钢联六大项目和附属工程如全部完成,不是原来预算中的二百五十亿,而是近三百五十亿。即使没有这场查处风暴,未来风险也大得惊人,后果难料。

一座看似稳固的大厦剧烈摇晃起来。什么叫"呼喇喇大厦倾",石亚南在二〇〇四年四月的文山算是深刻体会到了。在第一阶段调查的十天中,向亚钢联授信放贷的省内银行金融机构高度紧张起来。已签了合同的授信贷款中止执行,已贷出去的流动资金也急着往回收。一百多家带资建设单位和设备供应商听到风声,纷纷上门要钱。在这种情况下,亚钢联哪还有钱可给?吴亚洲躲了起来,连她和方正刚都很难找到。于是,先是耐火材料企业集体行动,停止供货,建设单位被迫停工,二百五十万吨的铁水项目下马。五六天后,二百三十万吨的炼钢和焦化、电厂项目也因建设单位谈判讨要带资款未果,相继全面停工。至今天上午为止,除了一个基本建成的二百万吨轧钢厂,亚钢联六大在建项目停了五个。

从四月四日到今天,整整十二天。在这十二天里,她和方正刚寻找造血机制的一切努力全告失败。有接盘意愿的欧罗巴远东国际投资公司看透了个中的玄机,咬住苛刻的收购条件毫不松口。想冒险借用一下伟业国际发行转债的那二十亿也没谈成。白原崴连来文山看一看,和他们见个面的兴趣都没有。方正刚找到执行总裁陈明丽细问后才知道,这个该死的白原崴竟然在等着文山的最后陷落!

四月十六日傍晚,心如止水的石亚南,叫着方正刚,又一次来到了一片狼藉的工业新区。过去时既没敢用自己的车,也没敢用方正刚的车,用的是下属单位的一辆大牌号的面包车。现在吴亚洲和亚钢联旗下各公司负责人四处躲债,他们两位地方领导也怕讨债者认出车号,拦车群访。拦车群访的事已发生过两起了。

坐在面包车内，围着亚钢联庞大的厂区转了一圈，扑入眼帘的全是建了一半的大型工程。一人多高的水泥管道、各种建筑材料、大吨位的车吊和耸立的塔吊等施工设备到处都是。钢厂里一百五十米长的大型成品钢仓库和专用变电站已经完工了。几个高炉同时在建，其中的一号、二号高炉和附属设施已基本建成。

方正刚唏嘘着，介绍说："我们和吴亚洲都命运不济啊！如果没有这场突然来临的大风暴，下个月亚钢联的这个钢厂就能开工生产了。所以亚钢联销售公司才收了人家三亿多的成品钢预付款，现在钢铁市场真是好啊，钢材供不应求！"

石亚南苦笑道："你不说我还不知道呢，亚钢联的烂账里还有笔预付款？"

方正刚点了点头，"这笔预付款已经被联合调查组记入欠债总账上去了！"

石亚南看着落日下静悄悄的厂区，"正刚，你估计会造成多大的损失呢？"

方正刚叹气说："目前无法估计。我这阵子几乎天天都根据事态的发展帮吴亚洲和亚钢联算账。事态在向坏的方向发展，各方面情况一天比一天糟，我越算越怕。就说这些高炉吧，建一个高炉一个多亿，如果项目不能救下来，锈掉了全是废铁。仅一个铁水项目下马，损失就极其惨重，保守估计也在七八个亿！"

石亚南心里一揪，"正刚，这还是保守估计？夸张了吧？你又不是专家！"

方正刚道："石书记，这可不是夸张，是残酷的事实啊！不瞒你说，是亚钢联总工程师秦楚之说的。秦总告诉我，许多无形损失根本无法计算。比如已安装的设备和材料报废。买来的这些材料都变成半成品了，不可能再回收利用了。"

石亚南想想也是，"马上就是雨季了，高炉一淋一锈，回收了也没用！"

方正刚又说："这还不仅是吴亚洲和亚钢联一家的损失，一百多家带资来施工的建设单位损失也不小啊。省冶金建设公司从省城调来了十几台巨型吊车，最大的一台二百五十吨，还有一百吨和几十吨的，一天的租金损失就是五六万。东北一家公司更惨，投入了重型塔吊设备，现在连拆下来运回去的资金都没有！"

石亚南火了,"吴亚洲不能这么躲嘛,得给点钱让人家把设备运走啊!"

方正刚道:"这话我也说了,可吴亚洲哪还有钱啊,账号差不多全让银行封了,我做工作帮着借来的两千万三天就用完了,这才没让轧钢线安装停下来。"

石亚南这才知道,方正刚向市内企业融资两千万是要救收尾中的轧钢厂。

方正刚近乎绝望,"石书记,不瞒你说,我现在真盼省委赶快把我撤了!"

石亚南摆摆手,"正刚,这话别说!就算省委明天撤了我们,今天你我仍然要守好文山这个阵地,把能做的工作全给做了,起码以后回忆起来少点遗憾!"

方正刚红着眼圈,"是的,可我们英雄气短,是有心杀贼,无力回天啊!"

石亚南不愿助长方正刚的消极情绪,没接话茬,又说起了正事,"正刚,我怎么听新区公安局说,有人冲到亚钢联总部,找吴亚洲拼命去了?还伤了人?"

方正刚点头道:"有这事。王局长向我汇报了,性质还挺严重。昨天,几十号人带着铁锤、钢钎,还有凶器,到亚钢联找吴亚洲要饭钱,他们没伙食费了。没找到吴亚洲,和大楼保安打了起来,把三个保安打进了医院,差点出人命!"

石亚南想了想,"正刚,这样下去可不行啊!上万号人和这么多施工设备都还在工地上。人要吃饭,设备要维护,不用的要拆下来运走,我们必须采取紧急措施,先解决类似的紧急问题!你看是不是能从市长基金里拿点钱出来应急?"

方正刚摇摇头:"这不现实。市长基金能拿出多少钱?少了不解决问题,多了又没有,再说,万一哪里出点事也要用钱!"略一沉思,"石书记,这样吧,从市财政里借三千万给亚钢联,由我们派人监督使用,先行支付必付的款项,比如建设单位的生活费。为了保险起见,必须以亚钢联定购的电厂设备作抵押!"

石亚南同意了,"那就这么决定吧!你回去就找财政局,要保证在明天办完借款抵押手续,把这三千万打到管委会账上,并让我们的监管同志及时到位!"

方正刚又提了个建议,"另外,为了避免出现新的冲砸群殴事件,再激化矛盾,我想,对亚钢联的债权债务最好请新区管委会做个统一解释,告诉大家:调查还在进行之中,第二阶段的调查才刚刚开始,还没到清产核资的时候呢!"

石亚南道:"好,有这个必要。还可以告诉他们,政府正在想办法重组!"

方正刚突然想了起来,"哦,对了,石书记,还记得胡大军和庄玉玲吗?"

石亚南当然记得,"就是入了股的那对老实农民夫妇吧?是不是也找来了?"

方正刚道:"他们打了个电话来问情况,挺不安的,还问到了你的情况!"

石亚南说:"就算亚钢联破产,他们的投资款我也会还的,我说话算数!"

方正刚道:"你能保护这对夫妇的投资,也能保住这一百六十多亿吗?还有银行和那么多债权人。关键还是要救活这盘死棋啊!现在我想开了,就算城下之盟也得答应。必须救亡图存,先活下来再说,不能当真这样惨烈的全面陷落!"

这正是石亚南今天想和这位搭档说的话,文山当然不能陷落,就是撤职下台甚至粉身碎骨,她也不能给欠发达的文山留下这么个烂摊子,让文山经济倒退三五年。真出现这种结局,就是对文山老百姓的犯罪,对历史的犯罪,于是便说:"正刚,这正是我想说的,我们要现实些,吴亚洲也必须现实些。要救亡图存就必须坚决收缩战线,实行战略突围。这几天我请了一些同志把六大项目研究了一下,有了个初步设想,你看是否有道理。如有道理,我们就尽快和吴亚洲谈!"

方正刚有些意外,"哦,石书记,你已经开始做具体方案了?"

石亚南解释说:"也不是具体方案,是设想,具体方案得由你方市长和有关部门来正式做。我的设想是这样的:二百五十万吨铁水压掉,二十万吨的冷轧硅钢片放弃,这个项目还在筹备,没正式投建,损失不大,一千多亩地收回复垦。"

方正刚道:"这个设想和王副省长的想法差不多,也比较现实。王副省长昨天吃饭时和我说了,让我们不要有幻想,说是最后能保下一个二百三十万吨的炼钢项目和一个二百万吨的轧钢项目,加上一个电厂就很不错了!还有焦化厂,王副省长没说。我看也要下马。这个项目刚开始打基础,下了损失也不会太大!"

石亚南说:"焦化厂当然要下,吴亚洲头脑发热,我们头脑也不清醒。年产焦炭七十万吨,都超过上海宝钢了!还得报国家环保局审批,肯定批不下来!"

方正刚道："只怕难以说服吴亚洲啊，三大项目下马，总损失不会少于十五亿，亚钢联不但破产，还要吃一笔倒账，这正是欧罗巴远东国际的收购方案！"

石亚南叹息说："是啊，是啊，现实就是这么残酷！十天前听你和吴亚洲说起这个方案，我和你们一样气愤，想都没想就否了。现在呢？我们，包括王副省长和调查组的不少同志想的都是这个方案。这说明那个欧罗巴远东国际投资公司不简单，是资本运作的行家。有敏感性，有战略眼光，还有战术原则。他们是最早过来的，据说直到今天还有人在新区不断搞调查呢，可重组条件寸步不让！"

其实，有意参加重组亚钢联六大项目的不止一个欧罗巴远东国际投资公司。在这十二天里，想整体接手亚钢联，或接手某核心项目的各路资本玩家已从全国各地络绎而至，几乎天天都有投资公司过来察看已建和在建工程，向新区管委会提出收购条件。但令石亚南遗憾的是，这些公司中没有一家是知名钢铁企业。相比之下，倒是那个欧罗巴远东国际投资公司因为有海外财团背景，有点特殊优势。

方正刚似乎听出了她的意思，"石书记，这么说，你现在已经认可了欧罗巴远东国际投资公司当初开出的条件，有意让欧罗巴远东国际投资公司接盘了？"

石亚南谨慎地说："我的意思是，可以把他们作为重点考虑对象之一，和他们认真谈。当然如果在可预见的未来，能有国内外著名钢铁企业过来接盘最好！"

方正刚仰望着夜幕将临的天空，过了好半天才说："其实有家著名钢铁企业就在眼前，就是伟业国际集团！裴一弘书记和赵安邦省长都说过，他们控股文山钢铁，接盘亚钢联后，就可以打造一艘中国钢铁业的航空母舰，只可惜……"

石亚南接过话头，"只可惜伟业国际的董事长是白原崴！不过，白原崴不是傻瓜，我和他打交道的经验证明，当一个有利可图的机会摆在面前时，他会像狼一样扑过来！所以，我们必须和欧罗巴远东国际投资公司好好谈，引狼入室！"

方正刚沉思着,"可我总觉得哪里不太对头?按说这头狼已经该扑过来了!"

石亚南笑了笑,"正刚,也许我们犯了两个错误,其一,过早地主动找到了伟业国际的陈明丽;其二,直到现在也没和欧罗巴远东国际投资公司认真谈!"

方正刚道:"那就和欧罗巴远东国际认真谈,先让管委会主任龙达飞出面!"

石亚南怔了一下,交底说:"龙达飞恐怕出不了面了,今天上午王副省长向我传达了省委和调查组的意见,龙达飞作为新区管委会主任,要对第一阶段查明的一系列违规负责,必须免职交待问题!"至于是哪方面的问题,她没敢和方正刚说,怕给这位搭档增加不必要的思想压力,"我今晚要和龙达飞谈一谈。做些思想工作,也把违规的内幕再了解一下。和欧罗巴远东国际的谈判你另找人吧!"

方正刚一声叹息,"好戏到底开场了,现在是龙达飞,下面就该轮到我们了!"

石亚南没心思想这些,"正刚啊,还有那个吴亚洲,我们也要尽快谈!重组也好,收购也好,最终在协议上签字的是他这个法人,我们只能做协调工作!"

四十五

龙达飞坐在沙发上,品着刚泡的新茶,时不时看石亚南一眼,沉默不语。

该来的终于来了。省委联合调查组一下来,他就在等着这一天了。原以为会是王副省长代表省委和他谈,没想到市委书记石亚南倒抢在前面先和他谈了。龙达飞判断,这不应该是正式的组织谈话。他这个管委会主任是括号副厅级,对他的免职决定必须由省委来做,代表省委宣布的人应是调查组负责人王副省长。

当然,石亚南一见面也和他说了,她今天不代表组织,只是和他谈谈心。

现在是谈心的时候吗？是谈责任的时候。谁该对这七百万吨钢负责？毫无疑问，首先应该由他龙达飞负责，在任何时候，任何情况下，他都不会推卸自己应负的这份责任。因此就想，面前这位风韵犹存的女书记是不是有些多虑了？是不是担心他把违规责任推到她头上，影响她的仕途？这就有点瞧不起人了嘛。他龙达飞是条红脸汉子，怎么会在这时候，把这种沉重责任推给一位女性领导呢？

于是，龙达飞放下茶杯，尽量平静地开了口，"石书记，你今天要和我谈什么，我心里很清楚。我们新区这七百万吨钢的祸可闯大了，不但是我们，连省里领导可能都会受影响。我这几天听到省里一个传言，说裴书记去不了北京了！"

石亚南摆摆手，"这些传言不要信，谁也没说过裴书记一定要去北京嘛！"

龙达飞像没听见，继续说了下去，"我们市里说法也不少。说是你和正刚市长马上都要下台了，省委甚至连新市委书记人选都定了，就是银山的章桂春！"

石亚南讥讽道："好，那好啊，桂春同志真过来，我和正刚给他当副手！"

龙达飞说："石书记，你别不信，这也不是没可能。消息是从调查组传出来的，说是章桂春执行省委指示雷厉风行，发现下面违规乱来，立即严肃处理！"

石亚南没让他再说下去，"达飞啊，以后怎么着我们现在不说，银山的事也不说，咱今天就说我们新区。省委联合调查组第一阶段的调查结束了，调查结果让我和正刚吃惊不已！王副省长说了，你们的违规审批的效率创了个纪录啊！"

龙达飞道："这不也是你和方市长的要求吗？创造文山效率，文山速度。方市长不是在会上公开说过吗？什么叫投资环境好啊？拍拍肩膀就能把事办了就叫投资环境好！为了这种违规效率，方市长当时还表扬我们有服务意识哩！"

石亚南沉思片刻，突然问："吴亚洲和亚钢联的那些项目经理仅仅和你们管委会的同志拍肩膀吗？有没有对你们搞点请客送礼？达飞，你可和我说实话！"

龙达飞这时还没往腐败问题上想，"请客送礼免不了。开头是我们管委会和招商局请吴亚洲他们，后来是他们请我们。小礼品双方也互送过。我们给他们送过咱们茶场的茶叶，还有新区纪念牌啥的。他们也送过一些项目开工纪念表。"

石亚南敏感地追问道："这种纪念表是不是名牌啊？比如，劳力士手表？"

龙达飞仍没多想，"怎么会呢！劳力士表一只几万元，别说吴亚洲和那些项目经理送不起，就是他们送得起，我们的同志也不敢收啊，这不是受贿嘛！就是一般的电子石英表。最多一二百块钱。亚钢联向手表厂定做的。每个项目开工都送。我还讥讽过吴亚洲，是不是只认识手表？就不能定做点有意义的东西？"

石亚南也想了起来，"对，对，我参加炼钢项目开工典礼时见过这种表！"

龙达飞又说起了眼前的查处风暴，"石书记，你放心好了，这七百万吨钢的问题，我和管委会主要领导负责。我在前几天的小会上还和招商局以及相关各部门打了招呼：在任何时候、任何情况下都不能把责任向市里推，尤其不能向你和方市长头上推！要死就死我们，我们在劫难逃，那就不逃了，壮烈牺牲吧！"

石亚南心里啥都有数，"牺牲是肯定的，不但是你们工业新区几位主要负责同志，只怕下面相关部门也逃不了。不过你们的牺牲并不能免除市里的责任，尤其是我这个市委书记和方正刚这个市长的责任。现在省委领导口径一致，对这七百万吨钢一查到底，严肃处理，不管涉及到谁。我和正刚也做好了下台准备！"

龙达飞想想也是。从这十二天的查处情况来看，省委可不是走过场，是动真的。联系到最近几天报纸上披露的中央公开查处长三角地区那八百四十万吨的情况，益发感到事态严重。最终结果也真是难以预料，也许石亚南和方正刚会双双下台。他们毕竟有重要领导责任。如果弄上个渎职，甚至可能一撸到底。想到这里，禁不住有些内疚，动容说："石书记，我和新区管委会真是太对不起你和方市长了！本意是想为文山这轮经济启动加速加力，没想到闯了这么大的祸！"

石亚南道："现在说啥都晚了，大家都正视现实，总结经验教训吧！今天既

271

是交心，达飞，我也和你说点心里话，我不怪你，只怪我自己！我和你一样，满脑袋GDP。赵省长一再提醒我，甚至派古根生留下搞调查。老古当时发现了一些问题，不但没引起我的重视，我还让老古给赵省长和省里写了假汇报……"

龙达飞想了起来，"石书记，你可能还不知道吧？那个汇报材料是我们管委会同志帮着写的。古主任当时就说，以后不出事便罢，出了事他麻烦就大了！"

石亚南这才说："前天老古已被省委停职了，现在连我的电话都不接了！"

龙达飞一怔，"怪不得调查组没有古主任呢，古主任到底是停职还是撤职？"

石亚南苦笑说："目前是停职检查，以后怎么处理还不清楚，撤职也不是没可能。"话头一转，却又说，"达飞，我们就算将来都被撤职也没什么了不起，犯错误了嘛，给国家、人民造成损失了嘛！但有些错误不能犯，比如贪污受贿，经济腐败！你知道的，古龙县已经出了大问题，几乎连根烂。省委专案组至今还在那里查处。于华北副书记明后天又要过来了。新区可不能再出类似的问题啊！"

龙达飞这才明白了，"石书记，你和市委是不是怀疑我们新区也腐败掉了？"

石亚南迟疑了一下，终于说了，"达飞同志，这不是我和市委怀疑，是省委联合调查组接到了不少群众举报！包括对你和新区管委会一位主管亚钢联项目的副主任和下属招商局、税务局的举报！至于举报内容，我和市委不是太清楚。"

龙达飞坐不住了，"呼"地从沙发上站起来，"石书记，我明白了，你今天找我，主要是想和我谈反腐败吧？那好，我向你和市委做个保证：如果联合调查组查出我和新区管委会有贪污受贿和经济腐败问题，你们开除我的党籍，杀我的头！"

石亚南挥了挥手，"哎，哎，达飞，你不要这么激动嘛，坐，坐下来说！"

龙达飞气呼呼地坐下了，"石书记，这不是落井下石吗？也太恶毒了吧？怪不得联合调查组里突然出现了省纪委和检察院的人，原来要反我们的腐败啊！"

石亚南道："这也要理解嘛！从省委和调查组的角度说，既然有举报，又是关于亚钢联项目上腐败线索的举报，就得查一查。从下面来说，吴亚洲和亚钢联能这么违规,有人对新区,甚至对我们市里产生怀疑,写点人民来信也正常。"

龙达飞情绪多少平静了一些,"那就让他们好好查吧!社会上不是一直有人乱传吗?说吴亚洲和方市长有什么亲戚关系,还拿了多少招商引资回扣哩!我就出面辟过谣:吴亚洲既不是方市长什么亲戚,更没拿过一分钱招商引资奖金!"

石亚南马上问:"那么,市里和区里有没有哪个干部拿过招商引资奖金?"

龙达飞想都没想,"没有,这种奖金发放得我签字,根本没有科以上干部!"

石亚南似乎放心了,"那就好,该说明的情况,你就和调查组说明吧!端正态度,不要有情绪,就算举报线索全错了,也不能有情绪,现在情况特殊啊!"

龙达飞知道石亚南是好心,"我有数。现在我们谁也没有闹情绪的资格!"

石亚南又说起了吴亚洲,"达飞,亚钢联看来撑不住了。我和正刚今天商量了一下,初步设想了一个重组方案,听听你的意见!"把方案的内容说了说,"六大项目保三个下三个,主要是铁水项目一下马,损失较大,不知吴亚洲怎么想?"

龙达飞说:"他还能怎么想?真能保住这三个主要项目就很好了,估计吴亚洲会接受的。他不接受也不行,光欠债他就还不起,搞不好真会让债主杀了!"

石亚南问:"你最近两天见过吴亚洲吗?他四处躲,谁的电话也不接。"

龙达飞说:"我昨天倒还见过他,是半夜在热轧厂工地偶然见的,简直不敢认了,人瘦得都脱了形!我劝了他一通,让他想开点,他直点头流泪不说话!"

石亚南推测道:"看来他是放心不下快完工的热轧厂,才半夜过去的吧?"

龙达飞说:"肯定是这样,白天过去债主不找他?好在热轧厂欠债不多。"

石亚南想了想,"如果这么重组,吴亚洲是不是会破产?债务怎么办呢?"

龙达飞说:"破产是一定的,不论怎么做吴亚洲都得破产,但债务不会成为重组负担,损失的是银行。银行的贷款大部分是贷给具体项目公司的,哪个项目下马,贷款就烂了,比如铁水项目,中行损失最大,那些高炉贷款时全抵给了中行。保下的三大项目就没这问题。不过银行也怪不得我们,天有不测风云嘛!"

石亚南道："可我们不亏心吗？银行的损失能挽回的还得想法挽回啊！"

龙达飞一声长叹，"这都不是我的事了，希望你和方市长能顺利过关吧！"

这晚从石亚南办公室谈话回来，龙达飞心思更重了，几乎是彻夜失眠。

早上蒙蒙眬眬刚要迷糊着，省委联合调查组的电话就到了。是王副省长的秘书打来的，要他到调查组所在的市委一招谈话。龙达飞不敢怠慢，匆匆忙忙洗漱了一下，连早饭都没吃，就赶到一招去了。到王副省长的大套间一看，参加谈话的人真不少，除了王副省长和省发改委、国土厅、工商局等业务部门的同志，竟还有省纪委一位处长和省检察院反贪局的一位副局长。尽管已有思想准备，龙达飞心里仍不免有些吃惊，赔着笑脸和王副省长打招呼时，已心虚气短了……

四十六

方正刚几乎不敢相信坐在他和石亚南面前的是吴亚洲。这个萎靡不振、满脸憔悴的中年男人会是那个雄心勃勃的亚洲钢铁联合公司董事长兼总裁吴亚洲吗？胡子拉碴的，方脸变成了长脸，整个人缩小了一圈。别说面孔人形不像，就连神情语调也不像。眼里空洞无物，一点神采没有，说话絮絮叨叨，像个老人。

方正刚把目光从吴亚洲身上移开，意味深长地看了看石亚南。石亚南心照不宣地回望了他一眼，眼神苦涩而复杂，显然也和他一样，惊讶吴亚洲的变化。

吴亚洲坐在那里说个不停，像个祥林嫂，"……这不怪我，这怎么能怪我呢？方市长，你知道，你请我来的。我原说就是二百万吨轧钢。新区管委会和招商局要我上规模，又是给政策，又是给优惠。银行的钱不是我抢来的，是他们主动贷给我们项目的。当时都看好钢铁市场嘛，现在咋都成我的罪了？说我和亚钢联违规，新区管委会和省市有关部门都不违规，我们违得了规吗？我们想违规也违不了啊。现在说项目不合法，说我生下的这六个孩子有问题。方市长，石书记，那我就得问问了：我们当孩子的有罪，你们这些当娘的就没罪吗？所以我不服,死了也不服。不过,我不死,现在命运还没最后打倒我,我会想办法的……"

方正刚打断了吴亚洲的话头,"吴总,你听我说,我和石书记今天通过这么多人好不容易找到你,就是要帮你想办法。你说得不错,在违规上马的七百万吨钢上,从新区管委会到市里和省里有关部门都有责任,包括我这个市长……"

吴亚洲抢过了话头,明显想讨好他们,"方市长,你是大好人,还有石书记,也是大好人,我对省委调查组也是这么说的!我知道,这十三天来,你们和我一样着急,四处帮我找钱,找下家。前一阵从市属企业帮着融资两千万,热轧厂的生产线安装才没停下来。今天又从市财政借给我三千万,我得感谢你们……"

石亚南插上来问:"听管委会龙主任说,你昨天半夜还跑到热轧厂去了?"

吴亚洲眼里现出了动人的神采,"去了!钢厂那边也去了!这两个项目肯定死不了,都大体完工了嘛!这都是我的孩子啊,不瞒你们两位领导说,看着那些安装好的轧钢设备,高耸的炼钢炉,我泪水直流啊。我心里知道,这些孩子不会再是我的了,将来还不知是谁家的呢,可我不知怎么的,就是从心里疼它。这可是两个好孩子啊,设备全是国外进口的一流货色,到岸时我亲自去接的!"

方正刚见吴亚洲在激动中,知道正事没法谈,只好顺着吴亚洲的话说:"还有电厂,也是个好孩子。这三个好孩子,我们一定要想法保住,让它们长大!"

吴亚洲有些激动,又有了董事长兼总裁的样子,思路清楚,语调铿锵,"方市长,你说得不错,它们一定会长大的。不管上面说什么,可我认为,从长远来看,钢铁市场很好,即使一时受点影响,市场波动一下,趋势仍将继续上行!"

石亚南苦笑说:"吴总啊,你凭啥这样自信呢?说说你的理由和理论!"

吴亚洲摆了摆手,"理论和理由我说不出来,那是经济学家的事,他们净瞎嚷嚷。这些经济学家有好的,但不少都是狗屁,你们各级政府听他们的,肯定要让我们企业和老百姓交学费,付代价!我这些年就是凭市场感觉,感觉一流!"

方正刚开了句玩笑,"对,就像歌里唱的,跟着感觉走,拉着梦的手!"

吴亚洲没心思开玩笑,"方市长,你别和我逗,我知道你过去就搞过经济理论研究,学问大。不过,你也别瞧不起我们企业家的市场感觉。要我说,我们亚钢联根本就不该受到这种行政干预。中央也好,省里也好,还有那些所谓的经济学家也好,都不是先知先觉的神仙。他们对市场的判断不可能比我和比千百万个具体投资的经营者们对市场更敏锐。民营经济现在成了主体经济的重要组成部分,在某些地区甚至就是主体经济。我和这些民营企业家只要不违法犯罪,想投资什么项目是我们的事,是市场行为,输赢后果自负。现在是政府让我输,所以我不服气!省里这次要不来查,什么事都不会发生,这七百万吨钢就炼成了!"

方正刚听不下去了,拉下脸来批评道:"吴总,也不能这么说吧?从调查组第一阶段查出的问题看,你们亚钢联明显涉嫌违法,虚构注册资金近三十亿啊!当然,这件事不能全怪你们,新区管委会有责任。可编造假财务报表搞流动资金贷款进行固定资产投资,是不是涉嫌骗贷了?这和新区管委会没啥关系吧?"

吴亚洲一怔,眼中飞扬着的神采瞬时消失,喃喃着,一时间无言以对了。

石亚南接了上来,"吴总,你们这七百万吨钢的预算也有问题啊!我们的专家替你测算了一下,这六大项目和附属工程的投资规模并不是你们想象中的二百五十亿,而是近三百五十亿。即使省里不干预不查处,你也未必能梦想成真。"

吴亚洲重现了最初的萎靡不振,吸了吸鼻子,叹着气,又絮叨起来:"不说了,不说了,和你们说这些有什么用呢?又不是你们市里要查我,咱们是一起倒了霉。看看该怎么收场吧,只要能早点收场就成。我现在一听到项目两个字就头疼。真的。我已经想开了,什么人生啊,事业啊,全他妈这么回事。我老本啥的都不要了,只希望能多保住几个项目。你们知道,真都是好项目啊。除了刚才说的三个,铁水项目也不错啊。哦,昨天我可和欧罗巴远东国际投资公司首席代表林小雅说了。我和亚钢联啥都不要,但得在合同上写下来,铁水项目得搞完!"

石亚南马上问:"欧罗巴远东国际投资公司那位首席代表答应了没有?"

吴亚洲骂骂咧咧道:"答应个屁,林小雅说是不能考虑,就认三个项目!"

方正刚一下子想了起来,"哎,吴总,欧罗巴远东国际投资公司的首席谈判代表是谁?你好像说的是林小雅吧?她不是伟业国际集团的办公室主任吗?"

吴亚洲说:"可能跳槽过去的吧?就是一个漂亮小姐,据她说算个海归!"

方正刚有些意外:这个林小雅,他在春节吃饭时见过,印象很深,是位很优雅的女孩子。这女孩子怎么在这种极为特殊的时候从伟业国际集团跳槽了?又怎么摇身一变,突然成了欧罗巴远东国际公司的首席代表了?这后面是不是有白原崴和伟业国际的背景呢?如果没有的话,欧罗巴远东国际投资公司敢把这么一位没有国内资产重组经验,只做过办公室主任的女孩子推到第一线也就太大胆了。

然而,方正刚当着吴亚洲的面却什么也没说,只让吴亚洲继续和林小雅所代表的欧罗巴远东国际投资公司好好谈。具体到铁水项目,方正刚一改和石亚南商定的方案,支持吴亚洲代表亚钢联坚持下去,并承诺说,如果需要新区管委会或市里出面,可以直接找他安排。石亚南不太理解,狐疑地看着他,他只装没注意。

送走吴亚洲后,石亚南不答应了,"正刚,吴亚洲的心情可以理解,你老弟可别糊涂啊,这个铁水项目上不了的,根本没这么多钱!能让欧罗巴远东国际投资公司拿出十五至二十个亿,把这三个核心项目的账清了,咱就谢天谢地了!"

方正刚这才把林小雅和白原崴伟业国际的关系,以及自己的怀疑说了,"我觉得这里可能有诈啊,没准林小雅后面就是白原崴,恶狼已经悄然入室了!"

石亚南明白了,"你是想利用吴亚洲试探林小雅,寻找那头恶狼的位置?"

方正刚点了点头,"要不,这样吧,我现在就打个电话问问那个陈明丽!"

石亚南说:"陈明丽可是伟业国际的执行总裁,估计不会和你说实话吧?"

方正刚道:"听听她怎么说吧。她和白原崴还不是一回事,虽然维护所在企业利益,但有些人情味。在宁川喝咖啡时,我已经说动了她,如果她是伟业国际董事长,问题没准就解决了!"说罢,当着石亚南的面,拨通了陈明丽的电话。

陈明丽的反应出乎方正刚的预料,听说林小雅成了欧罗巴远东国际投资公司首席代表,大为吃惊,还以为他在开玩笑,"方市长,愚人节已经过去了,这种玩笑最好别开了!林小雅不可能成为这种国内大型项目的首席谈判代表的!"

方正刚说:"你就说一个事实吧:林小雅是不是从你们伟业国际跳槽了?"

陈明丽道:"不是跳槽,是解聘,还是我暗中促成的呢,她不称职嘛!"

方正刚知道陈明丽和白原崴的长期同居关系,便以开玩笑的口气猜测说:"是不称职,还是别的啥原因啊?你该不是怕那位漂亮的林小雅和白总勾结吧?"

陈明丽这才笑了,"方市长,你还真有点水平哩。猜得不错,他们已经勾结得很紧了。明知国家宏观调控,金川硅钢项目上不了,还勾肩搭背双双跑去上当受骗,实际是准备打造什么欧洲风情小镇。"把白原崴和章桂春相互欺诈的内幕说了说,最后,气呼呼地道,"章桂春也不是啥好东西,赵省长和裴书记一发脾气,他不但撤了金川的书记区长,也断了白原崴和林小雅的房产梦。他们的梦一断,这六百亩地的地款也收不回来了。这不,我今天又派了一拨人到银山要钱!"

方正刚这才知道,银山的硅钢项目上竟闹了这么一出。他原来只想到金川区的吕同仁和向阳生可能有些冤,估计硅钢违规上马和章桂春有关。没想到关系会这么大,章桂春会这么无耻。便怂恿道:"陈总,这事你最好能写个材料,送给赵省长和裴书记,省委领导不了解情况啊,还表扬银山处理违规雷厉风行呢!"

陈明丽才不干哩,"哎,方市长,你别坑我,你们官场斗争我们不介入!"

方正刚便又说起了林小雅,"这么说,林小雅去的这家欧罗巴远东国际投资公司,和你们伟业国际当真没什么关系了?亚钢联和她的谈判可正在进行啊!"

陈明丽有些明白了,"方市长,原来你怀疑林小雅的后面有我们伟业国际的影子?这怎么可能呢?林小雅是被我赶走的。再说,我是伟业国际执行总裁,比较了解情况,我们的十大股东中根本没有这家欧罗巴远东国际投资公司嘛!"

方正刚换了个思路,"如果和伟业国际无关,那会不会和你们高管层哪个大股东有关呢?比如白总。他迫于你的压力,帮林小雅找个好去处是有可能的!"

陈明丽马上说:"但不可能让她做首席代表,除非这家公司是白原崴的!"

方正刚没再说下去,"陈总,你能想到这点就好!咱们都做点工作,想法弄清楚林小雅真正的后台老板吧!另外,也希望你们伟业国际再考虑一下亚钢联的资产重组,免得失去这次历史机会。陈总,你转告白原崴,文山不会陷落的。"

挂上电话后,石亚南提醒说:"正刚,你也别光想着和白原崴、陈明丽、林小雅他们斗心眼,现在可是火烧眉毛啊!中国银行有笔五亿一年期贷款已快到期了,据新区法院汇报,近期准备提出起诉,保全财产。不论是欧罗巴远东国际投资公司,还是伟业国际集团,他们的资金能早一天到位,我们就早一天主动!"

方正刚道:"我知道!可这并不以我们的意志为转移。石书记,我想了,实在不行,就再冒点险吧,挪用伟业国际收购文山二轧厂的那二十亿先顶上去!"

石亚南一怔,"你疯了?赵省长一再交待,不准财政国有资金介入重组!"

方正刚道:"所以,你不要插手,要死就死我一个,反正我准备就义了!"

石亚南想了想,"不到万不得已,还是别走这一步,除了可能的重组风险之外,也不符合国企改革思路嘛,由政府托盘,再弄出个国有企业不是啥好事!"

方正刚"哼"了一声,"是啊,我们现在陷入了十面埋伏,身处雷区,动辄得咎!我们也好,亚钢联也好,都有错误,可我们也都是受害者啊!吴亚洲不服气,我们就服气了吗?石书记,今天是私下交心,我告诉你:我就不太服气!"

石亚南苦笑道:"正刚,我也不服。该争的我不是一直在争吗?连裴书记都得罪了。当然,这不能和下面说。为了把这个欠发达的文山早点搞上去,我们这个班子一直在努力,没想到会是这么个结果。国际上研究东欧和中国问题的专家一直认为,中国经济转轨之所以能比东欧、俄罗斯更成功,更有活力,就是因为地方政府在经济发展中起了积极推动作用。国内有位经济学家也说,地方的实验性,地方挑战的多样性,我们执政党的泛利性,是经济持续增长的三大主因。"

方正刚说:"是啊,东欧和俄罗斯的经济转轨我深入研究过,还是当年被老赵逼的。与东欧和俄罗斯比，包括与世界上绝大多数国家相比，我们的中央政府把更多的责任下放给了省以下的地方政府，直至乡镇政府。中国财政总支出的65%由各级地方政府负担。这么一来，让我们地方政府怎么办？除了尽一切可能扩张GDP，拼命扩大财政收入，别无他途嘛！上面总批评我们追求GDP，我们当然要追求了，GDP不但是我们政府的政绩，也是整个地区生存和发展的命根子啊。没有GDP，失业问题怎么解决？财政危机怎么解决？不当家不知柴米贵啊。所以，不管采取什么办法，哪怕政府资金介入，这个GDP都得保住了！"

石亚南这才表态说："正刚，那你该怎么办就怎么办吧，责任我来承担！"

方正刚心里浮出一丝暖意，"算了，我的书记姐姐，咱那位倒霉姐夫已经停职了，我别再坑你了，就我们政府的事，你别管了！"又问起了新区管委会主任龙达飞的情况，"哦，昨晚和老龙谈得咋样？怎么听说违规之外又涉及腐败了？"

石亚南把谈话的情况说了一下，判断道："龙达飞应该不会有什么问题！"

方正刚一声叹息，"但愿吧，新区再烂掉几个就更被动了！哦，对了，石书记，华北书记又过来了，突然打了个电话给我，了解实行ESOP受阻的那家正大租赁公司的烂账，问前任市长田封义怎么就批条借走了这三百多万长期不还！"

石亚南并不意外，"这么说，田封义陷进古龙案里去了？已惊动了省委？"

方正刚道："意料之中嘛，我早说了，田封义不是好东西，再说又是马达这位六亲不认的马王爷在主持办案！所以，石书记，我劝你接受我的教训，在反腐倡廉问题上少给龙达飞或者新区管委会哪个干部打保票，这可不是工作违规！"

石亚南却道："正刚，龙达飞跟我在平州共事多年，我还是比较了解他的！"

方正刚心想，古龙县长王林还是他老同学呢，曾经那么忧国忧民，结果怎么样？在古龙腐败的小环境中不也腐败掉了吗？这话已溜到嘴边了，却又没说。龙达飞可是石亚南手下大将啊，是石亚南出任文山市委书记后从平州调过来的。那时他还没公推公选上来做市长呢！他说多了，还不知这位女书记会咋想哩……

第十五章

四十七

古龙县的反腐战果继续扩大,由古龙县扩大到了文山市不少下属区县,甚至涉及到银山市。这让省纪委委员、省监察厅副厅长马达十分振奋。事实上,他和专案组的同志们的确在汉江省的反腐倡廉工作中放了一颗特大号卫星。但省委主管副书记于华北偏不让这么说,还在会上公开批评过。马达只好把放卫星的说法改成了"扩大战果"。反腐败是一场关系到党和国家生死存亡的严峻斗争,既是斗争,而且严峻,就得有战果嘛。这个说法于华北和有关领导都接受了。嗣后马达和专案组向于华北和省委、省纪委汇报工作,写总结材料时就"战果"不断了。

今天,于华北又一次过来了,一场汇报又开始了,马达开口就是战果,"于书记,在您和省委的正确领导下,这一阶段战果辉煌!根据涉案人员交待,和我们近期摸底排查的线索,古龙腐败案已不仅局限于古龙县了,起码已涉及到文山市下属三个区两个县三十多名科以上干部。还涉及到银山市金川区某些干部。"

于华北显然有些意外,"哦?这么说,你们已经搞到古龙以外去了?啊?"

马达说:"古龙战果继续向外围扩大也正常。我们的干部都是流动的。在腐败书记秦文超主持工作的这十年中,共有三百八十六名科以上干部提拔或调离古龙县,流动到了文山市各区县,以及我省北部各地市,根据干部流动情况看……"

于华北打断了他的汇报,"哎,马达,你停一下!你们搞干部流动情况调查干什么啊?是不是准备根据这个流动线索,把调离古龙的干部全都查一遍啊？"

马达说："于书记，我这不是在向您和省委汇报嘛！我和同志们的想法，不是要把这三百八十六名调离的同志都查一遍，而是想请他们协助古龙案的调查工作嘛！当然，也想对其中涉嫌腐败的干部进行一些实事求是的有重点的调查！"

于华北摆摆手，明确指示，"马达，不能这么做啊！我上次就说过的，要就事论事嘛！有线索可以查，而且一查到底，可也不能怀疑一切，异想天开啊！"

马达争辩说："于书记，我这可不是异想天开啊，古龙腐败的小环境已经形成了，谁敢保证调出的这些干部就没问题？我这次就是想让他们明白，没有安全着陆这回事！只要你腐败了，不管调到哪里，哪怕调到联合国，我也得找你！"

于华北脸一拉，"马达，你这就是怀疑一切！真这么干了，就是违反干部政策！你口气不小，还追到联合国！"似乎觉得有些过分，态度又缓和下来，"老马啊，我们负责反腐倡廉不错，可也要顾全大局啊！汉江省也好，文山市也好，仅仅只有一个反腐败工作吗？经济工作是中心嘛！就说文山这七百万吨钢吧，已经够我和裴书记、赵省长烦的了！中央和国家部委领导三天两头来电话问情况！"

马达又想到了文山新区的"战果"，"于书记，咋听说新区那七百万吨钢里也有腐败问题？省纪委三处的刘处长和反贪局的同志好像已经到文山来了吧？"

于华北敲敲桌子，"这和你们无关！马达，你继续汇报吧！设想别谈了，谈有确凿线索的重点案子。我再强调一下啊，就事论事，实事求是，别再推测了！"

马达不免有些泄气，"那最大的战果就是前任文山市长田封义了。秦文超交待说，一九九八年田封义出国考察时，他通过自己老婆给田封义送过三千美金！"

于华北道："这你不是专门到省城向我和纪委汇报过吗？如果就是这三千美金，你们也别再烦了！"略一停顿，又问，"除此之外，是不是还有新线索啊？"

马达知道田封义早年做过于华北的秘书，和于华北的关系很不一般，估计领导有保的意思,便说:"也就这些了,你领导既不要我再管,我们就不管了!"

于华北却又正经起来,"哎,马达,你和同志们不要误会啊!我不要你们管并不是说就没人管。田封义过去是市长,现在是伟业国际集团党委书记,是省管干部,省委准备另案处理。你上次带到省城的材料,我全转给省纪委王书记了!"

马达心想,谁知你领导是真是假?这一另案没准就另没了,三千美金很可能由受贿变成借款。却也没有办法,经验证明,领导想保的,你就查不下去,一追到底啥的,也就是口头上说说罢了。这么一来更加灰心丧气,不说战果了,看着卷宗材料,把涉及到文山其他区县的一些线索汇报了一下,便等领导指示了。

于华北听罢,没马上指示,想了想,问:"哎,你们不说还涉及到银山吗?"

马达这才想起了银山,"哦,于书记,根据已被双规的古龙县副县长徐东风揭发:银山市金川区区长向阳生涉嫌受贿。徐东风和向阳生在金川县,那时金川还不是区,乡镇班子做搭档时受的贿。老徐为了争取立功表现,供出了向阳生。"

于华北考虑了一下,指示道:"这个线索,你们交给银山市去查处吧!"

马达心里不满,嘴上却不敢说:"就是交也得你们领导交嘛,我算老几!"

于华北笑着调侃道:"你算老大,三只眼的马王爷嘛,连我都怕你了!这样吧,你们马上把有关向阳生的材料线索整理一下,写个报告,我来批转吧!"

马达应着,又说:"于书记,根据目前情况看,人手还是不够啊。随着战果的不断扩大,要排查的线索越来越多,希望省委能再从各部门抽调些人来!"

于华北摇摇头道:"老马,这些事你就不要再管了,以后恐怕也不是你的事了!我这次过来,就是要代表省委和你谈一谈,请你办移交,移交给副组长老程!"

马达大为意外,"哎,于书记,这都是怎么回事?我是不是犯了错误了?"

于华北笑道:"看你这个老马,都想到哪里去了?还错误?都是成绩嘛!"

马达根本不信,"于书记,我在办案过程中违背了您和省委的什么指示吗?"

于华北拍打着马达的手背,"你怎么就不往好处想啊?我也好,裴书记、赵省长也好，都有批示嘛，对你们在古龙的工作高度评价！赵省长昨天还和我说呢，你这个专案组长当得好啊，否则古龙案不会办得这么全面彻底！哦，有个情况你可能不知道，你们监察厅刘厅长查出了癌症，要住院了，你真得回去了！"

马达心想，我咋不知道？我知道。我现在回去干什么？刘厅长患了癌症，要住院开刀不错，省委安排主持工作的并不是我，而是副厅长老查！便说："于书记，刘厅长生病的事我已经知道了，省委不是已经安排老查临时主持工作了吗？"

于华北和蔼地道："老查临时主持，具体工作得有人干啊！你看啊，刘厅长倒下住院了，联合调查组查处钢铁违规又抽走了一个副厅长，你不回去能打开点吗？再说，从年前到古龙，你一待就是五个半月啊，也真是太辛苦了……"

马达没好气地说："于书记，这话我不爱听，比我辛苦的同志多得是嘛！"

于华北呵呵笑着，"老马，我知道，都知道！你这个同志责任心强，办案认真，不想弄个虎头蛇尾。你放心，这个案子不会虎头蛇尾，省委已经定了，既然这个政权不属于人民了，我们就代表人民铲除它，对任何腐败分子都不会姑息！"

马达动了感情，"于书记，您是我的老领导了，在您面前，我实话实说！从去年十二月到古龙来以后，这里老百姓的眼睛就一直在盯着我和专案组的同志们啊！开头谁也不相信我们会动真的，当真会把这里的贪官污吏一锅端，把腐败的小环境彻底打掉。我当时就和办案同志说了，这就是危机，信任危机。在古龙县，这个危机要靠我们的反腐实践来解决。依照党纪国法，把党和人民交给我们的这把反腐利剑用好。不管是谁，不管线索涉及到哪里，涉及多少人，全要查到底！"

于华北夸奖道："事实上你们也是这么做的嘛，在这里打了个漂亮仗嘛！"

马达又说了下去，"现在老百姓相信了，对我们的同志说，这么动真格的反腐败，党和国家就有希望了。不少老百姓给我们送锦旗，称我们是包青天啊！"

于华北摆了摆手，"不过，老马啊，越是在这种时候，你们越是要保持头脑的清醒！不要当真以为自己是什么包青天了，更不能把自己当成上帝！"

马达说:"于书记,我知道,反腐倡廉工作当然要依靠党和人民。所以,老百姓送来的锦旗,我们一幅没挂,我们和老百姓说啊,你们别送锦旗了,最好多提供线索。有些线索就是老百姓提供的,老百姓早就恨死这些贪官污吏了!"

于华北道:"这是一方面,另一方面,也有坏人要干掉你吧?起码打过一次黑枪吧?扬言要干掉你马王爷的第三只眼,猎枪都搂响了嘛,你还瞒着不让说!"

马达承认说,"这是第一阶段发生的事,早过去了!哦,已经查清楚了,就是县公安局的那个涉黑混账局长阿伍让人干的!当时他还装模作样给我查哩!霰弹铁沙把我的新棉袄都打开了花!哎,于书记,这个损失你领导得给报销啊!"

于华北打趣说:"老马,办案经费比较紧张,你还是向那个阿伍索赔吧!"说罢,又严肃起来,"所以,马达啊,省委和组织上也有个对你的保护问题嘛!

马达笑了笑,"于书记,我说话直,你别生气:你老领导想保护我不错,但是不是还想保护别的谁呀?比如,前任文山市长田封义或者其他什么人呢?"

于华北一怔,脸色一下子变得极为难看,"马达同志,你是不是以为田封义多年以前曾做过我的秘书,我就会对他网开一面?那我明确告诉你:没这事!有个情况我本来不想说,涉及保密纪律,但你这么不相信我,我只好破例违反一次保密纪律了:就在昨天,田封义的问题上了常委会,今天已经正式立案了!"

马达看着于华北呆住了。这可是他没想到的!另案处理的田封义竟然会这么快就立了案。如此说来,他还真想错了?有点以小人之心度领导的君子之腹了?

于华北又透露说:"田封义的问题不止你们说的三千美金!还涉及文山正大租赁公司的一笔烂账,搞得几十号人到省里群访,还拦了赵省长的车!"话题一转,又说,"我不会包庇任何涉嫌腐败的干部,但你老马也不能感情用事啊!有些情况我不是不知道,你在文山做副市长期间,和田封义矛盾不小,也不少!"

这还有什么可说的?老领导看来就是坦坦荡荡的君子。你抓住的线索人家抓了，你没抓住的线索人家也抓了。况且，他和田封义当年的一些矛盾老领导也知道，再说下去老领导该怀疑他假公济私，心术不正了。于是啥话也不敢再说了。

当天下午，于华北代表省委和省纪委，宣布了古龙案专案组的人事调整。

晚上，手下四员心腹大将坚持要为他送行。马达拗不过，只好去了。因为于华北在会上说了监察厅的情况，大将们还以为他回去是要主持监察厅的工作，纷纷祝贺。马达却苦笑说，别祝贺了，厅里已经有人主持工作了。大将们这才有所省悟。你一言我一语，议论起来，比较一致地认为：他此次离开专案组的真正原因恐怕是战果过于辉煌，卫星放得太大，已放出界了。马达怕影响大将们的办案情绪，心里很委屈，却没附和。一杯杯喝酒，喝得豪爽且悲壮。还给四大心腹干将打气说，我走了你们还在嘛，别忘了老百姓的期待，我等着你们的新战果！

四十八

田封义没想到古龙县委书记秦文超会把他供出来，让他卷进古龙腐败案。

去年十二月秦文超出事后，田封义就想到了未雨绸缪，要把这烫手的三千美金还掉。可想来想去，最终没采取实际动作。倒不是心疼到手的这三千美金，而是怕自投罗网。牵头查办古龙腐败案的不是别人，是过去的对立面马达，这可是个六亲不认的主，在文山做副市长时，他连自己的小舅子都下令抓，何况他这个下了台的前市长了？人家现在牛大了，号称马王爷，怕是正等着他送上门呢。

田封义不敢送上门找死，却又不能不关心秦文超和古龙腐败案的动态。春节前几天，借着过年由头，打了个电话给秦文超的老婆李桂花，试探了一下。把李桂花感动得直哭，说过去的领导中，只有他还敢给他们家打电话。田封义就故意说，要做做小秦的工作啊，该交待的问题要交待，不该保的人就不要保了。李桂花又是一阵痛哭，说是该交待的都交待了，连她都写了材料，争取宽大处理吧。

这个电话透出的信息比较明确：人家已经把该交待的问题交待了，起码李桂花是这么说的，他却依然安然无恙，这足以说明他是多虑了。想想也是，一来秦文超不会自找麻烦，二来上面也未必会认真追究，真追究，涉及面就大了。收了秦文超美金钱财的未必只他一个。市里其他领导就没收？省里领导就没收？还有古龙县班子其他成员，能不送不收吗？古龙干部送礼成风他又不是不知道！真这么追究下去还得了？不讲政治了？不要安定团结了？不要社会局面的稳定了？

如此一来，田封义便于节前安心地到欧洲考察红灯区去了，考察得挺快活。

节后回国后一看，情况又不对了：省委和主管书记于华北不知抽什么风，还就不讲政治，不要安定团结了！竟放任马达这个唯恐天下不乱的混账东西在古龙胡作非为，把县四套班子主要领导差不多都牵扯了，科以上干部已是人人自危。

田封义吓坏了，马上又想到还掉这三千美金。三千美金准备好了，却又不知该怎么去还？虽说那时秦文超的老婆李桂花还没进去，他却不敢登门还钱，怕被马达或者专案组的哪个人盯上。他毕竟做过文山市长，毕竟为秦文超的提拔说过好话。最后，还是老婆想出了个办法，拖李桂花逛商店，不显山不露水地还。

也是巧，刚和老婆商量好，李桂花就到省城来为秦文超活动了，还给他打了个电话。他马上派老婆去招待所看望，准备按计划拖李桂花逛商店。李桂花哪有心思逛商店啊，死活不去。老婆没办法，就在招待所把那三千美金拿了出来，说是老田当年出国借了你们三千美金，早就让我还掉，我竟给忘了。没想到，李桂花却不收，说，嫂子，田市长啥时借过我们的美金啊？别是记错了吧？老婆也是财迷，听李桂花这么一说，又把美金收回来了。回来后还猜测说，没准秦文超两口子真忘了。田封义当时就说，忘是不会忘的，李桂花是想让我帮着活动领导。

能活动的领导也就是于华北了，于华北是主管副书记。可田封义却没敢去活动。老领导于华北早就不待见他了。他做市长时，于华北的小舅子张二龙看上了文山欧洲城工程，于夫人一个电话过来，他就在招标时打了招呼，把工程给了二龙。后来文山班子调整，他借这事做夫人的工作，想让于夫人给于华北吹吹枕头风，让他做文山市委书记，不行就到省委组织部干常务副部长。结果惹了大麻烦，被于华北看成了政治讹诈。这老领导也够绝的，知道二龙的事后，先让夫人去廉政办交待问题，接着又让张二龙把吃到嘴的好处吐了出来。他也倒霉了，就此和含权量高的职务永远告别。先去省作家协会做党组书记，后来又去了伟业国际做党委书记。伟业国际的党委书记还是公推公选上去的，否则也不会让他上。

　　这些事，田封义都没敢和李桂花说，反而通过老婆向李桂花承诺，说该做的工作他一定做，也说了，让李桂花别抱太大的希望。李桂花倒也明白，说是只要能保住老公活命就成。田封义觉得这不应该成问题，不就是风气不好，收了下面一些钱财吗？退了赃，也就是判个十年二十年的，最多无期徒刑。就打保票说，这个工作能做到。李桂花千恩万谢，又送了三万块过来，说是打点请客的费用。这三万田封义真不敢再收了，这叫顶风作案，查出来肯定罪加一等，便谢绝了。

　　一直到案发为止，田封义都没想到会是这三千美金先露的马脚。按他的美好设想，这件事算摆平了，秦文超进去几个月一直没咬他，李桂花进去后就更不会咬他了。还一厢情愿地想，这三千美金其实也算比较正常的人情来往。他一九九八年出国考察回来，不也送给秦文超两瓶自己不喝的洋酒吗？还是人头马呢，肯定也值点钱的，尽管也是别人送他的。当然，也往坏处设想过，既然是马达这混账主持办案，就得保持必要的警惕，往最坏的地方想。最坏的大麻烦是：秦文超给他送这三千美金时，赶巧正研究文山副厅级后备干部名单，他在市委常委会上很为秦文超说了点好话。如果马达不怀好意瞎联系的话，他也有可能被马达陷害。

　　幸运的是，秦文超和李桂花嘴紧，死活不说，马达想陷害只怕也无法下手了。

　　不料，光盯着秦文超两口子和古龙腐败案，警惕着马达的陷害，却忘记那个该死的皮包公司老板王德合和正大租赁公司的那帮无赖。他怎么也没想到，王德合和那帮无赖分子也会陷害他。方正刚最初提到他批出的那三百多万借款时，他没当回事，还以为方正刚是诈他。现在看来不是这回事了，正大租赁公司的几十口人跑到省里群访了，据说赵安邦还做了批示，王德合再不还钱，就会出问题了。

王德合就是不还钱，他怎么催也不还。这个狡诈的奸商看他不是市长了，没权管他了，就要赖。还有个原因是，他把钱帮着借出去的当年秋天，曾经从这个奸商手上拿过十二万的所谓投资分红。现在他把这十二万主动交出来，还给王德合，来个正人先正己，看他王德合还有什么屁可放！于是，便把王德合叫到省城家里，准备还钱。钱是他下午刚取出来的，装在两个鞋盒子里，一盒六万，他让老婆点了两遍。老婆有些舍不得，说是三百多万给王德合用了四年，存银行也不止十二万利息。田封义便严肃批评老婆说，不能这样想，己不正何以正人？要别人廉政，我们首先要廉政！再说，我现在在伟业国际当书记，年薪八十八万，加上奖金和其他福利不止一百万，为这十二万还犯得着吗？老婆这才被他说服了。

然而，让田封义哭笑不得的是，王德合虽在他一再催促下爽约过来了，可却没收他装在两个鞋盒子里的十二万，倒又送来了六万，是装在一只服装袋里的。

王德合把那两只沉甸甸的鞋盒子和服装袋一起推到他面前，乐呵呵地说："田市长，你别客气，千万别客气！这钱不是我的，都是你的！你和我是啥关系？还客气啥？别说我王德合还不缺这点小钱，就是真缺钱也不能拿你老领导的呀！"

田封义火透了，"不缺钱，你倒是快还人家正大租赁公司的三百多万啊！"

王德合苦起了脸，"田市长，我说的是不缺小钱，不缺你的钱，没说过不缺大钱啊！这几年生意不好做，又他妈的被俄罗斯人坑了一回，一时真还不了！"

田封义根本不愿听，把鞋盒子和服装袋又推回到王德合面前，"这些钱你拿走，赶快拿走！从此开始，你的事和我无关，我认倒霉，承认对你工作失误！"

王德合说："田市长，你也别这么说，要说失误是我失误了，把咱们这盘买卖搞砸了,辜负了你对我的信任!我真不该轻信宁川那个俄罗斯商人的鬼话,相信彼得堡的那家通关公司。黑色通关这种事我以前根本不清楚,更没想到……"

田封义心里一揪,忙打断了王德合的话头,"哎,哎,王德合,你什么意思啊?什么咱们这盘买卖?你的买卖就是你的买卖,别扯上我,也别和我说!"

王德合露出了狰狞的面孔,"田市长,你这就不够意思了吧?起码是记忆力不太好吧?这三百多万当初虽说是以我皮包公司的名义向正大租赁公司借的,可生意是咱们俩的,分红也是咱俩的!你拿过的那十二万不就是头一次分红吗?现在看到麻烦来了,就想退了!有这种好事吗?这六万是去年的分红,我不是不想给你,是你工作调动后不好找你,你最好也收下,有麻烦咱们一起来对付!"

这下子麻烦可就太大了,这个可恶透顶的狗奸商,竟然把他的话记得这么清楚,看来是有备而来,存心要陷害他了!却也不好抵赖,便换了副笑脸,"德合啊,我当时也就是随便说说嘛,你还当真了?再说实际上也没按年度分红嘛!"

王德合也和气亲切起来,"田市长,这不就是我的工作失误吗?咱们的生意一直没做好啊!去年最倒霉,出口俄罗斯的皮鞋全让海关没收了,价值整整二百万!这六万分红知道是从哪来的吗?是咱们当年在省城买下的那个铺面的租金!"

田封义实在是痛苦不堪,而且又惊又怕。王德合一口一个"咱们",连在省城买的两个铺面都成"咱们"的了。买铺面的事他虽然知道,但双方当时并没明确是否属于"咱们"。他还以为是王德合自己的生意呢。现在真让他有嘴说不清了。虽然正大租赁公司出事后他无数次想到过这个奸商的狡诈,但决没想到狗东西会狡诈到这种程度,像绞索一样死死套着他的脖子,非要缠着他一起死。

王德合却笑眯眯地说:"田市长,你先不要怕,咱们现在谁也死不了!我今天过来就是想向你老领导请示汇报下一步的工作!你不是在伟业国际集团当书记了吗?伟业国际集团不是一把捐给文山慈善基金二百万吗?我就来主意了……"

田封义吓了一跳,"德合,你是不是认为伟业国际集团也能捐给你二百万?"

王德合笑道:"哪能这样想呢?还是借款嘛!咱们来个里应外合,还像在文山那样,一把借个千儿八百万。不但把正大租赁公司的三百多万还了,还能落下五六百万!咱别的不干,就倒煤炭!田市长,我和你说啊,这煤炭生意好啊!"

田封义连连摆手,"德合,我是集团书记,不是董事长总裁,没那个权!"说罢,又把那两只沉甸甸的鞋盒子和服装袋一起推到王德合面前,好言好语说,"德合,这些钱你先拿回去,也别说我和你一起做生意了。这对你对我都不好!你放心,该给你帮的忙我肯定会帮!只要有可能,我可以和白原崴商量帮你借钱!"

王德合实在是太狡诈了,再次把那两只鞋盒子和服装袋推到他面前,"田市长,也请你放心,咱们合伙做生意的事,我不会和任何人说!哪怕哪天以诈骗罪进去,我也只说是自己诈骗,决不会牵扯到你老领导!你这钱不收,我就不放心了!"

这真让田封义苦恼不已:早知如此,何必当初呢?真没想到收钱不容易,退赃更他妈难!这叫什么世道啊,想做好人都做不成,正己不易,正人更难……

正这么胡思乱想着,门铃响了。田封义以为是孙子放学回来了,便丧失了警惕,忘记了仍放在茶几上被他和王德合推来推去的那两只鞋盒子和服装袋。皱着眉头过去开门时还在想,该怎么对付这个奸商,挣脱勒在脖子上的这根绞索呢?

不料,开门一看,出现在门口的并不是小孙子,竟是省纪委和监察厅的几个同志。其中一个纪委副书记他认识,和他进行过两次诫勉谈话,主管着厅局级干部案件的查处。监察厅有个同志也面熟,在省作协做党组书记时在一起开过会。

田封义这才意识到灾难已经降临了,腿一下子软了,看着面前的同志们,一时竟不知说啥才好,连招呼都忘了打。骤然想起茶几上还放着十八万赃款,禁不住回了一下头。这一回头才发现，王德合和自己老婆又做了件极其愚蠢的事：正手忙脚乱想把那两只意味着罪证的鞋盒子和服装袋藏起来。这哪还来得及啊？结果糟糕透了，慌张的举动引起了人家办案同志的注意，让他落了个人赃俱获。

天哪，这世界上难道还有比他更冤枉，更倒霉的腐败分子吗？他不是在受贿而是在退赃的时候被逮个正着的啊！他已经不想腐败了，都挣上八十八万的年薪了，他还腐败啥？竟还要为当年区区十二万付出这么沉重的代价。就算办公案的同志不讲政策，把王德合这次又送来的六万算上，也不过才十八万啊，他真冤死了……

四十九

章桂春要出门时，市委副书记老刘进来了，"章书记，得向你汇报个事哩！"

这老刘，来得真不是时候，章桂春当时正要去迎宾馆看望一个刚到银山的美国华人投资商考察团，晚上还有个宴请活动。便收拾着公文包，不悦地说："刘书记，你不要一天到晚净汇报嘛，反腐倡廉方面的事你大胆定好了，我支持！"

老刘赔着笑脸道："是，是，章书记！你不支持，我的工作也没法做，咱们银山也不会有这么好的反腐倡廉局面！哦，最近于华北书记还表扬了我们哩！"

章桂春不愿听这些废话，"啥事你长话短说吧，我今晚还有外事活动！"

老刘说："事也不大，涉及一个处级干部受贿八千元，也不知该咋办……"

章桂春脸一拉，马上打断了刘书记的话头，"哎，老刘，你这个主管纪检的副书记还能有点出息吗？一个处级干部受贿八千元，也向我汇报？我哪天死了你和纪委就不工作了？"说罢，把办公桌上的公文包往腋下一夹，起身就走。

老刘迟疑了一下，拦住章桂春，"章书记，这……这个案子有点特殊啊！"

章桂春在门口回过头，"没什么可特殊的，按党纪国法处理！我不止一次说过，谁敢把爪子往国家口袋里伸，我剁他的爪子！老刘，你该咋办咋办好了！"

老刘不敢再说了,"好,好,章书记,你既这么明确指示,那就好办了!"

章桂春却突然警惕了:这个受贿八千元的处级干部是谁啊?别是他的秘书之类的人物吧?这才问,"老刘,你说的特殊是啥意思?这个处级干部是谁啊?"

老刘不动声色地说:"是金川区长向阳生。涉嫌腐败的线索材料又是省委主管副书记于华北同志批转下来的,省纪委领导也有批示,所以才有些特殊!"

章桂春一怔,重又回到办公桌前坐下了,也让刘书记坐,"那你说说吧!"

老刘拿出一只档案袋,抽出几张纸,时不时地看着,汇报起来,听口气还略有同情,"章书记,老向也真是够倒霉的,因为钢铁项目上违规的事刚被你和市委免了职,这又卷到文山市的古龙腐败案里去了,还惊动了于华北副书记!"

章桂春有些摸不着头脑了,"哎,它文山的古龙腐败案和咱老向有啥关系?"

老刘汇报说:"不是拔出萝卜带出泥嘛!古龙腐败案涉案的一位副县长叫徐东风,八年前在我们金川汤泉镇做过镇长,和老向搭班子,老向是镇党委书记。"

章桂春想了起来,"不错,不错!当时我是金川县委书记,方正刚从省机关下来任代县长。汤泉镇这个班子不是太团结,那个小徐没起好作用,跟方正刚跟得很紧,连我说的话都阳奉阴违。后来方正刚下台,他也活动调到文山去了!"

老刘半开玩笑半认真地说:"徐东风被双规后为了有立功表现,就拼命回忆起历史来了。就把当年和老向一起各自受贿一个乡镇企业八千元的事给想了起来。我今天把老向找来谈了次话,讲了讲政策,问了一问,老向老实承认了。"

章桂春这才知道,老刘竟然已经和向阳生谈过了话,而且坐实了这八千元的受贿情节!这老刘看似软弱听话,实际上也够狡猾的,搞成了既定事实才向他汇报,看他怎么办!心里气着,嘴上却故作轻松地说,"老刘,你看看,这又是个教训吧?班子不团结迟早要出事,八年过去了,这个小徐到底还是把老向整了!"

老刘装作没听出他的暗示,一脸诚恳地请示,"章书记,您看这事咋办?"

章桂春心里更火：你不知道向阳生跟了我这么多年吗？又是区区八千元，诫免谈一谈就算了，搞什么搞啊！却不好明说，反问道："老刘，你们的意见呢？"

老刘笑了笑，"章书记，你是咱银山的大老板，您决定就是，我们执行！"

章桂春心道，于华北书记和省纪委领导批下的案子，你非让我决定，这不是存心将我的军吗？你老刘这个主管纪委的副书记是不想干了吧？便久久沉默着。

老刘看来真摆不正位置了，仍没从他的沉默中悟出他的本意，竟说出了一个不符合他意图的意见，"章书记，我知道你也难，老向毕竟跟了你这么多年，按规定处理了，肯定要怪你不讲人情。不按规定处理呢，也没法向于书记交待。我看这样吧，章书记，这事你就别管了，上常委会研究一下，正式立案查处吧！"

章桂春只好点头，但指示说："老刘，要就事论事，一定不要扩大办案面！"

老刘应着，"当然，当然，我会把握的，就老向自己的事嘛！"说罢，走了。

这老刘真不是个东西！看着老刘离去的背影，章桂春想，下一步常委班子的分工要调一下了，这种靠不住的人决不能再管纪检，让他早点到政协当主席吧！

正这么想着，新生腐败分子向阳生竟然敲门进来了，这更让他气上加气。

章桂春开口就骂："老向，你他妈的还有脸来见我啊？就不怕我剁你的爪子吗？老子一开会就说，在大会小会上说，谁敢贪我就剁他的爪子，剁他的爪子！你全当耳旁风，把老子的话当放屁了，今天到底堕落成了新生的腐败分子！"

向阳生哭丧着脸说："章……章书记，这……这都是八年前的事了……"

章桂春又换了评价，"哦，那我还说错了？原来你是老资格的腐败分子了？"

向阳生吓哭了，"章书记，当年的情况您又不是不知道，徐东风可是方正刚的人啊，当着镇党委书记却不和您老人家保持一致，偏和代县长方正刚穿一条裤子，我和他做过坚决斗争啊！当年各乡镇联名给赵安邦省长写信收拾方正刚，您那么做徐东风的工作，徐东风都不干。汤泉镇和南部乡镇还是我牵的头……"

章桂春根本不愿听,"老向,你啥意思啊?什么你的人我的人啊?你是我的人,我是谁的人?当年那些工作矛盾令人痛心嘛!不管是我们县委班子和正刚同志的矛盾,还是你们汤泉镇班子的矛盾,都是十分令人痛心的!你还表起功了!"

向阳生不敢表功了,"章书记,刘书记今天找我了,其实我觉得是整你!"

章桂春心想,这也不是没可能,知人知面不知心嘛!有些看似老实的人实际上并不老实,也许恰恰是埋在身边的定时炸弹。但这种话却不能再和腐败分子向阳生说了,向阳生既然已经成了被人家抓住的腐败分子,他就得讲立场,讲原则了,便道:"老向,你不要试图挑拨我们市委领导班子的矛盾!你的腐败问题就是你的腐败问题,决不会整到任何人身上!实话告诉你:老刘已经向我和市委汇报了,要求按规定立案查处,我原则上同意了!省委领导批下的案子,再小也是大案子,有个对上交待的问题,也是个对省委的态度问题!你就好好反省吧!"

向阳生态度好得过了分,当场痛哭流涕,极其流畅地背诵起了腐败分子们背熟了的书歌子,"章书记,我真是糊涂啊!长期以来忽视了政治学习,放松了世界观改造,忘记了我们党为人民服务的宗旨,满脑子资产阶级的腐朽思想……"

章桂春根本听不下去了,恼怒道:"别背书歌子了,全他妈屁话嘛!世界观再不正确也不能把人家的钱往自己袋袋里装!也别赖人家资产阶级了,资产阶级的官僚政客比你清廉多了!他们要敢像你们这样贪,恐怕早被赶下台了!好了,不能和你多啰唆了,美国刚来了个投资考察团,我得见见,你快回去写交待吧!"

向阳生连连应着,抹去了脸上的泪,拿出一个厚信封,"章书记……"

章桂春注意到厚信封里露出了钱,立即警觉了,"老向,你想干什么?"

向阳生想把钱递上来,又不敢,喃喃试探道:"章书记,这……这……"

章桂春夺过信封看了看,里面果然装着整整一万元,立时咆哮,"向阳生,你简直是胆大包天,罪上加罪!竟然敢在这种时候,到我办公室来行贿……"

向阳生"扑通"跪下了,"章……章书记,不是啊,我……我是退赃……"

章桂春挥着一万元厉声问,"赃款不是八千吗?这里怎么多了两千啊?"

向阳生哭泣着说:"章书记,这……这是八年来……来的利……利息啊!"

章桂春没话说了,厌恶地把一万元往向阳生面前一扔,"赶快爬起来,把赃款退到市纪委去!我警告你一下,不要再想这种歪门邪道了,这会罪加一等!"

向阳生忙不迭从地上爬起来,拿上钱走了,说是直接去老刘办公室交赃。

章桂春以为,这事到此就算结束了。八年前的八千块钱,向阳生又坦白交待了,就算立案也没啥了不得。他有不扩大办案面的明确指示,具体办案的同志那里再打个招呼,这位老部下也就安全着陆了。他今天能这么恶骂向阳生,正因为他是他的老部下,否则根本不会这么做,官腔谁不会打?他是爱之深恨之切嘛!

万万没想到,这条狗竟然没领会到这一点,竟会一下子变成狼,竟利用立案双规前短短几天的功夫告起他的状来了。同时给包括赵安邦、裴一弘、于华北在内的六位省委常委一人来了一封举报信。举报他的所谓政治品质问题,还有什么金川硅钢项目的"真相",连向阳生自己发明的四菜一汤廉政餐也算到了他头上。

向阳生自己叛变了不说,还妄图把吕同仁拉下水。小吕到底是个好同志,经得起考验啊,不但没下水,反主动向他做了紧急汇报。遗憾的是晚了一步,虽说他当时就摸起电话命令老刘和市纪委立即对向阳生采取双规措施,老刘和纪委也老实执行了,可信还是让向阳生寄出去了。是几个小时前寄走的,还全是特快专递。赵安邦、裴一弘、于华北三巨头看了特快专递过来的举报颇为重视,没多久就派省委组织部的同志下来搞调查,给他和银山市造成了很大的被动啊……

不过,和向阳生谈话的那天,这一切都还没发生。向阳生走后,他就在办公厅马主任的陪同下,一起去迎宾馆参加外事活动了。满脑袋都是招商引资方面的大事,再没想过向阳生这个老牌兼新生的腐败分子。一路过去时还和马主任说,一定得把这帮假洋鬼子伺候好,争取让假洋鬼子勾结一些真洋鬼子到银山投资。

马主任马上汇报起了另一个倒霉的投资商的事,"章书记,您不说投资我还想不起来呢！白原崴又把伟业国际的人派过来了，希望能向您做个汇报哩！"

章桂春手直摆，"不见，不见，我哪有这时间啊，让他们直接找金川区！"

马主任赔着小心建议说："章书记，我觉得您最好能出面应付一下，伟业国际毕竟也是个大集团嘛，现在是有点麻烦，将来未必就不再和咱们合作了嘛！"

章桂春没接受这个建议，"将来的事将来再说！就算为了将来，这六百亩地的地款也不能退给他们！有这笔小银子放在咱们银山，就不愁白原崴不上钩！"

马主任又说："对了，章书记，金川区的同志昨天还来请示过呢，是我接待的。他们问，这六百亩地怎么恢复原状？这笔钱是不是该让伟业国际集团出？"

章桂春笑了笑，"这种事急什么啊？你们告诉金川区，让他们先拖着吧！"

马主任咂了咂嘴，"怕是有些难哩，国土资源厅盯得紧啊！现在赵安邦省长、裴一弘书记都六亲不认，下面各部门就邪门了，你们看这阵子把文山收拾的！"

章桂春心里有数得很，"方正刚这次怕是又要下台了！当年和我共事，摆不正位置净胡来，下台走人自己不总结，不找主观原因，还四处骂我排挤他。现在呢？石亚南没排挤他吧？不还是闯大祸了？事实证明这个人就是不能重用嘛！"

马主任点头应着，"是，是，章书记！可恢复耕地的事国土厅还在催啊！"

章桂春瞪了马主任一眼，"我说你们真是笨啊，不是蠢猪就是蠢驴！踢踢皮球嘛，这对我们银山和伟业国际集团都比较有利嘛！让区里一脚把球踢到伟业国际去，就说是他们的地，让国土资源厅找白原崴去理论。白原崴这奸商肯定不认账，球又会踢给咱们区里，区里呢，再给它踢回去。几个回合下来，国土资源厅就得给踢晕了。就算还没晕，风头也过去了。没准这场踢球运动结束后，这地谁都不必恢复，项目又来了，我们又和伟业国际谈判进行一次历史性大合作了！"

马主任口服心服，"章书记，您真富有智慧，真有经验，那咱就这么着吧！"

章桂春一直认为马主任是个可造之才，便趁机予以造就，又掏心掏肺地教导说："小马，这智慧、经验也是我在多年改革实践过程中渐渐摸索到的。你们都得长点心眼,趁年轻,又在我身边工作,要好好实践,及时总结,也积累些好经验!有些事一定要雷厉风行,比如前阵子特事特办,处理吕同仁和向阳生。有些事就得拖,该踢的皮球就得踢。当然,踢也好,拖也好,都得注意方式方法……"

第十六章

五十

塔吊上那只白亮刺眼的水银灯把一号高炉的巨大阴影投射到杂草丛生的大地上，也把吴亚洲的身影压成了一个可怜的小黑点。和面前这巨人般高耸庞大的炼钢炉相比，吴亚洲觉得自己实在是太渺小了，简直渺小到了可以忽略不计的程度。然而，正是他这个看似渺小的男人，一手缔造了面前这个巨大的钢铁儿子。

四月二十二日凌晨三点左右，亚洲钢铁联合公司董事长兼总裁吴亚洲又独自一人来到了钢厂工地上，向钟爱的巨人儿子进行最后告别。是开着奔驰车从市内藏身处一路过来的，车停在了厂区外的经三路上。下车后，吴亚洲想到，自己此一去再也用不着阿伦和这台奔驰车了，就吩咐阿伦把车开回去。阿伦不知道这是诀别，以为老板还是像以往那样，在工地上看一看，走一走，像受了伤的狼一样舔一舔伤口，便不愿把车开走。吴亚洲不好把话说透，也就没再勉强，让阿伦在车里等着，自己神使鬼差地回头向市区方向看了一会儿，摇晃着去了钢厂工地。

阿伦事后回忆起来才发现，这夜老板除了让他把车开回去，其他表现也都不是太正常。过去到工地上来，老板衣着随便得很，摸到什么衣服就穿，尤其是出事以后，就更顾不上注意仪表了，连胡子都懒得刮。那夜却怪，老板不但刮了胡子，穿了西装，还打了条漂亮领带。领带是他帮着打的。下车最后离去时也颇为异样。阿伦当时就注意到了，老板扶着半开的车门，向灯火辉煌的市区方向留恋地回望了好半天，也不知在想啥。他哪知道老板已走上了通向死亡的不归路呢！

其实，吴亚洲走向死亡的历程从四月二十一日白天就开始了。整整一天，直到开车到工地的最后一小时，他一直在写遗书。遗书一共写了四份，一份给老婆孩子，交待了一下家里的财产情况，要老婆和孩子正视已经来临的残酷现实，换一种活法，普通中国老百姓的活法。一份是给亚钢联高管层和下属各公司项目经理人的，要他们不要失去信心，坚信他率领他们创造的这个钢铁之梦，仍然断言钢铁工业和钢铁市场在可预见的将来前景一片辉煌。还有一份是写给有可能接盘的欧罗巴远东国际投资公司的，说是这七百万吨钢是他和亚钢联的一个梦想，现在他和亚钢联无法完成这个梦想了，希望具有战略眼光的欧罗巴远东国际投资公司能拿出胆略和魄力完成它。还言辞恳切地提出，要保住已建了一半的铁水项目。

最后，也是最重要的一封长信却是写给曾一手扶植过他的老领导赵安邦的。

在这封信里，吴亚洲回顾了自己从一九六一年出生到今天踏上死亡之旅的四十三年的生命时光，和这七百万吨钢诞生的缘起。这一切的一切都和老领导赵安邦有关系。十七年前在文山的白山子县，十四年前在宁川，赵安邦在不同的领导岗位上支持、扶植过他。这次最早动员他到文山投资的也是赵安邦。当然，赵安邦当时说的是一个中外合资的电缆厂。可方正刚和文山新班子要工业立市，钢铁开道，钢铁市场又那么好，他为什么非上电缆呢？为什么不好好利用文山政府的战略构想和种种优惠政策，好好搞一把钢铁呢？他和他的企业能做到今天这个规模，获得如此巨大的成功，不就是得益于各个地方、各个时期的政策吗？于是他和方正刚及文山新区管委会一拍即合，一个投资六千万的电缆项目就变成了一百六十多亿的规模钢铁。地方政府对GDP和政绩的追求，他和亚钢联对利润的渴望，构成了两部马力强劲的发动机，轰轰然不可逆转地发动起来。更糟的是，两台发动机相互刺激，层层加码，扩张梦越做越大，从最初计划的二百吨轧钢、铁水、炼钢、冷轧薄板，加上配套电厂、焦厂，六大项目全上来了，魔术般变成了七百万吨钢铁。现在回忆起来真不可思议，按正常情况连报批手续都办不完。

方正刚和石亚南这个班子，包括工业新区管委会和下属各部门也真是想干事，能干事。尤其是新区管委会和下属招商局等部门，完全可以称得上文山市乃至汉江省内最清廉高效的政府。所有手续随到随办，甚至代办，一年里专为亚钢联开了五次项目工作推进会。许多违规主意也是经办部门出的，包括假合资、假注册。这么高效服务时，新区的干部没谁想过捞好处，从管委会主任龙达飞，到下面各部门，谁也没让他和各项目经理人请客送礼。尽管今天可怕的灾难已形成了，他即将走向人生的末路，但他不记恨新区管委会的同志们。这个恶果是他们共同酿造的，违规后果只能自负。龙达飞和涉嫌违规干部肯定要下台，甚至市委书记石亚南和市长方正刚也要受处分，或者下台，这结果他们自然也怪不了他。

现在的关键是要保住项目，尤其是铁水项目。前几天和方正刚、石亚南谈了一次，昨天又和欧罗巴远东国际投资公司的林小雅谈了一下午，他们意见态度比较一致：对已基本建成的二百万吨轧钢、二百三十万吨炼钢和电厂准备力保，而对搞到半截的二百五十万吨铁水，却都想放弃。这怎么成呢？经济损失不说，也少了一个重要配套环节。这也是他离世前非要给赵安邦写信的原因之一。他在信中希望身为省长的赵安邦能像在亚洲金融风暴时支持宁川外商企业一样，以汉江省政府的权威支持文山市和工业新区渡过难关，成就他这七百万吨钢铁的梦想。

走上高高的塔吊时，吴亚洲的头脑十分清醒，心里很明白：其实这七百万吨钢的梦想已经不再属于他和亚钢联了。从利益角度讲，这些项目和他不会再有任何关系了。上也好下也罢，赚也好赔也罢，都不是他的事了。他和他一手创立的亚钢联已经破产了。文山中行已为即将到期的五亿元贷款提出了法律保全，法院明天就要封门。他在此前十七年积累创造的财富已全部投入到了这七百万吨钢铁里，这堆沉重的钢铁压断了他的脊梁，让他失去了活下去的理由。他和他的亚洲钢铁联合公司必将青烟般消失在历史天空中。可不知怎的，他就是想保住这些项目，就像父母亲不惜以生命的代价保住自己的嫡亲儿子。他死了，只要儿子们还在，儿子们就将记住他和亚钢联怎样创造了他们。为他们日后能好好活下去，他这个钢铁之父又是怎样义无反顾地带着心中的希望走向了死亡。当然，当然，这也是他留在大地上的影子，留在喧嚣时代的绝响，是他曾辉煌美丽活过的证明。

也不知在塔吊上流连了多久。时间在生命尽头的这个夜昼交替的时刻已变得没有什么意义了，就像江河之水失去了流动。然而，时间对这个世界的意义依旧存在，仍分分秒秒向前疾进。黑暗的夜色在时间的疾进中渐渐消弭，又一个黎明在世间的骚动不安中诞生了。吴亚洲这才发现，自己已被时间抛到了身后。

远方，文山市区的灯火早已熄灭了。东方的天际变得一片朦胧的白亮。城市的轮廓变得明晰起来。可吴亚洲看到的却不是城区明晰的高楼大厦，而是一片陈旧模糊的灰暗。灰暗中鼓显着许多年前的一幕幕凄凉景象。那景象已深深印入了历史的记忆中，中国老百姓永远不会忘记。他自然也不会忘记，几天前他还在梦中看到过这份凄凉。梦中饥饿的他吸吮着母亲的血水，绝望的母亲默默流泪，泪不是泪，竟是鲜红的血啊！他一声声喊着妈妈。母亲不理他。母亲死了，血流干了。

这是一场噩梦，也是他们吴家真实的历史。这份历史来自哥哥一次又一次惊悚的回忆：一九六一年，一个多么可怕的年头！革命的鼓噪制造了一场惨绝人寰的民族灾难，三千万中国老百姓非正常死亡。他们吴家庄生产队三百二十八户人家，二百三十九户饥饿浮肿全家死绝，非正常死亡人口达到一千二百八十人。他偏选择在这么多人死亡的悲惨时候出生了。母亲生他之前之后从没吃过一顿饱饭，更别说鸡蛋啥的了。在饥饿的折磨下母亲奄奄一息，哪还有奶喂他？可做母亲的又怎么能不喂自己嗷嗷待哺的孩子呢？何况又是个儿子？母亲一次次把干瘪的奶头放到他嘴里，他拼命吸吮，吸吮出的不是奶汁，而是血，是母亲体内的鲜血啊！哥哥每每说到这里，总是泪水如注。母亲不想活了，如果能用她的鲜血保住儿子幼小的生命，她老人家一定会马上和上帝做这笔交易。新生的他和他十岁的哥哥是吴家的香火，吴家的根啊！父母说了，饿死谁也不能饿死他们兄弟俩。在后来更为艰难的日子里，先是大姐和二姐饿死了，后来父亲和母亲又饿死了。母亲死后，十岁的哥哥抱着四个多月的他，跑到一户户人家门口下跪哀求，东庄一口糊糊，西村一口奶水，竟奇迹般地从阎王爷那里给他夺回了这条小小生命。

后来，他长大了，追随着一个父母做梦都不敢想的时代，一个改变了国家民族命运的改革时代，一步步走出了偏僻的吴家庄，走向了文山、宁川、省城，走向了北京、上海，走向了欧洲、美洲一座座历史名城，也走向了人生和事业的双重成功。成功之后，他没忘记回报那些在危难时帮助过他的父老乡亲们，为家乡修路建桥，建希望小学，他和他的企业一次次慷慨捐款。老话说长兄如父，长嫂如母，他已经无法报答去世的父母了，便尽心尽力报答哥哥，把哥哥一家接到了宁川城里，给哥哥、嫂嫂买了四室两厅的房子，买了城里人的户口。哥哥、嫂嫂真骄傲啊，逢人就说，自己弟弟是鸡窝里飞出的金凤凰，是大难不死的贵人……

哥哥真幸运，去年初因癌症不治去世了。是看着他这个有出息的弟弟走到人生和事业顶点之时，带着欣慰、幸福和满足，含笑走的。哥哥没看到他今天的失败。在哥哥的眼里，他永远是鸡窝里飞出来的金凤凰，永远是大难不死的贵人，永远是这个改革时代的弄潮骄子……

泪水糊住了吴亚洲的双眼，哥哥离世前安详的笑脸飘荡在面前的空中。

这时，塔吊下面出现了司机阿伦的身影，阿伦在惊慌不安地叫喊着什么。

吴亚洲这才从恍惚中骤然惊醒，戛然中止了百感交集的回忆。哥哥的笑脸突然间不见了，像被高空中的风吹走了。塔吊真高，空中的风真大，吹乱了他前额的长发，撩打着他敞开的西装，使他变得像只正扑打着翅膀的鹰。是的，他就是鹰，一只不死的雄鹰。鹰有时会飞得比鸡低，但鸡永远不会成为逆风飞翔的鹰。

那么，还等待什么？振翅飞翔吧！面对这广阔的蓝天，蓝天下这片由他一手创造出来的庞大钢铁世界。看嘛，东方天际的那轮太阳又一次跃出了地平线，占地七千多亩的亚洲钢铁联合公司厂区已沐浴在新一天崭新的阳光中了。地球还在照常转动，太阳还在照样升起嘛！吴亚洲微笑着，向蓝天下他心爱的钢铁儿子们用力挥挥手，又向塔吊下的阿伦挥了挥手，而后近乎从容地纵身跳下了塔吊……

阿伦嗣后回忆起来，痛苦不堪又语无伦次："……天都大亮了，老板还没回来，我没想到他会自杀，怕他碰上讨债的债主，就到钢厂找。咋也找不到。我无意中往上一看,老板站在老高的塔吊上。我吓坏了,就喊就叫,让老板快下来回家。老板听见了,还向我招手哩。招完手就跳下来了,我想救都来不及。我真希望我能是一只鸟,一只大鸟,老板落在我背上就死不了!可我不是鸟啊……"

吴亚洲从高高的塔吊上跳下来后,阿伦和最早闻讯赶来的人们在他西装的口袋里发现了那封写给赵安邦的长信,信的最后仍是在为这七百万吨钢呼吁——

……在我出生的那个苦难年代,我饥饿的母亲用她的血养育了我这个还算有出息的儿子。今天,作为这七百万吨钢铁的始作俑者,我也希望能用一腔热血救活这些钢铁儿子!赵省长,请您一定不要误会了我的意思,我深思熟虑后选择这么做,并不是抱怨文山政府和新区管委会。当一艘航船偏航触礁时,从船长、水手到乘客,大家都是遇难者,互相抱怨于事无补,也毫无意义。况且这场灾难出现后,方正刚、石亚南和文山有关部门把能做的工作都努力做了。我只是太累了,想早点休息了。当然,我的离世选择也不是抱怨这个时代。从一九八七年在文山电子工业园认识您之后,这十七年中我们有过许多次接触交谈,甚至长谈。您了解我的身世,知道我这个差点饿死在襁褓中的孩子心里对这个时代是充满了怎样的感激!直到生命的最后一刻,我仍然要说:感谢这个给过我辉煌和机会的时代,感谢您和方正刚、石亚南以及在各个困难时刻帮助过我的领导和朋友们。我更不是悲观绝望,事实恰恰相反,我对这已造就于世的七百万吨钢铁,对我国乃至全球未来的钢铁市场前景依然充满着钢水般火热的希望……

五十一

四月二十二日早上，赵安邦在共和道八号自家院里晨练后正冲凉，楼上红机电话急促响了起来，响了好半天。红机是保密电话，夫人刘艳一般不接，可见到他在洗漱间里，便去接了，只片刻工夫就在楼梯口喊，要他快上来。赵安邦以为是裴一弘的电话：今天要向国务院领导电话汇报这七百万吨钢的阶段查处情况，说好要通气议一议的，便回了一声，"哦，你告诉老裴，五分钟后我打给他吧！"

刘艳"咚咚"从楼上下来了，在洗漱间门口挺不安地说："安邦，不是裴书记的电话，是文山那个方克思市长打来的，一副哭腔，文山那边又出大事了！"

赵安邦没太介意，在莲蓬头下冲洗着说，"都这情况了，还能出啥大事？"

刘艳说："嘿，谁也想不到的事！方正刚说，亚洲钢铁联合公司那个董事长兼总裁吴亚洲一个多小时之前在文山新区自杀了，给你留下了一封万言遗书！"

赵安邦当时就呆住了，匆匆擦了擦身子，穿了件浴衣就上了楼。抓起电话马上问方正刚："正刚，这又是怎么回事？吴亚洲怎么……怎么会突然自杀啊？"

方正刚带着哭腔说，"赵省长，我们工作没做好啊！啥都想到了，就是没想到这个！几天前我和石亚南还和他谈过一次，谈得挺好，吴亚洲虽然不服气，有些牢骚怪话，但还是承认现实的，准备认输出局。还当着我们的面说了，他不死，不会死，一定要救活这七百万吨钢。谁也没想到他会从塔吊上跳下来啊！"

赵安邦真不知该说啥才好，第二阶段的调查正在进行中，有些问题还要向吴亚洲核实，包括某些群众对新区管委会主任龙达飞受贿的举报。现在倒好，人突然死了，会不会是被坏人搞掉了？便问："正刚，你们是不是搞清楚了，肯定是自杀吗？这才一个多小时啊，正式验过尸了吗？你们公安局的同志怎么说啊？"

方正刚似乎知道他怀疑什么，"赵省长，肯定是自杀，这没任何疑问。吴亚洲留下的遗书已经可以说明一切问题了。尸体当然也会验,不过不会是他杀!"

赵安邦这才想起来,"哦,说是小吴总给我留下了一封遗书?还很长的?"

方正刚声音明显地哽咽起来,"是的,赵省长!否则,我不会这么急着惊扰您!您看我是在电话里先……先把遗书给您念一念呢,还……还是传真过去?"

赵安邦略一思索,"你根据情况决定吧,如不涉及保密内容就传来好了!"

方正刚说:"不涉及什么保密内容,但涉及你们之间十几年的交往和感情。"

赵安邦心想,自己和吴亚洲的交往很正常,一直是君子之交淡如水,况且这封遗书方正刚他们也看过了,便说:"既然这样,你马上传过来吧,我等着!"

等传真时,赵安邦穿起了衣服。边穿边想,自己和吴亚洲的交往历史已经很久远了,从他在文山古龙县分地下台,到白山子县主管工业就开始了。那时的吴亚洲是个个体小老板,他只是个不起眼的小小副县长。现在他成了一个经济大省的省长,却让吴亚洲走投无路,小伙子留下的这份遗书估计不会有啥好话,想必会骂他官当大了,见死不救吧?可小伙子岂知他的苦衷和其中复杂的内幕呢?他为这七百万吨钢所做的争取和努力不能和他说啊!连在方正刚、石亚南这些市级领导面前都不能说,这是党性和原则决定的。小伙子离世前想骂也只能让他骂了。

没一会儿工夫,传真机开始向外吐纸。赵安邦一一扯下,立即看了起来。

不出所料,在这份万言遗书里,吴亚洲重点谈了一九八七年在文山电子工业园和时为副县长的他结识至今的奋斗过程。赵安邦心里有数,文山电子工业园是他们双方都难以忘却的所在。那是他步入高层政治舞台的最初立足点,也是吴亚洲从一个穷小子成长为省内乃至国内著名企业家的起点,是吴亚洲事业梦想开始的地方。那时小伙子还是个吃饱了肚子没多久的地道农民。他因为和钱惠人一起在古龙搞分地试点犯了错误,刚带着处分调到白山子县抓工业,主持开发城关工业园。为了吸引私营个体企业到工业园落户,他和县政府搞了个政策:五千元给个城镇户口。吴亚洲就带着从亲戚朋友那里东挪西借的几万块钱过来了,在园区里开了个搞配套服务的小纸箱包装厂。那时真难啊,他搞这个工业园不容易,吴亚洲的创业起步也不容易。他违规抗命把内地一个军工企业以招商引资的名义拉来了,给县里和文山地区带来了一个电视机制造企业，自己却又一次受了个警告处分。电视机厂最后还划给了市里，县属城关工业园也变成了市属电子工业园。

吴亚洲的纸箱厂就是那时开的业，他去剪的彩。同时去剪彩的还有时任电视机厂厂长兼市电子工业局副局长的马达。他一请就到了，支持民营企业不能只在嘴上说，能做的事就得帮着做嘛，哪怕对吴亚洲这种不起眼的小厂。马达那时可是牛得很哩，当着国营大厂的厂长，又兼着副局长，三请九邀才姗姗光临，根本没把吴亚洲放在眼里，也没把他这个霉运不断的副县长看在眼里。收了吴亚洲的纸箱老不给钱，厂里发洪水泡坏了的纸箱也把账算到吴亚洲头上，差点把小伙子挤对破产。吴亚洲跑到他面前哭诉，他便带着吴亚洲找马达，和马达拍桌子，最终总算帮吴亚洲要回了拖欠的货款。后来的大量事实证明，像马达这样的人是搞不好经济工作的，尤其是复杂多变的市场经济，所以今天才被安排到了监察厅。

嗣后，他调到宁川主持大开发，在市委书记白天明的支持下实施大宁川发展规划。时为一九八九年底，中国的改革前景一派模糊，甚至有可能夭折，他和白天明却代表宁川市政府大胆宣布了招商引资的八大优惠政策。吴亚洲这小伙子敏感啊，马上闻风而动，果断结束文山的生意，冲着八大优惠政策立即奔往宁川，集资办了个民营的亚洲电缆厂。随着宁川火热的大开发，亚洲电缆厂的生意越做越大，加上建厂时吴亚洲低价买了块地，赚到了属于自己的第一桶金，完成了艰难而清白的资本原始积累。据赵安邦所知，在汉江省像吴亚洲这么靠办厂起家，资本没有原罪的大款并不多。十二年后，到了二〇〇二年，这个当年可怜兮兮的穷小子已成了身家八亿多的成功企业家，不但在宁川，在整个汉江省都大名鼎鼎。

这时，省委、省政府要启动文山这台北部经济发动机了，他这个省长在全省财富峰会上号召民营企业到文山发展，还亲自和吴亚洲谈了话。那次谈话的情形他现在还记得很清楚，谈得也很具体。他把小伙子当成了老朋友，希望吴亚洲能带个头，把拟建的一个中外合资的新电缆厂摆到文山去。可那时文山班子还没调整，市长田封义梦想着顺序接班，待老市委书记退下来后做市委书记，马达也等着上市长。吴亚洲根本信不过马达和田封义，嘴上答应着他，却始终没动作。直到石亚南、方正刚这个班子上来，方正刚三赴宁川请他来文山，他才带人过去了。

现在才知道，这竟是一场噩梦的开始。不仅仅是吴亚洲和亚钢联的噩梦，也是汉江省和文山市的噩梦。小伙子的实事求是令人感动，在遗书里没把责任推到他和三下宁川请过他的方正刚头上。甚至没推给帮他出馊主意的新区管委会。这着实让他感到意外。更让他意外的是，吴亚洲的万言书里没抱怨改革。这个出生后差点儿饿死在襁褓中的著名企业家对这个造就过他的改革时代充满了感激！

细想想却也不难理解。在宁川抓民营科技工业园时，他和吴亚洲有过一次彻夜长谈。由此知道了小伙子的身世，知道了一个吸吮过母亲鲜血的孩子，和一个普通农民家庭在大饥荒年代付出的血泪代价。这个吸血孩子的故事，他曾在不同场合和许多同志说起过，用以证明他和他的同志们在宁川搞改革探索的意义。后来被于华北率领的省委调查组查处时，他就和于华北说过，不要说宁川的改革不是社会主义，贫穷才不是社会主义哩！改革本质上是一场关乎民族复兴的伟大革命。大家都说，为完成新民主主义革命，前辈先烈们在血泊中奋斗了二十八年，付出了一千多万人的代价。可为了找到这条富民强国民族复兴的改革之路，我们也在贫穷饥饿中摸索了二十九年，付出了三千多万人的代价啊！他让于华北和调查组的同志去问问亚洲电缆厂的吴亚洲，问问他是怎么从贫穷饥饿中活过来的！于华北和调查组的人当时被他说愣了，好半天没人答腔。因此，赵安邦完全能理解吴亚洲对改革开放的感情。小伙子是该感谢这个给过他一次次辉煌和机会的好时代。这个时代改变了一个国家和一个民族的历史命运，给中国大多数老百姓带来了日渐富足的好生活，让千千万万个吴亚洲们雄鹰般振翅飞向了高远的天空。

万言遗书看罢，赵安邦眼中不禁汪上了泪水。几滴泪珠落到传真纸上，将纸上的一些字迹浸润得一片模糊。吴亚洲真是太可惜了，就这么走了，本来这只鹰可以在舔好伤口后再次起飞，也许会飞得更高更远呢。在这么一个充满活力的时代，啥奇迹不会发生啊？他就一次次面对过失败，一次次被查处过嘛，可最后不还是闯过来了吗？如今成了中国一个经济大省的省长。小伙子怎么就这么糊涂！

小伙子是带着未完的梦想和希望走的。遗书最后说了，他对已造就于世的这七百万吨钢铁，对未来的钢铁市场前景依然充满钢水般火热的希望。这希望何尝不是他和石亚南、方正刚，甚至是裴一弘和中央有关部门的希望呢？完全不必用自己的宝贵生命来证明嘛！老书记刘焕章生前说过，不要相信直线运动，历史发展从来不走直线。经济又何尝不是如此呢？海有潮起潮落，经济有热有冷，有峰顶和谷底。当一个国家的经济运行在谷底时，就要加大固定资产投资，甚至政府直接投资，拉动国民经济的增长。当一个国家的经济运行在峰顶时，就要限制固定资产的投资规模，哪怕是民营投资也要用政策加以调控，必须理解适应嘛！何况这次又那么严重地违了规，惊动了中央。当然，违规的账不能全算到吴亚洲和他的亚钢联身上。小伙子在遗书中说到的那个清廉高效的新区管委会要负重要责任，甚至是主要责任。新区管委会这帮同志不是渎职也是严重失职，这没有什么可说的！还有方正刚和石亚南，也真是太官僚了，竟然就不知道亚钢联注册资金和投资水分会这么大，硬是让这七百万吨钢铁把吴亚洲和一个亚钢联压垮了。

想到这里，赵安邦冲动地抓起电话，准备狠狠批评方正刚和石亚南一通，可号没拨完，又迟疑着放下了话筒：方正刚、石亚南和文山市班子该批评，他和省政府就不该做自我批评，深刻反省了吗？方正刚和石亚南负有领导责任，他这个省长难道就没有领导责任吗？安邦同志，你可是亲自带队到文山突袭过的，当时不也觉得那里没啥大问题吗？这叫不叫官僚啊？对吴亚洲的自杀和亚钢联的破产，你也有一份沉重的领导责任啊！便责备自己，在这点上你真不如吴亚洲。小伙子在遗书里说得好啊，比喻也是形象准确的：当一艘航船偏航触礁时，别管是船长也好，水手、乘客也好，都成了遇难者，抱怨谁都于事无补，也毫无意义！况且这场灾难出现之后，方正刚、石亚南和文山的同志够努力的了，把能做的工作都尽力尽心做了，吴亚洲临死都没一句抱怨，反而说了他们不少好话。王副省长汇报时也说，石亚南和方正刚真是不容易，既要配合联合调查组对亚钢联的调查，又要配合古龙腐败案的查处，还要主持日常工作，帮亚钢联收拾残局，寻找新的接盘投资机构，两人全都憔悴不堪。他这时候再批评，岂不是加重他们的压力吗？再说这场灾难的直接责任者的确不是他们，迄今为止的调查，和吴亚洲的这封遗书都证明，虚报投资不是他们干的，是新区管委会和吴亚洲的问题。

因此，赵安邦的心情渐渐平复下来，这个批评电话便没打给文山。

不料，他的批评电话没打过去，方正刚的电话却打了过来，一开口又是沉痛的检讨，"赵省长，传过去的遗书收到了吧？您批评吧！石亚南书记说了，如果有必要的话，我们可以一起去省城，当面向您和省委、省政府做深刻检查！我和石书记今天看了吴亚洲留下的这份遗书才知道，你当年曾这么热心地扶植过吴亚洲。而我们呢，尤其是我，把……把吴亚洲请到文山，却让他把命送在这里了！"

赵安邦叹息道："正刚，别说了，首先我要做自我批评，我对不起这个小朋友啊！早知有今天，四月四号联合调查组下文山那天，我就该把他先拘起来！"

方正刚试探着问："赵省长，您的意思，是对吴亚洲实施保护性拘留措施？"

赵安邦说："是啊，找个理由把他隔离起来，我们也许就不会折损这员大将了！正刚，还记得吧？四月三号中午请你和亚南吃饭时，我把可能碰到的糟糕局面都和你们说了，就想让你们有个心理准备，可我没想到吴亚洲会走绝路啊！"

方正刚迟疑着，说出了一个事实，"赵省长，虽说谁也没想到吴亚洲会走绝路，但带资单位债主开始逼债时，石亚南倒提出过，是不是进行保护性拘留？"

赵安邦说："石亚南有头脑嘛，那你们当时为什么不这样做呢？啊？"

方正刚挺后悔，一声长叹，"是我没同意啊！我太书生气了，认为没有拘留吴亚洲的理由。石亚南说，就以涉嫌虚构注册资金罪拘起来嘛，我说这不能把账算到吴亚洲头上，新区管委会起码要担一半的罪责。另外，我也怕影响和欧罗巴远东国际投资公司等接盘机构的谈判，咱总不能让人家到拘留所去谈吧？"

赵安邦惋惜说："正刚，你是太没经验啊！亚南也是，就该专断一次嘛！"

方正刚声音哽咽道："所以，赵省长，吴亚洲的遗愿我们想帮他实现了，除了向您和省政府汇报过的那三个核心项目，我们准备把那二百五十万吨铁水项目保下来。文山本身就有铁矿,高炉又建了一半,七八个亿啊,也减少银行损失!"

赵安邦心里一惊,"正刚,你们想怎么保啊?把自己填到炼铁炉里去吗?"

方正刚平静地说:"赵省长,如果需要的话,我就主动跳进炉子里去!"

赵安邦想都没想,厉声喝止道:"死了一个吴亚洲已经够了!你,石亚南和文山任何一个同志都不要再做这种无谓的牺牲了,给我记住!"说罢,挂了电话。

这时,夫人刘艳上来了,见他情绪不对,伴着小心说:"安邦,老裴又来了个电话,楼上的红机子打不进去,就打到楼下了,说是已在办公室等你了!"

赵安邦一怔,这才想起要和裴一弘碰碰头议一议向中央汇报的事……

五十二

赵安邦一进门,裴一弘就注意到,这位姗姗来迟的省长神色不对头,眉头紧皱,一脑门官司,像有啥大心事。一问才知道,原来是文山亚洲钢铁联合公司老总吴亚洲突然自杀了。裴一弘当时便想,这可够糟糕的,又要向中央汇报了,这事真不知该咋说。第二阶段的调查重点之一就是这七百万吨钢中是否存在腐败问题!国家有关部委的某些同志在听取省委联合调查组第一阶段汇报时就说了,这么一个规模项目,又如此官商勾结,严重违规,没腐败问题就怪了!文山那边也有举报,裴一弘就很忧虑,担心副厅级的新区管委会主任龙达飞会出问题。如果此人出了问题,那就不是他一个人的事了,闹不好又会像古龙腐败案一样,牵涉到文山工业新区甚至文山市一批干部,这七百万吨钢的问题就更复杂更严重了。

裴一弘脸上也布上了阴云,"这位吴总一死,有些问题只怕就说不清了!"

赵安邦明白他指的啥,"也没啥说不清的,该咋说咋说吧,吴亚洲又不是被哪个坏人杀死的!"又判断说,"老裴,从吴亚洲留下的遗书看,事情很清楚,龙达飞和文山新区管委会这帮干部违规问题十分严重,但涉嫌腐败的可能很小。"

裴一弘看了赵安邦一眼,"安邦,你不能光凭一份遗书就轻易下结论啊!"

赵安邦苦笑道:"当然不能光听吴亚洲说,也不能这么主观。我是有客观分析的。老裴你看啊,文山班子是个上来才一年多的新班子,石亚南、方正刚对反腐倡廉抓得很紧,古龙腐败案就是他们主动揭出来的,账不能记在他们头上吧?现在的事实证明,是田封义他们上届班子留下的隐患,连田封义也陷进去了嘛!"

裴一弘感叹说:"是啊,现在负责搞调查的王副省长都很同情他们哩!"

赵安邦说:"就是嘛!老王昨天还在电话里和我说,只怕会手软完不成任务呢!为石亚南、方正刚鸣冤叫屈,说他们早上一睁眼,夜里十二点,不就是为了按省委、省政府要求,把我省北部一个欠发达地区搞上去吗?还说文山干部群众向调查组反映,在文山历届班子中,石亚南和方正刚他们是最能干实事的班子!"

裴一弘这才把核心问题点了出来,"我担心的腐败是龙达飞和新区管委会!"

赵安邦手一摆,"这也不必担心,不论是龙达飞,还是新区哪个部门,估计都不会在这方面出问题。市里石亚南、方正刚他们廉政工作抓得比较紧,另一方面,新区有招商引资压力。这七百万吨钢进新区是他们梦寐以求的政绩,要腐败也是他们腐败吴亚洲和亚钢联,而不会是吴亚洲和下属项目经理去腐败他们!"

裴一弘想了想,心里略有安慰,"安邦,你分析得有道理,但愿如此吧!"

赵安邦却不可遏止地发泄起来,"老裴,我现在担心的不是新区会有多大的腐败,而是该怎么收拾这个摊子!这阵子我想了很多,越想越不是个滋味!今天吴亚洲又自杀了,心里更是很不好受。现在没外人,咱们俩之间交交心好吗?"

裴一弘理解面前这位省长的心情,"安邦,想说啥就说吧,骂骂娘也行!"

赵安邦目光冷峻地看着他,"老裴,咱们回忆一下:亚洲金融风暴以及去年SARS疫情过去后,从中央到地方包括我们省最担心的是啥?是投资过热吗?"

裴一弘怔了一下,"不是!当时担心投资过冷,通货紧缩,增长乏力嘛!"

赵安邦道:"这就对了嘛!当时从中央到全国各省市地方政府大都在刺激项目投资。我们在一个个会议上给下面各地市、各企业鼓劲,希望加大固定资产投资规模。文山作为一直投资过冷的欠发达地区,更是你我关注的重点,我们才给政策,给优惠。吴亚洲和亚钢联就是在这种背景下,被我动员到文山投资的!"

裴一弘道:"可谁也没想到,形势变化会这么快,经济说热就热起来了,一下子从冬天跳到夏天,没有个春天的过渡!不过,安邦,过热可也是事实啊!"

赵安邦点点头,"这个事实我并没否认,也不是想趁机翻案。对此我做过一些分析:这里面既有增长动力本身的原因和规律,也有前些年因为亚洲金融风暴中央扩张性宏观政策没及时调整的原因。还有就是市场经济进一步发展的内在要求。可这一来,像吴亚洲这类投资商冤不冤啊?还没从经济过冷中回过神来,就被经济过热打倒了。所以吴亚洲死不瞑目啊,仍坚信这七百万吨钢前景光明!"

裴一弘借着这个话头说起了正题,"安邦,严重违规的问题现在可是都查清楚了,中央和国家有关部委也一直在盯着呢,对这七百万吨钢得明确叫停了!"

赵安邦是明白人,没表示反对,"那就叫停吧,反正事实上六大项目已经停了嘛!"又主动建议说,"不但向中央这么汇报,也在省报上再来篇评论员文章说说!另外,对龙达飞必须果断及时予以处理,我们不管他主观愿望多好,造成了这么严重的后果,非处理不可!龙达飞是省管干部,会上研究一下撤职罢官!"

裴一弘当场表态说,"好,安邦,你的建议我赞成!就得让中央知道,我们这次落实国家宏观调控政策是动了真格的!"话题一转,却又说,"不过,在干部处理上,恐怕不是一个龙达飞的问题啊!方正刚、石亚南能不处理吗?安邦,这你心里可要有点数!目前先撤了龙达飞,同时让文山市委处理新区管委会各部门违规干部,第一批处理名单让他们尽快报过来,要开党政干部大会公开宣布!"

赵安邦沉默片刻,"老裴,方正刚和石亚南都很努力啊,我看得保一保!"

裴一弘说:"我何尝不想保啊?不过估计够呛!尤其是方正刚,是市长,不处理肯定不行!现在先不谈,以后根据具体错误性质和中央要求再做考虑吧!"

赵安邦没再说下去,具体说起了汇报的事,"承认违规事实做检讨,叫停在建项目,处理直接责任人,这都是我们必须做的。但这七百万吨钢还得救,因此我就想,这次汇报就把问题提出来,争取早点获得国家有关部门的立项批准!"

裴一弘心中暗想,怪不得这位省长同志今天态度这么好,原来是有条件的,便开玩笑道:"安邦,在这种时候这种情况下,你还没忘和国家部委做交易?"

赵安邦头一摇,"哎,老裴,我们是谈工作,你老兄别开玩笑!这可不是交易啊,中央和国家部委不也一再强调吗,要尽可能把损失减少到最低限度!"

裴一弘想想也是,包括中央和国务院领导同志也反复这么交待过,便问:"你和省政府的意见想怎么减少损失呢?亚钢联断裂掉的资金链又怎么接上呢?"

赵安邦略一思索,说了起来,"老裴,不瞒你说,现在局面很被动!为了接上吴亚洲和亚钢联突然崩断的资金链,方正刚、石亚南他们做了大量工作。吴亚洲生前也在方正刚的协调下,和有接盘意向的欧罗巴远东国际投资公司进行了谈判。本来文山政府和吴亚洲希望能和欧罗巴远东国际投资公司尽快谈成了,尽快拿到五六亿定金,把欠省中行的五亿一年期贷款还了,但结果令人失望。欧罗巴远东国际投资公司坚持接盘的两个先决条件:一、只收购有利可图的三个核心项目;二、付定金时,这三个核心项目必须向国家有关部委补办完报批手续!"

裴一弘感慨说:"看看,大家都有遵法守纪的意识了嘛,谁也不敢乱来了!"

赵安邦道:"所以我才建议趁汇报把立项补批的事早些提出来!我判断吴亚洲的死可能就与欧罗巴公司收购定金有关系,中行那笔五亿贷款到了期,亚钢联六大项目全部停工,马上又要保全资产,吴亚洲就想不开了嘛!"

裴一弘突然想了起来,"哎,怎么说来说去都有那个欧罗巴远东国际投资公司啊?就没有别的接盘人了?比如,白原崴和伟业国际集团?有个建议我在调查组去文山之前就和你说过嘛！让白原崴的伟业国际集团接手，打造我省钢铁工业的航空母舰，尽可能化被动为主动！我说安邦，你和文山的同志说过没有？"

赵安邦一声叹息，"说了，早就说了，文山的同志也试过了！方正刚代表市委、市政府亲自出了面！老裴，你猜那位白原崴先生说什么？白原崴说，他等着文山最后的陷落呢！方正刚在电话里向我一汇报，把我气得啊，恨不得骂娘！"

裴一弘也火了，"伟业国际集团不是有国有股吗？想法把白原崴赶下台！"

赵安邦自嘲说："真能用我们的国有股权把白原崴赶下台就好了！去年对伟业国际进行过股本结构调整后，我们国资委的国有股权只占到37%，就算加上其他社会法人单位的股权也不会超过50%！老裴，这种可能性几乎不存在啊！"

裴一弘本来想说，这不是养虎成患吗？当初就不该给白原崴和他的高管层控股权嘛！嘴上却没说，怕引起赵安邦的想法和不快，"安邦，那你看着办吧！"

赵安邦又回到了补报立项上，"不论将来由谁重组，都得补报补批项目手续，越早对重组越有利。文山方面和王副省长商量后，汇报了一个方案：已大体完成的三大核心项目正式报批，就是那二百三十万吨的炼钢，二百万吨的轧钢，加上一个电厂！"迟疑了一下，又说，"今天方正刚又提出来，二百五十万吨的铁水项目也建了大半，放弃了挺可惜，会给银行方面造成损失，希望也能保留续建！"

裴一弘一听就来火，"三个核心项目我知道，王副省长向我汇报过，怎么又来了个铁水？方正刚这市长是不是真不想干了？他以为风头过去了吗？是不是还想上焦化厂和冷轧啊？安邦，我的意见不能听他们的，要报也是三个项目！"

赵安邦婉转地说："我们报上去是一回事，上面批不批是另外一回事嘛！"

裴一弘连连摆手，"安邦，按说经济工作我不该管这么具体，可现在情况特殊，有些话我不能不说！我问你：就算上面把项目全批了，这么多的重组资金从哪来？别说铁水项目了，三个文山决心要保的核心项目不还没个主吗？！"怕这个另类省长只从经济角度考虑问题，闹出啥乱子，又提醒说，"安邦，有个原则可早就定了啊，而且也是中央的精神：不论咋收购重组，国有资本不准介入！"

赵安邦说："是，是，老裴，我并没答应方正刚嘛，更不会让省内国有资本介入，就是我们既定的原则：收购重组在企业之间进行，按市场规律办事！"

裴一弘不敢放心，"方正刚、石亚南会不会再政府包办啊？我们要警惕！"

赵安邦说："我和省政府警惕着呢，估计他们不敢！老裴，你要不放心，我就把方正刚和石亚南找来谈谈，再提醒一下！另外，也让他们不要只盯着欧罗巴远东国际和白原崴的伟业国际谈，不行就招标！不一定所有项目打包，可以按单独项目招标。那二百五十万吨的铁水项目就可以单列出来，有人认领就行嘛！"

裴一弘这才被说服了，"这倒可以考虑，这二百五十万吨铁水有人认领，我们又何乐而不为呢？炼铁炉都竖在那里了，总比风吹雨打锈了将来卖废铁好！就按你的意思汇报吧！"仍忘不了打造汉江钢铁航空母舰的想法，又说，"安邦，你是不是也能出个面，敲打敲打一下咱们的那位老对手白原崴？给他一点小暗示！"

赵安邦说："暗示什么？暗示咱们要收拾他？算了吧，强扭的瓜不甜，再说这也不符合市场经济规律嘛！"想了想，突然笑了，"哎，老裴，伟业国际的党委书记田封义不是已被双规了吗，我们可以再派个好一些的党委书记过去嘛！"

裴一弘心领神会地笑了起来，"对，对，就把最让白原崴头疼的那个女将孙鲁生派给他，孙鲁生的省国资委副主任不免，再兼个党委书记和监事会主席！"

然而，让裴一弘和赵安邦都没想到的是，省国资委女主任孙鲁生还没正式派过去，伟业国际集团内部的一场政变已开始了。发动政变的主角竟然是和白原崴一起白手起家合作了长达十八年之久的集团第三大股东，执行总裁陈明丽……

第十七章

五十三

　　陈明丽尽管和方正刚一样，怀疑欧罗巴远东国际投资公司背后有白原崴的影子，但却找不到有价值的证据。这家公司注册资金一亿美元，系中外合资，外方控股人是一位法籍人士，法文名"林斯丽娜"。这位"林斯丽娜"会不会是林小雅的法国名字？白原崴会不会伙同林小雅在伟业国际之外建立了一个和她，和伟业国际无关的利益平台？细想想又觉得不太可能，其一，白原崴和林小雅结识并没多长时间，就算一见钟情，感情很深，也不会把一个注册资金高达一亿美元的大型投资公司交给林小雅。这不符合白原崴商场惯有的狼性和狐性。其二，作为伟业国际集团除国有股之外的最大股东，白原崴没有理由背叛她这个第二大股东和长期性的战略盟友，破坏由他白原崴控股掌握的这个庞大的跨国集团公司。

　　然而，陈明丽就是不放心。首先是白原崴不正常，对方正刚和文山方面一次次抛过来的绣球视而不见，甚至在六大项目相继停工，陷落已成事实之后，仍没关注这一重大历史机遇。林小雅就更奇怪了，摇身一变成了欧罗巴远东国际投资公司的首席代表不说，还突然出息了！方正刚的评价是：林小雅简直就是一位老练的资本运作行家，既有敏感性，又有战略眼光，还有战术原则。这么说，让林小雅在伟业国际做办公室主任还委屈她了？差点埋没了一位美丽的资本天才？

　　这决不可能，这个美丽的资本天才后面必有高人！陈明丽干脆跑到欧罗巴远东国际投资公司楼里当面请教林小雅，希望能发现蛛丝马迹。去时就想好了，不能一副兴师问罪的架势，法律上讲疑罪从无，在没有证据的情况下，她只能去表示祝贺，祝贺林小雅找到了更好的位置。林小雅也叫真绝，带着甜蜜的笑脸和她周旋。说起和文山市政府及亚钢联的谈判，还主动提到了那位"林斯丽娜"董事长。说是这位法兰西洋董事长搞钢铁是行家，虽说远在巴黎郊外，却一天几个电话点拨她。似乎是想让她相信，她身后站着的是那位"林斯丽娜"。陈明丽最大的疑问恰恰就在这里："林斯丽娜"是不是真正存在？如果存在的话，是在中国的宁川市，还是在法国的巴黎郊外？林小雅当然不会老实告诉她，后来就海阔天空地扯了起来。印象最深的是，林小雅大谈了一通狮子和兔子的理论，说是你我这些女人也不能总做兔子嘛，时机到了就要做狮子，这个世界并不全部属于男人！

陈明丽听出了林小雅的意思：在林小雅眼里，她是只长期依附于白原崴的兔子，这是有些委屈的，如果能找到机会就应该另立山头。这一来反倒打消了她对白原崴的怀疑。离开欧罗巴远东国际投资公司时，陈明丽便想，也许那个"林斯丽娜"真的存在？甚至是林小雅的洋情人？白原崴是不是和林小雅闹翻失恋了？

让陈明丽想不到的是，就在从欧罗巴远东国际投资公司试探回来的那天晚上，海天基金汤老爷子突然来了个电话，约她出来喝茶，还要和她谈一谈爱情。

陈明丽讥讽说："教授，您真是老当益壮啊，是不是碰上了一场迟来的爱？"

汤老爷子哈哈大笑，"陈总，我哪有这艳福啊？爱情是你们年轻人的事！"

陈明丽当时就警觉起来，"老爷子，您的意思这爱情好像和我有关啊？"

汤老爷子道："和你没啥直接关系，倒是和白原崴那个小把戏有关哩！"

陈明丽明白了，肯定是白原崴又在哪里泡上俊妞了，没准哪天又会像对待林小雅一样，弄到公司做个主任、秘书啥的！便没好气地道："教授，既然和我无关，您老就免谈吧！现在有钱的男人有几个好东西啊！"说罢，挂上了电话。

汤老爷子却又把电话打了过来，"陈总，我现在就在宁川，关于白原崴的这场爱情有那么点意思，虽说和你没直接关系，但我相信你想知道！这样吧，我让孩儿们把一些很有趣的东西送过去给你看一看，你看后觉得有必要喝茶时再喝！"

大约半小时后，海天基金一个叫方波的经理来了，门都没进，从防盗门的小窗递进一叠照片和一盘录像带就走了。录像带没来得及看,照片一目了然,匆匆看了一遍,惊得她差点没晕过去:照片上的主角全是白原崴和林小雅,都是在巴黎照的,有的在卢浮宫门前,有的在塞纳河畔,最多的是在一座豪华气派的十九世纪的法式洋房里。这些照片好像还都不是最近的,陈明丽估计起码已照了一年以上了。更令陈明丽吃惊的是,白原崴和林小雅怀里不止一次出现一个约莫三四岁的孩子。孩子很漂亮,还是个男孩,脸上集中了白原崴和林小雅双方的容貌特点。看了录像才知道,小男孩叫白彼德,在画面上冲着林小雅叫"妈妈",冲着白原崴叫"爸爸"。白原崴真是个慈祥的父亲,大笑着一次次亲吻自己的爱子。

一切都清楚了,那个远在巴黎郊外的林斯丽娜是林小雅。白原崴早在几年前就和林小雅有了儿子,自然要为林小雅和自己钟爱的儿子创建一个新的和她毫无关系的资本利益平台了!这个混账的白原崴不但在感情上,而且在事业上生意上全面背叛了她,背叛了她这个在风雨中和他一起创业,并同居了十八年的傻女人!

伤心、羞辱、愤怒一时间全化作泪水,滚滚落下。既然事情已经这样了,她陈明丽难道还有别的选择吗?恐怕只能公开应战了,让这个无耻男人受到应有的报应。就算和魔鬼结盟,她也准备认真拼一场了。汤老爷子就是个魔鬼,不是魔鬼也搞不到这种针对白原崴的致命证据,而且又是在这种时候!老狐狸既然把证据送来了,想必是有些想法的,这想法也许会助她击败白原崴,这个茶得去喝了。

这时,汤老爷子的电话又来了,开口就说:"我在大富豪等你!"

陈明丽也没迟疑,"好,我马上过去!你说一下,大富豪哪个厅?"

汤老爷子说:"哦,爱琴海厅,窗子正好对着你们的伟业国际大厦!"

陈明丽放下电话,匆匆洗去了脸上的泪痕出了门。大富豪茶楼她知道,走着也就十几分钟,便决定散步走过去,也趁机冷静一下。今天要面对的毕竟是个魔鬼式的老狐狸,要做的决定也太重大了,她必须把一切都尽量想想清楚。

到了大富豪的爱琴海,陈明丽的情绪基本上稳定了,强作笑脸对汤老爷子说:"老爷子,您真是有心人啊,对年轻人的爱情这么关心,都关心到了巴黎!"

汤老爷子却道："别谈爱情了，这话题让人伤感，还是谈一谈生意吧！"

陈明丽一脸讥讽，"生意？老爷子，你指的是什么生意？倒卖点爱情？"

汤老爷子摆摆手，"咋还一口一个爱情？就是倒卖爱情也没多大利润嘛！我可是给你带来了笔利润很大的生意啊，搞得好你就是伟业国际集团董事长了！"

陈明丽心里一惊，老狐狸果然厉害，看来已有了一套干掉白原崴的计谋。脸上却不动声色，"老爷子，你到底发现搞掉白原崴的机会了？还想借我的手？"

汤老爷子一脸的无辜，"陈总啊，你咋能这么想问题呢？我搞掉白原崴干什么？白原崴虽说是条资本恶狼，总还是我的学生，对我来说就是一笔生意嘛！实话告诉你：你今晚看到的这些照片、录像并不是现在才有的，孩儿们拍下后早交给我了。我老了，对这种儿女情长没兴趣了，就一直扔在抽屉里。这几天整理房间无意中又看到了，就觉得它好像还有点用，我就想啊想，想出了笔大生意！"

陈明丽微笑摇头，"老爷子，您是不是也太谦虚了？有这么好的毁灭性秘密武器您老会轻易忘记？制造这类秘密武器您可是一绝啊！在春节后的那次股东大会上，您不是播放过一段偷偷录下的美妙音乐吗？听得大家全都心旷神怡嘛！"

汤老爷子反唇相讥，"陈总，我这不是跟白原崴那小把戏学来的吗？去年伟业控股要约收购时，小把戏不但录了我的音，也录了像嘛，搞得我很被动哩！"

陈明丽又问，"哎，老爷子，这笔大生意你为啥不在股东大会前和我做呢？"

汤老爷子口气严肃，"陈总，你想那时和你做能成功吗？就算你知道了这一切，就会和我，和海天基金，和到会的中小股东一起投票反对发行那二十亿可转债？不会嘛！就是对白原崴再恨，你也不会拒绝白原崴带给你的利益！做生意一定要考虑到所有参与者的利益，不考虑到这一点就没法做啊，你说是不是？"

陈明丽只得点头，"不错，好生意总是多赢的！"说罢马上问，"汤教授，这么说，您老今天带来的这笔大生意里，也有您或者海天基金的某些利益了？"

汤老爷子笑了,"这还用问吗?肯定有我们的利益,搞好了能赚几千万!"

陈明丽实在是不能理解了:这老狐狸难道指望她为这些照片、录像支付几千万吗?要不就是敲诈白原崴?可真想敲诈白原崴,怎么又会把东西交给她呢?

汤老爷子看出了她的迷茫,"陈总啊,这笔生意交易程序比较复杂,我不细说说,你恐怕一时真明白不了。那就请你耐心听,听完再决定,做不做随你!"

陈明丽点点头,"好吧,老爷子,您也不要急,慢慢说,我有的是时间!"

汤老爷子说了起来,口气颇为遗憾,"白原崴不讲政治啊!在中国做生意怎么能不讲政治呢?不讲政治还怎么把生意做大啊?尤其不该的是,在政治需要支持的时候你不支持反而口吐狂言!还什么要看着文山的最后陷落,很狂妄嘛!"

陈明丽赞同说:"不但狂妄,也很疯狂,为了那个林小雅,他丧失了理智!"

汤老爷子道:"是嘛,省里三巨头裴一弘、赵安邦、于华北极为恼火,后悔给了他控股权。文山的石亚南、方正刚更不用说了,恨不得白原崴立即倒台!"

陈明丽一语道破,"这就是说,国有股权已有罢免白原崴董事长的意向了?"

汤老爷子摆摆手,"明丽,你不要急,听我把话说完。不讲政治是小把戏犯下的第一个错误。第二个也是更不能饶恕的错误,就是对你的背叛!这种背叛让我极为震惊!从道义和感情上讲很不应该,你和他一起白手起家,十八年来共同对付过多少内忧外患啊?没有你的支持,他也许早就垮了。从谋略上讲呢,小把戏也是极其失算啊!为了林小雅和自己的儿子,竟敢拿一个资产规模高达四百亿的大企业控股权来冒险,这险也冒得实在太大了!小把戏怎么就不想想,如果你陈明丽手上的股权和国家股权一配合,在伟业国际集团内部搞一场股权革命,他这董事长还干得成吗?拉下白原崴,扶植一个新董事长符合政府的钢铁政治啊!"

陈明丽听明白了:老狐狸就是老狐狸,老谋深算啊!便冷冷道:"这董事长他是干不成了!在伟业国际集团的股权结构里,省国资委的国有股占了37%,我和我的加盟公司股权占了9%。我的股权和国有股权加在一起是46%,再联合高管层3%的个人持股,或者社会法人单位的部分股权,就能绝对控股赶他下台！"

汤老爷子道："思路正确，不过，实施起来并非易事。其一，高管层3%的股权未必会支持你和国有股。白原崴掌控伟业国际长达十八年，高管信的是他，不是你。其二，向社会法人单位收购股权或者做策反也很困难，无法在短时间内秘密完成。你有把握使用的股权就是这46%，想完成绝对控股还有一些距离啊！"

陈明丽想了想，"这倒也是！教授，你既把问题提了出来，想必有高招了？"

汤老爷子这才说出了他的生意，"明丽，很有意思啊，我和我的战略伙伴手里掌握着你和国有股变更董事长迫切需要的加盟股权。我细算了一下，全部加上去恰好可以占到绝对控股所需要的50%以上，准确一点说，是50.06%。"

陈明丽眼睛一亮，"教授，您老的意思是说您和您的战略伙伴准备加盟？"

汤老爷子缓缓摇头道："陈总，你误会我的意思了，误会了！我老了，没有什么战斗精神了，也不愿再往这种是非里搅了！我一开始说的就是生意嘛，这些股份我和我的战略伙伴可以按合理公道的价格转让给你，或者你指定的盟友！"

陈明丽陷入了深思：看来这还真是一笔生意。老狐狸厉害啊，只怕为这笔好生意准备很久了，起码一年以上！老狐狸真够鬼的，也真能沉得住气，也许是还在白原崴的蜜月时期就拿到了这些秘密武器，可却不用。现在当她和方正刚怀疑欧罗巴远东国际投资公司需要证据的时候，老爷子就及时拿出来了，证明了白原崴对她和伟业国际的背叛，还抛出了一个显然经过精心策划的倒白方案。搞掉白原崴符合老狐狸的心愿，老人屡屡败在自己这个得意门生手下，在一场又一场的狼狐之战中，被咬得伤痕累累，对白原崴这条资本恶狼的仇恨应该不在她之下。

于是，陈明丽恳切地开了口，"老爷子，我更希望和您老，以及您老的那些战略伙伴做一桩更大的更长远的双赢生意，您老的人可以进入新董事会嘛！"

汤老爷子没兴趣，"我喜欢简单！坦率地说，在搞掉白原崴这一点上，我们完全一致，所以这次股权转让，我不会追求利润最大化，每股就赚两角钱！"

陈明丽苦笑道："一股两角，这么多股份加在一起也得赚上六七千万吧？"

汤老爷子早已把账算好了,"对,能赚六千七百八十万,不过还可以谈!"

陈明丽不开价,笑着劝道:"教授,您刚才还批评白原崴不讲政治嘛,您老应该讲点政治吧?您咋就不想想,国有股权凭啥要支持我做伟业国际董事长?最大的前提肯定是希望我领导的新董事会接手文山新区那七百万吨钢铁。那七百万吨钢铁很烫手啊,起码需要二十至三十亿,我哪有这么多资金接受你们的股权转让呢?所以我还是希望您和您的战略伙伴把眼光放长远些,一起长期合作!"

汤老爷子有些失望,"陈总,这种机会可是千载难逢啊,你最好想清楚!"

陈明丽郑重地说:"教授,您今天说的一切,我回去后都会认真想!不过,我也希望您老能认真考虑一下我的建议:以您老和您战略伙伴手上的股权入盟参战,大家齐心协力完成这场股权革命!咱们今天谁都不要把话说死好不好?"

汤老爷子略一沉思,"可以,我们都再好好想一想吧!不过,陈总,有一点我必须提醒你:一定不要自作聪明,试图收购或动员高管层股权和社会法人股权加盟,这很危险!一旦传出风声,我们这场股权革命就完了。另外,在白原崴面前也要保持常态,不能露出蛛丝马迹。有什么要商量的事,你尽管找我好了!"

陈明丽点头应道:"放心吧,我还没傻到这种程度!您老也别见风使舵,走风跑气啊!"说罢,又问,"教授,欧罗巴远东投资公司的那位林斯丽娜真是林小雅吗?林小雅加入法国籍了吗?在这方面,您的情报系统有没有准确情报啊?"

汤老爷子笑了,"陈总,看你说的,还情报系统!把我当间谍了?我没有情报系统,只有研究机构,就是一帮孩儿们帮着我搞研究嘛!不做好研究,我们敢乱买股票乱投资吗?!林斯丽娜就是林小雅,六年前在罗马为白原崴做翻译时认识的,五年前和白原崴生下了儿子白彼德,去年底两人在巴黎秘密结了婚!"

陈明丽益发吃惊,"他……他们竟然已经秘密结婚了?先有孩子后结婚?"

汤老爷子道:"是啊,这事连你们集团驻欧洲办事处的人都不知道哩!"

陈明丽一阵心痛难忍，泪水控制不住又要往外流。为了不让老狐狸察觉，陈明丽匆匆告辞了，一出门泪水便夺眶而出。仇恨的情绪再一次被激起，满面泪水走在大街上时，陈明丽便一次又一次想，这场股权革命必须进行，哪怕让汤老爷子他们趁火打劫占点便宜，她也得搞掉搞垮白原崴这条无耻恶狼。现在她最需要的就是得到国有股权的支持。能促使国有股权做出支持承诺的将是文山，文山新区七百万吨钢亟待伟业国际集团去接盘，这也是省里三位主要领导的期待！那她还等什么？立即去文山，找市长方正刚谈，让方正刚出面做省国资委的工作！

五十四

一阵急促的电话铃声把方正刚吵醒了。方正刚睡眼蒙眬看了看床头柜上的电子钟，发现才凌晨三点，先还以为哪里又出了啥急事。摸起电话一听才知道，竟是伟业国际执行总裁陈明丽打来的，说是已经到了文山，现在就在他楼下了。

方正刚吓了一大跳，"哎，陈总，出啥大事了吗？这深更半夜的！"

陈明丽说："当然出大事了，否则，我也不会这么一路开夜车过来！"

方正刚道："你可也真够疯狂的啊，过来前也不和我打个招呼！"

陈明丽说："还有更疯狂的呢，方市长，你这七百万吨钢铁我决定接盘了！"

方正刚大喜过望，"这……这可太好了，陈总，是白原崴派你来的吧？"

陈明丽破口大骂，"别提这混账王八蛋，是我自己要来的，你见不见？"

方正刚陷入了云里雾里，却也没顾上多想，"见，见，陈总，你上来吧！"

匆忙穿好衣服，陈明丽便"咚咚"上楼进来了。他刚把门关上，陈明丽就一头扑到他怀里，抱着他号啕大哭起来。方正刚毫无思想准备，被搞蒙了，一时间真不知该咋办才好？这场面要是被哪个别有用心的人看见，他可又说不清了，现在他是待罪之身啊！可他也不能把一个伤心欲绝的女总裁往外推啊，何况人家女总裁是来为文山新区这七百万吨钢接盘的，没准正是为了这七百万吨钢的接盘决策才和白原崴闹翻的。方正刚便大哥哥似的拍着陈明丽的肩膀，好言好语地劝。

陈明丽很快恢复了理智，主动从他怀里抽开了身子，"方市长，真……真不好意思，弄……弄了你一身眼泪！我……我今天是太伤心了，也不知怎么就……"

方正刚道："没关系，没关系，谁都有感情冲动，控制不住自己的时候！"让陈明丽在沙发上坐下来，倒好水，才问，"到底发生了啥啊？让你这么伤心？"

陈明丽喝了几口水，抹着泪说："方市长，你早先提醒得对啊，那个欧罗巴远东国际投资公司不但有白原崴的影子，干脆就是白原崴和林小雅开的私店黑店夫妻老婆店！我被白原崴骗惨了，搭进去了十八年的青春，落了一场噩梦啊！"

方正刚怔住了，"咋会是这样？白原崴和林小雅竟然是夫妻？我虽然怀疑欧罗巴远东国际投资公司的后台老板是白原崴，却决没想到林小雅是他老婆！"

陈明丽愤愤道："人家连孩子都有了，要为老婆孩子创建一个新的资本平台啊，这个欧罗巴就是他们的平台，不但和我没啥关系，和伟业国际也没关系！"

方正刚心里有数了，"陈总，你别激动，慢慢说，反正我今天也不睡了！"

陈明丽便说了起来，从当年和白原崴一起创业，到白原崴和林小雅在巴黎生子之后秘密结婚；从汤老爷子及其基金和伟业国际集团历年来在资本市场上错综复杂的矛盾斗争，到这次谋划搞掉白原崴，进行股权革命，改组董事会的设计。

方正刚听罢，立即评价道："好，汤老爷子这股权革命方案周密可行啊！"

陈明丽说："是的！所以，我才来找你了！方市长，现在的关键是，我必须得到国有股权的支持！汤老爷子会在省里做一些工作，你们文山市方面也得做工作，去找省国资委。我可以承诺：未来新一届董事会将接手这七百万吨钢！"

方正刚搓着手，兴奋地道："我要找可就不找省国资委了，直接找赵省长或者裴书记！陈总，有个情况我现在可以向你透露了：让伟业国际接盘整合，打造文山市乃至汉江省的钢铁航空母舰，可是裴书记和赵省长早就有过的设想啊！"

陈明丽叫了起来，"这就更好了，方市长，咱们现在就走，去省城汇报！"

这可是方正刚没想到的，"我说陈总，你是不是疯了？这才凌晨四点啊！"

陈明丽已从沙发上站了起来，也把他往起拉，"我没疯，就算疯也只能疯一回了！这种股权革命或者说政变必须争分夺秒，不能给对手任何喘息的机会！"

方正刚想想也是，只好跟着疯狂一回了，"好，陈总，咱们走！不过，你稍等片刻，这么大的事，我得和石亚南打个招呼，起码让她知道我去了哪里！"

陈明丽已在向门外走了，"方市长，那你可快点，我在楼下车里等你！"

方正刚点头应着，忙拨起了电话，连拨了几次，终于把石亚南从睡梦中吵醒了。把情况和石亚南一说，石亚南也乐了，"陈明丽送来的可真是及时雨啊！"

方正刚说："对我们来说是及时雨，对白原崴就是一场灾难！这个资本恶狼还等着文山陷落呢，现在他要大权旁落了！石书记，我马上去省城向老赵和省政府汇报，你天亮后最好也打个电话给裴书记，把有关情况说一说。让省国资委用国有股权支持一下他们内部发生的股权革命，拿下白原崴，把陈明丽扶上马！"

石亚南问："正刚，这么一来，欧罗巴远东国际投资公司咱还谈不谈了？我本来说好明天要见见那位首席代表林小雅女士的，市委办公室都安排好了！"

方正刚笑道："我的书记姐姐，你是不是没醒透？继续谈嘛，该见照见，千万别暴露了这场革命的内幕！现在事情很玄乎，就算加上国有股权，陈明丽也不敢说就稳操胜券！汤老爷子的海天基金正让陈明丽高价受让他手上的股份呢！"

石亚南明白了，"好，正刚，就按你说的办吧！如果你向赵省长和省政府汇报不顺利的话，我再去向裴书记汇报！请转告陈明丽，就说我石某先谢谢她了！"

方正刚应着"好，好"，挂上电话，匆匆下楼上了陈明丽的宝马车。

开着宝马车一路往省城进发时，方正刚身不由己成了这场革命抑或政变的同谋者，起码是陈明丽的同谋者，劝陈明丽不要轻易接受汤老爷子的趁火打劫，"陈总，你想啊，汤老爷子为了搞掉白原崴可是处心积虑啊！春节期间就向我提出过希望文山国资局能和他们一起参战，否掉你们二十亿的转债发行方案哩！"

陈明丽说："这我知道，股东大会让老爷子和手下孩儿们闹得一塌糊涂！"

方正刚道："所以你就不要太急，可以借力打力，他也想借你的力嘛！"

陈明丽说："方市长，如果我和汤老爷子双方都这么想，这场革命就搞不成了！来文山一路上我认真考虑了，这次我就是拼了，宁予狐狸，不予恶狼！"略一停顿，又说，"我这么做对你也比较有利。在宁川喝咖啡时我就说了，你对这七百万吨钢的责任心和使命感真的感动了我，我一直就想帮你渡过这个难关！"

方正刚开玩笑道："这么说，妹妹你对我这个落魄市长还有些爱情啊？"

陈明丽很认真，"也许吧，起码印象很不错！正刚市长，你可不知道，那晚白原崴回绝我的建议后，我是多难过！都喝醉了，心想你也许会在决斗之后，义无反顾走上政治祭坛，或者以别的什么形式铤而走险，进行一场政治自杀！"

方正刚也认真起来，"我不会轻易政治自杀，陈总，你也不要被愤怒搞昏了头，就在经济上接受汤老爷子的讹诈。不予恶狼，也不予狐狸，起码不要轻易就给。在国资委的国有股权搞定之前，不要找他商量任何事，不给他任何信息！"

陈明丽想了想，"那我们能不能暗中做做高管层或其他社会法人的工作呢？"

方正刚立即否决，"不能！在这一点上汤老爷子是对的，白原崴和林小雅的欧罗巴远东国际投资公司虎视着这七百万吨钢，试图一口吞下，这种时候你的一举一动都会引起他们的高度警觉！包括你今夜的文山之行，都有可能坏事！"

陈明丽道："今夜的事没人知道，白原崴前天去了北京，明天中午才回来！"

正说到这里，陈明丽的手机突然响了。陈明丽一看号码，"是汤老爷子！"

方正刚乐了，"今夜无人入眠啊！你先不要接，就让它响一阵子！这老狐狸肯定和你一样疯狂，这一夜也在为这场股权革命活动啊，也许他自己想通了！"

手机响了一阵子，方正刚和陈明丽全不理睬，停了几秒钟又响了起来。

陈明丽真聪明，做出一副睡意蒙眬的样子接了，"谁呀？半夜三更的！"

汤老爷子道："哎呀，陈董事长，今夜你竟然还有心思睡觉啊？为了把你扶上马，老夫我可是忙乎到现在！连于华北副书记都惊动了。华北同志对拿下白原崴，改组董事会，由你出任新董事长明确表示支持哩！和我说了，白原崴这个奸商早就该拿下了！还批了田封义一通，说这个腐败掉了的党委书记没起作用！"

陈明丽装傻，"可没您和您战略伙伴手上的股份支持，我也成不了事啊！"

汤老爷子道："陈董事长，瞧，我都称你董事长了，还不证明我和我的朋友们改主意了吗？就是你说的，长期合作吧！我的朋友们认为，白原崴以欧罗巴远东国际投资公司的名义看中的买卖应该还不错，伟业国际接盘后必有大利，况且又趁机搞掉了白原崴，何乐而不为啊？我们现在的条件是，一人进入董事会，一人进监事会，另外白原崴不得再出任新董事会的副董事长，最多做个董事吧！"

陈明丽压抑不住地笑了起来，"教授，您老真是太仁慈了！我认为，白原崴不是能否出任副董事长的问题，而是应不应该再进入新一届董事会做董事的问题！这位白原崴先生应该名正言顺去做欧罗巴远东国际投资公司的董事长嘛！"

汤老爷子哈哈大笑，"好，好，成交！那你尽快去趟文山，来个速战速决！"

陈明丽也不再隐瞒了，"教授，实话告诉你吧，我已经得到了来自文山的支持！"合上手机，却又狐疑起来，"正刚市长，这汤老爷子的转变也太快了吧？"

方正刚想了想，"会不会汤老爷子那边已发现了白原崴的什么新动作啊？"

陈明丽突然意识到了什么，"这种时候白原崴去北京干吗？"马上打了个电话给汤老爷子，"教授，有个事向你通报一下：白原崴现在可在北京啊！走时和我说，是和一个大客户谈今年的钢铁产品供货，你说他会不会做股权文章啊？"

汤老爷子明确道："这正是我所疑虑的！据已在北京的孩儿们急报，白原崴去的这家客户公司是中外合资的京华工程机械制造公司,实力雄厚,一直有参股上游钢铁企业的战略意向。白原崴完全有可能将其发展为他的战略合作伙伴!"

陈明丽简短说了声,"明白了!"合上手机,对方正刚说,"老爷子到底是老狐狸,已经嗅到了危险的气味!万一白原崴将北京战略伙伴引入集团,股权结构就会发生有利于白原崴的变化,我们就都白忙活了!真得和白原崴抢时间哩!"

方正刚打趣说:"陈总,你还要怎么抢时间,我们已经够疯狂的了!实话告诉你,这种疯狂在我的经历中还没有过哩!"又说,"你是不是也有些冲动了?让白原崴做个董事也不是不可以嘛,你咋比汤老爷子还绝?我真是有些吃惊啊!"

陈明丽道:"正刚市长,你不要吃惊!别以为这么做是出于仇恨,我是为工作考虑!如果白原崴进了董事会,汤老爷子又在董事会里岂不打翻天?还有,高管层又怎么办?股权结构这么微妙,谁敢保证白原崴不会再给我来场政变?"

方正刚被说服了,由衷地道:"陈总,你真不简单啊,比我想象得厉害!"

这时,天已朦胧亮了。高速公路上的标志牌显示,距省城还有九十公里,距宁川还有一百五十公里。陈明丽又说:"正刚市长,到下个服务区换车吧,你直接去省城,我回宁川!我现在还是白原崴的执行总裁,得把最后一班岗站好!"

方正刚笑道:"好,陈总,你二十四小时开着手机,我会随时和你联系!"

在距省城五十四公里的省文高速公路最后一个服务区,方正刚下了陈明丽的车,准备上自己的二号车。下车前还是有些不放心,又对陈明丽说:"陈总,你这最后一班岗可真得站好啊!心里就是再痛苦,也不要在任何人面前流露出来!"

陈明丽点点头,"正刚市长,你放心好了,在演戏方面女人比男人更出色!"

和陈明丽分手时,方正刚看了下手表,刚六点钟,进了省城估计也到不了七点钟。赵安邦这时候不会到办公室上班。再说这次汇报很突然,又没预约,也不知省长大人上班后是否有已定的重要活动？能不能抽出时间见他？便决定再疯狂一回，干脆不约了，就赶在赵安邦到省政府上班前，到共和道八号家里堵。

赵安邦见他突然上门颇感意外。待得他把情况汇报完后，赵安邦明白了，思索说："正刚，这就是说，白原崴当初不给吴亚洲的亚钢联输血，看着甚至逼着文山陷落，并不是为了伟业国际集团争利益，而是为了他和林小雅啊！如果是事实，白原崴就不但背叛了陈明丽，客观上也背叛了我们国有股份应有的利益！"

方正刚说："是的！所以，我和石亚南希望我们国有股权支持陈明丽！"

赵安邦笑了笑，"这个陈明丽我知道，并不比白原崴好对付啊！正刚，你别以为陈明丽取代了白原崴，你们下一步和伟业国际集团的重组谈判就容易了！"

方正刚说："是，赵省长，这我知道！陈明丽的厉害我已经多少领教了。不过和白原崴比起来，陈明丽做董事长对我们更有利。现在陈明丽心痛欲绝，主动倒向了我们国有股一边，而且对文山新区这七百万吨钢一开始就有接盘意向！"

赵安邦头脑很清醒，"更重要的是，我们在伟业国际集团有37%的股份，陈明丽哪怕难对付，哪怕在重组中占了些便宜，这便宜也有国有股一份。白原崴和林小雅的欧罗巴远东国际投资公司就不同了，和我们国有股没啥利益关系嘛！"

方正刚乐了，一句未经思索的话脱口而出，"赵省长，您真是明白人啊！"

赵安邦"哼"了一声，"我从来就没糊涂过！"这时保姆把早餐端来了，赵安邦又说，"方克思，一起吃吧，边吃边谈。我今天事不少哩，十点还得去机场参加一个重要外事活动，接一位欧洲国家的总统！你去办公室还真找不着我！"

方正刚根本没心思吃，守着桌上的牛奶、面包动都不动，忐忑不安地继续汇报，"赵省长，我来时和石亚南商量了一下，意见比较一致，鉴于目前这种特殊情况，最好能尽快请咱省国资委派人出个面，代表国有股权提议改组董事会！"

赵安邦摆摆手,"就请陈明丽出面提议吧,我们的国有股权投票予以支持就是,最好不要卷得太深!改组董事会也好,变更董事长也好,还不全是白原崴和陈明丽内部矛盾激化造成的吗?别让白原崴以为是我们发动了这场股权政变!"

方正刚笑着更正说:"是股权革命,打倒白原崴,解放伟业国际集团嘛!"

赵安邦也笑了,"是解放你们新区的那七百万吨钢吧?否则你也不会上我的门嘛!哎,方克思,你们演的这一出到底是美女救英雄呢,还是英雄救美女?"

方正刚开玩笑道:"怎么说呢?赵省长,算是难兄难妹,相濡以沫吧!"

赵安邦指点着方正刚直笑,"谦虚,方克思,你这同志可难得这么谦虚啊!"

方正刚不敢开玩笑了,"赵省长,您是不是马上给省国资委打个电话?我也好过去找他们谈啊!这种事不能拖,说干就得干,一跑风漏气革命就会流产!"

赵安邦这才交了底,"方克思,你放心吧,你们难兄难妹的这场革命不会流产,也不会失败!去年伟业国际由省里接收过来调整股权结构时,咱们省国资委女主任孙鲁生就想过争取陈明丽,可陈明丽不干啊,迷信白原崴啊!这样吧,我一到办公室就给鲁生同志安排,你只管和鲁生放开谈好了!她可是白原崴的老对手了,在资本市场上几次交手,马上又要兼任伟业国际集团的党委书记了!"

方正刚的心这才放定了,狼吞虎咽吃了起来,完全忘记了自己是不速之客。刘艳来吃饭时已是一片狼藉,便开起了玩笑,"方克思,你要逼我减肥啊?"

赵安邦笑道:"哎,刘艳同志,你就减一次肥吧!这么多年了,方克思经常到四号华北同志家打秋风,就是不认咱们的门,今天也算看得起我们了嘛!"

方正刚恍然悟到,自己这不速之客把刘艳的早餐吃光了,一时间既后悔又尴尬,只好自嘲道:"赵省长,刘厅长,我不是觉得吃你们领导一次很不容易嘛!"

五十五

　　二〇〇四年四月二十七日中午，白原崴从北京回来，在机场一下飞机，就接到省国资委副主任孙鲁生一个电话，说是准备开个集团股东会，请他务必抽空参加。白原崴一听就来火：伟业国际集团的董事长是他，她这个尚未到任的党委书记和监事长没资格用这种口气和他说话！本想糊弄孙鲁生几句，甚至回掉这个突如其来的股东会，想想却又没敢。这女人不是田封义，没那么好糊弄。再说集团里的国有股份占了37%，田封义腐败掉了，省委再派个新党委书记做监事长，你敢不接受啊？不要党的领导了？换监事长就得开股东会，这是人所共知的规矩。

　　白原崴只得忍着气应了，"好，好，孙主任！咱们可是老朋友了，你来做伟业国际的监事长真是太好了，我和集团高管层全体同仁表示热烈的欢迎啊！"

　　孙鲁生的口气不太友好，"白总，你们欢迎不欢迎我都得来嘛！今天上午于华北副书记代表省委送我过来上任了，集团高管全见了面，就缺你，你忙啊！"

　　白原崴这才揣摩出了孙鲁生不高兴的原因：省委已经将她党委书记的职务宣布了，而且是于华北出面来宣布的，规格很高，他这个董事长竟然没到场，这可是官场大忌！忙道歉说："孙书记，对不起，真对不起！我不是去北京了嘛，事前省委也没通知我！这样吧，今天股东会一结束，我就为你接风！地点你定！"

　　孙鲁生也不知是真是假，"白总，少来这一套啊，我可不做田封义第二！"

　　白原崴笑道："你警惕性也太高了吧？老田也不是在我这里腐败掉的嘛！"

　　合上手机，从机场一路赶回伟业国际时，白原崴先打了个电话给陈明丽，开口就发火，"明丽，你怎么回事啊？孙鲁生来上任，也不提前和我打个招呼！"

　　陈明丽解释说："原崴，孙鲁生说来就来了，谁也没想到嘛！哦，对了，原崴，下午要开股东会，我说等你回来再定，孙鲁生非要开，我也只好通知了！"

　　白原崴没好气地道："开就开吧，人家这监事长得在股东会上宣布嘛，早一天宣布了，她就能早一天管教我们了！"又不无忧虑地说，"明丽，孙鲁生难对付啊，你现在不骂田封义了吧？也真太可惜了，失去了这么好的一个党委书记！"

陈明丽叹息说："这也怪不了谁，是老田自己不争气嘛！"说罢，先挂了机。

白原崴本来还想和陈明丽再聊几句，了解一下上午华北来集团宣布任命的情况，试探一下陈明丽的态度。见陈明丽挂了机也就算了，根本没往政变上想。

然而，一场惊心动魄的股权政变偏偏发生了。以孙鲁生这个新任党委书记和监事长的到任为契机，于各方精心策划之后不可逆转地发生了。发生前没任何预兆，没露一丁点儿蛛丝马迹。甚至在他走进伟业国际大厦，到集团十二楼会议室坐下准备开股东会了，仍没从孙鲁生和陈明丽言行举止上发现异样。陈明丽像往常一样，一口一个"白总"地叫着，还按他的吩咐，安排起了晚上为孙鲁生接风的宴会。孙鲁生也镇定自如，一边等着其他股东，一边和他谈笑风生。

直到汤老爷子带着几个陌生男女走进门，大模大样地在他面前坐下，白原崴才突然发现事情不是太对头，觉得自己好像已掉进了一个精心设下的陷阱中。可心里仍存着一丝侥幸，强作笑脸问汤老爷子，"教授，您老也成伟业国际股东了？"

汤老爷子和气地笑着，"怎么，原崴啊，看来你是不欢迎我加盟进来喽？"

白原崴没心思打哈哈，把面孔转向陈明丽，"陈总，教授是哪家公司股东？"

陈明丽这时候露出了叛变者的真容，脸上却带着微笑，"哦，白总，汤教授是省城新汉实业公司的股东代表，那几位是海天基金的战略合作伙伴，我在会前查了一下，他们四家法人单位持有的本集团公司股份占了总股份的4.06%！"

白原崴脑子里当即闪出两个字"政变"！汤老爷子这帮人的4.06%股权，加上陈明丽手的9%的股权，和国资委掌握的37%，是50.06%，已构成了发动政变赶他下台的股份优势。不过，让他更没想到的是，政变竟会是陈明丽出面发动的，取而代之的新任董事长也是陈明丽！白原崴最初的判断是，陈明丽也许从林小雅那边发现了什么，一怒之下倒向了国有股，未来伟业国际的掌舵人将是孙鲁生。

陈明丽直到最后一刻仍把位置摆得很正，近乎亲切地说："白总，如果你对汤教授和这四家法人单位股东身份有疑问，可以到集团资产管理部核查一下！"

白原崴也不客气，一个电话叫来了集团资产部负责人了解情况。这才弄清楚：省城新汉实业这四家法人单位代表的股份丝毫不错，只是都和汤老爷子无关。

陈明丽马上为他解惑，"白总，汤教授代表的股东单位不是新汉实业吗？昨天我特地查证了一下，新汉实业的控股股东是新汉投资公司，而新汉投资公司最大的股东是汤教授旗下的海天基金。因此，汤教授的代表资格是没有疑义的！"

汤老爷子呵呵笑着，对陈明丽道："陈总，不要说这么多了，我们大家都很忙，尤其是我们白总，日后只怕会更忙了，咱们快开会吧！白总，你看呢？"

陈明丽微笑着，装模作样地请示，"白总，股东到齐了，我们是不是开会？"

白原崴心里清楚，圈套设下了，一切已不可挽回了，便对孙鲁生说："孙书记，请你来主持吧！"看看会场，又补充了一句，"今天这会股东到得真齐啊！"

孙鲁生笑了，"白总啊，看来我这个新监事长兼党委书记还有些人缘嘛！"却没主持会议，指了指陈明丽，"陈总，这个股东会还是你来主持吧，你最合适！"

陈明丽这才彻底撕下了伪装，连最后让他主持一次股东会的权利都不给了，抓过面前的话筒说了起来，"汤教授说得对，大家都很忙，我长话短说。今天这个股东会是根据伟业国际集团章程，临时决定召开的，要做两件事：一、省委任命孙鲁生女士为本集团党委书记，省国资委提名孙鲁生女士任集团监事会监事长，此提名须由本次股东会表决；二、集团重大决策上出现了分歧，部分股东提出改组董事会，经与国有股东和各主要股东协商，此次股东会予以讨论决定！"

白原崴明知不可为仍勉力为之，当即质疑，"陈总，孙书记出任监事长我知道，改组董事会是怎么回事啊？又是怎么协商的？和我这个大股东协商了吗？"

陈明丽看了他一眼，淡然道："你无数次代表过我嘛，这次我代表你了！"

白原崴讥讽道："陈明丽，你代表不了我，更不能代表我来赶我下台啊！"

陈明丽笑着说："那是！白总，我只是代表你同意改组本届董事会，并不代表你投票嘛！只要多数股权信得过你，你就不会下台，失去信任也只能下台！"

政变就这样有条不紊地开始了，孙鲁生、陈明丽、汤老爷子三方股权构成的该死的50.06%，像一个无法攻占的高地。高地上的资本射手们已把枪口瞄准了他，把他逼进了被动挨打的死角。白原崴估计，高管层和其他法人股权在这种情况下也会投奔5006高地，他在伟业国际经营了十八年，陈明丽也是十八年啊！

嗣后回忆起来，白原崴时常扼腕叹息：这场由陈明丽牵头发动的政变实际上已在他未雨绸缪的预料中。发生是必然的，但不应该在这时候发生，更不该让他这么一败涂地。林小雅意气用事的愚蠢和陈明丽的敏感机警把他彻底毁了。林小雅虚荣心太重，一心要和多年的情场敌手平起平坐。到了欧罗巴远东国际投资公司后自封了个"首席代表"，四处出头露面，引起了陈明丽的怀疑。当林小雅在他一再提醒下明白这一点大谈"林斯丽娜"时，已来不及补救了。可他还是试着补救，抛下文山那七百万吨钢不管，紧急飞往北京，想在最短的时间内引进京华工程机械集团做战略合作伙伴，改变股权结构，稳住伟业国际一统江山。事情本来已经有眉目了，京华机械是用钢大户，钢铁市场价格又一路上涨，参股伟业国际抓住上游钢铁，对他们大有好处，双方一拍即合，两天后便草签了意向协议。

没想到陈明丽的动作快了一步，政变提前发生了。他的新老对头们闻到陈明丽身上发出的腥味，为了各自的目聚到了陈明丽身边，为政变出谋划策。高手云集不说，还得到了权力的支持。汤老爷子和孙鲁生，包括文山市长方正刚，虽说利益诉求不同，但在拿下他这点上是一致的，这场政变是他们梦寐以求的。

汤老爷子在这梦寐以求的时刻很活跃，在礼仪性地通过孙鲁生的监事长后率先发难，就伟业国际集团在重组接盘亚钢联问题上的迟疑不决，他和林小雅以及欧罗巴远东国际投资公司林斯丽娜之间的关系，屡屡发问，居心险恶地把他往绝路上逼。目的很明显，就是要挑起陈明丽对他的私仇和孙鲁生对他的公恨。

白原崴沉着应战,"汤教授,我可以回答你的问题!但在回答之前要声明一下:我们开的是集团股东会,我和任何一个女人的关系都不在讨论之列。因此作为本届董事会董事长,我只回答和工作有关的问题,也就是你重点提出的对文山亚钢联那七百万吨钢的接盘重组!这件事陈总提出过,我也慎重考虑过,认为不能接,其一,接盘时机不成熟,六大项目迄今仍未补办完成报批手续,贸然接盘有很大的风险;其二,我们没接盘的实力。不错,我们成功地发行了二十亿可转债,这笔钱已在银行账号上躺着了,但这是本集团控股的上市公司伟业控股的资金,是专项用于并购文山二轧厂的,投资方向不可轻易改变。对上市公司,汤教授比我更清楚,汤教授据说代表着中小股民的良心!请问我们的良心教授,控股股东利用其控股地位掏空上市公司的事发生得还少吗?教授的良心能安否?"

汤老爷子这老家伙厉害得很,不但是可怕的经济间谍,对林小雅和欧罗巴国际投资公司的一切了如指掌,还有雄辩的口才和咬住要害不放松的狠劲,这次不谈良心,指出了问题的本质,"白原崴先生,你说得不错,对你和任何女人的关系,对你的私生活,我和在座股东毫无兴趣,但当你的这种私生活损害或侵害了本集团利益时,我们就有了兴趣!现在的问题是,你为了自己的法籍老婆林斯丽娜或者说是林小雅的经济利益,为了让你们操纵控制的欧罗巴远东国际投资公司顺利接手文山七百万吨钢铁,让伟业国际一再错失参与重组的良机!执行总裁陈明丽女士对此很清楚,但却一直无能为力!她提出的一个又一个对本集团有利的方案,全被你否决了!你白原崴先生完全辜负了伟业国际集团股东的信任……"

陈明丽默默听着汤老爷子言词铿锵的声讨挞伐,脸上看不出任何表情。

然而,政变的关键人物却是陈明丽。陈明丽手上的股权曾在去年股权结构调整时支持过他,若是这次不出来带头倒戈,汤老爷子的政变将永远是梦想。可陈明丽怎么会不带头倒戈呢?他和林小雅或者林斯丽娜的秘密就算这次汤老爷子不在股东会上提出来,也不会成为永远的秘密。可爱的小彼德不可能永远不出现在陈明丽面前。摊牌是迟早的事。他的希望只是尽可能迟一些,尽可能在他把一切准备做好之后再摊牌。在他的设想中,就是做好准备他也不主动摊牌，而是让陈明丽来揭牌。谜底揭开之后请她选择，或承认现实，或从伟业国际出局。会有一场女人式的大闹，但事业根基不会动摇，兔子吃掉狮子的事不会发生……

这时，汤老爷子正式提出，"我代表新汉实业公司建议，罢免白原崴先生的董事长一职，提名陈明丽女士为新一届董事会董事长人选，提请股东会表决！"

表决当场进行，5006高地上的子弹迅即扫射下来。高管层及其他法人股权果然也投奔了陈明丽。计票结果是，他毫无悬念的中弹倒地了，陈明丽以近56%的股权支持率当选为董事长。这帮政变者干得真绝，他毕竟拥有25%的股份，是仅次于国有股的第二大股东啊，而且还代表着美国纳斯达克上市公司伟业中国和法兰克福及香港上市公司各海外股东近19%的股权，却连董事都不让他当了。汤老爷子凭新汉实业手上小小的1.3%的股权就进了董事会！兔子就这样吃掉了狮子。林小雅说的第二种情况逼真地出现了：陈明丽这只兔子跳到了由一群狐狸的合力形成的更强势的狮子身上，夺走了他的企业控制权。他就此和这个他一手创建的，资产总规模高达四百亿，在海内外拥有六家上市公司的跨国集团无关了。

然而，在宣布陈明丽当选时，他礼貌地鼓了掌，尽量保持着失败者的风度。

陈明丽也颇有风度，以新一届董事会董事长的身份，向所有到会股东表示了自己的感谢，而后话题一转，说到了他，"……我更要感谢的是我们前任董事长白原崴先生！众所周知，没有白原崴先生当年的艰苦创业，没有白原崴先生在市场风雨中费尽心力的长达十八年的惨淡经营，就不会有本集团的今天！因此我提议，让我们用热烈的掌声，再一次向白原崴先生表示我们深深地谢意和敬意！"

掌声立即响了起来，竟然很热烈，陈明丽和孙鲁生鼓掌时的表情令人感动。

汤老爷子也不是刚才那副慷慨激昂的样子了，带着慈祥的笑意，一边鼓掌一边说，"原崴啊，你不要生气，我虽然批评了你，可并没否认你的历史贡献啊！"

白原崴强忍着剧痛的心和眼中盈眶的泪，在掌声的余音中站了起来，极力微笑着，"陈董事长，孙监事长，各位股东代表！我也说几句吧！只三句话：第一句话是，伟业国际有今天，首先要感谢这个改革开放的好时代，这是一个激励创造的伟大时代！第二句话，伟业国际能做到这种规模，是本集团全体同仁长期努力奋斗的结果，我白原崴要深深地感谢大家！第三句话就不太谦虚了，我很为我自己骄傲！为我的才能，我的胆略，我钢铁般的意志！天生我材必有用，我自问一下，还是有用的，对得起这个时代，对得起我的接班人！在生态竞争极为残酷的海内外商战战场上，在资本市场的非线性迷乱和全球一体化经济的大浪淘沙中，我作为船长，引领着这艘叫做伟业国际的大船平稳航行了十八年！够了！"

　　这番话说罢，白原崴没和任何人打招呼，转身就向会议室门外走。出了会议室，觉得脸上有些痒，伸手摸了一把才骤然发现，脸上竟是一片如注的泪水！

　　这时，身后响起了一片热烈的掌声。白原崴回转身透过蒙眬的泪眼一看，会议室里全体股东已站了起来，正目视着他，鼓掌欢送。陈明丽脸上也是一片泪水。

　　白原崴冲着陈明丽和众人挥了挥手，最后说了句，"祝你们一路走好！"

第十八章

五十六

"五一"长假期间,文山又遭遇了赵安邦的一次突然袭击,也像春节那次一样,事先未得到任何通知。五月三日下午,石亚南和方正刚正陪同伟业国际集团新任董事长陈明丽一行在新区工地考察,市委秘书长突然来了个电话,说是赵安邦已轻车简从过来了,正在市委一招省委联合调查组驻地听王副省长的汇报哩。

石亚南不敢怠慢,把方正刚拉到一边悄悄说,"正刚,赵省长又来突然袭击了,我得赶快去见见,催催咱们项目补报立项的事,你继续陪陈总他们吧!"

方正刚笑道:"好,好,他老赵主动送上门来,也省得咱往省城跑了!石书记,你见了赵省长先敲敲边鼓,晚上我送走陈总他们以后,也给他来个汇报!"

石亚南心照不宣地点了点头,向陈明丽等人解释了一下,匆匆上车走了。

赶到市委第一招待所,王副省长的汇报已结束了,正站在门口和赵安邦告别。

赵安邦见她到了,笑着打趣说:"亚南,你真厉害啊,我派古根生在文山潜伏,结果被你收买了。这次王副省长只怕也被你们收买了吧?净说你们好话!"

石亚南冲着赵安邦直拱手,"首长,您就饶了我们吧,王副省长到文山之后可没少给我们训话!像这种拒腐蚀永不沾的领导,我再想收买也收买不了啊!"

王副省长比较古板,"安邦省长,在这种重大问题上,我不和你开玩笑啊!这七百万吨钢严重违规是事实,石亚南和方正刚他们是个好班子也是事实嘛!"

赵安邦向王副省长挥挥手,"行了,老王,情况我知道了,你们的意见我会和老裴、老于他们尽快通气商量的!"又向她招招手,"走,到我房间去谈吧!"

到了赵安邦套房会客间一坐下,石亚南马上抓紧时间汇报起来,从吴亚洲的自杀,说到政府被迫出面收拾残局的无奈;从最早和欧罗巴远东国际投资公司的谈判,说到这次伟业国际集团陈明丽一行的考察;最后落到了实质问题上,"赵省长,现在的关键是赶快把这些项目补了手续批下来,否则,我们寸步难行!"

赵安邦心里明白,"是啊,没有正式立项手续,谁敢把钱往里扔啊!欧罗巴远东国际投资公司不敢,伟业国际集团也不敢,资产重组就没法实质性推进!"

石亚南道:"更要命的是,我省南部地区已经进入了雨季,文山的雨季马上也要来了,气象部门说,今年雨季可能提前到来,很多露天设备和高炉被雨水一淋,就得锈蚀!即使伟业国际接盘重组,也会在资产估值上造成相当损失的!"

赵安邦想了想,皱着眉头说:"这都是很实际的问题啊!不行我就尽快去趟北京,向中央作检查,帮你们催一催吧!情况你和正刚也不是不知道,上次汇报时,我们省里就已经将项目审批的问题提出来了,包括那二百五十万吨铁水!"

石亚南连连道谢,"赵省长,那就太谢谢您和省政府了,太谢谢了!刚才在新区工地上我还和伟业国际陈明丽他们说呢,赵省长和省里不会见死不救的!"

赵安邦一声叹息,"亚南同志,另一个情况我也向你吹吹风啊!省委只处理一个副厅级的新区管委会主任龙达飞是不够的,对你和方正刚也得考虑处理,而且要尽快处理,争取主动!我今天来之前,老裴在走廊上碰到我,还提醒我呢,既要保项目,又要保干部,只怕做不到啊,要对违规干部进行果断处理!"

石亚南心里一惊,马上说:"赵省长,那就请你们尽快处理吧!我是文山市委书记,必须对发生在文山的一切问题负责,包括这七百万吨钢的违规上马!"

赵安邦摇了摇头,"亚南同志,你毕竟是市委书记,给个处分是肯定的,警告、记过吧!方正刚比较麻烦,是市长啊,直接管经济啊,只怕要拿下来了!"

尽管这事在预料之中，石亚南却仍觉得有些意外，沉默片刻，郁郁问："赵省长，这么一个年轻能干的市长，难道您和省里就不能保一保，给他个机会？"

赵安邦苦笑道："亚南啊，你怎么还没听明白呢？没有对违规干部的严肃处理，我们拿什么去说服国家有关部委给咱们补批项目？当真超生不打屁股啊？"

石亚南心里一阵悲凉，"可以理解啊，现在这七百万吨钢不是政绩了，是麻烦，是烫手的火炭，聪明的领导能躲就躲了，就逮着我们的屁股狠劲打吧！"

赵安邦脸上的笑容消失了，"亚南同志，我可没躲啊，今天不是又来了吗？"

石亚南这才发现引起了赵安邦的误会，便壮着胆点名道姓说："赵省长，躲我们的不是你，是于华北副书记！当时最支持我们的是于书记，他还给我们敬了酒！今天倒好，到古龙办腐败案每次过来都绕着文山市区走，真让人寒心啊！于书记还是正刚的老领导呢！正刚伤透了心，知道于书记到古龙也不去看望了！"

赵安邦挥了挥手，"也不要这么想，我看老于不至于这么躲，还是忙嘛！古龙腐败案可不是个小案子，一个县级政权烂掉了，中央有关部门很正视哩！"

这时，银山市委书记章桂春来了个电话，石亚南敏感地注意到，赵安邦看了看手机号码，脸就拉下来了，"章桂春书记，怎么会是你啊？又想搞我的侦察了？对，我又到了文山！怎么？你是不是又要请我去吃代价高昂的廉政餐啊？"

石亚南这才悟到，章桂春上次蒙骗赵安邦的花招可能已被赵安邦掌握了。

章桂春不知在电话里又说了些啥，说了好半天，反正赵安邦一直没笑脸。

嗣后，赵安邦听不下去了，颇为恼火地道："行了，行了，章桂春，你少给我狡辩吧！我可能是瞎了眼，这么多年都没看穿你这个同志的真面目，你不必解释了，咱们让调查的事实说话好了！"说罢，合上手机，"亚南，你继续说！"

石亚南想了想，尽量平淡地说："赵省长，今天只有我们两个人，有个问题我只在您老领导面前提一提，您认为能回答我呢就回答，我恳切希望您能回答一下！"

赵安邦点头道："可以！亚南同志，只要不涉及保密内容，我都回答你！"

石亚南决定刺激首长一下，"赵省长，您说心里话，这次您是不是也希望方正刚下台？据说在公推公选时您就没投方正刚的票？当然，这也可能只是传言！"

赵安邦道："不是传言，我当时是没投正刚的票，但今天会投他一票的！"

石亚南说了下去，"还有一些往事，我也是听方正刚说的：当年在宁川姓社姓资的争论中，方正刚参加了省委调查组，其实也不是他要参加，是省里抽调去的，也没对你们宁川同志做什么，您却念念不忘，哦，这也许是正刚多心了！"

赵安邦苦笑道："这个方正刚啊，就是多心嘛！亚南同志，你说我会这么狭隘吗？这事我连华北同志都不怪，能怪方正刚吗？当时特定大环境决定的嘛！"

石亚南紧追不放，"那七年前方正刚在金川县和章桂春搭班子，您是不是收拾过人家？而且很不公道！章桂春不管老百姓死活，搞阴谋，排挤了方正刚，您省委领导连方正刚的汇报都不愿听啊，一个重要批示把人家的代县长拿下来了！"

赵安邦思索着，"亚南，不瞒你说，现在我也在反思，当时是不是冤枉他了？"

石亚南苦苦一笑，"赵省长，方正刚今晚要向您汇报，你听正刚好好说一说吧！"又感慨道，"有时想想，我觉得挺悲哀的：为什么像方正刚这样的好同志总是挨板子，而像章桂春这种欺上压下，看风使舵的坏干部反倒一帆风顺？甚至还不断升官？现在都进入副省级后备干部队伍了，这样下去可是很危险啊！"

赵安邦这才明说了，"亚南，章桂春的情况我现在多少有数了。前阵子被撤职的金川区区长向阳生给我们每个常委来了封信，反映了章桂春不少问题！如果属实的话就太恶劣了，真让这种人升上去，的确像你说的那样，很危险！不过亚南同志，我可以明确告诉你：我和老裴、老于都没这么糊涂，对向阳生信里反映的问题，我们已批示下去查了！正因为这样，章桂春才打电话来搞我的侦察嘛！"

石亚南道："我敢断定此人问题不少，该撤职的不是方正刚而是章桂春！"

赵安邦却说，不是打官腔，很有些推心置腹的意思，"但是，亚南同志，你也不要这么激愤,还要理智地考虑问题。章桂春该怎么处理是另外一回事,不要把他和方正刚混为一谈。方正刚就算这次被撤下来也是暂时的,以后肯定还有机会嘛!就算老裴调走了,我和老于、王副省长这些了解他的老同志都还在嘛!"

石亚南坚持道:"赵省长,我明白您的意思,可我和市委还是希望……"

赵安邦没容她说下去,继续做工作说:"耀邦同志早年在南阳隆中诸葛亮草堂改写过一副对联,'心在人民原无论大事小事,利归天下何必争多得少得。'我不也一次次中箭落马被撤过职吗?只要有利于人民,有利于天下,就暂时做些牺牲嘛!正刚在这方面其实是很不错的,吴亚洲去世后,吴亚洲那封写给我的遗书正刚也看了,和我动情地说过:如果需要的话,他可以主动跳进炼铁高炉里去!这话很让我震动啊,我当时虽然厉声喝止了他,要他不要再做这种无谓牺牲,可他和吴亚洲的建议我还是接受了,硬说服老裴把这二百五十万吨铁水报上去了!"

石亚南叹息道:"赵省长,你和省委还是牺牲了方正刚,让他跳了高炉!"

赵安邦说:"该牺牲时也没办法,好了,不说这个了!亚南,你该干啥干啥去吧,我还要和王副省长去新区工地看看那二百五十万吨铁水的现场情况!"

石亚南道:"赵省长,那我陪你们一起去吧,有些情况也可以介绍一下!"

赵安邦手一摆,"别、别,石亚南,我怕再让你蒙了!"和她握手告别时,又说了一句,"哦,对了,你告诉方正刚,七点左右过来吧,晚上我请他吃饭!"

石亚南心里清楚,这顿饭也许真是政治上的断头饭了。因此,离开市委一招,回到办公室,马上给方正刚打了个电话,把有关情况说了,要方正刚晚上吃饭时向赵安邦好好汇报一次,把当年在金川和章桂春之间发生的事都说出来。

方正刚意识到了什么,"石书记,老赵在文山请我吃饭?该咱请他首长啊!"

石亚南不好明说,"正刚,估计省委马上要处理干部了,你也知道你那位老领导于华北靠不住。所以,我的意思,你向赵安邦汇报时一定要注意态度,可别脱口而出来个老赵!争取给赵安邦留个好印象,让他在常委会上为你说说话!"

方正刚明白得很,自嘲说:"我说姐姐,省委怕要拿我开刀问斩了吧?"

石亚南道："也不要这么悲观，该做的工作我都会做的！我准备尽快到裴一弘书记面前为你争取，如果裴书记和省委非要斩一个不可，就让他们斩我吧！"

方正刚忙说："别，别，石书记，省委凭什么斩你？市长是我嘛，我认斩就是！"沉默片刻，又郁郁说，"只可惜我这一慷慨就义，文山新区七百万吨钢的重组就和我无关了，连戴罪立功的机会也没有了！对不起吴亚洲，也对不起文山啊！我今天还和伟业国际集团陈明丽说，要和重组后的这艘钢铁航母一起远航哩！"

石亚南立即警告，"正刚，你这情绪不对啊！省委常委会毕竟还没开，最后是啥情况谁也不知道！这种泄气话可不能在老赵面前说，多说说钢铁航母吧！"

放下电话后，石亚南想来想去，还是给老领导裴一弘打了个电话。电话拨通了，是秘书接的。秘书说裴一弘正接待一位途经汉江的中央首长，晚上还要为这位首长送行，问她有啥急事没有？石亚南不好说有急事，只道要做个汇报。秘书说，那明天好不好？明天裴书记有空。石亚南当即说，好，那你替我约定吧，就明天上午好了，我向裴书记汇报一下文山下一步的工作设想和干部处理问题！

五十七

赵安邦从新区工地上回来已过了七点，方正刚正老实地在招待所等着。见他和王副省长一行到了，马上迎上来握手，"赵省长，这次我们可没蒙您吧？"

赵安邦指了指王副省长，"王副省长手持尚方宝剑在此，谅你们也不敢！"

方正刚又和王副省长握手，"王省长，今晚赵省长请客，你不怕我们文山同志腐败你了吧？"又冲着他抱怨，"赵省长，您不知道王省长和联合调查组的同志清廉到了啥程度啊，不吃文山的饭，不喝文山的酒，连车都不用文山的！"

赵安邦呵呵笑着打趣,"这就对了,猫来捉鼠岂能和鼠打得一片火热呢!"

方正刚叫了起来,"赵省长,您这话不对啊,把我们文山同志当老鼠了?"

王副省长说:"在违规问题上,你们就是老鼠我就是猫!"又说,"方市长,我今天还是没机会腐败哩,赵省长器重我啊,只请你一人,不让我们作陪!"

方正刚怔了一下,半真不假地说:"明白了,赵省长要请我吃断头饭了!"

赵安邦心想,肯定是石亚南给方正刚透了什么风,脸上却很严肃,"正刚市长,给我注意点影响啊!什么断头饭?就是我这老朋友和你方克思谈谈心嘛!"

请客地点在招待所,赵安邦回房间洗了把脸下来了,连秘书也没带,打定主意要和方正刚好好交一交心。这么多年的岁月流逝了,时代在不断变化,方正刚也在不断变化,当年那个张口闭口"坎托洛维奇"的方克思完全变了个人。这变化也许早就发生了,只是他没注意到。种种迹象证明,七年前在金川他可能就搞错了,一个批示打掉了这个年轻干部的初生锐气。更让他不安的是,搞不好这次方正刚还真得被拿下来。在石亚南面前他不好说,他何尝不想保下这个年轻有为的市长呢?可裴一弘、于华北那里很难通过啊!牺牲个别干部保项目是可以公开说的理由,另一些话不好说也不能说,只能让石亚南去揣摩,心知肚明吧!完成违规干部处理之后,老裴要调北京,这基本已成定局。老于熬到今天不容易,又这么大岁数了,咋着也得上一个台阶。这种时候他们两位仁兄谁愿为一个方正刚惹出新麻烦呢?再说,中央有关部委负责同志也一再要求严肃处理违规干部。

方正刚倒是一副挺快活的样子,一坐下来就说:"赵省长,您和省里设想的钢铁航空母舰即将启动了,我们将严格按照程序报国家有关部门审批后执行!"

赵安邦道:"这就是说,你们的重组定位圈定陈明丽的伟业国际集团了?"

方正刚说:"是的,伟业国际不是那些资本玩家,陈明丽也不是白原崴!"

赵安邦想起了一周前发生的那场股权政变或者股权革命,"正刚,陈明丽看来还真厉害嘛,怎么听说连个董事都没让人家白原崴当啊?你们也小心就是!"

方正刚说:"我们小心着呢,这两天陪陈明丽一行考察,双方正在交手!"

赵安邦却不说这事了,招呼方正刚吃着喝着,掉转了话题,"正刚啊,一九九七年你和章桂春在金川县搭班子时,到底都发生了些啥啊?闹得不可开交!"

方正刚自嘲说:"七年前的事了,还说啥?您首长批的很好嘛,'什么叫空谈家,看看方正刚就知道了,这位同志我看改也难,建议撤职另行安排工作!'"

赵安邦笑了,"方克思,这批示你记得一字不差嘛,那还不趁机诉苦伸冤?"

方正刚把筷子往桌上一放,"赵省长,那我可就给您来场迟到的汇报了?"

赵安邦道:"说吧,畅所欲言,一吐为快!来,来,先喝杯酒提提精神!"

方正刚挺冲动地将面前一杯酒喝了,马上骂骂咧咧说了起来,"章桂春真他妈是个阴谋家,根本就不欢迎我到金川做县长!他当时极力推荐的县长候选人是自己的一位亲信哥们,银山市委已准备这么报批了,您和省委却突然把我从省级机关派了下来。所以从我到任第一天开始,章桂春就挤对我。赵省长,您想必还记得,我是一九九七年春节后下去的。当时金川县人代会开过了,章桂春就让我这代县长一直代着,直到十个月零三天后被他们排挤走,头上的代字都没去掉啊!"

赵安邦开玩笑道:"真够惨的,所以你方克思最讨厌人家称你'方老代'!"

方正刚说:"那是,我就和古根生他们说了,谁再喊我方老代我和谁急!"

赵安邦道:"现在看来,章桂春这个同志是有不少毛病,你突然下去又让章桂春没能如愿,他想排挤你是有可能的。可话说回来,你又是咋回事?据说到任后就没怎么进过县委大院,一直在下面做空头革命家?搞得那么多干部群众反对你!当时联名告你的不仅是章桂春和班子里的同志啊,还有一批乡镇干部哩!"

方正刚"哼"了一声,"赵省长,这有啥好奇怪的?很正常。因为我触犯了他们的利益嘛,包括那些乡镇干部。金川县的经济和财政收入当时主要靠小煤矿支撑。每个乡镇都有小煤矿,三天两头死人,安全事故不断。我上任第三天就是一场事故:汤泉镇一座个体矿透水,淹死五个人。我从抢险现场回来,向章桂春反映,准备下去好好检查一下,进行必要整顿,关掉一批安全隐患大的小矿,对老百姓的生命负责。章桂春一听就火了,说:死几个人算什么?还一口一个老百姓的!老百姓算什么?不就是些数字吗?关了小煤矿GDP从哪来?财政收入从哪来?乡镇长们也反对,就连下矿讨生活的老百姓都反对,搞得我一点办法没有!"

赵安邦十分吃惊,"哦,他一个县委书记就这么不把老百姓的命当回事?老百姓就是些数字?这个数字可是太庞大了啊,变成选票就能让你下台滚蛋!"

方正刚苦笑着点点头,"是,问题是他这个县委书记不是老百姓选的,老百姓手上还没选票!"又说了下去,"赵省长,你说说看,章桂春不管不问,对死人的事视而不见,在这种情况下,我敢在办公室待着吗?真出了重大事故,我这个代县长咋交待?我一直在下面各乡镇小煤矿跑,抓安全生产,成了他妈的金川县小煤矿总矿长了。章桂春这家伙会搞手腕啊,又攻击我不去开会。实际情况是,有些会他故意不通知我,有些会故意晚通知我。值得庆幸的是,在我任代县长的十个月里,境内小煤矿死亡率为零。而在我去金川的前一年,死亡人数三十八人,我走后的第二年,死亡人数又上升到了四十五人!陈村小矿一次瓦斯爆炸就是十六人死亡!你老赵若不信,可以亲自去查,看我方正刚是不是说了一句假话!"

赵安邦火透了,酒杯重重地往桌上一蹾,"简直混账!他章桂春眼里还有没有老百姓的死活啊?!"又问,"哎,正刚,这个情况你为啥不早和我说呢?"

方正刚讥讽道:"我倒想说,你让我说吗?一个批示把我打入了冷宫!"

赵安邦拍了拍自己的脑门,"我还把这碴忘了!正刚,我要向你道歉啊!看来我是犯了先入为主的错误,对你有成见,错怪你了!来,我给你把酒赔罪!"

方正刚却捂着酒杯不让他倒酒,"别,别,别,我自己来,赵省长!"

赵安邦掰开方正刚的手,硬把酒倒上了,"什么赵省长,就叫我老赵吧!"

方正刚有些窘迫,"赵省长,我……我刚才也是情绪激动,一时口误了!"

赵安邦笑道:"什么口误?别以为我不知道,你在背后一直叫我老赵嘛!"

方正刚也没抵赖,"赵省长,这么说拍您马屁的人还真不少啊!"把杯里的酒喝了,又说,"赵省长,我也要向你道歉,来,我给您倒上,隆重敬您一杯!"

赵安邦马上点穴,"看看,看看,你这马屁也拍上了吧,还说别人呢!"

方正刚很认真,没有开玩笑的意思,"赵省长,我可不是拍马屁啊,是真诚向您老领导道歉!这些年我也误解了你,总认为因为我参加过对宁川的整顿,您就一直报复我。现在想想才明白,你在宁川让我下去任副县长、副书记,是为了培养锻炼我!这次七百万吨钢铁的事让我看得就更明白了:最早发现问题提醒我们的是您,如果我们当时重视了,问题也不会这么严重!查处风暴一起,您不但没躲着我们,趁机报复我这倒霉蛋,相反把能做的工作都做了,尽量不给我们增加压力,帮我们扛了不少事。我和亚南同志还有文山班子,对您充满敬意哩!"

赵安邦笑了,"方克思,你是真的还是假的啊?别又蒙我,我现在怕你们!"

方正刚眼眶里汪上了泪,"赵省长,您今天都请我吃断头饭了,我还有必要蒙您吗?我是实话实说!正是因为当年和老于一起查处过宁川,看着您和宁川的同志几上几下,我才明白了一个道理:干工作就不能怕犯错误。谁不犯错误?你赵省长当年在古龙试点分地,到白山子搞私营工业园,在宁川自费改革进行大开发,被省委和焕老查处过多少次啊?我们为改革闯关犯错误,上帝都会原谅!"

赵安邦脸上的笑容收敛了,动情地说:"正刚啊,上帝对改革者犯错误可以原谅,但对重复犯同一种错误就不会原谅了!我们的上帝是谁啊?是老百姓!老百姓纳税养活了我们,我们犯了错误老百姓就要遭殃啊!比如这次文山的钢铁风暴,就算铁水项目能救活,损失仍然不小。焦化厂和冷轧死定了,近两千亩良田无法复垦了,吴亚洲也从塔吊上跳了下来。我想起这位正当壮年的企业家就痛心不已!吴亚洲不是白原崴,是随着改革开放成长起来的优秀企业家,他的资本积累没有原罪。我亲自和吴亚洲谈话,动员他到文山,可却死在了你们文山啊!"

方正刚眼中的泪水落了下来,"赵省长,我和石亚南也痛心不已啊!所以我这个市长应该引咎辞职!您不必再做我的工作了,我能想通,真的!这些年我暗中一直把您当成了榜样,碰到问题时经常想:如果是老赵,他又会怎么做呢?"

赵安邦心里一震,"正刚,如果你说的是事实的话,我老赵的责任可就更大了！去年我和亚南同志谈过：我们改革者和这场摸着石头过河的改革好像有个原罪问题，只要结果不管过程嘛，上上下下违规操作成了习惯！当然，这也是个悖论，如果大家都做太平官，循规蹈矩不越雷池半步，也没这大好的改革局面！"

方正刚道："赵省长，这不也正是这场改革的复杂性吗？既是摸着石头过河就不免会有人摸不到石头呛几口水，甚至淹死。大包干，大上乡镇企业，私营企业遍地开花不都是违规吗？不也一次次被查处过吗？最终还是风行全国了！"

赵安邦说："是的，但今天情况不同了，法律法规不断健全，不是当初无法可依的草莽时代了，你方克思也不要想翻案了！好好总结，记住这个教训吧！"

方正刚一声叹息，"这个教训我会牢牢记住的，以后争取做一个没有原罪的改革者吧！"眼里又噙上了泪，端起酒杯站了起来，"赵省长，我的一生就是为这一年活的，为这火热的一年，我等得太久太久了！从在宁川算起是十三年，从到金川算起整整七年！为这一年多来您对我的容忍和支持，我……我敬您一杯！"

赵安邦根本不喝，指了指方正刚，"你坐下！你今年才四十一岁嘛，从现在算起，你还能干二十年到二十五年，你要考虑的是未来这二十多年怎么干！"

方正刚坐下了，自己把杯中酒一饮而尽，情绪也稳定了一些，"赵省长，不瞒您说，未来我已经在想了，趁这机会向您汇报一下吧，希望您能理解支持！如果可能的话，从市长的位子上下来后，让我继续留在文山收摊子，搞这七百万吨钢的重组工作，同时处理善后遗留问题，至于什么级别，什么职务我都不考虑！"

赵安邦想了想，"如果省委不这么安排呢？你还有没有其他考虑了？"

方正刚说："也考虑过，就是回去搞研究嘛！这阵子我想得比较多，到文山做市长后，坎托洛维奇远去了，市场经济的观念和思路确立了，但新的更复杂的问题又来了，比较集中地反映在这七百万吨钢上。总结教训时大家说了很多，但有一点没说：这其实是改革二十五年来粗放型经济必然会产生的一个结果！"

赵安邦注意地看了方正刚一眼,"哎,有些道理,方克思,你细说说!"

方正刚说了下去,"我们改革成就很大,代价也不小啊!除了您说的改革和改革者的原罪问题,也有个资源严重浪费的问题!我这里说的资源是一种广义资源。以资源的不合理利用换取的经济快速发展,看来代价太大。这种靠挥霍资源形成的增量式改革不能再搞下去了。我想研究一下,怎么才能以引导型的动态效率来改进现有的传统机制,并以此获取新的具有科学性的可持续增长方式!"

赵安邦由衷赞道:"正刚,看来你这一年多的市长没白当啊,这就是科学的发展观嘛!"想了想,终于交了底,"我也不想让你下台,钢铁立市是经过省政府认可的,法无禁止即自由也是省委给文山的特殊政策,所以,还是我和省政府多承担一些责任向中央做检讨吧!不能轻易撤了你这个大有前途的年轻市长啊!"

方正刚有些意外,"赵省长,这么说今天吃的还真不是政治断头饭啊?"

赵安邦摆了摆手,"我开始就说了嘛,就是谈谈心!现在我想定了,你方克思这市长还真不能撤哩!撤了你,吃亏的是省委,是国家,我们老百姓已经为你的成长交了学费,让你学到了不少东西!"又说,"老于这两天不是在古龙吗?我明天顺便去一趟,让他和我一起做做裴书记的工作,争取能有个好结果吧!"

方正刚却说:"算了,算了,赵省长!于书记这老领导我知道,不会在这种时候出头的,他还等着上一步台阶呢!这我也能理解,我真不愿拖累老人家!"

赵安邦心想,倒也是啊,可该做的工作还得做,有枣没枣打一竿吧!方正刚是于华北的老部下,又不是他的老部下,他把问题主动提出来,看老于怎么说!

五十八

于华北没想到赵安邦会到古龙县来,更没想到赵安邦会是为方正刚来的。

赵安邦来得很突然,车出文山市区,距古龙县城只有十几公里了,才打了个电话来,说是要过来给他请安问好。当时他正准备上车赶回省城,便打趣说,"安邦,少来这一套啊,你对我也搞起突然袭击了?这不,我正要赶回省城呢!"

赵安邦说:"那咱们一路同行好了,我在省文高速公路文山出口恭候你!"

于华北觉得不太合适:这位省长同志无事不会主动找他,估计想和他谈点什么,一路在车上谈挺别扭。内容是不是涉密?能不能当着司机秘书的面谈啊?还有,上谁的车谈?上他的车不好,上赵安邦的车也不好。这么一想,只好在古龙奉陪了,话说得很客气,"安邦,我敢让你在路口等啊,你过来吧,我恭候你!"

等赵安邦时,于华北就觉得奇怪:这位省长同志搞啥名堂啊?非要来给他请安?该不是为马达的事吧?马达管不住一张臭嘴,据说离开古龙案调查组后有些牢骚,在机关大院里说了些胡话。说是让他把古龙腐败案一抓到底的话,就不是一个古龙县的问题了,起码是文山下属三县市,还有几个区的问题!气得他把马达提溜到办公室狠训了一通。马达该不是找赵安邦诉苦了吧?在古龙腐败案上赵安邦态度可是鲜明得很哩,要一查到底。那也好,今天就通过赵安邦,听听马达这臭嘴里又冒出了啥胡话吧!如果赵安邦真支持马达胡来,就请他找裴一弘谈好了!把马达调离调查组,他是和裴一弘通过气的,得到了裴一弘的支持。裴一弘和他的看法是一致的,腐败要反,但也不能怀疑一切,更不能搞人人过关。

于是,赵安邦一到,于华北主动把话头提了出来,"安邦,马达找你了?"

赵安邦有些意外,怔了一下,"没有啊!哎,老于,马达找我干什么?"

于华北没再说下去,"没找你就算了,我和老裴商量了一下,让他回去了!"

赵安邦不经意地道:"哦,这事我知道,这阵子监察厅人手少,他也该回去了!"略一停顿,又说,"老于,马达可是被你调教出来了啊,你看是不是可以考虑把这同志调到纪委做专职副书记呢?这事你要不好提,我可以向老裴建议!"

于华北忙摆手,"哎,安邦,你省点事吧,老裴不会同意的,我也不同意!"

赵安邦没坚持,"好,算我没说!老于,我今天想和你谈的是方克思!"

于华北心想,方正刚有啥好谈的?闯了这么大的祸,该处理就处理呗,谁保得住啊?就是他的亲儿子也没法保!便说:"安邦,你不必做我的工作了,我知道,这七百万吨钢的麻烦惹大了,不处理干部不行啊,处理方正刚我能理解!"

赵安邦却道:"哎,老于,你先别这么说啊,方正刚这个市长,我们还是要保一保嘛!我今天特意赶过来,就是想和你老兄通气商量一下,做做老裴和其他常委的工作,不能轻易撤了这个想干事的年轻市长!方正刚这同志毕竟是公推公选上来的嘛,在文山主持政府工作不过一年多,刚熟悉了情况,不宜撤职啊!"

于华北几乎有点不相信自己的耳朵,"安邦,公推公选时你可没投方正刚的票啊,是你当着我的面说的!还说我们组织部门给你上了两桃核,你偏不吃!"

赵安邦并不否认,"事实证明我错了,这张弃权票投得不对,七年前做的那个批示也不对!尤其是那个批示,打击了方正刚这个好干部,支持了章桂春这个坏干部,差点埋没了一个人才!老于,我知道你当年为这事找过老裴,可你怎么就不坚持正确立场呢?咋就不来找我拍拍桌子?为你这位部下拼命争一争呢?"

于华北说起了当年,"这不是为了班子团结嘛!老裴和我说,你老兄的重要批示做过了,总不能再收回啊?正因为如此,正刚后来才顺利上了副厅级嘛!"

赵安邦态度真诚,"老于,这就是教训!咱们手上这支笔在做批示时真得谨慎,别不小心被坏人钻了空子!我觉得该撤下来的不是方正刚,而是章桂春!"

于华北道:"安邦,你这个意见我基本赞成!章桂春看来是得拿下来,起码不能继续做银山市委书记或者哪个地方块块上的一把手!"咂了咂嘴却又说,"不过,只怕也难,组织部一位副部长带队下去了,到银山查了几天,没啥进展!"

赵安邦道:"章桂春的事以后再说吧,咱们还是说方正刚。哎,老于,你老兄的原则性是不是也有些过分了?因为方正刚是你的老部下,就躲着人家了?"

于华北难得在老对手赵安邦面前动了真感情,"安邦,是方正刚向你抱怨的吧？那我也实话告诉你：我不是躲，也不是要避嫌，而是不想重演当年到宁川查处的那一幕！我老了，正刚还年轻，如果这次在政治上对方正刚开刀问斩，我老于决不做这个刽子手！所以，我才故意不去文山的！你想啊，我去了文山怎么办啊？怎么表态？和方正刚说些什么？违反原则的话不能说，保又没法保！娄子捅得这么大，有关部委不依不饶的，电话传真不断，撤一个肯定是方正刚嘛！"

赵安邦打气道："老于，也别这么灰心，研究干部处理的常委会还没开，总可以试一试嘛！再说，老裴也得和咱们事先通气，我们就能把工作做起来嘛！"

于华北心想，哪会这么简单啊！裴一弘做过老书记刘焕章的秘书，把刘焕章那套理论和实践全学到家了，马上又要调到北京去，在这种时候挥泪斩马谡是必然的。斩谁呢？决不会斩自己一手提起来的市委书记石亚南，必是方正刚，你还不好反对：石亚南是书记，有个顺口溜说，书记坐船头，市长在岸上走，作为在岸上拉纤的市长，方正刚在劫难逃。便说，"安邦啊，改革开放这二十多年，你几上几下，沉浮起落啊！你回忆一下，当你和白天明陷入这种绝境时，焕老和以前的省委是怎么处理的？焕老和省委哪一次手软了？所以有些事你和白天明也别怪我和那些去查你们的同志，没有焕章同志和省委的指示，我们查个啥啊！"

赵安邦看来是下定了决心，"老于，正因为如此，方正刚才不能撤！焕老过去的干法我们不能再干了！我比较幸运，白天明可是郁郁而亡，死不瞑目啊！"

于华北受到了触动，"是啊，是啊，历史的悲剧也真是不能再重演了！"

赵安邦颇为激动，"焕老当时那么做可以理解，但今天毕竟不是过去了，有些思路恐怕得变一变了！老于，我的意见啊，咱们也请老裴吃顿饭，上次不是他请咱们吗？咱们也回请他一次，趁机和老裴谈谈方正刚和文山下一步的工作！"

于华北思索着，"我看别吃饭了吧？还是在办公室正式谈，这更郑重嘛！"

赵安邦乐了，"好，老于，我赞成！如果你要避嫌的话，就由我来主谈！"

于华北觉得自己还真得避点嫌，他和方正刚的关系裴一弘不是不知道，而赵安邦却不同，便道："安邦，那就由你主谈吧，你主谈老裴可能更能听进去！"

赵安邦半真不假地说："老于，到时候你可别耍滑头啊，上次你就滑头！"

于华北恳切地道："安邦，这一点请你放心，该说的话我都会说！了不起不进这一步了！"又建议说，"这事宜早不宜迟，安邦，要不你现在就约一下！"

赵安邦应了，当着他的面给裴一弘打了个电话，说要和他一起做个汇报。裴一弘不但答应了，还主动说起了关于文山违规干部的处理，说是也正要找他们通一通气呢！赵安邦便在电话里和裴一弘约定，当晚在裴一弘办公室碰头通气。

放下电话，两人驱车回了省城。他上了赵安邦的车，一路上谈了许多。从汉江省二十多年的改革历史，说到今天的现状和问题，谈得难得这么融洽。于华北再也没想到，因为这个方正刚，他和赵安邦这次会毫无保留地站到同一立场上。

当晚八点左右，他们汉江省三巨头，又一次在裴一弘的办公室聚齐了。

通气开始前，于华北敏感地注意到，裴一弘说话口气发生了微妙变化，考虑问题的角度已自觉不自觉地站到了更高的层次上。请他和赵安邦在会客室的沙发一坐下，就高屋建瓴地发起了感慨，"安邦，老于啊，这些年改革搞下来，有个事实看得比较清楚了：咱们地方政府手上的权力和应承担的责任不相匹配啊！"

于华北不太理解，"老裴，你具体指的是啥呢？什么权力和什么责任？"

赵安邦打哈哈说："老于，这还不明白啊？谁没负好责任就收谁的权嘛！"

裴一弘挺严肃，"哎，安邦，我不是开玩笑啊，是说正事！你们两位回忆一下，在这次中央宏观调控政策下达前，我省的地方政府，比如文山政府是个什么情况？几乎拥有支配一切的权力，包括支配国有、公共资源的权力！在土地使用上，国有企业资产处理上，城市建设和项目决策上，都是主导者嘛！而且还通过自我授权进一步扩大权力，像新区七百万吨钢的严重违规行为！这七百万吨钢造成的结果大家都看到了，事实上文山地方政府最终是没法对自己的决策行为负责任的，也不可能及时发现和解决管辖区内存在的经济冷热问题，这就搞成了一场悲剧。不但亚钢联垮了，许多干部也要在政治上付代价，包括石亚南和方正刚！"

于华北马上感到情况不妙：裴一弘这口气不是和他们商量，像似主意已定。

赵安邦却为文山和地方政府辩护起来，"老裴，你说的是一方面，有一定的道理。不过另一方面，中国也有中国的特殊国情嘛！我说个观点，不是我的发明创造啊，版权属于方正刚，供你参考：和世界上绝大多数国家相比，我们中央政府把更多的责任下放给了省以下地方政府，直至乡镇政府。你看啊，中国财政总支出的65%由各级地方政府负担是事实吧？这么一来，让地方政府咋办？除了拼命扩张GDP，乱收费扩大财政收入，别无他途嘛，也就难免违规自我授权了！"

于华北接了上来，"老裴，安邦说得有道理！我们一直批评下面地市追求GDP，文山这七百万吨钢也涉及到GDP嘛，就认定是片面追求政绩。片面追求政绩的情况存在不存在呢？肯定存在，不少地区还很严重。但另一方面，GDP也是各地市生存和发展的命根子啊！没GDP，这么严重的失业问题咋解决？财政危机怎么解决？比如说文山，八百多万人口的一个欠发达市，也真是难啊！"

赵安邦笑道："老裴，你上去了，可别忘本啊，得理解我们下面的难处！"

裴一弘似乎明白了什么，看看他，又看看赵安邦，"哎，我说你们两位仁兄今天是怎么了？一唱一和的，串通好了一起来对付我？说说看，都是咋回事？"

赵安邦脸上的笑容收敛了，"老裴啊，你电话里不是说了吗？关于文山违规干部的处理，要和我们通气？我和老于在文山沟通了一下，想和你班长同志交换一下意见。我们认为，焕老舍车保帅的工作思路恐怕得改改了，焕老的时代结束了，要以人为本，对干部也要这么做，不能让下面的同志再付这种沉重代价了！"

于华北当即表态说："是的，老裴，我们都老了，明天属于方正刚、石亚南这帮更年轻一些的同志们，要牺牲就牺牲我们嘛，决不能再搞挥泪斩马谡了！"

裴一弘一脸的为难和不悦，"老于，安邦，你们以为我想斩他们啊？也不想想，哪有这种好事呢，既要保项目又要保干部！实话告诉你们，文山不撤个一把手过不去！把石亚南这市委书记拿下来吧，好在亚南同志想通了，主动找我了！"

于华北大吃一惊：这怎么可能？裴一弘要斩的竟是自己手下这员能干的女

将,而不是没后台的方正刚? 石亚南竟然还主动引颈自刎了? 这都是咋回事?

赵安邦也很吃惊,"哎,老裴,你就为了拿下石亚南和我们通气啊? 拿下石亚南这女同志合适吗? 她是市委书记,不是市长,不应该对具体项目负责……"

裴一弘摆摆手,"安邦,你别说了,咱这位女书记也不是无条件投降的,今天上午跑来和我做了一笔交易:她引咎辞职,但要求保下方正刚和古根生!"

于华北益发吃惊,"这个石亚南,她也真敢乱来,和你,和省委做交易?"

裴一弘点头道:"按说,我和省委不能和她做交易。处理谁不处理谁,怎么处理,都不是她石亚南考虑的事,更不能以此做筹码和省委讨价还价! 但认真听她一说,也不是没道理! 她老公古根生是被她拖下水的,这事安邦清楚。方正刚呢,虽说是市长,可并不是班长,而且又是公推公选上来的,撤下来影响不是太好。另外,亚南坦承说自己有违规前科,属于屡教不改之列,这次就拿她开刀祭旗,才能让大家警醒,真正认识到安邦提醒过的改革和改革者的原罪问题!"

赵安邦显然受到了强烈的震撼,喃喃感叹道,"好同志,真是好同志啊!"

于华北心里也不是滋味,"老裴,你就同意了? 就拿石亚南的头祭旗了?"

裴一弘庄重地道:"同意了,亚南同志说得有道理嘛! 不过,我也代表省委提出了个条件:不是主动引咎辞职,而是省委责令你引咎辞职,亚南答应了! 另外,我个人的意见,古根生和方正刚虽不作撤职处理,但要给党纪政纪处分!"

于华北觉得裴一弘有些过分,"老裴,对亚南同志就别搞责令了,主动引咎辞职也很好嘛,体现了亚南同志的政治品质和思想境界,对教育干部有好处!"

赵安邦苦笑道:"老于,撤都撤了,形式还有啥计较的? 有了这个责令,对上更好交待嘛!"又红着眼圈说,"暂时把亚南撤下来也好,我们也该让这位女将从一线阵地上下来休整一下了! 这些年来他们夫妻长期分居,过的啥日子啊!"

于华北突然想起了章桂春,"那还有个人该撤掉:银山市委书记章桂春!"

赵安邦马上接上来说:"对,这个人是该处理,就是个政治腐败分子嘛!"

裴一弘面呈难色,叹着气说:"你们不是不知道,对这种政治腐败,我很重视,亲自抓了。可根据目前反馈的情况看,向阳生的举报是事出有因,查无实据啊! 就在今天,银山市委副秘书长吕同仁还送了份材料过来,说向阳生诬陷了章桂春。向阳生本身腐败掉了,对章桂春搞报复也不是不可能嘛! 这两天银山不少同志也打电话给我,众口一词,夸他们章书记是好干部。还提到了他春节期间带伤去金川独岛乡处理突发性事件。这倒也是事实,当时安邦住院我在值班嘛!"

赵安邦说:"老裴,另一个事实是,咱们这么盯着,还是冻伤了群众嘛!"

裴一弘道:"这事查了,章桂春并不知情,包括那四菜一汤,也不知情!"

于华北建议说:"老裴,不行就把章桂春平调到哪个无关紧要的部门去吧!"

裴一弘手一摊,颇为无奈地道:"哪个部门无关紧要? 总不能再派到省作家协会去做党组书记吧? 去年安排了一个田封义已经让作家们大发牢骚了! 这个同志,我的意见还是再看一看吧,有些问题继续深入查,副省级暂不考虑了!"

赵安邦一声长叹,"好干部好得让人心疼,坏干部也真坏得让你咬牙啊!"

于华北自嘲说:"是啊,你明知他不是啥好东西,还就没法把他拿下来!"

裴一弘道:"不说了,这就是我们今天不得不面对的干部队伍状况嘛!"

第十九章

五十九

吕同仁如愿以偿,调到银山市委做了副秘书长。从被免职到履任新职,只间隔了二十三天。市委常委会开会研究时,个别同志有顾虑,说是小吕刚在金川犯了错误,马上就做副秘书长,是不是不太合适?章桂春脸一拉,一锤定音:有什么不合适啊?小吕的错误是工作失误,是改革探索中犯的错误,不像向阳生是贪污受贿!再说,也降级处理了嘛,不是从正处降为副处了嘛,够可以的了!大老板决心已定,谁还敢乱放屁?!他便走马上任了,章桂春亲自谈的话,让他把市委办公厅、机要局、机关事务管理局等几个正处级单位的工作全都大胆抓起来。

这让吕同仁感慨不已,世事变化委实难以预料啊!他咋也想不到,自己竟因祸得福,傍上银山市最高领导了。由此看来,关键时刻走对走错一步结果大不相同啊!走对了一步上天堂,走错了一步下地狱,起码在章桂春领导下的银山市是这个情况。因为走对了一步,及时中止了为真理而斗争的告状,他这个本该下地狱的家伙上了天堂,而章桂春的老部下向阳生则下了地狱。当然,这可能是一种堕落,似乎还有些无耻的意味,一位热爱真理的年轻勇士竟被官场污秽的烂泥淹没了。可这能怪他吗?正因为爱真理,他才得识时务啊,待得哪天他也熬到章桂春这种位置,手里就有绝对真理了。没绝对真理的时候,你绝不能为真理而斗争。

向阳生白在官场上混了这么多年啊!论岁数比他大,论资历比他老,论关系是章桂春一手喂熟的狗,咋着都不该出此下策,给裴一弘、赵安邦、于华北他们乱写什么举报信啊!这主倒好,自己腐败掉了不反省,把领导拉上垫背,不但写了举报信,署上了真名实姓,还敢诬陷。连他自己发明的四菜一汤"廉政餐"都赖到领导头上,这就太过分了,领导收拾你也就在情理之中了,你就等死吧。

据吕同仁所知,章桂春开始并不想收拾向阳生,暗中还是要保的,区区八千元,又是多年前的旧账,多大的事啊?退了赃就算了。可因为省委副书记于华北有个批示,也只好让纪委走一下程序。但领导明确交待了,就事论事,不准扩大范围。不料,向阳生不讲政治,偏就拼了,还敢打电话找他,让他一起参加诬陷领导!他苦口婆心劝啊,劝不住嘛,为了最后挽救向阳生,也不给领导添乱,他才紧急找到领导汇报了。领导的态度就变了,把就事论事变成了深挖细找,向阳生就从小腐败分子迅速成长为了大腐败分子。这就没办法了,自作孽不可饶嘛!

这日一早,吕同仁奉命到章桂春办公室接受召见时,市纪委刘书记又在汇报大腐败分子向阳生的新问题,办公室里的气氛严肃而沉重。吕同仁应召过来时并不知道刘书记要来汇报,便和章桂春和刘书记打了个招呼,挺识趣地退出了门。

章桂春却把他叫住了,"吕秘书长,你坐下一起听听,这和你的工作有关!"

吕同仁想不出会和自己有什么关系。因为彼此提防,他和向阳生在金川搭班子时并没共同从事过任何涉嫌经济犯罪的活动。可心里还是有些虚,现在不是就事论事了,是要深挖细找,向阳生又狗急跳墙,免不了也会像诬陷领导一样诬陷他。于是,便赔着一脸笑容,远远坐下了,感觉还是不错的,起码领导信任他。

刘书记继续汇报,"章书记,根据目前掌握的线索和向阳生的交待,案情已经越来越严重了,这个老向涉嫌贪污受贿四十六万啊!我们办案同志估计,还远不止这个数,老向另有八十多万财产没法说明合法来源,还有新的受贿线索!"

章桂春一脸沉重,"这个情况我也估计到了,一个组织上培养了多年的老同志,就这么腐败掉了,令人痛心啊!"想了想,又说,"老刘啊,今天我当着小吕秘书长的面也做个检讨:一开始我的判断有些失误,以为老向一直比较谨慎,我又经常敲打着,不该有多大的问题,才让你们就事论事,看来是个教训啊!"

刘书记谦恭地笑道:"嘿,章书记,这话就别说了,连我们也没想到嘛!"

吕同仁心想,还没想到呢,我可早想到了,这是事情发展的必然结果!

刘书记请示说:"章书记,你看下一步咋办?是不是继续深入扩大战果?"

章桂春一副为难的样子,"老刘,我也想继续扩大战果,但有顾虑啊!你和纪委的同志们想啊,老向向省委领导们写信告了我,咱们就不断扩大战果,是不是有挟私报复的嫌疑呢?"略一思索,"这事你容我再考虑一下吧,要慎重!"

吕同仁心里暗暗感叹,领导真是高明啊,深挖细找把向阳生装进去了,还不愿担报复的嫌疑,还要求老刘和纪委慎重,真是滴水不漏。当然,这高明也来自领导手上的绝对权力,拥有绝对权力就等于拥有绝对真理,这是不容置疑的。

刘书记的汇报结束了,合上文件夹,站了起来,"那我们就等你指示了!"

章桂春应着,"好,好!"又和气地说,"老刘啊,坚持站好最后一班岗,你的正厅级我和市委已经在考虑了,准备马上推荐安排市政协主席兼书记!"

刘书记似乎想说什么,可看到他在场,又没说,和章桂春握了握手走了。

待得刘书记走后,吕同仁才从沙发上过来,坐到了章桂春办公桌对面的椅子上,那椅子上还残留着刘书记的体温,"章书记,您老找我来有啥指示?"

章桂春直言不讳交待说:"小吕,你这样啊,今天去看看老向,最好马上就去,看看他现在是啥态度?有没有悔改表现啊?承认不承认搞了我的诬陷啊?"

吕同仁心领神会,"章书记,最好让老向再写份材料,实事求是承认诬陷!"

章桂春点点头,"能这样最好,你做做工作吧,这个老向,实在太不像话!"

吕同仁想了想,又说:"章书记,工作我会耐心努力做,不过估计也不会太顺利。您领导想啊,这都四十六万了,向阳生这家伙会不会破罐子破摔呢?"

章桂春"哼"了一声,"破罐子破摔也行啊,他这破罐子得在银山摔吧?得我们银山法院判吧?再说,还有那么多不明财产和线索没查呢,你点点他吧!"

吕同仁奉命而去,找到市委二招向阳生的双规处,以市委了解情况的名义支开办案人员,软硬兼施把章桂春的意思变成了自己的忠告,全和向阳生明说了。

向阳生听完后拍案而起,"吕同仁,你说的这是他妈的人话吗?还有原则立场没有?还有没有一点做人的骨气?你是党员干部,不是谁家养的一条狗啊!"

吕同仁马上说:"哎,老向,你别污辱我的人格啊,我对章书记有感情!"

向阳生道:"还有感情呢,最早拉我联名写信向省委反映情况的是谁?不是你吗!你只对自己的一己私利和头上的乌纱帽有感情,关键时比我老向差远了!"

吕同仁反唇相讥,"老向,你敢说你对乌纱帽没感情?你感情深着呢!"突然悟到,这话不是当初向阳生讥讽他的吗?便没再说下去。想想也真是有意思,当初从市委组织部谈话回来,他倒章向阳生保章,现在双方立场来了个大转变。

向阳生还在骂,"吕同仁,你他妈的真不是东西,转眼就成了老章的狗!为了根骨头就不做人了!不就是个副秘书长吗?有多少油水?白给老子也不要!"

吕同仁自嘲说:"老向,我这不是听了你的劝告,谦虚谨慎跟你学了点招吗?"言毕,马上拉下脸教训,"没油水的骨头你当然不要,你要实职,好腐败嘛!我今天对你的忠告,希望你冷静下来后好好想一想!不能因为章书记坚持原则反了你的腐败,你就狗急跳墙诬陷领导!这我不会答应,银山干部群众不会答应,我市检察机关和法院的广大法官干警也不会答应的,啥后果你考虑吧!"

向阳生似乎明白了啥,"你的意思,章桂春狗日的想往死里整我,是不是?"

吕同仁没正面回答,意味深长地道:"老向,你和我说过嘛,章书记最讨厌向上打小报告,何况你这次不是小报告,是诬陷!你揣摩一下章书记的心情吧!"

向阳生怔了好半天,终于想通了,呜呜哭着说:"好,好,小吕,你……你转告章书记吧,就说我……我愿意收回诬陷,马上写一份认……认罪材料……"

吕同仁很满意,"这就对了嘛,哪能这么给领导添乱呢?不能昧良心嘛!"

回到市委,吕同仁乐呵呵地把情况向章桂春汇报了,章桂春夸了他几句,又交待,"小吕,这事一定要保密啊,不能让任何人知道,否则会有人做文章的!"

吕同仁骤然想了起来,"哎呀,章书记,您不说做文章我还忘了呢!省委组织部那个姓林的副部长还要找我谈话哩,约好是上午十点,这都十点多了!"

章桂春一怔,"那还不快去啊!先给林部长打个电话过去,解释一下!"

吕同仁匆匆应着,又赶往市委组织部小会议室去见省委组织部林副部长。

进门一坐下,吕同仁就道歉,"林部长,真对不起,事情实在太多,来晚了!"

林部长倒还客气,"可以理解,秘书长是大管家嘛,闲不了的!"马上说起了正题,"我不多耽搁你的时间,咱抓紧谈,还是关于章桂春同志的一些问题!"

吕同仁一脸的无奈,"林部长,我真是不能理解,我们章书记到底有啥问题啊?我上次就和你们说了嘛,都是向阳生这个腐败分子诬陷报复,很恶劣的!"

林部长面无表情,"吕秘书长,你还是要理解!慎重查清这些问题,也是为了对章书记负责嘛!四菜一汤廉政餐虽说不是他的发明,可他总应该知情吧?"

吕同仁说:"连我这区委书记都不知情的事,章书记咋会知情呢?这就是诬陷嘛!林部长,我不是开玩笑啊,没准哪天老向还会诬陷到赵省长头上呢!"

林部长话头一转,"那么,金川的硅钢项目究竟是怎么回事?到底是你和向阳生瞒着市里和章桂春同志搞的呢,还是他暗中授意搞的?向阳生反映说,在这件事上你和他都是受害者,而且,最早还是你提议向省委反映情况的,是不是?"

吕同仁颇为激动地站了起来,想了想,又坐下了,"林部长,这事您还要我说几遍?老向这个诬陷就更恶毒了!还说我要向省委反映?没影的事嘛!我重申一遍:就是我和老向的事,章书记突然袭击,发现了我们违规乱来的事实后,当场发了大脾气,市委慎重研究后,把我和老向免了职,你可以查常委会记录!"

林部长笑了笑,"吕秘书长,我提醒你一下:你是党员干部,要对组织忠诚老实!听说免了你的职以后,章桂春同志亲自去看了你,是不是许了什么愿?"

吕同仁说:"林部长,我一定对组织忠诚老实!章书记是来看了我,不过不是许愿,而是帮我总结经验教训。章书记语重心长地和我说:不要怕犯错误,谁不犯错误啊?我们的改革是个探索的过程,也是一个不断犯错误和纠正错误的过程。关键要看犯的是什么错误。这次错误性质很清楚,就是改革过程中的探索失误,一再让我和老向不要背思想包袱,要正确对待,现在想想我还十分感动!"

林部长脸一沉,"吕秘书长,照你这么说,桂春同志的工作作风还很扎实很民主啊?那我再向你了解一个情况:章桂春同志是不是在一次喝酒时,就把市政协副主席的职务许给了伟业国际集团的前董事长白原崴?据说你当时就在场!"

吕同仁笑着反问:"哎,林部长啊,对这种逢场作戏的玩笑话您也当真了?"

林部长口气严峻,"这也许是句玩笑,可这玩笑开得太大胆,很不正常!联系到不少干部群众对桂春同志一言堂问题的反映,就不能不问几个为什么!"

吕同仁恳切地道:"林部长,关于章书记的工作作风可能有些争议,但据我所知,银山绝大多数干部群众还是认可的。对一言堂问题,章书记很警觉,在许多会上,许多场合说过,要集体领导,集体负责,严格遵循民主集中制原则!"

林部长摆了摆手,"别说了,现实情况是,章桂春不点头的事就办不了!"

吕同仁忙道:"哎,这个问题我正要说:银山现在有个现象不是太好,就是大家都不愿负责任嘛!啥都找章书记拍板,反过来又抱怨章书记作风不民主!其实,章书记对此也很忧虑啊,在我面前说过几次,这样下去怎么得了呢?哪天他病了,死了,调离了呢?银山的工作怎么办?哦,老向就啥责任都不愿负嘛!"

林部长也想起了老向,"听说向阳生是桂春同志的老部下了?他的老部下怎么会突然反映起他的问题来了?更有意思的是,这一反映,向阳生问题就大了!"

吕同仁知道林部长怀疑什么,却装作没听出来,"林部长,这就是章书记的原则性嘛!他对老部下向阳生不包不护,我和他没任何工作之外的关系,章书记该怎么用怎么用!所以,向阳生才恶毒报复章书记。至于老向的案子,你们可以到市纪委了解,好像是于华北副书记批下来的,具体啥情况我不是太清楚!"想了想,又说,"向阳生的问题大也好,小也好,和章书记又有什么关系呢?要是反过来,向阳生这次问题小,安全着陆,有人又该怀疑章书记包庇他老部下向阳生了吧?林部长,这里的关键是:向阳生这同志本身是不是有这些问题嘛!"

林部长见时间不早了,没再问下去,让吕同仁在谈话记录上签了字,便结束了这场谈话。吕同仁事先已安排好了一桌丰盛的午餐,便请林部长一行一起去用餐。林部长没同意,说是这次有纪律,不能接受招待,吕同仁也就没再勉强。

当天晚上,吕同仁去章桂春家汇报谈话情况。章桂春没听完便笑了,说是已经知道了,还评价说,大林这家伙问得严肃,你答得认真,句句到位,很好。吕同仁有些意外:领导咋就先知道了呢?那个看似正经,满嘴官腔的林部长该不是领导的啥哥们弟兄吧?领导称林部长大林!章桂春便也明说了,大林是我党校同学,刚才在电话里和我说,今天和你的谈话是最后一场了,是按裴书记的要求谈的。向阳生那边把承认诬陷的认罪材料一写,这场小风波就过去了。吕同仁松了口气,连连说,这可太好了,这可太好了!心里却不无后怕地想,幸亏他对领导忠心耿耿啊,要是不忠不孝,头脑灵活,想趁机搞政治投机,这次可就死定了!

事情很清楚,从现在开始,他是章桂春的人了,仕途前程已和章桂春搅到了一起,章桂春就是他的组织。章桂春官运亨通,他就前途无量;章桂春倒台,他也没好果子吃。这场风波证明,章桂春是靠得住的,说话算数,按规矩办事,谁不守规矩谁出局,比如向阳生。向阳生的教训很深刻也很生动,是一个永远的警示,提醒他不能做向阳生第二。当然,也得防着点,章桂春太可怕,顺者昌逆者亡,能对跟了他这么多年的向阳生下此辣手,只怕需要时也会对他下狠手的……

六十

王副省长和省委联合调查组撤离文山的次日,古根生从省城匆匆赶到了文山。这让石亚南有些意外:从四月三号他们夫妻在省委汇报会上双双挨批后,尤其是古根生被正式停职后,他们夫妻之间就进入了冷战状态。古根生认定她毁了他的大好前程,就再也不理她了,打电话不接,发短信不回。今天突然来文山干什么?为了儿子古大为?石亚南揣度着觉得不太像,要是来看儿子,儿子事先会打电话报告。冷战发生后,她和古根生的必要对话都是通过儿子转达的。再说古根生也可以直接到白山子县中去,不必到她这儿来绕一下,而且找到她的办公室。

既是在办公室,就得注意影响,万一让古根生叫起来就不好了。石亚南便到隔壁办公室,向秘书刘丽交待了一下,说是老古离开办公室之前啥人都不见。

刘丽心里有数,揣摩说:"你家老古肯定是来兴师问罪的,一脑门官司!"

石亚南挺有把握地道:"没事,不信你看着好了,出门这主就没官司了!"

重回自己办公室坐下来,还没容她开口,古根生却冷漠而有礼貌地说了起来,"亚南,冷静了这么一段时间,我觉得咱们有必要认真谈谈了!你说呢?"

石亚南心想,是该好好谈谈了,她和裴一弘暗中达成的协议也该和老公交交底了,处理干部的常委会听说这几天就要开了,她没必要再保密了,尤其是对自己老公。于是便道:"老古,你今天来得正好,有些情况我也正要和你说哩!"

古根生说:"那咱们都开诚布公吧!既然是我来找你,能否允许我先说?"

石亚南微笑着,尽量制造宽松的气氛,"好,好,你先说吧!我知道,你现在苦大仇深,对我恨着呢!我承认,我和文山把你坑了,到哪里我都这么说!"

古根生摇摇头,"这事不谈了,我认倒霉了!在此之前你是我老婆,仕途前程比我好,能帮你的地方我只好帮,明知不对也得依着你,铸下了大错啊……"

石亚南觉得哪里好像不对,"哎,你等等,老古,你什么意思?此前我是你老婆,现在不是了?还冷静呢,我看你是一点也不冷静!哦,你听我说啊……"

古根生手一摆,"石亚南,你过去说得够多了,这次先听我说!停职以后我有空了,除了写检查,就是思索,想了许久,也想了许多。现在想明白了:我们的婚姻好像是场误会,我不是你需要的好丈夫,你也不是我需要的好妻子……"

石亚南心里一惊,"老古,这么说,你今天专门跑过来,是要和我离婚?"

古根生点了点头,把一份已草拟好的离婚协议书拿了出来,"你看看吧,如果没什么意见,就签字,有意见的话,咱们再商量,我会尽量满足你的要求!"

石亚南一时心酸难忍，真不知该说什么才好，眼里不知不觉聚满了泪。

古根生不为所动，"亚南，这对你也许有些突然，你可以再想想……"

石亚南眼中的泪落了下来，"老古，你可真做得出来，这种时候大老远跑来找我离婚！你知道不知道，从四月三号到今日，我这四十三天过的是啥日子！"

古根生火了，"那我过的又是啥日子？天天做检查，四处赔笑脸！你市委书记不还照当着吗？你捅的马蜂窝，把我蜇得鼻青脸肿，你倒还先抱怨起来了！"

石亚南含泪苦笑，"老古，不就是顶破乌纱帽吗？扔了不要又怎么样？你至于嘛！"本来想把底交给古根生，话到嘴边却又咽了回去，"算了，不说了！"

古根生却说了起来，"对，是破乌纱帽，这回破得还挺严重，估计我也戴不了了！所以我痛定思痛后，决心改正错误，接受组织的处理，和你一刀两断！"

石亚南听不下去了，"好，好，老古，不说了，既然如此，我签字好了！"

古根生提醒说："哎，这份协议，你最好认真看看啊，尤其是关于儿子！"

石亚南想想也是，便把关于儿子的条款看了看。协议上古根生的表述是：儿子古大为由他扶养到大学毕业，关于儿子的教育，她有建议权，但没有决定权。

古根生解释说："大为的教育你一直没管过，我想还是我继续管到底吧！"

石亚南明确反对，"过去我没管过，未必今后就不管！这一条要改，你我共同负责，而且以我为主。我管不好你可以提意见，但不能不让我管，我是他妈！"

古根生讥讽说："你这妈当得好啊，把儿子扔在上海一扔就是十几年！我继续管是为儿子好，也是为你好，让你轻装上阵，继续好好奔仕途，你再想想吧！"

石亚南手一摆，"不要想了，就按我说的写，否则我不签字！另外，再加上一条，在大为大学毕业前，保持名义夫妻关系，不在孩子面前暴露离婚事实！"

古根生想了想，同意了，"那好，就按你说的改吧，我回去后寄给你签字！"

石亚南道："不必这么麻烦了，就在这里改一下，我签了字你拿走吧！"

古根生说："也不必这么急，办手续时你得到场的，等你回省城再说吧！"

石亚南已是心灰意冷，"随你的便吧！老古，实在对不起，我今天事不少！"

古根生"哼"了一声，"你石书记还是那么忙嘛，那我告辞！"说罢，走了。

古根生离去后,石亚南压抑不住地哭了起来。这真是再也没想到的事!她正是怕古根生抱怨,担心就此种下夫妻不和的祸根,才左思右想之后,主动找了裴一弘,以自己的牺牲换来了古根生和方正刚的安全着陆。结果倒好,该来的事还是来了,竟然是一刀两断的离婚!这个古根生,真不是个东西,把乌纱帽看得这么重!又想,古根生难道仅仅是因为头上这顶乌纱帽吗?会不会已经和哪个女人好上了?这也不是没可能的,长期两地分居,就算发生这种情况也很正常……

正这么胡思乱想着,门口响起了敲门声,敲得很轻,带着小心的试探。

石亚南意识到,敲门的可能是秘书刘丽,便到洗手间洗了把脸,才过去把门打开了。刘丽显然已经发现了什么,只字不提古根生,说起了工作,"石书记,方正刚市长刚才来了电话,问是不是能再拨点钱用于钢铁设备的雨季保护?"

石亚南想了想,"你告诉正刚市长,就说我说的,这种事让他决定好了!"

刘丽迟疑了一下,"石书记,方市长既然找了您,您是不是回个电话?"

石亚南略一沉思,觉得该给方正刚回个电话,便走到桌前拨起了电话。

刘丽很懂规矩,领导之间的电话不该听的就不听,转身要走。

石亚南却把刘丽叫住了,"哎,刘丽,你别走,我还有事要和你说哩!"

这时,电话通了,石亚南问,"正刚吗?你现在在哪里啊?"

方正刚说:"我在新区,正和新区同志检查落实雨季设备防护的事!石书记,咱恐怕还得先从财政资金拿点钱救急啊,可省里又不让财政资金介入……"

石亚南道:"正刚,你不要怕,该拨的钱照拨!我们这不是介入亚钢联的资产重组,是必要的临时措施,你不要有顾虑,出了事算我的,就是我定的!"

方正刚又说起了别的,"石书记,还有,陈明丽一行又要过来了……"

石亚南不愿听了,"这次我就不见了,你全权处理!"说罢,挂上了电话。

刘丽这才赔着小心走了过来,"石书记,您……您还有什么事啊?"

石亚南道:"你这样啊,马上去新区找一找胡大军和庄玉玲夫妇,就是那对把拆迁费拿去给亚钢联投了资的两位农民,给我搞清楚他们到底投了多少钱!"

刘丽点头应着,"好,好!"又狐疑地问:"石书记,你当真把钱赔给他们?"

石亚南叹了口气,"该赔就得赔,我当着赵省长的面承诺过的!你去吧!"

刘丽似乎还想说什么,却又没敢再说,摇头苦笑了一下,转身走了。

刘丽走后,石亚南由这对农民夫妇又想到了新区这七百万吨钢造成的严重后果,决定写封道歉信,待她引咎辞职离开文山岗位时,在《文山日报》上公开发表。作为文山市委书记,她必须向文山老百姓好好道歉,这没什么可说的!

然而,这封道歉信却写得极为艰难,三千多字,断断续续写了两天。开始还强调良好的主观愿望,解释当时市委的决策依据。后来全自我否定了:这哪是道歉?是自我辩解嘛,不管是什么原因,不管当初的主观愿望多好,不管现在她心里多么委屈,她都得对文山的被动局面负责,只有这样才能让方正刚轻装上阵。

第三天省委召开常委会,专题研究副厅以上干部违规的处理。她被责令引咎辞职。新区管委会主任龙达飞撤职留党察看。古根生行政记大过一次。方正刚党内警告加行政记过。国土资源厅和其他相关部门违规干部也受到了处理。

常委会一结束,赵安邦的电话便打过来了,先说了说常委会研究的情况,安慰了她一通,后来就问:"亚南啊,你家那个大古,给你打电话没有?"

石亚南觉得有些奇怪,"他打电话干啥?处理决定一宣布,我就回去了!"

赵安邦一声叹息,"亚南啊,你就别瞒我了,我知道你现在心里有多苦!"

石亚南心头一酸,眼中的泪便下来了,"赵省长,您……您都知道了?"

赵安邦唏嘘说:"知道了!这个大古啊,实在是太不像话了!还把和你离婚作为什么改正错误的具体行动向我表功呢!我没啥好客气的,好好收拾了他一通!也违反了点原则,把你和老裴协商的情况和大古说了说,大古后悔了!"

石亚南抹着泪,连连道:"赵省长,谢谢!谢谢您对……对我的理解!"

赵安邦又做工作说:"亚南啊,对古根生你也多少给他些理解,他确实也有委屈,你和文山是害了他嘛!他要来电话道歉,你客气点,给他一次机会吧!"

石亚南想到古根生就来气,"赵省长,这事你别管,我知道该怎么做!"

赵安邦说:"我怎么能不管呢?你们真要这么离了婚,我和老裴、老于,我们这些当领导的内心无愧吗?亚南,这样啊,你回来后,我请你和大古吃饭!"

石亚南不好再说什么了,"好,好,赵省长,那等老古来电话再说吧!"

不曾想,古根生没来电话,而是又一次跑过来了,还赔着笑脸解释说,"亚南,哪能打电话啊,一来我怕你不接,二来也不够郑重嘛,还是负荆请罪吧!"

石亚南的态度冷若冰霜,"古副主任,你有什么罪啊?是我有罪呀,罪有应得,马上就要下台了嘛!"又说,"离婚协议改好了吗?改好了我就签字吧!"

古根生直咧嘴,"亚南,我……我这不是误会了吗?你早把底交给我,有这种认识错误的好姿态,我……我也不会这么气!当然,那天我也有些急……"

石亚南想起那天就难过,不愿再听下去了,"行了,行了,你别解释了!我还不知道你?你就是个天生的官迷嘛!哎,我问你:我回省城后怎么住啊?是你住办公室,还是我住办公室?协议上这一条我没注意,恐怕还得商量一下吧?"

古根生直拱手,"哎,哎,亚南,最好咱们谁也别住办公室,影响不好!"

石亚南平淡地说:"我现在下了台,不怕影响了,那就我住办公室吧!"

古根生几乎要哭了,"别,别,石书记,还是我住办公室吧!"又哭丧着脸说,"亚南,你真这么不依不饶的话,我可就惨了!赵省长和我谈话时明说了,我若和你就这么离了婚,他肯定要收拾我,我躲过了这一次躲不过下一次啊!"

石亚南相信,这种话赵安邦能说出来,这位省长属于另类,便讥讽道:"原来你是冲着赵省长的威胁才来找我的啊?古副主任,那你放心好了,回省城后我就去找赵省长谈,让他一定不要报复你!一定让你和你相中的情人幸福美满!"

古根生一怔,叫了起来,"哪来的啥情人啊!亚南,这你可别赖我啊……"

就说到这里,方正刚的电话过来了,开口就叫:"石书记,怎么会这样?省委这么处理也太不妥当了!我马上过来和你交换一下意见,然后去省城!"

石亚南眼中噙泪道:"正刚,那你就过来吧,有些工作我也得交待一下!"放下电话,抹去脸上的泪,又对古根生说,"古副主任,没别的事你就回去吧!"

古根生赖着不走,带着一脸无奈的笑容,继续跟前跟后地解释:"亚南,你真以为我有什么情人就大错特错了!是,我对你有气,我是小官迷,我……我往你伤口上撒盐,这……这都是事实,可第三者插足的事绝对没有,绝对……"

石亚南怕这场面让方正刚看见，不敢和古根生纠缠了，郁郁地说："老古，你先回招待所吧，正刚市长马上过来，我要下台走人了，得把手上的事安排好！"

古根生这才如获赦令，连连应着，悻悻地离开了她的办公室。

六十一

得知来自省城的消息，方正刚既意外又吃惊。他怎么也没想到，赵安邦拉着老领导于华北做工作的结果是：保住了他，却拿下了石亚南！这太不符合官场潜规则了，石亚南是省委书记裴一弘一手提拔起来的干部，又是坐在船头上的市委书记，不是市长，按说这种情况不会发生。方正刚百思不得其解，壮着胆子打了个电话给于华北，一问才知道，石亚南竟主动找裴一弘和省委辞了职，这么做的目的竟是为了保住他这个年轻市长！于华北很感慨地说："正刚，你真幸运啊，碰上了这么一个深明大义，又勇于负责的好班长！我和安邦都很感动，安邦在常委会上说，在这个同志身上，我们看到了一种品质，优秀公仆的政治品质啊！"

方正刚心里真感动，联想到当年在金川和章桂春搭班子的遭遇，感动益发深刻，于是，和于华北通话一结束，马上驱车赶到石亚南办公室。进门没来得及坐下，便急切地说："石书记，你……你不能这么做！你……你才四十四岁啊，又进了副省级后备干部名单，而且是女同志，不……不能做出这种重大牺牲啊！"

石亚南挺和气地笑着，"那就该牺牲你啊？正刚，你也才四十一岁嘛，不是一心要有个为老百姓干事的大舞台吗？这一年多你在文山这舞台上的演出还是不错的嘛！虽说工作中犯了些错误，但谁能不犯错误呢？况且主要责任在我！"

方正刚连连摆手，"石书记，我是市长，这七百万吨钢我得负主要责任！"

石亚南恳切地道:"正刚,不要争了,在外面也不要这么说!省委常委会今天开过了,处理结果都出来了,你再把自己填进去干啥呀?蠢不蠢啊?背着你和同志们找裴书记检讨商量时,我说了我应该下台的理由:其一,我是文山市委书记,是班长,没有推卸责任的道理!其二,裴书记、赵省长都知道,我违规不是第一次了,在平州就有前科,引咎辞职理所当然,就拿我开刀,警示大家嘛!"

方正刚眼圈红了,"石书记,可你这是陷我于不仁不义啊!赵省长前阵子来文山检查工作时,你让我好好汇报,希望赵省长为我说说话。现在倒好,把我保了,却让你这么位好班长下来了,我内心不愧吗?让咱文山干部群众怎么想?"

石亚南道:"正刚,你也不要想得太多,这是我自己的选择,和你,和赵省长、于书记没任何关系!就是在赵省长到古龙县和于书记通气的那天,我到省委找裴书记正式进行汇报的,想保你,也想保老古,我也不是没有一点私心!"

方正刚说:"这也算不上私心,我听华北书记说,古主任好像是个记过吧?"

石亚南道:"是记大过,应该说比较公平,老古总是没把好关,违规了嘛!"

方正刚苦笑不已,"姐姐啊,古主任可是我们拉下水的,责任在我们啊!"

石亚南也苦笑起来,"所以我承担主要责任嘛!正刚,你别替我抱屈了,我这次不下连老古都不服啊!有个情况我没和你说,老古停职以后就不理我了,我几次去省城汇报连家都不敢回,就怕老古这官迷不给我开门。算了,不说了!"

方正刚却想了起来,"石书记,怎么听人说,老古还过来兴师问罪了?"

石亚南挺敏感,看了他一眼,"哎,正刚,你都听谁说的?说了些啥?"

方正刚道:"也没具体说啥,就说老古跑来和你吵了一通,不知吵的啥!"

石亚南说:"正刚,你不知道就算了。现在这个结果挺好,我主动下台保住了你和老古,比较合算!要是你和老古下台,对工作不利不说,对我们的家庭也不好,只怕我和老古得离婚分手!这么多年了我们哪像夫妻啊?下台回省城,我也可以学着做个好母亲、好妻子了!以后你有机会到省城,我在家里招待你!"

方正刚又想起了当年的章桂春,一声叹息,感慨说:"石书记,刚才我还在想呢,如果这次我是和章桂春搭班子,肯定不是这结果,罪名就全是我的了!"

石亚南笑了,"是啊,就是能让你在章桂春面前争口气,我这做姐姐的也不能让你灰溜溜下台嘛!这阵子我已经听说了,章桂春认定你这次非下台不可!"

这情况方正刚知道,据说章桂春在银山不少场合说过:文山这次闯祸的事实证明,像他方正刚这种人就是不能重用。还有传言说,此人正活动着要到文山做市委书记。石亚南走了,他会不会过来呢?于是便道:"姐姐,你这一走,麻烦可又来了:谁接你做文山市委书记啊?省委别犯糊涂,把章桂春派过来吧?如果是这样,还不如我下台呢!章桂春真做了文山的一把手,老百姓就要倒霉了!"

石亚南冷冷一笑,"谁来做市委书记我不知道,可轮不上他,他算啥东西!"

方正刚不放心,忧心忡忡地说:"石书记,你也别这么绝对,中国的事有时很难说,裴一弘书记要调北京了,新省委书记会是谁?如果是赵省长、于书记,这种可能性不大,可外边派个新省委书记过来呢?章桂春还不贴上去表忠心啊!"

石亚南判断道:"这种情况一般不可能出现,就算新书记不是赵安邦、于华北,但只要这些老同志在,章桂春就不会被重用,省委这次对他查得很认真!"

方正刚发牢骚说:"可结果呢?不是啥也没查着吗?三个主要领导批示,还是不了了之了!一下子处理了这么多干部,章桂春连个警告、记过都没有!"

石亚南对此显然也不满意,"正刚,别说了,这不是咱们烦得了的事,让赵安邦、于华北他们领导去对付吧!章桂春逃得了这一次,能逃得了下一次吗?这个官场混子再有手段,也会有被揪住尾巴的那一天!"摆了摆手,"好了,不说他了,说点正事。我马上要走了,有些事得和你交待一下,也只能和你交待了!"

方正刚心酸地点点头,"好,石书记,您安排吧,我全照办,一定办好!"

石亚南从办公桌抽屉里拿出一个厚厚的大信封,"这里是五万八千块钱,你亲自代我交到那对投资亚钢联的农民夫妇手上,就说我石亚南对不起他们了!"

方正刚接过钱,一下子怔住了,"石书记,你……你还当真这么做啊?!"

石亚南表情郑重而严肃,"当然要这么做,这是我的承诺,要言而有信!"

方正刚把钱放到了桌上,"好,好,石书记,这个承诺我来履行好了!这不是你的个人承诺,是我们文山政府的承诺,我特事特办,把这笔钱退给他们!"

石亚南不同意,"这怎么行啊?政府从哪里开支?这就是我的个人行为!"

方正刚马上把话接了过来,"好,那算我的个人行为吧,我个人来退赔!"

石亚南半真不假地说:"哎,我说方市长,你和我争啥?就不能让我这个下台的市委书记在你文山投点资吗?告诉你:我和吴亚洲一样,对文山钢铁前景很看好!我相信,有你和这么一个能为老百姓干实事的好班子,这投资会有回报!"

方正刚不好再说了,这才把五万八千块钱收下了,"石书记,我明白了,你这是敲打我呢!我也做个承诺:姐姐您放心,您的投资必将得到应有的回报!"

石亚南意味深长道:"不是我一个人的投资得到应有的回报啊,是这七百万吨钢,是我们文山整个工业新区,是所有给亚钢联投了资的投资商和老百姓!"

方正刚近乎庄严地说:"石书记,我向您保证,我和同志们会竭尽全力!"

石亚南很欣慰,"好,好,正刚,你也不要有太大的压力,只要你和同志们真的竭尽了全力,就算将来搞亏了,我也不怪你!"说罢,又拿出了份打好的文件,"这封道歉信你看看,是以一个市委书记的名义写给全市八百多万人民的!"

方正刚狐疑地接过道歉信,"石书记,你这又是啥意思?要公开发表啊?"

石亚南道:"如果你和同志们不反对,我准备公开在《文山日报》发表!"

方正刚匆匆看了一遍,看罢,就激动地叫了起来,"石书记,我不同意把这封道歉信公开在报上发表,起码不能这样发表!这七百万吨钢的问题很复杂,违规是事实,该认的账我们认。可另一方面,还有省委启动我省北部新经济动机的背景嘛!再说,真正违规的是新区和亚钢联,主管失职的是我和市政府!"

石亚南苦笑说:"正刚,怎么又来了?我市委书记如果不失职,你们失得了职吗?也不要强调主观,什么这个背景那个背景的,这都不是理由!"深深叹息着，又说，"这几天我又到工地上看了看，还到吴亚洲跳下去的那座塔吊下呆了半天，心里真不是滋味啊！曾经那么红火的亚洲钢铁联合公司垮了，还让吴亚洲走上了绝路！焦化厂和冷轧厂的一千八百多亩地也毁了，许多桩基打了下去，地上挖了那么多坑，估计无法复垦了！我能不内疚吗？正刚，你和新区的同志们要想办法，看看能不能把地尽快利用起来？还有二百五十万吨铁水也得积极争取！"

方正刚道："石书记，我正要汇报呢！铁水项目有戏，王副省长昨天到北京汇报时，重点介绍了铁水项目情况。鉴于项目搞了一半，文山又有铁矿资源，国家部委已经松口了，正式立项批准的可能性很大。这么一来，除了焦化项目和冷轧项目造成了大约三四亿的损失和停工造成的部分损失，后果并不算太严重！"

石亚南头脑很清醒，"正刚，现在的问题是停工造成的损失，这一块没法准确计算！银行贷款利息加设备折损，每天就是一二百万，必须和陈明丽的伟业国际尽快达成接盘协议！我是这样想的，国家有关部委补批手续有个过程，你和市里不能坐等，得马上打个报告给省政府，请安邦省长特事特办，先给批一下！"

方正刚应道："好，我试试看吧！反正这四个保留项目北京基本同意了。"

石亚南又说："也注意些谈判策略，未必就不和白原崴、林小雅的欧罗巴远东国际投资公司谈！白原崴不是凡人，又和陈明丽成了对手，让他们竞争嘛！"

方正刚摇了摇头，"这事有些怪，白原崴好像没有竞争的意思，陈明丽和伟业国际集团呢，却把欧罗巴远东国际投资公司开出的条件接过来了！当然，伟业国际也做了些妥协，把二百五十万吨铁水项目一起接了，可报价又太低了点！"

石亚南手一摆，"那就不要睬她，铁水单独招标，不是有几家有意向吗？"

方正刚说道："这个工作也在做，新区管委会前天还接待了两拨投资商……"

就说到这里，石亚南的秘书刘丽敲门进来了，一脸焦虑，似乎有啥急事。

石亚南马上意识到哪里不对，当即问刘丽："哎，你怎么了，出啥事了？"

刘丽眼里蒙着泪光,尽量镇定地说:"石书记,小婉来了个电话,说是她和她弟弟小鹏在今天早上送报纸的路上遭遇了一场车……车祸,她弟弟小鹏快死了!"

石亚南脸色一下子变了,"早上出的车祸,怎……怎么直到现在才说啊?"

刘丽眼中的泪下来了,情绪也激动起来,"如果不是医院见死不救,小婉也不会打这个电话!小婉这孩子多懂事啊,不到紧要关头不会麻烦你石妈妈的!"

石亚南连连点头,"我知道,我知道!刘丽,你快说,都是怎么回事!"

刘丽抹着泪说了起来,"这场车祸发生在早上五点四十分左右,小婉和小鹏从报社拖着一三轮车报纸出来,在解放路被一辆卡车撞了。当时天还没大亮,路上行人不多,开车的那个混蛋司机肇事后就加速逃了。小婉和过路群众把小鹏就近送到了市人民医院,值班医生简单给孩子处理包扎了一下外伤,就让交一万元押金。小婉哪交得出这笔押金呢?求医生,求院长,给他们磕头啊,整整五个小时过去了,没起任何作用,小鹏已经奄奄一息了,小婉这才把电话打了过来!"

石亚南气得浑身直抖,"正刚,你看看,这……这就是咱们的人民医院啊!"

方正刚也火了,"简直是一帮冷血动物!刘丽,赶快打电话给医院,快,告诉他们,这一万块押金市里马上就派人去交,让他们立即抢救孩子,立即!"

刘丽当场拨起了电话,拨通后还没说几句,石亚南就抢过话筒,"让你们院长听电话!什么,你就是那个冷血动物园的园长啊?好,很好!齐园长,我是石亚南,我告诉你,这个被撞伤的小鹏是我的孩子,我的!被车撞伤送到你的人民医院五个多小时了,现在还没手术,我作为孩子的家长,求你大老爷开恩,立即安排手术!如果出了意外,我和中共文山市委一定追究你们的渎职责任!"

然而,一切都来不及了。当石亚南放下电话,和他一起紧急赶往市人民医院时,可怜的孩子已因大量内出血死在了手术台上。他们到手术室时,小鹏还在手术台上躺着,瘦小的身躯上蒙着白布单。那个姓齐的医院院长不在现场,不知躲到哪去了。手术室和走廊上站满了医生、护士和伤病员,一派紧张不安的气氛。

小婉抱着石亚南号啕大哭,"石妈妈,我……我没想到会这样,没……没想到啊!后来还……还是小鹏提……提醒了我,让我找……找一找石妈妈……"

石亚南泪水如注,动情地抚摸着小婉,哽咽说:"婉儿,我的孩子,我……我的好孩子啊,你怎么早不想到这一点啊!你……你石妈妈的心都要碎了……"

方正刚心里也十分难过,看着医生护士,禁不住吼了起来,"你们那个齐院长呢?让他滚出来!这种事躲得了吗?孩子磕头都磕不软他的心,还是人吗!"

石亚南抹去了脸上的泪,"方市长,不说了,就让他躲吧!我们今晚开会研究一下,看看怎么办?我的意见,对这种人要撤职开除党籍!我不管他有什么理由,什么市场经济,成本核算!是医院就得救死扶伤,是医生就得救人性命!"

方正刚点头应了,点头时,眼中的泪水顺着面颊流了下来。这真是想不到的事,面前这位令他敬佩的好班长就要下台走人了,竟然还看到了这么一出让她痛心不已的悲剧!他相信,石亚南和小婉说的不是假话,这位女同志的心承受得太多太多,也许真的要碎了。那是一颗和文山,和文山老百姓血脉相连的心啊!

第二十章

六十二

裴一弘在调离汉江省的最后一个周末,主持召开了省委扩大会议,对在亚洲钢铁联合公司钢铁项目上严重违规的相关责任人进行了公开的严肃处理。省委组织部章部长在会上宣布了中共汉江省委对包括石亚南、方正刚、古根生、龙达飞在内的十二名副厅以上干部的处分决定。赵安邦代表省委、省政府作了大报告。

赵安邦在报告中总结了文山七百万吨钢的经验教训,重申了省委贯彻执行中央宏观调控政策的鲜明立场。同时结合汉江二十六年的改革实践,论述了改革探索和违规操作的区别,再次提到改革和改革者的原罪问题。要求党员干部既要保持和发扬敢为天下先的改革探索精神,又要依法行政,令行禁止,不要让自身的施政决策带上原罪。最后,赵安邦动情地说:"……同志们,大家谁都不要感到委屈!尤其是被处理的这十二位同志!对这种违规行为不处理是不行的!是否违反了中央本轮宏观调控政策,是中共汉江省委对亚钢联事件处理的唯一标准。但做人要有做人的标准,做共产党人要有做共产党人的标准,这是永远的标准!"

主席台下的三千多名党员干部,为赵安邦这番精彩讲话热烈地鼓起了掌。

赵安邦便又"另类"起来,于掌声平息后,脱稿做了些发挥,"同志们,做人的标准和做共产党人的标准是不能降低的标准啊!从这个意义上说,我们有些受了处理的干部未必是坏干部,而某些没受处理的干部也未必就是好干部!不客气地说,我们某些干部人格低下,品质恶劣!不要说做共产党人了,连做人的资格都没有!我说的这种干部今天会场上就有,我请你们扪心自问一下:你们和生你养你的老百姓还有没有血肉联系？你们可能没像古龙腐败案中的那些贪官污吏一样涉嫌经济腐败，但这种灵魂腐败更为可怕，对国家和人民，对我们改革事业的危害也许更大！在你们眼里，除了一顶乌纱帽就没有别的！为了乌纱帽，什么牛都敢吹，什么事都敢做！只要能爬上去，哪怕踩断老百姓的脊梁，踩碎老百姓的脑袋也所不惜！一官功成万骨枯嘛，老百姓在你们眼里，就是些无关紧要的数字！哦，同志们，说老百姓是数字不是我的发明啊，是在座一位相当级别的地方负责干部的发明！在他看来，老百姓这数字远不如GDP数字重要，GDP能让他升官，老百姓算什么？既不能升他的官，也不能罢他的官！这种人简直愚蠢到了极点，连水可载舟亦可覆舟的道理都忘了！对这种愚蠢无耻的干部，我今天必须警告一下！省委联合调查组对文山及相关各厅局的调查证明：在这次亚钢联事件中，没有任何以权谋私的腐败问题，这是很让我们中共汉江省委感到欣慰的！"

讲话一结束，掌声再一次响了起来，经久不息。赵安邦注意到，坐在主席台上的裴一弘、于华北、组织部章部长、王副省长和众常委们也在热烈为他鼓掌。

散会后，裴一弘走过来，乐呵呵地说："安邦，你说得好啊，做共产党人要有做共产党人的标准，对那些灵魂腐败的官混子、坏干部也真该好好敲打了！"

赵安邦开玩笑道："老裴，你咋不敲打？你敲打更有力度，效果会更好！"

裴一弘很正经，"哎，这不是你老兄做大报告嘛，我随便插话不是太合适！"

赵安邦心里有数，"得了吧，老裴，你马上高升了，何必最后再得罪人呢！"

嗣后的变化令赵安邦和汉江省的干部眼花缭乱。省委扩大会开过之后的第四天，裴一弘上调北京，进入了党和国家领导人的行列。同一天，中央空降了一位省委书记来汉江。新任省委书记叫何新钊，刚刚五十岁，赵安邦在北京一些会上见过的，虽说不是太熟悉，也还谈得来。六天之后，省委常委、副省级经济大市宁川市委书记王汝成调西南某省任代省长、省委副书记。八天之后，于华北在保留原汉江省委副书记不动的情况下，被安排为汉江省纪委书记、省政协主席。这个安排意味着于华北的省纪委书记只是个过渡，仕途终点站已是省政协了。这还没完，十天之后，宁川市长米建林又被调往东南某省出任副省长兼省委副书记。

于华北虽说没能如愿当上省长或者省委书记，可也熬到了正部级，心情还是比较好的，却很替赵安邦抱不平，揣摩说："安邦啊，我估计你的问题还是出在另类上，锋芒太露了嘛！你要能像老裴那样平和沉稳些，省委书记没准就是你的！"

赵安邦不知该和于华北说啥才好，裴一弘赴京就职前和他交过心：让他不要想得太多，说是中央让他继续留任汉江省长，暂时不动，主要还是从这个举足轻重的经济大省的政治社会局面稳定考虑。赵安邦嘴上没说心里却想，这只是问题的一面。另一方面，他的胆子大了些，档案袋里处分也多了些。更不幸的是偏又碰上了宏观调控和这七百万吨钢的麻烦，中央当然要谨慎一些，这完全可以理解。

于华北又说："老裴有头脑啊，这次心一狠，连手下爱将石亚南都撸了！"

赵安邦也想起了石亚南，"老于，何新钊书记不太了解亚南同志下来的内情啊，这么好的同志可不能冷冻起来，我想把她调到省政府来，先做副秘书长！"

于华北知道他是什么意思，认真想了想，"安邦，我看可以！如果新钊同志有想法，那我就来个新建议，让石亚南到我们省纪委来，过渡一下安排副书记！"

赵安邦和于华北心照不宣地用力握了握手，"好，老于，就这么说吧！最好还是到省政府这边来，石亚南一直在块块上做政府和经济工作，这样比较顺！"

于华北又说起他的事，"安邦，你也想开点，新钊同志毕竟才五十岁，前途无量，也许在汉江锻炼两年就走！你听老哥一句劝，咱可千万得摆正位置啊！"

赵安邦知道于华北是好意，笑着点了点头，"老于，你放心，我会摆正位置的，一定像尊重老裴那样尊重新钊同志！也能想得开，真的，我这是心里话！"

这么说时，赵安邦心里很感慨：真是弹指一挥间啊，转眼二十六年就匆匆过去了。在这二十六年中，风雨不断，纷争频起，他和于华北除了当年在古龙县搭班子之初这么交过心，后来就分道扬镳了，在某些历史时期还成了对立面。客观地说，他档案袋里装的处分不少都和这位老同事有关，他们真是一对官场冤家啊！

于华北现在不是冤家了,是立场感情相近的同志,说的话知心而恳切,"安邦,中央有关部门征求意见时,我认真推荐过你。在汉江省还有谁比我更了解你呢?我实事求是地说了,对你历史上的有些处分实际上搞错了,处理错了……"

赵安邦拉住于华北的手,"老于,别说了,这些情况我都知道!现在不挺好吗?老裴去了北京,我们宁川书记、市长全都外调成了省级地方大员。这说明了啥?不正说明了中央对我们汉江省的工作,尤其是宁川工作的充分肯定吗?我想,宁川老书记天明同志地下有知的话,也该含笑九泉了!"又开起了玩笑,"哎,你老兄当年真不该这么整我和天明啊,只怕天明现在都不能原谅你哩!"

于华北苦笑叹息,"安邦,如果哪天天明托梦给你,代我好好道个歉吧!"

赵安邦笑道:"嘿,我也是玩笑话,你别当真!还是说正事!老于啊,我们心里也得有点数呀,新钊同志人生地不熟,对汉江情况有个熟悉过程,我们班子里的同志和新钊同志也会有个磨合过程。在这个过程中,你老兄可得注意提醒我啊,发现我擦枪走火了,就暗中踹踹我,别让我的另类影响了班子的团结!"

于华北说:"安邦,这你只管放心好了,你就是不说,我也会提醒你的!"

新省委书记何新钊很低调,在全省党政干部大会上公开发表讲话说,让他到汉江这么个经济大省来主持工作,他是诚惶诚恐,如履薄冰,唯恐辜负了中央和汉江五千万人民的期望。新书记高度评价了汉江省改革开放的历史成就,宣称自己是站在很高的点位上起步的。对赵安邦和班子里的同志,何新钊很尊重,在第一次常委会上就说:大家该怎么干还怎么干,我现在的主要工作是调查研究。我只有一点要求,就是要给我省干部群众鼓劲!不能让文山那七百万吨钢搞得垂头丧气。汉江省并不是只有这七百万吨钢,我们是个对国家财政贡献很大的经济大省,成绩很大,有目共睹,中央充分肯定。还说,跌了跤的英雄还是英雄,像原文山市委书记石亚南同志,受了处分的方正刚同志,从本质上说还都是好样的。

就是在那次常委会之后,赵安邦把对石亚南的使用问题提了出来,"新钊书记啊,你既然对石亚南同志有这么高的评价,我就提个建议,还是得用起来啊!"

何新钊笑道:"当然!这样的好干部不用,我们还用什么人!赵省长,我完全赞同你的意见!"又交底说,"一弘同志给我交班时特别提到了两个同志,一个是方正刚,一个是石亚南。提起石亚南,老书记可是动了感情啊,说是这位女同志难得啊,既敢于探索,又勇于承担责任,和我们老百姓保持着血肉联系!"

赵安邦说:"是啊,亚南同志和老百姓的血肉联系可不是作秀啊!下台离开文山时,把无依无靠的孤女小婉领养了。还在报上公开向文山老百姓道了歉,不曾想啊,这个道歉信一发表,成千上万的干部群众来为她送行,场面感人啊!"

何新钊点点头,"这我知道!赵省长,你说吧,想怎么安排这位女同志?"

赵安邦想了想,斟词酌句:"先让她休息一阵子,稍事安顿,然后就安排到省政府来吧!毕竟犯了错误嘛,暂时降级使用,先做省政府的副秘书长吧!"

何新钊看了他一眼,意味深长地笑了,"赵省长,石亚南同志原任文山市委书记嘛,我的意见,最好还是在省委安排吧!安排省委副秘书长,你看好吗?"

这可是赵安邦没想到的,"新钊书记,你可真厉害,把我相中的大将一把夺走了!"又半真不假道,"老于省纪委那边还想要她呢,我就让老于别和我争!"

何新钊打趣说:"哎,哎,赵省长,我可不是和你争啊,我是新来乍到,你们老同志总得讲点风格嘛!再说,最先看上石亚南的可是我啊,裴书记交班推荐时我就说了,就让这位女同志到省委来吧!不信你现在就打电话去问老书记!"

赵安邦没法争了,"好,好,新钊书记,你权大嘴大,我就讲点风格吧!"

何新钊却又说:"哎,赵省长,夺了你一员大将,我也帮你做点贡献,准备明天就找国家部委熟悉的头头,把文山新区决定保留的四大项目尽快给批了!"

赵安邦心里很快乐,嘴上却说:"得了吧,新钊书记,这也是你的事了!"

何新钊毕竟是从京城权力部门下来的,文山四大项目本来也在补批的过程中,何新钊几个电话一催,国家部委加快了审批速度,没几天批文全下来了。石亚南又安排到了省委,这真让赵安邦高兴,因此对这位新省委书记印象很不错。

然而，身为省劳动人事厅副厅长的老婆刘艳对这些事却另有看法，在家里和他私下叨唠说："安邦，要我看，这位新省委书记很老练呀！别看年轻，毕竟是在北京大机关历练过的。上任后虽然挺低调，却也很务实。这七百万吨钢现在是他的事了嘛，他能不好好解决吗？板子你们挨了，好人他来做。更重要的是，他已在一片和谐气氛中接收老裴留在汉江省的干部班底了，用亚南只是个开始！"

赵安邦想想也是，嘴上却说："也别这么说，好干部大家总会争着要嘛！"

刘艳含蓄地笑了笑，"安邦，你瞧着好了，你、老于和他不是一个等量级！"

赵安邦自嘲道："那是，何新钊政治上比我成熟，否则中央不会派他过来！"

说这话时，赵安邦心里翻腾起一种说不清道不明的苦涩：也许一场艰难而复杂的磨合就要开始了，就像当初和裴一弘的磨合。裴一弘是老汉江干部，彼此比较了解，作风又民主，重大决策以及干部人事安排很注意和他，和班子主要成员通气，磨合期就比较短。和何新钊的磨合会是什么情况呢？恐怕难免要有些磕磕碰碰。何新钊有个谦虚谨慎，继承和发扬裴一弘集体领导、民主决策的工作作风问题，他也有个摆正位置的问题。老于提醒得对，如果他不摆正位置，要老资格，以功臣自居，就会影响到省委班子的团结，甚至影响到下面各地市……

六十三

陈明丽走进黄金海岸私人会所临海三号厅时，白原崴已经先一步到了，正塑像般站在落地窗前，远眺着海上景色。落地窗很高大，几乎占了一面墙，白原崴熟悉而挺拔的身影便溶入了窗外由海涛浪花构成的辽阔景色中。一时间，陈明丽的感觉有些错位，觉得白原崴好像不是站在陆地餐厅里，而是站在一艘在风浪中航行的大船的甲板上，正目视着远方的航线。进门坐下时又注意到，白原崴今天身上穿的西装还是她去年在香港给他买的呢，价值三万多港币。那时白原崴是个名副其实的船长，伟业国际集团这艘大船的船长，也是她同居的情人。今天却什么都不是了，这个熟悉的男人离开了伟业国际，成了欧罗巴远东国际投资公司的船长，也成了另一个女人，一个叫林小雅或者林斯丽娜的法籍女人的中国丈夫。

然而，白原崴就是白原崴，在她面前永远保持着一头狮子的威严。明明知道她到了，进了门，而且坐下了，竟然就装不知道，别说和她打招呼，连身子都没转过来。直到她干咳了一声，这才算惊动了落地窗前的狮子塑像。这头威严的雄狮动了动，缓缓转过了身子，看了看天花板，平淡地说了句，"哦，你到了？"

陈明丽勉强笑着，"到了！原崴，你既然向我发出了召唤，我能不到吗？"

白原崴走到对面沙发坐下了，"不是召唤，是邀请，有些话想和你说说！"

陈明丽道："我们还有什么好谈的呢？十八年的一场漫长大梦终于醒了！"

白原崴说："是啊，是啊，是梦总要醒的！不过，长梦醒来又是一个新的早晨了！"指了指落地窗外，"你瞧，太阳又升起了嘛，许多远洋货轮又启航了！"

陈明丽微笑道："原崴，这么说，你今天请我过来，是探讨新的启航了？"

白原崴点点头，"是的。尽管我现在不是伟业国际集团董事会成员，不是伟业国际的领航船长了，可我还是这艘大船上的船员。我毕竟还拥有伟业国际25%的股份，而且还代表着美国纳斯达克上市公司伟业中国和法兰克福及香港上市公司各海外股东近19%的股权，我既要对我自己，也要对我所代表的股份负责！"

陈明丽明白了，白原崴这次请她过来不是叙旧，也不是解释，而是谈文山那七百万吨钢的资产重组，于是便说："原崴，那我首先要谢谢你，谢谢你和欧罗巴远东国际的深明大义，你们的主动退出，使我们之间避免了一场恶性竞争！"

白原崴手一摆，毫无感情色彩地说："不必谢，这不是我的善良，也不是我的宽容，而是利益决定的。我不愿用我的左手打我的右手，事情就这么简单！"

陈明丽道："这完全在我的意料之中，当董事会和高管层一些同志担心你意气用事时，我就说了：基于我对白原崴十八年的了解，他不会这么做！哪怕他老婆林小雅一定要这么拼，白原崴也会以铁腕手段拦住她！事实证明，我说对了！"

白原崴淡然一笑，"毕竟一起做了十八年的梦嘛，谁还不知道谁？"这句话说完，脸上又恢复了冷漠无情，"但是，明丽，在与文山的谈判中，你和董事会有一个决策是错误的，就是对那二百五十万吨铁水的忽视！你们这种超低报价实际上等于放弃！最新情况是：方正刚他们已准备和另一家公司签接盘协议了！"

陈明丽说："这我知道，不是还没签吗？我们准备到最后时刻再让些步！"

白原崴站了起来，俨然当年的董事长，一副不容置疑的口气，"陈明丽，我告诉你，你不要糊涂！现在已经是最后时刻了！我当时以欧罗巴远东国际的名义拒绝这个项目，是担心这个铁水项目批不下来，现在这个项目批了，新任省委书记上任了，第一站去的就是文山，未来的支持力度不会小！本集团在文山金星铁矿有股份，为啥不把铁水项目收编过来？国际市场铁矿石价格高企，还有进一步大幅上涨的可能，必将拉升国内铁水成本和市场价格，你们要把目光放长远些！"

白原崴说的全是事实，雄狮就是雄狮，哪怕离开了狮王的位置，目光仍是那么远大，看到的是整个森林，而不是眼前的腐尸小虫，这让陈明丽不能不服。

白原崴继续说，表情严肃，"陈明丽，今天请你过来，我就是要说这件事。作为伟业国际仅次于国有股的第二大股东，我向你和董事会建议：一、以合理价格吃进铁水；二、以铁水项目为理由，收购金星铁矿股权达到控股铁矿的目的。这么一来，伟业国际的钢铁产业链就不存在大问题了，哪怕日后国际铁矿石价格涨到天上，也不会对我们主业造成太大的波动和影响，这是一种战略性的选择！"

陈明丽禁不住鼓起掌来，"原崴，你真不愧是我们的老船长！你看到的不仅仅是铁水项目，还有铁矿石资源啊！我完全赞同，明天就拿到董事会上去定！"

白原崴似乎挺欣慰，"好，那就好啊！"说着，站起来要走，"就这样吧！"

陈明丽一下子怔住了，"原崴，你要走？就……就不能一起吃顿饭吗？"

白原崴勉强微笑着，敷衍说："明丽，还是别吃了吧，大家都很忙嘛！"

陈明丽眼圈红了，"原崴，我们毕竟风里雨里、国内国外，一起奋斗生活了十八年啊！这阵子又发生了这么多事，彼此之间就不能谈一谈？我原以为，你让我来是谈我们之间的事，没想到竟然是集团的工作，还是些商战和资本利益！"

白原崴想了想，又在沙发上坐下了，"还谈啥？你已经把我扔进了大海！"

陈明丽苦笑摇头，"不，不，原崴，我没把你扔进大海！是你为了林小雅脚踏两条船。一条船是伟业国际，一条船是欧罗巴远东国际。我和大家所做的，只是把你踏在伟业国际船上的这只脚拿到了欧罗巴远东国际投资公司船上去了！"

白原崴往沙发靠背上一倒，"如果只有林小雅，没有欧罗巴远东国际呢？"

陈明丽略一沉思，"这我也想过，我也许会给你扔下一个救生圈，放下一只舢板，甚至可能让你留在伟业国际做执行董事或者副董事长，原崴，你信吗？"

白原崴没说信不信，突然问："明丽，我下台走时，你怎么满面泪水啊？这泪为何而流？又为谁而流？为政变的成功？为自己终于走上了船长的舵位？"

陈明丽摇摇头，眼里汪上了泪，"不，原崴，我这泪为你而流，包括我在股东会上对你的感谢，都是真诚的！你当时多有英雄气啊，说得多好啊，虽然被打败了，却没倒下！你那么为自己骄傲！为你的才能、胆略，和钢铁般的意志！"

白原崴这才动了感情，"是啊，是啊，我当时没想到会说得这么精彩！"带着回忆的神情，喃喃着重复起了在股东会上的话，"在生态竞争极为残酷的海内外商战战场上，在资本市场的非线性迷乱和全球一体化经济的大浪淘沙中，我作为船长，引领着这艘叫做伟业国际的大船平稳航行了十八年！够了！"挥挥手，"明丽，这也是我的真心话啊，一千万港币起家，创造了这种辉煌，真是够可以了！"

陈明丽拭着泪问："原崴，那你今天再说点心里话好吗，是不是很恨我？"

白原崴没回答，又站了起来，"明丽，是不是就到这里呢？该说的都说了！"

陈明丽冲动地拦到白原崴面前，"不，原崴，请你坐下，我还有话要说！"

白原崴耸耸肩，很绅士地笑了笑，"再说下去，话题就比较沉重了吧？"

陈明丽心头一阵酸楚，"不是比较沉重，是很沉重！在你背叛我之后，我也背叛了你！你我之间的背叛还都那么残酷无情，这阵子压得我透不过气来！"

白原崴重又在沙发上坐下了，"好，明丽，那我听你说，你说完我再说！"

陈明丽尽量心平气和地说了起来，"原崴，其实你心里清楚，当你和林小雅或者林斯丽娜在巴黎秘密结婚生子之后，我迟早会走这一步。这一步是否能够成功，我事先不知道。但你的失误促成了我的成功。你背叛我是一回事，背叛股东是另一回事。实话告诉你：有个情况我很意外，我从来也没想到把你当神一样信奉的高管层会在那天的股东会上倒向我。为了怕走漏风声，我事前根本没做过高管层的工作，我把高管层的股权选票全计到了你的名下，没想到他们选择了我！"

白原崴淡淡地说："这很正常，以后的神是你陈明丽了，墙倒众人推嘛！"

陈明丽手一摆，"NO，我后来了解了一下，他们把票主动投给我，是因为你背叛了他们的利益，包括国有股的利益！你这个资本运作和商战的行家老手不幸违反了资本和商战的游戏规则！否则，你就算把我得罪得再狠，娶上三个老婆生下八个儿子，也不会导致你的失败下台！汤老爷子和海天基金算个例外，国有股对我并不是特别垂青，国有股是因为利益选择了我，原崴，你是败给了自己！"

白原崴一声轻叹，"这话不错，所以，明丽，我不恨你，只恨我自己！违规就要受罚，就要出局嘛，我认了！不过对汤老爷子，你和董事会要保持警惕！"

陈明丽点了点头，"原崴，这你放心，我会警惕的，目前只是暂时结盟！"

白原崴这才说："明丽，你要说的话说完了，是不是该轮到我来忏悔了？"

陈明丽心里一阵刺痛，"还忏悔什么？忏悔改变不了现实！原崴，命运让我碰上了你，我有了参与打造伟业国际这艘大船的机遇，我从兔子变成了狮子，这要深深感谢你！但也正是你，无情地推毁了我的感情世界，十八年的感情啊！"

白原崴眼里蒙上了泪光，"是的，十八年，我现在真是不敢回忆，也不忍回忆！有时我甚至想，如果你是我的老婆，小……小彼德是我们的儿子该多好！"

陈明丽一下子愣住了，怔怔地看着白原崴，"你……你真这样想吗？"

白原崴正视着陈明丽，"明丽，还记得吗？去年和国资委孙鲁生他们进行股权大战时,我是不是几次向你提出过,让你退出伟业国际管理层,我们结婚?"

陈明丽突然想了起来,"可……可我当时不知道林小雅和小彼德的存在!"

白原崴含泪问道:"如果你知道了呢?你愿意走下商战战场,和我结婚吗?"

陈明丽真不知该怎么回答,在这种情况下,她会和白原崴结婚吗?也许会也许不会。出于对白原崴的感情和敬佩,她在理智思索后可能会承认现实。世界虽然很大,男人虽然很多,但这种优秀而成功的男人太少了。何况这个男人和她同居了十八年,不是夫妻胜似夫妻。若不是白原崴一直反对把伟业国际搞成家族企业,她又坚持自由女性立场,他们十几年前就结婚了。可也正因为这种自由女性立场,她就不会无视另一位女性和小彼德的存在,也许那时就和白原崴分手了。

白原崴继续说,语调缓慢而沉重,"你不愿退出集团管理层,不放心把你手上的股权交给我经营,你坚持独立立场,这才促使我下了决心。今天我可以把一切都告诉你:在意大利的罗马结识林小雅之后,在我心里占据第一位置的仍然是你,我对林小雅和任何一个女人都没有过结婚承诺,哪怕和林小雅有了孩子!"

陈明丽心想,这十有八九是真心话:彼此十八年的感情先不谈,就是从利益角度考虑,她在白原崴的心中也必然占据第一位。她手上拥有伟业国际9%的股权,正是这举足轻重的股权帮白原崴鼎定了江山,让他实现了对伟业国际的绝对控股。当时她手上的股权若倒向国资委,白原崴就做不成董事长。白原崴也许正是出于这种担心,才提出和她结婚的。眼中的泪水情不自禁流了下来,"原崴,现在我全明白了,在我的背叛中你犯了错误,而在你的背叛中我也犯了错误!"

白原崴似乎有些不解,"哦?明丽,你说说看,你又犯了什么错误呢?"

陈明丽任泪水在脸上流着,"去年股权大战发生时,我已不是十八年前那个单纯的姑娘了。我和你一样,把金钱、资本和股权利益看得太重!你把我塑造成了一个女强人,我不可能再依附任何一个男人活着了,哪怕是塑造了我的男人!"

白原崴若有所思，缓缓点着头，"明丽，这才是问题的实质所在啊！在那些日日夜夜，我常常彻夜失眠，一边绞尽脑汁和赵安邦和孙鲁生他们周旋，一边要警惕内部股权生变。你的独立立场虽然可以理解，可在我看来却是对我的不信任。你没把我这个塑造了你的男人当作亲人，更没把我们两人的利益作为共同的利益进行整体考虑！我当时的感觉是，你愿做我事业的盟友，却不愿做我的老婆！"

陈明丽扑到白原崴怀里痛哭起来，"如……如果有来生，我们再……再重新开始吧！原崴，我……我不恨你，你……你也别恨我，今生今世我……我们都在关键时做了错误的选择，也……也就只能打落牙和血吞，各自承担后果了！"

六十四

省委、省政府各部委局办，和下面各地市的干部对何新钊的反映很好。尤其是文山的干部群众。何新钊下去调研，跑的第一站是文山，不但给干部群众鼓了劲，还提出了四句话的口号："理念创新，科学发展，优化环境，危中求进。"

何新钊离开文山后，就近去银山调研。方正刚送走何新钊的次日，兴奋地跑到了省城，向赵安邦汇报说："赵省长，何书记真是很不错啊！在文山搞了三天调研，重点是了解新区情况，大会小会上没批我们一句，一再要我们放下包袱！"

赵安邦道："你们是要放下包袱嘛！该处理的处理了，在新钊书记的亲自催促下，四大项目批下来了，亚钢联资产重组的步伐要加快，你这市长责任很大！"

方正刚说："赵省长，我知道，有些具体措施我们已经向何书记当面作了汇报，我今天过来就是要向您和省政府正式汇报。工业新区这七百万吨钢的重组进展顺利，白原崴和林小雅的欧罗巴远东国际投资公司已经出局了。陈明丽的伟业国际集团正式接盘，一揽子合同昨天签了，何书记亲自出席了签字仪式。

伟业国际五亿六千万定金这几天就会打过来了。目前形势比较好,正在走出被动!"

赵安邦问:"焦化和冷轧损毁的那一千八百多亩地怎么办?你有啥思路?"

方正刚乐了,"赵省长,这事我正要说:咱新书记不是叫何新钊吗?还真是有点新招呢!何书记说了个思路,是这样的:不但是一千八百亩地,工业新区的土地资源要考虑总体整合。在国家控制建设用地的大背景下,要把有限的土地提供给成熟的科技含量高的项目,盘活新区的土地存量。我们正准备研究落实!"

赵安邦道:"好!正刚,既然这样,那你们就尽快落实吧,何书记这个思路不错,和我这阵子的想法不谋而合!"想了想,又说,"再给你们提个建议:你们考虑一下,是不是在新区搞点纪念物啥的?不要忘了吴亚洲和亚钢联,也不要忘掉这次沉重教训。我记得不知是剑桥还是哈佛大学,有个他们学校毕业的建筑师设计的桥梁垮塌了。校方就从垮塌的桥上取下了一些废钢,做成了警示戒指,以后凡是从他们学校毕业的建筑系大学生一人发一个,让他们明白什么叫责任!"

方正刚略一沉思,"赵省长,您这建议我考虑吧,看看搞点啥警戒纪念物比较合适?吴亚洲和亚钢联的这七百万吨钢和剑桥或哈佛的塌桥还不是一回事,我觉得吴亚洲是个失败的英雄!这个在一九六一年大饥饿年代没饿死的苦孩子已经创造了生命和事业的辉煌,哪怕是失败的辉煌!吴亚洲生命的灯火曾那么动人的闪烁过,然后在一场暴风雨中熄灭了,可谁又能否认他生命中曾经有过的亮度呢!"

赵安邦伤感地说:"是啊,记住他,记住这个叫吴亚洲的企业家吧!让历史告诉未来,在这场已历时了二十六年的改革实践中,我们取得了多么辉煌的经济成就,又曾经一次次付出过多么沉重的血泪代价!所以,正刚,这个教训首先是我们要汲取,一定要管住政府这只有形的手,要学会用好市场这只无形的手!"

方正刚却领会错了他的意思,当即感叹说:"赵省长,您说的太对了,您不说我也想说!这次如果中央和省里不干预就好了,上面得学会管住自己的手!"

赵安邦哭笑不得,"正刚,你怎么回事?事情刚过去就翻案了?我问你,中央和省里为什么要干预你们?首先是你文山政府没把手管住嘛!你和亚南,还有新区管委会要GDP,非把吴亚洲和亚钢联最初的二百万吨钢搞成七百万吨。又是给土地,又是给政策优惠,政府亲自出面帮着吴亚洲搞贷款,新区管委会下属各部门和亚钢联串通一气共同违规,这是市场无形的手在起作用吗?根本不是嘛!如果从一开始就真正按市场规律运作,这场灾难也许就不会发生。正因为你们地方政府有形的手干预在先,造成了后果,中央和省里才被迫进行了干预!"

方正刚没话说了,"赵省长,我不翻案,我和同志们一定记住这个教训!"

就是在方正刚来汇报的那天,赵安邦想起了履行诺言,请石亚南和古根生夫妇好好吃一顿饭。考虑到方正刚和石亚南是在文山共患难的亲密搭档,方正刚和古根生也挺熟悉,又已到了省城,便让方正刚汇报后留一留,晚上参加作陪。

方正刚已知道了石亚南和古根生闹离婚的事,赔着小心问:"赵省长,我咋听说古根生这家伙住到省发改委办公室去了?我打电话问石亚南,她也不说!"

赵安邦说:"老古活该,亚南是该好好收拾他一下,不过,离婚不合适!"

方正刚明白了,"那你首长出面做劝和工作,我参加恐怕不太好吧?"

赵安邦说:"正因为这样,你才得参加嘛,你在场石亚南就得注意形象!"

方正刚大拇指一竖,"高,实在是高!赵省长,那到时我看你眼色行事!"

为了创造一种和睦的家庭气氛,赵安邦这次请客没安排在外面,而是在自己共和道八号家里,专门从省委招待所请了个厨师做了一桌上海菜。古根生态度最好,先跑来了,一来就和方正刚、刘艳亲热无比地打成了一团。要方正刚和刘艳好好做做自己老婆石亚南的工作,尽快结束他的流放生活。赵安邦在一旁听了直想笑,心想,你这个官迷,早知今日何必当初呢!正说笑着,石亚南到了,还把从文山带过来的孤女小婉领来了。进门就指着他开玩笑说,"小婉啊,来,认识一下,这就是省长伯伯,官比你石妈妈大多了,石妈妈就是被他下令撤职的!"

赵安邦拉着小婉的手,笑道:"小婉,别听你石妈妈的啊,她逗你玩呢!"

古根生热情地拉过小婉,"我和你石妈妈有个儿子,现在又有个女儿了!"

石亚南却把小婉拉回自己身边,指着古根生介绍,"小婉,这是古副主任!"

赵安邦一听,笑了起来,方正刚、刘艳也都笑了,搞得古根生一脸窘迫。

入席吃饭时,赵安邦带着幽默做起了石亚南的工作,"亚南,你别光记着大古伤你心的事,也得多想想大古的好处啊!大古对你感情深着呢,对你无限忠诚啊!我突然袭击,他及时给你通风报信;我让他在文山潜伏,他为了你净给我送假情报;后来伤你的心呢,也不是故意的,主观愿望还是想暂时蒙一蒙我嘛!"

方正刚很有眼色,接上来说:"石书记,这也是我的判断。老古提出离婚是一种策略,让赵省长感觉到他改正错误的决心是很大的,风头一过再去复婚嘛!"

古根生忙道:"就是,就是,赵省长,方市长,你们不知亚南做得有多绝啊!我到文山找她时,她已经和裴书记谈过了,心里全都有底了,就是不和我透露!"

赵安邦佯作正经,"这就对了嘛,能像你这么不讲原则,不讲纪律吗?"

石亚南摆了摆手,"不,安邦省长,不是这么回事!"这才红着眼圈责问古根生,"老古,你跑到我办公室兴师问罪时,让我说话了吗?我拦都拦不住你!今天在赵省长家,正刚市长又在座,我给你留点面子,有些话现在先不说了!"

方正刚笑道:"对,对,有些话你们夫妇两人回家去说!石书记,你回家后继续收拾老古好了,我在这里表个态啊,我和文山八百万人民做你的后盾!"

石亚南严肃不下去了,"去,去,正刚,这和你,和文山人民有啥关系!"

赵安邦插了上来,语气严肃而恳切,"哎,咋没关系?和我,和省委也有关系嘛!亚南,你想想看,这么多年了,因为工作需要,你们一直两地分居,现在又是为了工作闹到了这一步,我这个省长心里能安吗?再说,你们两人不是一般干部群众,一个省委副秘书长,一个是省发改委副主任,总还有个社会影响问题嘛!我的意见,大古回家住去,别住在省政府大楼里给我丢人现眼了!"

方正刚道："就是，就是，石书记，这对你影响也不好嘛！不知道的人还不知会咋想呢，没准就会想：别是老古同志生活作风有问题吧？这影响可就……"

石亚南打断了方正刚的话头，"正刚，你少给我胡说八道啊，谁也不会这么想！老古在这方面是经得起考验的！"这才表态说，"赵省长，正刚，看在你们的面子上，我啥也不说了，就按你们意见办！我来之前就知道你们会是这态度！"

赵安邦笑了起来，"好，好，亚南，大古，还有小婉，我敬你们全家一杯！"

古根生十分激动，忙不迭地站了起来，"赵省长，谢谢，可太谢谢您了！"

石亚南却又说："老古，现在小婉来了，没你的床了，你睡客厅沙发吧！"

古根生手一摊，夸张地叫苦，"赵省长，同志们，问题还没最后解决啊！"

刘艳把古根生的手打了回去，"这就不错了，要是我，就让你睡地板！"

小婉很懂事，马上说："哎，石妈妈，让叔叔住我房间，我到沙发上睡！"

石亚南拍了拍小婉的肩头，"给我住嘴，大人的事你们小孩子家不要管！"

赵安邦心里挺愉快，觉得夫人刘艳说的对，今天能把问题解决到这一步就不错了，只要古根生结束流放回了家，哪怕先睡地板，日后也肯定有办法挤到石亚南的床上去。石亚南现在虽说不做文山市委书记了，可又成了被新老领导一致看重的省委副秘书长，虽说暂时是副厅级，可权力影响力却是他这官迷的正厅比不了的。又觉得古根生品质境界和石亚南真没法比，官梦怕也只能到此为止了。

吃罢晚饭以后，方正刚驱车回了文山。赵安邦让古根生带着小婉回了家，把石亚南单独留了下来，继续做了些工作。接下来谈的虽说仍然是他们这对夫妇的生活私事，可也涉及到了一些原则。吃饭时当着这么多人面，有些话他不好说。

赵安邦告诫石亚南，"从今以后你除了干好工作，也要尽到妻子和母亲的责任啊！另外，要重视古根生的官迷问题，提醒着他一点，免得他以后犯错误！"

石亚南道："赵省长，我知道，现在回了省城，夫妻团聚了，家庭角色我会重视的。至于老古的官迷，我实话实说，这正是我不能原谅他的！你说说看，当时我的压力多大啊，他竟为了头上这顶破乌纱帽，赶来离婚！所以我才得好好收拾他,才故意让他住到办公室去丢人现眼!刚回省城那阵子,我还真动过和他离婚的念头!道不同不相与谋嘛,再说,儿子大为现在大了,我又有了小婉!"

赵安邦这才想起问,"儿子接回来了吗?听大古说,大为在文山县中上学?"

石亚南摇了摇头,"没接,以后也不打算接,让大为这孩子吃点苦有好处!"

赵安邦说:"这倒也是啊!"想了想,又问,"那你为啥又要接小婉过来呢?"

石亚南声音哽咽了,"小婉本来可以交待给方正刚,可我舍不得!她是个懂事的好孩子,是在苦水里泡大的,唯一的亲弟弟又在车祸后死于我们人民医院的冷漠渎职。看着小婉这孩子,我会永志不忘文山,不忘身上那份没尽到的责任!"

赵安邦动情地道:"亚南,你说得好,说得好啊!我们当共产党的官就得像你这样当!做为人民服务的公仆,做百姓的好儿好女,不能总惦记一己私利!就应该多想想自己的责任,尽到的和没尽到的责任,对这个国家和民族的责任!"

石亚南却又替古根生说起了话,"老古有毛病,不过并不是章桂春那种品质恶劣的人。这些年也苦了他了,文山这七百万吨钢主要责任在我和方正刚嘛!"

赵安邦笑道:"所以呀,我才请你们吃饭,帮你们做工作啊!好了,亚南同志,谢谢你给我面子,也希望你再给我个面子,别让人家古副主任睡沙发了!"

石亚南半真不假地说:"哎,赵省长,这个面子就算了吧!你刚才还让我多提醒他呢,罚他睡沙发就是一种提醒!让他加深印象,记住这次官迷的教训!"

六十五

石亚南告辞走后,赵安邦洗了个澡,准备上床看会儿电视新闻早点休息。明天事不少,一大早就要赶到宁川出席国际经贸洽谈会的开幕式,下午还得赶回来和调到西南某省任代省长的老部下王汝成谈两省区域合作。王汝成希望汉江能给他这从汉江出去的新省长一个见面礼。他和汉江省也希望新官上任的王汝成能在能源上支持汉江省一下。汉江能源缺口越来越大了，让他和王副省长颇为忧虑。

不曾想，刚刚上了床，床头柜上的电话就响了，是于华北打来的。这老兄口气不太对头，开口就问："哎，安邦，今晚的汉江新闻联播你这同志看了没有？"

赵安邦道："怎么了，老于？我今晚做起了街道民事调解员，没时间看啊！"

于华北说："那你最好看看，现在差五分十点，十点重播，你看后再说吧！"

赵安邦本来还想问问于华北，是啥事让他这么恼火，可于华北那边已挂了机。

卧室里的电视机一直开着，是中央台一套，赵安邦便把频道调到了汉江卫视台。果不其然，五分钟后，卫视的本省新闻联播重播了，头条新闻就是省委书记何新钊在银山市调研。电视画面上，银山市委书记章桂春和一些干部热情陪伺在何新钊身边，在不同的场合向何新钊进行汇报和介绍。其中有一个干部就是曾做过金川区委书记的吕同仁。在金川区下了马的硅钢工地上，何新钊扯着吕同仁的手谈笑风生，说了半天。吕同仁满脸谦和的笑容，频频点头，不时地做着记录。

新闻播音员字正腔圆地报道说："……省委书记何新钊同志认真听取了银山市委领导同志和四套班子的汇报，视察了银山部分区县，对银山的工作予以高度评价。何新钊指出，银山班子是开拓进取，求新务实的班子，眼界开阔超前，战略思路清晰。省委相信，具有光荣革命传统的银山人民一定会在这届班子的带领下，通过自身艰苦奋斗，为扭转我省南北经济不平衡的局面做出新贡献。何新钊强调指出，尤其可贵的是，银山干部群众顾大局，听招呼，讲政治，守纪律，很好地贯彻执行了中央和省委的宏观调控政策，做到了令行禁止，雷厉风行！"

赵安邦明白是怎么回事了：于华北肯定是冲着这条新闻来的，前一阵子对章桂春的调查查无实据，已经让他和于华北很恼火了。新书记何新钊不明就里，竟还高度评价，于华北有气也在情理之中。老于毛病不少，可原则性就是强啊！

正这么想着,于华北的电话又打来了,"看了吧?安邦,感觉如何啊?"

赵安邦心里也气,却不愿给于华北火上浇油,好言好语道:"老于,新钊同志说的不就是些场面话嘛,较啥真?人家新来乍到,到哪都要以表扬为主嘛!"

于华北偏是较真的主,"这叫什么话,到古龙县也能表扬为主吗?表扬那些腐败分子,让他们再接再厉,好好搞腐败?他又不了解情况,乱'指出'啥!"

赵安邦笑道:"哎,老于,你别抬杠啊,新钊同志咋会肯定腐败分子呢!"

于华北不依不饶,"章桂春不就是腐败分子吗?政治腐败,灵魂腐败!就是你在大会上说的,这种腐败的危害不比经济腐败小!还有那个吕同仁,我看也有问题,灵魂恐怕也腐败了!对章桂春的调查材料我全认真看了,很多问题就卡在这个重要证人手上!这个吕同仁聪明啊,只怕把政治腐败的那一套全吃透了!"

赵安邦知道于华北说得都对,可仍是劝,"那你说咋办呢?新钊同志已经被章桂春和吕同仁这帮人蒙了!你我不也被蒙过吗?我还上当受骗吃过他们价值不菲的廉政餐哩!再说,新钊已经这么'指出'过了,你再让他收回?可能吗?"

于华北道:"我想和你商量的就是这事!我们当然不能把他的表扬和肯定收回,但我们,具体说就是你我,我们要和新钊同志严肃谈一次,把章桂春和银山在这次宏观调控中的真实表现,把他们欺上压下搞的瞒和骗都向新钊说一说!"

赵安邦心想,是该和何新钊严肃谈一次,好好说一说,可又觉得不好说。

于华北见他沉默着不说话,又叫了起来,"哎,安邦,你什么意见啊?"

赵安邦这才深思熟虑地说:"老于啊,我让你提醒我不要擦枪走火,现在我也提醒你别擦枪走火!目前可是新班子磨合期啊,许多正常的事都会很敏感哩!"

于华北不高兴了,"安邦,我这可不是擦枪走火啊,这是新钊同志上了当受了骗!我们提醒他是出于好意,出于对工作负责!你老兄也谨慎过分了吧?"

赵安邦道:"老于,你听我把话说完嘛!你说得对,当然应该提醒一下新钊同志,但不是由你和我来提醒,而是请老裴提醒!我的意见啊,咱们抽空分别给老裴打个电话,各说各的,最好不要在同一个时间打,别像事先通了气似的!"

于华北明白了他的苦心,"这倒也是,老裴的身份比较超脱,啥都能说!"停顿了一下,又说,"安邦,那我今晚就给老裴打电话,你明后天再给他打吧!"

赵安邦本来想说,这都深更半夜了,急啥?却又没说。这个老同志他太了解了,天生是个急性子,不让他打这个电话,只怕他觉都没法睡,便也随他去了。

被于华北这个电话一闹,赵安邦也在床上躺不住了。到楼梯口伸头向楼下客厅看了看,见刘艳在看一部热播的韩剧,便把藏在衣橱里的中华烟找了出来。为防刘艳突然袭击,抓他的违规,便关了灯,躲到阳台上抽了起来。

主卧室阳台的正面对着共和道,侧面对着十号院的裴一弘家。赵安邦抽烟时注意到,裴家二楼的灯还亮着,可灯下再也没有裴一弘看文件的熟悉身影了。裴一弘人调走了,家暂时没搬,啥时搬还不知道,谁会住进来也不知道。如果裴一弘搬走了,没准何新钊就会住进来,共和道上的小洋楼可是权力身份的象征啊!

又想到了于华北即将打给裴一弘的电话。这个电话至关重要,是未来的一个预兆。章桂春是什么人,裴一弘很清楚,对章桂春的调查是他亲自抓的。按理说交班时应该对何新钊有所交待和提醒,不至于让何新钊上章桂春的当。可蹊跷的是,何新钊偏上了当。赵安邦认为,这不外乎三种可能,其一,因为没能查出章桂春的问题,裴一弘出于谨慎的考虑没作交待;其二,裴一弘走得急,交接匆忙,忘记了交待;其三,裴一弘交待了,但新任省委书记何新钊不当回事,另来一套;如果是第三种可能,问题就复杂了。但愿他是以小人之心度君子之腹吧!

这时,夜幕下的共和道上一片寂静。光线柔和的玉兰灯点缀在根深叶茂的法国梧桐树下,将街区里一座座欧式小洋楼映衬得若隐若现,透着一种让人琢磨不透的神秘。赵安邦想,共和道就是共和道啊,近百年来一直高官云集,不论是过去还是现在,都在决定历史,决定汉江八万平方公里土地和五千万人民的政治和经济命运。共和道的楼院里如果哪天住上章桂春这类人物,也许将是一场灾难……

就想到这里，卧室床头柜上的电话响了。赵安邦马上判断到：这十有八九是于华北的电话，便掐了烟头，急忙进门接起了电话，"哎，怎么样啊，老于？"

不料，电话里却传来了刘艳的声音，"安邦，请自觉点啊，你可违规了！"

赵安邦挺失望，哭笑不得说："哎，我违啥规？刘艳，你有什么证据？"

刘艳说："安邦，别以为在阳台上抽烟我就不知道，我从窗口看见了，因为电视剧情节紧张，就没上去抓你的现行！还查文山违规呢，你先做个榜样吧！"

赵安邦没心思和刘艳斗嘴，"好，好，你把话筒放下，我等老于的电话呢！"

于华北却一直没来电话。直到刘艳把那部不知所云的韩剧看完，红色保密机和普通电话机都没响过。赵安邦忍不住这份煎熬了，想了想，主动打了个电话给于华北，一问才知道，原来裴一弘不在国内，正随总理在欧洲进行国事访问呢！

赵安邦这才带着暂时无解的悬念，重又上了床。上床后仍睡不着，又把事情往好处想：何新钊好像还不错，否则不会这么看重石亚南和方正刚。问题估计还是出在章桂春和银山某些干部身上，这些官混子不也让他上过当吗？何况新来的何新钊了！再说，何新钊也有自己的难处嘛，下去调研考察就得讲点话，总不能一言不发吧？讲什么？指出问题，发表批评？真这么做了，他和老于以及班子里的老同志又会咋想呢？恐怕又要认为人家新书记否定汉江省工作成就了吧？现在就是磨合期嘛，双方都很敏感，也都有份小心谨慎，这未尝不是件好事……

　　　　　　　　　二〇〇四年四月起笔于　北京　西环景苑
　　　　　　　　　二〇〇五年五月写毕于　南京　碧树园

图书在版编目（ＣＩＰ）数据

我本英雄 / 周梅森著 —.南京：江苏凤凰文艺出版社，2017.6（2022.12重印）
ISBN 978-7-5594-0054-3

Ⅰ．①我… Ⅱ．①周… Ⅲ．①长篇小说－中国－当代 Ⅳ．①I247.5

中国版本图书馆 CIP 数据核字(2017)第 116209 号

书　　　名	我本英雄
著　　　者	周梅森
责 任 编 辑	李　黎
出 版 发 行	江苏凤凰文艺出版社
出版社地址	南京市中央路 165 号，邮编：210009
出版社网址	http://www.jswenyi.com
印　　　刷	江苏凤凰通达印刷有限公司
开　　　本	718 毫米×1000 毫米　1/16
印　　　张	25.5
字　　　数	370 千字
版　　　次	2017 年 6 月第 1 版　2022 年 12 月第 4 次印刷
标 准 书 号	ISBN 978-7-5594-0054-3
定　　　价	49.00 元

江苏凤凰文艺版图书凡印刷、装订错误，可向出版社调换，联系电话 025-83280257